STEPHEN KING
11/22/63
❷

STEPHEN KING
11/22/63 ②

스티븐 킹 장편소설 | 이은선 옮김

황금가지

11/22/63
by Stephen King

Copyright © 2011 by Stephen King
All rights reserved.

Korean Translation Copyright © 2012 by Minumin

This Korean edition is published by arrangement with
Stephen King c/o The Lotts Agency, Ltd. through Shinwon Agency.

이 책의 한국어판 저작권은 신원 에이전시를 통해
The Lotts Agency, Ltd.와 독점 계약한 ㈜민음인에 있습니다.

저작권법에 의해 한국 내에서 보호를 받는 저작물이므로 무단 전재와 무단 복제를 금합니다.

| 차례 |

4부 새디와 장군 ······7

5부 11/22/63 ······341

6부 그린 카드맨 ······599

에필로그 ······709
후기 ······736

일러두기

- 본문 중에는 원저작자의 의도에 따라 고의적으로 맞춤법에 어긋나는 표기가 있습니다.
- 본문에 사용된 서체 중 "*기울임체*"는 현재가 아닌 과거나 특정 대사를 표현할 때 사용되었습니다.
- 특별한 강조나 일반적 서술이나 대사와 분류해야 할 경우 기울임체나 볼드체를 사용하였습니다.

4부
새디와 장군

14장

1

새디와 내가 같이 준비한 추모식은 새 학기 첫날에 거행되었고, 젖은 손수건을 성공의 기준으로 삼는다면 대박이었다. 아이들은 카타르시스를 느꼈을 테고, 미미도 보았더라면 즐거워했을 것이다. "냉소적인 사람들이 겉은 딱딱해도 속은 물렁하거든요." 한번은 그녀가 이렇게 말한 적이 있었다. "나도 마찬가지예요."

교사들은 추모사가 이어지는 내내 잘 참았다. 그런데 마이크가 차분하고 가슴 뭉클하게 잠언 31장을 낭독하기 시작했을 때부터 동요하는 모습을 보였다. 그 뒤로 「웨스트 사이드 스토리」의 감상적인 주제가와 함께 슬라이드가 이어지자 교사들마저 무너지고 말았다. 보먼 코치의 반응이 유난히 흥미로웠다. 시뻘게진 두 뺨 위로 눈물을 줄줄 흘리고 우람한 가슴을 들썩이며 꺽꺽 목 놓아 우는 모습이, 만화 속에 등장하는 오리들 중에서 누구나 두 번째로 좋아하는 베이비 휴이를 닮았던 것이다.

나는 미미의 사진이 줄줄이 이어지는 대형 스크린 옆에 나란히 서 있던 새디에게 내가 깨달은 바를 귓속말로 전했다. 그녀는 남들처럼 울고 있다가 눈물과 접전을 펼치던 웃음보가 터지는 바람에 무대에서 내려와 옆쪽으로 몸을 숨겨야 했다. 어두컴컴한 틈을 타서 안전하게 돌아온 그녀는 나무라는 듯한 눈빛으로 나를 노려보더니…… 가운뎃손가락을 들어 보였다. 나는 그런 대접을 받아도 할 말이 없다고 결론을 내렸다. 이걸 보고도 미미가 우리 둘이 아주 죽이 잘 맞는다고 생각했을까.

아마 그랬을 것 같다.

나는 가을 무대에 올릴 작품으로 「12인의 성난 남자들」을 골라 놓고 여학생들에게도 일부 배역을 맡기려고 「배심원」으로 제목을 바꾸었는데, 새뮤얼 프렌치 극단에 이 사실을 굳이 알리지는 않았다. 10월 말에 오디션을 보고, 라이온스의 정규 시즌 마지막 경기가 끝난 뒤 11월 13일부터 연습을 시작할 생각이었다. 빈스 놀스는 8번 배심원(영화에서 헨리 폰다가 맡은 역할이자 협조를 거부하는 자였다.)으로 점찍어 두었고, 마이크 코슬로는 약자에게 강하고 성격이 사나운 3번 배심원 역할이 가장 잘 어울릴 것 같았다.

하지만 또 한편으로는 그보다 한층 더 중요한 공연에 정신을 집중하기 시작했다. 그 공연에 비하면 프랭크 더닝 사건은 시시한 촌극에 불과했다. 「제이크와 리의 댈러스 결투」라고 할까? 일이 잘 풀리면 1막으로 끝나는 비극이 될 것이다. 때가 되면 무대에 올라야 할 테니 일찍부터 준비를 서둘러야 했다.

2

10월 6일에 덴홈 라이온스는 다섯 번째 경기에서 승리를 거두고 연승 가도를 이어갔다. 무패를 기록한 이번 시즌은 「생쥐와 인간」에서 조지 역할을 맡았지만 조지 앰버슨이 각색한 「12인의 성난 남자」에는 참여하지 못한 빈스 놀스 영전에 바쳐질 텐데 그건 나중 이야기고, 그 다음 주 월요일이 콜럼버스 기념일이었으니 3일 연휴가 시작되는 첫날이었다.

나는 휴일을 맞아 댈러스를 찾았다. 대부분의 가게가 영업 중이었는데, 내가 맨 처음 들른 곳은 그린빌 가에 있는 어느 전당포였다. 카운터를 지키는 땅딸막한 남자에게 그 가게에서 제일 저렴한 결혼반지를 달라고 했다. 그런 다음 8달러짜리 금반지(최소한 겉보기에는 진짜 금반지 같았다.)를 왼쪽 세 번째 손가락에 차고 나왔다. 전당포를 나선 뒤에는 댈러스 전화번호부를 열심히 뒤진 끝에 알아낸 시내 로어 메인 대로의 모처로 향했다. 고요한 마이크의 새틀라이트 일렉트로닉스였다. 단정한 외모의 작달막한 남자가 나를 맞았다. 뿔테 안경을 쓰고 섬뜩하리만치 초현실적인 배지를 달고 있었는데, 배지에 적힌 문구가 '아무도 믿지 말 것'이었다.

"고요한 마이크 맞나요?" 내가 물었다.

"맞습니다."

"정말 고요하고요?"

그는 미소를 지었다.

"상대가 누구냐에 따라 달라집니다."

"상대가 전혀 신경 쓸 필요 없는 사람이라면요?"

나는 이렇게 묻고, 원하는 바를 밝혔다. 알고 보니 8달러를 들여가며 결혼반지를 살 필요가 전혀 없었다. 그는 아내가 바람을 피우는 것 같다는 내 이야기에 전혀 관심이 없었던 것이다. 그의 관심사는 오로지 내가 사고 싶어 하는 장비뿐이었다. 장비 이야기만 나왔다 하면 수다쟁이 마이크로 변했다.

"그런 장치가 손님이 살던 행성에서는 있었을지 몰라도 여긴 없습니다."

나를 「지구가 멈춘 날」에 등장하는 외계인에 비유했던 미미가 연상되는 대목이었다.

"그게 무슨 말씀인가요?"

"조그만 무선 청음 장치를 사고 싶으시다고요? 좋습니다. 왼쪽으로 보이는 저 유리 상자 안에 가득 들어 있어요. 트랜지스터라디오라고 불리는 물건이죠. 모토롤라도 있고 GE도 있지만 일제가 제일 좋아요." 그는 아랫입술을 내밀고 이마에 붙은 머리카락 한 올을 불어 올렸다. "놀랄 노자 아닙니까? 15년 전에 그 나라의 두 도시를 방사성 먼지로 덮어 버렸는데 죽지도 않았느냐고요? 그렇다니까요! 먼지가 가라앉을 때까지 굴 속에 숨어 있다 남부 기관총 대신 기판과 납땜용 인두로 무장하고 슬금슬금 기어나왔지 뭡니까. 1985년이 되면 그들이 세상을 지배할 거예요. 적어도 제가 사는 세상에서는 그럴 거란 말입니다."

"그러니까 구할 방법이 없다는 겁니까?"

"지금 장난하세요? 당연히 방법이 있죠. 고요한 마이크 매케이컨은 고객이 원하는 전자 기기를 언제든지 구해 드릴 준비가 되어 있습니다. 다만 돈이 든다는 거죠."

"상당한 액수까지 부담할 용의가 있어요. 바람피우는 여편네를 이혼 법정에 세울 수만 있다면 그 편이 훨씬 더 싸게 먹힐 테니까."

"아하. 그럼 뒤에서 뭐 하나 꺼내 올 테니까 잠깐 기다리세요. 그리고 문에 달린 저 팻말을 'CLOSED' 쪽으로 돌려 주시겠습니까? 보여 드리려는 물건이…… 뭐, 합법적인 장치일 수도 있어요. 하지만 알 방법이 없잖습니까? 고요한 마이크 매케이컨이 변호사도 아니고 말이죠."

"그러게 말입니다."

잠시 후 다시 모습을 드러낸 60년대 전자 기기 해설자의 한쪽 손에는 희한하게 생긴 장치가, 다른 쪽 손에는 조그만 종이 상자가 들려 있었다. 종이 상자 위에 찍힌 글씨는 일본어였다. 희한한 장치는 까만색 플라스틱 원반 위에 여자 난쟁이용 바이브레이터처럼 생긴 물건이 얹혀 있었다. 원반의 두께는 7센티미터, 지름은 25센트짜리 동전만 한데, 전선들이 가지처럼 튀어나와 있었다. 그가 그 물건을 카운터에 올려놓았다.

"에코라는 물건입니다. 여기 이곳에서 제작된 거예요. 일본인들의 게임에서 그들을 격파할 수 있는 사람이 있다면 바로 우리예요.

1970년이 되면 금융이 아니라 전자 기기가 댈러스를 대표하게 될 겁니다." 그는 성호를 긋고 손가락으로 하늘을 가리키며 덧붙였다. "주여, 텍사스를 축복하소서."

나는 장치를 집어들었다.

"좀 더 쉽게 말해서 에코가 뭡니까?"

"사고 싶다고 말씀하신 도청기와 가장 흡사한 장치예요. 이렇게 조그만 이유는 진공관이 없고 건전지를 쓰지 않기 때문이죠. 일반 가정용 전기로 작동이 되거든요."

"플러그에 꽂아서 쓰면 된다고요?"

"네, 플러그에 꽂아서 쓰세요. 그럼 부인과 부인의 남자친구가 이걸 보면서 '어머, 멋져라. 우리가 자리를 비운 사이 누가 도청 장치를 설치해 놓았네? 우리, 아주 요란하게 떡 한 판 치고 비밀스러운 이야기 나누어 볼까?' 하겠죠?"

그가 괴짜 천재인 것은 분명했다. 그런데 상대하려면 인내심이 필요했다. 게다가 나는 필요한 걸 반드시 사야 하는 입장이었으니…….

"그럼 어떻게 하면 됩니까?"

그가 원반을 톡톡 두드렸다.

"이걸 스탠드대 안에 넣는 겁니다. 플로어 스탠드는 말고요. 거기 설치하면 마루 밑을 뛰어다니는 생쥐들 소리밖에 안 들릴 거예요. 대화가 이루어지는 공간 옆 테이블 스탠드 안에 설치하는 거죠." 그가 전선을 쓰다듬었다. "빨간색과 노란색 전선을 스탠드 코드에 연결하고 스탠드 코드를 플러그에 꽂으면 돼요. 스탠드가 꺼진 상태에서는 작동을 안 해요. 스탠드를 켜면 짜잔, 도청이 시작되는 거죠."

"이건 마이크고요?"

"네. 미제치고는 제법 괜찮아요. 자, 전선이 두 개 더 보이죠? 파란색하고 초록색이요."

"그러네요."

그는 일본어가 적힌 종이 상자를 열어 오픈릴식 녹음기를 꺼냈다. 새디가 피우는 윈스턴 담뱃갑보다 크긴 하지만 많이 크지는 않았다.

"그 전선들은 여기 연결하는 겁니다. 기본 장치는 스탠드 안에, 녹음기는 서랍장 안에 넣으세요. 부인의 속옷으로 덮어도 좋고요. 아니면 벽에 조그만 구멍을 뚫어서 붙박이장 안에 넣든지요."

"녹음기도 스탠드 코드를 통해 작동이 되는 거로군요."

"그렇죠."

"두 개 살 수 있을까요?"

"네 개도 만들어 드릴 수 있습니다. 1주일 정도 시간이 걸리겠지만요."

"두 개면 됐습니다. 얼마죠?"

"이런 장치는 돈이 많이 들거든요. 두 개면 140. 그게 최선이에요. 현금으로 계산하셔야 하고요."

그는 최첨단 기기를 주제로 꿈같은 대화를 나누었지만 이제는 현실로 돌아올 때가 되었다는 듯 아쉬워하는 목소리였다.

"설치까지 부탁하면 추가로 얼마가 더 들까요?" 나는 깜짝 놀라는 그를 보고 얼른 오해를 풀러 나섰다. "남의 집에 몰래 들어가서 설치해 달라고 부탁하는 게 아닙니다. 스탠드 안에 도청기를 설치하고 녹음기를 연결해 달라는 거죠. 그건 가능하죠?"

"물론이죠. 성함이……."

"도라고 합니다. 존 도."

그가 눈을 반짝였다. E. 하워드 헌트(닉슨 대통령 정부에서 여당 도청을 주도했던 인물. 이 워터게이트 사건으로 닉슨은 대통령 자리에서 물러났다 — 옮긴이)가 워터게이트 호텔이라는 과제를 맨 처음 맞닥뜨렸을 때 그렇게 눈을 반짝이지 않았을까 싶었다.

"이름 참 좋네요(특히 법정에서 남자의 이름을 모르거나 비밀에 부칠 경우 흔히 쓰는 가명이 존 도이다 — 옮긴이)."

"고맙습니다. 그리고 전선의 종류를 여러 가지로 할 수 있을까요? 가까운 데 설치할 수 있으면 짧은 걸로 되지만, 붙박이장이나 벽 저편에 숨겨야 되는 상황이면 길어야 할 테니까."

"그렇게 해 드릴 수는 있지만, 거리가 3미터를 넘어가면 잡음이 들리기 시작할 겁니다. 그리고 전선이 길어질수록 들킬 가능성도 높아지고요."

영어 선생인 내가 생각해도 일리가 있는 말이었다.

"전부 다 해서 얼마입니까?"

"음…… 180?"

그는 흥정을 시작해 보려는 눈치였지만, 나는 시간도 없고 그럴 생각도 없었다. 나는 20달러짜리 지폐 다섯 장을 카운터에 내려놓으며 말했다.

"나머지는 물건 받으러 올 때 드릴게요. 효과가 확실한지 테스트를 먼저 하고 나서요. 그래도 되겠죠?"

"네, 좋습니다."
"또 한 가지. 새 스탠드 말고 꾀죄죄한 스탠드에 설치해 주세요."
"꾀죄죄한 스탠드요?"
"벼룩시장에서 개당 25센트에 산 것처럼 생긴 스탠드요." 연극을 가르치다 보면 (리스본 고등학교 시절까지 모두 합하면 「생쥐와 인간」이 다섯 번째 작품이었다.) 소품 연출의 노하우가 쌓인다. 도청기가 설치된 스탠드를 그 아파트에 두었다가 누가 슬쩍 들고 가기라도 하면 큰일이었다.

그는 잠깐 어리둥절한 표정을 짓더니 슬그머니 공범 같은 미소를 지었다.

"알겠습니다. 리얼리즘을 추구하겠다는 거로군요."
"그렇죠." 나는 가게를 나서려다 말고 다시 돌아가 트랜지스터라디오가 들어 있는 진열대 위에 팔을 얹고 그의 눈을 들여다보았다. 그가 나에게서 프랭크 더닝을 죽인 자의 눈빛을 보았을 거라고 장담은 못하겠지만, 아무것도 보지 못하지는 않았을 것이다. "이 일은 절대 비밀로 할 거죠?"
"네! 그럼요!"
그는 두 손가락으로 입에 지퍼 잠그는 흉내를 냈다.
"잘 생각했어요. 언제면 될까요?"
"며칠 여유를 주십시오."
"다음 주 월요일에 올게요. 몇 시까지 영업을 하십니까?"
"5시요."
나는 조디와 댈러스 간의 거리를 계산하고 이렇게 말했다.

"7시까지 기다려 주면 추가로 20달러 더 드릴게요. 아무리 서둘러도 그 전은 무리라서. 그래도 되겠습니까?"
"네."
"좋습니다. 그때까지 만들어 주세요."
"알겠습니다. 또 필요한 건 없으시고요?"
"한 가지만 물읍시다. 별명이 고요한 마이크인 이유가 뭡니까?"
입이 워낙 무거워서요, 이런 식의 대답을 바랐건만 아니었다.
"어렸을 때 크리스마스 캐럴을 듣고 제 이야기인 줄 알았거든요. 그게 그대로 굳어진 거예요."
나는 무슨 소리인지 이해를 못한 채 차를 세워 놓은 곳으로 걸어가다 중간에 퍼뜩 깨닫고 폭소를 터뜨렸다.
고요한 마이크, 거룩한 마이크(크리스마스 캐럴「고요한 밤 거룩한 밤」을 듣다가 밤을 뜻하는 '나이트'를 자기 이름 '마이크'로 착각한 것이다 — 옮긴이).
가끔 우리가 사는 이 세상이 정말 희한하다 싶을 때가 있다.

3

리와 마리나는 미국으로 돌아온 뒤에 내가 이미 찾아가 본 뉴올리언스의 그 아파트를 비롯해 싸구려 월세방을 전전하겠지만, 앨의 기록에 따르면 내가 예의 주시해야 할 곳은 딱 두 군데였다. 그중 한 군데는 댈러스의 웨스트 닐리 대로 214번지였다. 나머지 한 군데는 포트워스인데, 내가 고요한 마이크를 만나고 나서 들른 곳이 그곳이었다.

지도가 있었는데도 길을 세 번이나 물어야 했다. 막판에 길을 제대로 알려 준 사람은 구멍가게 카운터를 지키고 있던 나이 많은 흑인 아주머니였다. 막상 찾아가 보니 그렇게 헤맬 만도 했다는 생각이 들었다. 포장도 안 된 머세이디즈 대로 끝에 판잣집이나 다를 바 없는 다 쓰러져 가는 집들이 줄줄이 늘어서 있었던 것이다. 대로는 거의 텅 비다시피 한 넓디넓은 주차장으로 연결됐다. 조각조각 부서진 아스팔트 위로 잡초가 바람에 흔들렸다. 주차장 너머는 콘크리트 블록으로 지은 창고 뒷면이었다. 그 위에 하얀 페인트로 3미터는 됨직하게 이런 문구가 적혀 있었다. **몽고메리 워드의 소유지, 무단 침입 시 고발함, 경찰이 예의 주시하고 있음.**

오데사·미들랜드 지역 쪽에서 날아오는 분해 휘발유 냄새와 그보다 훨씬 더 가까운 데서 나는 미처리 하수 냄새가 코를 찔렀다. 창문을 열어 놓은 이 집, 저 집에서 로큰롤 음악이 흘러나왔다. 40미터를 걷는 동안 접한 가수가 도벨스, 조니 버넷, 리 도시, 처비 체커 등 등이었다. 여자들이 녹슨 방향계 위에 빨래를 널고 있었다. 하나같이 제이시스 아니면 매머스 마트에서 샀음직한 헐렁한 원피스를 입고 있었고, 하나같이 임산부처럼 보였다. 꾀죄죄한 남자아이와 똑같이 꾀죄죄한 여자아이가 쩍쩍 갈라진 집 앞 진흙길에 서서 지나가는 나를 쳐다보았다. 서로 손을 잡고 있었는데, 쌍둥이인 게 분명할 정도로 똑같이 생겼다. 알몸에 양말 한 짝만 신은 남자아이는 장난감 권총을 들고 있었다. 여자아이는 미키 마우스 클럽 티셔츠 밑으로 축 늘어진 기저귀를 차고 있었다. 그런 차림으로 자기만큼이나 꾀죄죄한 플라스틱 인형을 들고 있었다. 웃통을 벗은 남자 둘이 담배를 문 채 각자의 집 마당에서 미식축구 공을 서로 던지고 받으며 놀고 있었다. 그 너머에서는 수탉 한 마리와 흙투성이 암탉 두 마리가 졸고 있는 건지 죽은 건지 알 수 없는, 거죽만 남은 개 옆에서 바닥을 쪼아 댔다.

나는 리가 마거릿 오스왈드의 숨 막히는 집착을 더 이상 견디지 못하게 되었을 때 아내와 딸을 데리고 이사할 2703번지 앞에 차를 세웠다. 두 갈래의 좁다란 콘크리트길을 따라 걸으면 기름으로 얼룩덜룩한 맨땅이 나왔다. 좀 더 잘사는 동네 같았으면 차고로 쓰였을 만한 곳인데, 잔디밭 역할을 하는 잡초지 곳곳에 싸구려 플라스틱 장난감이 나뒹굴었다. 너덜너덜한 분홍색 반바지를 입은 여자아이가 집 옆면에 대고 계속 축구공을 날리고 있었다. 공이 나무판자에 맞을 때마다 "아싸!" 하고 외쳤다.

파란색의 큼지막한 롤러로 머리를 말고 담배를 문 여자가 창문 너머로 고개를 내밀고 고함을 질렀다.

"로제트, 너 계속 그러면 내가 나가서 먼지 나게 패 준다!" 그녀가 나를 보았다. "무슨 일이에요? 밀린 공과금 받으러 온 거면 나한테 말해 봐야 소용없어요. 그런 건 우리 남편이 다 처리하는데, 오늘은 일하러 나가고 없으니까."

"공과금 받으러 온 거 아닙니다." 내가 말했다. 로제트가 으르렁거리며 나를 향해 축구공을 날렸는데, 내가 옆 발로 잡아서 다시 차 주자 어색하게 미소를 지었다. "잠깐 이야기 좀 나누고 싶어서요."

"그럼 기다려요. 지금 꼴이 이러니까."

그녀의 얼굴이 사라졌다. 나는 기다렸다. 로제트가 "아싸!" 하면서 이번에는 축구공을 엉뚱한 곳으로 높이 날렸지만, 집을 맞추기 전에 내가 한 손으로 받았다.

"이 쓰레기 같은 영감탱이야, 손을 쓰면 안 돼." 아이가 말했다.

"그럼 반칙이잖아."

"로제트, 그 말버릇 좀 고치라고 했지?"

현관으로 나온 아이 엄마는 얇은 노란색 스카프로 롤러를 가리고 있었다. 그래서 독충을 품고 있는 고치처럼 보였다.

"이 쓰레기 같은 우라질 영감탱이!"

로제트는 빽 하고 소리를 지르더니 축구공을 몰고 미친 사람처럼 깔깔대고 웃으면서 몽고메리 워드 창고 쪽으로 달려갔다.

"무슨 일이에요?"

아이 엄마는 스물둘에서 쉰으로 건너 뛴 여자였다. 이가 몇 개 안 보였고, 시커멓게 멍이 들었던 한쪽 눈이 점점 낫는 중이었다.

"몇 가지 묻고 싶은 게 있어서요." 내가 말했다.

"내가 왜 댁이 묻는 말에 대답을 해야 되는데요?"

나는 지갑을 꺼내 5달러짜리 지폐를 내밀었다.

"그건 알 필요 없고요."

"이 동네 사람이 아닌가 보네. 북부 말투네요."

"돈 받을 겁니까, 안 받을 겁니까?"

"뭘 묻는가에 따라 다르지. 내 브래지어 사이즈를 알려 줄 수는 없잖아요."

"먼저 여기서 산 지 얼마나 됐는지부터 알고 싶은데요."

"여기? 6주쯤 됐을걸요? 해리가 몽고메리 워드에 취직할까 했는데 사람을 안 뽑는다잖아. 그래서 맨파워로 건너갔죠. 거기가 어떤 덴지 알아요?"

"일용직 연결시켜 주는 회사죠?"

"맞아요. 거기서 깜둥이 떼거리하고 같이 일하고 있어요." '일하고가 아니라 일허고.' "하루에 9달러 받으면서 빌어먹을 깜둥이 떼거리하고 길 닦고 있다고요. 그이 말로는 웨스트 텍사스 교도소에 다시 들어간 기분이라던데."

"월세가 얼맙니까?"

"50달러요."

"가구는 있고요?"

"어느 정도는요. 뭐, 빌어먹을 침대하고 이러다 사람 잡아먹지 싶은 빌어먹을 가스스토브가 있으니까 그렇다고 해야겠죠? 보여 줄 생각은 없으니까 꿈 깨요. 댁이 누군지 알고 안으로 들여."

"스탠드나 그런 건 있고요?"

"이 아저씨, 제정신이 아닌 모양이네?"

"있습니까?"

"두 개 있어요. 켜지는 거 한 개, 안 켜지는 거 한 개. 천년만년 여기 눌러 살지는 않을 거예요. 내가 미쳤게? 그이는 모젤에 사는 우리 엄마 집으로 다시 들어가고 싶지 않다지만, 그거야 그 인간 사정이고. 여기 냄새 맡아 봤죠?"

"네."

"아주 그냥 똥 천지야. 고양이똥도 아니고 개똥도 아니고 사람 똥이라니까? 깜둥이들하고 같이 일하는 거야 그렇다 쳐도 깜둥이처럼 살 수는 없잖아요? 질문 다 끝났어요?"

다 끝났으면 얼마나 좋을까. 나는 그녀가 혐오스러웠고, 감히 잣대질을 하는 나 자신도 혐오스러웠다. 그녀는 자신의 시대, 자신의 선택, 똥냄새 나는 이 동네에 갇힌 죄수였다. 그런데 내 시선은 자꾸 노란색 스카프로 가린 롤러 쪽으로 향했다. 부화되길 기다리는 파란색의 뚱뚱한 벌레.

"이 동네에 한참 눌러 사는 사람은 없겠죠?"

"머세이디즈 대로요?"

그녀는 황량한 주차장과, 평생 누릴 수 없는 멋진 상품들로 가득한 널찍한 창고를 향해 이리저리 담배를 흔들었다. 콘크리트 계단은 무너져 내렸고, 깨진 유리창은 판지로 막은 채 따닥따닥 붙어 있는 판잣집들을 향해. 미친 듯이 뛰어다니는 아이들을 향해. 녹으로 뒤덮인 포드와 허드슨과 스튜드베이커 라크 자동차를 향해. 잔인한 텍사스 하늘을 향해. 그러더니 유쾌하면서도 절망이 어린 끔찍한 웃음소리를 냈다.

"이봐요, 여긴 정처 없는 버스정거장이에요. 나하고 버릇없는 딸아이는 모델로 돌아갈 거예요. 해리가 안 가겠다고 하면 두고 갈 거고요."

나는 뒷주머니에서 지도를 꺼내 한 귀퉁이를 찢은 다음 그 위에 내 집 전화번호를 적었다. 그런 다음 5달러짜리 지폐를 한 장 더 얹어서 그녀에게 내밀었다. 그녀는 쳐다보기만 할 뿐 받지 않았다.

"내가 댁 전화번호는 알아서 뭐하게요? 우리 집에는 전화도 없는데. 게다가 시내도 아니고 시외전화잖아요."

"이사할 때 연락 주세요. 그렇게만 해 주시면 됩니다. 이 번호로 전화해서 로제타 엄마인데 이제 이사한다고, 그렇게 알려 주기만 하면 돼요."

그녀는 고민하는 눈치였다. 하지만 한참 동안 고민하지는 않았다. 10달러면 남편이 작열하는 텍사스의 태양 아래서 하루 종일 일하고 받는 일당보다 많았다. 맨파워는 휴일 초과 근무 수당이 뭔지 전혀 모르는 회사였다. 게다가 이 10달러는 남편이 전혀 모르는 가욋돈 아닌가.

"75센트 더 줘요." 그녀가 말했다. "시외전화비로."

"여기, 1달러 드릴게요. 어련히 챙겨 드릴까. 그리고 전화하는 거 깜빡하면 안 됩니다."

"알았어요."

"절대 잊어버리면 안 돼요. 잊어버리면 내가 남편을 찾아가서 고자질할 수도 있어요. 그 정도로 중요한 일이거든요, 부인. 저한테는요. 그나저나 성함이 어떻게 되시죠?"

"아이비 템플턴요."

나는 똥과 덜 분해된 휘발유와 방귀 비슷한 천연가스 냄새를 맡으며 그 먼지와 잡초 더미 위에 가만히 서 있었다.

"이봐요. 왜 그래요? 갑자기 표정이 이상해졌네?"

"아무것도 아닙니다." 내가 말했다.

정말 *아무것도* 아닐 수 있었다. 템플턴은 흔한 성이었다. 그렇게 생각해야지. 인간은 열심히 노력하면 뭐든 못 믿을 게 없었다. 내가 산 증인이었다.

"댁은 이름이 어떻게 되는데요?"

"퍼던테인요." 내가 대답했다. "다시 물어도 똑같은 이름을 댈 겁니다."

초등학교에서나 들었음직한 말장난에 그녀는 비로소 살짝 미소를 지었다.

"전화 주세요, 부인."

"네, 알았어요. 이제 가세요. 가는 길에 우리 딸년 보이거든 나를 생각해서 차로 치고 지나가 주시고요."

조디로 돌아와 보니 압정으로 꽂힌 메모지가 문 위에 달려 있었다.

> 조지
> 전화해 줄래요? 부탁할 게 있어서요.
> 새디(바로 그 새디가 문제라고요!!!)

이게 무슨 뜻일까? 나는 전화를 해서 무슨 뜻인지 알아보기 위해 안으로 들어갔다.

4

애빌린 양로원에 있는 보먼 코치의 어머니가 고관절 골절상을 당했는데, 돌아오는 토요일에 덴홈 통합 고등학교에서 새디 호킨스 댄스파티가 열리는 게 문제였다.

"코치님의 꼬드김에 넘어가서 댄스파티 감독을 맡기로 했거든요! 자기 이름이 걸린 댄스파티에 어떻게 참석을 하지 않을 수가 있느냐고, 코치님이 그러는 거예요. 그것도 지난주에. 그 말을 듣고 내가 바보처럼 좋다고 해 버렸지 뭐예요? 그런데 코치님이 애빌린으로 내려가 봐야 한다니 그 말은 곧 뭐가 되겠어요? 내가 트위스트와 필리를 추어 대는 열여섯 살짜리 색마 200명을 감독해야 한다는 뜻이잖아요. 말도 안 돼! 남학생들이 맥주라도 들고 오면 어떻게 해요?"

맥주를 안 들고 오면 그게 오히려 대단한 일이 아닐까 싶었지만, 이런 때는 아무 소리 말고 입 다물고 있는 게 상책이었다.

"주차장에서 싸움박질이라도 벌어지면요? 엘리 도커티 말로는 작년 댄스파티 때 헨더슨에서 남학생들이 우르르 몰려오는 바람에 그쪽 두 명, 우리 쪽 두 명이 병원 신세를 졌다던데! 조지, 나 좀 도와주면 안 돼요? 부탁이에요!"

"내가 지금 새디 던힐의 꼬드김에 넘어가서 새디 호킨스 댄스파티에 참석해야 하는 겁니까?"

나는 씩 웃고 있었다. 그녀와 함께 하는 댄스파티라니 암울해 할 일이 아니었다.

"장난치지 마요. 지금 웃을 상황 아니라고요!"

"새디, 기꺼이 도와줄게요. 코르사주는 당신이 준비하는 건가요?"

"대가를 바라는 거라면 샴페인 한 병 사 줄게요." 그녀는 말을 하다 말고 잠깐 생각하는 눈치였다. "아, 아니다. 내 월급으로는 안 되겠다. 대신 콜드 덕 한 병(스파클링 와인 이름—옮긴이)은 가능해요."

"7시 30분에 시작인가요?"

사실 나는 몇 시에 시작하는지 알고 있었다. 온 학교에 포스터가 나붙었던 것이다.

"맞아요."

"밴드는 안 부르고 음악을 틀어 주는 거죠? 다행이네요."

"왜요?"

"라이브 밴드가 있으면 문제가 생길 소지가 있거든요. 예전에 내 감독 아래 열린 댄스파티에서 드러머가 막간에 집에서 만든 맥주를 판 적도 있었어요. *정말이지 유쾌한 경험이었죠.*"

"싸움판이 벌어졌나요?"

그녀는 경악하는 목소리였다. 내 이야기에 푹 빠진 목소리이기도 했다.

"아뇨. 하지만 구역질이 난무했어요. 얼마나 대단했는지 몰라요."

"플로리다에서요?"

리스본 고등학교에서 2009년에 있었던 일이었지만, 나는 맞다고, 플로리다에서 있었던 일이라고 대답했다. 그런 다음 댄스파티를 공동으로 감독하게 돼서 좋다고 덧붙였다.

"정말 고마워요, 조지."

"도와드릴 수 있어서 저도 기쁩니다, 여사님."

그 말은 100퍼센트 진심이었다.

5

새디 호킨스 준비를 맡은 펩 동아리에서 완벽한 솜씨를 발휘했다. 체육관 천장에 수없이 매달린 쪼글쪼글한 색 테이프들이(두말하면 잔소리지만 은색과 금색이었다.) 바람에 흔들렸고, 미래의 가정주부 협회(가정학 관련 직업 훈련을 실시하는 비영리단체 — 옮긴이)에서 마련한 진저 에일 펀치, 레몬 쿠키, 레드 벨벳 컵케이크가 풍성하게 차려졌다. 규모는 작지만 열성적인 미술과에서는 도그패치의 괜찮은 신랑감들을 열심히 쫓아다니는 불멸의 호킨스(딸이 서른다섯 살이 되도록 결혼을 못하자 지역 유지인 아버지가 신랑감들을 모아 놓고 새디 호킨스 데이를 선포해 마음에 드는 남자를 쫓아가 붙잡으면 결혼할 수 있게 했다는 만화의 주인공 — 옮긴이)를 그린 만화로 벽면을 장식했다. 작업을 거의 도맡다시피 한 매티 쇼와 마이크의 여자친구 바비 질은 당연히 뿌듯해했다. 그런데 앞으로 7년에서 8년 뒤, 1세대 여성 해방 운동가들이 브래지어를 태우며 온전한 재생산권을 위해 시위를 벌일 때도 이 그림을 떠올리며 뿌듯해할지, 그건 알 수 없는 일이었다. '나는 재산이 아니다.' 내지는 '여자에게는 남자가 필요하다고? 물고기에게 자전거가 필요하던가?'라고 적힌 티셔츠를 입기 시작할 때도 말이다.

그날 밤의 DJ 겸 MC는 도널드 벨링햄이라는 2학년생이었다. 샘소나이트 트렁크 한 개도 아니고 두 개에 끝내주는 음반들을 담아가지고 왔다. 그는 내 허락 하에 (새디는 눈을 휘둥그레 뜨고 구경만 했다.) 웹코 레코드플레이어와 아버지에게 빌린 프리앰프를 교내 방송설비에 연결했다. 체육관이 넓어서 천연 에코가 연출됐고, 시험 단계에서 몇 번 끽끽대는 소리가 나기는 했지만 그 이후에는 엄청 근사한 사운드가 쿵쾅쿵쾅 체육관을 울렸다. 도널드는 조디에서 태어났지만 마음의 고향만큼은 록 빌리지였다. 그는 분홍색 테가 달린 두툼한 안경을 썼고, 뒤로 허리띠를 매는 바지를 입었고, 기괴하리만치 네모반듯해서 정말로 어처구니없어 보이는 새들 슈즈(구두끈이 있는 발등부분만 다른 색깔로 만든 구두 ― 옮긴이)를 신었다. 얼굴은 폭발하려는 여드름 공장이었고, 머리는 바비 라이델(1960년대를 풍미했던 로큰롤 가수 ― 옮긴이) 식 오리 궁둥이처럼 만들어 놓고 브릴크림으로 떡칠을 했다. 생김새를 보면 마흔두 살은 되어야 상상이 아니라 현실 속에서 첫 키스를 받을 수 있지 않을까 싶었는데, 마이크를 잡으면 재미난 이야기를 속사포처럼 쏟아 냈고, "꿀단지"라는 둥 "도니 B가 소장한 산더미 사운드"라는 둥 하며 틀어 주는 음반들이 앞서 말했던 것처럼 아주 끝내줬다.

"고릿적 히트곡, 로큰롤 리듬 세상의 유물, 빛나는 보물, 잊지 말아야 할 그 음반으로 오늘 파티를 시작해 볼까요? 정말로 신나는 비트에 맞춰 흔들어 보세요. 대니…… 앤드 더 주니어어어스!"

「앳 더 합」이 체육관을 뒤흔들었다. 60년대 초반답게 먼저 여학생들끼리 지르박을 추었다. 페니 로퍼들이 날아다녔다. 페티코드들이 빙글빙글 돌았다. 하지만 잠시 후……「힛 더 로드 잭」이나「쿼터 투 쓰리」처럼 빠른 최신곡이 흘러나오자 남여 커플이 무대를 메우기 시작했다.

「댄싱 위드 더 스타」예선을 통과할 만한 실력을 갖춘 아이들은 많지 않았지만, 다들 젊고 열정적이었고 그 순간을 신나게 즐겼다.

보고 있는 나까지 행복해졌다. 나중에 도니 B가 조명을 낮추는 센스를 발휘하지 않았더라면 나까지 무대로 뛰어들 뻔했다. 새디는 처음에는 불안해하면서 만일의 사태에 대비했지만, 이 아이들의 목적은 오로지 재미있게 노는 것이었다. 헨더슨이나 다른 학교에서 들이닥친 아이들도 없었다. 그걸 보더니 그녀도 조금씩 긴장을 풀기 시작했다.

40분 정도 논스톱으로 음악이 이어졌을 때 (그 사이 레드 벨벳 컵케이크를 네 개 해치운) 내가 새디 쪽으로 몸을 기울이고 말했다.

"혹시라도 운동장에서 부적절한 짓을 벌이는 학생은 없는지 앰버슨 경비원이 구내를 한 바퀴 돌고 오겠습니다."

"나도 같이 갈까요?"

"당신은 펀치 그릇을 잘 감시하고 있다가, 기침약이 됐건 뭐가 됐건 유리병을 들고 펀치 그릇 쪽으로 다가가는 학생이 있으면 전기의자에 앉히거나 고자로 만들어 버리겠다고 해요. 둘 중에서 더 효과가 좋겠다 싶은 걸로 선택해서."

그녀는 벽에 등을 기대더니 눈가에 눈물이 맺힐 정도로 웃어 댔다.

"얼른 가요, 조지. 정말 끔찍한 선생님이라니까?"

나는 밖으로 나갔다. 그녀의 웃음보를 터뜨릴 수 있어서 기뻤지만, 3년이나 살았어도 과거에는 야한 농담의 여파가 얼마나 더 강력했는지 깜빡하기 십상이었다.

체육관 동쪽 으슥한 구석에서 사랑을 속삭이는 커플이 있었다. 남자아이는 여자친구의 스웨터 속을 탐험하는 중이었고, 여자아이는 남자친구의 입술을 흡입할 기세였다. 내가 젊은 탐험가의 어깨를 두

드리자 둘이 펄쩍 뛰며 서로 떨어졌다.

"댄스파티 끝나고 키스 타임 때를 기약해라." 내가 말했다. "지금은 체육관으로 돌아가야지? 천천히 가. 흥분도 가라앉힐 겸. 들어가서 펀치도 좀 마시고."

여자아이는 스웨터 단추를 채우면서, 남자아이는 허리를 살짝 구부린 채 걸어갔다. 너도 나도 알다시피 하복부가 꼴린 남고생 특유의 걸음걸이였다.

판금실 뒤에서 빨간 반딧불이 수십 개가 반짝였다. 내가 손을 흔들자 흡연 구역에서 담배를 피우던 아이들 몇 명이 손을 흔들어 화답했다. 목공실 동쪽 구석으로 고개를 디밀었을 때 못마땅한 광경이 내 눈에 포착됐다. 마이크 코슬로, 짐 라두, 빈스 놀스가 옹기종기 모여서 무언가를 주거니 받거니 하고 있었던 것이다. 나는 그 물건을 낚아채 아이들이 내 존재를 파악할 겨를도 없이 철책 울타리 너머로 집어던졌다.

짐은 잠깐 놀란 표정을 짓더니 미식축구 스타 특유의 여유로운 미소를 지었다.

"안녕하세요, 앤더슨 선생님."

"집어치워, 짐. 내가 그 미소에 넘어가 팬티를 벗을 여학생도 아니고, 너희 코치는 더군다나 아니니까."

그는 충격을 받은 눈치였고 살짝 겁도 먹은 것 같았지만, 댈러스의 잘나가는 학교 학생 같았으면 그랬을지 몰라도 댁이 무슨 권리로 이러느냐는 표정은 아니었다. 빈스는 뒷걸음질을 쳤다. 마이크는 그 자리에 가만히 서 있었지만, 눈을 내리깐 채 당황스러워했다. 아니,

당황스러워하는 정도가 아니었다. 누가 봐도 부끄러워하고 있었다.

"댄스파티에서 술이라니." 내가 말했다. "너희들이 모든 교칙을 철저하게 지켜 주길 바라는 건 아니다만 왜 이렇게 멍청하게 교칙을 어기는지 모르겠구나. 지미, 술을 마시다 들켜서 미식축구 팀에서 쫓겨나면 앨라배마 장학금은 어떻게 될까?"

"유급당하겠죠. 그뿐인걸요."

"그래, 1년 동안 벤치를 지켜야 해. 학교 수업을 꼬박꼬박 들으면서. 너도 마찬가지다, 마이크. 너는 연극반에서도 쫓겨날 거야. 그러고 싶은 거냐?"

"아뇨." 대답이 속삭임에 가까웠다.

"빈스, 너는?"

"아니에요, 천만에요, 앰버슨 선생님. 절대 아니에요. 저희, 그 배심원 작품 할 거죠? 왜냐하면……"

"선생님한테 혼날 때는 입 다물고 있어야 한다는 것도 모르냐?"

"알겠습니다, 선생님."

"다음번에 걸리면 국물도 없지만, 오늘 밤에는 운이 좋은 줄 알아. 오늘 밤에는 아주 값진 조언 하나만 들려주마. 괜한 일로 신세 조지지 말 것. 1년만 지나면 기억도 못할 댄스파티인데, 파이브 스타 한 모금도 자제해야지. 알겠니?"

"알겠습니다." 마이크가 말했다. "죄송합니다."

"저도요." 빈스가 말했다. "정말 죄송합니다."

그러더니 성호를 그으며 씩 웃었다. 원래 그렇게 생겨 먹은 아이들이 있기 마련이다. 그렇게 뺀질뺀질한 녀석들이 포진하고 있어야

이 세상이 좀 더 활기차게 돌아갈는지 아무도 모를 일이다.

"짐, 너는?"

"알겠습니다. 아빠한테는 비밀로 해 주세요."

"그래, 우리들끼리만 알고 지나가자." 나는 녀석들의 얼굴을 똑바로 쳐다보았다. "내년에 대학생이 되면 술은 어디서든 마음껏 마실 수 있어. 하지만 우리 학교에 다니는 동안은 안 된다. 알겠지?"

이번에는 세 녀석 모두 알겠다고 복창을 했다.

"이제 안으로 들어가라. 위스키 냄새는 펀치로 가리고."

녀석들이 자리를 떴다. 나는 어느 정도 뜸을 들인 뒤, 호주머니 깊숙이 손을 찌르고 고개를 숙인 채 열심히 생각하며 멀찌감치 거리를 두고 녀석들을 뒤따라갔다. "우리 학교에 다니는 동안은 안 된다." 내가 방금 그랬다. 우리 학교라고.

"우리 학교로 와서 아이들을 가르쳐 줘요." 미미가 그러지 않았던가. "그게 당신의 소명이에요."

2011년이 그때처럼 멀게 느껴진 적이 없었다. 제이크 에핑이 그때처럼 멀게 느껴진 적이 없었다. 텍사스 한복판, 파티로 불을 밝힌 체육관 안에서 테너 색소폰이 흐느껴 울었다. 그 소리가 달콤한 산들바람에 실려 밤공기를 갈랐다. 자리에서 일어나라고 은밀하게 유혹하는 드럼 연주도 들렸다.

나는 그 순간, 돌아가지 않기로 결심을 했던 것 같다.

6

 흐느끼는 색소폰과 선정적인 드럼은 더 다이아몬즈라는 밴드의 연주였다. 노래 제목은「더 스트롤」이었다. 그런데 아이들이 추는 춤은 스트롤이 아니었다. 전혀 달랐다.
 스트롤은 크리스티와 내가 목요일 저녁 댄스 수업을 시작했을 때 맨 처음으로 배운 스텝이었다. 두 커플이 지르박을 추며 양쪽으로 나란히 서서 손뼉 치는 사람들을 지나가는, 일종의 어색함을 풀기 위한 분위기 전환용 춤이었다. 그런데 내가 체육관으로 돌아갔을 때 본 춤은 달랐다. 남학생과 여학생들이 한데 어울려 왈츠를 추듯 손을 맞잡고 돌다가 서로 위치가 바뀌었을 때 손을 뗐다. 손을 뗀 뒤에는 발뒤꿈치에 몸을 싣고 엉덩이를 앞으로 흔드는데, 이 동작이 매력적이면서도 섹시했다.
 내가 간식 테이블 옆에서 지켜보는 가운데 마이크, 짐, 빈스가 합류했다. 빈스는 볼 게 없었지만 (꼭 백인처럼 추더라고 하면 전국의 백인 남학생들을 모욕하는 처사가 될 정도였다.) 짐과 마이크는 운동선수답게 우아한 분위기가 몸에 배어 있었다. 이내 대다수의 여학생들이 두 아이를 구경하기 시작했다.
 "슬슬 걱정이 되려던 참이었어요!" 새디가 음악 소리 너머로 고함을 질렀다. "밖에서 별일 없었어요?"
 "별일 없었어요!" 나도 덩달아 고함을 질렀다. "저 춤 뭐예요?"
 "매디슨요!「밴드스탠드」프로그램에서 한 달 내내 저거 하고 있잖아요! 내가 가르쳐 줄까요?"

"아가씨." 내가 그녀의 팔을 잡으며 말했다. "내가 한 수 가르쳐 드리지요."

다가오는 우리를 보고 아이들이 자리를 만들어주며 손뼉을 치고 고함을 질렀다. "앤더슨 선생님, 파이팅!" "본때를 보여 주세요, 던힐 선생님!" 새디는 웃음을 터뜨리며 머리를 하나로 묶은 고무줄을 더욱 질끈 동여맸다. 두 뺨에 생기가 더해지면서 미모가 전보다 더 빛을 발했다. 그녀는 발뒤꿈치에 몸을 싣고 다른 여학생들과 함께 손뼉을 치고 어깨를 흔들다 내 눈을 똑바로 들여다보며 내 품 안으로 달려들었다. 우리는 웨딩케이크 꼭대기에 놓인 신랑, 신부 모양의 태엽 인형처럼 뱅글뱅글 돌다 손을 놓았다. 내가 몸을 잔뜩 숙이고 「매미」를 부르는 앨 존슨처럼 두 손을 내민 채 발끝으로 돌았다. 그러자 더 우렁찬 박수갈채가 터졌고, 여학생들은 비틀스 이전 시대의 비명을 질렀다. 나는 솜씨를 뽐내려는 게 아니었다. 솔직히 아주 조금은 그런 마음도 있었지만, 춤을 춘다는 게 그저 행복할 따름이었다. 정말 오랜만이었다.

노래가 끝나고 흐느껴 울던 색소폰 소리가 우리의 젊은 DJ가 리듬 세상이라고 부르는 로큰롤의 영원 속으로 사라지자 우리는 무대 밖으로 나갔다.

"우와, 정말 재미있었어요." 그녀가 말하면서 내 팔을 잡고 눌렀다. "당신이 재미있었다고요."

내가 뭐라고 대꾸할 겨를도 없이 도널드가 확성기에 대고 쩌렁쩌렁하게 외쳤다.

"우리 학교 역사상 처음으로 무대 위에서 춤 솜씨를 뽐내 주신 두 감독 선생님을 위해 옛 노래를 한 곡 바칩니다. 차트에서는 사라졌지만 우리 가슴속에는 길이 남은, 우리 아버지의 소장품에서 직접 선별한 잊지 말아야 할 그 음반! 우리 아버지 몰래 들고 나온 거라 재즈를 사랑하는 여러분 중에서 한 분이라도 꼬질러 바쳤다가는 큰일 납니다. 비벼 주세요, 예나 지금이나 록을 사랑하는 여러분. 앰버슨 선생님과 던힐 선생님이 고등학생 때는 그랬답니다!"

그러자 모두들 우리 쪽으로 고개를 돌렸는데…….

한밤중에 밖으로 나왔는데 구름 가장자리가 금색으로 밝게 빛나고 있으면 조만간 달님이 고개를 내밀겠구나 하고 직감하게 된다. 쪼글쪼글한 색 테이프들이 하늘하늘 흔들리는 덴홈 체육관 한가운데 서 있었던 바로 그때, 내 기분이 딱 그랬다. 그가 어떤 곡을 틀려는지 느낌이 왔고, 우리가 그 노래에 맞춰 춤을 추겠다는 느낌이 왔고, 우리가 어떤 식으로 춤을 추겠는지 느낌이 왔다. 잠시 후 그 부드러운 브라스 밴드의 도입부 연주가 시작됐다.

바다다…… 바다다디덤…….

글렌 밀러의 「인 더 무드」였다.

새디가 뒤로 손을 뻗어 머리를 풀었다. 그러고는 계속 웃으면서 엉덩이를 살짝 좌우로 흔들기 시작했다. 머리채가 이쪽 어깨에서 저쪽 어깨로 부드럽게 넘실거렸다.

"스윙댄스 출 줄 알아요?"

내가 음악 소리 너머로 언성을 높이고 물었다. 출 줄 안다는 걸 뻔히 알면서. 출 거라는 걸 뻔히 알면서.

"린디합 같은 거 말이에요?" 그녀가 물었다.

"바로 그거요."

"글쎄요……"

"춰 보세요, 던힐 선생님." 한 여학생이 말했다. "보고 싶어요."

그 아이의 친구 둘이 새디를 내 쪽으로 떠밀었다.

그녀는 머뭇거렸다. 나는 다시 제자리에서 돌고 손을 내밀었다. 우리가 무대로 나서자 아이들이 환호성을 질렀다. 자리를 만들어 주었다. 내가 앞으로 당기자 그녀는 일말의 망설임 끝에 먼저 왼쪽으로 돌았다가 다시 오른쪽으로 돌았다. A라인 점퍼스커트를 입고 있어서 발을 교차할 만한 여유가 있었다. 1958년 가을의 그날, 닥치는 대로 먹는 리치와 물 찬 제비 같은 베비가 연습하던 린디 베리에이션이었다. 바로 그 헬자파펀이었다. 당연히 그럴 수밖에. 과거는 화음을 추구하니까.

나는 손을 맞잡은 채 그녀를 내 쪽으로 당겼다 다시 제자리로 돌려놓았다. 우리는 손을 놓았다. 그런 다음 (아무도 없는 피크닉장에서 느리게 돌아가게 만든 음반에 맞춰) 이 동작을 몇 개월 동안 연습이라도 한 것처럼 허리를 숙인 채 처음에는 왼쪽으로, 그 다음에는 오른쪽으로 발을 찼다. 아이들이 웃으며 환호성을 질렀다. 반질반질한 댄스플로어 한가운데 우리를 두고 빙 둘러서서 박수를 쳤다.

우리는 다시 손을 맞잡아 위로 올렸고, 그녀가 그 아래에서 흥분한 발레리나처럼 뱅글뱅글 돌았다.

이제 손을 쥐어서 왼쪽인지 오른쪽인지 알려 줘요.

마치 생각이 행동으로 옮겨지기라도 한 것처럼 내 오른손이 그녀의 손을 살짝 쥐었고, 그녀는 조명 때문에 빨갛게 반짝였다 파랗게 반짝이는 머리를 부채처럼 펄럭이며 프로펠러 같이 빙그르르 제자리로 돌아왔다. 여학생들이 헉 하고 탄성을 지르는 소리가 들렸다. 나는 그녀를 잡아서 한쪽 발에 몸을 실으며 그녀의 몸을 내 한쪽 팔 뒤로 젖혔다. 무릎이 꺾이지 않기만을 간절히 바랐는데, 꺾이지 않았다.

내가 몸을 일으켰다. 그녀도 따라 일어섰다. 그녀가 밖으로 나갔다 다시 내 품으로 들어왔다. 우리는 그렇게 조명 아래에서 춤을 추었다.

춤은 인생이다.

7

파티는 11시에 끝났지만, 나는 자정을 15분 넘긴 다음에서야 새디를 선라이너에 태우고 집 앞까지 바래다줄 수 있었다. 댄스파티 감독이라는 멋들어진 임무에 대해 아무도 알려 주지 않는 한 가지 사실이 있다면 음악이 끝났을 때 모든 학생들이 데리러 온 차를 타고 안전하게 떠났는지 확인해야 한다는 것이다.

우리 둘 다 가는 동안 별 말이 없었다. 도널드가 구미가 당기는 빅밴드 댄스곡을 몇 번 더 틀었고 아이들이 스윙댄스를 한 번 더 보여 달라고 졸랐지만 우리 쪽에서 한사코 거절했다. 한 번도 기억에 남는데, 두 번이면 뇌리에서 지울 수 없게 될 것이다. 작은 마을에서 추천할 만한 일이 아니었다. 하지만 내 입장에서는 이미 지울 수 없는 기억이 되어 버렸다. 내 품에 안겼을 때 그녀의 느낌이나 내 얼굴에 닿던 가쁜 숨결이 계속 생각났다.

나는 시동을 끄고 그녀를 돌아보았다.

이제 그녀가 '구제해 줘서 고마웠어요.' 내지는 '덕분에 근사한 저녁 시간 보낼 수 있었어요.'라고 하면 그걸로 끝이겠지.

그런데 그녀는 그런 말을 하지 않았다. 아무 말도 하지 않았다. 그저 나를 바라보기만 했다. 어깨 위로 머리카락을 늘어뜨린 채. 점퍼 스커트 안에 받쳐 입은 남자용 옥스퍼드 셔츠 윗 단추 두 개가 풀려 있었다. 귀걸이가 반짝거렸다. 그리고 잠시 후 우리는 서로를 더듬다 꼭 끌어안았다. 그런 채로 입을 맞추었지만, 단순한 입맞춤이 아니었다. 배가 고팠을 때 만난 음식 같았고, 목이 말랐을 때 만난 물 같았다. 그녀의 향수 냄새와 그 밑에 깔린 깨끗한 땀 냄새가 났고, 입술과 혀에서는 희미하지만 여전히 톡 쏘는 담배 맛이 느껴졌다. 내 머리카락을 훑던 그녀의 손가락이 (새끼손가락으로 귀와 얼굴이 만나는 오목한 부분을 간질이자 내 몸에 전율이 일었다.) 목덜미에 머물렀다. 엄지손가락이 움직이고 또 움직였다. 다른 생애 같았으면 머리카락으로 덮여 있었을 뒷덜미 맨살을 어루만졌다. 내가 한 손으로 그녀의 풍성한 젖가슴을 아래에서 쓰다듬다 둥글게 원을 그렸다. 그녀가 중얼거렸다.

"아, 고마워요. 쓰러질 것 같았는데."

"별말씀을요."

나는 대꾸하고 그녀의 젖가슴을 지그시 눌렀다.

5분쯤 그렇게 애무를 했을까. 손길이 대담해질수록 숨결은 더 거칠어졌다. 자동차 앞 유리에 김이 서렸다. 잠시 후 나를 밀치는 그녀를 보니 두 뺨이 젖어 있었다. 도대체 언제부터 눈물을 흘리기 시작한 걸까?

"조지, 미안해요." 그녀가 말했다. "안 되겠어요. 너무 겁이 나요."

점퍼스커트가 허벅지까지 올라가서 가터벨트와 슬립 밑단과 팬티에 달린 레이스가 보였다. 그녀가 치마를 무릎 밑으로 내렸다.

결혼한 전적 때문인 듯했다. 파국으로 끝난 결혼이라도 신경이 쓰이는 모양이었다. 지금은 21세기 초반이 아니라 20세기 중반이었으니까. 아니면 동네 주민들 때문일 수도 있었다. 온 동네가 어두컴컴하니 잠이 든 것 같았지만 장담할 수 없는 일이었고, 작은 마을에 새로 부임한 목사와 교사는 언제나 흥미진진한 이야깃거리였다. 나중에 나의 짐작이 둘 다 틀린 것으로 밝혀졌지만, 그 당시 나로서는 알 도리가 없었다.

"새디, 원하지 않으면 하지 않아도 돼요. 나는 그냥……"

"당신은 몰라요. 내가 원하지 않는 게 아니에요. 그래서 겁이 나는 게 아니라고요. 한 번도 이런 적이 없어서 겁이 나는 거예요."

내가 뭐라고 대꾸할 겨를도 없이 그녀는 차에서 내려 핸드백 안에 넣은 열쇠를 찾으며 집으로 달려갔다. 끝까지 내 쪽을 돌아보지 않았다.

8

나는 1시 20분 전에 집에 도착해, 이번에는 나에게 찾아온 '꼴린 하복부 증후군'을 달래며 차고에서 집까지 걸어갔다. 부엌 불을 켜자마자 전화벨이 울리기 시작했다. 1961년이면 발신자 번호 서비스가 시작되기 40년 전이었지만, 그런 밤을 보낸 뒤 그 시각에 전화할 사람은 한 명뿐이었다.

"조지? 나예요."

그녀는 침착한 말투였지만 쉰 목소리였다. 울었던 것이다. 목소리를 들어보니 엉엉 운 모양이었다.

"안녕, 새디. 근사한 시간 보내게 해 줘서 고마웠다고 인사할 기회도 안 주면 어떻게 해요? 댄스파티 때도 그랬고, 그 이후에도 그랬는데."

"나도 좋았어요. 얼마 만에 추어 보는 춤이었는지 몰라요. 하도 긴장해서 내가 누구랑 같이 린디를 배웠는지 말도 못 했네."

"흠. 나는 전처하고 같이 배웠어요. 당신은 사이가 멀어진 남편하고 배웠겠죠?"

넘겨짚은 게 아니었다. 그럴 수밖에 없었다. 더 이상 놀랍지는 않았지만, 그 섬뜩한 우연의 일치에 이제는 익숙해졌다고 하면 거짓말일 것이다.

"맞아요." 그녀의 목소리는 힘이 없었다. "그이하고 배웠어요. 서배너 클레이턴 집안의 존 클레이턴. 그리고 사이가 멀어질 수밖에 없었어요. 아주 이상한 남자거든요."

"결혼 생활을 얼마나 했어요?"

"영원처럼 느껴질 만큼 오랫동안요. 우리의 그 시절을 결혼 생활이라고 부를 수 있을지 모르겠지만요." 그녀는 웃음을 터뜨렸다. 유쾌하면서도 절망이 어렸던 아이비 템플턴의 웃음소리와 비슷했다. "내 입장에서 영원처럼 느껴질 만큼 오랫동안은 4년 조금 넘는 세월을 의미해요. 6월에 학기가 끝나면 리노에 몰래 다녀올 거예요. 거기서 여름 동안 웨이트리스나 뭐 그런 일을 할 거예요. 의무 거주 기간이 6주거든요. 그러니까 7월 말이나 8월 초면 정리할 수 있다고…… 이런 식의 말도 안 되는 소리로 자기 최면을 걸어요…… 한쪽 다리가 부러진 말처럼."

"기다릴게요."

나는 이렇게 이야기했지만, 그 말을 내뱉자마자 정말 기다릴 수 있을까 하는 생각이 들었다. 배우들이 하나둘씩 극장에 모여 조만간 공연을 시작하려는 순간이었던 것이다. 62년 6월이면 리 오스왈드가 미국으로 돌아와 처음에는 로버트네 가족들과 함께 지내다 나중에는 어머니네 집으로 들어갈 것이다. 그러다 8월이면 포트워스의 머세이디즈 대로로 이사해 근처 레슬리 웰딩 사에서 회사 이니셜이 새겨진 알루미늄 섀시와 덧문을 조립할 것이다.

"나는 기다릴 수 있을지 모르겠어요." 그녀의 목소리가 하도 나지막해서 귀를 쫑긋 세우고 들어야 했다. "나는 스물세 살이었던 그때 처녀 딱지를 떼지 못한 신부였고, 스물여덟 살인 지금은 처녀 딱지를 떼지 못한 이혼녀예요. 내가 살던 동네 사람들 말을 빌자면 과일이 너무 오랫동안 나무에 매달려 있었던 셈이죠. 우리 어머니를 비롯해서 온 동네 사람들은 내가 4년 전부터 어른들만의 세계를 실질적으로 경험하기 시작한 줄 알았는데 말이에요. 이거, 아무한테도 하지 않은 이야기예요. 당신이 아무한테라도 이야기하면 죽어 버릴 거예요."

"우리 둘만의 비밀로 할게요, 새디. 죽을 때까지. 남편이 발기불능이었어요?"

"그랬다기보다……" 그녀는 말을 하다 말고 가만히 있었다. 그러더니 잠시 후 깜짝 놀란 목소리로 물었다. "조지…… 이거 공용선이에요?"

"아뇨. 매달 3달러 50센트 더 내기로 하고 개인선 달았어요."

"다행이다. 그래도 전화로 할 만한 이야기는 아니에요. 앨스 다이너에서 가지뿔영양버거를 먹으면서 할 이야기도 아니고. 저녁 먹으러 올래요? 뒷마당에서 단출하게 피크닉 벌여요. 5시쯤에."

"좋아요. 파운드케이크나 뭐 그런 거 사 가지고 갈게요."

"그거 말고 다른 거 사 가지고 왔으면 좋겠는데."

"어떤 거요?"

"개인선이라도 전화로 말할 수 없는 거예요. 약국에서 파는 건데, 조디 약국에서는 사면 안 돼요."

"새디……"

"아무 말하지 말아 줘요. 전화 끊고 찬물로 세수 좀 해야겠다. 얼굴에서 불이 난 것 같아요."

딸깍 하는 소리가 들렸다. 그녀가 전화를 끊은 것이다. 나는 옷을 벗고 침대에 누워 한참 동안 뒤척이며 기나긴 생각에 잠겼다. 시간과 사랑과 죽음에 대해.

15장

일요일이었던 그날 아침 10시에 나는 선라이너를 집어타고 32킬로미터를 달려 라운드 힐로 향했다. 큰길에 문을 연 약국이 한 군데 있었는데, 문에 붙인 **덴홈 라이온스를 위해 함성을** 스티커를 본 순간 라운드 힐도 제4통합교육지구의 일원인 게 생각났다. 나는 킬린으로 차를 몰았다. 우연의 일치겠지만 데리의 킨과 섬뜩하리만치 닮은 나이 많은 약국 주인이 갈색 봉투와 거스름돈을 주며 윙크를 했다.

"어이, 범법 행위는 금물이야."

나도 빤한 윙크로 화답하고 조디로 돌아갔다. 어젯밤은 늦은 시각이었음에도 불구하고 누워서 아무리 애를 써도 잠 근처에조차 가지 못했다. 그래서 바인가르텐스 슈퍼마켓에서 파운드케이크도 샀다. 일요일이라 만든 지 오래된 것처럼 보였지만 상관없었고, 새디도 상관하지 않을 것이다. 피크닉이 됐건 뭐가 됐건 오늘의 주요 안건은 음식이 아니었다. 그녀의 집 현관문을 두드렸을 때 나는 속이 울렁거렸다.

새디는 민낯이었다. 심지어 립스틱조차 바르지 않았다. 접시만 한 두 눈에 어두운 그늘이 져 있었고 겁에 질린 표정이었다. 순간, 그녀가 내 면전에서 문을 쾅 닫고 그 긴 다리로 잽싸게 달아날 것 같다는 생각이 들었다. 그 길로 끝일 것 같다는 생각이 들었다.

그런데 그녀는 달아나지 않았다.

"들어와요." 그녀가 말했다. "치킨 샐러드 만들었어요." 그러더니 입술을 떨기 시작했다. "당신 입맛에 맞아야 할 텐데…… 마, 마요네즈를 너, 너무……"

그녀의 무릎이 꺾였다. 나는 파운드케이크가 든 상자를 바닥으로 내동댕이치고 그녀를 붙잡았다. 그녀는 물에 빠진 사람이 떠내려 온 통나무를 붙잡듯 내 목을 팔로 꼭 끌어안았다. 쿵쾅거리는 그녀의 떨림이 느껴졌다. 그 빌어먹을 파운드케이크에 내 발이 걸렸다. 잠시 후에는 그녀의 발도 걸렸다. 뿌지직.

"겁이 나요." 그녀가 말했다. "내가 잘 못하면 어떻게 해요?"

"내가 잘 못하면요?"

농담이 아니었다. 너무 오래전 이야기였다. 최소한 4년이었다.

그녀는 내 말이 들리지 않는 듯했다.

"그이는 내 몸을 원하지 않았어요. 적어도 내가 꿈꾸었던 그런 식은 아니었어요. 내가 아는 방식은 그이의 방식뿐인데. 만지작거리고 빗자루를 들이미는 거."

"진정해요, 새디. 숨을 크게 쉬어 봐요."

"약국 다녀왔어요?"

"네, 킬린으로. 하지만 하고 싶지 않으면……"

"할 거예요. *하고야* 말 거예요. 얼마 되지도 않는 용기가 사라져 버리기 전에. 들어와요."

복도 맨 끝 방이 침실이었다. 간소했다. 침대, 책상, 벽에 걸린 판화 몇 점, 약하게 조절해 놓은 창문형 에어컨 바람에 나풀거리는 친츠 커튼이 전부였다. 그녀의 무릎이 다시 꺾였고 내가 다시 붙잡았다. 희한한 형식의 스윙댄스였다. 바닥에 심지어 아서 머레이(미국의 유명한 댄스 강사 — 옮긴이) 발자국까지 있었다. 파운드케이크가 남긴 흔적이었다. 내가 입을 맞추자 바짝 마른 그녀의 입술이 미친 듯이 내 입술을 덮쳤다.

나는 그녀를 살금살금 뒤로 밀어 붙박이장에 기대게 했다. 그녀는 머리카락이 들러붙은 눈으로 진지하게 나를 쳐다보았다. 나는 머리카락을 떼어 주고 바짝 마른 그녀의 입술을 혀끝으로 아주 조심스럽게 핥기 시작했다. 구석구석까지 다 핥을 수 있게 천천히.

"괜찮아졌어요?" 내가 물었다.

그녀는 말이 아니라 혀로 대답했다. 나는 그녀의 기다란 몸을 위에서부터 아래로 천천히 훑어 내려갔다. 두근거리는 맥박이 느껴지는 목 양옆에서부터 가슴, 젖가슴, 배, 납작하니 경사가 진 치골, 한쪽 엉덩이로 건너가서 허벅지까지. 그녀는 청바지를 입고 있었다. 청바지가 내 손바닥 밑에서 버스럭거렸다. 그녀가 뒤로 고개를 젖히다 쿵 하고 문에 머리를 부딪쳤다.

"아이쿠!" 내가 외쳤다. "괜찮아요?"

그녀는 눈을 감았다.

"괜찮아요. 멈추지 마요. 키스 좀 더 해 줘요." 그러더니 고개를 저었다. "아니, 키스는 말고. 아까 입술에 했던 것처럼 핥아 줘요. 그거 좋더라."

나는 시키는 대로 했다. 그녀는 한숨을 쉬며 엉덩이에 걸쳐진 내 허리띠 속으로 손을 넣었다. 그러고는 버클이 있는 앞쪽으로 손을 움직였다.

2

나는 빠르게 밀어붙이고 싶었다. 내 온몸에서 속도를 내라고, 풍덩 뛰어들라고, 이 행위의 본질은 완벽한 황홀경에 있지 않으냐고 고함을 질러 댔다. 하지만 천천히 움직였다. 적어도 처음에는 그랬다. 그런데 그녀가 "뜸 들이지 마요. 기다리는 건 질리도록 했으니까."라고 하기에 땀이 맺힌 그녀의 관자놀이에 입을 맞추고 엉덩이를 앞으로 움직였다. 누워서 매디슨을 추는 것처럼. 그녀는 헉 하는 소리를 내뱉으며 뒤로 살짝 엉덩이를 뺐다 다시 들었다.

"새디? 괜찮아요?"

"어머나 깜짝이야." 그녀의 말에 나는 웃음을 터뜨렸다. 그녀는 눈을 뜨고 호기심과 희망이 뒤엉킨 눈빛으로 나를 올려다보았다. "이제 끝난 거예요 아니면 더 남았어요?"

"조금 더 남았어요. 얼마나 될지는 나도 몰라요. 여자랑 이래 본

게 하도 오랜만이라."

그런데 알고 보니 조금 더 남은 게 아니었다. 실제상으로는 몇 분에 불과했지만, 가끔은 시간의 흐름이 다르게 느껴지기 마련이다. 그걸 누구보다 잘 아는 사람이 내가 아니던가. 막판에 이르렀을 때 그녀는 숨을 헐떡이기 시작했다.

"아, 좋아요. 아, 좋아요. 아, 좋아. 아, *미치겠어!*"

나를 터뜨린 게 새로운 세계를 발견하고 걸신이 들린 그녀의 목소리였으니 서로 박자가 완벽하게 맞아떨어진 것은 아니었지만, 몇 초 뒤에 그녀가 고개를 들어 내 어깨에 묻었다. 그러고는 주먹을 쥔 손으로 내 어깨뼈를 한 대, 두 대 때리더니…… 꽃처럼 활짝 편 채로 그 위에 얹었다. 잠시 후 그녀는 베개 위로 몸을 던지고, 조금 겁에 질린 듯 휘둥그레 뜬 눈으로 나를 멍하니 쳐다보았다.

"느꼈어요." 그녀가 말했다.

"알아요."

"우리 어머니 말로는 여자들은 못 느끼고 남자들만 느낀다고 했는데. 여자들도 오르가슴을 느낀다는 건 근거 없는 속설이라고 하면서." 그녀는 몸을 떨어 가며 웃었다. "이것도 모르고, 우리 어머니 불쌍해서 어쩌면 좋아."

그녀는 한쪽 팔꿈치를 딛고 몸을 일으키더니 내 손을 잡아서 자기 젖가슴 위에 올려놓았다. 그 밑에서 쿵쾅거리는 그녀의 심장이 느껴졌다.

"대답해 보세요, 앰버슨 씨. 또 언제면 다시 할 수 있나요?"

3

가스와 휘발유 스모그가 가실 줄 모르는 서쪽 하늘로 붉게 물든 태양이 저물어 갈 무렵, 손바닥만 한 뒷마당으로 나간 새디와 나는 멋지게 나이를 먹은 호두나무 밑에서 치킨 샐러드 샌드위치를 먹고 아이스티를 마셨다. 당연히 파운드케이크는 없었다. 못 먹을 지경으로 뭉개져 버렸기 때문이었다.

"그러면 기분 별로예요? 그러니까 그…… 약국에서 산 그거 끼고 하면?"

"괜찮아요."

나는 이렇게 대답했지만, 사실은 그렇지가 않았다. 예전부터 단 한 번도 괜찮은 적이 없었다. 1961년에서부터 2011년 사이 미국의 수많은 제품들이 발전을 거듭하겠지만, 제이크 에핑이 장담하건대 콘돔은 거의 달라진 게 없었다. 이름이 좀 더 근사해지고 심지어 (취향이 특이한 사람들을 위해) 맛까지 첨가될지 몰라도 거시기에 코르셋을 차는 듯한 기분은 똑같았다.

"예전에는 내가 페서리(자궁 경부를 막는 여성용 피임 기구—옮긴이)를 준비했어요."

그녀가 말했다. 피크닉 테이블이 없어서 잔디밭에 담요를 깔았다. 그녀는 오이 양파 샐러드가 든 밀폐 용기 뚜껑을 열었다 닫았다 하기 시작했다. 어떤 사람들은 이런 손장난을 보면 심리 상태를 파악할 수 있다고 하는데, 나도 그렇게 생각하는 1인에 속한다.

"조니하고 결혼하기 전주에 어머니한테 받은 거였어요. 어머니는 심지어 사용 방법까지 알려 주셨지만 나하고 눈을 맞추지 못했고, 뺨에 물이라도 한 방울 떨어뜨리면 지글거리는 소리가 나지 않을까 싶을 정도였죠. '결혼하고 18개월 동안은 피임을 해라.' 어머니가 말했어요. '남편만 협조해 주면 2년 동안 참는 게 좋아. 그래야 남편 월급으로 생활비를 충당하고 네 월급은 저금할 수 있어.'"

"일리가 있는 충고인데요?"

나는 신중하게 말을 골랐다. 우리는 지금 지뢰밭을 건너는 중이었다. 나도 그렇고 그녀도 그렇고 그렇다는 걸 알고 있었다.

"조니는 과학선생님이예요. 당신만큼은 아니지만 키도 커요. 나는 나보다 작은 남자들이랑 돌아다니는 게 지겨워서 그가 맨 처음 데이트 신청을 했을 때 받아들였던 것 같아요. 결국에는 그와 만나는 게 습관이 됐고요. 내 눈에는 그가 좋은 남자로 보였어요. 밤에 헤어질 때 여기저기 더듬지도 않고. 그 당시에는 그런 게 사랑인 줄 알았어요. 정말 순진했죠?"

나는 한 손을 들어 시소처럼 움직였다.

"우리는 사우스 조지아 대학에서 만났고, 서배너의 같은 학교로 발령을 받았어요. 남녀공학이지만 사립인 고등학교였죠. 같은 학교로 발령을 받을 수 있게 그이 아버지가 손을 좀 썼을 거예요. 그이 집안이 돈은 없지만 (예전에는 있었지만 지금은 없어요.) 그래도 서배너에서 여전히 손꼽히는 집안이거든요. 돈은 없지만 번듯한. 어떤 집안인지 알겠죠?"

나로 말할 것 같으면 그 동네에 누가 살고 누가 안 살고 하는 것을 따지지 않는 시대 출신이라 어떤 집안을 말하는 건지 알 길이 없었지만, 그래도 중얼중얼 맞장구를 쳤다. 그녀는 한참 동안 견뎌 왔던 일을 이야기하는 중이라 거의 최면에 걸린 듯한 목소리였다.

"그래서 페서리를 준비했죠. 장미가 그려진 조그만 비닐봉지에 든 것으로. 그런데 한 번도 쓰질 못했어요. 꺼낼 필요가 없었죠. 그래서 속 풀이를 당하고 난 뒤 어느 날, 쓰레기통에 던져 버렸어요. 그이는 그걸 속 풀이라고 불렀어요. '속 좀 풀어야겠어.' 그러고는 빗자루를 들이미는 거예요. 어떤 식이었는지 알겠죠?"

전혀 알 수가 없었다.

새디가 웃음을 터뜨리자 다시 아이비 템플턴이 연상됐다.

"어머니는 2년 동안 참으랬는데! 우리는 *20년*도 참을 수 있었어요! 페서리는 쓰지도 않은 채!"

"어쨌길래요?" 나는 그녀의 팔을 살짝 잡았다. "남편이 때렸어요? 빗자루로?"

내가 『브루클린으로 가는 마지막 비상구』에서 읽은 바에 따르면 빗자루를 달리 활용할 방법이 있긴 했지만, 남편이 그 방법은 쓰지 않은 게 분명했다. 그녀는 정말 숫처녀였다. 시트에 증거가 남았다.

"아뇨. 때리려고 빗자루를 동원한 게 아니에요. 조지, 더 이상은 이 이야기 못하겠어요. 지금은 안 되겠어요. 지금 내가 어떤 심정인가 하면…… 음…… 막 흔들린 콜라병 같아요. 내가 지금 뭘 원하는지 알아요?"

나는 알 것 같았지만 예의를 갖추는 차원에서 뭐냐고 물었다.

"당신이 나를 안으로 데리고 가서 뚜껑을 열어 주었으면 좋겠어요."

그녀가 두 손을 머리 위로 올리고 기지개를 켰다. 브래지어를 하지 않아서 블라우스 밑으로 젖가슴이 들리는 게 보였다. 늦저녁 햇살 아래 블라우스 위로 거무스름하게 비치는 젖꼭지가 마침표를 닮았다.

그녀가 말했다.

"오늘은 과거의 기억을 떠올리고 싶지 않아요. 오늘은 그냥 펑 하고 터져 버리고 싶어요."

4

한 시간 뒤에 그녀가 졸기 시작했다. 나는 이마에, 그 다음에는 콧잔등에 입을 맞추어 그녀를 깨웠다.

"이제 가야겠어요. 내 차가 집 앞에 계속 서 있으면 동네 사람들이 여기저기 전화 돌릴 테니까."

"그러게요. 옆집에 샌퍼드네가 사는데 릴라 샌퍼드가 이번 달 학생 사서예요."

내가 알기로 릴라의 아버지는 교육위원회 위원이었지만, 그 말은 하지 않았다. 새디가 이렇게 행복해하는데, 찬물을 끼얹을 이유가 없었다. 샌퍼드네 식구들은 우리가 소파에 무릎을 맞대고 앉아서 「개구쟁이 데니스」가 끝나고 에드 설리번의 엄청 재미난 쇼가 시작되길 기다리는 줄 알고 있을 것이다. 물론 11시 넘어서까지 내 차가 새디네 집 앞에 세워져 있으면 생각이 달라질 수도 있겠지만.

그녀는 옷을 갈아입는 내 모습을 바라보았다.

"이제 어떻게 되는 걸까요, 조지? 우리 말이에요."

"당신이 내 곁에 있고 싶다고 하면 나도 당신 곁에 있을 거예요. 당신은 그러고 싶어요?"

그녀는 시트를 허리에 두르고 일어나 담배 쪽으로 손을 내밀었다.

"그러고 싶은 마음이야 굴뚝같죠. 하지만 나는 유부녀이고, 내년 여름을 리노에서 보낸 뒤라야 자유의 몸이 될 수 있어요. 내가 혼인 무효 소송을 걸면 조니가 받아치고 나올 거예요. 아니, 그이 부모님이 받아치고 나올 거예요."

"우리만 조심하면 만사 아무 일 없을 거예요. 하지만 조심해야 해요. 알죠?"

그녀는 환하게 웃었다.

"그럼요. 알죠."

"새디, 도서관에서 말 안 듣는 아이들 있어요?"

"엥? 그럼요, 있죠. 늘 있잖아요." 그녀가 어깨를 으쓱하자 젖가슴이 출렁였다. 나는 눈 깜짝할 사이 옷을 주워 입은 게 후회가 됐지만, 또 한편으로는 웃기시네 하는 생각도 들었다. 제임스 본드라면 3라운드까지 가능할지 몰라도 제이크 겸 조지는 기진맥진했던 것이다. "내가 새로 부임한 선생님이잖아요. 아이들이 간을 보는 거죠. 골치 아프기는 하지만, 예상하지 못했던 수준은 아니에요. 왜요?"

"조만간 그런 문제가 사라질 테니까요. 선생님들끼리 사랑에 빠지면 아이들이 좋아 죽잖아요. 심지어 남학생들까지. 아이들이 보기에는 TV 드라마 같거든요."

"우리가 이런 사이인 줄······"

나는 생각해 보았다.

"몇몇 여학생들은 눈치 챌 거예요. 경험이 있는 아이들은요."

그녀는 담배 연기를 내뱉으며 "아이고 신나라." 했다. 하지만 전적으로 못마땅한 얼굴은 아니었다.

"라운드 힐에 있는 새들에서 저녁 같이 먹을래요? 우리 둘이 붙어 다니는 걸 사람들한테 자주 보여 줄 필요도 있고 하니까."

"좋아요. 내일요?"

"아뇨, 내일은 내가 댈러스에서 할 일이 있어요."

"소설 자료 조사하러 가는 거예요?"

"그렇죠, 뭐." 사귀기 시작한 지 얼마 되지도 않았는데, 나는 벌써 거짓말을 하고 있었다. 꺼림칙했지만, 방법이 없었다. 미래의 일은…… 지금 당장은 생각하고 싶지 않았다. 내 기분도 잡칠 필요는 없지 않은가. "화요일 어때요?"

"좋아요. 그런데 조지?"

"네?"

"이걸 계속할 수 있는 방법을 찾아야 할 텐데."

나는 미소를 지었다.

"사랑하니까 방법이 생길 거예요."

"이건 욕망에 가까운 거 아닌가요?"

"아마 둘 다일걸요?"

"당신 참 마음이 따뜻한 사람이에요, 조지 앰버슨."

젠장, 이름마저 가짜라니.

"조니하고 나 사이에 있었던 일 들려줄게요. 마음의 준비가 되면.

당신이 듣고 싶을진 모르겠지만."

"듣고 싶어요." 들어야 하지 않을까 싶었다. 이 관계를 지켜 내려면 알아내야 했다. 그녀에 대해서. 그에 대해서. 빗자루에 대해서.

"당신이 마음의 준비가 됐을 때."

"존경하는 우리 교장선생님이 애용하시는 표현을 빌자면 '제군들, 이것은 힘들지만 보람찬 일이 될 겁니다.'"

나는 웃음을 터뜨렸다.

그녀는 담배를 껐다.

"한 가지 궁금한 게 있어요. 미미 선생님도 우리가 만나는 걸 찬성했을까요?"

"분명히 찬성했을 거예요."

"나도 그렇게 생각해요. 운전 조심해요. 그리고 이거 가지고 가요." 킬린 약국에서 준 종이봉투를 가리키며 하는 말이었다. 그 봉투가 서랍장 위에 놓여 있었던 것이다. "볼일을 본 뒤에 선반을 열어보는 호기심 왕성한 손님이 있으면 설명하느라 귀찮아질 테니까."

"맞다."

"하지만 얼른 꺼낼 수 있는 데 보관해 줘요."

이러면서 그녀는 윙크를 했다.

5

집으로 돌아가는 길에 자꾸만 콘돔 생각이 났다. 트로전사에서 만든 제품인데…… 상자에 '그녀의 기쁨을 위해서'라는 얼토당토않은 문구가 적혀 있었다. 그녀는 페서리를 버렸다고 했고 (다음번에 댈러스에 다녀오면서 하나 장만할 가능성도 있었지만) 피임약은 1~2년은 있어야 널리 통용되기 시작할 것이다. 내가 근대 사회학 시간에 배운 내용을 제대로 기억하고 있다면 그때가 되어도 의사들이 피임약을 처방하는 데 신중한 태도를 보일 것이다. 그러니까 당분간은 트로전으로 만족하는 수밖에 없었다. 내가 그걸 쓰는 이유는 그녀의 기쁨을 위해서가 아니라 피임을 하기 위해서였다. 15년은 지나야 나라는 아이가 태어난다는 걸 생각하면 우스운 일이었다.

미래를 생각하면 여러모로 혼란스러워진다.

6

다음 날 저녁에 나는 고요한 마이크의 가게를 다시 찾았다. 문 앞에 CLOSED 팻말이 걸려 있었고 아무도 없는 것처럼 보였지만, 문을 두드리자 전자 기기 전문가께서 열어 주었다.

"시간을 딱 맞춰서 오셨네요, 존 도 씨. 아주 딱 맞춰서 오셨어요." 그가 말했다. "보시고 어떻게 생각하실지 모르겠어요. 제 생각에는 제 한계를 넘어선 것 같은데."

나는 그가 뒷방으로 사라진 동안 트랜지스터라디오들로 가득한 유리 진열대 옆에 서서 기다렸다. 그가 양손에 스탠드를 하나씩 들고 돌아왔다. 지저분한 손길을 수없이 거친 양 갓이 지저분했다. 한 스탠드는 대가 깨져서 한쪽으로 기우뚱했다. 피사의 사탑처럼 기울었다고 해야 할까. 완벽했다. 완벽하다는 찬사를 전했더니 그가 씩 웃으며 상자에 든 녹음기를 스탠드 옆으로 내려놓았다. 거의 안 보일 정도로 가는 전선들이 길이별로 들어 있는 주머니도 내려놓았다.

"일대일 과외를 좀 해 드릴까요?"

"알 것 같아요."

나는 말하고 20달러짜리 지폐 다섯 장을 카운터에 내려놓았다. 그가 한 장을 돌려주려고 했다. 그 모습에 나는 조금 감동을 받았다.

"180달러에 하기로 했잖아요."

"20달러는 내가 여기 찾아왔었다는 걸 잊어버리는 대가로 드리는 겁니다."

그는 잠깐 고민을 하더니 외따로 떨어져 있던 20달러짜리 지폐를 엄지손가락으로 눌러서 초록색 친구들이 있는 곳으로 끌고 왔다.

"이미 잊어버렸는데. 팁으로 생각할게요."

그가 물건들을 갈색 종이봉투에 넣는 동안 나는 그냥 궁금한 마음에 한 가지 물어보았다.

"케네디요? 나는 그 사람한테 투표 안 했지만, 교황 시키는 대로 하지만 않으면 괜찮을 거라고 봐요. 이 나라에 젊은 사람이 필요하긴 하잖아요. 새로운 시대니까요."

"그가 댈러스로 찾아와도 아무 일 없을까요?"

"아마도요. 그런데 장담은 못하겠어요. 여러 정황을 종합했을 때 내가 그 사람이라면 메이슨 딕슨 선(메릴랜드와 펜실베이니아를 나누는 경계선. 남북전쟁 당시 남부의 노예주와 북부의 자유주를 나누는 경계선으로 쓰였고, 지금도 미국의 북부와 남부를 정치적·사회적으로 구분하는 상징적인 경계선으로 남아 있다—옮긴이) 이남으로는 내려오지 않을 거예요."

나는 씩 웃었다.

"어둠에 묻힌 곳이니까(고요한 마이크라는 별명이 유래된 「고요한 밤 거룩한 밤」에 나오는 '어둠에 묻힌 밤'이라는 기사를 패러디한 것 — 옮긴이)?"

고요한 마이크(거룩한 마이크)가 말했다.

"그만하세요."

7

1층 교무실에는 우편물과 학교 공문을 넣어 두는 우편함이 있었다. 화요일 오전 쉬는 시간에 내 우편함을 들여다보았더니 봉인이 된 조그만 봉투가 들어 있었다.

조지에게

오늘 저녁 같이 먹을 생각에 변함이 없다면 5시 정도가 좋겠어요. 가을맞이 도서 판매 때문에 이번 주 하고 다음 주 내내 일찍 출근해야 하거든요. 디저트는 우리 집에 와서 먹으면 어때요?

파운드케이크 있으니까 같이 먹어요.

새디

"뭘 보고 그렇게 웃어요, 앰버슨 선생?" 대니 래버티가 물었다. 그는 숙취를 암시하는 퀭한 눈으로 리포트를 뚫어져라 들여다보며 첨삭하고 있었다. "뭔데 그래요? 나도 좀 같이 웃읍시다."

"아무것도 아닙니다. 저만 알아들을 수 있는 거라 이해 못하실 거예요."

8

하지만 우리는 이해했고, 그 뒤로 파운드케이크가 우리 둘만의 암호가 되어 그해 가을 동안 참 많이 먹었다.

우리가 조심한다고 해도 몇몇 사람들은 당연히 낌새를 알아차렸다. 여기저기서 수군거렸겠지만, 추문으로 번지지는 않았다. 작은 마을 주민들은 그렇게 심술궂지 않은 법이다. 새디의 상황을 대강은 알고 있어서 우리가 당분간은 공개적으로 만날 수 없는 입장임을 이해했다. 그녀가 내 집을 찾아오지는 않았다. 그랬다가는 안 좋은 이야기가 나올 수 있었다. 나는 아무리 늦어도 10시면 그녀의 집을 나섰다. 그 이후까지 있었다가는 역시 안 좋은 이야기가 나올 수 있었다. 내 선라이너를 그녀의 집 차고에 넣고 하룻밤 자고 올 방법은 없었다. 그녀가 타고 다니는 폭스바겐 비틀이 아무리 작아도 차고에 빈 자리가 거의 없었다. 자리가 있었다 하더라도 내가 그 집에서 자고 오지는 않았을 것이다. 그랬다가는 누군가 알아차릴 테니까. 작은 마을에서는 항상 누군가 알아차리기 마련이다.

나는 학교 수업이 끝나면 그녀의 집을 찾아갔다. 가서 그녀가 차려 놓은 저녁을 먹었다. 가끔은 둘이 앨스 다이너에서 가지뿔영양버거나 메기 스테이크를 먹었다. 가끔은 새들을 애용했다. 그 동네 그레인지에서 열리는 토요일 밤 댄스파티에도 두 번 참석했다. 시내에 있는 젬이나 라운드 힐에 있는 메사나 (아이들은 잠수함 경주라고 부르는) 킬린의 스타라이트 자동차극장에서 영화도 보았다. 새들 같은 근사한 레스토랑에서 그녀는 식전에 와인을 한 잔, 나는 맥주를 한 병 마시기도 했지만, 동네 주점이나 조디에 딱 하나밖에 없는 술집이자 학생들이 동경하고 갈망하는 레드 루스터는 출입을 삼갔다. 때는 1961년, 인종차별 정책이 드디어 누그러지기 시작했을지 몰라도 (흑인들이 댈러스, 포트워스, 휴스턴의 울워스 식당가에서 식사를 할 수 있는 권리를 획득했다.) 학교 선생들은 레드 루스터에서 술을 마시는 게 아니었다. 교직에 계속 남고 싶으면 절대, 절대, 절대 금물이었다.

침실에서 사랑을 나눌 때 새디는 항상 바지, 스웨터, 모카신을 침대 옆에 챙겨 놓았다. 그녀 말로는 응급 장비라고 했다. 한 번은 둘 다 알몸이었을 때 (그녀의 표현을 빌자면 "환희의 현장을 연출"하고 있었을 때) 초인종이 울린 적이 있었는데, 10초 만에 이 옷들을 꿰어 입는 게 아닌가. 그녀는 깔깔거리며 돌아와 「워치타워」(여호와의 증인 팸플릿 — 옮긴이)를 흔들었다.

"여호와의 증인이었어요. 나는 구원을 받았다고 했더니 갔어요."

그런 일이 있은 뒤 한번은 그녀의 집 부엌에서 햄 스테이크와 오크라를 먹는데, 그녀가 우리 모습을 보면 오드리 헵번과 게리 쿠퍼 주연의 영화 「하오의 연정」이 떠오른다고 했다.

"밤에 하면 더 근사할까 가끔은 궁금해요." 그녀는 살짝 아쉬워하는 목소리로 이렇게 말했다. "보통 사람들처럼 말이죠."

"나중에 직접 확인할 기회가 생길 거예요. 조금만 기다려요."

그녀는 웃으며 내 입가에 입을 맞추었다.

"당신 참 말을 멋지게 잘한다니까?"

"그렇죠? 내가 아주 독창적이거든요."

그녀는 접시를 옆으로 치웠다.

"나 디저트 먹을 준비됐어요. 당신은요?"

9

여호와의 증인들이 새디의 집을 찾아오고 며칠 지났을 때, (내가 각색한 「12인의 성난 남자들」 캐스팅을 마쳤으니 11월 초였을 것이다.) 내가 잔디밭에서 낙엽을 치우는데 누군가 내 이름을 불렀다.

"안녕, 조지. 잘 지내고 있나?"

고개를 돌려보니 이제 두 번째로 홀아비가 된 디크 시먼스였다. 그는 남들이 예상했던 것보다 훨씬 오랫동안 멕시코에 머물다 남들이 이제 거기 눌러 앉으려는 모양이라고 생각하기 시작했을 무렵 돌아왔다. 나는 돌아온 그를 만난 게 그때가 처음이었다. 아주 까무잡잡한데 너무 홀쭉했다. 옷이 부대 자루 같았고, 피로연 때만 해도 진회색이었던 머리칼이 지금은 거의 백발에 가까운 데다 정수리 부분이 휑했다.

나는 갈퀴를 내동댕이치고 그를 향해 달려갔다. 악수를 할 생각이었는데 끌어안아 버렸다. 그는 화들짝 놀랐지만 (1961년만 해도 진짜 사나이들은 포옹을 하지 않는 법이었다.) 이내 웃음을 터뜨렸다.

나는 그를 잡은 채 뒤로 몸을 빼며 팔을 쭉 펴고 그를 살폈다.

"신수가 훤한데요!"

"말은 고맙네, 조지. 그런데 컨디션은 전보다 좋아. 미미가 죽어 가고 있었을 때는…… 언젠가는 그런 날이 닥칠 줄 알고 있었지만 그래도 충격이 엄청났지. 그 문제만큼은 이성으로 감정을 어쩔 수가 없더군."

"들어가서 커피 한잔해요."

"좋지."

우리는 그가 멕시코에서 보낸 시간에 대해 이야기했다. 학교에 대해서도 이야기했다. 무패 행진 중인 미식축구 팀과 얼마 안 남은 가을 시합에 대해서도 이야기했다. 그러다 잠시 후 그가 잔을 내려놓으며 말했다.

"엘렌 도커티가 자네와 새디 클레이턴의 문제를 놓고 몇 마디 전해 달라고 하더군."

이런. 우리가 감쪽같이 잘해 나가고 있는 줄 알았더니.

"지금은 새디 던힐이에요. 결혼 전 이름을 다시 쓰고 있어요."

"그녀의 상황은 나도 다 알아. 채용할 때부터 알고 있었어. 그녀는 괜찮은 아가씨고 조지, 자네도 괜찮은 남자야. 엘리 말로는 힘든 상황을 자네 둘이서 제법 우아하게 헤쳐 나가고 있다고 하더군."

나는 살짝 긴장을 풀었다.

"엘리 말로는 자네들이 킬린 외곽에 있는 캔들우드 방갈로를 모르는 눈치라는 거야. 그런데 자기가 가르쳐 주는 건 적절하지 못한 처사인 것 같다며 나한테 부탁을 하더군."

"캔들우드 방갈로요?"

"나도 토요일 저녁 때 미미를 데리고 여러 번 갔었던 곳이지." 그는 이제 몸에 비해 너무 커 보이는 손으로 커피 잔을 만지작거렸다. "아칸소인가 앨라배마에서 퇴직한 교사 커플이 운영하는 곳이야. 어느 주인지는 모르겠지만 이응으로 시작되는 곳에서 퇴직한 남교사들이 운영하는 곳이지. 이게 무슨 말인지 자네가 알아들었는지 모르겠네만."

"네, 알 것 같습니다."

"좋은 친구들이야. 자기들 관계에 대해서도 그렇고, 손님들 간의 관계에 대해서도 그렇고 말을 참 아껴." 그는 커피 잔을 쳐다보다 말고 고개를 들었다. 얼굴이 살짝 빨개졌지만 미소를 짓고 있었다. "혹시 오해를 할까 싶어 덧붙이자면 여관은 아니야. 절대 아니지. 방들은 깨끗하고, 요금은 저렴하고, 조금만 걸어가면 나오는 조그만 음식점은 시골 식당 수준이야. 아가씨들한테 그런 장소가 필요할 때가 있잖은가. 남자들도 마찬가지고. 그런 데서는 허둥지둥 끝낼 필요가 없거든. 지저분한 짓을 저지르고 있는 듯한 기분도 들지 않고."

"고맙습니다." 내가 말했다.

"고맙기는 뭘. 미미하고 내가 그 캔들우드에서 즐거운 저녁 시간을 수도 없이 보냈거든. 잠옷 차림으로 TV만 보고 잠자리에 든 적도 있지만, 어느 정도 나이가 되면 그래도 좋아." 그는 서글픈 미소를 지었다. "그 나름대로. 우리는 귀뚜라미 소리를 들으며 잠을 청하곤 했지. 저 멀리서 코요테 우는소리가 들릴 때도 있었어. 달이 떴을 때 말이야. 달이 뜨면 그래. 녀석들이 달을 보며 울부짖는 거지."

그는 영감님처럼 천천히 뒷주머니에서 손수건을 꺼내더니 뺨을 훔쳤다.

내가 손을 내밀자 그가 맞잡았다.

"그녀는 자네를 좋아했어. 자네가 어떤 인물인지 도통 모르겠다고 했지만. 자네를 보면 30년대 영화에 등장하던 유령이 생각난다고 했지. '사람이 밝고 환한데 온전히 여기 있는 것 같지 않다'면서."

"유령은 아닙니다. 그건 장담할 수 있어요."

그는 미소를 지었다.

"그래? 내가 자네 추천서를 확인해 봤어. 대체교사로 한동안 일하면서 연극을 아주 멋들어지게 성공한 이후에 말이지. 새러소타 교육위원회에서 받은 건 아무 문제없었지만 나머지는……" 그는 여전히 미소를 띤 얼굴로 고개를 지었다. "그리고 학위는 오클라호마의 어느 공장에서 받은 거더군."

헛기침을 해도 소용없었다. 아무 말도 할 수가 없었다.

"내가 그걸 어떻게 생각했느냐고? 별 의미 두지 않았어. 안장 주머니에 책 몇 권 담고 안경 쓰고 넥타이 두른 남자가 말을 타고 등장하면 20년 동안 교장 자리에 앉던 그런 시절도 있었거든. 그리 오래 전 이야기도 아니야. 자네는 우라지게 훌륭한 교사야. 아이들도 알고, 나도 알고, 미미도 알았어. 그게 중요한 거지."

"제가 추천서를 위조한 걸 엘렌도 아나요?"

엘렌 도커티가 교장 대행이라 1월에 교육위원회 회의가 열리면 그녀가 영구 교장직을 맡게 될 것이다. 다른 후보가 없었다.

"아니, 영영 모를 거야. 적어도 나를 통해서 알게 되는 일은 없을 거야. 그녀한테 알릴 필요성을 못 느끼거든." 그가 자리에서 일어섰다. "하지만 자네가 지금까지 어디에서 살았고 어떤 일을 했었는지 알아야 할 사람이 한 명 있지. 어떤 사서교사 말이야. 문제는 자네가 진지하게 만나고 있는가 하는 건데, 진지하게 만나고 있는 건가?"

"네."

내 말에 디크는 그거면 만사 아무 문제없다는 듯이 고개를 끄덕였다.

정말로 그렇다면 얼마나 좋을까.

10

디크 시먼스 덕분에 새디는 해가 진 뒤에 사랑을 나누면 어떤 기분인지 드디어 알게 되었다. 내가 어땠느냐고 물었을 때 그녀는 훌륭했다고 대답했다.

"그런데 아침에 당신 옆에서 눈을 뜨는 순간이 더 기다려져요. 바람 소리 들려요?"

들렸다. 바람이 윙윙거리며 처마를 돌아 나가는 소리가 들렸다.

"그 소리 들으니까 아늑한 기분 들지 않아요?"

"그러네요."

"내가 지금 어떤 말을 할 텐데, 그 말을 불편하게 받아들이지 않아 주었으면 좋겠어요."
"뭔데요?"
"내가 아무래도 당신을 사랑하게 된 것 같아요. 어쩌면 잠자리 때문일 수도 있고, 그 때문에 착각하는 사람들이 있다는 얘기도 들었지만, 그건 아닌 것 같아요."
"새디?"
"네?"
그녀는 애써 미소를 지었지만, 겁에 질린 표정이었다.
"나도 사랑해요. 이건 어쩌면도 아니고 착각도 아니에요."
"하느님 감사합니다."
그녀는 말하며 내 품속으로 더욱 깊숙이 파고들었다.

11

캔들우드 방갈로를 두 번째로 찾아갔던 날, 그녀는 조니 클레이턴 이야기를 할 준비가 되었노라고 했다.
"하지만 불을 꺼 줄래요?"
나는 시키는 대로 했다. 그녀는 이야기를 하는 동안 담배를 세 대 피웠다. 막바지에는 목 놓아 울기도 했는데, 과거의 아픔이 되살아났다기보다 순전히 창피해서 그랬을 것이다. 대부분의 사람들의 경우, 잘못했다는 고백보다 바보 같았다는 고백이 더 하기 어려운 법이니까. 그녀가 바보 같았다는 건 아니다. 바보 같은 것과 순진한 것은 하늘과 땅 차이인데, 1940년대와 50년대에 어른이 된 중산층의 조신한 숙녀들이 대부분 그랬듯 새디도 성에 대해 아는 게 거의 없었다. 그녀 말로는 나 이전에는 남근을 제대로 본 적이 한 번도 없었다고 했다. 조니의 것을 흘끗 훔쳐본 적은 있지만 그랬다가 들키면 그가 그녀의 얼굴을 아플 정도로 붙잡고 다른 쪽으로 돌렸다고 했다.
"매번 얼마나 자존심이 상했다고요." 그녀가 말했다. "당신은 그 심정 알아요?"

존 클레이턴은 신앙심이 돈독하고, 반듯하지 않은 구석이라고는 하나도 없는 집안 출신이었다. 상냥하고 세심하며 상당히 매력적인 남자였다. 유머 감각이 뛰어나다고 할 수는 없었지만 (거의 바닥 수준이었다.) 그녀를 아주 좋아하는 듯했다. 그녀의 부모님도 그를 아주 좋아했다. 특히 클레어 던힐이 조니 클레이턴이라면 사족을 못 썼다. 게다가 하이힐을 신은 새디보다 키가 더 컸다. 껑다리 소리를 들으며 자란 그녀로서는 중요한 부분이었다.

"결혼 전에 딱 한 가지 마음에 걸린 부분이 있다면 결벽증이었어요." 새디가 말했다. "모든 책을 알파벳순으로 정리해 놓고, 뒤섞이면 엄청 짜증을 냈거든요. 누가 책을 꺼내기만 해도 불안해했어요. 긴장하는 게 느껴질 정도로요. 하루에 면도를 세 번 하고 손은 수도 없이 씻었어요. 악수라도 하면 무슨 핑계를 대서라도 화장실로 달려가 최대한 빨리 손을 씻었죠."

"색깔 있는 옷도 그런 식으로 정리했겠죠. 입는 옷도 그렇고 옷장에 걸어 놓은 옷도 그렇고. 누가 뒤섞기라도 하면 큰일 났고요. 창고 물건들도 알파벳순으로 정리했어요? 가끔 한밤중에 일어나 스토브가 꺼졌는지, 문이 잠겼는지 확인했고요?"

그녀는 신기한 듯 어둠 속에서 눈을 휘둥그레 뜨고 나를 돌아보았다. 침대에서 다정한 삐걱거림이 들렸다. 바람이 휘몰아쳤다. 헐거워진 창틀이 덜커덩거렸다.

"어떻게 알았어요?"

"일종의 병이에요. 강박장애라고 하죠. 하워드……" 나는 말을 하려다 말고 멈추었다. 원래는 "하워드 휴스(미국의 사업가, 영화 제작자—옮긴이)가 그 병을 혹독하게 앓았잖아요."라고 말할 생각이었는데, 지금 이 시대에서는 확실하게 진단이 내려지지 않았다. 확실하게 진단이 내려졌다 하더라도 사람들한테 알려지지는 않았을 것이다. "내 친구가 그 병에 걸렸거든요. 하워드 템플이라는 친구인데, 신경 쓸 것 없어요. 그래서 그가 폭력을 행사하던가요, 새디?"

"아뇨, 때리거나 주먹을 휘두르거나 하지는 않았어요. 한 번 뺨을 때린 게 전부예요. 그런데 다른 방식으로도 얼마든지 상처를 줄 수 있잖아요."

"그렇죠."

"아무한테도 이야기할 수 없었어요. 특히 어머니한테는. 결혼식 날 어머니가 뭐라 그랬는지 알아요? 나더러 그 전에 기도 절반을 하고 도중에 나머지 절반을 하면 다 잘 될 거라고 했어요. '부부 관계'라는 말을 차마 못하고 '도중에'라고 한 거죠. 딱 한 번 친구 루시에게 이야기를 꺼내 보려고 한 적이 있었어요. 방과 후에 그녀가 도서관 정리하는 걸 도와주었을 때. 그런데 '남의 집 침실 안에서 벌어지는 일에는 관심 없어.' 하지 뭐예요? 나는 말을 하다 말고 멈추었어요. 이야기하고 싶었던 마음이 싹 사라져 버리더라고요. 얼마나 창피했는지 몰라요."

그 뒤로 이야기가 봇물처럼 쏟아졌다. 울음기가 섞여서 가끔 발음이 불분명하기는 했지만, 기본 골자를 파악하는 데에는 별 어려움이 없었다. 그는 1주일에 한 번 혹은 두 번씩 "속 좀 풀어야겠다"고 말했다. 그러면 그녀는 나이트가운 차림으로(그의 요구조건에 맞춰 속이 비치지 않는 나이트가운 차림으로), 그는 사각팬티 차림으로 침대에 나란히 누웠다. 그것이 그녀가 본 중에서 알몸에 가장 가까운 상태였다. 그가 허리까지 시트를 내리면 텐트 모양으로 솟은 사각팬티가 보였다.

"한번은 그이가 그 텐트를 본 적이 있어요. 그이가 자기 눈으로 확인한 게 내가 기억하기로는 그때 딱 한 번뿐이었는데, 뭐라 그랬는지 알아요?"

"아뇨."

"'정말 혐오스럽군.' 하더니 '잠 좀 잘 수 있게 얼른 해치워야겠어.' 이러는 거예요."

그녀가 이불 밑으로 손을 넣어 수음을 해 주었다. 오래 걸리지는 않았고, 몇 초 만에 끝날 때도 있었다. 그녀가 그러는 동안 그가 그녀의 젖가슴을 만지작거린 적도 몇 번 있었지만, 대부분의 경우에 손은 깍지를 껴서 자기 가슴 위에 얹어 놓았다. 거사가 끝나면 그는 욕실로 들어가 깨끗하게 씻은 뒤 잠옷을 입고 다시 방으로 들어왔다. 잠옷은 모두 파란색으로 일곱 벌이었다.

그 다음은 그녀가 욕실로 들어가 손을 씻을 차례였다. 그의 주장에 따르면 최소 3분 동안 손이 빨개질 만큼 뜨거운 물로 씻어야 된다고 했다. 손을 다 씻으면 방으로 돌아가서 그에게 손바닥을 보여주었다. 라이프부이 비누 냄새가 흡족한 수준으로 나지 않으면 다시 씻어야 했다.

"손을 씻고 다시 방으로 들어가면 항상 빗자루가 준비되어 있었어요."

그는 여름이면 시트 위에 겨울이면 담요 위에 그 빗자루를 올려놓았다. 빗자루를 동원해 침대를 정확히 반으로 갈랐던 것이다. 그의 쪽과 그녀의 쪽으로.

"내가 뒤척이다 그 쪽으로 넘어가면 그이가 눈을 떴어요. 아무리 곤하게 자고 있더라도 깨어서 나를 내 쪽으로 밀어냈죠. 그것도 아주 세게. '빗자루를 넘어왔다'고 하면서."

그녀는 정상적인 부부 관계도 없이 어떻게 아이를 만들 수가 있겠느냐고 물었을 때 뺨을 맞았다.

"그이가 얼마나 노발대발했는지 몰라요. 그래서 뺨을 때린 거예요. 나중에 미안하다고 사과를 받기는 했지만, 그때는 뭐라고 했는지 알아요? '내가 세균들이 우글거리는 그 구멍 안으로 내 몸을 넣어서 이 더러운 세상 속으로 아이들을 태어나게 만들 것 같아? 신문을 읽는 사람이면 누구든 알겠지만, 이 세상은 조만간 폭발할 거야. 방사능이 우리를 죽일 거라고. 우리는 염증으로 뒤덮인 몸을 하고 염통이 튀어나오도록 기침을 하다 죽을 거야. 언제든 그럴 수 있다고.'"

"맙소사. 당신이 떠날 만도 했네요, 새디."

"4년이나 허송세월한걸요? 남편의 양말을 색깔별로 정리해서 서랍 안에 넣고, 1주일에 두 번씩 수음을 해 주고, 그 망할 빗자루랑 같이 잠을 청하면서 하루하루를 보내기엔 내 인생이 아깝다고 결론을 내리기까지 4년이나 걸린 거예요. 가장 굴욕적이었던 게 그 부분이었어요. 그 부분 때문에 아무한테도 이야기를 못 했어요…… 빗자루라니 웃기잖아요."

나는 웃기다고 생각하지 않았다. 노이로제와 누가 봐도 분명한 정신병의 중간 지대에 해당되는 증상이라고 생각했다. 그리고 그녀의 이야기는 50년대의 전설로서 손색이 없었다. 빗자루를 사이에 두고 잠을 청하는 록 허드슨과 도리스 데이라니 금세 그림이 그려지지 않는가. 물론 록이 게이라면 이야기가 달라지겠지만.

"그런데 남편이 당신을 찾으러 오지도 않았어요?"

"네. 나는 열 몇 군데 학교에다 지원서를 보내 놓고 사서함으로 답장을 보내 달라고 했어요. 그런 식으로 몰래 알아보려니까 바람을 피우는 듯한 기분이 들더라고요. 들통이 났을 때 우리 부모님이 나를 그런 여자 취급했죠. 아빠는 조금 생각이 바뀌었지만 (자세한 내막에 관심이 없는 건 여전하지만, 결혼 생활이 얼마나 끔찍했는지 알아차린 것 같아요.) 엄마는 어림도 없어요. 지금도 노발대발이에요. 엄마 말로는 다니는 교회도 바꾸고 바느질 모임도 그만뒀대요. 얼굴을 들고 다닐 수가 없어서."

어떻게 보면 빗자루만큼이나 잔인하고 어이없는 반응이었지만, 나는 아무 말도 하지 않았다. 전형적인 남부인이라고 할 수 있는 새디의 부모님보다 더 흥미진진한 부분이 있었던 것이다.

"두 분이 클레이턴을 통해서 당신이 떠났다는 사실을 알게 된 거 아니죠? 내가 제대로 이해한 거 맞죠? 클레이턴은 끝까지 두 분을 찾아가지 않았죠?"

"맞아요. 우리 엄마는 그이를 당연히 이해했죠." 평소에는 어렴풋했던 새디의 남부 사투리가 강해졌다. "나 때문에 망신을 당했으니 *아무한테도* 알리고 싶지 않았을 거라고." 그녀는 뒤를 길게 늘여 가며 이야기하다 말고 고쳤다. "빈정거릴 생각은 없어요. 엄마는 그 수치심을 이해했고, 감추어야 할 필요성도 이해한 거니까. 그 두 가지 점에 있어서 조니하고 우리 엄마는 궁합이 완벽해요. 조니가 우리 엄마하고 결혼을 했어야 하는 건데." 그녀는 살짝 히스테릭한 웃음을 터뜨렸다. "엄마라면 그 빗자루를 *사랑했을* 텐데."

"그 사람한테서 아무 소식 없어요? '새디, 깨끗하게 정리하고 새 출발을 하는 게 어떨까?' 이런 엽서 한 장 없었어요?"

"그런 엽서가 날아올 리 없잖아요. 그이는 내가 어디 있는지도 모르고, 어디 있는지 관심조차 없을 텐데."

"뭐 필요한 거 없어요? 변호사를 통하면……"

그녀는 내게 입을 맞추었다.

"당신하고 이 침대에서 뒹구는 거 말고는 아무것도 없어요."

나는 시트를 발로 걷어찼다.

"나는 봐도 돼요, 새디. 돈 안 받을게요."

그녀는 보았다. 그러고 나서 손으로 어루만졌다.

12

나중에 나는 깜빡 졸았다. 바람 소리와 창틀 하나가 덜커덩거리는 소리가 들릴 정도였으니 깊이 잠이 든 건 아니었는데 꿈을 꾸었다. 새디와 내가 어느 빈집 안에 있었다. 둘 다 알몸이었다. 2층에서 무언가가 움직이는지 쿵쿵거리는 불쾌한 소음이 들렸다. 누군가가 걷는 소리일 수도 있었는데, 그렇다고 하기에는 쿵쿵거리는 소리가 너무 요란했다. 우리가 알몸인 채로 들통 나게 생겼는데, 죄책감은 없었다. 오히려 겁이 났다. 회반죽이 벗겨진 한쪽 벽에 숯으로 이렇게 적혀 있었다. **조만간 대통령을 죽여 버릴 거다.** 그 밑에 누군가가 이렇게 덧붙여 놓았다. **그 전에 대통령이 병에 잔뜩 걸릴 거다.** 이 문장이 짙은 색 립스틱으로 적혀 있었다. 아니면 립스틱이 아니라 피일 수도 있었다.

퍽, 쿵, 퍽.

위에서 들리는 소리.

"프랭크 더닝인 것 같아요."

내가 새디에게 속삭이며 그녀의 팔을 잡았다. 얼음처럼 차가웠다. 시체의 팔을 잡고 있는 듯한 기분이었다. 대형 해머에 맞아 죽은 여자의 시체랄까.

새디가 고개를 저었다. 그녀는 입술을 떨며 천장을 올려다보고 있었다.

퍽, 쿵, 퍽.

쏟아져 내리는 석고 가루.

"그럼 존 클레이턴인가?" 내가 속삭였다.

"아니에요." 그녀가 말했다. "옐로 카드맨인 것 같아요. 그 자가 짐라를 데리고 온 거예요."

쿵쿵거리던 소리가 뚝 그쳤다.

그녀가 내 팔을 잡고 흔들기 시작했다. 두 눈이 접시만 했다.

"맞아요! 짐라예요! 짐라가 우리 소리를 들은 거예요! 우리가 여기 있는 줄 알아차린 거라고요!"

13

"일어나요, 조지! 일어나요!"

나는 눈을 떴다. 그녀가 한쪽 팔꿈치를 딛고 몸을 일으켜 옆에서 나를 내려다보는데, 얼굴이 희부예서 잘 안 보였다.

"응? 몇 시예요? 이제 가야 해요?"

하지만 밖은 아직 어두컴컴했고, 바람이 계속 불고 있었다.

"아뇨, 아직 자정도 안 됐어요. 악몽을 꾸더라고요." 그녀는 조금 신경질적인 웃음을 터뜨렸다. "미식축구 보는 꿈이었어요? '짐라, 짐라.' 이러던데."

"그랬어요?"

나는 일어나 앉았다. 그녀가 담배를 피우려고 성냥을 긋자 얼굴이 잠깐 환하게 밝혀졌다.

"응. 그랬어요. 온갖 헛소리를 하면서."

조짐이 좋지 않았다.

"어떤 헛소리요?"

"대부분 뭐라는지 알아들을 수 없었지만, 한마디는 분명하게 들렸어요. '데리가 댈러스야.' 그러더라고요. 그러더니 좀 있다가는 거꾸로 '댈러스가 데리야.' 그랬고. 무슨 꿈이었어요? 생각나요?"

"아뇨."

하지만 아무리 선잠이었대도 잠에서 막 깬 얼굴로는 그럴 듯하게 거짓말을 하기 어려운 법이라 그녀의 얼굴이 미심쩍어하는 표정으로 바뀌었다. 그것이 불신으로 발전하기 전에 노크 소리가 들렸다. 밤 12시 15분 전에 노크 소리라니.

우리는 서로의 얼굴을 쳐다보았다.

다시 노크 소리가 들렸다.

'짐라가 온 거야.' 이 생각이 아주 선명하고 분명하게 머릿속을 스치고 지나갔다.

새디가 재떨이에 담배를 끄고 시트를 몸에 둘둘 말더니 아무 말도 없이 욕실로 달려갔다. 그녀가 안으로 들어갔고 문이 닫혔다.

"누구십니까?" 내가 물었다.

"요리티입니다. 버드 요리티요."

요리티라면 이곳을 운영하는 게이 퇴직 교사였다.

나는 침대 밖으로 나와 바지를 입었다.

"무슨 일입니까, 요리티 씨?"

"전갈이 와서요. 어떤 여자 분이 급한 일이라고 전해 달라고 하셨어요."

나는 문을 열었다. 그는 아담한 체구 위로 다 낡아빠진 가운을 걸치고 있었다. 자다 일어났는지 봉두난발이었다. 한 손에 쪽지를 들고 있었다.

"어떤 여자 분이라뇨?"

"엘렌 도커티라고 하던데요."

나는 고맙다고 인사하고 문을 닫았다. 그런 다음 쪽지를 펴서 읽었다.

새디가 시트로 몸을 둘둘 만 채 욕실에서 나왔다. 겁에 질려서 눈이 접시만 했다.

"무슨 일이에요?"

"사고가 났대요." 내가 말했다. "빈스 놀스가 픽업트럭을 몰고 마을 밖으로 놀러나갔다가. 마이크 코슬로하고 바비 질도 같이 타고 있었대요. 마이크는 트럭 밖으로 날아가서 팔이 부러졌대요. 바비 질은 얼굴을 심하게 베었지만, 다른 데는 아무 이상 없다고 하고요."

"빈스는요?"

나는 빈스의 운전을 보고 사람들이 했던 말을 떠올렸다. 내일은 없다는 식이라고 하지 않았던가. 그 말대로 되어 버렸다. 이제 그에게 내일은 없었다.

"죽었대요."

그녀의 입이 떡 벌어졌다.

"*말도 안 돼! 이제 겨우 열여덟 살인데!*"

"그러게 말이죠."

잡고 있던 팔이 풀리면서 시트가 그녀의 발치로 떨어졌다. 그녀는 두 손에 얼굴을 묻었다.

14

내가 각색한 「12인의 성난 남자들」은 공연이 취소되었다. 그 작품을 대신한 「어느 학생의 죽음」은 3막으로 이루어진 연극이었다. 영안실에서 이루어진 마지막 대면, 그레이스 감리교회에서 열린 장례식, 웨스트힐 공동묘지에서 치러진 입관식. 이 애절한 공연에 온 마을 주민들이 참석했다. 몇 명 빠졌을지 몰라도 대세에 지장을 줄 정도는 아니었다.

빈스의 부모님과 망연자실한 여동생이 관 옆에 접의식 의자를 놓고 앉아서 마지막 대면을 하러 온 조문객들을 맞았다. 내가 새디와 함께 다가가자 놀스 부인이 일어나 나를 끌어안았다. 화이트 숄더스 향수와 땀을 막는 요도라 디오더런트의 냄새가 코를 찔렀다.

"선생님이 그 아이의 인생을 바꾸어 놓았어요." 그녀가 내 귀에 대고 속삭였다. "아들 녀석이 자기 입으로 그렇게 말했답니다. 연기를 하고 싶다면서 난생 처음으로 열심히 공부도 했어요."

"놀스 부인, 정말이지 드릴 말씀이 없습니다." 그때 문득 끔찍한 생각이 떠오르는 바람에 나는 한껏 힘을 주어 그녀를 끌어안았다. 그렇게 끌어안으면 그런 생각이 가시기라도 하는 것처럼. '어쩌면 이게 나비 효과일지 몰라. 내가 조디로 오는 바람에 빈스가 죽은 걸지 몰라.' 이런 생각이 들었던 것이다.

너무 짧게 끝난 빈스의 인생을 담은 몽타주 사진이 관 옆을 장식했다. 그 앞 이젤에는 그가 「생쥐와 인간」 의상을 입고 소품으로 걸려 있던 낡아빠진 펠트 모자를 쓴 사진이 한 장 덩그러니 놓여 있었다. 생쥐처럼 약삭빨라 보이는 그의 얼굴이 모자 밑에서 카메라를 응시하고 있었다. 빈스는 훌륭한 배우라 할 수 없었지만, 이 사진에서만큼은 완벽하게 시건방진 미소를 짓고 있었다. 새디가 울음을 터뜨렸고, 나는 왜 그러는지 알 수 있었다. 한순간에 동전처럼 뒤집혀 버린 인생. 인생이 좋은 쪽으로 달라질 때도 있지만 꼬리를 흔들며 휙 하니 멀어져 가기 십상이다. *안녕, 자기. 그동안 즐거웠어.*

조디는 훌륭했다. 내게는 훌륭한 마을이었다. 데리에서는 내가 아웃사이더였지만, 조디는 고향 같았다. 이곳이 내 고향이었다. 샐비어 향기, 여름이면 인도 모포를 닮은 주황색으로 붉게 물드는 언덕. 새디의 입에서 희미하게 풍기는 담배 냄새, 기름칠한 우리 교실 마루가 삐걱거리는 소리. 아무도 모르게 마을로 복귀할 수 있게 한밤중에 전갈을 보낸, 마음씨 고운 엘리 도커티. 나를 꼭 끌어안은 놀스 부인에게서 풍기는 향수와 디오도런트의 숨 막히는 조합. 묘지에서 깁스를 하지 않은 한쪽 팔로 나를 감싸 안더니 내 어깨에 얼굴을 묻고 마음을 가라앉히던 마이크. 바비 질의 얼굴에 남은 빨간색의 흉측한 상처도 내게는 고향이었다. 성형 수술을 받지 않으면 평생 흉터로 남을 거라는데, 그녀의 집안은 돈을 댈 만한 형편이 못됐다. 앞으로 그 흉터를 볼 때마다 머리가 거의 떨어져 나가다시피 한 상태로 길바닥에 나뒹굴었던 동네 남자아이가 생각날 텐데……. 그 뒤로 새디와 나와 임직원 전원이 1주일 동안 달고 다녔던 까만색 상장도 고향이었다. 자기 집 식당 유리창에 빈스의 사진을 건 앨 스티븐스도. 전교생 앞에서 무패를 기록한 시즌을 빈스 놀스의 영전에 바치며 흘렸던 짐 라두의 눈물도.

그뿐만이 아니었다. 길거리에서 만나면 인사를 건넸던 사람들, 차를 타고 지나가면서 손을 흔들었던 사람들, 새디와 내가 들어서면 '우리 테이블'이라며 뒷자리로 안내했던 앨 스티븐스, 금요일 오후면 교무실에서 1점에 1페니씩 내기를 걸고 대니 래버티와 크리비지 게임을 했던 기억, 쳇 헌틀리와 데이비드 브링클리와 월터 크롱카이트 중에서 누가 가장 훌륭한 뉴스캐스터인지를 놓고 나이 많은 메이어 양과 벌였던 설전. 내가 살던 거리, 내가 살던 집, 쓸수록 점점 손에 익었던 타자기. 이 세상 최고의 여자친구, 장을 볼 때마다 S&H에서 받았던 초록색 도장, 진짜 버터로 튀긴 영화관 팝콘.

잠이 든 벌판 위로 달이 솟아오르면 누군가를 창가로 불러 함께 감상할 수 있었던 고향. 누군가와 춤을 출 수 있었던, 춤이 인생이었던 고향.

15

서기 1961년이 저물어 가고 있었다. 크리스마스를 2주 앞두고 가랑비가 내리던 날, 수업을 마치고 또다시 생가죽 랜치 코트로 중무장한 내가 집 안으로 들어섰을 때 전화벨 소리가 들렸다.

"아이비 템플턴이에요." 전화를 건 여자가 말했다. "나 기억 못하겠죠?"

"아주 똑똑히 기억합니다, 템플턴 부인."

"그 빌어먹을 10달러는 일찌감치 다 썼는데 뭐하려고 전화를 했는지 모르겠네. 당신이 왠지 모르게 기억에 남더라고요. 로제트도 마찬가지예요. 당신을 '내 공을 받아 주었던 아저씨'라고 불러요."

"이사를 하시는 모양이죠?"

"그렇다는 거 아니겠어요? 우리 엄마가 내일 트럭을 몰고 모젤에서 건너와요."

"차가 있지 않았나요? 고장 났어요?"

"고물 자동차 치고는 멀쩡한데 해리가 그 차를 못 타게 됐어요. 두 번 다시 운전을 못하게 됐다고 해야 하나? 지난달에 그 빌어먹을 맨파워에서 맡긴 작업을 하다 도랑에 빠졌는데, 자갈을 싣고 후진을 하던 트럭이 치고 지나갔거든요. 척추가 부러졌어요."

나는 눈을 감았다. 박살나고 잔해만 남은 빈스의 트럭이 고지의 서너코 주유소 견인차에 끌려가던 광경이 떠올랐다. 금이 간 앞 유리창 안쪽이 온통 피범벅이었다.

"그것 참 안타까운 소식이로군요, 템플턴 부인."

"목숨은 부지했는데 두 번 다시 걷지 못할 거래요. 휠체어 타고 다니면서 주머니에다 볼일을 보아야 한대요. 하지만 먼저 우리 엄마 트럭 짐칸에 실려서 모젤까지 가야 해요. 우리가 쓰던 매트리스를 슬쩍 빼서 그 위에다 눕힐 거예요. 애완견을 데리고 여행 떠나는 기분이겠죠?"

그녀는 울음을 터뜨렸다.

"2개월 치 월세를 떼먹고 떠나게 생겼는데 그건 아무것도 아니에요. 중요한 건 뭔지 아세요, 다시 물어도 똑같은 이름을 댈 거라고 한 퍼던테인 씨? 먹고 죽지도 못할 35달러 받고 땡이라는 거예요. 병신 같은 해리가 넘어지지만 않았어도 이런 꼴은 안 당했을 텐데. 그전까지 개고생하는 줄 알았더니 이 꼴이 뭐냐고요!"

한참 동안 코를 훌쩍이는 소리가 이어졌다.

"그거 알아요? 우체부가 전부터 계속 추파를 던졌는데, 20달러만 주면 이 빌어먹을 거실 바닥에서 한 번 대 줄 수 있겠어요. 떡을 치는 동안 우라질 앞집 사람들 눈에 들키지만 않는다면. 그 작자를 데리고 방 안으로 들어갈 수는 없잖아요. 허리가 부러진 우리 남편이 거기 누워 있는데." 그녀는 거친 웃음소리를 냈다. "당신이 그 멋들어진 컨버터블을 몰고 여기로 건너오면 어때요? 어디 여관 같은 데 가는 거예요. 돈 좀 들여서 응접실이 딸린 방을 빌리면 로제트가 TV 보는 동안 내가 한 번 대 줄 수 있어요. 당신, 인심 좋게 생겼던데."

나는 아무 말도 하지 않았다. 내 머릿속을 번개처럼 스치고 가는 생각이 하나 있었던 것이다.

'떡을 치는 동안 우라질 앞집 사람들 눈에 들키지만 않는다면.'

내가 감시해야 할 남자가 한 명 더 있었다. 오스왈드 말고 한 명 더 있었다. 어쩌다 보니 나하고 동명이인인데, 오스왈드의 유일한 친구가 될 조짐이었다.

'믿지 말 것.' 앨이 공책에다 이렇게 적은 인물이었다.

"내 말 듣고 있는 거예요, 퍼던테인 씨? 안 듣고 있어요? 그럼 젠장, 이만……"

"전화 끊지 마요, 템플턴 부인. 내가 밀린 월세를 대신 내고 거기다 100달러를 더 얹어 줄게요. 어때요?"

필요 이상으로 많은 지출이었지만, 나에게는 그만한 돈이 있었고 그녀는 그 돈이 필요했다.

"200달러면 우리 *아버지*가 보고 있다 해도 지금 당장 대 줄 수 있어요."

"그럴 필요 없어요, 템플턴 부인. 그 길 끝에 있는 주차장으로 나와 주기만 하면 돼요. 내가 부탁하는 물건을 들고."

16

몽고메리 워드 창고 주차장에 도착했을 무렵에는 어둑어둑했고, 진눈깨비가 되려는 듯 빗방울이 조금 굵어지기 시작했다. 댈러스 이남의 구릉 지대에 진눈깨비가 내리는 경우는 거의 없지만, 거의 없다고 전혀 없는 것은 아니었다.

아이비는 로커패널에 녹이 슬고 뒷유리창에 금이 간, 서글프리만치 낡은 세단형 승용차에 앉아 있었다. 그녀는 내 차에 오르자마자 풀가동 중인 히터 앞으로 몸을 숙였다. 외투 대신 플란넬 셔츠 두 장을 겹쳐 입고 오들오들 떨고 있었다.

"아, 좋다. 저 쉐보레는 히터가 고장 나서 얼음 창고거든요. 돈은 들고 오셨겠죠, 퍼던테인 씨?"

나는 그녀에게 봉투를 주었다. 그녀가 봉투를 열더니, 내가 1년 전

페이스 파이낸셜에서 월드 시리즈 배당금을 받은 이래 붙박이장 제일 위 선반에서 잠을 자고 있었던 20달러짜리 지폐들을 휘리릭 넘겼다. 그녀는 제법 튼실한 엉덩이를 들어 청바지 뒷주머니에 봉투를 쑤셔 넣고, 안쪽에 입은 셔츠 가슴 주머니를 뒤적였다. 그러더니 열쇠를 꺼내 내 손바닥 위로 척 하니 얹었다.

"이거면 되는 거예요?"

그거면 되고도 남았다.

"복사한 거 맞죠?"

"시킨 대로 매클레런 대로에 있는 철물점에 가서 만들었어요. 똥통 같은 그 집 열쇠는 어디다 쓰게요? 200달러면 그 집을 넉 달 동안 빌릴 수 있는데."

"그럴 만한 이유가 있어요. 앞집에 어떤 사람들이 사는지 들을 수 있을까요? 우체부하고 거실 바닥에서 떡을 치면 누구한테 들킬 염려가 있는지."

그녀는 어색하게 자세를 고치며 엉덩이 못지않게 튼실한 가슴 밑으로 셔츠를 당겼다.

"그냥 장난 삼아 한 말이었어요."

"알아요." 사실은 장난인 줄 몰랐지만, 상관없었다. "그 집 거실을 정말로 밖에서 들여다볼 수 있는지 궁금해서 물어본 거예요."

"당연하죠. 커튼이 없으면 나도 그 집 거실을 들여다볼 수 있어요. 나도 돈만 있었으면 커튼을 사서 달았을 텐데. 프라이버시로 따지면 다들 밖에서 사는 거나 다름없어요. 저길 뒤져서 찾은 마대 자루를 걸까 생각도 했었는데……" 그녀는 창고 동쪽에 늘어선 쓰레기통들을 손으로 가리켰다. "너무 더러워 보이더라고요."

"어느 집에서 볼 수 있다는 거죠? 2704번지요?"

"2706번지요. 예전에는 슬라이더 버넷 가족이 살았었는데 핼러윈 직후에 이사 갔어요. 그이는 직업이 투우사 대타였어요. 세상에 그런 직업도 있더라고요? 지금은 해저드라는 남자하고 두 아이하고 아이들 할머니가 아닐까 싶은 사람이 살아요. 로제트는 그 아이들하고 놀지 않아요. 더럽대요. 그 코딱지만 한 돼지우리에서 살고 있으니 그럴 수밖에요. 그 집 할머니는 뭐라고 말을 해도 알아들을 수가 없어요. 얼굴 반쪽이 마비가 됐거든요. 그런 몰골을 하고 어슬렁어슬렁 다니는데, 집안에 무슨 보탬이 되는지 모르겠어요. 만약 내가 그 꼴이 되면 차라리 죽여 달라고 할 거예요. 으으으, 끔찍해라!" 그녀는 고개를 저었다. "그 식구들도 머지않아 떠날 거예요. 머세이디즈 대로에서 한참을 버티는 사람은 없으니까. 담배 있어요? 끊어야 하는데. 25센트가 없어서 담배도 못 사는 지경에 이르면 인생 종쳤다는 걸 알게 되죠."

"나는 담배 안 피웁니다."

그녀는 어깨를 으쓱했다.

"됐어요. 내 돈 주고 사면 되니까. 나 이제 돈 많잖아요. 당신, 결혼 안 했죠?"

"안 했어요."

"하지만 여자친구는 있죠? 이 자리에서 좋은 냄새가 나거든요. 고급 향수 냄새."

그 말에 미소가 절로 지어졌다.

"맞아요. 여자친구는 있어요."

"좋겠네요. 그 여자친구는 당신이 해 떨어진 포트워스 남쪽 동네를 살금살금 돌아다니면서 수상한 짓 벌이는 거 알아요?"

나는 아무 말도 하지 않았지만, 가끔은 침묵으로 충분할 때도 있는 법이다.

"그러거나 말거나. 당신하고 여자친구 문제니까. 몸도 덥혀졌겠다, 이제 나는 들어갈게요. 내일도 이렇게 비가 오고 추우면 우리 엄마 트럭 뒷자리에 무슨 수로 해리를 싣고 갈 수 있을지 모르겠네."

그녀는 웃으며 나를 쳐다보았다. "나는 어렸을 때 어른이 되면 킴 노박(앨프레드 히치콕 감독의 「현기증」에서 여주인공을 맡은 배우 — 옮긴이)처럼 될 줄 알았어요. 이제는 로제트가 그런 착각을 해요. 자기가 달린을 젖히고 마우스키티어가 될 수 있을 줄 알아요. 지나가던 개가 웃을 일이죠."

그녀가 자동차 문을 열려고 했을 때 내가 외쳤다.

"잠깐만."

나는 박하사탕, 화장지, 새디가 넣은 성냥갑, 크리스마스 방학 이전에 치르려고 생각 중인 1학년 영어 시험지 등 주머니 안에 들어 있던 잡동사니들을 모두 꺼낸 뒤 랜치 코트를 내밀었다.

"이거 입고 가요."

"그 빌어먹을 코트를 내가 왜 입어요!"

그녀는 놀란 얼굴이었다.

"나는 집에 또 한 벌 있어요."

거짓말이었지만, 한 벌 사면 그만이었다. 그녀는 살 수 없을 게 아넌가.

"해리한테는 뭐라 그래요? 양배추 밭에서 주웠다 그래요?"

나는 씩 웃었다.

"우체부한테 한 번 대 주고 그 돈으로 샀다고 해요. 어쩌겠어요? 남편이 집 앞까지 쫓아 나와서 당신을 두들겨 패지도 못할 거 아니에요."

그녀는 웃음을 터뜨렸다. 울음소리로 비를 알리는 새처럼 깍깍대는데 희한하게도 그 소리가 매력적이었다. 그녀가 코트를 받았다.

"로제트한테 안부 전해 줘요." 내가 말했다. "내가 꿈속으로 찾아가겠다고 전해 줘요."

그녀의 얼굴에서 웃음기가 가셨다.

"찾아오지 마요. 딸아이가 당신 꿈을 한 번 꾼 적 있었는데, 악몽이었어요. 집 안이 떠나가라 비명을 지르는 바람에 내가 시체처럼 자고 있다 새벽 2시에 벌떡 일어났지 뭐예요. 자기 공을 받아 주었던 아저씨 자동차 뒷자리에 괴물이 타고 있었는데, 그 괴물한테 잡아먹힐까 봐 겁이 났대요. 그래서 죽도록 그렇게 비명을 질렀대요."

"그 괴물한테 이름이 있었대요?" "당연히 있었겠지.'

"짐라였다고 했어요. 알라딘과 7인의 도적에 나오는 지니를 잘못 들었나? 아무튼 나는 이만 가 볼게요. 잘 지내요."

"아이비, 당신도요. 메리 크리스마스."

그녀는 다시 비를 알리는 새처럼 깍깍거렸다.

"크리스마스인 걸 깜빡할 뻔했네. 당신도 메리 크리스마스. 여자 친구한테 선물 사주는 거 까먹지 마요."

그녀는 이제 자기 코트가 된 내 코트를 어깨에 얹고, 자기 차를 세워놓은 곳을 향해 종종거리며 걸어갔다. 나는 두 번 다시 그녀를 만나지 못했다.

17

비가 내리면서 언 곳이 다리뿐이었고 내가 뉴잉글랜드에서 보낸 다른 생애를 통해 다리에서는 조심해야 한다는 사실을 알고도 남았지만, 그래도 조디로 돌아오는 길은 머나먼 여정이었다. 차를 마시려고 물 주전자를 스토브에 올려놓자마자 전화벨이 울렸다. 이번에는 새디였다.

"보먼 코치님이 개최하는 크리스마스 이브 파티에 대해서 물어보려고 저녁부터 전화했었어요. 파티는 3시에 시작된대요. 당신이 가자고 하면 따라갈게요. 새들에 저녁 예약을 해 놓았다는 등 핑계를 대고 일찍 빠져나오면 되니까. 그런데 참석 여부를 알려 줘야 해요."

나는 타자기 옆에 놓인 초대장을 보고 살짝 죄책감을 느꼈다. 3일 동안 그곳에 방치해 둔 채 열어 보지도 않았던 것이다.

"가고 싶어요?" 내가 물었다.

"얼굴 내미는 것도 괜찮겠다 싶어요." 잠깐 침묵. "하루 종일 어디 갔었어요?"

"포트워스에요."

나는 하마터면 크리스마스 선물 사러 다녀왔다고 말할 뻔했지만 참았다. 포트워스에서 내가 산 것은 약간의 정보와 어느 집 열쇠뿐이었으니까.

"선물 사러 다녀온 거예요?"

이번에도 거짓말을 하지 않으려면 인내심을 발휘해야 했다.

"새디…… 사실은 말 못해요."

한참 동안 침묵이 흘렀다. 나도 담배를 피울 수 있으면 좋겠다는 생각이 들었다. 접촉성 중독에 걸린 걸까? 날마다 하루 종일 간접흡연을 하고 있지 않은가. 교무실이 항상 푸르스름한 안개로 덮여 있으니.

"여자 문제예요, 조지? 다른 여자가 생긴 거예요? 아니면 괜한 참견인가요?"

아이비를 만나기는 했지만, 그녀가 말하는 다른 여자 범주에 속하지는 않았다.

"여자로 말할 것 같으면 당신밖에 없어요."

다시 한참 동안 침묵이 흘렀다. 새디가 몸놀림은 덤벙덤벙할지 몰라도 머릿속은 그렇지가 않았다. 한참 만에 그녀가 말문을 열었다.

"당신은 나에 대해 많은 걸 알고 있는데, 내가 아무한테라도 털어놓을 수 있을 거라고 상상조차 하지 못했던 부분들까지 알고 있는데, 나는 당신에 대해 아는 게 거의 없네요. 방금 전에서야 그 사실을 깨달았어요. 새디도 이렇게 멍청할 때가 있네요. 안 그래요, 조지?"

"멍청하다니요. 그리고 내가 당신을 사랑한다는 건 알잖아요."

"그렇죠……."

그녀는 미심쩍어하는 투였다. 캔들우드 방갈로에서 악몽을 꾸었던 날 밤, 무슨 꿈을 꾸었는지 기억이 나지 않는다는 내 말을 듣고 경계하는 표정을 지었던 그녀의 얼굴이 생각났다. 지금도 그 표정을 짓고 있을까? 단순한 경계 그 이상의 의미가 담긴 표정을 짓고 있을까?

"새디? 우리 사이 아무 문제없는 거죠?"

"네." 이번에는 좀 더 확신에 찬 목소리였다. "아무 문제없죠. 코치님의 파티 빼고는. 어떻게 할래요? 교직원이 전부 다 참석할 테고, 부인이 뷔페를 차리기 시작할 무렵에는 거의 대부분 곤드레만드레 취해서 정신없긴 할 텐데."

"갑시다." 나는 너무 열띤 목소리로 말했다. "가서 열나게 놀아 보자고요."

"뭐하게 놀아 보자고요?"

"신나게 놀아 보자고요. 그 말한 거였어요. 한 시간이나 한 시간 반쯤 있다 얼른 나옵시다. 저녁은 새들에서 먹고. 어때요?"

"좋아요." 우리는 마치 첫 번째 데이트를 찜찜하게 끝낸 뒤 두 번째 데이트는 어떻게 할 것인지 협상을 벌이는 커플 같았다. "재미있게 놀아 봐요."

아이비 템플턴이 차 안에 남은 새디의 향수 냄새를 맡고 나서, 여자친구는 내가 해 떨어진 포트워스 남쪽 동네를 살금살금 돌아다니면서 수상한 짓 벌이는 거 아느냐고 물었던 게 생각났다. 내가 지금까지 어디에서 살았고 어떤 일을 했었는지 알아야 할 사람이 한 명 있다고 했던 디크 시먼스의 말도 생각났다. 하지만 내가 프랭크 더닝을 잔인하게 살해했다고 새디에게 털어놓을 수 있을까? 아내와 네 아이 중 세 명을 죽이지 못하게 그랬다고. 내가 텍사스로 건너온 이유는 암살을 저지해 역사의 흐름을 바꾸어 놓기 위해서라고 털어놓을 수 있을까? 내가 그럴 수 있다는 걸 아는 이유는 이런 대화를 컴퓨터를 통해 주고받을 수 있는 미래에서 왔기 때문이라고.

"새디, 나중에 궁금증이 해결될 거예요. 약속해요."

이번에도 그녀는 "좋아요."라고 대답했다. 그런 다음 "내일 학교에서 만나요, 조지."라고 하고는 전화를 끊었다. 아주 조심스럽고 깍듯하게.

나는 잠깐 동안 수화기를 든 채 눈앞을 멍하니 바라보았다. 뒷마당 쪽 창문들이 덜커덩거리기 시작했다. 빗방울이 결국 진눈깨비로 바뀐 것이다.

16장

1

보먼 코치의 크리스마스 이브 파티는 대실패였다. 빈스 놀스의 환영 때문이기도 했지만, 얼굴 왼쪽 면을 턱 선까지 벌겋게 가른 상처를 들여다보다 지친 바비 질 올넛이 21일에 어머니의 수면제를 한 움큼 삼켰던 것이다. 그녀는 목숨을 건졌지만, 파크랜드 기념병원에 2박 3일 동안 입원을 했다. 내가 역사를 바꾸지 않는 한 대통령과 암살범이 똑같이 최후를 맞이하게 될 그 병원에. 2011년에는 이보다 더 가까운 병원이 있겠지만 (킬린은 분명하고 어쩌면 라운드 힐에도 생겼을지 모른다.) 내가 덴홈 통합 고등학교에서 1년 동안 정교사로 근무하던 시절에는 없었다.

새들에서 먹은 저녁도 그저 그랬다. 손님들로 북적북적하니 크리스마스 주간의 유쾌한 분위기가 넘쳐났건만, 새디가 디저트를 거부하고 일찍 집에 가고 싶다고 했다. 머리가 아파서 그런 거라고 했지만 믿기지 않았다.

바운티풀 그레인지 No. 7에서 열린 섣달 그믐 댄스파티는 그나마 조금 나았다. 오스틴에서 조커스라는 밴드가 초청되었는데, 정말 끝내줬다. 새디와 나는 풍선들을 잔뜩 얹고 축 늘어진 그물 밑에서 발이 욱신거릴 때까지 춤을 추었다. 자정이 되자 조커스가 벤처스(미국의 인스트루멘털 록밴드 — 옮긴이) 스타일로 「올드 랭 사인」을 연주했고, 리드싱어가 "1962년에는 여러분의 모든 꿈이 이루어지기 바랍니다!"라고 외쳤다.

사방에서 풍선들이 둥실둥실 내려왔다. 나는 새디에게 입을 맞추고 왈츠를 추며 새해 인사를 건넸다. 그녀는 저녁 내내 명랑하게 깔깔거렸지만 입가에 미소가 감돌지는 않았다.

"당신도 새해 복 많이 받아요, 조지. 나 펀치 한 잔 마실 수 있을까요? 목말라 죽겠는데."

알코올이 들어간 펀치를 받는 곳은 줄이 길었고, 알코올이 없는 펀치를 받는 곳은 줄이 짧았다. 내가 분홍색 레모네이드와 진저에일을 국자로 떠서 종이컵에 넣고 좀 전의 그 자리로 갔더니 새디가 보이지 않았다.

"바람 좀 쐬러 나간 모양이에요." 칼 제이코비가 말했다.

그는 덴홈 통합 고등학교에서 기술을 가르치는 네 명의 교사 중에서 최고라고 할 수 있었지만, 그날 밤만큼은 전동 공구 반경 200미터 안으로는 접근하지 않는 게 좋을 듯했다.

나는 비상 사다리 밑에 옹기종기 모여 담배를 피우는 사람들을 살펴보았다. 그 안에 새디는 없었다. 이번에는 선라이너를 세워 둔 곳으로 걸어가 보았다. 그녀가 풍성한 치맛자락으로 계기반을 덮어가며 조수석에 앉아 있었다. 페티코트를 몇 겹이나 입었는지 모를 일이었다. 그런 채로 담배를 피우며 울고 있었다.

나는 안으로 들어가 가까스로 그녀를 품에 안았다.

"새디, 왜 그래요? 왜 그래요, 응?"

이유를 모르는 사람처럼. 전부터 이유를 몰랐던 사람처럼.

"아무것도 아니에요." 하지만 더 커져만 가는 울음소리. "생리 때라 그러는 거예요. 집에 데려다줘요."

집까지 5킬로미터밖에 안 되는 거리가 아주 멀게 느껴졌다. 가는 동안 둘 다 말이 없었다. 나는 집 앞 진입로로 접어들었을 때 시동을 껐다. 그녀는 울음을 그쳤지만, 여전히 말이 없었다. 나도 마찬가지였다. 가끔 침묵이 편안하게 느껴질 때도 있다. 하지만 그때는 괴로웠다.

새디는 핸드백에서 윈스턴 담뱃갑을 꺼내 쳐다보다 다시 들여놓았다. 짤깍 하고 핸드백 닫는 소리가 크게 들렸다. 그녀가 나를 쳐다보았다. 머리카락이 하얀 달걀형 얼굴을 어두컴컴한 구름처럼 감싸고 있었다.

"할 말 없어요, 조지?"

나는 무엇보다도 내 이름이 조지가 아니라는 말을 하고 싶었다. 이제는 그 이름이 싫었다. 거의 혐오스러울 지경이었다.

"두 가지 있어요. 첫째, 당신을 사랑한다는 거. 둘째, 부끄러운 짓은 절대 하지 않았다는 거. 아, 두 번째에 덧붙이자면 당신이 부끄러워할 만한 짓도 하지 않았어요."

"잘됐네요. 다행이에요. 그리고 나도 당신을 사랑해요. 그런데 나도 하고 싶은 말이 있어요. 당신이 들어 줄지 모르겠지만."

"뭐든 말만 해요." 하지만 무서웠다.

"모든 게 변함없을 거예요…… 당분간은. 서류상의 관계에 불과하고 제대로 첫날밤을 치른 적이 없더라도 내가 존 클레이턴의 부인으로 지내는 한 당신한테, 당신에 대해서 물어볼 만한 권리가 없다고 생각하는 것들이 있으니까."

"새디……"

그녀는 손가락으로 내 입술을 막았다.

"당분간은요. 하지만 침대에 빗자루를 올려놓는 건 두 번 다시 용납하지 않을 거예요. 알아들었어요?"

그녀는 손가락을 치우고 얼른 입을 맞춘 뒤 더듬더듬 열쇠를 찾으며 현관으로 달려갔다.

조지 앰버슨을 자칭하는 남자의 1962년은 그렇게 시작됐다.

2

새해 첫날은 춥고 맑았는데, 모닝 팜 리포트의 일기 예보에 따르면 저지대는 쌀쌀한 안개로 덮일 가능성도 있다고 했다. 나는 차고에 넣어둔 도청 스탠드 한 개를 차에 싣고 포트워스로 향했다. 누더기를 걸친 인간들로 시끌시끌한 머세이디즈 대로가 잠잠한 날이 단 하루라도 있다면 바로 그날이 아닐까 싶었기 때문이었다. 내 예상이 맞아떨어졌다. 얼마만큼 고요했는가 하면…… 내가 프랭크 더닝의 시신을 끌어다 놓은 트래커 집안의 납골당과 비슷할 정도였다. 쓰러진 세발자전거와 장난감 몇 개가 휑한 앞마당을 채웠다. 그보다 더 큰 장난감을 방치한 파티 보이도 있었다. 어떤 남자가 낡고 흉측한 머큐리를 자기 집 현관 옆에 세워 둔 것이다. 차문들이 아직까지 열려 있었다. 쭈글쭈글한 색 테이프 몇 개가 포장도 안 된 길바닥에 서글프게 나뒹굴었고, 시궁창에 수도 없이 버려진 맥주 캔들은 대부분 론 스타였다.

2706번지를 흘끗 훔쳐보았다. 큼지막한 앞 창문으로 내다보는 사람이 아무도 없었지만, 아이비의 말마따나 거기 서 있으면 맞은편 2703번지 거실을 훤히 들여다볼 수 있었다.

나는 비운의 템플턴 가족이 살았던 집을 들락거릴 권리라도 있는 양 진입로로 쓰이는 콘크리트 길에 차를 세웠다. 그런 다음 스탠드와 새로 산 공구함을 들고 현관으로 걸어갔다. 열쇠가 안 돌아가서 애를 먹었지만, 새로 맞춰서 그런 거였다. 침을 묻히고 살짝 흔들었더니 잘 돌아가서 안으로 들어갈 수 있었다.

열린 문이 한 개 남은 경첩에 매달려 있는 화장실까지 합해서 방이 모두 네 개였다. 거실 겸 부엌이 제일 넓었다. 나머지 두 개가 침실이었다. 큰 방 침대에는 매트리스가 없었다. 애완견을 데리고 여행을 떠나는 기분 아니겠느냐고 했던 아이비의 말이 생각났다. 작은 방에 들어가 보니 회반죽이 썩어서 그 사이로 윗가지가 드러난 벽에 로제트가 크레용으로 여자아이들을 그려놓았다. 하나같이 초록색 점퍼스커트에 까만색의 큼지막한 구두를 신고 있었다. 하나로 묶은 머리는 다리까지 내려왔고, 여럿이 축구공을 차고 있었다. 그중 한 명은 미스 아메리카 왕관을 머리에 얹고, 빨간 립스틱으로 칠한 입술을 활짝 벌리며 웃고 있었다. 아이비가 개구쟁이 딸과 허리가 부러진 남편을 데리고 모젤에 있는 엄마 집으로 돌아가기 전에 마지막으로 무슨 고기를 튀겨 먹었는지 모르겠지만, 집 안에 그 냄새가 희미하게 남아 있었다.

리와 마리나는 이곳에서 미국 결혼 생활을 시작할 것이다. 큰 방에서 둘이 사랑을 나눌 테고, 남편이 아내에게 주먹을 휘두를 것이다. 리는 덧문을 조립하며 긴 하루를 보낸 뒤 그 방에 뜬눈으로 누워 자기가 왜 유명인사가 되지 못했는지 고민할 것이다. 노력을 하지 않았기 때문일까? *열심히* 노력을 하지 않았기 때문일까?

그리고 바닥은 울퉁불퉁하고 낡아빠진 진초록색 카펫이 깔려 있는 거실에서 리는 어떤 남자를 만날 것이다. 내가 믿지 말아야 할 남자를, 리의 단독 범행이 맞는지 앨이 의구심을 품었을 때 100퍼센트는 아니지만 80~90퍼센트의 원인을 제공했던 남자를. 그 남자의 이름은 조지 드 모렌실트였고, 나는 그와 오스왈드가 어떤 대화를 주고받을지 꼭 듣고 싶었다.

거실에서 부엌과 가장 가까운 벽면에 낡은 서랍장이 있었다. 짝이 안 맞는 식기와 조잡한 조리 기구 들이 서랍 안에 들어 있었다. 서랍장을 치웠더니 소켓이 있었다. 완벽했다. 나는 스탠드를 서랍장 위에 올려놓고 플러그를 꽂았다. 오스왈드 이전에 다른 사람들이 잠깐 살다 나갈 수도 있겠지만, 이사를 하면서 피사의 사탑처럼 생긴 이 스탠드를 들고 나가지는 않을 것이다. 들고 나가더라도 차고에 대체용 스탠드가 한 개 더 마련되어 있었다.

제일 작은 드릴로 벽에 구멍을 뚫은 다음 서랍장을 제자리로 돌려놓고 스탠드를 켜 보았다. 작동하는 데 아무 문제가 없었다. 나는 짐을 챙겨 들고 문단속에 만전을 기하며 그 집을 나섰다. 그런 다음 조디로 돌아갔다.

새디가 전화해 자기 집에서 저녁 같이 먹겠느냐고 물었다. 편육밖에 없지만, 생각이 있으면 디저트로 파운드케이크가 준비되어 있다고 했다. 나는 그녀의 집으로 건너갔다. 디저트는 여전히 환상적이었지만, 전과 같지 않았다. 그녀의 말이 맞았다. 침대 한가운데 빗자루가 놓여 있었다. 로제트가 내 차 뒷자리에 앉아 있었다고 한 짐라처럼 눈에 보이지는 않지만…… 분명히 존재했다. 눈에 보이건 보이지 않건 그림자를 드리웠다.

3

갈림길에 다다른 남자와 여자가 어느 쪽도 택하지 못한 채 그 자리에서 시간만 보내는 경우도 있다. 잘못 선택했다가는 끝장임을 알기에…… 살려야 할 것들이 너무나 많음을 알기에. 1962년의 그 잔인하고 우울했던 겨울에 새디와 내가 그랬다. 그래도 1주일에 한두 번씩 밖에서 같이 저녁을 먹고, 캔들우드 방갈로에서 가끔 토요일 밤을 보내고 오는 날들은 여전했다. 우리 둘이 헤어지지 않은 데에는 새디가 섹스를 좋아한 것도 있었다.

우리는 그 뒤로 세 번 더 스윙댄스를 같이 추었다. 파티가 시작되고 어느 정도 시간이 지나면 DJ를 도맡은 도널드 벨링햄이 우리더러 맨 처음 추었던 린디합을 보여 달라고 했다. 아이들은 항상 박수를 치고 휘파람을 불었다. 예의상 그러는 게 아니었다. 정말로 감탄하는 마음에 그러는 거였고, 스텝을 배우기 시작한 아이들도 있었다.

그걸 보면서 우리가 기분 좋아했을까? 물론이다. 모방이야말로 가장 거짓 없는 칭찬이니까. 하지만 맨 처음 추었을 때처럼 근사하게, 본능적으로 움직인 적은 한 번도 없었다. 새디의 동작이 불안했다. 한번은 몸을 날리다 내 손을 놓치는 바람에 건장하고 반사 신경이 빠른 미식축구 선수들이 포진하고 있지 않았더라면 대자로 넘어질 뻔한 적도 있었다. 그녀는 웃어넘겼지만, 당황한 얼굴이었다. 그리고 나를 나무라는 얼굴이었다. 내 잘못인 것처럼. 어떻게 보면 내 잘못이기는 했지만.

우리 둘은 깨질 수밖에 없는 운명이었다. 그나마 그때까지 버틸 수 있었던 것도 「조디 대축제」 덕분이었다. 그 덕분에 우리 둘 다 원치 않는 결정을 미룬 채 미적거리며 생각을 정리할 수 있었다.

4

엘렌 도커티가 2월에 나를 찾아와 두 가지 부탁을 했다. 첫 번째 부탁은 62~63학년도 고용 계약서에 서명을 해 달라는 것이었고, 두 번째 부탁은 대성공이었던 지난해에 이어 2~3학년 연극을 다시 맡아 달라는 것이었다. 나는 일말의 고민도 없이 단칼에 거절했다.

"소설 때문에 그러는 거라면 여름방학 내내 쓰면 되잖아요."

그녀가 달래듯 말했다.

"여름방학만으로는 부족해요."

내가 대답은 그렇게 했지만, 사실 『머더 플레이스』는 안중에도 없었다.

"새디 던힐이 말하길 당신이 그 작품에 대해서는 신경도 안 쓰는 눈치라고 하던데."

그걸 알아차렸을 줄이야. 나는 충격을 받았지만 티를 내지 않았다.

"새디가 전부 다 아는 건 아니잖아요."

"그럼 연극은요? 연극만이라도 맡아 줘요. 노출 장면만 없으면 어떤 작품을 선택하든 찬성할게요. 현재 교육위원회의 구성과 겨우 2년밖에 안 되는 내 교장 계약 조건을 감안했을 때 얼마나 엄청난 약속인지 알죠? 그러고 싶으면 빈스 놀스의 영전에 바치는 작품이라고 해도 돼요."

"빈스 놀스의 영전에는 이미 미식축구 한 시즌이 바쳐졌잖아요. 그거면 충분하지 않을까요?"

그녀는 참담한 표정으로 떠났다.

두 번째로 찾아온 사람은 6월에 졸업하는 마이크 코슬로였다. 그는 대학에서 연기를 전공할 생각이라고 선언하며 이렇게 말했다.

"하지만 여기서 한 편 더 해 보고 싶어요. 앰버슨 선생님과 같이요. 저에게 길을 알려 주신 분이 선생님이잖아요."

그가 엘리 도커티와 다르게, 쓰지도 않을 소설을 운운하는 내 핑계를 듣고 순순히 물러났을 때 내 기분이 얼마나 안 좋았는지 모른다. 아니, 얼마나 더러웠는지 모른다. 나로 말할 것 같으면 거짓말을 안 좋아하는 성격이건만, 마음만 먹으면 언제든지 끊을 수 있다는 아내의 거짓말 때문에 이혼을 결심한 사람이건만, 늘어놓는 거짓말이 조디식 표현을 빌자면 '허벌나게' 많았다.

나는 애마(펜더 커버가 달린 구닥다리 뷰익이었다.)를 세워 놓은 학생용 주차장까지 마이크를 바래다주며 깁스를 했던 팔이 이제 좀 어떠냐고 물었다. 그는 괜찮다고, 올 여름 연습 때 합류할 수 있을 거라고 대답했다.

"그런데 선수 명단에서 제외되더라도 괴로워하지는 않을 거예요. 그렇더라도 학교 수업과 지역 극단 활동을 병행하면 되니까요. 뭐든 다 배우고 싶어요. 무대 연출, 조명, 심지어 의상까지." 그는 웃음을 터뜨렸다. "사람들이 저더러 변태라고 하겠죠?"

"첫 학기에는 미식축구와 공부와 향수병을 달리는 데 전념하도록 해라." 내가 말했다. "알았지? 빈둥빈둥 놀러 다니지 말고."

그는 좀비 프랑켄슈타인 목소리를 흉내 냈다.

"알겠습니다…… 주인님……."

"바비 질은 어때?"

"좋아졌어요. 저기 있네요."

바비 질이 마이크의 뷰익에서 기다리고 있었다. 그를 향해 손을 흔들다 나를 보자마자 아무도 없는 미식축구 경기장과 그 너머 방목장에 관심이 생긴 것처럼 얼른 고개를 돌렸다. 이 학교 사람이라면 누구나 이제는 익숙해진 반응이었다. 사고로 생긴 상처는 두툼하고 빨갛게 한 줄로 아물었다. 화장으로 가리려고 할수록 더욱 눈에 띄었다.

마이크가 말했다.

"파우더 좀 그만 바르라고, 솜스 장례식장 광고 같다고 그래도 듣질 않아요. 불쌍해서 만나는 거 아니니까 앞으로 수면제 먹지 말라는 말도 했거든요. 그 말 믿는다고 했는데, 믿는 눈치예요. 기분이 좋은 날에는요."

나는 허둥지둥 바비 질에게 다가가 허리를 안고 빙글빙글 돌리는 마이크를 바라보았다. 내가 조금 멍청하고 아주 고지식한 인간이 된 것 같아서 한숨이 나왔다. 그 망할 연극을 맡고 싶은 마음도 있었다. 천하에 쓸모없는 짓이라도 내 공연이 시작되길 기다리는 동안 그것으로 시간을 때울 수 있을 테니까. 하지만 조디의 일상에 지금보다 더 깊숙이 관여하고 싶지 않았다. 새디와 오랫동안 미래를 함께할 수 있는 가능성이 그렇듯 이 마을과의 관계도 지금 당장은 보류시켜 놓아야 했다.

모든 게 잘 풀리면 여자와 금시계와 온 세상을 거머쥘 수 있을지 모른다. 하지만 아무리 꼼꼼하게 준비한들 성공을 장담할 수 없었다. 성공하더라도 달아나야 할 테고, 도주하지 않으면 인류를 위해 좋은 의도에서 저지른 짓이건만 그것 때문에 평생 감옥신세를 져야 할지 모른다. 아니면 헌츠빌의 전기의자로 끌려가든지.

5

  결국 엘렌의 요청을 받아들일 수밖에 없게 만든 사람은 디크 시먼스였다. 나더러 고민하는 것 자체만으로도 바보 같은 짓이라고 했던 것이다. "여우야, 여우야, 찔레 숲으로 던지지만 말아 줘." 수법을 진작 알아차렸어야 하는 건데(여우가 골칫덩어리 토끼를 잡아 놓고 어떻게 처리할까 궁리하다가 찔레 숲으로 던지지만 말아 달라는 토끼의 말을 듣고 찔레 숲으로 던지자 토끼가 깡충깡충 뛰어가며 자기는 찔레 숲이 고향이라고 외쳤다는 옛날이야기에서 유래된 표현 — 옮긴이), 그가 워낙 교활했다. 워낙 교묘했다. 이야기 속의 토끼처럼 말이다.
  때는 바야흐로 어느 토요일 오후였고, 우리는 내 거실에서 커피를 마시며 비가 내리듯 지직거리는 TV에서 방영되는 추억의 명화를 감상하고 있었다. 카우보이들이 할리우드 요새를 공격하는 2000여 명의 인디언을 물리치는 내용이었다. 밖에서는 TV보다 더 굵은 비가 내리고 있었다. 62년 겨울에도 해가 쨍한 날이 있었을 텐데, 기억이 나지 않는다. 랜치 코트를 대신해 장만한 양가죽 재킷의 옷깃을 아무리 세워도 깨끗하게 깎은 뒷덜미를 차갑게 적시던 보슬비만 생각난다.
  "엘렌 도커티가 아무리 난리법석을 떨어도 그 망할 연극일랑 신경 쓰지 마." 디크가 말했다. "소설을 써서 베스트셀러로 만들고 절대 돌아보지 마. 뉴욕에서 떵떵거리며 살아야지. 화이트 호스 태번에서 노먼 메일러, 어윈 쇼하고 술잔을 기울이면서."
  "흐음." 내가 대답했다. 존 웨인이 나팔을 불었다. "노먼 메일러가 저를 견제할 필요는 없을 겁니다. 어윈 쇼도 마찬가지고요."

"어디 그뿐인가.「생쥐와 인간」이 워낙 반응이 좋았잖아. 그 후속작은 뭐가 됐건 비교가 되면서 실망만…… 아이쿠, 맙소사, 저것 좀 보게! 화살이 존 웨인의 모자를 뚫고 지나갔잖아! 챙이 넓은 카우보이 모자였기 망정이지!"

두 번째 작품은 기대에 못 미칠지 모른다는 그의 말에 짜증이 났다. 댄스플로어 위에서 새디와 내가 아무리 애를 써도 맨 처음처럼 환상적인 호흡을 자랑할 수 없었던 게 생각났다.

디크가 TV에 완전히 정신이 팔린 목소리로 중얼거렸다.

"게다가 생쥐 같은 실베스터가 2, 3학년 연극에 관심을 보이고 있거든.「비소와 낡은 레이스」를 얘기하더라고. 2년 전에 부인이랑 댈러스에서 보았는데, 기가 막히게 재미있었다고 하면서."

맙소사, 그 케케묵은 작품을? 게다가 과학을 가르치는 프레드 실베스터가 감독을 맡는다고? 생쥐 같은 실베스터는 중학교 소방 훈련을 맡겨도 못 미더운 인간이었다. 마이크 코슬로처럼 재능이 있긴 하지만 아직 섬세한 맛은 없는 배우가 그 생쥐 밑으로 들어가면 연기가 5년쯤 퇴보할지 모른다. 생쥐와「비소와 낡은 레이스」라니. 하늘도 통탄할 조합이었다.

"어찌됐건 제대로 된 작품을 올릴 만한 여유도 없잖아." 디크가 말을 이었다. "그러니까 생쥐 같은 실베스터한테 떠넘겨야겠어. 생쥐처럼 뽀르르거리는 그 인간이 마음에도 안 들던 판국이니까."

오건디로 몸을 휘감고 학교 행사마다 뽀르르 쫓아다니는 그의 부인이라면 모를까, 내가 알기로 그를 좋아하는 사람은 없었다. 하지만 실패했을 때 그 여파를 뒤집어쓸 사람은 그가 아니라 아이들이었다.

"악극을 올리면 되잖아요. 악극을 준비할 시간은 충분할 것 같은데요?"

"아이쿠, 조지! 윌리스 비어리가 어깨에 화살을 맞았네! 가망이 없어 보이는데?"

"디크?"

"아니로군. 존 웨인이 안전한 곳으로 끌고 가고 있구먼. 이런 케케묵은 총격전은 얼토당토않지만 그래도 재미있단 말이지. 안 그런가?"

"제 말씀 들으셨어요?"

광고가 시작됐다. 키넌 와인이 불도저에서 내려와 헬멧을 벗더니 카멜만 살 수 있다면 몇 킬로미터라도 걸어갈 수 있다고 읊조렸다. 디크가 내 쪽으로 고개를 돌렸다.

"아니. 내가 잠깐 딴 데 정신을 팔았던 모양이로구먼."

못 들은 척하다니 이 엉큼한 여우 같으니라고.

"악극은 충분히 준비할 수 있겠다고 했어요. 레뷰(revue) 말이에요. 노래, 춤, 재미있는 이야기, 촌극을 몇 개 섞는 거죠."

"아가씨들이 나와서 도발적인 춤을 추는 부분만 빼자는 거지? 아니면 그것도 넣자는 건가?"

"말도 안 되는 소리일랑 하지도 마세요."

"그럼 보드빌이 되겠구먼. 나는 예전부터 보드빌 좋아했지. '잘 자요, 캘러버시 부인. 어디에 있는지 모르겠지만.' 어쩌고저쩌고."

그는 카디건 주머니에서 파이프를 꺼내 프린스 앨버트 담뱃잎을 넣고 불을 붙였다.

"원래 그레인지에서 그런 공연을 벌이곤 했었어. 「조디 대축제」라는 제목 아래. 그런데 40년대 후반부터 끊겼지. 마을 주민들이 대놓고 이야기는 안 해도 조금 당황스러워하더라고. 그리고 그 당시에는 보드빌이라고 부르지도 않았어."

"그게 무슨 말씀이세요?"

"민스트럴 쇼(백인이 흑인으로 분장하고 흑인 노래와 춤을 선보이는 공연 — 옮긴이)였거든. 카우보이와 농장 일꾼 들이 대거 참여했지. 얼굴을 까맣게 칠하고 노래도 부르고 춤도 추고, 흑인 말투를 흉내 내서 재미있는 이야기도 하고. 「에이모스 앤드 앤디」 쇼를 참고했다고 할까?"

나는 웃음을 터뜨렸다.

"밴조를 연주한 사람도 있었나요?"

"솔직히 고백하자면 현직 교장께서 몇 번 시도한 적이 있지."

"엘렌이 민스트럴 쇼에서 밴조를 연주했다고요?"

"조심해, 자네 지금 대서사시를 읊는 말투가 되어 가고 있어. 그러다 과대망상으로 발전할 수도 있다네, 친구."

나는 앞으로 몸을 기울였다.

"재미있는 이야기가 어떤 게 있었는지 하나만 들려주세요."

디크는 헛기침을 하더니 굵직한 목소리로 2인의 대화를 흉내 냈다.

"어이 탬버, 그 바셀린은 뭐 하러 산 건가?"

"아마 49센트였을걸?"

그가 어떠냐는 듯이 나를 쳐다보았고, 나는 그제야 그것이 웃음을 유발하는 포인트였음을 알아차렸다.

"관객들이 웃던가요?"

그의 대답이 두려울 지경이었다.

"배를 잡고 웃으면서 한 개 더 들려 달라고 외쳤지. 그 뒤로 몇 주 동안 장안의 화제가 되었고." 그는 진지한 얼굴로 나를 쳐다보았지만, 눈빛만큼은 크리스마스트리처럼 반짝이고 있었다. "여긴 작은 마을이잖은가. 유머에 관한 한 기대치가 한참 낮아. 앞 못 보는 친구가 바나나 껍질을 밟고 넘어지기만 해도 배꼽 빠지게 웃기다고 생각하거든."

나는 가만히 앉아서 생각에 잠겼다. 서부 영화가 다시 시작됐지만, 디크는 흥미를 잃었는지 나를 계속 쳐다보았다.

"그런 공연이 요새도 먹힐 수 있겠네요." 내가 말했다.

"조지, 그런 공연은 언제라도 먹히는 법이야."

"웃기는 흑인 친구들이 없어도 되겠고요."

"이제는 그런 식으로 만들 수도 없지." 그가 말했다. "루이지애나 앨라배마라면 모를까, 「슬라임스 헤럴드」에서 빨갱이들의 도시라고 부르는 오스틴에서는 안 될 말씀. 자네도 싫지?"

"네, 너무 호들갑스럽게 보일지 몰라도 그런 아이디어 자체가 혐오스럽네요. 게다가 그럴 필요도 없잖습니까? 빤한 농담…… 남자아이들한테는 촌티 나는 작업복 대신 어깨에 심이 들어간 낡고 큼지막한 양복을 입히고…… 여자아이들한테는 주름이 잔뜩 달리고 무릎까지 오는 플래퍼 원피스(플래퍼라고 불렸던 신여성들이 즐겨 입었던 원피스 — 옮긴이)를 입히고…… 마이크 코슬로는 희극을 어떤 식으로 소화할지 궁금하기도 하네요……."

"끝내줄걸?" 디크는 물 건너간 이야기라는 투였다. "아이디어 한번 근사하구먼. 자네가 준비할 시간이 없다는 게 안타까울 따름이지."

뭐라고 대꾸를 하려는데, 어떤 생각 하나가 내 머릿속을 번쩍 스치고 지나갔다. 앞집 사람들이 자기 집 거실을 들여다볼 수 있다는 아이비 템플턴의 이야기를 들었을 때만큼이나 머릿속이 환해지는 느낌이었다.

"조지? 왜 이렇게 입을 벌리고 있나? 훤히 들여다보여서 좋긴 하네만, 식욕에는 별 도움이 안 되겠어."

"시간을 낼 수 있겠어요. 엘리 도커티가 한 가지 조건만 받아들여 준다면요."

그는 자리에서 일어나더니 활활 불타오르는 할리우드 요새를 배경으로 듀크 웨인과 포니족이 결전을 치르고 있건만 화면을 쳐다보지도 않은 채 TV를 꺼 버렸다.

"어떤 조건인데?"

나는 조건을 밝히고 이렇게 덧붙였다.

"새디한테 이야기를 해야겠어요. 지금 당장."

6

그녀는 처음에는 표정이 진지하기 짝이 없었다. 그러더니 미소를 짓기 시작했다. 나중에는 미소가 함박웃음으로 변했다. 디크와 대화를 나누다 막판에 떠오른 아이디어를 밝혔을 때는 나를 얼싸안았다.

하지만 그것만으로는 부족한지 나를 타고 올라와 다리까지 동원해 가며 끌어안았다. 그날만큼은 우리 둘 사이에 빗자루가 없었다.

"멋져! 천재야! 당신이 각본 쓸 거예요?"

"당연하죠. 오래 걸리지도 않을 거예요." 빤한 농담들이 벌써부터 머릿속을 날아다녔다. 보먼 코치가 오렌지 주스병을 20분 동안 뚫어져라 처다봤는데 왜 그랬는지 알아? '농축'이라고 적혀 있었거든(영어로 concentrate에 농축이라는 뜻과 집중이라는 뜻이 들어 있다 ─ 옮긴이). 우리 집에서 기르는 개 꼬리가 자꾸 안으로 파고들어서 엑스레이를 찍어 봤더니 너무 행복해서 그런 거였다지 뭐야? 내가 엄청 낡은 비행기를 탔는데, 한쪽 화장실에는 오빌, 다른 쪽 화장실에는 윌버라고 적혀 있지 뭐야(둘 다 라이트 형제의 이름 ─ 옮긴이)." 하지만 다른 부분은 도움을 많이 받아야 해요. 한마디로 말해서 프로듀서가 필요한데, 당신이 그 역할을 맡아 주었으면 좋겠어요."

"좋아요."

그녀는 나한테 몸을 꼭 붙인 채 스르르 바닥으로 미끄러져 내려갔다. 그 와중에 스커트가 말려 올라가면서 맨다리가 감질나게 드러났다. 그녀는 자기 집 거실을 오락가락 걸으며 미친 듯이 담배를 피우기 시작했다. 그러다 안락의자에 발이 걸렸는데 (우리 둘이 사귀기 시작한 뒤로 여섯 번째인가 여덟 번째 있는 일이었다.) 해 질 녘이면 정강이 위로 시퍼런 멍이 올라오겠지만 무의식적으로 균형을 잡아서 넘어지지는 않았다.

"20년대 스타일의 플래퍼 원피스를 원하는 거라면 조 피트한테 의상을 부탁해야겠어요."

조는 엘렌 도커티가 교장으로 확정됐을 때 가정과 학과장 자리를 넘겨받은 인물이었다.

"좋은 생각이에요."

"가정 수업을 듣는 여학생들은 대부분 바느질과 요리를 좋아하니까……. 조지, 저녁도 준비해야 하지 않겠어요? 아주 늦게까지 연습할 때를 대비해서. 워낙 출발이 늦어서 연습이 길어질 수밖에 없을 텐데."

"그렇죠. 하지만 샌드위치면……"

"그보다 근사한 음식을 준비할 수 있어요. 훨씬 근사한 음식을. 그리고 음악! 음악도 필요하잖아요! 시간이 부족해서 밴드하고 호흡을 맞추지 못할 테니까 녹음된 음반을 틀어야 해요." 그리고 잠시 후 우리는 한 목소리로 "도널드 벨링햄!"을 외쳤다.

"광고는 어쩌죠?" 내가 물었다.

우리는 밀리 이모의 헛간에서 공연을 준비하는 미키 루니와 주디 갈란드처럼 주거니 받거니 이야기하기 시작했다.

"칼 제이콥하고 그래픽 디자인 일당을 동원하면 돼요. 학교뿐 아니라 온 마을에 포스터를 붙이는 거예요. 아이들 친척뿐 아니라 온 마을 사람들을 초대해서 만원사례를 연출하는 거죠."

"빙고."

나는 말하고 그녀의 콧잔등에 입을 맞추었다. 이렇게 열띤 반응이 좋았다. 나도 덩달아 흥분이 됐다.

"자선 모금을 하면 어때요?"

"충분히 모금을 할 수 있겠다는 확신이 서지 않는 한 섣불리 나서

지 않을 거예요. 헛된 희망을 심어 주면 안 되니까. 내일 나랑 같이 댈러스에 가서 조사를 좀 해 볼래요?"
"내일은 일요일이에요. 월요일 방과 후에 가요. 당신이 7교시를 뺄 수 있으면 그 전에 출발할 수도 있는데."
"디크한테 영어 보충 수업을 맡겨야겠어요." 내가 말했다. "나한테 진 빚이 있으니까."

7

월요일이 되었을 때 새디와 나는 쏜살같이 댈러스로 날아갔다. 진료 시간을 맞추기 위해서였다. 알고 보니 우리가 찾는 의원은 파크랜드 병원 근처의 해리 하인스 대로에 있었다. 그곳에서 우리는 엄청난 질문 세례를 퍼부었고, 우리가 원하는 게 무엇인지 새디가 잠깐 몸으로 보여 주기까지 했다. 의원 측의 답변은 만족할 만한 수준 이상이었고, 그로부터 이틀 뒤에 나는 전혀 새롭고 유쾌 상쾌한 보드빌송과 댄스쇼 「조디 대축제」 감독으로 내 인생 사상 끝에서 두 번째에 해당될 공연 준비에 돌입했다. 훌륭한 명분이 있는 자선행사였는데, 명분이 무엇인지 우리는 밝히지 않았고 아무도 묻지 않았다.
　과거 세상은 두 가지 특징이 있었다. 첫 번째는 서류 작업이 훨씬 간단하다는 것이고, 두 번째는 믿음으로 이루어지는 일이 우라지게 많다는 것이었다.

8

 정말 온 마을 주민이 자리를 빛냈고, 한 가지 부분에 있어서만큼은 디크 시먼스의 말이 맞았다. 그 시답잖은 농담들은 시대를 초월한다는 것. 최소한 브로드웨이와의 거리가 2500킬로미터에 달하는 마을에서는 그랬다.
 짐 라두(연기가 나쁘지 않았고 노래도 들을 만했다.)와 마이크 코슬로(완전히 배꼽 잡게 만들었다.)의 조합으로 우리 작품은 미스터 본스와 미스터 탬버보다 딘 마틴과 제리 루이스에 가까운 공연이 되었다. 슬랩스틱 스타일이었는데, 운동선수들이 출연하다 보니 훨씬 더 효과가 좋았다. 객석에서 무릎을 때리는 소리와 단추들이 튕겨져 나가는 소리가 들렸다. 어쩌면 거들도 몇 장 찢어졌을지 모른다.
 엘렌 도커티는 은퇴시켰던 밴조를 꺼내들었다. 백발의 노부인치고 솜씨가 제법 훌륭했다. 도발적인 춤도 등장했다. 마이크와 짐이 팀원들을 설득해 웃통을 벗어젖히고 페티코트와 블루머만 걸친 채 으샤으샤 캉캉 춤을 추었던 것이다. 조 피트가 가발까지 씌워서 폭발적인 인기를 누렸다. 마을 아주머니들은 웃통을 벗어젖히고 가발을 쓴 청년들의 등장에 유난히 열광하는 눈치였다.
 둘씩 짝을 이룬 출연진이 체육관 무대를 가득 메운 채 스피커에서 쾅쾅 울려 퍼지는 「인 더 무드」에 맞춰 정신없이 추는 스윙댄스가 피날레를 장식했다. 치맛자락이 펄럭이는가 하면 발들이 여기저기서 번쩍였고, 주트슈트(상의는 어깨가 넓고 기장이 길며 바지는 통이 넓은 남성복—옮긴이)에 날렵한 챙이 달린 모자를 쓴 미식축구 선수들이

유연한 여학생들을 빙글빙글 돌렸다. 여학생들은 대부분 춤이 뭔지 아는 치어리더들이었다.

음악이 끝났다. 출연진이 가쁜 숨을 몰아쉬고 웃어 대며 한 발자국 앞으로 나와 인사했다. 관객들이 공연이 시작된 이래 세 번째인가 네 번째로 자리에서 일어나자 도널드가 「인 더 무드」를 다시 틀었다. 이번에는 남학생과 여학생 들이 양쪽 테이블에 놓인 크림 파이를 집으며 허둥지둥 자리를 바꿔 서로 크림 파이를 던지기 시작했다. 관중들이 폭소를 터뜨렸다.

출연진이 이 부분에 대해 알고 있었고 이 부분을 손꼽아 기다리기는 했지만, 연습 때는 진짜로 파이를 던진 적이 없었기 때문에 어떤 식으로 보일지 나로서는 자신이 없었다. 그런데 크림 파이 싸움이 늘 그렇듯 환상적으로 펼쳐졌다. 아이들은 이게 클라이맥스인 줄 알았지만, 나는 준비한 장난이 하나 더 있었다.

아이들이 크림이 뚝뚝 떨어지는 얼굴을 하고 의상을 질퍼덕거리며 다시 한 번 인사를 하러 앞으로 나왔을 때 「인 더 무드」가 세 번째로 흘러나왔다. 아이들은 대부분 어리둥절한 표정으로 두리번거리느라, 새디와 내가 의자 밑에 숨겨놓은 크림 파이를 들고 일어난 교직원들을 보지 못했다. 파이들이 날아오자 아이들은 다시 한 번 크림에 흠뻑 젖었다. 파이를 두 개 들고 있었던 보먼 코치는 100퍼센트의 명중률을 자랑했다. 쿼터백과 1등 수비수를 제대로 맞힌 것이다.

마이크 코슬로가 얼굴에서 크림을 뚝뚝 흘리며 우렁차게 외치기 시작했다.

"A 선생님! D 선생님! A 선생님! D 선생님!"

나머지 출연진도 따라했고, 관객들도 리듬에 맞춰 박수를 쳤다. 우리가 손을 잡고 무대 위로 올라가자 벨링햄이 그 망할 음반을 다시 틀었다. 아이들이 양옆으로 늘어서 "춤춰라! 춤춰라! 춤춰라!"를 외쳤다.

선택의 여지가 없었다. 이러다 내 여자친구가 크림에 미끄러져 목이 부러지겠다 싶었는데도 우리는 새디 호킨스 이래 처음으로 완벽한 호흡을 선보였다. 막판에 이르렀을 때 나는 새디의 양손을 꼭 쥐고 "해요. 어서! 당신을 믿어요." 하는 의미에서 살짝 고개를 끄덕이는 그녀를 내 다리 사이로 던졌다. 구두가 두 짝 다 관객석 1열로 날아갔고, 치맛단이 허벅지까지 우스꽝스럽게 말려 올라갔지만…… 그녀는 완벽하게 제자리로 돌아와 미친 듯이 열광하는 관객들을 향해 두 팔을 벌렸다가 크림으로 얼룩진 치맛자락을 요조숙녀처럼 살포시 들어보였다.

아이들도 준비한 장난이 있었다. 절대 시인하지 않겠지만 마이크 코슬로가 주동자일 게 거의 분명한데, 크림 파이를 몇 개 남겨 두었다가 박수갈채에 취한 우리에게 던진 것이다. 사방에서 열 몇 개의 파이가 우리를 향해 날아오자 관객석은 말 그대로 열광의 도가니가 되었다.

새디가 내 귀를 잡아당겨 자기 입가에 대고, 새끼손가락으로 휘핑크림을 닦아 내며 속삭였다.

"이런데 떠날 수 있겠어요?"

9

하지만 그게 다가 아니었다.

디크와 엘렌이 크림 덩어리로 여기저기 얼룩덜룩하고 철퍼덕거리는 무대를 거의 기적적으로 뚫고 한가운데로 걸어온 것이다. 그들에게는 감히 어느 누구도 크림 파이를 던지지 못했다.

디크가 조용히 해 달라는 뜻에서 양손을 들었고, 엘렌 도커티가 한 발자국 앞으로 나와 교사 특유의 낭랑한 목소리로 웅성거림과 이따금 터지는 웃음소리를 쉽게 잠재웠다.

"신사숙녀 여러분, 오늘 보신 「조디 대축제」는 앞으로 3회 더 공연이 될 예정입니다."

이 말에 다시금 박수갈채가 터졌다.

"본 공연은 자선 공연입니다." 박수갈채가 잦아들었을 때 엘리가 말을 이었다. "그래서 제가 이 자리에서 기쁜 마음으로, 정말 기쁜 마음으로 수혜자를 밝히려고 합니다. 작년 가을에 소중한 학생을 한 명 잃었을 때 우리는 너무나도, 너무나도, 너무나도 일찍 세상을 떠나버린 빈스 놀스의 죽음에 다같이 슬퍼했습니다."

이제 객석은 쥐 죽은 듯이 고요했다.

"여러분이 모두 다 아시는 여학생이, 우리 학교의 빛나는 등불이라 할 수 있었던 여학생이 그 사고로 끔찍한 상처를 입었습니다. 이에 로버타 질리언 올넛이 올해 6월, 댈러스에서 재건 수술을 받을 수 있도록 앰버슨 선생님과 던힐 선생님이 조치를 마련해 놓았다고 합니다. 올넛 양의 부모님께서는 비용을 부담할 필요가 전혀 없습니다.「조디 대축제」회계를 맡은 실베스터 선생님의 전언에 따르면 바비 질의 친구들과 마을 주민들이 내주신 성금으로 수술비를 전액 부담할 수 있겠다고 하니까요."

관객들은 이 말뜻을 이해하느라 잠깐 침묵을 지키다 자리에서 벌떡 일어났다. 여름 천둥에 버금가는 박수갈채가 터졌다. 나는 객석에 앉아 있던 바비 질을 바라보았다. 두 손으로 얼굴을 가린 채 흐느껴 울고 있었다. 부모님이 그녀를 얼싸안고 있었다.

이것은 어느 작은 마을에서 벌어진 일이었다. 그곳 주민들 말고는 아무도 관심 없는 어느 소도시에서. 그래도 상관없었다. 주민들의 관심이 있으니까. 나는 얼굴을 가린 채 흐느끼는 바비 질을 쳐다보았다. 새디를 쳐다보았다. 머리에 크림이 묻어 있었다. 그녀가 미소를 지었다. 나도 미소를 지었다. 그녀가 '사랑해요, 조지.'라고 입을 벙긋거렸다. 나도 '사랑해요.'라고 입을 벙긋거렸다. 그날 밤에는 그들 모두가 사랑스러웠고, 내가 그들의 일원이라는 것도 좋았다. 그렇게 살아 있음을 느낀 적도 없었고, 살아 있다는 데 그렇게 행복한 적도 없었다. 농담이 아니라 이런데 어떻게 떠날 수 있을까.

그리고 2주 뒤, 일이 터졌다.

10

그날은 장을 보는 토요일이었다. 새디와 나는 77번 고속 도로에 있는 바인가르텐스에서 같이 장을 보곤 했다. 머리 위로 만토바니의 음악이 흐르는 가운데 나란히 카트를 밀며 과일을 살피고, 어떤 고기를 사야 싸게 잘 살 수 있을지 고민했다. 쇠고기나 닭고기는 어떤 식으로든 썰어 달라고 할 수 있었다. 내 입장에서는 쇠고기나 닭고기면 충분했는데, 거의 3년을 살았건만 헐값에 팔리는 고기를 보면 아직도 감탄사가 절로 나왔다.

그날 나는 딴생각을 하고 있었다. 리 오스왈드가 조만간 살게 될 다 쓰러져 가는 연립주택에서 길을 건너 살짝 왼쪽으로 고개를 틀면 머세이디즈 대로 2706번지가 보이는데, 거기 사는 해저드 일가족을 생각하고 있었던 것이다. 「조디 대축제」 때문에 정신없이 바빴지만 그래도 나는 그해 봄에 머세이디즈 대로를 세 번 다녀왔다. 차는 포트워스 시내 주차장에 세워 두고 윈스코트 길이 종점인 버스를 타고 가서, 그 집과의 거리가 800미터도 안 되는 정거장에서 내렸다. 그럴 때면 청바지에 여기저기 긁힌 부츠를 신고, 벼룩시장에서 산 물 빠진 데님 재킷을 입었다. 누가 물으면 웨스트 포트워스에 있는 텍사스 시트 메탈의 야간 경비원으로 취직이 돼서 저렴한 월셋집을 찾고 있다고 할 참이었다. 그러면 믿을 만한 사람으로 보일 테고(아무도 확인하지 않는 한), 낮에 커튼을 쳐놓고 조용하게 지내는 이유도 생길 테니까.

머세이디즈 대로를 따라 몽고메리 워드 창고까지 걸어갔다 오면 (항상 신문을 접어서 광고면의 임대 부분이 보이게 들고 다녔다.) 덩치 큰 30대의 해저드 씨와 로제트가 같이 놀지 않는다는 두 아이와 딱딱하게 굳은 얼굴로 한쪽 발을 질질 끌며 걷는 할머니가 보였다. 한번은 인도 역할을 하는 움푹 패인 길을 어슬렁어슬렁 걸어가는 나를 해저드의 어머니가 우편함 옆에서 미심쩍은 눈빛으로 예의 주시한 적도 있었다. 하지만 내게 말을 걸지는 않았다.

세 번째로 답사에 나섰을 때에는 해저드의 픽업트럭 뒤에 녹이 슨 트레일러가 매달려 있었다. 그가 아이들과 함께 그 안에 상자를 싣고 있었고, 할머니는 지팡이를 짚고 이제 막 파릇파릇해져 가는 근처 바랭이밭에 서서 어떤 심정이라도 가릴 수 있는 중풍 환자 특유의 비웃음을 흘리고 있었다. 나는 철저하게 관심 없는 척했다. 하지만 속으로는 뛸 듯이 기뻤다. 해저드네가 이사를 가고 있는 것이었다. 그들이 나가자마자 조지 앰버슨이라는 막노동꾼이 2706번지를 빌릴 것이다. 내가 일착으로 선점하는 게 관건이었다.

나는 토요일에 장을 보면서 확실하게 선점할 방법이 없을지 고민했다. 겉으로는 새디의 말에 반응하고, 적절한 의견을 내놓고, 유제품 진열대 앞에서 너무 죽치고 있는 거 아니냐고 놀리고, 식료품을 잔뜩 실은 카트를 주차장으로 끌고 가서 내 차 트렁크에 봉투들을 넣었다. 하지만 포트워스 작전에 거의 온 정신을 집중하면서 기계적으로 움직인 게 패착이었다. 그러느라 내 입에서 튀어나오는 말에 신경을 쓰지 못한 것이다. 이중생활을 할 때는 그러면 위험하건만.

잠잠해도 너무 잠잠한 새디를 조수석에 태우고 그녀의 집으로 가는 동안 나는 노래를 불렀다. 카 스테레오가 고장 났기 때문이었다. 벨브에서도 쌕쌕거리는 소리가 났다. 선라이너는 여전히 날렵해 보였고 나는 온갖 이유에서 녀석에게 애착을 느꼈지만, 출시된 지 7년째였고 주행거리가 14만 5000킬로미터가 넘었다.

나는 용사답게 낑낑대고 비틀거리며 장 본 물건들을 새디의 부엌으로 한 번에 날랐다. 그녀의 얼굴이 딱딱하게 굳은 것은 알아차리지 못했고, 우리의 짧고 파릇파릇했던 만남이 끝난 줄도 전혀 몰랐다. 계속 머세이디즈 대로를 생각하며 어떤 연기를 펼쳐야 할지, 아니 그보다는 어느 정도 선까지 연기를 펼쳐야 할지 고민했다. 나는 낯익은 얼굴이 되고 싶었다. 사람들은 낯익은 얼굴을 무시하는 동시에 무관심하게 대하기 마련이었다. 하지만 눈에 띄는 존재는 되기 싫었다. 오스왈드 부부도 조심해야 했다. 부인은 영어를 할 줄 모르고 그는 천성이 냉정해서 다행이었지만, 2706번지면 너무 가까운 거였다. 과거가 고집이 세다면 미래는 카드로 만든 집처럼 예민하기 짝이 없어서 준비가 될 때까지 신중에 신중을 기해야 했다. 그러니까……

바로 그때 새디가 나를 불렀고, 잠시 후 내가 익숙했고 사랑했던 조디에서의 생활이 와르르 무너졌다.

11

"조지? 거실로 와 줄래요? 할 말이 있는데."

"햄버거하고 폭찹은 냉장고에 넣는 게 좋지 않을까요? 그리고 아이스크림도……"

"**그냥 놔둬요!**" 그녀의 고함소리에 나는 퍼뜩 정신을 차렸.

내가 고개를 돌렸지만, 그녀는 벌써 거실로 사라져 소파 옆 테이블에서 담배를 집어 불을 붙이고 있었다. 내 조심스런 간청에 담배를 줄이려고 노력하는 중이었는데 (적어도 내 옆에서만큼은) 담배에 불을 붙인 것이 언성을 높인 것보다 왠지 더 불길하게 느껴졌다.

나는 거실로 들어갔다.

"왜 그래요? 뭐 마음에 안 드는 거 있어요?"

"전부 다요. 그 노래는 뭐였어요?"

그녀는 얼굴이 창백했고 딱딱하게 굳어 있었다. 그런 얼굴을 하고 담배를 방패처럼 입 앞에 들고 있었다. 나는 실수를 했다는 사실을 알아차렸지만 언제, 어떤 식으로 했는지 알 수가 없어서 겁이 났다.

"그게 무슨 말인지⋯⋯"

"돌아오는 길에 당신이 차 안에서 부른 노래 말이에요. 고래고래 부르던 그 노래."

나는 열심히 기억을 더듬었지만, 무슨 노래를 불렀는지 생각이 나지 않았다. 머세이디즈 대로에서는 그 틈바구니 속으로 자연스럽게 녹아들 수 있게 주머니 사정이 조금 안 좋은 막노동꾼처럼 하고 다녀야겠다고 다짐했던 것만 생각이 났다. 노래를 부르기는 했지만, 나는 다른 생각을 할 때도 종종 노래를 불렀다. 누구나 그렇지 않을까?

"KLIF에서 들은 팝송을 아무거나 생각나는 대로 불렀지 않았나 싶은데. 노래들이 원래 불쑥 떠오르고 그러잖아요. 당신이 왜 그렇게 노발대발하는지 모르겠네요."

"K라이프에서 들은 노래라고요? 가사가 이런데? '멤피스에서 진에 흠뻑 취한 술집의 퀸을 만났지. 그녀는 나를 2층으로 데리고 가서 한 판 벌이려고 했어.'"

나는 심장이 철렁 내려앉은 정도가 아니었다. 목 아래 모든 게 10센티미터쯤 내려앉은 기분이었다. 「홍키 통크 위민(롤링스톤스가 1969년에 발표한 곡 — 옮긴이)」. 내가 그 노래를 불렀다. 7~8년 뒤에나 음반 취입을 하고, 그로부터 다시 3년이 지나야 미국에서 차트에 진입할 그룹의 노래를 불렀던 것이다. 아무리 딴생각을 하고 있었다고 그렇게 멍청한 실수를 저지를 수가.

"'그녀는 내 코를 풀어 주고 내 정신까지 어지럽게 만들었지.' 라디오에서 들은 노래라고요? 그런 노래를 틀었다가는 연방 통신 위원회에서 방송국 문 닫으라고 할 텐데?"

나는 화가 나기 시작했다. 내 자신에게 화가 난 거였지만, 전적으로 그렇지만은 않았다. 나는 지금 위험한 줄타기를 하고 있는데, 롤링스톤스 노래 좀 불렀기로서니 이렇게 고함을 지르다니.

"워워, 진정해요, 새디. 그깟 노래 한 곡 가지고 왜 그래요. 어디에서 들었는지 생각도 안 나는데."

"거짓말. 그게 거짓말이라는 건 우리 둘 다 아는 사실이잖아요."

"당신 뚜껑이 열리려는 모양인데, 나는 내가 산 찬거리 들고 집으로 가는 게 좋겠네요."

나는 애써 침착하게 대응했다. 어디서 많이 듣던 말투였다. 크리스티가 곤드레만드레 취한 상태로 집에 들어왔을 때마다 썼던 말투였다. 치마는 삐딱하게 돌아갔고, 블라우스는 반쯤 허리춤에서 삐져나왔고, 머리는 온통 산발인 채로 들어왔을 때마다. 사방으로 번진 립스틱은 말해 무엇 하랴. 술잔에 부딪쳐서 그렇게 된 걸까, 자기랑 비슷한 술집 귀신의 입술에 부딪쳐서 그렇게 된 걸까.

그때를 떠올리기만 해도 점점 더 부글부글 끓어올랐다. 또 그러는

군 하는 생각이 들었다. 또 그러는 주체가 새디인지 크리스티인지 나인지 알 수 없었지만, 누가 됐건 상관없었다. 들통이 났을 때만큼 분통 터지는 경우가 또 어디 있을까.

"이 집에 다시 발을 들일 생각이면 그 노래를 어디서 들었는지 밝히는 게 좋을 거예요. 그리고 계산대 남자 직원이 닭고기 핏물 새지 않게 이중 포장했다고 했을 때 당신이 한 말은 또 어디서 들었는지도."

"내가 뭐라 그랬는지 모르겠는……"

"'굿이에요, 굿.'이라고 했어요. 그런 소리 어디서 들었는지 말해요. 작살나게 놀아 보자는 말도. 부비부비 셰킷셰킷도. 샤바샤바 흔들라는 말도. 그리고 워워 하고 뚜껑이 열린다는 말도 어디서 들었는지 알고 싶어요. 아무도 안 쓰는 말을 왜 당신만 쓰는 거예요? 아무 의미 없는 '짐라'라는 응원 구호는 왜 그렇게 잠결에 외칠 정도로 무서워했어요? 데리는 어디고, 그게 왜 댈러스하고 비슷한지도 알고 싶어요. 언제 누구랑 결혼해서 얼마 동안 같이 살았는지도. 플로리다로 가기 전에 어디에서 살았는지도. 엘리 도커터도 모른다고 하더군요. 당신이 제출한 추천서가 일부 가짜였다면서. 그녀의 표현을 그대로 옮기자면 '상상의 소산인 것 같다'고 했죠."

분명 디크한테 듣지는 않았을 테지만…… 엘렌도 알게 되었다는 게 아닌가. 나는 놀라지는 않았지만, 그녀가 새디 앞에서 나불거렸다는 데 분노가 치밀었다.

"자기가 뭐라고 당신한테 그런 소리를!"

그녀는 담배를 짓이겨 끄다 불똥이 튀어서 따끔거리자 손을 흔들었다.

"가끔은…… 뭐랄까…… 당신이 다른 별에서 온 사람처럼 느껴질 때도 있어요! 메, 멤피스에서 술 취한 여자들과 배를 맞추었다는 둥 그런 노래를 부르는 별에서! 사, 상관없다고, 사, 사, 사랑하면 모든 걸 극복할 수 있는 법이라고 나 자신을 설득해 보려 해도 안 돼요. 거짓말까지는 극복이 안 되거든요."

그녀는 목소리가 떨렸지만, 울지는 않았다. 그런 눈으로 내 눈을 똑바로 쳐다보았다. 화만 난 눈빛이었다면 내 마음이 좀 더 편했을 것이다. 그런데 애원하는 눈빛이기도 했다.

"새디, 제발이지……"

"싫어요. 더 이상은 싫어요. 그러니까 부끄러운 짓이나 내가 부끄러워할 만한 짓은 하지 않았다는 둥 그런 소리는 하지도 마요. 그걸 결정할 사람은 나니까. 한마디로 요약하면 이런 거예요. 빗자루를 치우든지 아니면 당신이 떠나든지 선택하라고요."

"어떻게 된 건지 알면 당신도……"

"그럼 어떻게 된 건지 설명을 해 봐요!"

"그럴 수가 없으니까 그렇죠."

분노가 펑 하고 바늘에 찔린 풍선처럼 터지면서 멍한 기분만 남았다. 딱딱하게 굳은 그녀의 얼굴을 떠난 내 시선이 어쩌다 보니 그녀의 책상으로 향했다. 그곳에 놓여 있는 무언가를 본 순간 나는 숨이 멎었다.

그녀가 올여름에 리노에서 제출하려는 입사 지원서들이 책상 위에 차곡차곡 쌓여 있었다. 맨 위에 놓인 것이 '해러스 호텔 앤드 카지노'였다. 첫줄에 자기 이름을 또박또박 적어 놓았다. 내가 물어볼 생각조차 하지 않았던 가운데 이름까지 전부 다 적어 놓은 것이다.

나는 천천히 손을 뻗어 엄지손가락으로 그녀의 이름과 성의 두 번째 음절을 가렸다. 그러자 '도리스 던'이 남았다.

내가 웨스트사이드 레크리에이션 센터에 관심 있는 부동산 중개업자인 척 프랭크 더닝의 부인에게 말을 걸었던 날이 생각났다. 그녀가 새디 도리스 클레이턴, 즉 던힐보다 스무 살 많았지만, 둘 다 눈이 파랗고 피부가 고우며 몸매가 예쁘고 가슴이 풍만했다. 둘 다 담배를 피웠다. 이 모든 게 우연의 일치일 수도 있겠지만, 그건 아니었다. 내가 장담할 수 있었다.

"지금 뭐하는 거예요?"

사실은 왜 계속 요리조리 피하느냐고 따지는 투였지만, 나는 이제 화가 나지 않았다. 오히려 그 반대였다.

"그 사람, 당신이 어디 사는지 모르는 거 확실해요?" 내가 물었다.

"누구요? 조니? 조니 말이에요? 어째서……." 바로 그때 그녀는 부질없는 짓이라는 결론을 내렸다. 그녀의 표정을 보건대 알 수 있었다. "조지, 이제 나가 줘요."

"하지만 그자는 알아낼 거예요. 왜냐하면 당신 부모님이 알고 있고, 당신 부모님은 그자를 일등 사윗감으로 생각하니까. 당신 입으로 그랬잖아요."

나는 그녀에게 한 걸음 다가갔다. 그녀는 한 걸음 뒤로 물러났다. 정신 상태가 불안정한 것으로 밝혀진 사람에게서 도망치는 듯한 태도였다. 그녀의 눈에 공포와 이해 불능의 기미가 어렸지만 그래도 나는 멈출 수가 없었다. 나도 무서웠다.

"당신이 입단속을 시켰더라도 그자가 당신 부모님한테서 알아낼 거예요. 매력적인 사람이니까. 안 그래요, 새디? 강박적으로 손을 씻거나 책을 알파벳 순으로 정리하거나 발기가 혐오스럽다는 얘기만 하지 않으면 아주, 아주 매력적인 사람이잖아요. 당신이 홀딱 반했을 만큼."

"제발 나가 줘요, 조지."

그녀가 떨리는 목소리로 말했다.

나는 그녀에게 오히려 한 걸음 더 다가갔다. 그녀는 이를 상쇄하기 위해 한 걸음 뒤로 물러섰다 벽에 부딪치자…… 움찔했다. 뺨을 한 대 얻어맞은 히스테리 환자 아니면 얼굴에 찬물이 끼얹어진 몽유병 환자 같은 반응이었다. 나는 항복을 선언하는 사람처럼 두 손을 얼굴 옆으로 들고, 거실과 부엌을 가르는 아치까지 물러났다. 사실상 항복을 선언하는 것이나 마찬가지였다.

"갈게요. 하지만 새디……"

"당신이 왜 이러는지 이해가 안 돼요." 그녀가 말했다. 마침내 눈물이 그녀의 두 뺨 위로 천천히 흘러내렸다. "아니, 왜 예전으로 돌아가길 거부하는지. 우리 정말 좋았잖아요."

"지금도 변한 건 없어요."

그녀는 고개를 저었다. 천천히 하지만 단호하게.

나는 걷는다기보다 둥둥 떠다니는 듯한 기분으로 부엌을 가로질러 조리대 위에 놓여 있던 봉투에서 바닐라 아이스크림을 꺼내 골드 스팟 냉장고 안에 넣었다. 악몽일 뿐이라고, 조만간 깰 거라고 생각하고 싶은 마음도 있었다. 하지만 그게 아닌 걸 알고 있었다.

새디는 아치 밑에 서서 나를 지켜보았다. 한 손에는 새로 불을 붙인 담배를, 다른 손에는 입사 지원서 뭉치를 들고. 이제 보니 도리스 더닝과 어찌나 닮았는지 섬뜩할 지경이었다. 전에는 왜 몰랐는지 의아할 정도였다. 다른 데 정신이 팔려서 그랬을까? 아니면 내가 얼마나 엄청난 것들을 건드리고 있는지 아직도 제대로 파악을 하지 못했던 걸까?

나는 스크린도어를 나선 뒤 현관에 서서 그물망 너머로 그녀를 바라보았다.

"그자를 조심해요, 새디."

"조니가 여러 가지 면에서 정신적으로 문제가 있긴 해도 위험한 사람은 아니에요. 그리고 내가 어디 있는지 엄마아빠가 절대 안 가르쳐 줄 거예요. 두 분 다 약속했어요."

"인간이라면 누구나 약속을 저버리기도 하고 갑자기 폭발하기도 하거든요. 스트레스가 많고 애초부터 정신적으로 불안했던 사람이면 두말할 나위도 없고요."

"가요, 조지."

"조심하겠다고 약속하면 갈게요."

그녀는 "약속할게요, 약속할게요, 약속할게요!" 하고 고함을 질렀다. 손에 쥔 담배가 부들부들 떨리는 게 가슴 아팠다. 충격, 상실, 슬픔, 분노가 한데 어우러진 새빨간 눈은 더 가슴 아팠다. 그 눈이 차를 세워놓은 곳까지 걸어가는 내 뒤를 쫓았다.

망할 놈의 롤링스톤스 같으니라고.

17장

1

 기말고사 기간이 시작되기 며칠 전에 엘렌 도커티가 나를 교장실로 호출했다. 그녀는 문을 닫고 이렇게 말했다.
 "나 때문에 그런 난처한 일이 벌어져서 미안해요, 조지. 하지만 그때로 돌아간대도 내 처신이 달라지진 않을 거예요."
 나는 아무 대꾸도 하지 않았다. 이제 분노는 가셨지만, 아직까지 멍했다. 일이 터진 뒤로 잠을 거의 자지 못했는데, 새벽 4시와 내가 조만간 절친한 친구가 될 것 같은 예감이 들었다.
 "텍사스 학교 관리 규정 25조." 그녀가 말했다.
 그거면 모든 설명이 끝난다는 투였다.
 "네? 뭐라고요?"

"발단은 니나 월링퍼트였어요." 니나는 이 지역을 담당하는 간호사였다. 해마다 포드 랜치 왜건을 타고 덴홈 군의 여덟 개 학교를 순회했다. 그 여덟 개 학교 중에서 세 곳은 교실이 한두 개인데, 한 해 동안 돌아다니는 거리가 몇 만 킬로미터에 달했다. "25조가 예방접종 관련 조항이거든요. 학생들뿐 아니라 교사들까지 해당되는 사항인데, 니나가 당신의 예방접종 기록이 없다는 이야기를 꺼낸 거예요. 사실상 진료 기록이 전무하다고."

그랬구나. 소아마비 예방접종 기록이 없어서 들통이 난 가짜 교사라니. 뭐, 최소한 롤링스톤스를 미리 알았거나 디스코텍 용어를 부적절하게 사용하다 들통이 난 건 아니니까.

"당신은 「조디 대축제」 때문에 눈코 뜰 새 없이 바빴으니 내가 당신이 근무했었다는 학교에 편지를 보냈어요. 일을 덜어 주려고. 플로리다에서는 대체교사의 경우 예방접종 기록을 요구하지 않는다는 답장이 날아왔죠. 메인과 위스콘신에서는 '그런 이름은 들어 본 적 없다'고 했고요."

그녀는 책상 위로 몸을 숙이고 나를 쳐다보았다. 나는 그녀의 눈을 오래도록 들여다볼 수 없었다. 내가 시선을 내 손등으로 돌리기 직전에 그녀의 얼굴에서 읽은 것은 역겨운 동정이었다.

"우리가 사기꾼을 채용했다고 하면 주 교육위원회에서 난리를 부릴까요? 당연하죠. 심지어 법적인 조치를 동원해서 당신에게 지급된 월급을 회수할 수도 있어요. 나는 어떨까요? 나는 전혀 상관없어요. 당신은 덴홈 통합 고등학교에서 모범적인 교사였어요. 당신과 새디가 바비 질 올넛을 위해 한 일은 정말 훌륭했죠. 우리 주를 대표하는 올해의 교사상 후보로 이름을 올릴 수 있을 만큼."

"감사합니다." 나는 중얼거렸다.

"나는 미미 코코런이었다면 어떻게 했을지 자문해 보았어요. 미미가 나한테 뭐랬는지 알아요? '그가 내년이나 내후년에도 아이들을 가르치기로 계약서에 서명을 했다면 어쩔 수 없이 대응책을 마련해야겠지. 하지만 한 달 내로 떠날 텐데, 당신을 위해서나 학교를 위해서나 잠자코 있는 게 좋지 않을까?' 그러더니 이런 말을 덧붙이더군요. '하지만 그의 실체를 알아야 할 사람이 한 명 있는데 말이지.'"

엘리는 잠깐 말을 멈추었다.

"나는 새디한테 당신이 그랬을 만한 이유가 있었을 거라고 했는데, 없었던 모양이네요."

나는 손목시계를 흘끗 확인했다.

"저를 자르시려는 게 아닌 이상 이제 5교시 수업에 들어가 봐야겠습니다. 저희가 요즘 문장 분석 훈련을 하고 있어요. 교장선생님은 다음과 같은 중문을 한번 분석해 보시겠습니까? '이 문제에 관한 한 저는 한 점 부끄럼이 없지만, 왜 그랬는지 이유는 밝힐 수가 없습니다.' 어떻습니까? 너무 어려운가요?"

"너무 어려운데요." 그녀가 명랑한 목소리로 대답했다.

"그리고 한 가지 더. 새디가 힘든 결혼 생활을 했어요. 자세하게 말씀은 안 드리겠지만, 남편이 여러 모로 이상했거든요. 남편 이름이 존 클레이턴인데, 아무래도 위험해 보여요. 새디한테 사진 보여 달라고 해서 얼굴을 익혀 놓으세요. 그자가 찾아와서 이것저것 캐묻기 시작하면 알 수 있게."

"왜 그렇게 생각하는데요?"

"전에도 그런 경우를 본 적 있거든요. 그거면 답변이 될까요?"

"그걸로 만족해야 되는 거겠죠?"

훌륭한 답변이 못 된다는 의미였다.

"사진 보여 달라고 해 주실 거죠?"

"그럴게요."

정말로 그럴 생각일까? 아니면 그냥 하는 말일까? 어느 쪽인지 나로서는 알 수가 없었다.

내가 문 앞에 다다랐을 때 그녀가 지나가는 투로 던졌다.

"당신 때문에 한 아가씨의 가슴이 문드러지고 있어요."

"알고 있습니다."

나는 대답하고 교장실을 나섰다.

2

머세이디즈 대로. 5월 말.

"용접공이라고요?"

나는 제이 베이커라는 사람 좋은 집주인과 함께 2706번지 현관에 서 있었다. 그는 체구가 작지만 단단했고, 그 집을 궁궐이라 부를 만큼 배짱이 좋았다. 우리는 베이커가 "버스정거장과 아주 가깝다"고 설명한 집을 얼른 둘러보고 나온 참이었다. 그는 버스정거장과 가까우면 내려앉은 천장과 물로 얼룩진 벽과 금이 간 변기와 전반적으로 노쇠한 분위기가 상쇄된다는 식이었다.
"야간 경비원입니다." 내가 대답했다.
"그래요? 그 직업 좋지. 빈둥거릴 시간도 충분하고."
대꾸할 필요가 없는 말인 듯했다.
"부인이나 애들은 없고?"
"이혼을 해서 동부에 있어요."
"양육비를 주는 거요?"
나는 어깨를 으쓱했다.
그는 더 이상 캐묻지 않았다.
"그래, 이 집 계약할 거요?"
"아무래도요." 나는 대답하고 한숨을 쉬었다.
그가 뒷주머니에서 후줄근한 가죽 표지가 달린 길쭉한 임대 장부를 꺼냈다.
"첫 달, 마지막 달, 파손 보증금."
"파손 보증금요? 농담이시죠?"
베이커는 내 이야기를 못 들은 양 말을 이었다.
"월세를 내는 날은 매달 마지막 주 금요일이오. 덜 내거나 늦게 내면 포트워스 경찰의 동행 아래 길바닥으로 쫓겨날 거요. 그네들이 나하고 죽고 못 사는 사이거든."
그는 가슴 주머니에서 새까만 시가 꽁초를 꺼내더니 잇자국이 남은 끄트머리를 입에 물고, 엄지손가락에 대고 성냥을 그었다. 현관이 뜨끈뜨끈했다. 길고 무더운 여름이 될 것 같은 예감이 들었다.
나는 다시 한숨을 쉬었다. 그러고 나서 머뭇거리며 지갑을 꺼내

20달러짜리 지폐들을 끄집어내기 시작했다.

"우리는 신을 믿는다(미국 지폐에 적힌 문구 — 옮긴이)." 내가 말했다. "그 외 모든 것은 현찰만 믿는다."

그가 웃음을 터뜨리자 자극적인 파란색 연기가 뿜어져 나왔다.

"그 문구 마음에 드는데? 기억해 두겠소. 특히 매달 마지막 주 금요일마다."

여기에서 남쪽으로 조금만 더 가면 실제로 잔디를 깎을 수 있다는데 자부심을 느꼈던 근사한 내 집이 있건만, 이 암울한 동네, 이 암울한 판잣집에서 살아야 하다니 믿기지가 않았다. 조디를 아직 떠나지도 않았는데 벌써부터 향수가 밀려왔다.

"영수증 주세요." 내가 말했다.

영수증까지는 공짜였다.

3

학기 마지막 날. 교실과 복도에 아무도 없었다. 6월 8일밖에 안 됐는데 머리 위에 달린 선풍기 바람이 벌써부터 뜨끈했다. 오스왈드 일가족은 소련을 출발했다. 앨 템플턴이 남긴 기록에 따르면 5일 뒤 마스담 증기선이 호보켄에 도착할 테고, 그러면 그들은 건널 판자를 지나 미국 땅을 밟을 것이다.

교무실 안에는 대니 래버티밖에 없었다.

"여어. 듣자 하니 그 소설 끝내러 댈러스로 간다면서요?"

"그럴 생각입니다."

우선은 포트워스로 건너가겠지만. 나는 학기말 공문으로 꽉 찬 우편함을 정리했다.

"나도 딸린 아내, 세 아이, 대출 없이 자유로운 몸이라면 소설 써 보고 싶은데." 대니가 말했다. "내가 참전 용사거든."

나도 알고 있었다. 그를 10분 이상 만난 사람은 누구든 아는 사실이었다.

"그동안 지낼 만한 돈은 있소?"

"그럭저럭 버틸 수 있을 겁니다."

돈이라면 리 오스왈드와의 일을 마무리 지을 생각인 내년 4월까지 버티고도 남을 만큼 있었다. 그린빌 가의 페이스 파이낸셜로 더 이상 원정을 떠날 필요가 없었다. 거길 한 번 찾아갔던 것 자체가 엄청 멍청한 짓이었다. 마음만 먹으면 플로리다에서 내가 살았던 집이 그렇게 된 건 아이들의 못된 장난 때문이었다고 자기 주문을 걸 수도 있겠지만, 새디와 나 사이에 아무 문제없다고 자기 주문을 걸었다가 결과적으로 어떻게 되었는가.

나는 우편함에 든 공문 더미를 쓰레기통에 던지다…… 그동안 웬일로 못 보고 지나갔던 봉투를 하나 발견했다. 나는 그 봉투의 주인공이 누구인지 알고 있었다. 안에 든 편지지에는 인사말도 없었고, 희미하게 남은 그녀의 향수 냄새 말고는 (그것도 착각일 수 있었지만) 서명도 없었다. 적힌 내용은 간단했다.

사는 게 얼마나 행복할 수 있는지 알게 해 줘서 고마워요. 작별 인사는 하지 말아 줘요.

나는 편지지를 쥔 채 잠깐 생각하다 뒷주머니에 쑤셔 넣고 종종걸음으로 도서관을 향해 갔다. 내가 뭘 어쩔 생각이었는지, 무슨 말을 하려고 했는지 모르겠지만 상관없었다. 도서관은 어두컴컴했고 의자들이 모두 책상 위에 얹혀 있었으니까. 그래도 손잡이를 돌려보았지만, 문이 잠겨 있었다.

4

교직원용 주차장에 남은 차는 대니 래버티의 플리머스 세단과 내 포드, 두 대뿐이었다. 컨버터블이 이제는 다소 추레해 보였다. 나도 마찬가지 심정이었다. 나도 기분이 조금 추레했던 것이다.
"A 선생님! 잠깐만요, A 선생님!"
마이크와 바비 질이 뜨끈뜨끈한 주차장을 가로지르며 나를 향해 달려왔다. 마이크가 포장이 된 조그만 선물을 들고 와서 내게 내밀었다.
"바비하고 저가 뭘 좀 준비했어요."
"바비하고 '제가'라고 해야지. 그리고 그럴 필요 없다, 마이크."
"어떻게 그냥 지나가요."
나는 눈물을 흘리는 바비 질에게 감동을 받았고, 두터운 화장이 사라져서 기뻤다. 흉측한 흉터가 자취를 감출 날도 머지않았다는 것을 알기 때문에 더 이상 감추려고 애를 쓰지 않는 것이었다. 그녀가 내 뺨에 입을 맞추었다.

"정말, 정말, 정말 감사해요, 앰버슨 선생님. 선생님을 평생 잊지 못할 거예요." 그녀는 이렇게 말해 놓고 마이크를 바라보았다. "저희 둘 다 선생님을 평생 잊지 못할 거예요."

어쩌면 정말 그럴지 모른다. 고마운 일이었다. 그렇다고 문이 잠긴 컴컴한 도서관 때문에 상심한 마음이 달래지는 것은 아니었지만, 아주 고마운 일이었다.

"열어 보세요." 마이크가 말했다. "마음에 드셨으면 좋겠는데. 책 쓰실 때 도움이 될 만한 물건이거든요."

나는 포장을 뜯어 보았다. 가로 5센티미터, 세로 20센티미터쯤 되는 나무 상자였다. 상자를 열어 보니 클립에 GA라는 이니셜이 새겨진 워터맨 만년필이 비단 속에 누워 있었다.

"마이크. 이건 너무 과한데?"

"금 만년필로도 부족한걸요. 선생님 덕분에 제 인생이 달라졌잖아요." 마이크는 바비를 쳐다보았다. "저희 두 사람의 인생이요."

"마이크. 그럴 수 있어서 내가 더 기뻤다."

그가 나를 끌어안았다. 남자들끼리 포옹이라니 1962년에는 흔치 않은 일이었다. 나도 기꺼이 그를 끌어안았다.

"계속 소식 전해 주실 거죠?" 바비 질이 말했다. "댈러스는 멀지도 않잖아요." 그러더니 잠깐 말을 멈추었다 "댈러스면." 하고 고쳤다.

"그러자꾸나."

나는 이렇게 말했지만 안 그럴 테고, 아마 두 아이도 마찬가지일 것이다. 두 아이는 자기 인생을 살아 나갈 테고, 운이 따르면 빛나는 인생을 살 수 있을 것이다.

둘이 같이 멀어져 가다 바비가 돌아보았다.

"두 분 헤어지신 거 아쉬워요. 제가 다 마음이 안 좋아요."

"나도 마음이 안 좋다. 하지만 차라리 잘된 걸지 몰라."

나는 집으로 가서 타자기와 다른 소지품을 챙겼다. 여전히 별 게 없어서 여행용 가방과 상자 몇 개면 충분했다. 메인 대로에서 신호에 걸렸을 때 조그만 상자를 열고 만년필을 쳐다보았다. 예뻤고, 두 아이에게 그런 선물을 받다니 정말로 가슴이 뭉클했다. 작별 인사를 하려고 그때까지 기다렸다니 거기에 더 가슴이 뭉클했다. 신호가 초록불로 바뀌었다. 나는 상자 뚜껑을 닫고 출발했다. 목이 메었지만 눈물은 나지 않았다.

5

머세이디즈 대로에서의 생활은 유쾌한 경험이 못 됐다.

낮에는 그나마 괜찮았다. 물려받아서 너무 큰 옷을 걸친 아이들이 학교에서 돌아와 떠드는 소리, 주부들이 우편함이나 뒷마당 빨랫줄 앞에서 푸념을 늘어놓는 소리, 고등학생들이 KLIF를 쾅쾅 틀어 대며 머플러에서 배기가스가 그대로 뿜어져 나오는 녹이 슨 고물차를 모는 소리 들이 울려 퍼졌다. 새벽 2시부터 6시까지도 그나마 괜찮았다. 산통으로 울어 대던 젖먹이들이 드디어 잠이 들고, 가장들은 상점이나 공장이나 외딴 농장에서 일당을 받으며 일할 내일을 위해 드르렁드르렁 코를 골며 자느라 거리가 먹먹한 정적에 휩싸였다.

하지만 오후 4시부터 6시까지는 들어와서 집안일 좀 거들라고 아이들에게 고함을 지르는 엄마들과 퇴근을 하고 돌아와 아내에게 고함을 지르는 남편들 때문에 귀가 먹먹했다. 고함을 지를 상대가 없어서 아내를 잡는 건지 몰라도 부인들은 대부분 받은 만큼 갚아 주었다. 한 잔 걸친 가장들은 8시 무렵부터 하나둘씩 등장하기 시작하는데, 술집이 문을 닫았거나 돈이 다 떨어진 11시 즈음이면 정말 그런 북새통이 없었다. 쾅 하고 문 닫는 소리, 유리 깨지는 소리, 술에 잔뜩 취한 가장에게 맞는 아내나 아이 들이 지르는 비명 소리로 넘쳐났다. 경찰이 출동하는 바람에 쳐놓은 커튼 틈새로 빨간 불이 번쩍번쩍하는 경우도 비일비재했다. 총 소리도 몇 번 들린 적이 있었는데, 허공에 대고 쏜 건지 아닌지 알 도리가 없었다. 그러다 어느 날 새벽, 나는 신문을 가지러 밖으로 나갔다 코 아랫부분이 피딱지로 덮인 여자와 맞닥뜨린 적이 있었다. 그런 몰골로 네 집 건너 길가에 앉아서 론 스타를 마시고 있었다. 나는 밑바닥 인생들이 모여 사는 이 동네에서 남의 일상에 끼어드는 것이 얼마나 어리석은 짓인지 알면서도 하마터면 다가가 괜찮으냐고 물을 뻔했다. 그런데 내가 자기를 쳐다보고 있다는 걸 알아차린 그녀가 가운뎃손가락을 들었다. 나는 집 안으로 들어갔다.

그 동네에는 각종 상점에서 보낸 환영 선물을 실은 차도 없었고, 여성 청년 연맹(상류층 여성들로 조직된 사회 봉사 단체 — 옮긴이) 모임에 가느라 종종걸음을 치는 여자도 없었다. 대신 생각할 시간이 많았다. 조디에서 만난 친구들을 그리워할 시간이 많았다. 내가 이 시대로 건너온 이유를 잊을 수 있을 만큼 바쁘게 매달렸던 일들을 그리워할 시간이 많았다. 아이들을 가르치면서 시간을 때우는 것 이상의 소득이 있었음을 깨달을 시간이 많았다. 좋아하는 일을 하면 늘 그렇듯, 내가 중요한 일을 하는 것처럼 느껴지면 늘 그렇듯 아이들을 가르치면 얼마나 뿌듯했던가.

어찌나 시간이 많은지 예전에는 말쑥했던 컨버터블을 생각하며 속상해하는 여유까지 생겼다. 라디오는 고장이 나고 밸브에서 바람 소리가 들리더니 이제는 배기관에 녹이 슬어 굉음이 나는 데다 역화 현상이 일어났고, 느릿느릿 가는 아스팔트 트럭을 따라가다 튄 돌에 맞는 바람에 앞 유리창에 금이 갔다. 세차마저 하질 않아서 이제는 안타깝게도 머세이디즈 대로의 다른 고물차들과 똑같은 수준이 되고 말았다.

하지만 무엇보다도 새디를 생각할 시간이 많았다.

"당신 때문에 한 아가씨의 가슴이 문드러지고 있어요." 엘리 도커티가 그랬는데, 내 가슴도 상황이 별반 다르지 않았다. 어느 날 밤엔가는 옆집 사람들이 술에 취해 "당신이 그랬잖아." "아니야." "당신이 그랬잖아." "염병할, 아니라니까." 하고 옥신각신하는 소리를 들으며 뜬눈으로 누워 있는데, 새디에게 모든 걸 털어놓으면 어떨까 하는 생각이 들었다. 안 될 일이라고 고개를 저었지만, 다음 날 밤에도 똑같은 생각이 다시금 되살아나는 게 아닌가. 강렬한 오후 햇살이 싱크대 위 창문 너머로 비스듬히 들어오는 그녀의 부엌 식탁에 앉아 커피를 마시는 내 모습이 그려졌다. 침착하게 이야기를 하고 있다. 내 본명은 제이크 에핑이라고, 앞으로 14년은 지나야 태어날 거라고, 죽은 친구 앨 템플턴이 토끼 굴이라고 부르는 시간의 틈새를 통해 2011년에서 건너왔다고.

무슨 수로 그런 이야기를 믿게 만들 수 있을까? 미국을 버렸던 변절자가 소련에 대한 생각이 바뀌어서 조만간 소련인 아내와 갓난쟁이 딸을 데리고 이 집 건너편으로 이사 올 거라고 말하면 될까? 아직 팀명이 카우보이스로 바뀌지 않았고 미국의 팀이라는 별명으로 불리지도 않는 댈러스 텍슨스가 올 가을, 2차 연장전 끝에 휴스턴 오일러스를 20대 17로 이긴다고 말하면 될까? 말도 안 되는 이야기였다. 하지만 나는 가까운 미래에 대해 아는 게 거의 없었다. 공부할 시간이 없었다. 오스왈드에 대해 쌓은 제법 많은 양의 지식이 전부였다.

그녀는 제정신이 아니라고 생각할 것이다. 아직 발표도 안 된 팝송을 열 몇 곡 불러 주어도 제정신이 아니라고 생각할 것이다. 다 지어낸 이야기라고 할 것이다. 내가 명색이 작가 아니던가. 그리고 그녀가 믿어준다 해도 문제였다. 상어 입 속으로 그녀까지 끌고 들어가야 할까? 8월이 돼서 조디로 돌아왔을 때 존 클레이턴이 프랭크 더닝처럼 그녀를 찾아올지 모르는데, 악몽은 그것만으로도 충분하지 않을까?

"좋아. 그럼 나가!"

길거리에서 어떤 여자가 외쳤고, 윈스턴 대로 방향으로 부웅 떠나는 차 소리가 들렸다. 쳐 놓은 커튼 틈새로 들어온 불빛이 번쩍 하고 천장을 가로질렀다.

"이 개 거시기나 빨다 죽을 놈아!" 그녀가 떠나는 차 뒤꽁무니에 대고 고함을 지르자 멀리서 어떤 남자가 맞받아쳤다. "정 아쉬우면 내 걸 빨든지!"

이것이 1962년 여름 머세이디즈 대로의 상황이었다.

'그녀는 끌어들이지 마.' 이성의 속삭임이 들렸다. '너무 위험하잖아. 나중에 그녀가 너의 인생 속으로 다시 들어올 수 있을지 몰라도, 심지어 조디에서 다시 살 수 있을지 몰라도 지금은 아니야.'

하지만 조디에서 살 수 없게 되었다는 게 문제였다. 엘렌이 내 과거를 알아 버렸으니 고등학교 교사 생활은 물 건너간 이야기였다. 그럼 어떤 일을 할 수 있을까? 콘크리트 붓는 일?

하루는 아침에 커피 물을 안쳐 놓고 신문을 가지러 나간 적이 있었다. 그런데 현관문을 열고 보았더니 선라이너 뒷바퀴가 양쪽 모두 펑크가 나 있었다. 밤늦게까지 싸돌아다니다 심심해진 아이가 칼로 그은 것이다. 이것 또한 1962년 여름 머세이디즈 대로의 상황이었다.

6

6월 14일 목요일, 나는 청바지를 입고 파란색 작업용 셔츠에 캠프 보위 대로의 중고용품점에서 산 낡은 가죽조끼를 걸쳤다. 그 차림으로 오전 내내 집 안을 왔다 갔다 했다. 텔레비전은 없었지만, 라디오는 있었다. 케네디 대통령이 이달 말, 멕시코 순방을 계획 중이라는 뉴스가 들렸다. 일기 예보에서는 하늘이 맑고 따뜻할 거라고 했다. DJ가 뭐라고 지껄이더니 「팰리세이즈 파크」를 틀었다. 음향 효과로 넣은 비명 소리와 롤러코스터 소리가 내 신경을 긁었다.

마침내 더 이상 견딜 수 없는 지경에 이르렀다. 일찍 도착하겠지만 상관없었다. 나는 이제 앞에는 하얀색 줄무늬 타이어가 달렸고 뒤에는 까만색 줄무늬 재생 타이어가 달린 선라이너를 집어타고, 댈러스 북서쪽으로 60 몇 킬로미터를 달려 러브 필드 공항에 도착했다. 주차는 장기인지 단기인지 밝힐 필요가 없었다. 무조건 하루에 75센트였다. 나는 낡은 여름용 밀짚모자를 눌러쓰고, 공항 터미널까지 약 800미터를 터벅터벅 걸어갔다. 댈러스 경찰 몇 명이 길가에서 커피를 마시고 있었지만 안에 보안 요원이 있거나 금속 탐지 장치를 통과해야 하거나 그렇지는 않았다. 문 옆에 서 있는 남자에게 표를 보여주고 뜨끈뜨끈한 활주로를 지나 아메리칸, 델타, TWA, 프론티어, 텍사스 에어웨이스, 이 다섯 개 항공사에서 운행하는 비행기 중 한 곳에 탑승하면 그만이었다.

나는 델타 카운터 뒤에 달린 칠판을 확인했다. 194편이 정시에 도착한다고 적혀 있었다. 확인 차 물어보았더니 직원이 웃으면서 비행기가 방금 전에 애틀랜타에서 출발했다고 전했다.

"그런데 정말 일찍 나오셨네요."

"좀이 쑤셔서요. 나는 내 장례식에도 일찍 참석할지 몰라요."

그녀는 웃으며 좋은 하루 보내길 바란다고 했다. 나는 《타임》을 사 가지고 식당으로 건너가 클라우드9 셰프 샐러드를 주문했다. 양이 어마어마했다. 긴장이 돼서 식욕이 없었지만 (세계 역사를 바꿀 위인과의 만남을 앞두고 있는데 날마다 찾아오는 기회가 아니지 않은가.) 그래도 오스왈드 일가족이 도착하길 기다리는 동안 깨지락거릴 게 있어서 좋았다.

나는 메인 터미널이 잘 보이는 칸막이 자리에 앉아 있었다. 탑승객은 많지 않았는데, 감색 여행복을 입은 아가씨가 내 눈에 들어왔다. 깔끔한 트레머리를 하고, 양손에 여행용 가방을 하나씩 들고 있는 아가씨였다. 흑인 포터가 그녀에게 다가갔다. 그녀는 웃으며 고개를 저었는데, 여행객 지원 센터 부스 앞을 지나면서 모서리에 팔을 부딪쳤다. 그러자 가방을 내려놓고 팔꿈치를 문지른 뒤 다시 가방을 들고 앞으로 걸어갔다.

새디가 앞으로 6주 동안 지낼 리노로 출발하는 길이었던 것이다.

그녀를 보고 내가 놀랐을까? 천만의 말씀. 이렇게 한 점으로 모아지는 거야 이제는 익숙해질 때도 되었다. 식당 밖으로 뛰쳐나가 너무 늦게 전에 그녀를 붙잡고 싶은 충동에 몸을 주체하지 못할 지경이었을까? 두말하면 잔소리.

처음에는 그럴 수 있을 것 같았고, 그래야 할 것 같았다. 우리가 운명이기 때문에 공항에서 만난 거라고 말하는 거다. 영화에서 보면 그런 대사가 먹히지 않는가. 나도 리노행 티켓을 살 테니 기다려 달라고, 거기 가서 모든 걸 설명하겠노라고 이야기하자. 6주의 의무 거주 기간이 끝나면 그녀의 이혼을 허락한 뒤 우리 둘의 주례를 선 판사에게 술을 한 잔 사는 거다.

나는 정말로 자리에서 엉덩이를 들었다. 그런데 그 순간 가판대에서 산 《타임》 표지가 눈에 들어왔다. 표지 모델이 재클린 케네디였다. V네크라인 민소매 원피스를 입고 환하게 웃고 있었다. 영부인의 여름 패션. 설명에 이렇게 적혀 있었다. 내가 들여다보는 동안 컬러였던 사진이 흑백으로 변했고, 행복한 미소가 멍한 눈빛으로 바뀌었다. 이제 그녀는 대통령 전용기 안에서 린든 존슨 옆에 서 있었고, 예쁘고 살짝 섹시한 원피스 차림도 아니었다. 핏방울로 얼룩이 진 모직 정장 차림이었다. 나는 대통령의 사망 선고가 내려지자 버드 존슨 여사가 영부인을 안아 주려고 다가갔다가 그 정장에 튄 대통령의 뇌수 조각들을 보았다는 글을 앨의 기록이 아니라 다른 데서 읽었던 기억이 났다.

머리에 총을 맞은 대통령. 그리고 이후에 죽은 모든 사람들의 유령 행렬이 그의 뒤로 끝도 없이 이어졌다.

나는 다시 자리에 앉아, 여행용 가방을 들고 프론티어 에어라인 카운터로 걸어가는 새디를 바라보았다. 가방들이 무거워 보였지만, 그녀는 허리를 펴고 굽이 낮은 구두를 씩씩하게 또각거리며 활기차게 걸어갔다. 직원이 가방 숫자를 확인하고 수하물 카트에 실었다. 그와 새디가 대화를 나누었다. 그녀가 여행사를 통해 두 달 전에 구매한 표를 건네자 그가 그 위에다 무언가를 적었다. 그녀는 표를 돌려받고 탑승구로 향했다. 나는 그녀가 보지 못하게 고개를 숙였다. 다시 고개를 들었을 때 그녀의 모습은 보이지 않았다.

7

40분이라는 길고 긴 시간이 지났을 때 한 남자와 여자, 어린아이 둘 (한 명은 여자, 또 한 명은 남자아이였다.)이 식당 앞을 지나갔다. 남자아이는 아버지 손을 잡고 조잘거렸다. 아버지는 아이를 내려다보고 미소를 지으며 고개를 끄덕였다. 아버지가 바로 로버트 오스왈드였다.

스피커에서 요란한 안내 방송이 나왔다.

"뉴어크와 애틀랜타 국내 공항을 출발한 델타 194편이 잠시 후 도착합니다. 마중을 나오신 분들께서는 4번 게이트 앞에서 기다려주시기 바랍니다. 델타 194편이 잠시 후 도착합니다."

로버트의 부인이 (앨의 기록에 따르면 이름이 베이다였다.) 딸을 안고 발걸음을 재촉했다. 마거릿의 모습은 보이지 않았다.

나는 샐러드를 뒤적이며 맛도 모르는 채 우적우적 씹었다. 심장이 쿵쾅거렸다.

점점 더 가까이 다가오는 요란한 엔진 소리가 들렸고, 게이트 쪽으로 방향을 돌리는 DC8 여객기의 하얀 기수가 보였다. 마중 나온 사람들이 게이트 앞으로 옹기종기 모였다. 웨이트리스가 내 어깨를 두드리는 바람에 나는 하마터면 비명을 지를 뻔했다.

"죄송합니다, 손님." 텍사스 사투리가 어찌나 심한지 귀에 와서 박힐 정도였다. "사장님께서 더 필요하신 거 없는지 여쭈어 보라고 하셔서요."

"네. 괜찮습니다."

"아, 네."

먼저 나온 승객들이 터미널을 가로지르기 시작했다. 하나같이 양복을 입고, 돈 많아 보이는 스타일로 머리를 자른 남자들이었다. 늘 1등석 승객들이 제일 먼저 내리기 마련이었다.

"복숭아 파이 한 조각 드릴까요? 오늘 구운 건데요."

"아뇨, 괜찮습니다."

"정말 괜찮으시겠어요?"

이제 일반석 승객들이 쏟아져 나왔다. 모두들 휴대용 가방을 들고 있었다. 어떤 여자가 비명을 지르는 소리가 들렸다. 도련님을 맞이하는 베이다의 목소리였을까?

"네." 나는 대답하고 잡지를 집어 들었다.

웨이트리스는 여기에 담긴 뜻을 알아차렸다. 나는 남은 샐러드를 오렌지 수프나 다름없는 프렌치드레싱과 섞으며 예의 주시했다. 아이를 거느린 남자와 여자가 등장했는데, 아이가 거의 아장아장 걷는 수준이라 준이라고 하기에는 나이가 많았다. 승객들이 마중 나온 친구, 친척들과 재잘거리며 식당 앞을 지나갔다. 군복을 입은 청년이 여자친구 엉덩이를 토닥이는 게 보였다. 그녀는 웃으며 남자친구의 손을 찰싹 때리더니 까치발을 하고 그에게 입을 맞추었다.

5분 정도 지나자 터미널이 거의 꽉 찼다. 그러다 잠시 후부터 사람들 숫자가 점점 줄어들기 시작했다. 오스왈드 일가족은 보이지 않았다. 그들이 비행기를 타지 않았을 거라는 터무니없는 확신이 내 머릿속을 스치고 지나갔다. 내가 과거로 거슬러오기만 한 게 아니라 다른 세상으로 수평 이동까지 한 게 아닐까? 옐로 카드맨이 그런 사태를 막으려다 죽고 나는 위기를 모면한 게 아닐까? 오스왈드가 없다고? 좋다. 그럼 임무도 없는 거다. 다른 세상에서는 케네디가 암살당하겠지만, 이 세상에서는 아니다. 나는 새디를 따라가 행복하게 살 수 있다.

이런 생각이 떠오른 순간, 표적이 난생 처음 내 앞에 등장했다. 로버트와 리가 열띤 대화를 나누며 나란히 걸어가고 있었던 것이다. 리는 큼지막한 서류 가방 내지는 숄더백을 흔들고 있었다. 로버트는 모서리가 둥글고 분홍색이라 바비의 옷장에서 꺼낸 것처럼 보이는 서류 가방을 들고 있었다. 베이다와 마리나는 그 뒤에서 따라왔다. 베이다가 누비가방 두 개 중 한 개를 들어 주었다. 마리나는 어깨에 아기 띠를 메고 있었다. 이제 4개월이 된 준까지 안고 가느라 애를 먹었다. 로버트와 베이다의 두 아이가 옆에서 따라가며, 대놓고 신기해하는 눈빛으로 그녀를 쳐다보았다.

베이다가 부르는 소리에 남자들이 식당 바로 옆에서 걸음을 멈추었다. 로버트가 씩 웃으며 마리나의 기저귀 가방을 받아들었다. 리는…… 재미있어하는 표정이었다고 해야 할까? 알 만하다는 표정이었다고 해야 할까? 아마 둘 다였을 것이다. 보일락 말락 한 미소가 입가를 맴돌고 지나갔다. 별 특징 없는 머리는 단정하게 빗어 넘겼다. 빳빳하게 다린 하얀색 셔츠와 카키색 바지에 반짝이는 구두를 신고 있어서 외출 준비를 마친 앤드류 잭슨처럼 보였다. 지구를 반 바퀴 돌아서 방금 전에 도착한 사람 같지 않았다. 옷에 주름 하나 없고, 두 뺨에 수염이 거뭇거뭇하게 자란 흔적도 없었다. 이제 막 스물두 살이 되었는데 그보다 어려 보였다. 내가 마지막으로 가르친 아이들 또래로 보였다.

앞으로 한 달은 있어야 합법적으로 술을 살 수 있는 나이가 되는 마리나도 마찬가지였다. 그녀는 지친 얼굴로 눈을 휘둥그레 뜨고 사방을 둘러보았다. 까맣고 탐스러운 머리는 밖으로 말렸고 파란 눈은 어째 슬퍼 보이는 미인이었다.

준의 팔과 다리는 천기저귀로 둘둘 말려 있었다. 심지어 목에도 무언가가 감겨 있었는데, 울지는 않았지만 얼굴이 시뻘겠고 땀범벅이었다. 리가 아이를 받아 안았다. 마리나가 감사의 뜻에서 미소를 짓자 입술 사이로 이가 하나 빠진 자리가 드러났다. 나머지도 색이 누랬고 한 개는 거의 검은색에 가까웠다. 크림색 피부, 선명한 눈과 부조화의 극치였다.

오스왈드가 그녀 쪽으로 몸을 기울이고 무슨 말인가를 속삭이자 그녀의 얼굴에서 웃음기가 가셨다. 그녀가 경계하는 눈빛으로 그를 올려다보았다. 그는 한 손가락으로 그녀의 어깨를 찌르며 또 무슨 말을 했다. 나는 앨에게 들은 이야기를 떠올리며 오스왈드가 아내에게 지금도 똑같은 말을 했을까 생각했다. 포코다, *치카!* 가자, 이 망할 년아.

그런데 아니었다. 싸개 때문에 짜증이 난 것이었다. 그가 아이의 팔과 다리를 감쌌던 기저귀를 차례로 잡아 뜯어 내동댕이치자 마리나가 서툰 솜씨로 받았다. 그러더니 그 광경을 누가 보고 있지 않을까 싶은지 주변을 둘러보았다.

베이다가 되돌아와 리의 팔을 건드렸다. 그는 아랑곳하지 않고, 준의 목에 감겨 있던 면 스카프를 풀어 *그것까지* 마리나에게 내동댕이 쳤다. 스카프가 바닥에 떨어졌다. 그녀는 아무 소리 없이 허리를 숙여 스카프를 집었다.

로버트까지 다가와 동생의 어깨를 다정하게 한 대 쳤다. 이제는 터미널이 거의 비다시피 해서(맨 마지막으로 내린 승객들마저 오스왈드 일가족 옆을 지나갔다.) 그가 뭐라고 하는지 똑똑히 들렸다.

"제수씨도 숨 좀 돌려야지. 이제 막 도착해서 여기가 어디인지도 아직 모르잖냐."

"이 아이 좀 봐." 리가 말하며 준을 들어 보였다. 그러자 아이가 드디어 울음을 터뜨렸다. "이집트 미라처럼 애를 둘둘 말았잖아. 거기서는 그러거든. 웃어야 할지 울어야 할지 모르겠어. 스타리 바바! 할망구 같으니라고." 그녀는 겁에 질린 눈빛으로 그를 바라보았다. "스타리 바바!"

그녀는 자기가 놀림을 당하고 있다는 건 아는데 이유를 모르는 사람들이 그렇듯 억지 미소를 지었다. 나는 「생쥐와 인간」의 레니를 얼핏 떠올렸다. 잠시 후 오스왈드가 조금 삐딱하게 거만한 미소를 지었다. 그러자 거의 잘생겨 보일 지경이었다. 그가 아내의 이쪽 뺨, 그 다음에는 저쪽 뺨에 다정하게 입을 맞추었다.

"미국이야!" 그가 말하고 그녀에게 다시 입을 맞추었다. "미국이라고, 리나! 자유의 땅! 재수 없는 놈들의 고향!"

그녀는 환하게 미소를 지었다. 그는 그녀에게 러시아어로 이야기하며 아이를 돌려주었다. 준을 달래는 그녀의 허리를 감싸 안았다. 그녀는 내 시야에서 사라졌을 때까지 계속 웃는 얼굴이었고, 아이는 어깨에 걸치고 남편의 손을 잡았다.

8

나는 집에 가서 (머세이디즈 대로를 집이라 부를 수 있을지 모르겠지만)

눈을 좀 붙여 보려고 했다. 하지만 잠을 이룰 수가 없어서 손으로 머리를 받친 채 누워 어수선한 길거리의 소음을 들으며 앨 템플턴과 대화를 나누었다. 나 혼자가 된 뒤로 자주 이렇게 대화를 나누었는데, 그는 죽은 사람 치고 늘 말이 많았다.

"포트워스로 오다니 바보 같은 짓이었어요. 그 도청 장치를 녹음기에 연결하려다 아무한테라도 들킬 공산이 크잖아요. 오스왈드한테 들키기라도 하면 모든 게 달라지지 않겠어요? 사장님 기록에 따르면 이미 피해망상증이 있다는데. KGB와 MVD가 민스크에서 자기를 예의 주시했다는 걸 알고 있었고, 여기서는 FBI와 CIA의 감시를 두려워하게 되잖아요. 그리고 FBI에서 적어도 어느 시간 동안은 실제로 감시를 할 테고요."

"그래, 조심해야지." 앨도 맞장구를 쳤다. "쉽지 않겠지만 난 자네를 믿어, 친구. 그래서 내가 애초에 자네한테 연락한 것 아니겠나."

"그자 근처에는 가고 싶지도 않아요. 공항에서 보기만 했는데도 소름이 쫙 끼치더라고요."

"그렇겠지만 어쩔 수 없잖아. 거의 평생 동안 요리를 한 사람으로서 단언하건대 달걀을 깨야 오믈렛을 만들 수 있는 것 아니겠나. 그리고 이자를 과대평가하는 건 실수야. 초강력 범죄자는 아니거든. 게다가 앞으로 정신이 오락가락하게 되잖아. 정신 나간 어머니 때문에. 그러니 부인한테 소리 지르고, 소리 지르는 것 정도로 성이 안 풀릴 때는 두들겨 패는 것 말고는 뭘 할 수 있겠나."

"자기 부인을 아끼는 것 같아요, 앨. 그런 마음이 아주 없지는 않아요. 그렇게 소리는 지르지만, 아주 많이 아낄지도 모르고요."

"맞아. 그런 남자들이 부인 신세를 조져 놓기 십상이지. 프랭크 더닝을 보면 알 수 있잖아? 자네는 자네 할 일이나 신경 써."

"그리고 녹음기를 연결한다 한들 어떤 정보를 얻을 수 있을까요? 둘이 다투는 소리? 그것도 러시아어로 다투는 소리? 퍽이나 도움이 되겠네요."

"그의 가족사를 캘 필요는 없잖아. 자네가 정체를 파악해야 할 사람은 조지 드 모렌실트야. 드 모렌실트가 워커 장군 암살 음모와 아무 관계가 없는지 확인해야 해. 확인이 끝나면 불확실의 여지가 있는 창문이 닫히는 거지. 그리고 긍정적으로 생각하게. 자네가 염탐을 하다 오스왈드한테 들키면 미래가 좋은 쪽으로 바뀔 수도 있지 않겠나? 그자가 케네디 암살을 아예 시도조차 하지 않을 수도 있어."

"정말 그렇게 생각하세요?"

"아니. 솔직히 그렇지는 않아."

"저도요. 과거는 고집이 세잖아요. 바뀌길 원치 않잖아요."

"어이, 친구. 이제는 아주……"

"빠삭하죠." 중얼거리는 내 목소리가 들렸다. "아주 빠삭하죠."

나는 눈을 떴다. 결국 잠이 들었던 모양이다. 늦저녁 햇살이 쳐 놓은 커튼 틈새로 스며들었다. 여기서 멀지 않은 곳, 포트워스의 데이번포트 대로에서 오스왈드 형제와 그 부인들은 저녁을 먹으러 식탁 앞에 앉았을 것이다. 리가 예전에 놀던 동네에서 처음으로 먹는 식사였다.

내가 사는 포트워스의 이 손바닥만 한 집 밖에서 누가 줄넘기를 하며 부르는 노래가 들렸다. 아주 귀에 익었다. 나는 자리에서 일어나 (중고품 할인 매장에서 산 안락의자 두 개 말고는 가구가 아무것도 없는) 어둑어둑한 거실로 건너가서 한쪽 커튼을 2~3센티미터 정도 젖혔다. 내가 이사 오자마자 맨 먼저 설치한 게 이 커튼이었다. 내가 남을 보는 건 좋지만, 남이 나를 보는 건 싫었다.

2703번지는 아직 빈집이라 '임대' 팻말이 금방이라도 무너질 것 같은 현관 난간에 압정 두 개로 꽂혀 있었지만, 앞마당에 누군가가 있었다. 두 여자아이가 돌리는 줄넘기를 한 아이가 들락날락하며 엉거주춤하게 넘고 있었다. 데리의 코섯 대로에서 보았던 아이들은 당연히 아닌데 (이 아이들은 새로 사서 빳빳한 반바지가 아니라 여기저기 기우고 물이 다 빠진 청바지를 입고 있었고, 제대로 먹지 못해 발육부진인 듯했다.) 텍사스 사투리만 섞였을 뿐 노래가 같았다.

"찰리 채플린이 프랑스에 갔단다! 아가씨들 댄스를 구경하러! 대령님께 경례! 여왕님께 경례! 우리 아빠는 잠수함 조종사!"

줄을 넘던 아이가 발이 걸리는 바람에 2703번지 앞마당 역할을 하는 잡초밭으로 넘어졌다. 다른 두 아이가 그 위를 덮쳐 셋이 먼지 밭을 데굴데굴 굴렀다. 그러다 일어나 저쪽으로 달려갔다.

나는 아이들을 바라보며 이런 생각을 했다. '나는 아이들을 보았지만 아이들은 나를 보지 못했어. 그게 중요한 거야. 그게 시작인 거야. 하지만 앨, 끝은 어디일까요?'

드 모렌실트가 이 모든 사태의 열쇠를 쥐고 있었다. 오스왈드가 앞집으로 이사를 오자마자 죽이지 못하는 이유가 오직 그 때문이었다. 조지 드 모렌실트, 유정 임대권을 놓고 투기 사업을 하는 석유 지질학자. 돈 많은 아내 덕에 플레이보이처럼 사는 남자. 그도 마리나처럼 소련 망명객이었지만, 마리나하고는 다르게 귀족 집안 출신이었다. 사실 모렌실트 남작이었다. 앞으로 살날이 몇 개월 안 남은 오스왈드의 유일한 친구가 될 사람. 인종차별주의적인 우익 퇴역 장군이 사라지면 세상이 더 살기 좋은 곳이 될 거라고 오스왈드에게 운을 뗄 사람. 에드윈 워커를 암살하려던 오스왈드의 음모에 드 모렌실트가 연루되어 있는 것으로 밝혀지면 내 상황이 아주 복잡해질 것이다. 온갖 해괴망측한 음모이론의 물꼬가 트일 테니까. 하지만 앨은 소련 지질학자의 역할이 유명세에 집착하고 이미 정신적으로 불안정했던 한 남자를 선동하는 데 그쳤다고 (아니, 그칠 거라고. 앞에서도 말했다시피 과거 속에서 살면 헷갈릴 때가 많다.) 생각했다.

앨은 공책에 이렇게 적었다. *1963년 4월 10일의 사건이 오스왈드의 단독 범행이라면 그 뒤 7개월 후에 벌어진 케네디 암살 사건에 공범이 있을 가능성은 거의 제로에 가까워진다.*

그리고 그 밑에 큼지막하게 최종 결론을 적었다. "그 후레자식을 처치하기에 충분한 이유"라고.

9

아이들을 몰래 훔쳐보고 났더니 지미 스튜어트 주연의 서스펜스 영화 「이창」이 생각났다. 거실 밖으로 나서지 않아도 볼 수 있는 게 얼마나 많은지 모른다. 도구를 제대로 갖추고 있으면 더욱 그렇다.

다음 날, 나는 스포츠 용품점에서 바슈롬 쌍안경을 사면서 렌즈에

햇빛이 반사되는 걸 조심해야 한다는 점을 다시금 머릿속에 새겼다. 2703번지는 머세이디즈 대로 동쪽이라 정오 이후에는 안전하지 않을까 싶었다. 커튼 틈새로 쌍안경을 내밀고 초점을 조절했더니 추레한 앞집 거실 겸 부엌이 어찌나 훤하게 속속들이 보이는지 그 안에 서 있는 것처럼 느껴질 정도였다.

피사의 사탑 같은 스탠드가 부엌용품을 넣어 두는 낡은 서랍장 위를 계속 지키며 누군가가 그걸 켜서 도청 장치를 작동시켜 주길 기다리고 있었다. 하지만 최저 속도로 돌렸을 때 12시간까지 녹음이 가능한, 조그맣고 정교한 일제 녹음기에 연결하지 않으면 아무 소용이 없었다. 시험을 하느라 여분으로 사 놓은 스탠드에 대고 이야기를 하고 (우디 앨런의 코미디 주인공이 된 듯한 기분이 들었다.) 나중에 틀어 보았더니 질질 늘어지기는 해도 무슨 말인지 알아들을 수는 있었다. 그러니까 저 집에 한 번 더 들어가야 한다는 뜻이었다.

 그럴 만한 용기가 있다면.

10

 7월 4일, 머세이디즈 대로는 분주했다. 비번인 남자들은 구제불능인 잔디밭에 물을 주고 난 다음 (오후와 저녁에 몇 번 소나기가 내린 것 말고는 건조한 폭염이 이어졌다.) 잔디밭에 내놓은 접이식 의자에 털썩 주저앉아 맥주를 마시며 라디오로 야구 중계를 들었다. 이제 막 사춘기로 접어든 아이들은 떠돌이 개와 몇 안 되는 방랑하는 닭 들에게 폭죽을 던졌다. 닭 한 마리가 체리 폭죽을 맞고 터지는 바람에 피와 깃털 범벅으로 변했다. 폭죽을 던졌던 아이는 비명을 지르며, 슬립 위에 파몰 야구 모자를 쓴 엄마 손에 저쪽 집으로 끌려갔다. 아이 엄마는 불안정한 걸음걸이로 보건대 맥주를 몇 잔 걸친 듯했다. 10시가 막 지났을 때 진정한 불꽃놀이라 할 수 있는 사건이 벌어졌다. 누가 (내 차 타이어를 칼로 그은 아이가 아닐까 싶었다.) 지난주 내내 몽고메리 워드 창고 주차장에 방치되어 있었던 낡은 스튜드베이커에 불을 지른 것이다. 포트워스 소방서에서 불을 끄는 동안 모두들 구경을 했다.

컬럼비아 만세(1931년까지 비공식적으로 쓰였던 미국의 국가—옮긴이).

다음 날 아침, 나는 물벼락을 맞은 타이어 위에 서글프게 얹혀진 잔해를 살피러 나갔다. 창고 앞 화물 싣는 곳 근처에 공중전화박스가 있길래 충동적으로 엘리 도커티에게 전화를 걸었더니 교환원이 연결해 주었다. 내가 전화를 한 이유는 외로움과 향수 때문이기도 했지만, 그보다는 새디 소식을 듣고 싶었기 때문이었다.

벨이 두 번 울렸을 때 전화를 받은 엘리는 내 목소리를 듣고 반가워하는 눈치였다. 아직까지 독립기념일 잠에 취한 머세이디즈 대로를 등진 채 불에 그슬린 공중전화박스에서 전화기 너머로 그런 목소리를 들었더니 미소가 절로 나왔다.

"새디는 잘 지내요. 엽서 두 장, 편지 한 통 받았어요. 해러스에서 웨이트리스로 일하고 있대요." 그녀는 이렇게 말해 놓고 목소리를 낮추었다. "칵테일 웨이트리스로 일하는 것 같은데, 교육위원회에는 비밀로 할 거예요."

칵테일 웨이트리스용 짧은 치마 밑으로 이어지는 새디의 긴 다리가 상상이 됐다. 그녀가 테이블 위로 술을 내려놓으려고 허리를 숙였을 때 스타킹 밴드 부분이나 가슴골을 들여다보려고 기를 쓸 남자들도 상상이 됐다.

"당신 소식을 묻더군요." 엘리의 이 말에 다시금 미소가 지어졌다. "조디 사람들은 당신이 지구 끝으로 떠난 줄 안다고 말하기 싫어서 소설 쓰며 바쁘게 잘 지내고 있다고 했어요."

나는 지난 한두 달 동안 『머더 플레이스』에 한 단어도 보태지 않았고, 두 번인가 원고를 읽어 보려고 했지만 3세기 카르타고어로 적힌 것처럼 느껴졌다.

"잘 지내고 있다니 다행이네요."

"이달 말이면 의무 거주 기간이 끝나지만 여름방학이 끝날 때까지 거기 있을 생각이래요. 팁이 아주 후하다면서."

"조만간 남남이 될 남편 사진은 보여 달라고 하셨어요?"

"떠나기 직전에요. 그랬더니 없대요. 부모님은 몇 장 가지고 있겠지만, 보내 달라고 하지 않겠다고 했어요. 두 분 다 미련을 못 버리고 있는데, 그랬다가는 헛된 희망을 심어 줄 수 있다고. 당신이 과민 반응하는 거라고 했어요. *지나치게 과민 반응하는 거라고.*"

과연 내 여자다운 발언이었다. 이제는 내 여자가 아니라는 게 문제였지만. 이제는 "어이, 아가씨. 우리 한 잔 더 줘요. 이번에는 허리 좀 더 숙여 주고."라는 소리를 듣게 생긴 게 문제였지만. 남자라면 누구나 질투심이 있기 마련인데, 나의 질투심은 7월 5일이었던 그날에 이글이글 불타올랐다.

"조지? 내가 보기에는 새디가 당신한테 아직 마음이 있는 게 분명해요. 꼬인 매듭을 풀 만한 시간이 있다고요."

나는 9개월이 흐른 뒤에야 에드윈 워커 장군의 암살을 시도할 리 오스왈드를 떠올렸다.

"아직은 너무 일러요."

"뭐라고요?"

"아무것도 아닙니다. 이렇게 통화할 수 있어서 좋았어요, 엘리 선생님. 조만간 교환원이 말을 자르고 동전을 넣어 달라고 할 텐데 동전이 다 떨어졌네요."

"햄버거하고 셰이크 먹으러 그 먼 길을 달려올 수는 없겠죠? 만약 달려올 수 있다면 딕 시먼스를 초대할까 하는데. 거의 날마다 당신 소식을 묻거든요."

조디로 돌아가 학교에서 알게 된 친구들을 다시 만나는 상상만이 그날 아침에 나를 위로할 수 있는 유일한 거리였다.

"좋죠. 오늘 저녁이면 너무 갑작스러운가요? 5시 어때요?"

"좋아요. 우리 시골 쥐들은 저녁을 일찍 먹잖아요."

"알겠습니다. 갈게요. 제가 사는 겁니다."

"우리 둘 중에 누가 이기나 봅시다."

11

내 실무영어 수업을 들었던 여학생이 앨 스티븐슨의 식당에 취직을 했는데, 엘리와 디크와 한 테이블에 앉은 사람의 정체를 파악하고 어찌나 환하게 웃는지 가슴이 뭉클할 지경이었다.

"앰버슨 선생님! 우와, 진짜 반가워요! 어떻게 지내셨어요?"

"잘 지냈단다, 도리." 내가 대답했다.

"대자로 주문하세요. 살이 빠지셨어요."

"그러게." 엘리가 말했다. "보신 좀 해야겠어요."

멕시코에서 지내는 동안 까맣게 탔던 디크는 얼굴이 원래 색으로 돌아간 것을 보니 퇴직 후 대부분의 시간을 집 안에서 보내는 모양이었고, 내가 살이 빠진 만큼 그는 쪘다. 내 손을 꽉 잡고 악수를 하면서 정말 반갑다고 했다. 그는 겉과 속이 완벽하게 일치하는 사람이었다. 그런 점에 있어서는 엘리 도커티도 마찬가지였다. 이런 데를 버리고 닭을 폭파시키는 것으로 독립기념일을 자축하는 머세이디즈 대로로 거처를 옮기다니, 아무리 미래를 알기에 취한 조치라고 해도 생각하면 생각할수록 짜증이 치밀었다. 케네디가 그럴 만한 가치가 있는 인물이기만을 바랄 따름이었다.

우리는 햄버거와 기름에 지글지글 튀긴 프렌치프라이와 아이스크림을 얹은 애플파이를 먹었다. 그러면서 다들 어떻게 지내는지 이야기하고, 오래전부터 열심히 떠들어 댔던 글을 드디어 쓰기 시작한 대니 래버티 이야기를 하며 웃음꽃을 피웠다. 엘리가 말하길 대니의 부인에게 전해들은 바에 따르면 첫 장 제목이 '전투에 투입되다'라고 했다.

식사가 거의 끝나갈 무렵 디크는 파이프에 프린스 앨버트 담뱃잎을 채웠고, 엘리는 테이블 밑에 놓아두었던 핸드백에서 큼지막한 책을 꺼내더니 기름기 넘치는 남은 음식들 위로 건넸다.

"89쪽을 봐요. 그리고 그 흉측한 케첩 범벅은 좀 치워 줘요. 빌린 거라 이 상태 그대로 돌려줘야 하니까."

'타이거 테일스'라고, 덴홈 통합 고등학교보다 훨씬 더 근사한 학교의 졸업 앨범이었다. 천이 아니라 가죽 제본이었고, 속지가 광택이 있는 데다 두툼했고, 뒤에 실린 광고가 족히 100쪽은 될 듯했다. 서배너에 있는 롱에이커 통학학교를 기념하는 (칭송한다는 표현이 더 어울리겠다.) 앨범이었다. 나는 얼굴들이 하나같이 희멀건 3학년 부분을 넘기며 1990년 무렵이면 여기에 흑인도 한두 명 등장하지 않을까 생각했다. 어쩌면 그럴 수도 있을 것이다.

"아이고." 내가 말했다. "이런 학교에 다니다 조디로 건너오다니 새디도 돈이 정말 궁했나 봐요."

"탈출하고 싶어서 안달이 났던 거겠지." 디크가 중얼거렸다. "나름대로 이유가 있었을 테고."

89쪽으로 넘겼다. 롱에이커 과학과를 소개하는 부분이었다. 하얀 실험실 가운 차림으로 부글거리는 비커를 들고 지킬 박사를 호출하는 네 명의 교사를 담은 진부한 단체 사진 밑에 스튜디오 사진이 있었다. 존 클레이턴은 리 오스왈드와 전혀 안 닮았지만, 똑같이 인상은 좋아도 기억에 안 남는 얼굴이었고, 입가에 미소를 머금고 있었다. 재미있어 하는 미소일까 아니면 감추지 못한 경멸이 담긴 미소일까? 젠장, 사진사가 치즈 하라고 했을 때 강박증 환자가 지을 수 있는 최선의 표정이 그 정도였을지 모른다. 유일한 특징이 움푹 꺼진 관자놀이인데, 살짝 들어간 양쪽 입가와 서로 짝을 이루었다. 흑백 사진이었지만, 눈이 밝게 찍힌 것으로 보건대 파란색 아니면 회색이었다.

나는 친구들에게 책을 돌려주었다.

"양쪽 관자놀이가 움푹 꺼진 거 보셨어요? 그런 것도 매부리코나 보조개처럼 타고나는 걸까요?"

두 사람은 동시에 아니라고 했다. 약간 웃기는 상황이었다.

"그런 걸 겸자 자국이라고 하지." 디크가 말했다. "기다리다 지친 의사가 겸자로 빼내면서 생긴 거야.(분만 시 태아가 잘 나오지 않을 경우 쇠로 만든 집게와 같은 '겸자'라는 도구로 태아의 머리를 감싸 꺼내는 분만법에 대한 언급이다 — 옮긴이) 보통은 없어지는데, 안 그런 경우도 있다네. 그도 옆머리가 벗어지는 바람에 드러난 거 아닌가?"

"이자가 돌아다니면서 새디 뒷조사를 하지는 않았고요?" 내가 물었다.

이번에도 두 사람은 동시에 아니라고 대답했다. 엘렌이 덧붙였다.

"새디 뒷조사하고 다닌 사람 없어요. 조지, 당신 말고는. 이 멍청한 양반아."

그녀는 뼈 있는 농담을 던지는 사람들이 그렇듯 미소를 지었다.

나는 손목시계를 확인했다.

"제가 두 분 시간을 너무 많이 뺏었네요. 이제 가 봐야겠습니다."

"미식축구 경기장에 들렀다 가지 않겠나?" 디크가 물었다. "보먼 코치가 기회 되거든 자넬 데리고 오라고 했거든. 연습을 벌써 시작했어."

"시원한 저녁에만요." 엘리가 자리에서 일어서며 말했다. "그렇게

나마 아이들을 배려하니 얼마나 다행이에요. 3년 전에 헤이스팅스 집안의 아들이 열사병으로 쓰러졌던 거 생각나요, 디크? 다들 처음에는 심장마비인 줄 알았잖아요."

"왜 저를 보고 싶어 하는지 모르겠네요." 내가 말했다. "저로 말할 것 같으면 일등 수비수를 어두운 세상으로 인도한 장본인 아닙니까." 나는 언성을 낮추고 쉰 목소리로 속삭였다. "무대예술이라는 세상으로 말입니다!"

디크는 미소를 지었다.

"그렇기는 하지만, 앨라배마에서 유급당할 뻔한 녀석을 구한 사람도 자네 아닌가. 보먼은 그렇게 생각해. 왜냐하면 짐 라두가 그렇게 이야기했거든."

처음에는 그가 무슨 말을 하는 건지 알아들을 수가 없었다. 그러다 새디 호킨스 때 있었던 일이 생각나서 나는 씩 웃었다.

"세 녀석이 싸구려 술을 나누어 마시는 게 보이길래 울타리 너머로 술병을 던져 버렸을 뿐인 걸요."

디크의 얼굴에서 웃음기가 가셨다.

"그중 한 명이 빈스 놀스였지? 트럭이 굴렀을 때 녀석이 술에 취한 상태였던 거 아냐?"

"아뇨."

하지만 뜻밖의 소식은 아니었다. 운전과 알코올이야말로 고등학생들 사이에서 인기 있고 때로는 치명적인 조합이니까.

"그랬다지 뭔가. 그리고 댄스파티 때 자네가 녀석들한테 뭐라고 했는지 모르겠지만, 라두는 자네 말을 듣고 술을 끊었다네."

"뭐라고 했어요?"

엘리가 물었다. 그녀가 지갑을 찾느라 핸드백을 뒤적이고 있었지만, 나는 그날의 추억에 젖는 바람에 내가 내겠다고 옥신각신하지 못했다. "*괜한 일로 신세 조지지 말 것.*" 나는 그렇게 말했다. 그런데 온 세상이 자기 것인 양 나른하게 웃고 있던 짐 라두가 그 말을 정말로 새겨들었던 것이다. 자신이 어떤 사람의 인생에 언제, 어떤 식으로 영향을 미치게 될지, 우리는 알 수 없는 법이다. 미래가 현재를 집어삼키기 전에는. 이미 엎질러진 물이 되기 전에는.

"기억이 안 나네요." 내가 말했다.

엘리는 계산을 하려고 총총히 사라졌다.

내가 말했다.

"도커티 선생님한테 사진 속의 그 남자를 예의 주시해 달라고 말씀 전해 주세요, 디크. 선생님도 마찬가지고요. 찾아오지 않을 수도 있겠다고, 내 착각일지 모르겠다는 생각이 들기 시작했지만, 모르는 일이니까요. 정신 상태가 온전한 사람도 아니고요."

디크는 그러겠다고 약속했다.

12

미식축구 경기장에 도착하지도 않았는데, 6월 초 저녁 햇살이 비스듬히 내리쬐는 조디가 어찌나 아름다웠던지 의지가 무너지기 전에 포트워스로 얼른 돌아가야겠다는 생각이 머릿속 한구석을 스치고 지나갔던 게 기억난다. 내가 경기장 나들이를 생략했더라면 뭐가 얼마큼 달라졌을까. 아무것도 달라지지 않았을 수도 있고, 많은 것이 달라졌을 수도 있다.

코치가 특별 팀 아이들을 데리고 마지막 두세 경기를 치르는 동안 다른 선수들은 헬멧을 벗고 땀을 뚝뚝 흘리며 벤치에 앉아 있었다. "레드 투, 레드 투!" 그는 외치다 말고 디크와 나를 보더니 한쪽 손을 쫙 펴서 들었다. 5분만 기다려 달라는 뜻이었다. 그런 다음 경기장에 남은 몇 안 되는 지친 아이들 쪽으로 다시 고개를 돌렸다.

"다시 한 번! 너희들이 0점에서 100점으로 과감하게 도약할 수 있는지 어디 한번 보자. 알겠냐?"

경기장을 내다보는데, 스포츠 재킷을 입은 어떤 남자가 내 눈에 확 들어왔다. 이어폰을 끼고, 샐러드 그릇처럼 생긴 물건을 손에 든 채 사이드라인을 왔다 갔다 걷고 있었다. 안경을 낀 모습에서 누군가가 연상됐다. 처음에는 누구인지 알 수 없었는데 잠시 후 생각났다. 고요한 마이크 매케이컨을 닮았던 것이다. 나만의 마법사 오즈를.

"저 사람 누구죠?" 내가 디크에게 물었다.

디크는 실눈을 떴다.

"나도 모르겠는데?"

코치가 손뼉을 치면서 아이들에게 가서 씻으라고 했다. 그가 관람석으로 건너와 내 등을 한 대 쳤다.

"어떻게 지내셨소, 셰익스피어 씨?"

"잘 지냈습니다."

나는 한 대 맞은 데 굴하지 않고 웃으며 말했다.

"우리 어렸을 때는 셰익스피어, 셰익스피어, 장작을 피워라, 그랬는데 말이오."

그는 껄껄대며 웃었다.

"우리는 코치, 코치, 눈치코치 살펴라, 그랬어요."

보면 코치가 어리둥절한 표정을 지었다.

"정말요?"

"아뇨, 그냥 썰렁한 말장난 한 겁니다." 첫 느낌대로 저녁을 먹자마자 서둘러 떠났더라면 좋았을 걸 하는 마음이 담긴 말장난이었다.

"아이들은 어떻습니까?"

"좋아요. 열심히 하고. 하지만 지미가 없으니 다를 수밖에 없소. 77번 고속 도로에서 109번으로 빠지는 광고판이 바뀐 거 알아요?"

'알아요가 아니라 *아러유*.'

"늘 보던 거라 신경 안 쓰고 그냥 지나친 모양이네요."

"이따 갈 때 한번 봐요, 친구. 후원회에서 아주 제대로 만들었거든. 지미의 엄마는 보고 거의 울 뻔했지 뭐요. 당신 덕에 그 녀석이 술을 끊었으니 고마운 일이지." 그는 큼지막하게 C자가 그려진 모자를 벗고 이마의 땀을 훔치더니 모자를 다시 쓰고 요란하게 한숨을 쉬었다. "그 빌어먹을 바보 같은 빈스 놀스한테도 고맙다고 해야 할 텐데, 기도 명단에 이름을 올리는 것 말고는 도리가 없네."

코치가 고지식한 침례교도였던 게 생각났다. 그는 기도 명단뿐 아니라 노아의 아들들 어쩌고 하는 헛소리까지 전부 다 믿을 것이다.

"고마워하실 것 없어요." 내가 말했다. "할 일을 했을 뿐인걸요."

그가 나를 째려보았다.

"지금도 글이나 끼적일 게 아니라 아이들을 가르쳐야 하는데 말요. 너무 퉁명스럽게 들렸다면 미안하오만, 내 생각은 그렇소."

"괜찮습니다." 진심이었다. 그 소리를 듣고 그가 더 좋아졌으니까. 다른 세상 같았더라면 그의 말이 맞았을지 모른다. 나는 고요한 마이크처럼 생긴 남자가 샐러드 그릇을 강철 상자에 넣고 있는 운동장 맞은편을 가리켰다. 남자는 지금도 목에 이어폰을 걸고 있었다. "코치님, 저 사람 누굽니까?"

코치는 코웃음을 쳤다.

"이름이 헤일 더프던가, 케일이던가. 빅 댐에 새로 온 스포츠 담당이에요."

빅 댐은 텐홈 군에서 오전에는 농장 소식을 전하고, 오후에는 컨트리음악을 틀어 주고, 방과 후에는 록을 틀어 주는 소규모의 잡다한 방송국 KDAM의 별명이었다. 아이들은 이 방송국의 스테이션 브레이크(프로그램 중간에 방송국 이름을 알리는 시간 ― 옮긴이)를 음악 못지않게 좋아했다. 쾅 하는 폭발음에 이어 어떤 남자가 나이 많은 카우보이 같은 말투로 "K-DAM! 그것 참 물건이로구나!" 하고 외쳤던 것이다. 옛날에는 이런 게 아주 외설적인 농담에 속했다.

"저 장치는 뭐요, 코치?" 디크가 물었다. "뭔지 아는가?"

"알다마다요." 코치가 대답했다. "게임 중계 때 저걸 쓰려고 하면 내가 아주 혼구녕을 내려고요. 아이들이 세 번째 공격에서 짧은 거리가 남았는데 러시에 실패했을 때 내가 별의별 욕을 퍼붓는 게 라디오로 중계되면 쓰겠습니까?"

나는 아주 천천히 그를 돌아보았다.

"그게 무슨 말씀이세요?"

"내가 저 인간 말을 믿을 수가 없어서 직접 실험을 해 봤다는 거 아니겠소." 코치가 대답하더니 점점 더 분개하며 덧붙였다. "부프 레드퍼트가 한 신입생한테 나는 뇌보다 불알이 더 큰 인간이라고 말하는 소리까지 들리더라니까!"

"그래요?" 내가 말했다.

심장 박동이 제법 빨라졌다.

"저 얼간이 말로는 자기 집 차고에다 설치를 했다더군." 코치가 투덜거렸다. "볼륨을 최대로 높이면 옆 블록에서 고양이가 방귀 뀌는 소리까지 들린대요. 물론 헛소리겠지만, 레드퍼드가 경기장 저쪽에 있었는데 그렇게 잘난 척 나불대는 소리가 들리지 뭐요."

기껏해야 스물네 살 정도 되어 보이는 스포츠 담당이 강철 상자를 챙겨 들고 반대편 손을 흔들었다. 코치도 손을 흔들며 들릴락 말락 하게 중얼거렸다.

"녀석이 저 물건을 들고 경기장에 발을 들여놓도록 내버려 두는 날이 내 빌어먹을 닷지에다 케네디 스티커를 붙이는 날이 될 거요."

13

77번과 109번 고속 도로가 만나는 교차로에 진입했을 무렵에는 어두컴컴했지만, 둥그런 주황색 달이 동쪽으로 떠오르고 있어서 광고판이 잘 보였다. 한 손에는 미식축구용 헬멧을, 다른 손에는 공을 들고, 격전을 치르느라 헝클어진 한 움큼의 까만 머리로 이마를 덮은 채 웃고 있는 짐 라두가 모델이었다. 사진 위에 반짝이는 별이 박힌 글씨로 이렇게 적혀 있었다.

1960년과 1961년 우리 주를 대표하는 쿼터백으로 선발된 짐 라두를 축하합니다! 앨라배마에서도 행운이 따르길! 우리는 절대 당신을 잊지 않을 거예요!

그리고 그 밑에서 빨간색 응원 문구가 고함을 질렀다.

"짐라!"

14

이틀 뒤에 나는 새틀라이트 일렉트로닉스를 찾아가 주인이 껌을 씹는 아이에게 아이팟 크기의 라디오를 파는 동안 기다렸다. 가게를 나서기 전부터 이어폰을 귀에 꽂은 아이가 밖으로 사라졌을 때 고요한 마이크가 내 쪽을 돌아보았다.
"아니, 옛 친구 도 씨 아닙니까? 오늘은 어쩐 일이신가요?" 그러더니 무슨 음모를 꾸미듯 속삭이는 수준으로 목소리를 낮추었다. "도청용 스탠드가 더 필요하신가요?"
"오늘은 그것 때문에 온 게 아니에요. 혹시 전방향 마이크라고 들어 봤어요?"

그가 이를 드러내며 웃었다.

"손님, 이번에도 제대로 찾아오셨군요."

18장

1

내가 전화를 설치하고 제일 먼저 연락한 상대가 엘렌 도커티였다. 그녀는 새디의 리노 주소를 기꺼이 가르쳐 주며 이렇게 물었다.
"하숙집 전화번호도 아는데 그것도 알려 줘요?"
물론 알고 싶었지만, 그랬다가는 유혹을 이기지 못하고 전화할 게 분명했다. 머릿속 어디에선가 그러면 안 된다는 소리가 들렸다.
"주소면 됐습니다."
나는 전화를 끊자마자 편지를 썼다. 억지로 재잘대는 듯한 어색한 분위기가 싫었지만, 달리 방법이 없었다. 빌어먹을 빗자루가 여전히 우리 둘 사이를 가로막고 있었던 것이다. 게다가 그녀가 그곳에서 씀씀이가 헤픈 중년의 스폰서를 만나 나를 까맣게 잊었을 수도 있었다. 충분히 가능성 있는 이야기였다. 그녀는 침대 위에서 어떻게 하면 남자를 만족시킬 수 있는지 알고 있을 것이다. 배우는 게 빨랐고, 침대에서도 댄스 플로어에서만큼 날렵했으니까. 나는 다시 질투심이 일기 시작해서 청승맞고 무심하게 느껴지는 내용일지 모른다는 걸 알면서도 얼른 편지를 마무리 지었다. 거짓의 가면을 찢고 솔직한 심정만 전할 수 있다면 어떤 내용이든 상관없었다.

보고 싶고, 상황이 이렇게 된 거 정말 미안해요. 어떻게 수습하면 좋을지 방법을 모르겠네요. 내가 처리해야 하는 일이 있는데, 내년 봄이 되어야 끝이 나요. 그 이후까지 계속될 수도 있겠지만, 아마 그때쯤이면 끝날 거예요. 내 바람대로라면. 그때까지 나를 잊지 말아줘요. 사랑해요, 새디.

조지라고 서명하는 순간, 간신히 쥐어짰던 일말의 솔직함마저 사라져 버리는 듯한 기분이 들었다. 그 밑에다 '만의 하나 필요한 경우 연락하라'고 내 전화번호를 적었다. 그런 다음 벤브룩 도서관까지 걸어가 그 앞에 놓인 파란색의 큼지막한 우체통에 편지를 넣었다. 지금 현재로서는 이 정도가 최선이었다.

2

앨의 공책에는 여러 사이트에서 출력한 석 장의 사진이 스테이플러로 찍혀 있었다. 첫 번째는 가슴주머니에 하얀 손수건을 꽂고, 은행 간부처럼 회색 정장을 입은 조지 드 모렌실트의 사진이었다. 이마가 드러나도록 빗어 넘긴 머리는 그 당시 회사 중역 스타일로 깔끔하게 가르마를 탔다. 두툼한 입술에 맴도는 미소를 보면『곰 세 마리』에 나오는 꼬마 곰의 침대가 생각났다. 너무 뻣뻣하지도 않고 너무 느물느물하지도 않고 딱 적당했다. 조만간 머세이디즈 대로 2703번지에서 그의 셔츠를 뚫고 나올, 누가 봐도 분명한 정신병자의 기미가 전혀 안 보였다. 아니, 살짝 느껴지기는 했다. 까만 눈에서. "뭘 봐?"라고 묻는 듯한 그 오만한 눈빛에서.

두 번째 사진은 악명 높은 암살범의 둥지였다. 텍사스 교과서 창고 6층에 책 상자를 쌓아서 만든 둥지.

세 번째는 까만 옷을 입고 한 손에는 우편으로 주문한 소총을, 다른 손에는 좌파 잡지 몇 권을 들고 있는 오스왈드의 사진이었다. 도망을 치다 댈러스 소속 J. D. 티핏 경관을 쏴서 죽이는 데 쓰일 리볼버는 (나에게 저지당하면 이야기가 달라지겠지만) 허리춤에 꽂혀 있었다. 워커 장군의 암살을 시도하기 2주 전에 마리나가 찍을 사진이었다. 배경은 댈러스 웨스트 닐리 대로 214번지, 두 채의 아파트로 이루어진 건물 안마당이었다.

나는 오스왈드 일가족이 포트워스의 앞집으로 이사 올 때까지 기다리는 동안 웨스트 닐리 214번지를 여러 번 찾아갔다. 내가 2011년에 가르쳤던 학생들이 썼던 표현을 빌자면 끔찍하기로 따졌을 때에는 댈러스가 갑이었지만, 동네로 따지면 웨스트 닐리가 머세이디즈보다는 조금 나았다. 물론 냄새는 났지만 (1962년에는 텍사스 중부 어딜 가든 고장 난 정유소 같은 냄새가 났다.) 분뇨와 하수구 냄새는 아니었다. 길바닥에 자갈이 굴러다니기는 했지만 적어도 포장 도로였다. 그리고 닭도 없었다.

지금은 214번지 2층에 아이가 셋인 젊은 부부가 살았다. 이들이 나간 뒤에 오스왈드 일가족이 들어올 것이다. 내가 관심을 기울이는 곳은 1층이었다. 리, 마리나, 준이 2층으로 이사할 때 내가 그 아래층에서 살고 싶었다.

1962년 7월에는 1층에 두 여자와 한 남자가 살고 있었다. 여자들은 뚱뚱하고 행동이 굼뜨며 쭈글쭈글한 민소매 원피스를 유난히 좋아했다. 한 명은 육십 대였고, 눈에 띄게 다리를 절었다. 나머지 한 명은 삼십 대 후반 아니면 사십 대 초반이었다. 닮은 얼굴로 보건대 모녀지간이었다. 남자는 비쩍 말랐고 휠체어를 타고 다녔다. 머리카락이 얇고 하얘서 꼭 물보라 같았다. 무릎에는 두툼한 관이 달린 부연 소변 주머니가 얹혀 있었다. 휠체어 팔걸이에 매달아 놓은 재떨이에 열심히 재를 떨어 가며 줄담배를 피워 댔다. 옷차림은 그해 여름 내내 내가 볼 때마다 똑같았다. 피골이 상접한 허벅지가 거의 사타구니까지 보이는, 광택이 도는 빨간색의 야구용 반바지, 도관을 타고 흐르는 소변에 버금갈 만큼 누런 끈 티셔츠, 강력 테이프로 붙여 놓은 운동화, 뱀가죽처럼 보이는 띠를 두른 까만색의 큼지막한 카우보이 모자. 모자 앞면에는 칼 두 자루가 X자 모양으로 달려 있었다. 그는 아내인지 딸인지 모를 여자가 잔디밭까지 휠체어를 밀어주면 허리를 구부정하게 숙인 채 동상처럼 꼼짝 않고 나무 밑에 앉아 있곤 했다. 나는 그 앞을 천천히 지나갈 때마다 손을 들어 인사하기 시작했다. 그는 한 번도 화답한 적이 없었지만, 내 차는 알아보았다. 어쩌면 그는 무서워서 화답을 하지 않은 것일 수도 있었다. 흑마가 아니라 고물이 되어 가는 포드 컨버터블을 타고 댈러스를 돌아다니는 사신의 평가를 받고 있는 게 아닐까 싶어서. 어떻게 보면 내가 사신일 수 있었다.

이 삼인조는 그곳에서 산 지 어느 정도 된 것 같았다. 여기 계속 눌러앉을 생각일까? 내년에는 내가 그 집을 써야 하는데. 알 수가 없었다. 앨은 이들에 대해 아무 기록도 남기지 않았다. 지금 당장으로서는 지켜보며 기다리는 수밖에 없었다.

고요한 마이크가 직접 만든 새로운 장비는 받아서 챙겨 놓았다. 그런 채로 전화벨이 울리기를 기다렸다. 전화벨은 지금까지 세 번 울렸고, 그때마다 나는 희망에 부풀며 달려가서 받았다. 두 번은 수다를 떨고 싶어 연락한 엘리였다. 한 번은 저녁을 먹으러 오라고 전화한 디크였다. 나는 그의 초대에 넙죽 달려갔다.

새디는 연락이 없었다.

3

8월 3일, 58년형 벨 에어 세단이 2703번지의 진입로 역할을 하는 길로 들어섰다. 그 뒤를 이어 번쩍이는 크라이슬러가 등장했다. 오스왈드 형제가 벨 에어에서 내려 나란히 섰지만, 서로 아무 말이 없었다.

나는 커튼 사이로 손을 넣어 앞 유리창을 살짝 열고 거리의 소음과 후텁지근한 공기를 안으로 들였다. 그런 다음 침실로 달려가 침대 밑에 넣어 두었던 새로운 장비를 꺼냈다. 고요한 마이크가 밀폐용기 밑바닥에 구멍을 뚫고 전방향 마이크(그가 장담하길 최신식이라고 했다.)를 손가락처럼 세워서 붙여 놓은 장비였다. 마이크 줄을 녹음기 뒷면의 접합 부분과 연결했다. 헤드폰을 꽂는 자리도 있었는데, 전자기기 전문가인 그 친구 말로는 헤드폰도 최신식이라고 했다.

밖을 몰래 내다보니 오스왈드 형제가 크라이슬러에서 내린 남자에게 말을 건네고 있었다. 남자는 카우보이 모자와 비슷한 스테트슨 모자를 쓰고, 목장주 분위기의 넥타이를 매고, 바늘땀이 보이는 요란한 부츠를 신고 있었다. 내가 사는 이 월셋집 주인보다 입성은 훌륭했지만 같은 종족이었다. 어떤 대화를 나누고 있는지 엿들을 필요조차 없었다. 남자의 제스처가 워낙 교과서적이었다. *별 볼일 없는 집인 건 나도 알지만, 자네도 가진 게 몇 푼 안 되잖아. 안 그런가, 친구?* 스스로 떼돈은 못 벌더라도 명성을 날릴 운명을 타고 났다고 생각하며 전 세계를 돌아다녔던 리의 입장에서는 받아들이기 힘든 내용이었을 것이다.

벽에 콘센트가 하나 달려 있었다. 나는 감전되거나 퓨즈가 나가지 않기만을 바라며 녹음기 플러그를 꽂았다. 녹음기의 빨간 불이 켜졌다. 나는 헤드폰을 끼고 밀폐용기를 커튼 사이로 밀어넣었다. 그들이 이쪽으로 고개를 돌리더라도 햇볕 때문에 실눈을 떠야 할 테고, 창문 위에 달린 차양 덕분에 그늘이 졌으니 아무것도 안 보이거나 뭔지 모를 하얀색의 흐릿한 형체만 보이고 그만일 것이다. 나는 그래도 까만 전선용 테이프로 밀폐용기를 감아야겠다고 머릿속에 새겨 두었다. 나중에 후회하느니 만사 불여튼튼이라고 했다.

그런데 아무 소리도 들리지 않았다.

심지어 길거리 소음마저 잠잠해진 것처럼 느껴졌다.

'그래, 그럼 그렇지.' 나는 생각했다. '우라지게 기발하군. 허벌나게 고마워, 고요한 마이······.'

이때 0에 맞추어진 녹음기 볼륨 조절 장치가 내 눈에 들어왔다. 볼륨을 끝까지 올리자 온갖 목소리들이 귀청을 때렸다. 나는 욕을 하며 헤드폰을 벗고 볼륨을 중간으로 내린 뒤 다시 한 번 들어 보았다. 효과가 기가 막혔다. 귀에 쌍안경을 댄 듯했다.

"한 달에 60이면 조금 비싼데요." 리 오스왈드가 하는 말이었다 (템플턴 일가족이 그보다 10달러씩 적게 냈던 걸 감안했을 때 내 생각에도 조금 비싸기는 했다.). 공손하고 남부 사투리가 살짝 느껴지는 말투였다. "55로 깎아 주시면······."

"흥정하고 싶은 마음이야 이해하지만 어림도 없소." 뱀가죽 부츠가 말했다. 그러면서 빨리 가고 싶은 사람처럼 높은 뒷굽에 실은 몸을 앞뒤로 흔들었다. "나는 받을 만큼 받아야 하니까. 댁한테 못 받으면 다른 사람한테라도 받을 거요."

리와 로버트는 서로 흘끗 쳐다보았다.

"들어가서 한번 구경이라도 할까요?" 리가 말했다.

"동네도 아이들 키우기 좋고 집도 괜찮아요." 뱀가죽 부츠가 말했다. "현관 앞 첫 번째 계단만 조심하쇼. 살짝 못질을 해야 하거든. 내가 이런 집을 여러 채 관리하고 있는데, 사람들이 얼마나 험하게 쓰는 몰라. 지난번 세입자는, 어휴."

'입 조심해라, 이 후레자식아.' 나는 생각했다. '너 지금 아이비네 가족들 말하는 거잖아.'

그들이 안으로 들어갔다. 목소리들이 잠깐 끊겼지만, 뱀가죽 부츠가 거실 창문을 열자 다시 희미하게 들리기 시작했다. 아이비가 앞집에서 들여다볼 수 있다고 한 그 창문이었는데, 과연 그랬다.

리가 벽에 뚫린 구멍들은 어떻게 할 생각이냐고 집주인에게 물었다. 노여워하는 투도 아니었고 빈정거리는 투도 아니었지만, 꼬박꼬박 존댓말을 쓰기는 해도 굽실거리는 투도 아니었다. 해병대에서 배우지 않았을까 싶은, 깍듯하지만 감정을 배제한 말투였다. 그는 '무색무취'라는 단어가 가장 잘 어울리는 사람이었다. 생김새도 그렇고 목소리도 그렇고 사람들 속에 묻히기 딱 좋았다. 적어도 남들이 보기에는 그랬다. 마리나는 그의 다른 모습과 다른 목소리를 접했겠지만.

뱀가죽 부츠는 애매모호한 약속을 늘어놓았고, "지난번 세입자가 들고 간 게 분명한" 큰 방 매트리스는 반드시 새로 사 주겠다고 했다. 1년 내내 빈집이었건만 마음에 안 들거든 다른 세입자를 찾으면 그만이라고 똑같은 말을 계속 반복하며 두 형제에게 방들을 꼼꼼히 둘러보라고 했다. 로제트의 작품을 그들은 어떻게 감상했을지 궁금했다.

그들이 부엌을 둘러보기 시작하자 끊겼던 목소리가 다시 들리기 시작했다. 다행히 피사의 사탑처럼 생긴 스탠드는 보지도 않고 그냥 지나갔다.

"……지하실은요?" 로버트가 물었다.

"지하실은 없소!" 뱀가죽 부츠가 큰 소리로 외쳤다. 지하실이 없는 게 장점이라도 된다는 투였는데, 진심으로 그렇게 생각하는 모양이었다. "이런 동네에 지하실을 만들어 봐야 물만 고이지. 그 습기는 어쩌고, 어휴!"

그가 뒷마당을 보여 준답시고 뒷문을 열자 다시 목소리가 끊겼다. 뒷마당이라고 해 봐야 공터에 불과했지만.

5분 뒤, 그들이 다시 앞문으로 나왔다. 이번에는 형인 로버트가 흥정을 하러 나섰다. 하지만 역시 소용이 없었다.

"잠시 의논할 시간을 좀 주시겠습니까?" 로버트가 물었다.

뱀가죽 부츠는 크롬으로 덮은 투박한 손목시계를 쳐다보며 그러라고 했다.

"하지만 내가 처치 대로에서 약속이 있으니까 얼른 결정해요."

두 형제는 로버트의 벨 에어 뒤편으로 걸어가 뱀가죽 부츠에게 들리지 않게 소곤소곤 대화를 나누었지만, 밀폐용기를 그쪽으로 기울였더니 다른 데도 둘러보자고 하는 로버트의 말이 들렸다. 리는 이 집이 마음에 든다고 했다. 출발지로 삼기에 괜찮은 것 같다고 했다.

"리, 여긴 거지 소굴이야." 로버트가 말했다. "이런 데 돈을 쓰는 건……."

'돈 낭비라는 거겠지.'

리가 뭐라고 하는데 잘 안 들렸다. 로버트가 한숨을 쉬더니 졌다는 듯이 두 손을 들었다. 두 사람이 뱀가죽 부츠에게 돌아가자 그가 리의 손을 잡고 잠깐 위아래로 흔들며 잘 생각했다고 칭찬했다. 그런 다음 집주인 헌장을 낭독했다. 첫 달, 마지막 달, 파손 보증금. 이 시점에서 로버트가 끼어들어 벽을 고치고 매트리스를 새로 깔아 주기 전에는 파손 보증금을 낼 수 없다고 했다.

"매트리스는 당연히 깔아 줘야지." 뱀가죽 부츠가 말했다. "그리고 부인 발목 다치지 않게 계단도 고쳐 주겠소. 하지만 지금 당장 벽을 고쳐 달라고 하면 월세를 5달러 올려 받아야겠는데."

나는 앨이 남긴 기록을 통해 리가 여기서 살게 된다는 걸 알고 있었지만, 그래도 이 터무니없는 조건을 듣고 포기해 주길 바라는 마음이 있었다. 하지만 그는 뒷주머니에서 늘어진 지갑을 꺼내 얇은 지폐 뭉치를 꺼냈다. 그가 지폐를 세서 손을 내민 새 집주인에게 건네는 동안 로버트는 신물난다는 듯이 고개를 저으며 차를 세워 놓은 곳으로 걸어갔다. 내가 사는 앞집을 잠깐 쳐다보기는 했지만, 심드렁하니 시선을 옮겼다.

뱀가죽 부츠는 리의 손을 잡고 다시 한 번 흔든 다음 크라이슬러를 집어타고는 먼지를 날리며 쌩하니 사라졌다.

줄넘기를 하던 여자아이 하나가 녹이 슨 킥보드를 타고 다가왔다.

"로제트네 집에 아저씨가 이사 오는 거예요?"

아이가 로버트에게 물었다.

"아니, 나 말고 저 아저씨가."

로버트가 자기 동생을 엄지손가락으로 가리켰다.

아이는 킥보드를 밀며 리에게 다가가 잭 케네디의 오른쪽 머리를 날려 버릴 그에게 아이가 있느냐고 물었다.

"꼬맹이 여자아이가 하나 있어."

리는 손으로 무릎을 짚고 앉아서 아이와 눈높이를 맞추었다.

"예뻐요?"

"너만큼 예쁘지는 않아. 너보다 한참 어리고."
"줄넘기 할 줄 알아요?"
"아직 걷지도 못해." '못해가 아니라 모대.'
"쳇, 재미없어."
아이는 킥보드를 밀며 윈스코트 길 쪽으로 사라졌다.
두 형제는 집 쪽을 돌아보았다. 고개를 돌린 것 때문에 소리가 작아졌지만, 볼륨을 높였더니 대충 알아들을 수 있었다.
"그렇게 무턱대고 계약하면……." 로버트가 말했다. "마리나가 보면 개똥을 보고 달려드는 파리처럼 난리를 부릴 텐데."
"……리나한테는 내가 잘……." 리가 말했다. "하지만 형, 엄마하고 그 손바닥만 한 아파트에서…… 않으면 엄마를 죽여 버릴 것 같다고."
"엄마가…… 한 건 맞아. 하지만…… 너를 사랑해서 그러는 거야."
로버트가 길가 쪽으로 몇 걸음 걸어갔다. 리도 따라나서자 두 사람의 목소리가 아주 또렷하게 들렸다.
"나도 알아. 하지만 엄마도 주체가 안 되나 봐. 요전 날 밤에는 나하고 리나가 같이 자는데 엄마가 접이식 침대에서 고함을 지르지 뭐야. 거실에서 주무시거든. '너희 둘, 작작 좀 해라. 벌써 또 하나 낳으려는 거냐? 낳아 놓은 아이 감당이 될 때까지 참아야지.'"
"나도 알아. 엄마가 가끔 너무하실 때가 있지."
"계속 이것저것 얼마나 사들이는지 몰라. 리나 줄 거라면서 내 면전에 들이대지."
리는 웃으며 벨 에어 쪽으로 걸어갔다. 이번에는 그의 시선이

2706번지를 스치고 지나갔다. 커튼 뒤에 가만히 숨어 있느라 내가 얼마나 힘들었는지 모른다. 밀폐용기까지 가만히 들고 있으려니 죽을 맛이었다.

로버트도 따라나섰다. 깔끔한 파란색 셔츠와 편한 바지 차림의 두 사람은 뒷범퍼에 몸을 기댔다. 리가 매고 있던 넥타이를 밑으로 잡아당겼다.

"엄마가 어떤 식인지 알아? 레너드 브러더스에 가서 리나 준다고 별의별 옷들을 사가지고 와. 그 안에서 페이즐리 무늬이긴 하지만 길이가 속바지만큼 짧은 반바지를 꺼내면서 이렇게 물어. '얘, 리니야, 이거 이쁘지 않니?'"

어머니의 말투를 흉내 내는데, 잔인하리만치 똑같았다.

"그러면 리나는 뭐라는데?" 로버트는 웃고 있었다.

"이러지. '아니에요, 마모치카. 아니에요. 감사하지만 싫어요. 싫어요. 저는 이런 거 좋아요.' 그러면서 다리에 손을 얹어."

리가 손을 옆으로 눕혀 허벅지 중간을 짚었다. 로버트의 미소가 함박웃음으로 발전했다.

"엄마가 그 소리 듣고 좋아하셨겠다?"

"이러지. '마리나, 이런 반바지는 남자친구 찾으러 다니는 젊은 아가씨들이나 입는 거야. 유부녀가 아니라.' 형, 우리 어디로 이사했는지 엄마한테는 가르쳐 주지 마. 절대로. 알았지?"

로버트는 잠깐 동안 말이 없었다. 1960년 11월의 어느 추웠던 날을 떠올리고 있었을까. 엄마가 웨스트 7번 대로에서 총총히 그를 뒤쫓으며 *"거기 서라, 로버트. 그렇게 종종걸음 치지 말고. 내 얘기 아*

직 안 끝났다!"했던 그 날을. 그 부분에 관한 한 앨은 아무 기록도 남기지 않았지만, 리와의 이야기도 아직 안 끝나지 않았을까 싶었다. 그녀가 편애했던 아들이 리였으니까. 집안의 막내. 열한 살 때까지 그녀와 한 침대를 썼던 아이. 음모가 났는지 정기적으로 체크할 필요가 있었던 아이. 이런 사항들은 앨의 공책에 적혀 있었다. 그리고 그 옆 빈칸에 즉석 요리 전문가답지 않은 두 단어의 소견이 적혀 있었다. 광적인 집착.

"알았어. 하지만 여기가 대도시도 아니고 엄마가 찾아낼걸?"

"엄마가 찾아오면 쫓아낼 거야. 두고 봐."

두 사람은 벨 에어를 타고 떠났다. 현관 울타리에 걸려 있었던 '임대' 팻말이 사라지고 보이지 않았다. 리와 마리나의 새로운 집주인이 떼어서 들고 간 것이다.

나는 철물점에서 전선용 테이프를 사다가 밀폐용기 안팎을 감쌌다. 대체로 보람찬 하루였지만, 내가 위험지대로 진입한 하루이기도 했다. 그리고 그 사실을 나도 알고 있었다.

4

4월 10일 오후 5시 무렵, 벨 에어가 이번에는 조그만 목재 트레일러를 끌고 다시 등장했다. 로버트와 리, 둘이서 아직 고치지 않은 현관 앞 첫 번째 계단을 밟지 않으려고 조심해 가며 오스왈드의 세간을 새 목사관으로 옮기기까지 10분도 안 걸렸다. 이사가 진행되는 동안 마리나는 준을 안고 바랭이밭에 서 있었는데, 새 집을 보고 어찌나 경악을 하던지 통역이 필요 없을 정도였다.

이번에는 줄넘기 삼인방이 동시에 등장했다. 두 명은 걸어왔고, 한 명은 킥보드를 밀며 왔다. 아이들이 아기를 보여 달라고 하자 마리나가 웃으며 순순히 보여 주었다.

"이름이 뭐예요?" 한 아이가 물었다.

"준." 마리나가 대답했다.

그러자 세 아이가 한꺼번에 덤벼들었다.

"몇 살이에요? 말할 줄 알아요? 왜 안 웃어요? 인형 있어요?"

마리나는 고개를 저었지만, 여전히 웃는 얼굴이었다.

"미안. 나 영어 몰라."

아이들은 "나 영어 몰라, 나 영어 몰라!" 고래고래 외치며 달려갔다. 아직까지 살아남은 닭 한 마리가 꽥꽥대며 아이들을 피해 날아올랐다. 멀어져 가는 아이들을 지켜보던 마리나의 얼굴에서 웃음기가 사라졌다.

리가 바랭이밭으로 나왔다. 웃통을 벗어던진 채 땀을 뻘뻘 흘리고 있었다. 살결이 생선 배처럼 새하얬다. 팔은 가늘고 흐물거렸다. 그가 한쪽 팔로 그녀의 허리를 감싸 안고 머리를 숙여 준에게 입을 맞추었다. 마리나가 집을 가리키며 "싫어, 싫어." 할 줄 알았더니 (이제 그 정도 영어는 할 수 있었으니까.) 리에게 아이를 맡기고 현관으로 올라갔다. 못이 빠진 계단을 밟고 잠깐 휘청거렸지만 금세 균형을 잡았다. 새디 같았으면 대자로 넘어지는 바람에 발목이 부어서 앞으로 열흘 동안 절뚝거리며 다녔을 텐데.

그런 걸 보면 마리나도 남편만큼이나 마거릿한테서 탈출하고 싶었던 모양이라는 생각이 들었다.

5

4월 10일은 금요일이었다. 월요일에 리가 다시 알루미늄 안전문을 조립하러 떠나고 두 시간쯤 지났을 때 진흙색 스테이션왜건이 2703번지 앞 길가에 멈추어 섰다. 차가 완전히 멈추기도 전에 마거릿 오스왈드가 조수석에서 내렸다. 빨간색이었던 네커치프가 오늘은 하얀 바탕에 까만색 물방울무늬로 바뀌었지만, 간호사 신발과 불만스럽고 사나운 표정은 여전했다. 로버트가 장담했던 것처럼 막내아들네가 사는 곳을 알아낸 것이다.
'「하늘의 사냥개」(영국의 시인 프랜시스 톰신의 시 — 옮긴이)로군.' 나는 생각했다. '하늘의 사냥개야.'
나는 커튼 사이로 내다보기는 했지만, 마이크를 동원할 필요성은 못 느꼈다. 듣지 않아도 빤한 이야기였다.
그녀를 태우고 온 조금 뚱뚱한 친구가 낑낑대며 운전석을 빠져나와 원피스 목선에 대고 부채질을 했다. 그날도 벌써부터 찜통더위가 시작되었지만 마거릿은 아랑곳하지 않았다. 운전한 친구를 스테이션왜건 트렁크 쪽으로 끌고 갈 따름이었다. 그 안에 아이용 식탁의자와 찬거리가 담긴 봉투가 들어 있었다. 마거릿이 의자를 맡았고, 친구가 찬거리 봉투를 들었다.

줄넘기를 했던 여자아이가 킥보드를 끌고 다가갔지만, 마거릿에게 가차 없이 내쳐졌다. "저리 가거라!" 소리가 들렸고, 아이는 아랫입술을 삐죽 내민 채 사라졌다.

마거릿이 진입로 역할을 하는 맨땅을 성큼성큼 걸어가 못이 빠진 계단을 살피고 있었을 때 마리나가 밖으로 나왔다. 그녀는 헐렁한 셔츠에 시어머니가 못마땅하게 여길 만한 반바지를 입고 있었다. 마리나가 그런 반바지를 좋아하는 것도 이해가 됐다. 다리가 정말 예뻤던 것이다. 그녀는 화들짝 놀란 얼굴이었고, 앰프가 없어도 뭐라고 하는지 잘 들렸다.

"안 돼요, 마모치카, 마모치카, 안 돼요! 리가 싫다 해요! 리가 싫다 해요! 리가……"

그러더니 남편이 뭐라고 했는지 전할 수 있는 유일한 방법인 러시아어를 쏟아 냈다.

마거릿 오스왈드는 *천천히*…… 그리고 *아주 크게* 말하면 외국인도 다 알아들을 수 있다고 생각하는 그런 미국인이었다.

"그래…… 그 아이도…… **자존심이**…… 상했겠지!" 그녀는 고함을 지르고, 망가진 계단을 솜씨 좋게 건너뛰며 현관으로 올라가 깜짝 놀란 며느리의 얼굴에 대고 말했다. "그건…… 당연한…… 거지만…… 내 **손녀딸**이…… 그런…… 아빠 때문에…… **고생하면**…… 되겠니?"

그녀는 살집이 좋았다. 마리나는 가냘팠다. '마모치카'는 며느리의 얼굴을 두 번 다시 쳐다보지도 않은 채 안으로 쳐들어갔다. 잠시 정적이 흐른 뒤 우렁찬 고함 소리가 들렸다.

"우리 **귀염둥이** 꼬맹이 어디 갔니?"

집 안 깊숙한 곳에서, 아마도 로제트가 쓰던 침실에서 준이 울음을 터뜨렸다.

마거릿을 태우고 온 여자가 마리나를 향해 어색하게 웃어 보인 뒤 찬거리가 담긴 봉투를 들고 안으로 들어갔다.

6

5시 30분에 버스정거장에서 내린 리는 까만 도시락으로 한쪽 허벅지를 때려 가며 머세이디즈 대로를 걸었다. 그런데 현관으로 올라가다 못이 빠진 계단을 깜빡했다. 계단이 삐끗하는 바람에 그는 휘청하며 도시락을 떨어뜨렸고, 잠시 후 허리를 숙여 떨어뜨린 도시락을 집었다.

'어이쿠, 저걸로 기분이 더 좋아졌겠는걸.' 나는 생각했다.

그가 집 안으로 들어갔다. 나는 거실을 지나 부엌 조리대에 도시락을 내려놓는 그의 모습을 지켜보았다. 고개를 돌린 그가 못 보던 아기용 식탁의자를 발견했다. 녹이 슨 냉장고를 여는 것으로 미루어 보건대 어머니의 소행임을 간파한 모양이었다. 그가 냉장고 안을 들여다보고 있었을 때 마리나가 아이 방에서 나왔다. 어깨에 기저귀를 걸치고 있었는데, 쌍안경 성능이 워낙 좋아서 거기 살짝 묻은 토사물까지 보였다.

그녀가 웃는 얼굴로 말을 건네자 그가 고개를 돌렸다. 그는 얼굴이 금세 빨개지는 모든 사람들에게 있어서 치명적인 약점이라 할 수 있는 하얀 피부의 소유자인데, 그 얼굴이 점점 벗어져 가는 머리카락과 만나는 부분까지 시뻘겠다. 그가 냉장고를 손가락질하며 (계속 문을 열어 놓아서 냉기가 빠져나오고 있었다.) 소리를 질렀다. 그녀는 몸을 틀어 아이 방으로 다시 들어가려고 했다. 그러자 그가 그녀의 어깨를 붙잡고 돌려세워 흔들기 시작했다. 그녀의 머리가 앞뒤로 꺾였다.

나는 이런 광경을 보고 싶지 않았고, 보고 있어야 할 이유도 없었다. 필요한 정보를 파악하는 데 아무 도움도 안 되는 광경이었다. 그가 폭력 남편이기는 하지만 그녀를 죽이지는 않을 것이다. 존 F. 케네디나 티빗 경관과는 다르게. 그러니까 내가 지켜보고 있을 필요는 없었다. 그런데 가끔은 눈을 뗄 수 없는 경우도 있기 마련이다.

두 사람은 옥신각신했다. 마리나는 '마모치카'가 무슨 수로 이 집을 알아냈는지 모르겠지만 못 들어오게 막을 방법이 없었노라고 설명하려는 게 분명했다. 두말하면 잔소리지만 막판에 리는 아내의 뺨을 때렸다. 엄마를 때릴 수는 없으니 그런 거였다. 엄마가 옆에 있었더라도 그 앞에서는 주먹조차 들지 못했을 것이다.

마리나는 울음을 터뜨렸다. 그는 울음을 터뜨리도록 내버려 두었다. 그녀는 두 손을 내밀고 뭐라고 열심히 퍼부었다. 그가 한쪽 손을 잡으려 하자 찰싹 때렸다. 그러더니 두 손을 위로 들었다 내리고는 밖으로 나가 버렸다. 리는 뒤따라가려다 그만두었다. 그들 형제가 현관에 후줄근한 접이식 의자를 두 개 갖다 놓았다. 마리나가 그 의자에 털썩 주저앉았다. 왼쪽 눈 밑에 긁힌 자국이 났고, 뺨이 벌써부터 부풀어 오르기 시작했다. 그녀는 밖을 내다보다 길을 건넜다. 내 집 거실이 어두컴컴해서 그녀 쪽에서 나를 볼 수 없다는 걸 알고 있음에도 죄책감이 뒤섞인 공포가 느껴졌다. 나는 쌍안경을 가만히 얼굴에 대고 꼼짝하지 않았다.

리는 식탁에 앉아 손바닥에 이마를 얹었다. 그런 채로 한참 동안 앉아 있다 무슨 소리가 들리자 작은 방으로 들어갔다. 그는 준을 안고 방에서 나와 아이의 등을 쓰다듬고 달래며 거실을 이리저리 걷기 시작했다. 마리나가 들어왔다. 준이 그녀를 보더니 통통한 팔을 내밀었다. 마리나가 다가가자 리가 아이를 건넸다. 그러더니 그녀가 미처 몸을 돌리기 전에 끌어안았다. 그녀는 아무 말 없이 안겨 있다 아이를 바꿔 들고 한쪽 팔로 그를 끌어안았다. 그의 입술이 그녀의 머리카락 속에 묻혔지만 뭐라고 말하는지 나는 장담할 수 있었다. 미안하다고 러시아어로 속삭였을 것이다. 분명 그랬을 것이다. 앞으로도 그가 미안할 일들이 생길 것이다. 한 번도 아니고 여러 번.

마리나가 준을 안고 로제트의 방이었던 곳으로 다시 들어갔다. 리는 잠깐 그 자리에 서 있다 냉장고에서 무언가를 꺼내 먹기 시작했다.

7

그 다음 날 늦은 오후, 리와 마리나가 저녁을 먹으려고 막 식탁에 앉았을 때 (준은 거실 바닥에 누워 다리를 버둥거리고 있었다.) 마거릿이 윈스코트 길에 있는 버스정거장에서부터 씩씩대며 걸어왔다. 오늘은 상당히 평퍼짐한 엉덩이를 전혀 감안하지 않은 파란색 바지를 입고, 큼지막한 천 가방을 들고 있었다. 빨간색 플라스틱으로 된 장난감 집 지붕이 천 가방 위로 삐죽 고개를 내밀고 있었다. 그녀는 이번에도 망가진 계단을 솜씨 좋게 피해 가며 현관으로 올라가 노크도 없이 쳐들어갔다.

나는 전방향 마이크를 동원하고 싶은 유혹과 싸우다 (이것 역시 엿볼 필요가 없는 광경이었으니까.) 포기했다. 집안싸움만큼 재미있는 구경은 없다고 레오 톨스토이도 말하지 않았던가. 톨스토이가 아니라 조너선 프랜즌이 한 말이었던가? 내가 플러그를 꽂고 내 집 열린 창문 너머로 앞집 열린 창문을 겨누었을 무렵에는 설전이 한창 무르익어 가고 있었다.

"……우리가 어디 사는지 엄마한테 알리고 싶은 마음이 있었으면 내가 알렸겠죠!"

"베이다가 가르쳐 주었단다. 착하게스리."

마거릿은 평온한 목소리였다.

리가 분통을 터뜨려 봐야 그녀에게는 가벼운 여름 소나기나 다름없었던 것이다. 그녀는 블랙잭 딜러에 버금가는 속도로 짝이 잘 안 맞는 접시들을 조리대에 늘어놓고 있었다. 마리나는 대놓고 놀라워하며 그녀를 쳐다보고 있었다. 준이 누워 있는 담요 옆에 장난감 집이 차려졌다. 준은 다리를 버둥거리기만 하면서 본체만체했다. 그럴 수밖에. 4개월짜리가 장난감 집을 가지고 무얼 할 수 있겠는가.

"엄마, 우리 좀 내버려 두세요! 이런 거 *가지고 오지도* 말고요! 내 가족은 내가 책임질 수 있어요!"

마리나도 옆에서 거들었다.

"마모치카, 리가 싫다 해요."

마거릿은 깔깔대며 웃었다.

"'리가 싫다 해요, 리가 싫다 해요.' 얘, 리는 항상 싫다고 한단다. 우리 꼬맹이는 평생 그랬으니 신경 쓸 거 없어. 엄마가 알아서 할게."

그녀가 아들의 뺨을 꼬집었다. 짓궂은 장난을 치기는 했지만 누가 봐도 귀여운 여섯 살짜리 뺨을 꼬집는 식이었다. 마리나가 그랬다가는 흠씬 두들겨 맞았을 텐데.

줄넘기 삼인방이 어느새 뻔뻔하게 앞마당을 차지하고 이들의 말다툼을 열심히 구경하고 있었다. 마치 글로브 극장에서 셰익스피어의 신작을 감상하는 입석 관객 같았다. 다만 우리가 관람 중인 이 작품에서는 말괄량이가 승리를 거머쥐겠지만.

"쟤가 저녁으로 뭐 만들어 줬니? 맛있었니?"

"스튜 먹었어요, *자르코예*. 그레고리라는 친구가 샵라이트 쿠폰 몇 장 보내 줘서." 그의 입술이 실룩거렸다. 마거릿은 기다렸다. "엄마도 뭐 먹었어요?"

"*자르코예* 괜찮아요, 마모치카."

마리나가 기대에 찬 미소를 지으며 말했다.

"아니, 나는 그런 거 못 먹는다." 마거릿이 말했다.

"맙소사. 엄마, 그게 뭔지도 모르면서!"

하지만 그녀는 그의 말 따위 들리지도 않는다는 식이었다.

"먹으면 속이 뒤집힐 거다. 그리고 8시 이후에는 시내버스 안 타고 싶거든. 8시가 넘으면 술 취한 남자들이 너무 많아서. 그나저나 리, 얘야, 누구 하나 다리 부러지기 전에 그 계단 좀 고쳐야겠더라."

그가 뭐라고 중얼거렸지만, 마거릿의 관심사가 다른 데로 옮아 갔다. 들쥐를 발견한 매처럼 휙 하니 준을 덮친 것이다. 놀란 아이 얼굴이 쌍안경을 통해 똑똑히 보였다.

"우리 **귀염둥이** 오늘 저녁에는 기분 어떠니? 응, 우리 **예쁜이**? 응, 우리 **데부슈카**?"

물똥을 지리도록 놀란 데부슈카가 귀청이 떨어져라 비명을 지르기 시작했다.

리가 아이를 받으려고 움직였다. 마거릿이 빨간 입술을 활짝 벌리고 이를 드러냈다. 마음씨 좋은 사람 같으면 그 표정을 함박웃음이라고 표현했겠지만, 내 눈에는 으르렁거리는 것에 더 가까웠다. 뒷걸음질을 치는 것으로 미루어 보건대 아들 눈에도 그렇게 보였던 모양이다. 마리나는 경악하며 눈을 휘둥그레 뜨고 입술만 씹었다.

"우우우, 주니! 주니 무니 **스푸니**!"

마거릿은 올이 다 드러난 초록색 카펫 위를 왔다 갔다 걸었다. 리의 분노를 모르는 척했던 것처럼, 놀라서 점점 더 커지는 준의 우는 소리도 못 들은 척했다. 그런 울음소리를 먹고 사는 여자일까? 내가 보기에는 그런 것 같았다. 잠시 후 더 이상 견딜 수가 없게 된 마리나가 자리에서 일어나 다가가자 마거릿이 아이를 품에 안은 채 얼른 피했다. 하얀색의 큼지막한 간호사 신발 소리가 길을 건너 내 귀에까지 들리는 듯했다. 퍽, 쿵, 퍽. 마리나가 그녀를 뒤쫓아 갔다. 마거릿은 이만하면 됐다 싶었는지 결국 아이를 내주었다. 그녀는 리를 손가락으로 가리키며 마리나에게 영어 강사처럼 우렁찬 목소리로 말했다.

"저 아이가 나랑 같이 살았을 때는…… 살이 쪘었다…… 왜냐하면 내가 저 아이 **좋아하는** 음식이라면…… 뭐든 해서 바쳤거든…… 그런데 지금은…… **너무**…… **삐쩍 말랐어**!"

마리나는 예쁜 두 눈을 휘둥그레 뜬 채 아이 너머로 그녀를 쳐다보았다. 마거릿은 짜증이 났는지 아니면 넌더리가 났는지 눈을 부라리며 마리나 앞으로 자기 얼굴을 들이댔다. 피사의 사탑처럼 생긴 스탠드가 켜진 상태라 불빛이 마거릿의 나비 모양 안경알 위를 스치듯 지나갔다.

"**저 아이가**…… **먹을 만한 걸**…… **만들어 줘라! 사워**…… **크림은**…… **안 돼! 요구르트도**…… **안 돼! 너무**…… **말랐다고!**"

"말랐다." 마리나가 반신반의하는 목소리로 중얼거렸다.

준의 울음소리는 안심할 수 있는 엄마의 품에 안긴 뒤로 울음기가 섞인 딸꾹질 수준으로 잦아들었다.

"그래!" 마거릿은 이렇게 외치고 나서 리 쪽으로 홱 하니 고개를 돌렸다. "너는 계단 고치고!"

그녀는 그 말을 끝으로 손녀딸의 머리에 요란하게 입을 맞춘 뒤 지체 없이 집을 나섰다. 버스정거장으로 다시 걸어가는 그녀의 얼굴을 보았더니 웃고 있었다. 젊어 보였다.

8

마거릿이 장난감 집을 들고 찾아온 다음 날 아침, 6시에 일어난 나는 아무 생각 없이 쳐 놓은 커튼 쪽으로 걸어가 틈새로 밖을 내다보았다. 앞집을 엿보는 게 이제 습관이 된 것이다. 마리나가 접이식 의자에 앉아 담배를 피우고 있었다. 너무 헐렁한 분홍색 레이온 잠옷 차림이었다. 눈에 다시 멍이 들었고, 잠옷 윗도리에 여기저기 핏자국이 묻어 있었다. 그녀는 멍하니 앞을 쳐다보며 천천히, 깊게 담배를 피웠다.

그러다 안으로 들어가 아침을 차렸다. 잠시 후 리가 나와서 아침을 먹었다. 그녀는 쳐다보지 않고 책만 읽었다.

9

"그레고리라는 친구가 샵라이트 쿠폰 몇 장 보내 줘서." 리는 자기 어머니한테 이렇게 말했다. 무슨 수로 스튜에 고기를 넣었는지 설명하기 위해서 아니면 그와 마리나에게도 포트워스에 사는 친구가 있다는 걸 알리기 위해서. 마모치카는 그 소리를 한 귀로 듣고 한 귀로 흘린 듯했지만, 나는 아니었다. 피터 그레고리로 말할 것 같으면 조지 드 모렌실트를 머세이디즈 대로로 안내하는 첫 번째 연결고리였다.

드 모렌실트처럼 그레고리도 석유 사업에 종사하는 소련 망명객이었다. 원래는 시베리아 출신이었고, 포트워스 도서관에서 1주일에 한 번씩 야간에 러시아어를 가르쳤다. 이 소식을 들은 리가 전화로 면담 약속을 잡고, 통역 일자리가 있느냐고 문의를 하면서 서로 알게 됐다. 그레고리는 테스트를 거쳐 리의 러시아어가 '쓸 만한 수준'이라는 평가를 내렸다. 그런데 그가 정말로 호기심을 느꼈던 부분은 마리나 프루사코바라는 민스크 출신의 아가씨가 무슨 수로 소련의 손아귀에서 벗어나 미국의 이런 촌구석으로 흘러들어 오게 되었느냐 하는 것이었다. 리도 느꼈겠지만, 이것은 모든 망명객들이 궁금해 하는 부분이었다.

리는 일자리를 얻지 못했다. 그레고리는 그 대신 마리나를 불러 아들 폴의 러시아어 교습을 맡겼다. 그들 부부가 돈이 궁하기는 했지만, 리로서는 분통이 터질 노릇이었다. 그녀가 일주일에 두 번씩 부잣집 도련님을 가르치는 동안 그는 안전문을 조립해야 했으니……

내가 현관에서 담배를 피우는 마리나를 목격한 날, 마리나와 비슷한 또래이고 인물이 훤한 폴 그레고리가 새로 산 뷰익을 끌고 찾아왔다. 그가 문을 두드리자 화장이 하도 두꺼워서 바비 질을 연상시키는 마리나가 문을 열어 주었다. 리의 소유욕을 의식했기 때문인지 아니면 고향에서 배운 예의범절을 의식했기 때문인지, 수업은 현관에서 진행했다. 가르치는 시간은 한 시간 반이었다. 준이 그 사이에 누워 있다 울음을 터뜨리면 둘이서 번갈아 안아 주었다. 오스왈드의 생각은 달랐겠지만, 내가 보기에는 훈훈한 광경이었다.

정오 무렵, 폴의 아버지가 뷰익 뒤에다 차를 세웠다. 동행한 남자 둘, 여자 둘이 찬거리를 들고 왔다. 그가 아들을 안아 준 다음 마리나의 (붓지 않은 쪽) 뺨에 입을 맞추었다. 러시아어로 열띤 대화가 이어졌다. 아들은 난감해했지만, 마리나는 정반대였다. 얼굴이 네온사인처럼 환하게 빛났다. 그녀가 찾아온 사람들을 집 안으로 들였다.

잠시 후 그들은 거실에 앉아 아이스티를 마시며 대화를 나누었다. 마리나는 흥분한 새처럼 손을 펄럭였다. 준은 이 손에서 저 손으로, 이 무릎에서 저 무릎으로 옮겨다녔다.

나는 그 광경에 매료되었다. 소련 망명객 사회에서 총아로 삼을 만한 여인을 찾은 것이다. 이보다 더 어울리는 후보가 어디 있을까. 낯선 땅에서 이방인으로 지내는 젊고 아리따운 여인. 게다가 어쩌다 보니 야수와 결혼까지 하지 않았는가. 툭하면 (심하게) 주먹질을 하고, 그들과 같은 고위 중산층에서 열렬히 반대하는 체제를 열렬히 신봉하는 성질 못된 미국 젊은이와.

하지만 리는 어쩌다 한 번씩 분통을 터뜨릴 뿐 그들이 사다 주는 찬거리를 고분고분 받았고, 새 침대나 밝은 분홍색 아기 침대 등 가구를 사다 주면 그것도 고분고분 받았다. 소련 출신들을 통해 그 거지 소굴에서 탈출할 수 있길 바랐다. 하지만 그들을 좋아하지는 않았고, 1962년 11월에 온 가족을 데리고 댈러스로 이사했을 무렵에는 자기만 일방적으로 그들을 싫어하는 게 아님을 깨달았을 것이다. 그들이 자기를 좋아할 이유가 없다고 생각했을 것이다. 그는 사상적으로 순수했다. 그들은 1943년에 소련이 무릎을 꿇었을 때 조국을 버리고 독일군의 비위를 맞추다 전쟁이 끝나자 미국으로 달아나 얼른 미국식 생활 방식을, 그러니까 무력으로 소수를 억압하고 노동자를 착취하는 은밀한 파시즘을 받아들인 겁쟁이들이었다.

이런 사실들 가운데 일부는 앨이 남긴 기록을 통해 파악한 것이었다. 하지만 앞집이라는 무대에서 펼쳐지는 광경을 내 눈으로 직접 확인하거나 도청 장치가 달린 스탠드로 녹음한 딱 한 번의 중요한 대화를 듣고 알아차린 게 대부분이었다.

10

토요일이었던 8월 25일 저녁, 마리나는 파란색 예쁜 원피스를 차려입고 준에게는 앞면에 아플리케 꽃이 달린 코듀로이 우주복을 입혔다. 리는 딱 한 벌뿐일 게 분명한 양복을 입고 뚱한 표정으로 방에서 나왔다. 조금 우스꽝스러운 모직 박스형 양복이라 안 봐도 소련 제품일 게 뻔했다. 날이 더워서 행사가 끝나기도 전에 땀범벅이 되지 않을까 싶었다. 그들은 조심스럽게 계단을 내려와 (못이 빠진 부분을 아직도 고치지 않았다.) 버스정거장 쪽으로 걸어갔다. 나는 차를 타고 머세이디즈 대로와 윈스코트 길이 만나는 모퉁이로 향했다. 하얀 줄무늬 전봇대 옆에 서서 옥신각신하는 그들의 모습이 보였다. 오호, 이런 놀라울 데가. 버스가 왔다. 오스왈드 일가족이 버스에 올랐다. 나는 그들을 따라갔다. 데리에서 프랭크 더닝의 뒤를 밟았던 그때처럼.

과거는 화음을 추구한다는 말을 달리 표현하면 '역사는 반복된다.'가 되지 않을까?

그들은 댈러스 북부의 어느 주택가에서 내렸다. 나는 차를 세우고 그들이 천연석과 목재로 지은, 아담하지만 근사한 튜더식 저택으로 향하는 모습을 지켜보았다. 길 끝에 서 있는 마차용 램프가 은은하게 어스름을 비추었다. 이 집 잔디밭에는 바랭이가 없었다. 어딜 봐도 '미국 최고!'를 외치고 있었다. 아이를 안은 마리나가 앞장섰고, 리는 거의 무릎까지 내려오는 더블 재킷 차림으로 난감해하며 조금 뒤에서 따라갔다.

마리나가 리를 앞장세우며 초인종을 가리켰다. 그가 초인종을 눌렀다. 피터 그레고리 부자가 나왔고, 준이 끌어안자 폴이 웃으며 아이를 받아들었다. 이걸 본 리의 입꼬리가 실룩거리며 늘어졌다.

또 다른 남자가 나왔다. 폴 그레고리가 맨 처음 수업을 받았을 때 찾아왔던 일당 중 한 명인데, 그 뒤로도 찬거리나 아이 장난감을 들고 서너 번 찾아온 남자였다. 이름이 조지 부헤일 텐데 (그렇다, 이 남자도 조지다. 과거는 온갖 방식으로 화음을 추구한다.) 육십이 넘은 나이에도 불구하고 마리나한테 푹 빠진 눈치였다.

나를 이 일에 끌어들인 즉석 요리사의 기록에 따르면 피터 그레고리를 설득해 친목 파티를 열게 한 주인공이 부헤였다. 조지 드 모렌실트는 그 자리에 없었지만, 조만간 파티 소식을 듣게 될 것이다. 부헤를 통해 오스왈드 부부와 그들의 희한한 조합에 대해 듣게 될 것이다. 리 오스왈드가 파티장에서 사회주의와 소련의 집단 농장을 찬양하며 난동을 부렸다는 이야기도. *"내가 보기에는 그 청년, 제정신이 아닌 것 같아."* 부헤는 이렇게 말할 것이다. 미치광이 전문가로 평생을 살아온 드 모렌실트는 이 희한한 커플을 직접 만나 봐야겠다고 마음을 먹을 것이다.

오스왈드는 왜 피터 그레고리의 파티장에서 사람 좋은 망명객들을 공격하며 발끈했을까? 그러지만 않았더라면 도움을 받을 수 있었을지 모르는데. 잘은 모르겠지만, 짐작 가는 구석이 있었다. 파란

원피스를 입은 마리나는 그들 모두의 (특히 남자들의) 마음을 사로잡았다. 거저 얻은 꽃무늬 우주복을 입은 준은 백화점 아기 모델처럼 예뻤다. 그런데 리만 추레한 양복을 입고 땀을 뻘뻘 흘렸던 것이다. 그는 밀물과 썰물처럼 정신없이 오가는 러시아어를 폴 그레고리보다 훨씬 더 잘 알아들었지만 결국에는 뒤처졌다. 이런 사람들에게 엎드려 절을 하고, 그들의 양식을 먹어야 한다는 데 분노가 치밀었을 것이다. 바라건대 그랬을 것이다. 바라건대 그래서 속이 쓰렸을 것이다.

나는 그 자리에서 금세 떠났다. 나의 관심사는 다음 연결고리인 드 모렌실트였다. 조만간 무대 위로 등장할 그 사람이었다. 오스왈드 일가족은 드디어 2703번지를 나섰으니 적어도 10시까지 여기 있을 것이다. 다음 날이 일요일인 것을 감안하면 더 늦게까지 있을 수도 있었다.

나는 그들의 거실에 설치한 도청 장치를 가동시키러 머세이디즈 대로로 돌아갔다.

11

토요일이었던 그날 밤, 머세이디즈 대로에서는 떠들썩한 파티가 벌어졌지만 오스왈드네 집 뒤편 공터는 조용했고 아무도 없었다. 앞문 열쇠로 뒷문도 열 수 있지 않을까 싶었는데 나의 짐작을 검증할 기회가 없었다. 뒷문이 열려 있었던 것이다. 나는 포트워스에서 지내는 내내 아이비 템플턴에게 산 열쇠를 한 번도 쓰지 않았다. 인생은 아이러니투성이다.

집 안은 가슴이 미어지리만큼 깔끔했다. 조그만 식탁의 엄마아빠 자리 사이에 아이용 의자가 놓여 있었고, 쟁반은 윤기가 흐를 정도로 깨끗했다. 칠이 벗겨져 가는 조리대도 그랬고, 동그랗게 녹물 얼룩이 진 싱크대도 그랬다. 나는 로제트가 그려 놓은 점퍼스커트 입은 아이들을 마리나가 지우지 않았을 거라는 데 한 표 던지고, 확인차 이제는 준의 것이 된 방 안으로 들어갔다. 들고 온 펜라이트로 벽을 비추어 보았다. 과연 내 짐작대로 지우지 않았지만, 어두컴컴하다 보니 그림이 유쾌하다기보다 섬뜩하게 느껴졌다. 준은 침대에 누워서 비스킷을 빨아먹으며 그 그림들을 쳐다볼지 모른다. 나중에 무의식적인 수준에서나마 기억을 할까? 크레용으로 그려진 섬뜩했던 여자아이들을?

짐라. 아무 이유 없이 그 단어가 생각나서 몸서리가 쳐졌다.

나는 서랍장을 옮기고, 전선을 스탠드 코드에 연결한 다음 벽에 뚫어 놓은 구멍으로 넣었다. 모든 작업이 무사히 끝났을 때 끔찍한 사태가 벌어졌다. 아주 끔찍한 사태가. 서랍장을 제자리로 돌려놓다 벽에 부딪치는 바람에 피사의 사탑을 닮은 스탠드가 넘어졌던 것이다.

만약 내게 생각하고 말고 할 겨를이 있었다면 그 자리에서 얼어붙는 바람에 빌어먹을 스탠드가 바닥으로 떨어져 산산조각이 났을 것이다. 그럼 어떻게 해야 했을까? 도청 장치만 치우고 나머지는 그대로 내버려 두어야 했을까? 처음부터 불안했던 스탠드가 저절로 쓰러진 거라고 저들이 믿어 주길 바라면서? 평범한 사람들 같으면 그렇게 생각하겠지만, 평범한 사람들이 FBI의 감시를 받고 있다는 피해망상에 시달리지는 않는다. 어쩌면 리가 벽에 뚫린 구멍을 발견할지 모른다. 그러면 나비가 날개를 펴는 것이다.

그런데 나는 생각하고 말고 할 겨를이 없었다. 본능적으로 손을 뻗어 떨어지는 스탠드를 잡았다. 그런 다음 스탠드를 잡은 채로 그 자리에 서서 부들부들 떨었다. 이 작은 집이 찜통처럼 후끈해서 내 땀 냄새가 코를 찔렀다. 그들이 집으로 돌아왔을 때에도 이 냄새가 날까? 당연히 나지 않을까?

내가 정신이 나간 게 아닐까 싶었다. 도청 장치를 제거하고…… 나도 철수하는 게 현명한 길이거늘. 나는 내년 4월 10일에 오스왈드가 에드윈 워커 장군을 암살하러 나섰을 때 다시 만날 수 있을 테고, 그의 단독범행이라면 프랭크 더닝 때처럼 그 자리에서 처치해 버릴 수 있었다. 크리스티가 참석했던 알코올 중독자 자활 모임에서 흔히 쓰는 표현처럼 '간단명료'하게. 전 세계의 미래가 걸린 지금 이 상황에서 도대체 무엇 하러 도청 장치가 달린 중고 스탠드를 주물럭대고 있었단 말인가!

앨 템플턴의 대답이 들렸다.

"자네가 지금 여기 있는 이유는 불확실의 여지가 남아 있기 때문이야. 조지 드 모렌실트가 보기보다 엄청난 위인이라면 오스왈드가 범인이 아닐 수 있기 때문이야. 케네디를 살리기 위해 이제 확실한 첫 걸음을 내딛고 있잖아. 그러니까 그 우라질 스탠드 제자리로 돌려놔."

스탠드를 제자리로 돌려놓기는 했지만, 워낙에 흔들거려서 걱정이 됐다. 리가 쓰러뜨리는 바람에 사기대가 깨져서 그 안에 든 도청 장치가 들통 나기라도 하면 어쩔 것인가? 리와 드 모렌실트가 여기서 대화를 나누더라도 스탠드를 끄고 나지막이 웅얼거려서 내 장거리 마이크로는 알아들을 수 없으면 어쩔 것인가? 그러면 모든 게 헛수고로 돌아가는 것이다.

"그런 사고방식으로는 평생 오믈렛을 만들 수가 없다네, 친구."

새디를 떠올렸더니 확신이 생겼다. 나는 그녀를 사랑했고 그녀도 나를 사랑했는데 (적어도 과거 어느 시점에서는) 그것까지 내팽개쳐가며 이 엿 같은 동네로 이사를 온 게 아닌가. 그러니까 조지 드 모렌실트가 뭐라고 하는지 엿들어 보려는 시도조차 하지 않은 채 떠날 수는 없었다.

나는 뒷문으로 빠져나가 펜라이트를 입에 물고 전선을 녹음기에 연결했다. 눈이나 비에 맞지 않게 녹이 슨 쇼트닝 깡통에 녹음기를 넣고, 벽돌과 널빤지로 미리 만들어놓은 둥지 안에 숨겼다.

그런 다음 그 엿 같은 동네의 엿 같은 내 집으로 돌아가 기다리기 시작했다.

12

그들은 너무 어두컴컴해서 앞이 보이지 않을 지경에 이를 때까지 스탠드를 켜지 않았다. 전기요금을 아끼기 위해 그랬을 것이다. 게다가 리는 노동자였다. 그래서 일찍 잠자리에 들었고, 마리나는 남편이 잠자리에 들면 따라 들어갔다. 맨 처음 테이프를 틀었을 때 흘러나온 것은 대부분 러시아어였다. 녹음기가 엄청 느리게 돌아갔으니 그나마도 엿가락처럼 늘어진 러시아어였다. 마리나가 영어 연습을 하려 들면 리가 나무랐다. 그래놓고 준이 짜증을 부리면 자기는 가끔 영어로 나지막이 달랬다. 어떨 때는 심지어 노래까지 불러 주었다. 워낙 느리게 돌아가는 녹음기 때문에 자장가를 불러 보는 바다 속 괴물처럼 들리기는 했지만.

 마리나를 때리는 소리도 두 번인가 들렸는데, 두 번째로 때렸을 때는 러시아어로는 부족했는지 영어로 분통을 터뜨렸다.

 "이 잔소리만 늘어놓는 천하에 쓸모없는 년! 너를 두고 우리 엄마가 한 말이 맞았을지 모르겠다는 생각이 든다!"

 그 뒤를 이어 쾅 하고 문이 닫히는 소리와 마리나가 울음을 터뜨리는 소리가 들렸다. 그러고 나서 그녀가 스탠드를 끄는 바람에 녹음이 갑자기 뚝 끊겼다.

 9월 4일 저녁에는 열세 살쯤 되어 보이는 아이가 부대 자루를 둘러매고 오스왈드네 집을 찾아왔다. 맨발에 티셔츠와 청바지를 입은 리가 문을 열었다. 두 사람은 대화를 나누었다. 리가 아이를 안으로 들였다. 두 사람은 집 안에서 좀 더 대화를 나누었다. 어느 시점에 이르렀을 때 리가 어떤 책을 집어 보여 주자 아이가 의심스러워하는 눈빛으로 책을 쳐다보았다. 날이 선선해져서 그쪽 집에서 창문을 닫은 통에 전방향 마이크를 동원할 방법이 없었다. 하지만 피사의 사탑처럼 생긴 스탠드가 켜져 있었기 때문에 다음 날 밤늦게 두 번째 테이프를 수거해 들어 보니 흥미진진한 대화가 나를 맞았다. 세 번째로 들었을 때는 목소리들이 엿가락처럼 늘어지는 게 거의 안 느껴질 정도였다.

아이는 《그릿》이라는 신문 아니면 잡지의 구독자를 모집하러 나선 길이었다. 아이의 말에 따르면 뉴욕 신문에서는 다루지 않는 온갖 재미있는 '지방 소식들'과 스포츠 경기, 정원을 가꾸는 요령이 실린다고 했다. 그리고 '공상 소설'과 만화도 실린다고 했다.

"우리 엄마는 딕시를 좋아해요."

"그래? 다행이로구나." 리가 말했다. "너, 사업 수단이 좋은 모양이지?"

"음…… 아마도요."

"수입이 얼마나 되는데?"

"10센트당 4센트밖에 못 받지만, 그게 중요한 게 아니에요. 내가 노리는 건 상품이에요. 클로버린 연고 파는 것보다 상품들이 훨씬 훌륭하거든요. 그 연고 상품은 관심도 없어요! 나는 22구경 소총을 노리고 있어요. 아빠가 그거 가져도 된다고 했어요."

"얘, 너 지금 착취당하고 있다는 걸 알고는 있는 거냐?"

"네?"

"돈은 저들이 벌잖니. 너한테는 푼돈을 쥐어 주고 나중에 소총을 주겠다고 약속하면서."

"리, 걔 착한 애야." 마리나가 말했다. "착하게 대해요. 괴롭히지 말고."

리는 그녀의 말을 못 들은 척했다.

"이 책의 내용을 너한테 가르쳐 줘야겠구나. 앞면에 뭐라고 적혀 있는지 읽을 수 있니?"

"그럼요.『노동계급의 상황』, 저자 프리드릭…… 잉걸스?"

"엥겔스다. 방문 판매로 백만장자가 되고야 말겠다고 생각하는 아이들이 어떻게 되는지 이야기하는 책이지."

"나는 백만장자 되고 싶은 마음 없어요." 아이가 반론을 제기했다. "소총 받아서 내 친구 행크처럼 쓰레기장에서 쥐를 쏘면서 놀고 싶을 뿐이라고요."

"너는 저들의 신문을 팔아서 푼돈을 벌지. 저들은 수백만에 달하는 너 같은 아이들의 땀방울을 팔아서 떼돈을 벌고. 자유 시장이 자유로운 줄 아니? 너, 공부 좀 해야겠다. 나도 너 나이 때부터 공부를 시작했어."

리는《그릿》을 팔러 온 신문팔이를 앉혀 놓고 칼 마르크스의 발언을 인용해 가며 10분에 걸쳐 자본주의의 폐단에 대해 강의를 늘어놓았다. 아이는 가만히 듣고 나서 물었다.

"그러니까 신문 보시는 거죠?"

"내 이야기를 한 마디라도 귀담아 들은 거냐?"

"그럼요!"

"그럼 이 체제가 너와 네 가족뿐 아니라 내 주머니까지 털어 가고 있다는 걸 파악했어야지."

"아저씨 빈털터리예요? 왜 진작 말 안 했어요?"

"내가 왜 빈털터리가 됐는지 지금까지 설명을 했잖니."

"어휴! 세 집 더 돌 수 있었는데 이제 늦어서 집에 가야 하잖아요!"

"행운을 빌게." 마리나가 말했다.

낡은 경첩에 달린 앞문이 끼이익 하고 열리더니 덜커덩거리며 닫혔다. 너무 지쳐서 쾅 소리도 내지 못하는 것이다. 이후로 한참 동안 정적이 흐른 뒤 리가 아무 감정 없는 목소리로 말했다.

"봤지? 우리가 이런 세상을 상대하고 있는 거야."

잠시 후 스탠드가 꺼졌다.

13

새로 설치한 전화기는 울리는 경우가 거의 없었다. 디크가 의무감에 안부를 물으러 한 번 연락하고 그뿐이었다. 나는 더 이상 기대하지 말자고 마음을 다잡았다. 학기가 시작됐으니 처음 몇 주 동안은 늘 그렇듯 정신이 없을 것이다. 디크도 바빴다. 엘리의 부름을 받고 학교로 돌아간 것이다. 살짝 툴툴거리며 말하길 대체교사 명단에 이름을 올리도록 허락했다지 않는가. 엘리는 연락이 없었다. 처리해야 할 일들이 5000가지이고, 꺼야 할 불이 500개는 되기 때문이었을 것이다.

나는 디크와의 통화가 끝난 다음에서야 그가 새디 이야기는 꺼내지 않았다는 사실을 깨달았다. 리가 신문팔이 앞에서 강의를 하고 이틀 밤이 지났을 때 나는 전화를 하기로 결심했다.

"전화하지 마, 조지. 우리는 끝났어."

이런 소리가 전부일지언정 그녀의 목소리를 들어야 했다.

그런데 전화기 쪽으로 손을 내미는 순간 벨이 울렸다. 나는 수화기를 들고 딱 잘라 말했다.
"안녕, 새디. 안녕, 달링."

14

내가 잘못 짚었나, 이러다 상대방이 "나 새디 아니에요. 전화를 잘못 건 바보예요." 하는 게 아닌가 싶을 만큼 오랜 정적이 흘렀다. 하지만 잠시 후 그녀가 물었다.
"난 줄 어떻게 알았어요?"
나는 하마터면 일종의 화음 비슷한 거라고 말할 뻔했지만 참았다. 어쩌면 그녀가 알아들었을지 모른다. 하지만 어쩌면 정도로는 부족했다. 이렇게 중요한 통화를 망칠 수는 없었다. 절대 그럴 수는 없었다. 이후로 두 명의 내가 수화기를 붙잡고 있었다. 겉으로 이야기를 하고 있는 조지와, 속에서 조지가 하지 못한 말들을 모두 대신하고 있는 제이크. 달콤했던 사랑이 위기에 처하면 늘 이렇게 대화가 양면으로 나뉘지 않을까.
"하루 종일 당신 생각했으니까요." 내가 말했다. (여름 내내 당신 생각했으니까요.)
"어떻게 지내요?"
"잘 지내요." (외로워요.) "당신은요? 여름 동안 잘 지냈어요? 일은 해결됐고요?" (이상한 남편하고 법적으로 정리됐어요?)

"네." 그녀가 대답했다. "상황 종료예요. 이거, 당신이 쓰던 말이잖아요. 상황 종료."

"그런가? 학교는 어때요? 도서관은요?"

"조지, 계속 이런 식으로 할 거예요 아니면 대화다운 대화를 나눌 거예요?"

"알았어요." 나는 중고품 매장에서 산 울퉁불퉁한 의자에 앉았다. "대화다운 대화를 나눠 보자고요. 별일 없는 거죠?"

"네, 그런데 불행해요. 그리고 머릿속이 아주 복잡하고요." 그녀는 망설이다 말을 이었다. "당신도 들었겠지만 내가 해러스에서 일을 했어요. 칵테일 웨이트리스로. 그런데 거기서 누굴 만났어요."

"그래요?" (이런 젠장.)

"네. 아주 좋은 남자를요. 매력적이고. 신사였어요. 나이는 마흔이 조금 안 됐고요. 이름은 로저 비턴. 공화당의 캘리포니아 상원의원인 톰 쿠첼의 보좌관이에요. 상원에서 소수당 원내총무죠. 로저 말고 쿠첼이요."

그녀는 이렇게 말해 놓고 웃었지만, 재미있어서 터뜨리는 웃음이 아니었다.

"당신이 좋은 남자를 만났으니 내가 기뻐해야 하는 건가요?"

"글쎄요. 조지…… 기뻐요?"

"아뇨." (그 자식을 죽여 버리고 싶어요.)

"로저는 잘생겼어요." 그녀는 있는 그대로의 사실을 전달하는 밋밋한 말투였다. "재미있고요. 예일 나왔어요. 어떻게 하면 여자가 좋아하는지 알아요. 키도 크고."

숨어 있던 내가 더 이상 입을 다물고 있지 못했다.

"그 자식을 죽여 버리고 싶네요."

이 말에 그녀가 웃음을 터뜨렸다. 그 웃음소리를 들었더니 마음이 놓였다.

"당신한테 상처를 주거나 기분 나쁘게 하려고 이런 이야기를 하는 게 아니에요."

"그래요? 그럼 어떤 이유에서 이야기를 하는 건데요?"

"우리는 세 번인가 네 번 만났어요. 그이가 나한테 입을 맞추었고…… 조금 끌어안고…… 애무도 했어요, 어린애들처럼."

(이제는 그냥 죽이고 싶은 정도가 아니라 천천히 죽여 버리고 싶네요.)

"그런데 예전과 달랐어요. 시간이 지나면 같아질 수도 있겠죠. 안 그럴 수도 있고. 그이가 워싱턴 연락처를 주면서…… 뭐라 그랬더라? '책을 정리하면서 떠난 사람에 대한 연정을 불태우다 지겨워지면' 전화하라고 그러더군요. 대충 그런 내용이었어요. 출장이 잦은데, 함께 데리고 다닐 만한 훌륭한 여자가 필요하다면서. 내가 그런 여자일 것 같다고 했어요. 물론 남자들은 그런 소리를 밥 먹듯 하죠. 내가 예전처럼 순진하지는 않아요. 하지만 남자들이 진심일 때도 있잖아요."

"새디……."

"그런데도 예전과 다르단 말이죠." 그녀는 멍하니 생각에 잠긴 듯한 목소리였고, 자기 삶에 대한 회의가 아니라 다른 문제가 있는 게 아닐까 하는 생각이 처음으로 내 뇌리를 스치고 지나갔다. 어디 아픈 건 아닐까? "긍정적인 측면을 이야기하자면 우리 둘 사이에 빚자루는 분명 없다는 거예요. 물론 빗자루를 숨겨 둔 남자들도 있긴 하죠. 조니가 그랬잖아요. 조지, 당신도 그랬고."

"새디?"

"네?"

"당신이 지금 빗자루를 숨기고 있는 건 아니고요?"

한참 동안 정적이 흘렀다. 내가 전화를 받자마자 그녀의 이름을 불렀을 때보다, 내 예상보다 훨씬 더 오랫동안 정적이 흘렀다. 마침내 그녀가 말했다.

"그게 무슨 뜻이에요?"

"지금 당신 말투가 평소하고 달라서요."

"말했잖아요, 머릿속이 아주 복잡하다고. 그리고 슬프단 말이에요. 당신이 아직도 나한테 진실을 밝힐 생각이 없는 것 같아서. 그렇죠?"

"밝힐 수만 있다면 나도 그러고 싶어요."

"내가 재미있는 거 하나 알려 줄까요? 조디에서 당신하고 친하게 지냈던 친구들이 나 말고 몇 명 더 있는데, 당신이 어디 사는지 아무도 몰라요."

"새디……"

"당신은 댈러스로 이사했다고 주장하지만 당신 전화번호를 누르면 엘름허스트 전화국에서 바꿔 주잖아요. 엘름허스트는 포트워스고."

거기까지는 미처 생각을 못 했는데. 내가 미처 생각하지 못한 부분들이 또 어떤 게 있을까?

"새디, 내가 지금 아주 중요한 일을 하고 있다는 말밖에……"

"아, 그러시겠죠. 쿠첼 상원의원이 하는 일도 아주 중요한 일이에요. 로저가 얼마나 열심히 설명을 해 줬다고요. 그러면서 내가…… 내가 워싱턴으로 건너오면 위인의 발치라고 했나…… 역사로 향하는 입구라고 했나…… 뭐 그런 자리에 앉을 수 있대요. 그이는 권력에서 짜릿함을 느껴요. 그이한테서 마음에 안 드는 몇 가지 부분 중 하나가 그거예요. 그 말을 듣고 내가 무슨 생각을 했느냐면…… 지금도 그 생각에는 변함이 없는데…… 내가 뭐라고 위인의 발치에 앉아요? 이혼한 사서에 불과한데."

"나는 뭐라고 역사로 향하는 입구에 앉아 있겠어요?"

"뭐라고요? 방금 뭐라고 했어요, 조지?"

"아무것도 아니에요, 달링."

"나를 그런 식으로 부르지 않았으면 좋겠어요."

"미안해요." (*사실은 미안하지 않지만.*) "우리 지금 무슨 얘기하고 있었더라?"

"당신하고 나, 그리고 당신하고 내가 우리가 될 수 있는지에 대해서요. 당신이 텍사스로 건너온 이유를 알려 주면 도움이 될 텐데. 당신이 책을 쓰거나 아이들을 가르치러 온 게 아니라는 걸 나는 알거든요."

"당신이 알면 위험해질 수 있어요."

"우리 모두 위험하잖아요. 그 부분에 있어서는 조니 생각이 맞아요. 로저가 나한테 뭐라고 그랬는지 얘기해 줄까요?"

"그래요." (*그자가 뭐라 그랬는데요? 그리고 그 이야기를 들었을 때 당신과 그자가 서 있었어요 아니면 누워 있었어요?*)

"그이가 술을 한두 잔 걸쳐서 말이 많아졌을 때 들은 얘기에요. 장소는 그이의 호텔 객실이었고. 걱정 마요. 내가 옷 다 입고 두 발로 바닥을 짚은 상태에서 들은 거니까."

"걱정 안 했어요."

"걱정 안 했다고 하면 내가 실망할 텐데."

"알았어요, 걱정했어요. 그자가 뭐라 그랬는데요?"

"올해 가을이나 겨울에 카리브 해에서 중요한 협상이 이루어질 거라는 소문이 돌고 있다 그랬어요. 그이 말로는 지금 거기가 일촉즉발의 상황이라던데. 아마도 쿠바가 그렇다는 것 같았어요. 그러면서 이러더라고요. '그 바보 같은 JFK가 자기 배짱 좋다고 자랑하느라 우리를 궁지로 몰아넣으려 하고 있어요.'"

전남편이 그녀의 귀에 대고 퍼부었던 종말론이 생각났다. "*신문을 읽는 사람이면 누구든 알 수 있을 거야.*" 그는 이렇게 말했다. "*우리는 염증으로 뒤덮인 몸을 하고 염통이 튀어나오도록 기침을 하다 죽을 거야.*" 가뜩이나 과학적으로 입증된 사실을 전달하듯 무미건조한 투로 내뱉으면 이런 이야기는 강한 인상을 남기기 마련이다. 강한 인상? 그게 아니라 상처를 남긴다고 해야 더 맞는 말이겠지.

"새디, 그거 헛소리예요."

"그래요?" 그녀는 짜증이 난 투였다. "당신은 쿠첼 상원의원도 모르는 내부 정보를 아는 모양이네요?"

"그렇다고 해 두죠."

"아니면서. 당신이 실토할 때까지 좀 더 기다려 줄게요. 하지만 오래는 못 기다려요. 이것도 당신 춤 솜씨 때문에 봐주는 거예요."

"그럼 우리 춤추러 갑시다!" 나는 조금 무턱대고 외쳤다.
"잘 자요, 조지."
그녀는 내가 무슨 말을 하기도 전에 전화를 끊어 버렸다.

15

나는 다시 전화를 하려다 "번호요." 하는 교환원의 목소리를 듣고 정신을 차렸다. 그래서 수화기를 다시 내려놓았다. 그녀는 할 말을 다했다. 그녀를 부추겨 좀 더 대화를 시도해 봐야 사태만 악화될 따름이었다.

나는 그녀의 전화가 나를 다그치려는 전략에 불과하다고, 발언의 기회를 주겠다는 식인 거라고 애써 내 자신을 설득하려 했다. 하지만 소용이 없었다. 그건 새디한테 어울리지 않는 일이었다. 오히려 도와 달라는 외침에 가까웠다.

나는 다시 수화기를 들었고, 이번에는 교환원이 번호를 물었을 때 알려 주었다. 벨이 두 번 울렸을 때 엘렌 도커티가 받았다.

"네? 누구십니까?"
"안녕하세요, 엘리 선생님. 저예요, 조지."
침묵도 전염되는 모양이었다. 나는 기다렸다. 잠시 후 그녀가 말했다.
"안녕, 조지. 내가 연락이 뜸했죠? 너무……"
"바쁘셨겠죠. 개학 첫 주하고 둘째 주가 어떤지 저도 압니다. 방금 전에 새디 전화 받고 연락드리는 거예요."

"그래요?" 그녀는 아주 조심스러웠다.

"선생님께서 새디한테 제 국번이 댈러스가 아니라 포트워스 전화국 번호라고 알려 주셨더라도 상관없어요."

"뒤에서 입방아 찧으려고 그런 건 아니었어요. 당신도 이해해 주길 바라요. 그녀도 알 권리가 있다고 생각했거든요. 나는 새디를 아껴요. 물론 조지, 당신도 아끼지만…… 당신은 떠난 사람이고 새디는 남은 사람이잖아요."

이해는 했지만, 그래도 마음은 아팠다. 외계로 향하는 우주 캡슐을 타고 있는 듯한 기분이 되살아났다.

"괜찮습니다. 그리고 엄밀히 말해서 제가 100퍼센트 거짓말을 한 것도 아니었어요. 조만간 댈러스로 거처를 옮길 예정이니까요."

그녀는 아무 대꾸가 없었다. 하긴 뭐라고 할 수 있겠는가. 그렇겠죠. 하지만 당신이 거짓말쟁이 기질이 있는 건 우리 둘 다 아는 사실이잖아요?

"새디의 말투가 꺼림칙해서요. 선생님이 보시기에는 잘 지내는 것 같은가요?"

"그 질문에 대해서는 대답을 사절하고 싶네요. 아니라고 하면 당신이 달려올지 모르는데, 새디는 당신을 만나고 싶어 하지 않거든요. 이런 상태로는요."

사실상 대답을 한 셈이었다.

"돌아왔을 때는 별 문제없었고요?"

"없었어요. 우릴 보고 좋아했죠."

"그런데 지금은 멍한 목소리로 슬프다고 하네요."

"그게 그렇게 놀랄 만한 일인가요?" 엘리는 퉁명스럽게 쏘아붙였다. "이곳에 얽힌 수많은 추억 중에서 아직까지 미련을 못 버리고 있는 어떤 남자와 얽힌 추억이 한두 가지가 아닌데. 그는 좋은 남자이고 매력적인 교사였지만 자신의 정체를 속인 사람이었고요."

이번에는 정말로 마음이 아팠다.

"다른 문제인 것 같았어요. 앞으로 위기가 닥친다는 이야기를……" 역사로 향하는 입구에 앉아 있는 예일 졸업생한테 들었다고 해야 하나? "네바다에서 만난 어떤 사람한테 들었다는 거예요. 전남편도 온갖 말도 안 되는 주장들을 그녀의 머릿속에 심어 놓았는데……"

"그래요? 그 조그맣고 예쁜 머릿속에 그런 걸 심어 놓았단 말이죠?" 이제 그녀는 퉁명스러운 정도가 아니었다. 대놓고 분통을 터뜨렸다. 나는 초라하고 비열한 인간이 된 듯한 기분이 들었다. "조지, 지금 내 앞에 처리해야 할 서류들이 산더미처럼 쌓여 있어요. 당신은 장거리 전화로 새디 던힐의 정신을 분석할 수 없고, 나는 당신의 연애 생활을 도와줄 수 없어요. 그녀를 아끼는 마음이 있다면 당신의 정체를 밝히라고 충고하는 거라면 모를까. 한시라도 빨리 그러는 게 좋을 거라고."

"남편이 주변에서 어슬렁거리지는 않았죠?"

"네! 잘 자요, 조지!"

그날 밤 들어 두 번째로 내가 아끼는 여자가 전화를 끊어 버렸다. 새로운 기록이었다.

나는 침실로 들어가 옷을 갈아입기 시작했다. 돌아왔을 때 그녀는 별 문제없었다. 조디에 사는 친구들 곁으로 돌아왔다고 좋아했다. 그런데 지금은 아니었다. 잘생겼고 성공가도를 달리는 새로운 남자와 과거가 불투명하고 정체를 알 수 없는 장신의 낯선 남자 사이에서 갈등하고 있기 때문일까? 로맨스 소설이라면 가능한 이야기지만, 정말로 그래서 그런 거였다면 조디로 돌아왔을 때 우울해했었어야 하는 거 아닐까?

문득 기분 나쁜 생각이 들었다. 어쩌면 그녀는 술을 마셨을지 모른다. 몰래. 그것도 아주 많이. 가능한 이야기냐고? 전처도 나와 결혼하기 전에 한참 동안 술꾼으로 살아도 아무도 몰랐는데, 과거는 자기 안에서 화음을 추구하지 않는가. 그럴 리가 있느냐고, 엘리가 눈치를 채지 않았겠느냐고 생각하면 마음 편했겠지만, 주당들은 영리하다. 몇 년이 지난 다음에서야 사람들이 알아차리는 경우도 있다. 새디가 지각만 하지 않으면 눈이 충혈되고 입에서 박하사탕 냄새가 나더라도 엘리는 모를 것이다.

어쩌면 말도 안 되는 생각일 수 있었다. 새디에 대한 사랑으로 왜곡이 됐기에 내가 하는 모든 추측의 진위가 의심스러웠다.

나는 침대에 누워 천장을 올려다보았다. 거실 석유난로에서 꿀럭꿀럭 하는 소리가 들렸다. 오늘도 쌀쌀한 밤이었다.

"잊어버리게, 친구." 앨이 말했다. "그래야 하잖아. 자네가 이곳으로 건너온 이유는……"

여자와 금시계와 온 세상. 그래요, 앨, 알아들었어요.

"게다가 어쩌면 그녀는 별 문제없을지 몰라. 문제가 있는 쪽은 자네일지 몰라."

사실 내 문제는 한두 개가 아니었다. 나는 한참 뒤에서야 잠이 들 수 있었다.

16

다음 주 월요일, 댈러스의 웨스트 닐리 대로 214번지를 정기적으로 순찰하는데 진입로에 서 있는 회색의 기다란 영구차가 눈에 들어왔다. 뚱뚱한 여자 둘이 현관에 서서 까만 양복을 입은 남자들이 들것을 뒤에 싣는 광경을 지켜보고 있었다. 그 위에 시트로 덮인 누군가가 누워 있었다. 2층에 사는 젊은 부부도 불안해 보이는 현관 위 발코니에서 내려다보았다. 막내가 엄마 품에 안겨 잠을 자고 있었다.

팔걸이에 재떨이가 달린 휠체어가 나무 밑에 덩그러니 놓여 있었다. 지난 여름 동안 노인장이 거의 온종일 앉아 있던 그곳에.

나는 길가에 차를 대고 영구차가 떠날 때까지 차 옆에 서 있었다. 그런 다음 (뭐랄까, 무신경해 보일 만한 타이밍이기는 했지만) 길을 건너 그 집 앞으로 걸어갔다. 계단 입구에 다다랐을 때 나는 모자를 살짝 들었다.

"두 분께 삼가 조의를 표합니다."

둘 중 나이 많은 여자가 (죽은 남자의 부인인 듯했다.) 말했다.

"전에도 이 근처에 오신 적 있죠?"

그랬죠. 나는 이렇게 대답할까 고민했다. 프로 *미식축구 시합보다*

더 중요한 일이거든요.

"그이가 당신을 봤다고 했어요."

힐난하는 게 아니라 그냥 사실을 전달하는 거였다.

"이 동네에서 살 만한 아파트를 찾는 중이라서요. 이 집에 계속 사실 겁니까?"

"아뇨." 좀 더 나이가 어린 여자가 말했다. "아버지가 보험을 들어 놨거든요. 그게 전 재산이었어요. 그거하고 상자에 담아 놓은 훈장 몇 개 하고."

그녀는 코를 훌쩍였다. 슬픔에 젖은 두 여자를 보고 있으려니 나도 정말이지 살짝 마음이 아팠다.

"그이는 당신더러 유령이라고 그랬어요." 미망인이 말했다. "당신 속이 훤히 들여다보인다면서. 물론 그이는 제정신이 아니었죠. 3년 전에 중풍에 걸려서 소변 주머니를 달고 지내기 시작한 뒤로 내내 그랬어요. 나하고 아이다는 오클라호마로 돌아갈 거예요."

'모젤은 어떠세요?' 나는 생각했다. '아파트를 포기한 사람들이 가는 곳이 거긴데.'

"무슨 일로 그러세요?" 좀 더 나이가 어린 여자가 물었다. "이제 아버지 양복 챙겨들고 장례식장 가야 하는데."

"집주인 전화번호를 알고 싶어서요." 내가 말했다.

미망인이 눈을 반짝였다.

"알려 주면 얼마 주실라오?"

"제가 공짜로 알려 드릴게요!"

2층 발코니에서 내려다보던 젊은 아기엄마가 말했다.

아버지를 여읜 딸이 위를 올려다보며 아가리 닥치라고 했다. 댈러스가 그런 곳이었다. 데리도 그렇고.
이웃 간의 훈훈한 정이 흐르는 곳이었다.

19장

1

조지 드 모렌실트는 9월 15일, 어두컴컴하고 비가 내리던 토요일 오후에 화려하게 등장했다. 척 베리의 노래에서 튀어나온 듯한 커피색 캐딜락을 타고. 그와 동행한 남자 중 한 명은 나도 아는 조지 부헤였고, 나머지 한 명은 모르는 인물이었다. 꼬챙이처럼 말랐고 흰머리가 복슬복슬한데, 오랜 기간 군 생활을 했고 지금도 그 사실에 행복해하는 남자인 듯 꼿꼿한 자세를 자랑했다. 드 모렌실트가 뒤로 돌아가 트렁크를 열었다. 나는 전방향 마이크를 가지러 달려갔다.

마이크를 들고 돌아와 보니 부헤가 접어 놓은 아기 놀이울을 들고 있었고, 퇴역 군인처럼 보이는 남자는 장난감을 한 아름 안고 있었다. 드 모렌실트는 빈손으로 고개를 들고 가슴을 내민 채 앞장서서 계단을 올라갔다. 키가 크고 체구가 아주 건장했다. 희끗희끗한 머리카락은 넓은 이마가 보이도록 옆으로 비스듬히 빗어 넘겼는데, 내가 보기에는 이렇게 외치는 듯했다. *나의 위엄을 보라, 너희 힘센 자들아, 그리고 절망하라. 내가 조지이니라.*

나는 녹음기 플러그를 꽂고, 헤드폰을 쓰고, 마이크가 든 밀폐용기를 앞집 쪽으로 기울였다.

마리나는 보이지 않았다. 리만 소파에 앉아서 서랍장 위에 놓인 스탠드 불빛에 비춰 가며 두툼한 책을 읽고 있었다. 계단을 올라오는 발소리가 들리자 그는 미간을 찌푸리며 책을 커피 테이블 위로 던졌다. *또다시 빌어먹을 망명객 일당이로군.* 이렇게 생각하고 있었을까?

그래도 노크 소리를 모른 체하지는 않았다. 그가 현관 앞에 서 있는 은발의 낯선 손님을 향해 손을 내밀자 놀랍게도 드 모렌실트가 그를 끌어안고 양쪽 뺨에 입을 맞추었다. 그러더니 그의 어깨를 잡고 뒤로 밀었다. 드 모렌실트의 목소리는 낮고 억양이 있었다. 내가 듣기에는 러시아어보다 독일어 쪽에 더 가까운 억양이었다.

"이상을 고스란히 간직한 채 그 먼 길을 돌아온 청년의 얼굴을 어디 한번 봅시다!"

그러더니 다시 한 번 끌어안았다. 덩치 큰 남자의 어깨 위로 오스왈드의 머리만 간신히 보이는 상황이었는데, 이때 나는 좀 전보다 더 놀라운 광경을 목격했다. 리 하비 오스왈드가 웃고 있었던 것이다.

2

마리나가 준을 안고 아이 방에서 나왔다. 그녀는 부혜를 보더니 반가워하며 탄성을 질렀고, 어색한 영어로 '아이 장낭감' 고맙다고 했다. 부혜가 비쩍 마른 남자는 로렌스 오를로프(정확히 말하면 로렌스 오를로프 대령)이고 드 모렌실트는 '소련 망명객 사회의 친구'라고 소개했다.

부혜와 오를로프가 바닥 한가운데 놀이울을 설치하기 시작했다. 마리나는 그 옆에 서서 러시아어로 조잘거렸다. 오를로프도 부혜처럼 소련에서 건너온 젊은 아기엄마한테서 눈을 떼지 못하는 듯했다. 마리나는 헐렁한 셔츠에 반바지를 입고 있어서 한도 끝도 없이 이어지는 다리가 훤히 드러났다. 리의 얼굴에서 웃음기가 사라졌다. 다시 평소처럼 인상을 썼다.

드 모렌실트만 예외였다. 그는 리가 읽던 책이 보이자 커피테이블로 달려가 집어들었다.

"『아틀라스』?" 리에게만 건네는 말이었다. 새로 설치한 놀이울을 보며 감탄하는 다른 사람들은 완전히 무시한 채. "아인 랜드의 소설 아닌가? 젊은 혁명가가 어쩐 일로 이런 책을?"

"적을 알아야죠."

그 말에 드 모렌실트가 껄껄대며 웃자 리의 얼굴에 다시 미소가 깃들었다.

"랜드 양의 진심 어린 호소에 대해 어떻게 생각하나?"

테이프를 돌려서 들었을 때 이 문장이 내 귀에 들어와 꽂혔다. 한 번 더 들은 다음에서야 퍼뜩 생각이 났다. 미미 코코런이 『호밀밭의 파수꾼』을 놓고 했던 질문과 거의 토씨까지 일치했던 것이다.

"독이 든 미끼를 삼킨 거라고 생각합니다." 오스왈드가 말했다. "이제는 그걸 다른 사람들한테 팔면서 돈을 벌고 있죠."

"그렇다네, 친구. 이렇게 정확한 평가가 있나. 랜드 같은 작가들이 죗값을 치를 날이 올 거야. 자네도 그럴 거라고 믿지?"

"당연하죠." 리가 대답했다. 그의 말투는 덤덤했다.

드 모렌실트가 소파를 손으로 쳤다.

"여기 와서 앉게. 고국에서 자네가 펼친 모험담을 듣고 싶으니까."

하지만 그 전에 부혜와 오를로프가 리와 드 모렌실트에게 다가갔다. 한참 동안 러시아어로 대화가 오갔다. 리는 미심쩍은 표정을 짓고 있었지만, 드 모렌실트가 러시아어로 뭐라고 말을 하자 고개를 끄덕이고 마리나에게 짤막하게 이야기를 건넸다. 문을 향해 손을 내젓는 것으로 보건대 뭐라고 했을지 짐작이 가고도 남았다. *가, 괜찮으니까 가.*

드 모렌실트가 차 열쇠를 던지자 부혜가 받으려다 놓쳤다. 부혜가 지저분한 초록색 카펫 위로 떨어진 열쇠를 줍는 동안 드 모렌실트와 리는 재미있다는 듯이 눈빛을 주고받았다. 잠시 후 그들은 아이를 품에 안은 마리나를 드 모렌실트의 캐딜락이라는 보트에 태우고 떠났다.

"이제 우리에게 평화가 찾아왔군, 친구." 드 모렌실트가 말했다. "저 인간들이 지갑을 열 테니 그것도 좋은 일 아닌가?"

"저들이 지갑을 여는 것도 이제 지긋지긋합니다." 리가 말했다.

"우리가 빌어먹을 냉장고나 원피스 사러 미국으로 돌아온 게 아니라는 걸 마리나도 점점 까먹고 있어요."

드 모렌실트는 손사래를 쳤다.

"자본주의 돼지의 등골을 빨아먹어야지. 이렇게 우울한 데서 사는 것만으로 충분하지 않은가?"

"참 변변치 못하죠?"

드 모렌실트가 등을 어찌나 세게 때렸던지 체구가 작은 리는 하마터면 소파에서 굴러 떨어질 뻔했다.

"기운 내! 지금 당한 걸 나중에 천 배로 갚아 줘야지. 자네도 그걸 믿지 않나?" 리가 고개를 끄덕이자 그는 말을 이었다. "이제 소련은 상황이 어떤지 알려 주게, 동지. 동지라고 불러도 되겠지? 아니면 자네는 그런 호칭에 거부감을 느끼나?"

"늦게 와서 저녁 못 먹게 됐다는 소리만 아니면 아무렇게나 부르셔도 됩니다."

리는 이렇게 말하고 웃음을 터뜨렸다. 그는 며칠 동안 비가 내린 뒤 해가 비쳤을 때 꽃이 피어나듯 드 모렌실트를 보고 피어났다.

리가 소련 이야기를 시작했다. 이야기는 두서가 없고 장황했다. 나는 공산당 관리들이 훌륭했던 전전(戰前) 사회주의 이상들을 악용했다는 그의 비난에 별로 관심이 없었다(그러면서 1930년대에 스탈린이 실시했던 대숙청사업은 언급하지 않고 건너뛰는 건 뭔가.). 니키타 흐루시초프는 바보라는 평가에도 별로 관심이 없었다. 여기에서도 이발소나 구두 닦는 가게에 가면 미국 지도자들을 놓고 여기저기서 지껄여 대는 한심한 헛소리를 얼마든지 들을 수 있었다. 오스왈드는 앞으로 고작 14개월 만에 역사의 흐름을 바꿀 수 있을지 몰라도 지겹도록 말이 많았다.

나의 호기심을 자극했던 것은 이야기를 듣는 드 모렌실트의 태도였다. 그는 자석처럼 주변 인물들을 끌어당기는 이 세상 모든 사람들이 그렇듯 적절한 때 적절한 질문을 던졌고, 조바심 내는 법 없이 이야기를 하는 상대방과 계속 시선을 맞춰, 지구상에서 가장 유식하고 똑똑하며 지적으로 뛰어난 위인이 된 듯한 기분을 상대방에게 심어 주었다. 어쩌면 리는 그런 식으로 자기 말을 들어 주는 사람을 만난 게 난생 처음이었을지 모른다.

"제가 생각하기에 사회주의의 유일한 희망은 이제 쿠바뿐이에요." 리는 이렇게 결론을 내렸다. "쿠바의 혁명은 아직까지 순수하니까요. 언제 한번 가 보고 싶어요. 거기서 아예 눌러 살아도 좋고요."

드 모렌실트는 심각한 표정으로 고개를 끄덕였다.

"좋은 생각이지. 나는 여러 번 다녀온 적이 있다네. 현 정권이 들어서면서 여행을 하기가 힘들어지기 전에. 아름다운 나라지…… 지금은 피델 덕분에 자국의 국민들을 위한 아름다운 나라가 되었고."

"그러니까요." 리의 얼굴이 환하게 빛났다.

"하지만!" 드 모렌실트는 강의하듯 한 손가락을 치켜세웠다. "미국의 자본주의자들이 피델, 라울, 체가 마술을 부리도록 내버려 둘 거라고 믿는다면 자넨 꿈속에서 사는 거야. 작전이 벌써 시작됐어. 자네, 워커라는 친구 아나?"

내 귀가 쫑긋 움직였다.

"에드윈 워커요? 그 파면당한 장군 말씀인가요?"

"그렇지."

"알죠. 댈러스에 살잖습니까. 주지사에 출마했다 미끄러졌고. 나중에 제임스 메러디스가 인종 분리 교육을 실시하던 미시시피 대학교에 입학하려고 했을 때 미시시피로 건너가서 로스 바넷을 지지했고요. 인종차별적인 히틀러 흉내쟁이에 불과하잖습니까."

"인종차별주의자이긴 하지. 하지만 그가 늘어놓는 인종차별적인 주장과 백인 우월주의적인 헛소리들은 눈가리개에 불과해. 흑인 인권 운동을 빌미 삼아 자기 같은 도당들 입장에서는 눈엣가시 같은 사회주의를 말살하려는 게 그의 목적이지. 제임스 메러디스? 공산주의자다! 전미 유색인 지위 향상 협회? 이적 단체다! 학생 비폭력 협력 위원회? 겉은 검둥이고 속은 빨갱이다!"

"당연하죠." 리가 말했다. "저들의 수법이 그런 식이잖습니까."

드 모렌실트가 정말로 그렇게 생각하는지 아니면 장난삼아 리를 놀리는 건지 나로서는 알 수가 없었다.

"그리고 워커나 바넷, 빌리 그레이엄이나 빌리 제임스 하기스처럼 까불거리는 부흥 목사들은 깜둥이를 사랑하는 이 사악하고 흉측한 빨갱이들의 가슴속에 뭐가 들어 있다고 생각하는지 아는가? 소련이 있다는 거야!"

"그러니까요."

"그리고 미국 연안에서 150킬로미터밖에 안 되는 곳에 공산주의를 사수하고 있는 나라가 있지 않은가. 쿠바 말일세! 워커는 군복을 벗었지만, 절친한 친구들은 아직 군부에 있어. 내가 누굴 말하는 건지 알지?"

리는 고개를 저었다. 그의 시선은 드 모렌실트의 얼굴에서 떠나는 법이 없었다.

"커티스 리메이 말일세. 모든 사건의 배후에 공산주의자들이 숨어 있다고 생각하는 또 다른 인종차별주의자지. 워커하고 리메이는 케네디가 어떻게 해야 한다고 주장을 하는가? 쿠바를 폭격해야 한다! 그런 다음 쳐들어가야 한다! 그래서 쿠바를 쉰한 번째 주로 만들어야 한다야! 피그스 만에서 굴욕을 당한 뒤로 더욱 집요해졌어!" 드 모렌실트는 주먹으로 허벅지를 때리며 느낌표를 만들었다. "리메이나 워커 같은 인간들이 랜드, 그 년보다 훨씬 더 위험해. 총 때문이 아니라 *추종자들* 때문에."

"저도 그 위험성은 알고 있습니다." 리가 말했다. "그래서 여기 이 포트워스에서 쿠바의 내정간섭에 반대하는 조직을 결성하려고요. 이미 열댓 명이 관심을 보였습니다."

이렇게 뻔뻔할 수가. 내가 알기로 리가 포트워스에서 만든 것이라고는 알루미늄 안전문과 뒷마당의 빨랫줄용 방향계가 전부인데. 그걸 만들어 놓고 어쩌다 한 번씩 마리나의 간청에 넘어가면 아이 기저귀를 갈아 준 게 전부인데.

"서두르는 게 좋을 걸세." 드 모렌실트가 험상궂은 분위기로 말했다. "쿠바는 혁명의 게시판이잖은가. 니카라과와 아이티와 도미니크 공화국에서 고생하는 인민들이 쿠바를 통해 독재자는 축출당하고 비밀경찰은 그 뒤룩뒤룩한 엉덩이에 곤봉을 매단 채 짐을 싸서 떠나는 평화로운 사회주의 농업 국가를 보게 될 것 아닌가!"

리가 큰 소리로 웃음을 터뜨렸다.

"그들이 보는 앞에서 사탕수수 농장과 유나이티드 프루트의 노예 농장들이 농부들의 손으로 넘어가겠지. 스탠더드 오일은 짐을 싸서 떠나겠지. 랜스키 조직이 운영하던 카지노도……"

"그러니까요." 리가 말했다.

"문을 닫겠지. 스트립쇼는 사라지고 자기 몸을…… 그리고 딸들의 몸을 팔았던 여자들도 다시 번듯한 일자리를 찾을 수 있겠지. 돼지 같은 바티스타 시절 같았으면 길바닥에서 죽었을 날품팔이꾼도 이제는 병원에서 인간답게 치료를 받을 수 있겠지. 왜? 카스트로 정권에서는 의사와 날품팔이꾼이 동등하니까!"

"그러니까요." 리가 말했다. 이것이 그의 기본적인 태도였다.

드 모렌실트는 소파에서 벌떡 일어나 새로 설치한 놀이울 주변을 걷기 시작했다.

"케네디와 아일랜드 도당이 그 게시판을 그냥 내버려 둘 것 같은가? 희망의 메시지를 반짝이는 그 등대를?"

"저는 케네디를 좋아하는 편입니다." 리가 부끄러운 고백을 하듯 이렇게 말했다. "피그스 만 사태가 있긴 했지만, 그건 아이젠하워가 벌인 일이었잖습니까."

"위명국들은 대부분 케네디 대통령을 좋아하지. 위명국이 뭔지 아나? 『아틀라스』를 쓴 광견병 걸린 족제비는 그게 무슨 뜻인지 알 텐데. 위대하고 멍청한 미국 국민들을 말하거든. 미국 국민들은 냉장고에 아이스크림을 넣어 둘 수 있고, 차고에는 차가 두 대고, 바보상자에서는 「77 선셋 스트립」만 흘러나오면 즐겁게 살다 행복하게 눈을 감을 수 있을 거야. 위명국들은 케네디의 웃는 얼굴을 사랑하지.

그럼, 사랑하고말고. 웃는 얼굴이 참 잘생겼다는 건 나도 인정해. 하지만 셰익스피어도 그러지 않았나. 웃고 또 웃는 사람이 악당일 수 있다고. CIA의 카스트로 암살 계획을 케네디가 승인한 거 자네도 아는가? 그렇다니까! 이미 세 번인가 네 번 시도를 했는데 하느님이 보우하사 실패했지. 아이티와 도미니크공화국의 유정 관계자들한테 들었는데, 제법 정확한 정보야."

리는 경악을 금치 못하는 얼굴이었다.

"하지만 카스트로에게는 소련이라는 막강한 친구가 있지." 드 모렌실트는 계속 왔다 갔다 걸으며 말을 이었다. "지금의 소련은 레닌이 꿈꾸었던 나라도, 자네와 내가 꿈꾸었던 나라도 아니긴 하지만 미국이 또 한 차례 공습을 시도하면 나름의 명분에 따라 카스트로 편을 들지 않겠나? 내 말 명심하게. 케네디는 조만간 저지를 거야. 리메이의 말을 들을 거야. 덜레스와 CIA의 앵글턴 말을 들을 거야. 적당한 구실만 생기면 자기도 배짱이 얼마나 두둑한지 전 세계에 과시하려고 쳐들어갈 걸세."

두 사람은 계속 쿠바 이야기를 했다. 잠시 후 캐딜락이 돌아왔는데, 뒷좌석에 찬거리가 잔뜩 실려 있었다. 한 달 치는 족히 됨직했다.

"젠장." 리가 말했다. "벌써 왔네요."

"반갑게 맞아야지." 드 모렌실트가 명랑한 목소리로 말했다.

"저녁 드시고 가세요. 마리나가 요리 솜씨는 그저 그렇지만……"

"가야 하네. 우리 안사람이 내 보고를 애타게 기다리고 있는데, 가서 잘 만났다고 알려 줘야지! 다음번에는 안사람도 데리고 와도 되겠나?"

"네, 그럼요."

두 사람은 문 쪽으로 걸어갔다. 마리나가 트렁크에서 통조림이 든 상자를 꺼내는 부헤와 오를로프 옆에 서서 조잘거리고 있었다. 그런데 그냥 조잘거리기만 하는 게 아니라 은근슬쩍 추파를 던지는 게 아닌가. 부헤는 당장 무릎이라도 꿇을 기세였다.

현관에서 리가 FBI 어쩌고 했다. 드 모렌실트가 몇 번이냐고 물었다. 리가 손가락을 세 개 들어 보였다.

"한 요원은 이름이 페인이었어요. 그자가 두 번 찾아왔었죠. 다른 요원은 이름이 호스트였고요."

"그들의 눈을 똑바로 쳐다보면서 묻는 말에 대답을 하게!" 드 모렌실트가 말했다. "두려워할 것 없다네, 리. 자네는 아무 죄도 없을 뿐 아니라 옳은 길을 걷고 있지 않은가!"

이제 나머지 일행뿐 아니라 다른 관객들까지 그를 쳐다보고 있었다. 줄넘기 삼인방이 등장해 우리 블록의 인도 역할을 하는 움푹 팬 길에 서 있었던 것이다. 드 모렌실트는 청중을 의식하며 열변을 토했다.

"오스왈드, 자네로 말할 것 같으면 사상적으로 워낙 독실한 청년이니 그들이 당연히 찾아오겠지. 후버 패거리가 말일세! 어쩌면 그들이 지금 이 순간에도 지켜보고 있을지 몰라. 길가에서 아니면 바로 저 앞집에서 말일세!"

드 모렌실트가 커튼이 드리워진 내 집 창문을 향해 손가락질을 했다. 리가 돌아보았다. 나는 어두운 그늘 속에 꼼짝 않고 서 있었다. 까만 테이프로 꽁꽁 감싸 놓기는 했지만, 소리를 증폭시켜 주는 밀폐용기를 미리 내려놓은 게 다행이었다.

"나는 그들의 정체를 알아. 그들뿐 아니라 사촌 격인 CIA까지 나를 숱하게 찾아와 소련과 남아메리카 친구들에 대한 정보를 캐내려고 얼마나 협박을 했는지 몰라! 전쟁이 끝난 뒤에는 나더러 비밀리에 활동하던 나치라고 하질 않나! 아이티에서 유정 임대권을 놓고 경쟁하던 상대를 내가 통통 마쿠테(아이티 대통령 프랑수아 뒤발리에가 결성한 사병 조직 ― 옮긴이)를 동원해 구타하고 고문했다고 주장하질 않나! 나더러 파파 닥(아이티 대통령 프랑수아 뒤발리에의 별명 ― 옮긴이)을 매수하고, 트루히요(도미니카 공화국의 독재자 ― 옮긴이) 암살 자금을 댔다고 하질 않나! 그렇다니까! 어디 그뿐인 줄 아는가!"

줄넘기 삼인방이 입을 떡 벌린 채 그를 멀뚱멀뚱 쳐다보았다. 마리나도 마찬가지였다. 조지 드 모렌실트는 자기 앞의 모든 걸 청소하며 발걸음을 옮기기 시작했다.

"마음을 굳게 먹어야 하네, 리! 그들이 찾아오거든 당당하게 맞서! 이걸 보여 주라고!" 그가 셔츠 자락을 잡고 찢었다. 튕겨 나간 단추들이 달가닥 소리를 내며 현관과 부딪쳤다. 줄넘기 삼인방은 헉 소리를 냈고, 너무 놀라서 키득거리지도 못했다. 당시 대다수의 미국 남자들과 다르게 드 모렌실트는 러닝셔츠를 입지 않았다. 그의 피부는 기름을 칠한 마호가니 색이었다. 투실투실한 젖가슴이 퇴화된 근육에 매달려 있었다. 그가 오른 주먹으로 왼쪽 젖꼭지를 두드렸다. "그러면서 이야기해! 여기 내 심장이 있다고, 내 심장은 순수하다고, 내 심장은 대의를 위해 존재한다고! 후버가 뜯어내더라도 내 심장은 계속 살아서 두근거릴 거라고, 천 개의 다른 심장들과 함께, 백만 개의 다른 심장들과 함께!"

오를로프가 들고 있던 통조림 상자를 내려놓고 빈정거리듯 가볍게 박수를 쳤다. 마리나는 두 뺨이 시뻘게졌다. 리의 표정이 가장 인상적이었다. 다마스쿠스에서 사도 바울이 그랬던 것처럼 계시를 받은 듯한 표정이었던 것이다.

그가 멀었던 눈을 떴다.

3

드 모렌실트의 설교와 셔츠를 찢는 터무니없는 짓거리(그토록 매도했던 우익 전도사들이 천막 안에서 벌이는 야바위와 다를 바가 없지 않은가?)가 나로서는 얼마나 심란하게 느껴졌는지 모른다. 나는 두 사람이 흉금을 털어놓고 나눈 대화를 엿들으면 드 모렌실트가 워커를 암살하려다 미수에 그친 사건과 케네디 암살 사건의 진정한 배후 인물일 가능성이 제거될 줄 알았다. 그런데 흉금을 털어놓고 나눈 대화를 엿듣고 났더니 사태가 호전되기는커녕 더 꼬여 버렸다.

한 가지 사실만큼은 분명했다. 이제 머세이디즈 대로에 별로 아쉽지 않은 아듀를 고할 때가 되었다는 것. 웨스트 닐리 214번지 아파트 1층을 빌려 놓았던 것이다. 9월 24일에 나는 몇 벌 안 되는 옷가지와 책, 타자기를 점점 고물이 되어 가는 포드 선라이너에 싣고 댈러스로 건너갔다.

뚱뚱한 두 여자는 환자 냄새나는 돼지우리를 내게 넘겼다. 나는 혼자 청소를 하며, 앨의 토끼 굴과 연결된 이 시대에서 탈취 스프레이가 판매되고 있다는 데 하늘에 감사했다. 벼룩시장에서 사온 휴대용 TV를 태곳적 기름까지 쌓여 있는 스토브 옆, 부엌 조리대 위에 올려놓았다. 「언터처블스」나 「54번 순찰차, 지금 위치를 보고하라」와 같은 범죄극을 보며 쓸고 닦고 문지르고 스프레이를 뿌렸다. 밤이 찾아와 위층에서 쿵쾅거리며 고함을 지르던 아이들 소리가 잠잠해지면 불을 끄고 시체처럼 잤다. 꿈도 꾸지 않았다.

머세이디즈 대로에서 완전히 짐을 뺀 건 아니었지만, 2703번지에서는 별 일이 없었다. 가끔 마리나가 준 유모차에 태우고 (유모차도 나이 지긋한 팬이라 할 수 있는 부헤의 선물이었다.) 창고 주차장까지 걸어갔다 걸어오는 게 전부였다. 오후에 학교 수업이 끝나면 줄넘기 삼인방이 종종 옆에서 같이 걸었다. 마리나는 러시아어로 노래를 부르며 몇 번 줄넘기도 했다. 엄마가 시커먼 구름 같은 머리를 펄럭이며 깡총깡총 뛰는 걸 보고 아이는 웃음을 터뜨렸다. 줄넘기 삼인방도 웃었다. 마리나는 개의치 않았다. 아이들과 숱하게 대화를 나누었고, 아이들이 키득거리며 잘못 말한 부분을 지적해도 절대 짜증내지 않았다. 오히려 즐거워 보였다. 리는 원치 않은 일이었지만, 그녀는 영어를 배워 나가고 있었다. 다행스러운 일이었다.

1962년 10월 2일에 눈을 떠 보니 닐리 대로의 아파트에 섬뜩한 정적이 흐르고 있었다. 쿵쾅거리는 발소리도, 첫째와 둘째에게 학교 갈 준비하라고 고함을 지르는 젊은 엄마의 목소리도 들리지 않았다. 윗집 식구들이 야반도주를 한 것이다.

나는 2층으로 올라가 내 열쇠를 넣어 보았다. 맞지 않았지만, 스프링으로 된 잠금장치라 옷걸이로 쉽게 열렸다. 거실에 있는 빈 책꽂이가 내 눈에 들어왔다. 나는 바닥에 구멍을 뚫고 도청기가 설치된 두 번째 스탠드 플러그를 꽂은 뒤 전선을 구멍 속으로 넣었다. 그런 다음 책꽂이로 그 위를 덮었다.

도청기는 문제없이 작동이 됐지만, 깜찍한 일제 녹음기는 세입자 후보가 아파트를 둘러보고 스탠드를 켠 다음에라야 돌아가기 시작했다. 구경하러 오는 사람들은 있었지만, 계약을 하는 사람은 없었다. 오스왈드 일가족이 이사 올 때까지 닐리 대로의 그 아파트는 내 독차지였다. 머세이디즈 대로라는 오만한 난장판을 거친 뒤에 찾아온 휴식이었지만, 줄넘기 삼인방은 보고 싶었다. 나에게는 그 아이들이 그리스 연극의 합창단과 같았는데.

4

밤에는 댈러스의 아파트에서 잠을 청하고 낮에는 아이와 함께 산책하는 마리나를 감시하는 날들이 계속됐다. 이렇게 바쁘게 지내는 동안 1960년대의 또 다른 분기점이 다가오고 있었지만 무시했다. 또다시 집안에 난리가 벌어진 오스왈드 일가족에만 집중했다.

10월 둘째 주 어느 날, 리가 일찍 퇴근한 적이 있었다. 그때 마리나는 밖에서 준과 함께 산책을 하고 있었다. 두 사람은 길 건너 진입로 입구에서 이야기를 나누었다. 대화가 막바지에 이르렀을 때 마리나가 영어로 물었다.

"근데 정리 해고가 뭐야?"

리가 러시아어로 설명했다. 마리나는 어쩌겠느냐는 듯이 두 손을 벌리고 그를 끌어안았다. 리는 그녀의 뺨에 입을 맞추고 아이를 유모차에서 안아 올렸다. 그가 머리 위로 높이 올리자 준은 웃으며 손을 뻗어 그의 머리를 잡아당겼다. 세 사람은 같이 안으로 들어갔다. 일시적인 역경을 잘 극복해 나가는 행복한 가족이었다.

오후 5시까지는 그랬다. 그런데 내가 닐리 대로로 돌아갈 준비를 하는 동안 윈스코트 길 버스정거장에서 걸어오는 마거릿 오스왈드가 보였다.

'골칫덩어리 등장이로군.' 나는 이런 생각이 들었는데, 딱 맞는 예언이었다.

마거릿은 아직도 고치지 않아서 삐끗거리는 계단을 이번에도 무사히 지나갔고, 이번에도 노크 없이 안으로 들어갔다. 당장 한바탕 난리가 벌어졌다. 따뜻한 저녁이라 그 집 창문들이 모두 열려 있었다. 전방향 마이크를 가지고 올 필요도 없었다. 리와 어머니가 고래고래 소리를 질러 댔으니까.

보아하니 리가 레슬리 웰딩에서 잘린 게 아니라 자기 발로 걸어 나온 모양이었다. 상사가 일손이 부족하다며 베이다 오스왈드에게 연락해 그를 찾았는데 별 도움이 안 되자 마거릿에게 전화를 한 것이다.

"내가 너 때문에 *거짓말*을 했다!" 마거릿이 고함을 질렀다. "독감에 걸렸다고! 왜 나를 만날 거짓말하게 만드는 게냐!"

"내가 언제 그래 달라고 하던가요?" 그도 맞받아쳤다. 두 사람은 얼굴을 맞대고 거실에 서 있었다. "내가 부탁한 적도 없는데, 엄마가 괜히 나선 거잖아요!"

"리, 처자식을 무슨 수로 먹여 살릴 작정이니? 일을 해야지!"

"아, 취직할 거예요! 걱정 마요!"

"**어디에?**"

"그야 모르지만······"

"**리!** 월세는 무슨 수로 내려고?"

"저 사람한테 친구들이 많아요." 그가 마리나 쪽을 엄지손가락으로 휙 가리키자 마리나가 움찔했다. "아주 대단하지는 않지만 그럭저럭 쓸 만한 친구들이에요. 나가요, 엄마. 집에 가세요. 나 숨 좀 돌리게."

마거릿은 놀이울 쪽으로 쏜살같이 달려갔다.

"이건 어디서 난 거냐?"

"아까 말한 친구들이 선물한 거예요. 그 친구들 절반은 돈이 많고, 나머지는 짜증나요. 다들 마리나하고 이야기하는 걸 좋아하죠." 리는 빈정거렸다. "늙은 인간들은 젖통이를 훔쳐보면서 좋아하고요."

"**리!**"

충격을 받은 듯한 목소리였지만, 얼굴은······ 기뻐하는 표정이었다. 마모치카는 노여워하는 아들의 목소리가 기뻤던 걸까?

"가요, 엄마. 우리도 좀 편히 쉬자고요."

"남자들은 항상 대가를 바란다는 걸 저 아이도 아는 게냐? 그런 거냐, 리?"

"당장 나가라고요!" 그가 주먹을 흔들었다.

분노를 어쩌지 못해 주먹이 거의 춤을 추었다.

마거릿은 미소를 지었다.

"화가 났구나. 당연하지. 흥분이 좀 가라앉거든 다시 오마. 내가 도와줄게. 나는 언제든지 너를 돕고 싶단다."

말을 마친 그녀가 난데없이 마리나와 아이에게 달려들었다. 마치 덮치려는 기세였다. 그녀는 준의 얼굴에 뽀뽀 세례를 퍼붓고 거실을 건너갔다. 그러다 문 앞에 다다랐을 때 뒤를 돌아보며 놀이울을 가리켰다.

"저 아이더러 저거 깨끗하게 씻으라고 해라, 리. 사람들이 내다 버린 물건에는 세균이 득시글거리거든. 아이가 아파도 네 형편으로는 병원에도 못 데리고 가잖니."

"엄마! 가세요!"

"가고 있잖니."

어찌나 침착한지. 그녀는 어린아이가 빠이빠이 하듯 손가락을 꼼지락거리더니 사라졌다.

마리나가 방패처럼 아이를 안고 리에게 다가갔다. 두 사람은 대화를 나누었다. 그러다 서로 고함을 질렀다. 가족 간의 결속력은 바람과 함께 사라졌다. 마거릿의 소행이었다. 리가 아이를 받아서 한 팔에 안고 흔들더니 전혀 아무 경고도 없이 아내의 얼굴을 향해 주먹을 날렸다. 마리나는 입과 코에서 피를 흘리며 주저앉아 서럽게 울었다. 리는 금발인 준의 머리를 쓰다듬고 뺨에 입을 맞추며 좀 더 흔들었다. 마리나가 비틀거리며 일어서자 다시 내 시야에 들어왔다. 하지만 리에게 옆구리를 걷어차이고 다시 쓰러졌다. 이제는 구름 같은 그녀의 머리채밖에 안 보였다.

'떠나요.' 나는 그녀에게 들리지 않는다는 걸 알면서 속으로 이렇게 중얼거렸다. '아이를 데리고 떠나요. 조지 부혜한테 가요. 그래야 한다면 그자의 침대를 덥힐지언정 어머니의 손바닥에서 벗어나지 못하는 그 비쩍 마른 괴물한테서 당장 떠나요.'

하지만 최소한 일시적으로나마 떠난 사람은 리였다. 나는 두 번 다시 머세이디즈 대로에서 그의 모습을 보지 못했다.

5

이들 부부가 처음으로 별거에 돌입했다. 리가 일자리를 찾으러 댈러스로 떠난 것이다. 그가 어디 살았는지는 모르겠다. 앨의 기록에 따르면 Y라고 했는데, 잘못된 정보였다. 어쩌면 시내 싸구려 하숙집에서 지냈을지도 모르겠다. 어쨌거나 상관없었다. 둘이서 내가 사는 아파트 위층을 빌리러 찾아올 테고, 그의 얼굴이라면 이제 지긋지긋했으니까. 누구와 대화를 나누든 수십 번씩 등장하는 느릿느릿한 "그러니까요." 소리를 듣지 않아도 된다니 행복했다.

조지 부혜 덕분에 마리나는 어려운 시기를 극복할 수 있었다. 마거릿의 방문에 이어 리가 도망치고 며칠이 지났을 때 부혜와 또 한 명의 남자가 쉐보레 트럭을 끌고 나타나 그녀를 싣고 갔다. 픽업트럭이 머세이디즈 대로 2703번지에서 출발했을 때 엄마와 딸은 침대 위에 앉아 있었다. 마리나가 소련에서 들고 온 분홍색 트렁크에 담요를 깔아 임시변통으로 만든 침대에서 준은 금세 잠이 들었다. 트럭이 출발하자 마리나가 꼬맹이의 가슴에 가만히 손을 얹어 주었다. 옆에서 지켜보던 줄넘기 삼인방에게 손도 흔들어 주었다. 아이들도 손을 흔들었다.

6

나는 조지 드 모렌실트의 주소를 댈러스 전화번호부에서 찾아내 몇 번 뒤를 밟았다. 그가 어떤 사람들을 만날지 궁금했기 때문이었다. CIA 요원이나 랜스키 조직원이나 다른 공모자를 만났더라도 내가 과연 알아차렸을까 싶지만, 적어도 의심스러워 보이는 인물을 만난 적은 한 번도 없었다. 그저 출근하고, 댈러스 컨트리클럽에서 아내와 수영을 하거나 테니스를 치고, 둘이서 스트립 클럽에도 몇 번 다녀온 게 고작이었다. 그는 댄서들에게는 관심이 없었고 남들 보는 앞에서 아내의 젖가슴과 엉덩이를 주무르는 걸 좋아했다. 아내는 상관 않는 눈치였다.

리는 두 번 만났다. 그중 한 번은 자신이 좋아하는 스트립 클럽에서 만났다. 리는 그런 분위기를 불편해했고, 두 사람은 금세 클럽을 나섰다. 두 번째에는 브로더 대로의 어느 커피숍에서 점심을 같이 먹었다. 거의 오후 2시까지 거기서 커피를 수도 없이 들이켜며 이야기를 나누었다. 리가 일어서려다 말고 무언가를 주문했다. 웨이트리스가 파이를 한 조각 들고 오자 그가 무언가를 건넸다. 웨이트리스는 받은 물건을 잽싸게 훑어보더니 얼른 앞치마 주머니에 넣었다. 그들이 떠났을 때 나는 뒤를 밟지 않고 웨이트리스에게 다가가 좀 전에 젊은 남자한테 받은 게 뭔지 보여 달라고 했다.

"이런 거 들고 다니면 안 돼요." 그녀는 이렇게 말하며, 맨 위쪽에 타블로이드 신문처럼 까만색으로 뭐라고 적힌 노란 종이를 주었다. '쿠바의 내정 간섭에 반대한다!'면서 '관심 있는 사람들'은 이 조직의 댈러스·포트워스 지부에 가입하라고 촉구하는 내용이었다. '미국 정부의 사기극에 놀아나지 마십시오! 사서함 1919번지로 편지 주시면 향후 모임에 대해 자세하게 알려 드립니다.'

"두 사람이 무슨 이야기했어요?" 내가 물었다.

"손님, 경찰이에요?"

"아뇨, 경찰이면 팁을 이만큼 주겠어요?"

나는 5달러짜리 지폐를 건넸다.

"저거요." 그녀는 말하며 오스왈드가 새 직장에서 인쇄했을 게 분명한 전단지를 가리켰다. "쿠바. 나는 개뿔 관심도 없는데."

하지만 앞으로 1주일도 안 남은 10월 22일 밤이 되면 케네디 대통령도 쿠바를 운운할 것이다. 그러면 온 국민이 관심을 갖게 될 것이다.

7

우물이 마르기 전에는 물의 소중함을 절대 알 수 없다는 우울한 진리가 타다다다 하며 천장을 뒤흔들던 어린아이 발소리에까지 적용될 줄이야. 1962년 가을 이전까지는 생각지도 못하던 일이었다. 2층에 살던 가족들이 나가자 웨스트 닐리 214번지에는 섬뜩한 유령의 집 같은 분위기가 감돌았다. 나는 새디가 보고 싶었고, 거의 강박적으로 걱정을 하기 시작했다. 아니, '거의'라는 단어를 빼도 되겠다. 엘리 도커티와 디크 시먼스는 내가 전남편이 걱정된다고 해도 한 귀로 듣고 한 귀로 흘렸다. 새디도 마찬가지였다. 그녀가 나를 완전히 내치지 못하게 존 클레이턴을 들먹이며 공포심을 자극하는 거라고 생각했다. 그들은 그녀의 이름에서 새디라는 부분만 빼면 도리스 더닝과 한 음절 차이라는 것을 알지 못했다. 내가 과거의 세상에 등장함으로써 만들어지는 게 아닐까 싶은 화음의 효과도 알지 못했다. 그러니 새디에게 무슨 일이 벌어지면 누구 탓이겠는가?

악몽이 다시 되풀이됐다. 짐라 꿈이.

나는 조지 드 모렌실트를 미행하던 것을 그만두고 오랫동안 걷기 시작했다. 오후에 출발해서 9시, 심지어 10시는 되어야 웨스트 닐리 대로로 돌아왔다. 걸으면서 이제 재거스&칠레스&스토벌이라는 댈러스의 인쇄소에서 수습 사원으로 일하는 리에 대해 생각했다. 아니면 얼마 전에 이혼한 엘레나 홀의 집에 잠깐 얹혀사는 마리나에 대해 생각했다. 홀은 조지 부헤가 다니는 치과 직원이었는데, 머세이디즈 대로의 다 쓰러져 가는 집을 찾아와 마리나와 준을 싣고 떠난 덤프트럭을 운전한 사람이 그 치과의사였다.

하지만 대부분은 새디 생각을 했다. 새디 생각을 하고 또 했다.

그렇게 걷던 어느 날, 우울하기도 하고 목도 말라서 아이브 룸이라는 동네 술집에 들어가 맥주를 주문했다. 주크박스도 틀지 않고, 단골손님들도 특이하게 조용한 술집이었다. 웨이트리스가 내 앞에 맥주를 내려놓자마자 카운터 위에 달린 TV 쪽으로 고개를 돌렸다. 나는 그제야 모든 사람들이 나의 구조를 기다리는 남자를 쳐다보고 있다는 사실을 알아차렸다. 그는 안색이 안 좋고 표정이 심각했다. 눈 밑에는 다크서클이 있었다.

"이와 같은 공격력 증강을 저지하기 위해 공격용 무기를 싣고 쿠바로 향하는 모든 선박에 대하여 엄격한 격리 조치가 발효되었습니다. 쿠바로 향하는 어떤 종류의 선박이건 수화물에서 공격용 무기가 발견되면 귀항 명령이 내려질 것입니다."

"이런 망할!" 카우보이 모자를 쓴 남자가 외쳤다. "소련에서 뭐라고 생각하겠어!"

"쿠바가 서반구의 어느 나라를 향해서건 핵미사일을 발사할 경우……" 케네디의 담화가 계속됐다. "이 나라 정부에서는 소련이 미국을 공격한 것으로 간주하고 전면적인 보복 조치를 취할 것입니다."

카운터 끝에 앉아 있던 여자가 신음 소리를 내며 배를 움켜쥐었다. 옆자리 남자가 한쪽 팔로 안아 주자 여자는 남자의 어깨에 머리를 기댔다.

케네디는 공포와 결의가 정확히 반씩 섞인 표정이었다. 그리고 당면 과제에 100퍼센트 집중하느라 표정이 살아 있었다. 암살범의 총에 맞기까지 정확히 13개월이 남은 시점이었다.

"불가피한 사전 대책 차원에서 관타나모 기지의 병력을 보강했고, 오늘부로 주둔군의 가족을 모두 대피시켰습니다."

"내 이름으로 손님들한테 한 잔씩 돌려 주게." 카우보이 빌이 난데없이 외쳤다. "이제 막다른 길에 다다른 것 같으니까." 그가 자기 술잔 앞으로 20달러짜리 지폐를 두 장 내려놓았지만, 바텐더는 그 돈을 집지도 않았다. 이제는 흐루시초프 서기장에게 "이처럼 은밀하고 무모하며 도발적인 방식으로 세계 평화를 위협하지 말라"고 촉구하는 케네디만 보고 있었다.

내게 맥주를 가져다 준 웨이트리스로 말할 것 같으면 과산화수소수를 써서 금발로 탈색을 하고 산전수전 다 겪은 오십 대 여자였는데 갑자기 울음을 터뜨렸다. 그것이 결정타였다. 나는 자리에서 일어나 어린아이처럼 진지한 표정으로 텔레비전만 들여다보고 있는 손님들을 헤치고 스키볼 기계 옆에 있는 공중전화부스 안으로 들어갔다.

교환원이 3분 통화료 40센트를 넣으라고 했다. 나는 25센트짜리 동전을 두 개 넣었다. 전화기에서 딸까닥 하고 부드러운 소리가 났다. 뉴잉글랜드 출신답게 비음이 많이 섞인 케네디의 목소리가 희미하게 계속 이어졌다. 이제는 소련의 안드레이 그로미코 외무장관에게 거짓말쟁이라고 비난을 퍼붓는 중이었다. 에두르는 법 없이 직격탄을 날렸다.

"연결해 드리겠습니다." 교환원이 이렇게 말을 하고나서 불쑥 물었다. "대통령 방송 듣고 계신가요? 안 듣고 계시면 TV나 라디오를 켜세요."

"듣고 있어요."

새디도 듣고 있을 것이다. 전남편이 과학으로 얄팍하게 포장이 된 지구 종말론적인 헛소리를 얼마나 지껄였던가. 예일 대학교를 나왔다는 정치꾼 친구도 카리브 해에서 크게 한 건 터질 거라고 하지 않았던가. 아마도 쿠바가 일촉즉발의 상황이라고.

무슨 수로 그녀를 진정시키면 좋을지 감이 안 잡혔지만, 문제는 그게 아니었다. 전화벨이 계속 울리는 게 예감이 안 좋았다. 월요일 밤 8시 30분인데 조디에서 어딜 갔을까? 영화를 보러 나갔을까? 설마.

"상대방이 응답이 없으시네요."

"그러니까요."

나는 말해 놓고, 리가 습관적으로 쓰는 단어가 내 입에서 튀어나온 것을 알아차리고 얼굴을 찡그렸다.

전화를 끊자 25센트짜리 동전들이 땡그랑 하며 도로 나왔다. 나는 동전을 집어넣으려다 잠시 고민했다. 엘리한테 연락한들 소용 있을까? 나로 말할 것 같으면 그녀에게 밉보인 몸이 아닌가. 어쩌면 디크도 마찬가지일지 모른다. 둘 다 소설이나 잘 팔아 보라고 할 것이다.

카운터로 돌아가는데, 월터 크롱카이트가 건설 중인 소련 미사일 기지를 U2 정찰기로 촬영한 사진을 보여 주었다. 그러면서 하원에서는 당장 폭격이나 전면적인 침공을 촉구하는 의원들이 많다고 이야기했다. 미국의 여러 미사일 기지와 전략 공군 사령부에 역사상 처음으로 데프콘 4가 발령되었다.

"B52 폭격기들이 조만간 소련 접경지대를 정찰할 예정입니다." 크롱카이트가 특유의 낮고 불길한 어조로 이야기했다. "그리고 점점 더 섬뜩해져만 가는 냉전 사태를 지난 7년 동안 보도한 사람이라면 누구나 알고 있다시피 분위기가 고조될수록 실수를, 그것도 끔찍한 실수를 저지를 가능성이 점점 더 높아지는데……"

"기다릴 거 뭐 있나!" 당구대 옆에 서 있던 남자가 외쳤다. "개잡 것들을 깡그리 터뜨려 버리라고!"

잔인한 발언에 몇 명이 불만을 터뜨렸지만, 우레와 같은 박수 소리에 묻혀 버렸다. 나는 아이비 룸을 나와 닐리 대로로 터벅터벅 돌아갔다. 집에 도착했을 때 선라이너를 집어타고 조디로 출발했다.

8

77번 고속 도로를 전조등으로 밝히며 달리는데, 이제 작동이 되는 카 스테레오에서 암울한 방송만 계속 쏟아져 나왔다. 심지어 DJ마저 핵 독감에 전염이 돼서 "하늘이시여, 미국을 굽어 살피소서." 아니면 "만일의 사태에 대비해야 할 때입니다." 이런 소리를 했다. K라이프에서 조니 호턴이 목청껏 외치는 「공화국 찬가」가 흘러나오기 시작하자 나는 라디오를 꺼 버렸다. 9. 11 사태가 벌어진 다음 날과 너무 비슷했다.

선라이너의 엔진에서 나는 신음 소리가 점점 커지고 엔진 온도를 알리는 바늘이 위험 수준을 넘나들어도 나는 계속 가속 페달을 밟았다. 도로에 인적이 끊기다시피 해서 새디의 집 앞에 도착한 시각이 23일 새벽 12시 삼십 몇 분이었다. 그녀가 타고 다니는 노란색 폭스바겐 비틀이 닫힌 차고 앞에 서 있고 1층에 불이 켜져 있었는데, 초인종을 눌러도 아무 대답이 없었다. 뒤로 돌아가 부엌문을 두드려

보았지만 역시 소용없었다. 점점 더 예감이 안 좋았다.

그녀는 뒷 계단 밑에 예비용 열쇠를 숨겨 두었다. 나는 그 열쇠를 꺼내 안으로 들어갔다. 오해의 여지가 없는 위스키 냄새가 내 코를 찔렀고, 퀴퀴한 담배 냄새도 났다.

"새디?"

대답이 없었다. 나는 부엌을 지나 거실로 건너갔다. 소파 앞 야트막한 테이블에 꽁초로 넘쳐나는 재떨이가 놓여 있었고, 펼쳐 놓은 《라이프》와 《룩》이 어떤 액체로 젖어 가고 있었다. 나는 손가락을 적셔 냄새를 맡아 보았다. 스카치위스키였다. 젠장.

"새디?"

크리스티가 폭음하던 시절에 익히 맡았던 또 다른 냄새가 느껴졌다. 코를 찌르는 구역질 냄새였다.

나는 거실 저편의 짧은 복도를 달려갔다. 문 두 개가 서로 마주보고 있는데, 하나는 침실, 또 하나는 작업실 겸 서재였다. 두 방문은 닫혀 있었지만, 복도 끝 화장실은 문이 열려 있었다. 눈부신 형광등 불빛이 변기에 튄 토사물을 비추었다. 분홍색 타일이 깔린 바닥과 욕조 가장자리에도 묻어 있었다. 세면대 비눗갑 옆에 약병이 세워져 있었다. 뚜껑이 열린 약병이었다. 나는 침실로 달려갔다.

새디가 슬립 차림에 스웨이드 모카신을 한쪽만 신고 헝클어진 침대보 위에 가로로 누워 있었다. 모카신 나머지 한 짝은 바닥 위에서 뒹굴고 있었다. 피부가 케케묵은 밀랍 색이었고, 숨을 쉬지 않는 것처럼 보였다. 하지만 잠시 후 엄청난 콧소리와 함께 헉 하고 숨을 들이쉬더니 휴우 하고 내뱉었다. 그러고 나서 다시 드르렁거리며 숨을 들이쉬자 4초라는 끔찍한 순간 동안 꼼짝 않던 가슴이 다시 움찔거렸다. 협탁에도 담배꽁초로 넘쳐나는 재떨이가 있었다. 제대로 끄지 않은 꽁초 때문에 한쪽 끝이 탄, 쭈글쭈글한 윈스턴 담뱃갑이 죽은 병사들 위에 얹혀 있었다. 스카치위스키 병이 많이 비지는 않았다. 이 작은 호의나마 베풀어 주신 하느님께 감사할 일이었지만, 정말로 걱정이 되는 부분은 술이 아니라 약이었다. 갈색 마닐라봉투에서 삐져나온 사진들도 협탁에 놓여 있었지만, 그쪽은 쳐다보지도 않았다. 적어도 그때는 그랬다.

나는 그녀를 안아서 일으켜 세우려고 했다. 그런데 실크 슬립이라 미끄러지고 말았다. 쿵 하고 뒤로 쓰러진 그녀가 다시 컥컥대며 힘겹게 숨을 들이쉬었다. 감은 한쪽 눈 위로 머리채가 쏟아졌다.

"새디, 일어나요!"

반응이 없었다. 나는 그녀의 어깨를 잡고 침대 머리판 쪽으로 끌고 갔다. 머리판이 쿵 소리를 내며 흔들렸다.

"내버여 도."

혀가 꼬인 희미한 웅얼거림이었지만, 아무 대답도 없는 것보다는 나았다.

"일어나요, 새디! 일어나야 해요!"

나는 그녀의 뺨을 살짝 때리기 시작했다. 그녀는 눈을 뜨지는 않았지만, 그래도 힘없이 손을 들어 나를 막으려고 했다.

"일어나요! 일어나라고요, 젠장!"

그녀는 눈을 뜨고 누군지 모르겠다는 듯이 나를 쳐다보더니 다시 감았다. 하지만 숨소리가 좀 더 정상에 가까워졌다. 이제 앉아 있어서 무섭게 꺽꺽대며 숨을 쉬지 않았다.

나는 다시 욕실로 건너가 분홍색 플라스틱 컵에 든 칫솔을 버리고 차가운 물을 틀었다. 물이 채워지길 기다리는 동안 약병에 달린 라벨을 확인했다. 넴뷰탈이었다. 약이 몇 십 알 남아 있었으니 자살을 하려고 했던 건 아니었다. 적어도 대놓고 자살을 시도한 건 아니었다. 나는 알약들을 변기 속에 쏟아 버리고 다시 침실로 달려갔다. 그녀는 앉은 채로 미끄러져 내려가는 바람에 고개를 숙이고 턱을 가슴뼈에 댄 채 다시 꺽꺽대며 숨을 쉬고 있었다.

나는 협탁에 물컵을 내려놓다 봉투에서 삐져나온 사진 한 장을 보고 그 자리에서 얼어붙었다. 긴 머리로 미루어 보았을 때 여자 사진인 것 같았는데, 단언할 수가 없었다. 아래쪽에 구멍이 뚫린 생고기가, 얼굴이 있어야 할 자리에 달려 있었던 것이다. 그 구멍이 비명을 지르는 듯했다.

나는 새디를 일으켜 머리채를 잡고 고개를 뒤로 젖혔다. 그녀는 웅얼웅얼 "하지 마, 아파." 비슷한 소리를 냈다. 나는 그녀의 얼굴에 찬물을 끼얹었다. 그녀가 움찔하며 눈을 번쩍 떴다.

"조우? 여긴 어쩐 일이에여? 나 왜 축축해여?"

"일어나요. 일어나요, 새디."

나는 그녀의 얼굴을 다시 때렸다. 이번에는 토닥이는 수준으로 좀 더 세게 때렸다. 소용없었다. 그녀의 눈이 다시 스르르 감기기 시작했다.

"나가여……!"

"내가 구급차를 불렀으면 좋겠어요? 그럼 신문에 이름이 실릴 텐데? 교육위원회에서 보면 아주 좋아하겠네. 얼씨구, 하면서."

나는 그녀의 등 뒤로 간신히 손깍지를 끼고 그녀를 침대 밖으로 끌어내렸다. 슬립이 말려 올라갔지만, 그녀가 쿵 하며 무릎으로 떨어지자 다시 내려왔다. 그녀가 눈을 번쩍 뜨고 아파서 비명을 질렀지만, 내가 일으켜 세웠다. 그녀는 앞뒤로 비틀거리며 좀 전보다 세게 내 얼굴을 때렸다.

"나가! 나가여, 조우!"

"못 나갑니다, 여사님."

나는 그녀의 허리를 한쪽 팔로 안고 반쯤 끌다시피 문 밖으로 데리고 나갔다. 욕실 쪽으로 방향을 틀었을 때 그녀의 무릎이 꺾였다. 나는 그녀를 안았다. 아드레날린이 솟구친 상태였기 망정이지, 그녀의 키와 덩치를 감안했을 때 보통 일이 아니었다. 변좌를 내리고 그녀를 앉혔을 때 나도 무릎이 꺾였다. 숨이 가빴다. 힘들어서 그런 것도 있었지만, 두려워서 그런 게 더 컸다. 그녀의 몸이 오른쪽으로 기울기 시작하자 내가 맨팔을 철썩 때렸다.

"똑바로 앉아요!" 나는 그녀의 면전에 대고 고함을 질렀다. "똑바로 앉아, 크리스티, 젠장!"

그녀가 끙끙대며 눈을 떴다. 시뻘겋게 충혈이 된 눈이었다.

"크리스티가 누구예요?"

"빌어먹을 롤링스톤스 리드싱어요." 내가 말했다. "언제부터 넴뷰탈 먹었어요? 오늘 밤에는 몇 알 먹은 거예요?"

"병원에서 처방 받은 거에여." 그녀가 말했다. "상관 마여, 조우."

"얼마나 먹었어요? 술은 얼마나 마셨고?"

"가여."

나는 수도꼭지를 찬물 쪽으로 끝까지 돌린 다음 핀을 잡아당겨 샤워기를 틀었다. 새디는 내 의도를 알아차리고 또다시 나를 때리기 시작했다.

"안 돼, 조우! 안 돼!"

나는 그녀의 말을 못 들은 척했다. 반쯤 벗은 여자를 찬물이 쏟아지는 샤워기 밑에 세우는 게 이번이 처음은 아니었고, 자전거 타기처럼 오랜 시간이 지나도 몸이 기억하는 기술이 있는 법이다. 내가 한 방에 깔끔하게 그녀를 들어서 욕조로 넘긴 다음 (내일이면 엉치에 그 여파가 남을 것이다.) 몸을 단단히 누르자 그녀가 찬물 세례를 맞고 버둥거리기 시작했다. 비명을 지르며 손을 뻗어 수건걸이를 붙잡으려고 했다. 이제는 눈을 완전히 뜨고 있었다. 물방울이 머리카락에 맺혔다. 슬립이 들러붙으면서 몸매가 드러나자 그런 상황에서도 언뜻 욕구가 느껴졌다.

그녀가 밖으로 나오려고 했다. 내가 뒤로 밀었다.

"가만히 서 있어요, 새디. 그대로 서서 견뎌요."

"어, 언제까지요? 추워요!"

"얼굴에 혈색이 돌아올 때까지."

"왜, 왜 이, 이, 이러는 거예요?" 그녀의 이가 딱딱 부딪쳤다.

"거의 죽을 뻔했으니까요!" 나는 고함을 질렀다.

그녀는 움찔했다. 그 바람에 발이 미끄러졌지만 수건걸이를 붙잡고 넘어지지 않았다. 반사 신경이 되살아난 것이다. 좋은 징조였다.

"야, 야, 약을 먹어도 소용 없길래 수, 술을 마신 거예요. 나갈게요.

너무 추워. 제발요, 조, 조지. 나가게 해 줘요."

이제는 머리카락이 뺨에 들러붙어 물에 빠진 생쥐 꼴이었지만, 얼굴에 혈색이 돌아오기 시작했다. 옅은 홍조에 불과했지만, 이게 시작이었다.

내가 샤워기를 끄고 두 팔로 감싸서 붙잡아 주자 그녀가 비틀거리며 욕조에서 나왔다. 푹 젖은 슬립에서 분홍색 매트 위로 물이 뚝뚝 떨어졌다. 나는 그녀의 귓가에 대고 속삭였다.

"죽은 줄 알았잖아요. 집 안으로 들어왔을 때 그렇게 누워 있는 당신을 보고 죽은 줄 알았다고요. 그때 심정이 어땠는지 당신은 죽어도 모를 거예요."

나는 팔을 놓았다. 그녀는 눈을 휘둥그레 뜨고 나를 빤히 쳐다보았다. 그러더니 이렇게 말했다.

"존의 말이 맞았어요. 로, 로저도 그렇고. 그이가 오늘 저녁 때 케네디가 담화문을 발표하기 전에 전화를 했었어요. 워싱턴에서. 그러니까 상관없잖아요. 다음 주면 우리 모두 죽을 텐데. 아니면 차라리 죽는 게 낫겠다고 생각하고 있을 텐데."

처음에 나는 그게 무슨 소리인지 알아차리지 못했다. 그녀가 후줄근하게 젖은 몸으로 물을 뚝뚝 흘리며 헛소리를 늘어놓는 크리스티처럼 보여서 분노가 폭발했다. 이런 천하에 쓸모없는 겁쟁이 같으니라고. 그녀는 내가 이런 생각을 하고 있다는 걸 눈빛으로 느꼈는지 뒷걸음질을 쳤다.

순간 퍼뜩 정신이 들었다. 내가 지평선을 넘으면 어떤 풍경이 펼쳐지는지 우연히 알게 되었다고 해서 그녀를 겁쟁이라고 부를 자격이 있을까?

나는 변기 위 선반에서 수건을 꺼내 건네주었다.

"옷 벗고 몸 닦아요."

"그럼 나가 줘요. 프라이버시가 필요하니까."

"정신이 완전히 돌아왔다고 하면 나갈게요."

"완전히 돌아왔어요." 그녀는 분개하는 눈빛이었지만, 아주 살짝 재미있어 하는 것 같기도 했다. 내 착각이었을지 모르겠지만. "극적으로 등장하는 법을 제대로 알고 있네요, 조지."

나는 욕실 수납장 쪽으로 고개를 돌렸다.

"없어요." 그녀가 말했다. "내가 먹고 남은 건 다 변기 속으로 들어갔어요."

나는 크리스티와 4년을 부부로 지낸 사람답게 수납장을 열고 확인했다. 그런 다음 변기 물을 내렸다. 처리가 다 끝났을 때 그녀를 지나 문 쪽으로 걸어갔다.

"3분 줄게요."

9

마닐라봉투에 적힌 발신인 주소는 조지아 주 서배너 이스트 오글소프 가 79번지 존 클레이턴이었다. 그러니까 정체를 감추거나 익명을 동원하는 작자는 아니었던 것이다. 8월 28일 소인이 찍혀 있으니 아마 그녀가 리노에 있는 사이 배달이 되었을 것이다. 그러니까 그녀는 거의 두 달에 걸쳐 이 사진들을 곱씹어 보고 있었던 셈이다. 9월 6일 밤에 통화를 했을 때 그녀의 목소리가 슬프고 우울하게 들렸다고 하지 않았던가. 전남편이 정말 고맙게도 이런 사진들을 보내 주었으니 그랬을 수밖에.

우리 모두 위험하잖아요. 마지막으로 통화했을 때 그녀는 이렇게 말했다. *그 부분에 있어서는 조니 생각이 맞아요.*

일본 남자, 여자, 아이들 사진. 히로시마와 나가사키의 원폭 피해자들. 몇몇은 앞을 보지 못했다. 대다수가 대머리였다. 대부분 방사선 화상으로 고통스러워했다. 얼굴 없는 여자처럼 통구이가 되어 버린 사람도 있었다. 4인의 까만 동상이 몸을 움츠리고 있는 사진도 있었다. 폭탄이 투하되었을 때 어느 벽 앞에 서 있다 그렇게 된 것이다. 사람들은 증발해 버렸고, 벽도 대부분 증발해 버렸다. 사람들이 서 있었던 부분만 남았다. 까맣게 된 이유는 숯처럼 변한 살점들이 눌어붙어서 그런 거였다.

그는 사진마다 뒷면에 특유의 깔끔하고 단정한 글씨로 이렇게 적어놓았다. *조만간 미국도 이렇게 될 거야. 통계는 거짓말을 하지 않는 법이니까.*

"멋지죠?"

그녀의 목소리는 밋밋하고 아무 감정이 없었다. 그녀는 수건으로 몸을 둘둘 말고 문 앞에 서 있었다. 축축하고 구불구불한 머리카락이 맨 어깨를 덮었다.

"술 얼마나 마셨어요, 새디?"

"약을 먹어도 소용이 없길래 두세 잔 마셨어요. 당신이 나를 흔들면서 때렸을 때 그 말 하려고 했었는데."

"나한테 사과를 받을 생각이면 한참 기다려야 할 거예요. 신경 안정제하고 알코올은 흉측한 조합이라고요."

"괜찮아요. 그렇게 맞은 게 이번이 처음도 아니니까."

그 말을 들었더니 마리나가 생각나서 움찔했다. 성격이 다르긴 해도 때린 건 때린 거였다. 게다가 나는 겁이 나기도 했지만 화가 나기도 했었다.

그녀는 한쪽 구석에 있는 의자로 다가가 앉더니 수건을 세게 동여맸다. 골이 난 어린아이 같았다.

"내 친구 로저 비턴한테 전화를 받았어요. 내가 그 말 했던가요?"

"했어요."

"내 *친한* 친구 로저 비턴한테 말이죠."

그녀는 눈빛으로 나를 도발했다. 하지만 나는 응하지 않았다. 결국에는 그녀의 인생이었다. 나는 그녀가 살아 있으면 그것으로 족했다.

"그래요, 당신의 친한 친구 로저 비턴한테요."

"나더러 아일랜드 후레자식이 오늘 저녁에 뭐라고 하는지 똑똑히 들으라고 했어요. 그 때문에 전화를 한 거라면서. 그러고는 조디에서 댈러스까지 거리가 얼마나 되느냐고 물었어요. 내가 알려 주었더니 이러더군요. '그 정도면 충분하군요. 바람이 어느 쪽으로 부는가에 따라 달라지겠지만.' 그는 워싱턴에서 빠져나올 거라고, 사람들이 대거 그럴 거라고 했지만, 내가 보기에는 소용없는 짓이에요. 핵전쟁을 무슨 수로 피해요." 그녀는 이 말을 끝으로 울음을 터뜨렸다. 온몸을 흔들어가며 꺼이꺼이 목 놓아 울었다. "*머저리들이 이 아름*

다운 세상을 망쳐 놓으려고 하고 있어요! 아이들까지 죽여 가면서! 미워! 다 미워요! 케네디, 흐루시초프, 카스트로, 전부 다 지옥으로 떨어져서 썩어 문드러졌으면 좋겠어!"

그녀는 두 손에 얼굴을 묻었다. 나는 청혼을 하려는 구세대 신사처럼 무릎을 꿇고 그녀를 안았다. 그녀는 내 목을 끌어안고 거의 물에 빠진 사람 수준으로 매달렸다. 찬물로 샤워를 해서 몸은 차가운데, 내 팔에 닿은 두 뺨은 뜨거웠다.

바로 그 순간에는 나도 모두가 미웠다. 그중에서도 불안정하고 정신적으로 여린 젊은 여자의 머릿속에 이런 생각을 심어 놓은 존 클레이턴이 제일 미웠다. 그가 씨앗을 심고 물을 주고 잡초를 뽑아 가며 잘 자라는지 지켜본 셈이 아닌가.

오늘 밤 공포에 질린 사람이, 약을 먹고 술을 마신 사람이 새디 한 명뿐일까. 지금쯤 아이비 룸에서는 얼마나 열심히 마셔 대고들 있을까. 내가 대학교에 입학했을 무렵에는 쿠바 미사일 위기가 시험에 대비해서 이름과 날짜를 외워야 하는 또 하나의 사건에 불과했다고 해서, 지금 시대 사람들도 일시적인 국제 분쟁으로 간주할 거라고 생각했다니 이 얼마나 어리석은 발상이었던가. 미래에서 보면 그럴지 몰라도 현재라는 어두운 골짜기를 지나고 있는 사람들에게는 다르게 느껴질 텐데.

"리노에서 돌아왔을 때 이 사진들이 나를 기다리고 있었어요." 그녀가 겁에 질린 눈빛을 하고 있는 충혈이 된 눈으로 나를 쳐다보며 말했다. "던져 버리고 싶었는데 그럴 수가 없었어요. 계속 보게 되더라고요."

"그 자식의 목적이 그거잖아요. 그래서 이 사진들을 보낸 거예요."

그녀는 내 말이 안 들리는 눈치였다.

"통계 분석이 그이의 취미 생활이에요. 언젠가 컴퓨터가 충분히 발달하면 가장 중요한 분야가 될 거라고 했어요. 통계 분석은 틀리는 법이 없다면서."

"그렇지도 않아요." 리의 유일한 친구이자 사람의 마음을 사로잡는 능력이 있는 조지 드 모렌실트의 모습이 내 머릿속에 떠올랐다. "늘 불확실의 여지가 있기 마련이라고요."

"조지가 말한 슈퍼컴퓨터의 시대는 오지 않을 거예요." 그녀가 말했다. "살아남은 사람들은, 몇 명이나 될지 모르겠지만 동굴에서 살 거예요. 그리고 하늘은…… 더 이상 파랗지 않을 테고요. 핵전쟁의 어둠으로 덮일 거라고 조니가 그랬어요."

"그 자식이 하는 말들은 순 헛소리예요. 당신 친구라는 로저도 그렇고."

그녀는 고개를 저었다. 그러면서 충혈이 된 눈으로 나를 슬픈 듯이 바라보았다.

"조니는 소련에서 인공위성을 쏘아 올린다는 것도 미리 알아맞혔어요. 대학교를 갓 졸업했을 때였는데. 여름에 조니가 그런 소리를 했는데 아니나 다를까, 10월에 스푸트니크를 발사하더라고요. '다음번에는 개나 원숭이를 태울 거야.' 그이가 그랬어요. '그 다음에는 사람을 한 명 태울 거고. 그 다음에는 사람 두 명과 폭탄 한 개를 띄워 보내겠지.'"

"그래서 그러던가요? 소련에서 그러던가요?"

"개를 태우고 사람을 태웠잖아요. 개 이름이 라이카였잖아요, 기억 안 나요? 위에서 죽었죠. 가엾은 것. 사람 두 명과 폭탄 한 개를 띄워 보내지는 않겠죠. 미사일을 쏘겠죠. 우리도 미사일을 쏘고. 시가를 만드는 개똥 같은 섬에 대고."

"마술하는 사람들이 뭐라 그러는지 알아요?"

"마술……? 지금 무슨 소리를 하려는 거예요?"

"그들이 말하길 과학자는 속일 수 있는데, 똑같이 마술을 하는 사람은 속일 수 없대요. 당신 전남편이 과학 선생님이기는 해도 마술사는 아니잖아요. 반면에 소련 사람들은 마술사고."

"도대체 무슨 말인지 모르겠네. 조니가 말하길 소련은 조만간 전쟁을 벌일 수밖에 없댔어요. 지금은 핵무기 상으로 우위를 점하고 있지만 그 상태가 오래 가지 않을 테니까. 그래서 쿠바를 양보하지 않을 거랬어요. 거길 구실로 삼아야 하니까."

"조니는 노동절 때 미사일 행렬이 붉은 광장을 가로지르는 장면을 뉴스 영화에서 너무 많이 본 모양이네요. 그런데 그 작자도 모르고, 어쩌면 쿠첼 상원의원도 모르겠지만, 그중 절반이 엔진도 없는 미사일이에요."

"당신이 어떻게……."

"그리고 로켓 공학 전문가들의 기술력이 달려서 시베리아 발사대 위에서 폭발한 대륙간 탄도 미사일이 얼마나 많은지 알아요? 우리나라 U2 정찰기에 찍힌 미사일 절반도 사실은 나무에 색을 칠하고 종이로 핀을 만들어 붙인 건데, 그자는 그것도 모를걸요? 교묘한 눈속임이라고요, 새디. 그걸로 조니 같은 과학자나 쿠첼 상원의원 같은 정치인들을 속일 수는 있을지 몰라도 마술사는 못 속이죠."

"설마…… 그럴 리가……." 그녀는 잠깐 동안 아무 말 없이 입술만 씹었다. 그러다 잠시 후 물었다. "당신은 그런 걸 다 무슨 수로 아는데요?"

"그건 밝힐 수 없어요."

"그럼 못 믿겠어요. 남들은 케네디가 가톨릭교도라서 험프리가 민주당 대통령 후보가 될 거라고 했을 때도 조니는 케네디가 될 거라고 알아맞혔단 말이에요. 예비 선거가 열리는 주를 분석하고 통계를 내서. 메이슨 딕슨 선 이북에서 받아들일 만한 남부 출신이 존슨밖에 없으니 그가 부통령 후보가 될 거라고 했는데, 그것도 알아맞혔고요. 케네디가 집권을 하더니 우리를 몽땅 죽이려고 하고 있어요. 통계 분석은 거짓말을 하지 않는 법이라고요."

나는 숨을 한 번 크게 들이마셨다.

"새디, 내 말 잘 들어요. 정신 똑바로 차리고 내 말 들을 수 있겠어요?"

잠깐 아무 반응이 없었다. 그러다 잠시 후 그녀가 내 팔에 대고 고개를 끄덕이는 게 느껴졌다.

"지금이 화요일 새벽이죠? 이런 식의 교착 상태가 앞으로 3일 동안 계속될 거예요. 아니, 4일인가? 기억이 잘 안 나네."

"기억이 잘 안 난다니 그게 무슨 소리예요?"

'앨의 공책에는 이런 내용이 하나도 안 적혀 있었고, 내가 대학교에서 미국사 수업을 들은 지 거의 20년이 지났다는 뜻이죠. 이만큼이라도 기억을 하는 게 다행이라고요.'

"우리나라에서 쿠바를 봉쇄하겠지만, 입항을 저지당한 딱 한 척의 소련 선박에는 식료품과 수출품밖에 없을 거예요. 소련에서 발끈하겠지만, 목요일이나 금요일이 되면 잔뜩 겁에 질려서 돌파구를 모색할 거예요. 그래서 소련의 거물급 외교관이 어떤 TV 기자와 비밀리에 만날 거예요." 그런데 십자말 퀴즈를 풀 때 문득 정답이 떠오르는 것처럼 기자 이름이 생각났다. 완벽하게 생각난 건 아니었지만. "이름이 존 스콜라리인가 그런데……"

"스칼리요? ABC 뉴스 존 스칼리 말하는 거예요?"

"네, 맞아요. 금요일 아니면 토요일에 둘이 만날 텐데, 그동안 당신 전남편과 예일을 졸업했다는 친구에 이르기까지 전 세계 사람들이 다리 사이에 고개를 묻고 똥꼬까지 벌벌 떨어 가며 소식을 기다릴 거예요."

그녀가 키득거리자 나는 기운이 솟았다.

"그 소련 외교관은 뭐라고 할 거냐면……" 나는 러시아어 억양을 제법 그럴듯하게 흉내 냈다. 리의 부인이 하는 말을 들으면서 배운 것이다. 「록키와 불윙클의 모험」에 나오는 보리스와 나타샤한테 배운 것도 있었다. "'우르이가 여기서 명예르옵게 물러날 방법을 마르련해 달라고 대통령한테 전해 주시오. 당신 나르아에서 터키에 배치한 핵미사일을 철수시키겠다고 약속하시오. 쿠바를 절대 침공하지 않겠다고 약속하시오. 그르엄 우리도 쿠바의 미사일을 해체하겠소.' 그렇게 될 거예요, 새디."

그녀는 더 이상 웃지 않았다. 접시만 한 눈으로 나를 빤히 쳐다보기만 했다.

"나 진정시키려고 이야기 만들어 내고 있는 거죠?"

나는 아무 대답도 하지 않았다.

"아니구나." 그녀가 속삭였다. "정말 그렇게 될 거라고 믿고 있는 거군요."

"아뇨. 믿는 게 아니라 아는 거예요. 그 둘은 엄청 다르죠."

"조지…… 미래를 아는 사람은 없어요."

"존 클레이턴은 알 수 있다고 주장하고, 당신은 그자의 말을 믿잖아요. 예일을 졸업했다는 로저도 알 수 있다고 주장하는데, 당신은 그자의 말도 믿고요."

"당신, 그 사람 질투하는군요?"

"두말하면 잔소리죠."

"나, 그 사람이랑 잔 적 없어요. 자고 싶다고 생각한 적도 없고요." 그녀는 진지한 투로 덧붙였다. "향수를 그렇게 많이 뿌리고 다니는 남자는 절대 사절이에요."

"다행이다. 그래도 질투 나요."

"어떻게 아는지 물어봐도……"

"아뇨, 안 가르쳐 줄 거예요." 어쩌면 그렇게 많은 이야기를 한 게 실수였을지 모르지만, 어쩔 수가 없었다. 그리고 솔직히 말해서 다시 그때로 돌아가더라도 내 선택은 달라지지 않을 것이다. "그 대신 한 가지 알려 줄 테니까 앞으로 2~3일 뒤에 당신이 직접 확인해 봐요. 애들레이 스티븐슨과 UN 소련 대표가 총회에서 정면 대결을 펼칠 거예요. 스티븐슨이 소련에서 쿠바에 건설 중인 미사일 기지를 촬영한 초대형 사진을 공개하면서 이런 건 없다더니 어떻게 된 거냐고 소련 대표에게 설명을 요구할 거예요. 그 말에 소련 대표는 '잠깐 기다려 주시오. 답변을 하려면 완벽한 통역이 필요하니까.' 이런 식으로 말할 거예요. 그러면 소련 대표의 영어 구사 능력이 완벽하다는 걸 아는 스티븐슨은 나중에 역사책에 '적군의 흰자위가 보이기 전에는 총을 쏘지 말라(미국 독립전쟁 때 천 명의 민병대원과 함께 벙커힐 격전지를 사수하던 프레스콧 대령이 남긴 말—옮긴이)'는 명언과 함께 나란히 실리게 될 명언을 남길 거예요. 불지옥이 어는 그 순간까지라도 기다려 주겠다고 하거든요."

그녀는 의심스러워하는 눈빛으로 나를 쳐다보다말고 협탁 쪽으로 고개를 돌렸다가 한쪽 끝이 탄 채로 산처럼 쌓인 담배꽁초 위에 놓인 윈스턴 담뱃갑을 보았다.

"담배가 다 떨어졌네."

"아침까지 버틸 수 있을 거예요." 나는 무뚝뚝하게 말했다. "내가 보기에는 1주일 치를 미리 당겨서 다 피운 것 같으니까."

"조지?" 그녀는 아주 조그만 목소리로 아주 조심스럽게 내 이름을 불렀다. "오늘 밤에 같이 있어 줄래요?"

"차를 이 집 앞에……"

"이 동네 사는 참견대장이 뭐라고 하면 대통령 담화문을 듣고 내가 걱정돼서 당신이 건너왔는데 시동이 안 걸렸다고 할게요."

선라이너의 요즘 상태를 감안했을 때 그럴듯한 변명이었다.

"갑자기 세간의 이목을 걱정하게 됐다는 건 핵전쟁은 이제 그만 걱정하겠다는 뜻인가요?"

"모르겠어요. 그냥 혼자 있기 싫을 뿐이에요. 만약 당신이 그걸 조건으로 걸면 잠자리를 같이할 용의도 있지만 우리 양쪽 모두에게 현명한 선택은 못 될 거예요. 머리가 깨질 것 같거든요."

"그럴 필요 없어요, 달링. 우리가 지금 무슨 비즈니스 거래를 하는 것도 아니잖아요."

"그게 아니라……"

"쉿. 아스피린 갖다 줄게요."

"가는 김에 욕실 수납장 맨 위쪽도 살펴봐 줄래요? 내가 가끔 거기다 담배 한 갑 놔둘 때도 있거든요."

과연 그랬지만, 그녀는 내가 불을 붙여 준 담배를 세 모금 빨더니 멍한 눈으로 꾸벅꾸벅 졸기 시작했다. 나는 그녀의 손가락에 들린 담배를 거두어 폐암으로 향하는 언덕 기슭에 대고 눌러 껐다. 그런 다음 그녀를 품에 안고 베개 위로 몸을 눕혔다. 우리는 그렇게 잠이 들었다.

10

기다란 새벽 첫 햇살에 눈을 떠보니 바지 앞 지퍼가 열려 있고, 누군가가 능숙한 솜씨로 내 팬티 속을 더듬고 있었다. 나는 고개를 돌렸다. 그녀가 차분한 눈빛으로 나를 쳐다보고 있었다.

"세상이 아직 끝나지 않았어요, 조지. 우리도 마찬가지고요. 하지만 살살 해 줘요. 머리가 아직도 아프니까."

나는 부드럽게, 오래도록 사랑을 나누었다. 둘이서 오래도록 사랑을 나누었다. 막판에 이르렀을 때 그녀가 엉덩이를 들고 내 어깨뼈를 움켜쥐었다. "아, 좋아요. 아, 좋아. 아, 미치겠어!"의 의미가 담긴 몸짓이었다.

"상관없어요." 그녀가 내 귀에 대고 숨결을 내뱉으며 속삭이자 절정에 다다른 내 몸을 타고 전율이 흘렀다. "당신이 어떤 사람이건 무슨 짓을 하건. 그냥 내 곁에 있겠다고 말해 줘요. 그리고 아직도 나를 사랑한다고."

"새디…… 한순간도 당신을 사랑하지 않은 적이 없는걸요."

11

댈러스로 떠나기에 앞서 그녀와 둘이 부엌에서 아침을 먹었다. 나는 이제는 정말 댈러스에 산다고, 전화는 아직 놓지 않았지만 개통하자마자 번호를 알려 주겠다고 했다.

그녀는 고개를 끄덕이며 달걀을 뒤적였다.

"아까 한 말 진심이에요. 당신이 어떤 일을 하는지 더 이상 묻지 않을 거예요."

"잘 생각했어요. 묻지도 말고 아무 말도 하지 마요."

"응?"

"아무것도 아니에요."

"나쁜 일이 아니라 좋은 일을 한다는 것만 제발 다시 한 번 다짐해 줘요."

"그렇다니까요. 나는 좋은 사람이라고요."

"나중에는 알려 줄 거예요?"

"가능하면요. 새디, 그 사람이 보낸 사진은……"

"오늘 아침에 다 찢어 버렸어요. 그 이야기는 하고 싶지 않아요."

"하기 싫으면 하지 않아도 돼요. 그런데 그 사람한테서 연락을 받은 게 그게 전부였는지 그건 말해 주어야 해요. 그가 여기로 찾아오지는 않았는지."

"안 찾아왔어요. 봉투에 찍힌 소인도 서배너였잖아요."

그건 나도 아는 바였다. 하지만 거의 두 달 전에 찍힌 소인이 아니던가.

"그이는 일대일로 부딪쳤을 때 별 볼일 없는 사람이에요. 머리는 용감할지 몰라도 몸은 겁쟁이예요."

정확한 평가였다. 사진을 보내는 것이야말로 수동적이면서도 공격적인 행동 양식의 교과서적인 사례였다. 하지만 자기가 어디 사는지 클레이턴이 모를 거라고 장담하더니 그녀의 예상이 빗나가지 않았던가.

"정신적으로 불안적한 사람의 행동은 예측하기 어려운 법이에요. 그자가 보이거든 당장 경찰에 연락해요, 알았죠?"

"알았다고요." 예전처럼 짜증이 섞인 목소리였다. "내가 딱 하나만 물을 테니까 그걸 끝으로 이 이야기는 그만해요. 당신이 마음의 준비가 될 때까지. 그런 때가 올지 모르겠지만."

"좋아요." 뭐라고 물을지 뻔했기 때문에 나는 적절한 대답을 열심히 고민했다. *당신, 미래에서 왔나요?*

"정신 나간 소리처럼 들릴 거예요."

"워낙 정신없는 밤을 보냈잖아요. 뭔데요?"

"당신……." 그녀는 웃음을 터뜨리더니 접시를 치우기 시작했다. 접시를 들고 싱크대로 건너가 나를 등진 채 물었다. "당신, 인간 맞죠? 그러니까 지구인 맞느냐고요."

나는 그녀에게 다가가 젖가슴을 손으로 감싸고 목덜미에 입을 맞추었다.

"인간 맞아요."

그녀가 고개를 돌렸다. 눈빛이 심각했다.

"하나 더 물어봐도 돼요?"

나는 한숨을 쉬었다.

"물어봐요."

"출근 준비를 시작해야 하는 시점까지 최소 40분이 남았거든요. 혹시 콘돔 하나 더 있어요? 두통을 없앨 방법을 찾은 것 같은데."

20장

1

 그러니까 결국에는 핵전쟁의 위협이 우리 두 사람을 다시 맺어 준 셈이었다. 이 얼마나 낭만적인가.
 뭐, 아닐 수도 있겠지만.
 디크 시먼스는 슬픈 영화를 볼 때마다 손수건을 한 장 더 챙기는 사람답게 우리의 재결합에 진심으로 기뻐했다. 엘리 도커티는 그렇지가 않았다. 내가 그때 알아차린 한 가지 희한한 사실이 있다. 비밀을 잘 지키는 쪽은 여자들이지만, 비밀을 아무렇지도 않게 받아들이는 쪽은 남자들이라는 것. 쿠바 미사일 위기가 지나가고 1주일쯤 지났을 때 엘리가 새디를 교장실로 불러 문을 닫았다. 불길한 징조였다. 그녀는 평소 성격답게 나에 대해 좀 더 알게 된 사실이 있느냐고 단도직입적으로 물었다.

"아뇨." 새디가 대답했다.

"그런데 다시 시작했다는 거예요?"

"네."

"어디 사는지는 알아요?"

"아뇨. 하지만 전화번호는 알아요."

엘리는 눈을 부라렸다. 어느 누가 그녀를 탓할 수 있겠는가.

"그 사람이 자기 과거에 대해서 이야기한 거 있어요? 결혼은 했었는지? 내가 보기에는 한 적 있는 건 같던데."

새디는 아무 대답도 하지 않았다.

"어디 숨겨 놓은 사생아는 없대요? 가끔 그런 남자들이 있는데, 처음이 어렵지 그 다음부터는……"

"엘리 선생님, 저 이제 그만 도서관으로 돌아가도 될까요? 헬렌한테 도서관을 맡겨 놓고 왔는데, 헬렌이 책임감이 투철하기는 하지만 아이들한테 너무……"

"가요, 가." 엘리가 문 쪽을 향해 손사래를 치며 말했다.

"선생님은 조지를 좋아하시는 줄 알았는데요."

새디가 자리에서 일어나며 말했다.

"좋아해요." 엘리가 대답했다. 그런데 나중에 나에게 이 말을 전한 새디의 표현에 따르면 "좋아했었죠."에 가까운 말투였다고 했다. "그런데 그의 본명이 뭔지, 무슨 속셈인지 알면 더 좋아할 수 있겠어요. 당신을 생각해서."

"묻지도 말고 아무 말도 하지 마세요." 새디가 문을 향해 걸어가며 말했다.

"그게 무슨 소리예요?"

"저는 그 사람을 사랑해요. 그 사람은 제 목숨을 구해 줬어요. 제가 그 대가로 줄 수 있는 게 신뢰밖에 없으니까 그걸 선물할 생각이에요."

엘리는 마지막으로 결정타를 날리는 데 이골이 난 사람이었지만, 그때만큼은 그러지 못했다.

2

우리는 그해 가을과 겨울에 일종의 패턴에 따라 움직였다. 내가 금요일 오후마다 차를 몰고 조디로 건너갔다. 어떨 때는 가는 길에 라운드 힐에서 꽃을 사 갔다. 또 어떨 때는 조디의 이발소에서 머리를 깎았다. 마을 사람들이 요즘 어떤 이야기들을 하는지 파악하기에 이발소만 한 곳이 없었고, 또 이제는 짧은 머리가 익숙했다. 눈을 덮을 만큼 기르고 다녔던 시절이 아직도 기억에 선하건만, 귀찮게 왜 그랬는지 모를 일이었다. 사각팬티를 삼각팬티로 바꾸는 건 익숙해지기까지 시간이 좀 더 걸렸지만, 어느 정도 지나자 사타구니가 졸리는 듯한 느낌이 사라졌다.

그런 다음 보통 앨스 다이너에서 같이 저녁을 먹고 미식축구 경기를 보러 갔다. 미식축구 시즌이 끝나면 농구가 기다리고 있었다. 가끔 디크가 덴턴의 투지 넘치는 사자로 불리는 브라이언의 얼굴이 앞면에 박힌 학교 스웨터 차림으로 우리와 함께 어울릴 때도 있었다.

엘리는 절대 얼굴을 비치지 않았다.

그녀가 못마땅하게 여기거나 말거나 금요일 경기가 끝나면 캔들우드 방갈로로 향했다. 나는 보통 토요일까지 혼자 그곳에 있다 일요일이 되면 조디로 건너가 제일 감리교회에서 새디와 함께 예배를 드렸다. 찬송가집을 같이 보며 「새벽부터 우리」를 숱하게 불렀다. "새벽부터 우리 사랑함으로써 저녁까지 씨를 뿌려 봅시다⋯⋯." 그 멜로디와 훈훈했던 노래 분위기가 아직까지 내 머릿속에 남아 있다.

예배가 끝나면 그녀의 집에서 점심을 먹고 댈러스로 돌아갔다. 횟수가 거듭될수록 돌아가는 길이 점점 더 멀고 싫게 느껴졌다. 그러다 결국 12월 중순의 어느 쌀쌀했던 날, 내 차가 반기를 들었다. 자기도 우리가 엉뚱한 방향으로 달리고 있다고 생각한다고 의견을 피력하기도 하려는 양. 고치고 싶었지만 (내가 정말로 사랑했던 차는 그 선라이너 컨버터블뿐이었다.) 킬린 정비소 직원이 말하길 엔진을 완전히 바꿔야 하는데 어딜 가면 새 엔진을 구할 수 있을지 모르겠다고 했다.

나는 여전히 두툼한 (음⋯⋯ 비교적 두툼한) 지갑을 헐어 갈매기 날개처럼 눈에 확 띄는 테일핀이 달린 1959년형 셰비를 샀다. 훌륭한 녀석이었고 새디는 아주 마음에 든다고 했지만 내 마음은 전과 같을 수 없었다.

우리는 캔들우드에서 크리스마스를 함께 보냈다. 나는 서랍장 위에 호랑가시나무 가시를 얹고 카디건을 선물했다. 그녀의 선물은 지금 내가 신고 있는 신발이었다. 세상에는 끝까지 간직해야 하는 물건이 있기 마련이다.

크리스마스 다음 날에는 그녀의 집에서 저녁을 먹었는데, 내가 상을 차리는 동안 디크가 랜치 왜건을 몰고 찾아왔다. 나는 그녀에게서 아무 이야기도 듣지 못했기 때문에 깜짝 놀랐다. 조수석에 엘리가 앉아 있는 걸 보고는 더욱 깜짝 놀랐다. 팔짱을 끼고 새로 산 내 차를 쳐다보는 것으로 미루어 보건대 엘리도 누가 초대되는지 몰랐던 듯했다. 하지만 인정할 부분은 인정해야 하는 법. 나를 보더니 제법 따뜻하게 인사를 건네며 내 뺨에 입을 맞추었다. 그녀는 털실로 짠 스키용 모자를 쓰고 있어서 늙은 아이처럼 보였는데, 내가 모자를 벗기자 어색한 미소를 지으며 고맙다고 했다.

"저도 오시는 줄 몰랐어요." 내가 말했다.

디크가 내 손을 잡고 위아래로 흔들었다.

"메리 크리스마스, 조지. 만나서 반갑네. 어허, 좋은 냄새가 나는데?"

그는 어슬렁어슬렁 부엌 쪽으로 건너갔다. 잠시 후 새디가 웃으며 하는 소리가 들렸다.

"그 손가락 치워 주세요, 디크. 어렸을 때 어머니가 오냐오냐 키우신 모양이죠?"

엘리는 내 얼굴을 똑바로 쳐다보며 외투에 달린 나무 단추를 천천히 풀었다.

"이게 현명한 행동일까요, 조지?" 그녀가 물었다. "당신과 새디 말이에요. 이게 현명한 행동일까요?"

내가 뭐라고 대꾸할 새도 없이 새디가 캔들우드 방갈로에서 돌아온 직후부터 호들갑을 떨며 준비하던 칠면조를 들고 왔다. 우리는 자리에 앉아서 다 같이 손을 잡았다.

"사랑하는 주님, 이 음식이 몸을 살찌우는 양식이 될 수 있게 축복하여 주시옵소서." 새디가 말했다. "그리고 저희 만남은 마음과 영혼을 살찌우는 양식이 될 수 있게 축복하여 주시옵소서."

내가 손을 놓으려고 했지만, 그녀가 왼손으로는 나를, 오른손으로는 엘리를 잡고 놓지 않았다.

"그리고 조지와 엘리에게 우정의 축복을 내려 주시옵소서. 조지는 엘리의 따뜻한 마음씨를 기억하게 하여 주시옵고, 엘리는 조지가 없었더라면 이 마을의 어떤 소녀가 평생 끔찍한 흉터가 남은 얼굴로 살아갈 뻔했었음을 기억하게 하여 주시옵소서. 두 사람을 사랑하는 사람으로서 서로를 믿지 못하는 두 사람의 눈빛이 제 마음을 슬프게 합니다. 예수님의 이름으로 기도 드리옵나이다. 아멘."

"아멘!" 디크가 진심 어린 목소리로 외쳤다. "기도 좋구려!"

그가 엘리를 보며 윙크를 했다.

엘리도 자리를 박차고 나가 버리고 싶은 마음이 없지 않았을 것이다. 그런데 바비 질 이야기 때문이었을까? 아니면 새로 부임한 사서교사를 그만큼 존경하게 되었기 때문이었을까? 어쩌면 나의 어떤 측면 때문이었을 수도 있다. 나는 그렇게 생각하고 싶다.

새디는 초조한 눈빛으로 엘리를 쳐다보았다.

"칠면조가 정말 맛있어 보이네요." 엘리가 말하며 내게 자기 접시를 건넸다. "나는 다리 쪽으로 줄래요, 조지? 속재료도 넉넉히 덜어 주면 좋겠어요."

새디는 여리기도 하고 어설프기도 하지만 아주, 아주 용감하기도 했다.

내가 그녀를 얼마나 사랑했던가.

3

리, 마리나, 준은 드 모렌실트의 집으로 새해를 맞이하러 떠났다. 나는 외로운 장치들과 함께 홀로 남았다. 그런데 조디의 바운티풀 그레인지에서 열리는 섣달 그믐 댄스파티에 같이 가자는 새디의 전화를 받았을 때 선뜻 좋다고 대답하지 못했다.

"당신 무슨 생각하는지 알아요." 그녀가 말했다. "하지만 작년보다 즐거운 파티가 될 거예요. 우리 둘이서 그렇게 만들면 되잖아요, 조지."

그래서 저녁 8시, 엷힌 풍선들 때문에 축 늘어진 그물 밑에서 우리는 다시 한 번 춤을 추게 되었다. 올해 초청된 밴드는 도미노스였다. 그 전해에 무대를 장악했던 딕 데일 스타일의 서프 기타 대신 호른으로 무장한 4인조 밴드였는데, 이들 역시 흥을 돋우는 방법을 알았다. 예전처럼 분홍색 레모네이드와 진저 에일이 유알콜과 무알콜로 두 그릇씩 준비되어 있었다. 예전처럼 사람들이 차가운 밤공기를 마시며 비상계단 밑에 옹기종기 모여 담배를 피웠다. 하지만 분위기가 작년보다 좋았다. 안도감과 행복감이 넘쳐났다. 핵전쟁이라는 먹구름이 10월에 온 세상을 덮었지만…… 다시 물러났다. 못된 소련놈들에게 본때를 보여 줬다며 여기저기서 케네디를 칭찬하는 소리가 들렸다.

9시쯤 됐을 때 새디가 느린 춤을 추다말고 비명을 지르며 나에게서 몸을 뗐다. 존 클레이턴이 등장했구나 싶어서 심장이 철렁했다. 그런데 알고 보니 기뻐서 지른 비명이었다. 새로 등장한 손님들 속에서 마이크 코슬로(트위드 외투를 입었고 인물이 아주 훤했다.)와 바비 질 올넛을 발견했던 것이다. 새디는 아이들 쪽으로 달려가다…… 누군가의 발에 걸려 휘청거렸다. 마이크가 붙잡아 획 돌려세웠다. 바비 질은 나를 향해 조금 수줍게 손을 흔들었다.

나는 마이크와 악수를 하고 바비 질의 뺨에 입을 맞추었다. 처참했던 흉터가 이제는 희미한 분홍색으로 변했다.

"의사선생님 말로는 내년 여름이면 다 없어질 거래요." 그녀가 말했다. "저처럼 빨리 아무는 환자는 처음 본대요. 감사해요, 선생님."

"저는 「세일즈맨의 죽음」에서 배역을 하나 맡았어요, A 선생님." 마이크가 말했다. "비프 역이에요."

"전형적인 캐스팅이로구나." 내가 말했다. "날아오는 크림파이 조심해라."

나는 휴식 시간이 되었을 때 밴드의 리드싱어에게 말을 건네는 마이크를 보고, 앞으로 어떤 상황이 벌어질지 정확히 알아맞혔다. 다시 무대 위로 복귀했을 때 리드싱어가 말했다.

"특별한 요청이 들어왔는데요. 손님들 중에 조지 앰버슨 씨와 새디 던힐 씨 계십니까? 조지 씨와 새디 씨? 조지 씨와 새디 씨 계시면 자리에서 일어나 이쪽으로 나와 주시기 바랍니다."

우리는 우레와 같은 박수갈채를 헤치며 밴드가 있는 연주대 쪽으로 걸어갔다. 새디는 웃으며 얼굴을 붉혔다. 마이크를 향해 주먹을 휘둘렀다. 마이크는 씩 웃었다. 소년의 모습이 사라지면서 남자의 모습이 그 자리를 메우고 있었다. 조금은 부끄러운 듯, 하지만 분명하게. 리드싱어가 카운트다운을 했고, 아직도 꿈을 꾸면 들리는 그 브라스 연주가 시작됐다.

바다다…… 바다다디덤…….

나는 그녀를 향해 두 손을 내밀었다. 그녀는 고개를 저었지만, 예전처럼 엉덩이를 좌우로 살짝 흔들기 시작했다.

"손을 잡으세요, 새디 선생님!" 바비 질이 외쳤다. "어서요!"

다른 사람들까지 옆에서 거들었다.

"잡아라! 잡아라! 잡아라!"

결국 그녀는 내 손을 잡았다. 우리는 춤을 추었다.

4

자정이 되었을 때 밴드의 「올드 랭 사인」 연주가 울려 퍼지자 (작년과 편곡이 달랐지만 여전히 감미로웠다.) 풍선들이 둥실둥실 위에서 내려오기 시작했다. 온 사방에서 커플들이 끌어안고 입을 맞추었다. 우리도 똑같이 했다.

"해피 뉴 이어, 조……" 새디가 말을 하다 말고 미간을 찌푸리며 나에게서 멀찌감치 떨어졌다. "왜 그래요?"

텍사스 교과서 창고, 눈처럼 생긴 창문이 달린 그 흉측한 벽돌 건물이 문득 뇌리를 스치고 지나갔기 때문이었다. 올해는 미국 역사에 길이 남는 한 해가 될 것이다.

'아니야. 내가 그렇게 되도록 내버려 두지 않겠다, 리. 너는 그 건물 6층을 밟지도 못할 거야. 내가 장담하마.'

"조지?"

"갑자기 소름이 돋아서요. 해피 뉴 이어."

나는 입을 맞추려고 했지만, 그녀가 나를 붙잡고 놓지 않았다.

"때가 거의 다 된 거죠? 당신이 맡은 임무를 실행에 옮길 때가."

"맞아요." 내가 말했다. "하지만 오늘 밤은 아니에요. 오늘 밤은 우리 둘만을 위한 시간이에요. 그러니까 키스해 줘요, 달링. 그리고 같이 춤을 춰 줘요."

5

나는 1962년 말에서부터 1963년 초까지 이중생활을 살았다. 조디와 킬린의 캔들우드에서 보내는 즐거운 생활. 그리고 댈러스에서 보내는 그 나머지 생활.

리와 마리나는 다시 합쳤다. 이들이 댈러스에서 맨 처음 마련한 보금자리는 웨스트 닐리에서 모퉁이를 돌면 나오는 쓰레기장 같은 곳이었다. 드 모렌실트가 이사를 도와주었다. 조지 부헤의 모습은 보이지 않았다. 다른 소련 망명객들도 마찬가지였다. 리가 쫓아낸 것이다. 그들은 그를 질색했음. 앨은 공책에 그렇게 적고, 그 밑에 이렇게 덧붙였다. 그가 원하던 바였음.

　엘즈베스 대로 604번지의 다 쓰러져 가는 빨간색 벽돌 건물은 네 개인가 다섯 개의 집으로 나뉘었는데, 열심히 일하고, 열심히 마시고, 콧물 질질 흘리며 소리만 빽빽 지르는 자식들을 줄줄이 낳아 대는 가난한 인간들로 미어터질 지경이었다. 여기에 비하면 오스왈드가 포트워스에서 살았던 집은 양반이었다.

　점점 악화되어 가는 이들의 결혼 생활은 전자기기를 동원하지 않아도 알 수 있었다. 마리나는 멍 자국으로 그를 조롱이라도 하려는 듯 날이 쌀쌀해졌는데도 계속 반바지를 고집했다. 물론 성적인 매력으로 조롱하려는 뜻도 분명 있었을 것이다. 준은 유모차를 타고 엄마아빠 사이에 앉아 있곤 했다. 엄마아빠의 고함전이 시작돼도 예전처럼 울지 않고, 엄지손가락이나 고무젖꼭지를 빨며 지켜보았다.

　1962년 11월의 어느 날, 내가 도서관에 갔다 돌아와 보니 리와 마리나가 웨스트 닐리와 엘즈베스가 만나는 모퉁이에 서서 서로 소리를 지르고 있었다. 몇몇 사람들이 현관으로 나와 (시간대가 그렇다 보니 대부분 여자였다.) 구경하고 있었다. 유모차에 방치된 준은 북슬북슬한 분홍색의 담요를 덮고 잠자코 앉아 있었다.

　이들은 러시아어로 싸우고 있었지만, 리가 손가락으로 찌르는 곳을 보면 쟁점이 뭔지 훤히 알 수 있었다. 마리나가 검정색 일자 스커트를 입고 있었는데 (그 당시에도 펜슬 스커트라는 용어가 있었는지 모르겠다.) 왼쪽 옆구리에 달린 지퍼가 반쯤 열려 있었던 것이다. 중간에서 걸린 것일 수도 있었는데, 그의 열변을 듣다 보면 그녀가 남자들에게 추파를 던지려고 일부러 내린 게 아닐까 하는 생각이 들 정도였다.

그녀는 머리를 뒤로 쓸어 넘기고 준을 가리키더니, 홈통이 깨져서 시커먼 물이 뚝뚝 떨어지고, 휑한 앞마당에 쓰레기와 맥주 캔 들이 나뒹구는 그들의 집 쪽을 향해 손을 저으며 영어로 고함을 질렀다.

"온갖 달콤한 말로 꼬이더니 결국 처자식을 이런 *돼지우리*로 데리고 와?"

그는 머리카락과 만나는 곳까지 얼굴을 붉히며 비쩍 마른 가슴 위로 팔짱을 꼈다. 불미스러운 사태를 방지하는 차원에서 두 손을 붙잡아 놓으려는 듯한 자세였다. 이번만큼은 성공했을 수도 있었는데, 그녀가 웃음을 터뜨리며 한 손가락을 자기 귀에 대고 빙빙 돌렸다. 어느 나라에서나 같은 의미로 쓰이는 손짓이었다. 그녀는 등을 돌리려는 순간 그에게 홱 낚아 채였다. 그 바람에 유모차와 부딪쳐서 하마터면 유모차가 뒤집힐 뻔했다. 그가 그녀를 후려갈겼다. 그녀는 금이 간 보도 위로 쓰러졌고, 그가 자기 위로 몸을 숙이자 얼굴을 가렸다.

"안 돼, 리, 안 돼! 더 이상 때리지 마!"

그는 때리지 않았다. 그 대신 그녀를 일으켜 세워 놓고 세게 흔들었다. 그녀의 머리가 앞뒤로 꺾였다.

"어이!" 왼쪽에서 걸걸한 목소리가 들리는 바람에 나는 화들짝 놀랐다. "어이!"

보행 보조기를 짚은 나이 지긋한 할머니였다. 분홍색 플란넬 잠옷 위에 퀼트 재킷을 걸치고 있었다. 희끗희끗한 머리가 하늘로 뻗쳐 있어 집에서 2만 볼트짜리 파마를 한 「프랑켄슈타인의 신부」의 엘자 랜체스터가 생각났다.

"저 남자가 저 여자를 때리고 있잖아! 가서 말려야지!"

"싫습니다."

이렇게 말하는 내 목소리가 떨렸다. 남의 부부 일에 끼어들기 싫다고 덧붙일까 싶었지만, 그건 거짓말이었다. 미래를 어지럽힐 만한 일을 하지 않으려는 것이었으니까.

"이런 겁쟁이 같으니라고."

'경찰을 부르세요.' 나는 이렇게 말하려다 막판에 꾹 참았다. 이 아주머니가 내 말을 듣고 그러면 되겠구나 하며 경찰을 불렀다가 미래가 달라질 수 있었다. 경찰이 출동했을까? 나중에라도? 앨의 기록에는 아무 이야기가 없었다. 내가 아는 한 오스왈드는 배우자 폭행죄로 철창신세를 진 적이 없었다. 그 시대, 그 동네에서는 그런 일로 철창신세를 진 남자가 거의 없었을 것이다.

그가 한 손으로는 그녀를, 다른 손으로는 유모차를 끌고 집 앞으로 걸어갔다. 할머니는 나를 마지막으로 흘끗 째려보고 절뚝절뚝 자기 집으로 들어갔다. 다른 구경꾼들도 마찬가지였다. 공연이 끝난 것이다.

나는 거실로 들어가, 대각선상에 있는 빨간색의 흉물스러운 벽돌 건물에 쌍안경 초점을 맞추었다. 두 시간 뒤 내가 이제 그만 감시를 포기하려고 했을 때 마리나가 한손에는 분홍색의 조그만 여행용 가방을 들고, 다른 손에는 담요로 둘둘 감싼 아이를 안고 그 건물에서 나왔다. 문제의 치마를 바지로 갈아 입고 스웨터를 두 장 껴입은 듯했다. 날이 추워졌던 것이다. 그녀는 리가 따라오지 않는지 몇 번씩 어깨 너머로 확인하며 총총히 길을 걸었다. 리가 따라오지 않을 게 분명해졌을 때 내가 그녀의 뒤를 밟았다.

그녀는 웨스트 데이비스를 따라 미스터 세차장까지 네 블록이나 걸어가서 거기 있는 공중전화로 누군가에게 전화를 걸었다. 나는 신문을 펴서 앞을 가리고 맞은편 버스정거장에 앉았다. 20분 뒤, 믿음직한 옛 친구 조지 부헤가 나타났다. 그녀가 열띤 목소리로 그에게 이야기를 늘어놓았다. 그가 그녀를 조수석 쪽으로 안내해 문을 열어 주었다. 그녀는 미소를 지으며 그의 입가에 입을 맞추었다. 그의 입장에서는 미소와 뽀뽀, 양쪽 모두 고마운 선물이었을 것이다. 잠시 후 그가 운전석에 올라탔고, 두 사람은 사라졌다.

6

그날 밤 엘즈베스 대로에서 또 한 차례 싸움이 벌어졌고, 이번에도 가까운 동네 사람들이 거의 대부분 구경하러 나섰다. 나도 많은 인원을 방패막이 삼아 구경꾼 대열에 합류했다.

누군가(아마 부헤일 것이다.)가 조지와 진 드 모렌실트 부부를 보내 마리나의 소지품을 챙겨오게 한 것이다. 부헤 딴에는 물리적인 제재 없이 임무를 완수할 수 있는 유일한 사람이 이들 부부일 것이라고 생각한 듯했다.

"하나라도 내주면 내가 인간이 아니죠!"

한 단어도 놓치지 않으려고 귀를 쫑긋 세우고 있는 동네 사람들의 존재를 망각한 채 리가 외쳤다. 목에 핏대가 섰다. 화가 나서 얼굴이 또다시 시뻘게졌다. 연애편지를 건네려다 들킨 소녀처럼 자꾸만 빨개지는 얼굴이 얼마나 싫었을까?

드 모렌실트는 이성에 호소했다.

"잘 생각해 보게, 친구. 이래야 만회할 기회라도 생기지. 만약 부인이 경찰에 신고라도 하면……."

그는 어깨를 으쓱하고 두 손을 치켜들었다.

"그럼 한 시간만 기다려 주십시오." 리가 말했다. 이를 드러냈지만 미소와는 전혀 거리가 먼 표정이었다. "그래야 그 여자 원피스를 한 개라도 칼로 찢고, 그 배부른 자본가들이 내 딸을 매수하려고 사 준 장난감들을 하나라도 부술 기회가 생길 테니까요."

"무슨 일입니까?"

젊은 남자가 내게 물었다. 스무 살쯤 된 것 같은데, 슈윈 자전거를 타고 지나가다 세우고 묻는 말이었다.

"부부싸움이 난 모양이에요."

"저 사람 이름이 오스몬트인가 그렇죠? 소련에서 온 부인이 떠난 거예요? 그럴 때도 됐지. 저 사람, 제정신이 아니더라고요. 공산당이래요. 그거 아세요?"

"나도 그 비슷한 소리 들은 기억이 나네요."

리가 고개를 젖히고 허리를 꼿꼿하게 편 채 모스크바에서 퇴각하는 나폴레옹처럼 현관 앞 계단을 올라가고 있었을 때 진 드 모렌실트가 날카로운 목소리로 그를 불러 세웠다.

"그만 좀 해요, 이 한심한 양반아!"

리가 못 믿겠다는 듯이 눈을 휘둥그레 뜨고 그녀를 돌아보았다. 상처를 받은 눈빛이기도 했다. 그가 부인 하나 단속 못 하느냐는 듯이 드 모렌실트를 쳐다보았지만, 드 모렌실트는 아무 말도 하지 않았다. 오히려 재미있어 하는 표정이었다. 극장 문턱이 닳도록 드나드는 관객이 썩 괜찮은 작품을 감상하는 듯한 표정이었다. 걸작도 아니고 셰익스피어의 작품도 아니지만, 시간 때우기 용으로 완벽한 작품을 감상하는 듯한 표정이었다.

진이 말했다.

"리, 부인을 사랑하면 제발이지 제멋대로 자란 애새끼처럼 굴지 마요. 어른답게 행동하라고요."

"나한테 그런 식으로 말하면 안 되죠."

그는 궁지에 몰리자 남부 사투리가 점점 심해졌다.

"왜 안 돼요? 내 마음이지." 그녀가 말했다. "소지품 챙기고 가게 비켜 줘요. 안 그러면 내가 경찰을 부를 거예요."

리가 말했다.

"부인한테 입 다물고 자기 일이나 신경 쓰라고 전해 주세요, 조지."

드 모렌실트는 너털웃음을 터뜨렸다.

"오늘은 우리가 처리해야 할 용건이 자네거든." 그러더니 이번에는 심각한 표정으로 말했다. "동지, 자네에 대한 존경심이 점점 사라져가고 있어. 비켜 주게. 자네도 나만큼 우리의 우정을 소중하게 생각한다면 이제 비켜 주게."

리는 이 말에 어깨를 늘어뜨리고 옆으로 비켜섰다. 진은 그에게 눈길 한 번 주는 법 없이 당당하게 계단을 올라갔다. 하지만 드 모렌실트는 걸음을 멈추고, 이제는 처참하리만치 야윈 리를 힘껏 껴안았다. 잠시 후 오스왈드도 그를 끌어안았다. 그 풋내기(그는 결국 풋내기에 불과했다.)가 흐느껴 울고 있다는 걸 알게 됐을 때 나는 연민과 혐오를 동시에 느꼈다.

"저 인간들 뭡니까?" 자전거를 타고 지나가던 젊은 남자가 물었다. "게이 커플인가?"

"괴상한 인간들이기는 하죠." 내가 대답했다. "게이는 아니지만."

7

그달 말에 새디와 함께 주말을 보내고 돌아와 보니 마리나와 준이 엘즈베스 대로의 그 거지 소굴 같은 곳으로 되돌아와 있었다. 그들 일가족은 한동안 잘 지내는 듯했다. 리는 출근했다(이제는 알루미늄 안전문을 조립하지 않고 확대 인쇄를 했다.). 퇴근하는 길에 가끔 꽃을 사 가지고 왔다. 마리나는 키스로 그를 맞았다. 한번은 쓰레기를 전부 다 치운 앞마당을 보여 주자 그가 박수를 쳐 준 적도 있었다. 그녀는 박수 소리를 듣고 웃음을 터뜨렸는데 이제 보니 이를 새로 해 넣었다. 조지 부헤가 이 일에 어느 정도 관여했을지 모르겠지만, 아무래도 상당 부분 관여하지 않았을까 싶었다.

나는 길모퉁이에서 이 광경을 지켜보다 보행 보조기를 짚고 다니는 할머니의 걸걸한 목소리에 또다시 화들짝 놀랐다.

"오래 못 갈걸?"

"아마 그렇겠죠?" 내가 말했다.

"남편이 부인을 죽일지 몰라. 예전에도 그런 거 본 적 있거든." 그녀는 폭탄을 맞은 것 같은 머리를 하고 싸늘하게 경멸하는 눈빛으로 나를 살펴보았다. "그래도 자네는 끼어들지 않을 거지? 그렇지, 물렁한 양반?"

"아닙니다. 사태가 심각해지면 당연히 끼어들어야죠."

나는 그 약속을 반드시 지킬 작정이었다. 마리나를 위해서 한 약속은 아니었지만.

8

크리스마스 다음 날 새디네 집에서 저녁을 먹고 돌아온 이튿날, 우편함을 열어 보니 A. 히델이 보낸 쪽지가 들어 있었다. 앨의 기록에도 적혀 있다시피 A. 히델은 오스왈드의 가명이었다. A는 민스크 시절에 마리나의 애칭이었던 알렉을 의미했다.

나는 그의 쪽지를 받고 당황하지 않았다. 온 동네 사람들에게 똑같은 걸 배달했는지, 직장에서 슬쩍한 게 아닐까 싶은 진한 분홍색 전단지 10여 장이 하수구에서 나풀거렸던 것이다. 댈러스의 오크 클리프 동네 사람들은 쓰레기를 제대로 처리하는 성격이 아니었다.

9번 채널의 파시즘에 반대한다!

인종차별주의자 빌리 제임스 하기스의 고향!
극우파인 전직 장군 에드윈 워커에 반대한다!

이번 주 목요일 저녁, 채널 9에서 방송되는 빌리 제임스 하기스의 이른바 '그리스도교도의 원정길' 프로그램에 **에드윈 워커 장군**이 출연할 애정이라고 합니다. 그로 말할 것 같으면 평화를 사랑하는 쿠바를 침공하도록 JFK를 부추기고, 흑인에 반대하고 인종통합에 반대하는 '**헤이트 스피크**'를 남부 전역에 결성한 극우파 파시스트입니다(그의 출연 여부가 의심스러운 분은 'TV 가이드'를 참고하기 바람.). 이 두 사람은 **제2차 세계대전**의 원인을 상징하는 인물과도 같은데, 이런 파시스트들의 **헛소리**를 방송으로 내보낸다니요. **에드윈 워커**는 **제임스 메디스**의 미시시피 대학교 등교를 저지하려 했던 **백인 우월주의자**입니다. 미국을 사랑하는 사람이라면 **증오**와 **폭력**을 역설하는 자들에게 무료 전파를 낭비하는 데 항이해야 할 것입니다. 항의의 편지를 보내 주세요! 12월 27일 채널 9 앞에서 벌일 '연좌농성'에 참여해 주세요!

A 히델
쿠바의 내정간섭에 반대하는 사람들의 모임
댈러스·포트워스 지부장

나는 군데군데 보이는 잘못 쓴 글자들을 확인하고 전단지를 접어 내 원고를 보관한 상자에 넣었다.

방송국 앞에서 농성이 벌어진다 한들, 하기스와 워커의 '프로그램'이 방송된 다음 날《슬라임스 헤럴드》에 보도되지는 않을 것이다. 리는 물론이고 농성에 참여하는 사람이 한 명이라도 있을까 싶었다. 나는 참여할 생각이 전혀 없었지만, 그래도 목요일 밤 채널 9에 주파수를 맞추었다. 우리의 짐작이 맞다면 리가 조만간 암살을 기도할 인물의 얼굴을 확인하기 위해서였다.

처음에는 합창단이 부르는 「공화국 찬가」 녹음테이프가 흘러나오는 가운데 하기스만 세트장 내 책상에 앉아 무언가 중요한 메모를 끼적이는 척했다. 그는 투실투실하고 검은 머리에 뭐를 덕지덕지 발라 뒤로 넘긴 사내였다. 노래 소리가 희미해지자 그가 펜을 내려놓고 카메라를 쳐다보며 말했다.

"그리스도교도의 원정길을 시청해 주시는 여러분, 환영합니다. 제가 희소식을 하나 들고 왔습니다. 예수님은 여러분을 사랑하신다는 거죠. 여러분 모두를요. 같이 기도하시겠습니까?"

전능하신 하느님을 향한 하기스의 장황설이 최소 10분 동안 이어졌다. 그는 복음을 전파할 기회를 주신 데 감사하고, 사랑의 선물을 보낸 사람들을 축복해 달라는 의례적인 인사를 하고 나서 본론으로 들어가, 플로리다 연안에서 150킬로미터밖에 안 되는 곳에서 그 추악한 고개를 내밀고 있는 공산주의를 물리칠 수 있도록 선민들에게 의의 칼과 방패를 내려 달라고 간구했다. 케네디 대통령에게 그곳으로 쳐들어가 하느님을 믿지 않는 죄악의 잡초를 뽑아 버릴 수 있는 지혜(그는 전능자의 측근이다 보니 이미 이와 같은 지혜를 보유하고 있었다.)를 허락해 달라고 간구했다. 미국의 대학 캠퍼스를 점점 거세게 위협하는 공산주의자들의 싹을 잘라 달라고 요청했다. 그러면서 포크 음악을 운운하다 갈 길을 잃고, 안지오와 장진호 전투의 영웅 에드윈 A. 워커 장군을 오늘 밤 손님으로 보내 주신 것에 대한 감사로 기도를 마무리했다.

워커는 군복은 아니지만 그 비슷한 카키색 정장을 입고 등장했다. 바지 주름이 베일 듯이 날카로웠다. 냉혹한 표정은 카우보이 전문 배우 랜돌프 스코트를 연상시켰다. 두 사람은 악수를 하고 대학교 캠퍼스뿐 아니라 국회와 과학계에까지 만연한 공산주의에 대해 이야기를 나누었다. 수돗물에 불소를 첨가하는 방안도 짚고 넘어갔다. 그런 다음 워커가 '카리브 해의 암적인 존재'라고 표현한 쿠바를 놓고 한담을 나누었다.

나는 워커가 지난해 텍사스 주지사 선거에서 참패한 이유를 알 것 같았다. 고등학생들을 상대하는 중이었다면 가장 쌩쌩할 1교시에 아이들을 꿈나라로 보낼 수 있을 만한 위력의 소유자였던 것이다. 하지만 난관에 봉착할 때마다 하기스가 "할렐루야!" 내지는 "하느님이 증인이시죠!", 이렇게 추임새를 넣어 가며 부드럽게 대화를 이끌어주었다. 자정 여행 작전이라고 불리는 남부 순회강연 소개가 끝났을 때 하기스가 워커에게 '인종차별주의자라는 뉴욕 언론과 여타의 악의적인 비난에 대해' 해명해 달라고 했다.

워커가 마침내 카메라를 잊고 활기를 보이기 시작했다.

"그야 공산주의자들의 허위 선전이죠."

"그럴 줄 알았습니다!" 하기스가 외쳤다. "그런데 주님께서는 자세한 설명을 원하실 겁니다, 형제님."

"저는 평생을 미 육군으로 복무했고, 죽는 날까지 군인으로 살아갈 겁니다." (만약 리의 계획대로 된다면 살날이 약 3개월밖에 안 남았지만.) "군인 시절에 저는 항상 주어진 임무를 충실히 이행했습니다. 1957년에 센트럴 고등학교의 강제 통합과 관련해서 민간 소요 사태가 벌어졌을 때도 아이젠하워 대통령의 명령을 받들어 리틀록으로 향했고 거기서 임무를 이행했죠. 하지만 저는 하느님의 병사이자……."

"그리스도교 병사라는 말씀이죠! 할렐루야!"

"……그리스도교도로서 강제 통합은 전혀 잘못된 조치라는 걸 알고 있습니다. 헌법이라는 측면에서 보나 주의 권리라는 측면에서 보나 성경이라는 측면에서 보나 잘못된 조치죠."

"어째서요?"

하기스가 물으며 뺨 위로 흘러내린 한 줄기 눈물을 닦았다. 어쩌면 분장 틈새로 새어나온 땀이었는지도 모를 일이었다.

"제가 과연 흑인을 증오할까요? 저더러 그렇다고 말하는 사람들은, 그것을 빌미삼아 저를 천직으로 여겼던 군 조직에서 몰아낸 사람들은 거짓말쟁이에 빨갱이입니다. 당신은, 나와 함께 복무했던 전우들은, 주님은 아실 겁니다." 그가 몸을 앞으로 숙였다. "앨라배마, 아칸소, 루이지애나, 텍사스의 흑인 교사들이 통합교육을 원하는 줄 아십니까? 아니에요. 그들의 능력과 노력에 대한 모욕이라고 생각해요. 흑인 학생들은 읽기와 쓰기와 산수 면에서 자기들보다 기본적으로 뛰어난 백인들과 같은 학교에 다니고 싶을까요? 이런 식으로 마구 섞어 놓으면 온 국민이 잡종이 될 텐데, 진정한 미국인들이 그런 결과를 과연 바랄까요?"

"당연히 아니죠. 하아아알렐루야!"

나는 노스캐롤라이나에서 보았던 팻말이 생각났다. 덩굴 옻나무가 양쪽으로 늘어선 길을 가리키며 '흑인'이라고 외치던 팻말이. 워커는 죽어 마땅한 인물은 아닐지 몰라도 세게 흔들어서 정신 차리게 만들 필요는 있었다. 그래주는 사람이 있다면 그가 누가 됐건 나는 "할렐루야!"를 외칠 것이다.

이때 TV에서 흘러나오는 워커의 발언이 귀에 들어와 꽂히면서 다른 데로 팔렸던 정신이 후닥닥 제자리로 돌아왔다.

"흑인들에게 우리와 다른 피부색, 우리와 다른 재능을 내려 당신이 창조한 세상에서 흑인들의 위치를 정한 주체는 하느님이지, 에드윈 워커 장군이 아니지 않습니까? 하느님께서 흑인들에게는 뛰어난 운동신경을 내리셨죠. 이 차이점에 대해 성경에서는 뭐라고 합니까? 그리고 흑인들이 그렇게 많은 아픔과 고통의 저주를 겪은 이유가 뭘까요? 창세기 9장을 보면 알 수 있어요, 빌리."

"거룩하신 말씀을 찬양할지어다."

워커는 눈을 감고 법원에서 증언이라도 하는 양 오른손을 들었다.

"'노아가 포도주를 마시고 취하여 그 장막 안에서 벌거벗은지라. 가나안의 아비 함이 그 아비의 하체를 보고 밖으로 나가서 두 형제에게 고하매……' 하지만 셈과 야벳은…… 한쪽은 아랍인들의 조상이고, 다른 한쪽은 백인들의 조상이죠. 빌리, 당신이야 이 사실을 알겠지만 모르는 사람도 있을 테니 말씀드리는 겁니다. 누구나 우리처럼 어렸을 때부터 어머니 무릎에서 성경을 열심히 배우며 자라는 건 아니니까요."

"독실한 어머니들을 찬양할지어다!"

"셈과 야벳은 보지 않았어요. 술이 깬 노아가 어떤 일이 있었는지 알아차리고 이렇게 말하죠. '가나안은 저주를 받아 그 형제의 종들의 종이 되기를 원하노라, 장작을 패고 물을 긷는 사람이 되……'"

나는 TV를 꺼 버렸다.

9

1963년 1월과 2월의 리와 마리나를 보고 있으면 우리 결혼 생활 말년에 크리스티가 가끔 입었던 티셔츠가 생각났다. 험상궂게 웃는 해적 밑에 이런 문구가 적힌 티셔츠였다. '사기가 오를 때까지 구타는 계속될 것이다.' 그해 겨울 엘즈베스 대로 604번지에서는 구타가 빈번하게 이루어졌다. 리가 고함을 지르는 소리와 마리나가 어떨 때는 화가 나서, 또 어떨 때는 아파서 울부짖는 소리가 동네 사람들 귀에까지 전해졌다. 조치를 취하는 사람은 아무도 없었고, 나도 마찬가지였다.

오크 클리프에서 남편에게 맞는 여자가 마리나 한 명뿐이었는가 하면 그건 아니었다. 금요일과 토요일 밤이면 싸움을 벌이는 게 그 마을의 전통인 듯했다. 나는 그 우울하고 칙칙했던 몇 개월 동안 무한 반복되는 추잡한 연속극이 얼른 끝이 나서 새디와 계속 함께 지낼 수 있었으면 좋겠다는 생각만 했다. 워커 장군의 암살을 시도한 범인이 리 한 명이었다는 걸 확인하고, 내 임무를 해치우기만 하면 그럴 수 있었다. 오스왈드가 한 번 단독으로 움직였다고 그 다음번에도 그럴 거라고 장담할 수는 없는 일이었지만, 나로서는 그게 최선이었다. 100퍼센트 완벽한 준비란 있을 수 없겠지만 그래도 만전을 기한 뒤 날짜와 장소를 정해서 프랭크 더닝 때 그랬던 것처럼 냉정하게 리 오스왈드를 없애버릴 것이다.

시간이 흘렀다. 더디긴 해도 흐르긴 흘렀다. 그러던 어느 날, 오스왈드 일가족이 내가 사는 닐리 대로의 아파트 2층으로 이사 오기 며칠 전, 마리나가 엘자 랜체스터 헤어스타일을 하고 보행 보조기를 짚고 다니는 할머니와 대화를 나누는 모습이 눈에 띄었다. 둘 다 웃고 있었다. 할머니가 그녀에게 뭐라고 물었다. 그러자 마리나가 웃음을 터뜨리더니 고개를 끄덕이며 자기 배 앞으로 손을 내밀었다.

한 손에 쌍안경을 들고 커튼을 쳐 놓은 창문 뒤에 서 있던 내 입이 떡 벌어졌다. 앨은 *이런* 상황에 대해 아무 기록도 남기지 않았다. 몰랐거나 중요하게 여기지 않은 부분이기 때문에 그랬을 텐데, 나에게는 중요한 문제였다.

내가 4년여 동안 처치할 기회를 노리고 있던 남자의 아내가 둘째를 임신한 것이다.

21장

1

 오스왈드 일가족은 1963년 3월 2일에 내 윗집 이웃이 되었다. 세간을 대부분 술 상자에 담아 엘즈베스 대로의 다 쓰러져 가는 벽돌 건물에서 이 집까지 직접 날랐다. 이윽고 일제 소형 녹음기가 주기적으로 돌아가기 시작했지만, 나는 주로 헤드폰을 활용했다. 그래야 위층에서 이루어지는 대화를 정상적인 속도로 들을 수 있었기 때문이었는데, 거의 대부분 못 알아듣기는 마찬가지였다.
 오스왈드 일가족이 새로운 보금자리로 이사하고 한 주가 지났을 때 나는 총을 사러 그린빌 가의 전당포를 찾아갔다. 전당포 주인은 내가 데리에서 샀던 콜트 38구경 모델을 맨 먼저 보여 주었다.
 "강도나 좀도둑 방어용으로 그만이죠." 전당포 주인이 말했다.

"18미터까지 적중률이 거의 100퍼센트예요."

"13미터가 아니고요?" 내가 되물었다. "저는 13미터라고 들었는데요."

전당포 주인은 눈썹을 추켜세웠다.

"좋아요, 13미터라고 하죠. 바보처럼……"

'손님의 주머니를 노리는 녀석이 있다면 그보다 훨씬 더 가까이 접근할 거 아닙니까, 이렇게 말하겠지.'

"……손님한테 돈을 뜯으려는 녀석이 있다면 바짝 옆으로 다가올 거 아닙니까. 어떻습니까?"

처음에는 잘 어울리는 듯하면서도 살짝 어긋나는 화음을 깨뜨리고 싶어서 45구경이나 다른 걸 사고 싶다고 말하려고 했는데, 화음을 깨뜨리면 안 좋을 수도 있겠다는 생각이 들었다. 아무도 모를 일이었다. 한 가지 분명한 사실이 있다면 데리에서는 38구경으로 임무를 완수했다는 것뿐.

"얼마죠?"

"12달러에 드릴게요."

데리에서 샀을 때보다 2달러 비싼 셈이었지만, 그건 4년 반 전의 이야기였다. 인플레이션을 감안했을 때 12달러면 적당한 수준인 듯했다. 내가 총알 한 상자도 챙겨 달라고 하자 그는 알았다고 했다.

내가 그런 용도로 들고 온 서류가방에 총과 탄약을 넣는 걸 보더니 전당포 주인이 말했다.

"권총 케이스도 하나 사지 그러세요? 말투를 들어 보니 외지분이라 모르는 모양인데, 텍사스에서는 전과만 없으면 허가증 없이 총을 그냥 들고 다녀도 됩니다. 전과 기록 없죠?"

"네. 하지만 백주대낮에 강도를 당할 일이 있을까요?"

전당포 주인은 음흉한 미소를 지었다.

"그린빌 가에서는 어떤 일이 벌어질지 아무도 모르죠. 몇 년 전에는 어떤 남자가 여기서 한 블록 반 가면 나오는 곳에서 자기 머리에 대고 총을 쏜 적도 있어요."

"그래요?"

"그렇다니까요. 데저트 로즈라는 술집 앞에서. 물론 여자 문제였죠. 뻔하잖소?"

"그러게요. 하지만 정치적인 문제일 때도 있잖습니까."

"에이, 무슨. 밑바탕엔 항상 여자 문제가 깔려 있기 마련이에요."

전당포에서 네 블록 떨어진 곳에 새 차(어쨌거나 내 입장에서는 새 차였다.)를 세워 두었기 때문에 돌아가려면 1960년 가을에 내가 기적의 파이어리츠에 돈을 걸었던 페이스 파이낸셜을 지나야 했다. 나에게 1200달러를 주었던 도박업자가 그 앞에서 담배를 피우고 있었다. 초록색 보안경을 쓰고 나를 흘끗 쳐다보았는데, 관심도 없고 알아보지도 못하는 듯했다.

2

그때가 금요일 오후라 그린빌 가에서 킬린으로 곧장 달려가 캔들우드 방갈로에서 새디를 만났다. 금요일 하룻밤을 함께 보내는 게 그해 겨울 우리의 공식이었다. 다음 날 그녀만 조디로 돌아가고, 일요일에 교회에서 다시 만났다. 주변 사람들과 악수를 하며 "평화가 함께 하시길 바랍니다."라고 이야기하는 축도 시간이 끝났을 때 내 차 트렁크에 넣어 둔 권총이 떠오르면서 마음이 불편해졌다.

일요일 점심을 먹는데 새디가 물었다.

"얼마나 남았어요? 해야 할 일을 해치우려면."

"내 계획대로 착착 맞아떨어지면 한 달도 안 돼서 끝나요."

"그렇게 안 되면요?"

나는 머리를 헤집으며 창가로 걸어갔다.

"그럼 나도 몰라요. 우리 다른 얘기하면 안 될까요?"

"알았어요." 그녀가 차분한 목소리로 말했다. "후식은 체리 코블러예요. 휘핑 크림 얹어서 줄까요?"

"좋아요. 사랑해요, 새디."

"당연히 그래야죠." 그녀가 디저트를 가지러 일어서며 말했다. "반대를 무릅써 가며 당신을 만나는 건데."

나는 창문 앞에 계속 서 있었다. '오래 됐지만 그래서 좋다'는 K라이프 디제이들의 표현에 딱 맞는 자동차가 한 대 천천히 지나가는데 또다시 화음으로 이루어진 벨 소리가 들렸다. 그 무렵에는 수시로 벨 소리가 들려서 어떨 때는 아무 의미 없는 경우도 있었다. 크리스티가 참석했던 알코올 중독자 자활 모임에서 자주 쓰는 표현을 빌자면 FEAR, 즉 '진짜처럼 보이는 허위 경보(false evidence appearing real)'였다고 할까.

하지만 이번에는 찰칵 하고 뭔가가 맞아떨어졌다. 1958년과 연결되는 토끼 굴이 있는 워럼보 공장 건조실 근처 주차장에서 보았던 것처럼 아래는 빨간색이고 위는 흰색인 플리머스 퓨리였던 것이다. 진짜인지 확인하느라 트렁크를 살짝 건드렸던 게 생각났다. 이 차에는 메인이 아니라 아칸소 번호판이 달려 있었지만 그래도…… 벨 소리가 들렸다. 화음으로 이루어진 벨 소리가. 가끔 그 벨소리의 의미를 파악하면 모든 수수께끼를 해결할 수 있을 것 같은 생각이 들 때도 있었다. 어리석은 발상이겠지만 정말 그랬다.

'옐로 카드맨은 알고 있었지.' 나는 생각했다. '그리고 그 때문에 죽었지.'

방금 전에 들린 화음의 진원지가 좌회전 신호를 깜빡이며 정지 신호에 방향을 틀어 메인 대로 쪽으로 사라졌다.

"와서 디저트 먹어요."

등 뒤에서 들리는 새디의 목소리에 나는 화들짝 놀랐다.

알코올중독자 자활 모임에서 FEAR가 다른 의미로 쓰일 때도 있다. 몽땅 뒤집어엎고 튀어라(Fuck Everything And Run).

3

그날 밤 닐리 대로로 돌아갔을 때, 나는 헤드폰을 쓰고 가장 최근에 녹음된 내용을 들었다. 러시아어밖에 안 들릴 줄 알았더니 이번에는 영어도 섞여 있었다. 그리고 물 튀기는 소리도 들렸다.

마리나: (러시아어로 뭐라고 이야기한다.)

리: "안 돼요, 엄마. 나 지금 주니랑 목욕하는 중이라고요!"

(첨벙첨벙 그리고 하하하. 리와 아이가 깔깔거리는 소리.)

리: "엄마, 바닥에 물 튀었어요. 주니가 튀겼어요! 장난꾸러기!"

마리나: "얼른 닦아! 엄마는 바빠! 바빠!" (하지만 그녀도 웃고 있다.)

리: "안 돼요, 그러면 아기가……" (러시아어.)

마리나: (러시아어로 장난처럼 나무란다.)

(다시 첨벙첨벙. 마리나는 K라이프에서 흘러나오는 팝송을 흥얼거린다. 아주 듣기가 좋다.)

리: "엄마, 장난감 갖다 줘요!"

마리나: "다(러시아어로 yes에 해당되는 단어 ─ 옮긴이), 다, 장난감 꼭 있어야 하지?"

(큰 소리로 첨벙. 욕실 문이 완전히 열린 듯하다.)

마리나: (러시아어로 뭐라고 이야기한다.)

리: (토라진 남자아이 목소리): "엄마, 고무공은 깜빡했어요?"

(큰 소리로 첨벙. 아이가 좋아서 비명을 지른다.)

마리나: "여기, 공쥬님과 왕쟈님 장난감이요."

(셋이서 동시에 웃음을 터뜨린다. 그 웃음소리에 나는 선뜩해진다.)

리: "엄마, (러시아어) 갖다 주세요. 귀에 물이 들어갔어요."

마리나: (웃으면서) "어휴, 그 다음은 또 뭘까?"

나는 그날 밤 한참 동안 침대에 누워서 세 사람을 생각했다. 그들이 그렇게 행복해 하는 것도 이해가 됐다. 웨스트 닐리 214번지가 별 볼일 없긴 해도 한 단계 발전한 셈이었으니까. 어쩌면 셋이 한 침대에서 자고 있을지 모르고, 준도 이번만큼은 죽도록 무섭지 않고 행복할 것이다.

그런데 한 침대에서 자는 사람이 셋이 아니라 넷이었다. 마리나의 뱃속에서 자라고 있는 아이까지 합하면.

4

데리에서 그랬던 것처럼 상황이 좀 더 빠르게 전개되기 시작했다. 이번에는 시간의 화살이 핼러윈이 아니라 4월 10일을 겨누고 있다는 것만 달랐다. 앨의 기록에 의지해 여기까지 왔건만, 이제는 날이 갈수록 공책의 효용 가치가 떨어졌다. 워커의 목숨을 노리는 순간까지 거의 전적으로 리의 행적과 움직임에만 초점을 맞추었는데, 그해 겨울에 특히 마리나를 중심으로 벌어진 일들이 워낙 많았다.

그 중에서도 한 가지만 예로 든다면 그녀에게 드디어 친구가 생겼다. 조지 부혜 같은 스폰서가 아니라 진짜 여자친구가 생긴 것이다. 이름은 루스 페인이고, 퀘이커교도였다. 앨이 앞부분과 다르게 간략하게 남긴 정보에 따르면 러시아어를 할 줄 알았다. *63년 2월(??) 어느 파티에서 만남. 케네디 암살 당시 마리나는 리와 헤어져 페인과 함께 살았음.* 그리고 문득 생각났다는 듯이 덧붙인 말. *리가 페인의 집 차고에 MC를 숨겨 두었음. 담요로 싸서.*

여기에서 MC란 리가 워커 장군을 암살하려고 우편 주문한 만리혜르 카르카노 소총을 의미했다.

누가 주최한 파티에서 리와 마리나가 페인 부부를 만났는지 모르겠다. 중간에서 누가 소개시켜 주었는지도 모르겠다. 드 모렌실트였을까? 부헤였을까? 둘 중 한 명이었을 것이다. 그 무렵 다른 망명객들은 오스왈드 부부와 멀찌감치 거리를 두었다. 남편은 잘난 척 비웃음을 흘리며 다녔고, 부인은 남편 곁을 영영 떠날 수 있는 기회를 숱하게 날려 버린 샌드백 신세였으니 그럴 수밖에.

아무튼 마리나 오스왈드의 미래의 구세주는 3월 중순의 어느 비가 내리던 날, 빨간색 바탕에 흰색을 덧칠한 쉐보레 스테이션왜건을 타고 등장했다. 그녀는 길가에 차를 세우고 제대로 찾아왔는지 모르겠다는 듯이 반신반의하며 사방을 둘러보았다. 루스 페인은 새디만큼은 아니었지만 키가 컸고 보기 괴로울 정도로 비쩍 말랐다. 갈색에 가까운 머리는 앞을 일자로 잘라 어마어마하게 널찍한 이마를 덮고 나머지는 뒤로 넘겼는데 잘 안 어울렸다. 무테안경이 주근깨로 뒤덮인 콧잔등 위에 얹혀 있었다. 커튼 사이로 훔쳐보던 내 눈에는 고기 근처에는 가지도 않고 핵무기 폐지를 주장하는 시위에 참여하는 여자처럼 보였는데…… 아마 루스 페인은 실제로 뉴에이지가 유행하기 전부터 뉴에이지를 표방한 그런 여자였을 것이다.

마리나가 밖을 내다보고 있었는지, 보슬보슬 내리는 가랑비에 맞지 않게 머리에 담요를 씌운 준을 안고 바깥 계단을 탁탁 달려 내려왔다. 루스 페인은 머뭇머뭇 미소를 짓고 한 단어, 한 단어 뜸을 들여 가며 조심스럽게 인사를 건넸다.

"안녕하세요, 오스왈드 부인. 루스 페인이에요. 저 기억하세요?"

"다." 마리나가 대답했다. "네."

그러더니 러시아어로 뭐라고 덧붙였다. 루스도 러시아어로 대답했는데…… 유창하지는 않았다.

마리나가 그녀를 안으로 들였다. 나는 머리 위에서 발소리가 들릴 때까지 기다렸다가 스탠드 도청기와 연결된 헤드폰을 썼다. 영어와 러시아어가 섞인 대화가 이어졌다. 마리나가 가끔 웃어 가며 루스의 말을 바로잡아 주었다. 루스 페인이 찾아온 이유를 알 것 같았다. 폴 그레고리처럼 그녀도 러시아어를 배우러 온 것이다. 그리고 또 한 가지. 자주 터져 나오는 웃음소리가 점점 더 편안해져 가는 것으로 보건대 두 사람은 서로 호감을 느끼고 있었다.

마리나를 생각했을 때 다행스러운 일이었다. 오스왈드가 워커 장군의 암살을 시도하고 나서 내 손에 사라지면 뉴에이지 신도 루스 페인이 마리나를 자기 집으로 데리고 갈지 모른다. 그랬으면 좋겠는데.

5

루스는 수업을 받으러 딱 두 번 닐리 대로를 찾아오고 그뿐이었다. 그 뒤로는 마리나와 준을 스테이션왜건에 태우고 어디론가 데리고 갔다. 오크 클리프에 비하면 우아하달 수 있는 어빙 근교의 자기 집으로 데리고 갔을까? 그녀의 집 주소는 앨이 준 공책에 적혀 있던 게 아니라 (그는 마리나와 루스의 관계에 전혀 신경을 쓰지 않은 듯했다. 리가 그 소총을 페인의 집 차고에 숨기기 한참 전에 해치워 버릴 생각으로 그랬겠지만) 내가 전화번호부에서 찾았다. 웨스트 5번 대로 2515번지였다.

잔뜩 흐렸던 3월의 어느 날 오후, 마리나와 루스가 떠나고 두 시간쯤 지났을 때 리가 드 모렌실트의 차를 함께 타고 등장했다. 리가 옆면에 솜브레로(챙이 넓은 멕시코 모자 — 옮긴이)가 그려져 있고 '페피노의 최고로 맛있는 멕시코 요리'라고 적힌 갈색 봉투를 들고 내렸다. 드 모렌실트는 여섯 개들이 도스 에퀴스를 들고 내렸다. 두 사람은 이야기를 나누고 웃으며 바깥 계단을 올라갔다. 나는 두근거리는 심장을 달래며 헤드폰을 집었다. 처음에는 아무 소리도 안 들렸지만, 잠시 후 둘 중 한 명이 스탠드를 켰다. 이제 나는 제삼의 투명인간으로 그들과 한 공간에 있는 것이나 다름없었다.

'제발 부탁인데 워커를 죽이자고 작당을 하지는 말아 주라.' 나는 생각했다. '안 그래도 힘든데 이보다 더 힘들게 만들지는 말아 주라.'

"집 안이 지저분해서 죄송합니다." 리가 말했다. "요즘은 아내가 자고, TV 보고, 러시아어를 가르치는 여자 이야기하는 것 말고는 하는 게 없어요."

드 모렌실트는 아이티에서 따내려고 하는 유정 임대권 이야기를 늘어놓더니 탄압이 심한 뒤발리에 정권을 헐뜯었다.

"날이 저물면 트럭들이 시장을 누비면서 시체를 수거하거든. 대부분 굶어 죽은 아이들 시체라네."

"카스트로와 민족 혁명 전선이 나서면 그런 시절도 끝이 나겠죠." 리가 험악한 투로 말했다.

"하루 빨리 그런 날이 왔으면 좋겠어." 병끼리 쨍그랑 부딪치는 소리가 났다. 하루 빨리 그런 날이 올 수 있게 건배를 한 것이겠지.

"하는 일은 어떤가, 동지? 이 시각에 웬일로 집에 있어?"

리는 집에 있고 싶어서 나왔노라고 대답했다. 그냥 퇴근 카드를 찍고 나와 버렸다는 것이다.

"그런들 저들이 뭘 어쩌겠습니까? 저로 말할 것 같으면 그 회사에서 가장 실력이 좋은 사원이고, 바비 스토벌도 그걸 알고 있는걸요. 공장장 이름이 (잘 안 들렸다. 그래프? 그레이프?)인데 저더러 노조원 흉내 내지 말라더군요. 그 말을 듣고 제가 어떻게 했는지 아십니까? 웃으면서 '알았어요, 스비노예브.'라고 하고 나와 버렸어요. 그 자가 돼지 거시기만도 못한 인간인 건 누구나 아는 사실이거든요."

리는 온정주의적이라는 둥, 실력보다 연배를 더 쳐준다는 둥 투덜거리기는 했지만, 일을 마음에 들어 하는 눈치였다. 어느 시점에 이르렀을 때는 "민스크처럼 공정한 경쟁체제였으면 제가 1년 만에 사장 자리를 꿰찼을 거예요." 이런 소리까지 했다.

"그랬겠지. 누가 봐도 당연한 거 아닌가."

알랑거리고. 비위를 맞추고. 무슨 속셈인지 빤했다. 마음에 안 들었다.

"오늘 아침 신문 보셨어요?" 리가 물었다.

"오늘 아침에는 전보하고 메모 몇 장밖에 못 읽었다네. 내가 여길 찾아온 이유가 뭐겠나? 머리를 식히기 위해서 아니겠나?"

"워커가 일을 저질렀더군요." 리가 말했다. "하기스의 원정길에 동참했다는 말씀입니다. 그게 아니라 워커의 원정길에 하기스가 동참한 것일 수도 있겠죠. 그 빌어먹을 자정 여행인가 뭔가 하는 거 말입니다. 두 머저리가 남부 전역을 돌며, 전미 유색인 지위 향상 협회는 이적 단체라고 방방곡곡 알릴 예정이랍니다. 인종 통합과 선거권의 역사를 20년 전으로 되돌려 놓으려 하고 있어요."

"그렇다니까! 그뿐 아니라 증오심을 조장하고 있지. 이러다 조만간 대학살이 시작되겠어."

"아니면 랠프 애버내시나 킹 목사가 총에 맞을지도 모르고요."

"킹은 당연히 총에 맞겠지!" 드 모렌실트가 이렇게 말하는데, 거의 웃는 투였다. 내가 헤드폰을 손으로 꼭 누르면서 벌떡 일어나는데, 땀방울이 얼굴을 타고 흘러내렸다. 이 정도면 위험한 수위였다. 거의 공모 단계로 넘어가기 직전이 아닌가. "언제 맞느냐 그게 문제일 뿐."

둘 중 한 명이 병따개를 동원해 멕시코 맥주를 땄고, 잠시 후 리가 말했다.

"이 두 후레자식을 막아야 할 텐데 말이죠."

"워커 장군더러 머저리라니 그건 아닐세." 드 모렌실트가 강연조로 말했다. "하기스한테는 그런 평가를 내려도 괜찮아. 어이가 없는 인간이니까. 듣자하니 성도착증 환자라 아침에는 여자아이의 잠지를 집적거리고, 오후에는 남자아이의 똥구멍을 집적거린다고 하더군. 그 부류들이 원래 그렇잖아."

"으웩, 토할 것 같아요!"

리가 사춘기 소년처럼 쉰 목소리로 외쳤다. 그러더니 웃음을 터뜨렸다.

"하지만 워커는 전혀 달라. 존버치협회(1958년 설립된 반공 우익 단체 — 옮긴이)에서도 서열이 높고……"

"유대인을 질색하는 파쇼들!"

"……조만간 회장으로 선출될 가능성도 지대하다네. 다른 우익단체들로부터 신임과 지지를 얻으면 공직에 다시 도전할 수도 있는데…… 이번에는 텍사스 주지사가 아닐 거야. 그보다 더 높은 자리를 목표로 하고 있는 것 같거든. 상원? 아마도. 어쩌면 백악관까지 노리고 있지 않을까?"

"그럴 리는 없을 겁니다."

리가 말은 이렇게 했지만, 자신 없어하는 목소리였다.

"가능성이 낮긴 하지." 드 모렌실트는 다시 고쳐 말했다. "하지만 포퓰리즘이라는 미명 아래 파시즘을 포용하는 미국 부르주아의 능력을 과소평가하면 안 돼. 텔레비전의 파급효과도. TV가 없었더라면 케네디는 닉슨을 이기지 못했을 거야."

"케네디도 그렇고 철권 정치도 그렇고요." 리가 말했다. 얼마 전까지만 해도 현직 대통령을 호의적으로 평가하더니 이제는 언제 그랬느냐는 식이었다. "그는 피델이 바티스타의 변기에서 똥을 싸는 한 마음을 놓지 못할 겁니다."

"그리고 인종 평등을 국법처럼 여기는 사회에 대해 미국 백인들이 느끼는 공포도 절대 과소평가하면 안 되고."

"검둥이, 검둥이, 검둥이, 멕시코 촌뜨기, 촌뜨기, 촌뜨기!" 리가 워낙 격분해서 비통하게 들리는 목소리로 외쳤다. "출근하면 들리는 소리가 그것뿐이에요."

"그렇겠지. 《모닝 뉴스》에서 '위대한 고장 텍사스'라고 할 때도 백인이 최고인 줄 알기에 위대한 고장이라는 뜻이 숨어 있잖은가. 그런데도 사람들이 그런 프로그램을 듣는단 말이지! 워커 같은 사람에게, 워커 같은 전쟁 영웅에게 하기스 같은 어릿광대는 징검다리에 불과해. 폰 힌덴부르크(독일 바이마르 공화국의 제2대 대통령 — 옮긴이)가 히틀러의 징검다리였던 것처럼. 홍보진만 제대로 갖추면 워커도 장차 큰 인물이 될 수 있어. 나는 어떻게 생각하는지 아는가? 인종차별적인 미국을 지향하는 에드윈 워커 장군을 없애는 사람은 이 사회에 공헌을 하는 셈이라고 생각한다네."

나는 소형 녹음기가 돌아가고 있는 테이블 옆 의자에 쿵 하고 주저앉았다.

"정말로 그렇게 생각하……"

리가 말을 꺼내는 순간 삑 하는 소리가 귀청을 때리는 바람에 나는 얼른 헤드폰을 벗었다. 위에서 경고 혹은 분노의 의미가 담긴 고함 소리 내지는 후닥닥 뛰어가는 발소리가 들리지는 않았으니 도청 장치가 들통 난 건 아니었다. 그들이 순간적으로 소리를 죽이는 능력을 갖추지 않은 이상 그런 건 아니었다. 나는 헤드폰을 다시 써 보았다. 아무 소리도 들리지 않았다. 이번에는 의자 위로 올라가 전방향 마이크가 담긴 밀폐용기를 거의 천장에 대다시피 했다. 리가 말하면 드 모렌실트가 가끔 대꾸하는 소리가 들리기는 했지만, 뭐라고 하는지 알아들을 수가 없었다.

오스왈드의 아파트에 설치한 도청 장치가 먹통이 되어 버린 것이다.

과거의 고집이란.

주제가 정치였을지, 부인들의 짜증나는 습성이었을지, 아니면 새롭게 부화된 에드윈 워커 장군 암살 계획이었을지 모르겠지만 대화는 그 뒤로도 10분 동안 이어졌고, 10분이 지났을 때 드 모렌실트가 쿵쿵거리며 바깥 계단을 내려오더니 차를 타고 떠났다.

리의 발소리가 내 머리 위에서 이어졌다. 퍽, 쿵, 퍽. 나는 그 발소리를 따라 침실 안까지 들어갔고, 발소리가 멈춘 지점에 전방향 마이크를 대고 귀를 쫑긋 세웠다. 정적…… 정적…… 그리고 잠시 후 희미하게 전해지는 코 고는 소리. 두 시간 뒤에 루스 페인이 마리나와 준을 내려 주었을 때에도 그는 도스 에퀴스에 취해 계속 꿈나라를 헤매고 있었다. 마리나는 그를 깨우지 않았다. 나 같아도 성질 더러운 그 후레자식을 깨우지 않았을 것이다.

6

오스왈드는 그날부터 결근을 밥 먹듯이 했다. 마리나는 알았다 한들 신경 쓰지 않았다. 어쩌면 새로 사귄 친구 루스에게 푹 빠져 지내느라 아예 몰랐을 수도 있었다. 손찌검은 좀 잦아들었지만 사기가 올라서 그런 게 아니라 리도 그녀만큼이나 집에 붙어 있지 않았기 때문이었다. 그는 종종 카메라를 들고 나갔다. 나는 앨이 남긴 기록 덕분에 그가 어딜 가는지, 거기서 무얼 하는지 이미 알고 있었.

하루는 리가 버스를 타러 집을 나섰을 때 나는 차를 집어타고 오크 론 가로 향했다. 리를 태운 시내 횡단 버스를 앞지르는 게 목표였는데, 간단하게 목표를 달성할 수 있었다. 오크 론 양쪽에 비스듬히 주차할 공간이 많았지만, 갈매기 날개처럼 생긴 테일핀이 달린 빨간색 셰비가 워낙 튀어서 리의 눈에 띌 가능성이 있었다. 그래서 위클리프 가 모퉁이에 있는 알파 베타 식품점 주차장에 차를 대고, 터틀 크리크 길까지 천천히 걸어갔다. 아치를 달고 외장에 벽토를 발라서 라틴아메리카의 대농장을 신식으로 재현한 주택들이 옆으로 지나갔다. 진입로에는 양쪽으로 야자수가 늘어섰고, 앞마당은 널찍하며, 심지어 분수까지 한두 개 보였다.

카우보이 전문배우 랜돌프 스코트를 빼다 박은 군살 하나 없는 남자가 4011번지 앞에서 기계로 잔디를 깎고 있었다. 내 시선을 느낀 에드윈 워커가 이마에 살짝 손을 대며 무뚝뚝하게 반 거수경례를 했다. 나도 똑같이 인사를 건넸다. 리 오스왈드의 표적은 다시 잔디를 깎았고, 나는 가던 길을 갔다.

7

나의 관심 지역이라 할 수 있는 댈러스의 그 블록은 터틀 크리크 길(장군이 사는 곳), 위클리프 가(내가 주차한 곳), 애번데일 가(내가 워커와 인사를 주고받고 나서 향한 곳), 오크 론으로 이루어졌다. 내가 이 중에서도 장군의 집 바로 뒤편의 일직선 도로이자 조그만 상가인 오크 론에 가장 관심을 기울인 이유는, 4월 10일 밤에 리가 이 길을 통해 접근하고 도주할 예정이기 때문이었다.

나는 텍사스 슈즈 앤드 부츠 앞에 서서 데님 재킷 깃을 올리고 양손은 주머니에 넣었다. 이런 자세를 취한 지 3분쯤 지났을 때 오크 론과 위클리프가 만나는 모퉁이에서 버스가 섰다. 문이 열리자마자 옷이 담긴 쇼핑백을 든 여자 두 명이 내렸다. 그런 다음 리가 인도로 내려섰다. 그는 직장인의 도시락 가방처럼 생긴 갈색 종이봉투를 들고 있었다.

모퉁이에 큼지막한 석조 교회가 서 있었다. 리가 교회 앞 철책으로 어슬렁어슬렁 다가가 게시판을 읽더니 주머니에서 조그만 수첩을 꺼내 무언가를 적었다. 그런 다음 수첩을 다시 주머니에 넣으며 내 쪽으로 걸어왔다. 미처 예상하지 못했던 행동이었다. 앨은 리가 여기서 족히 800미터는 걸어가야 나오는 오크 론 가 저쪽의 철로 근처에 총을 숨겼을 거라고 생각했다. 그런데 잘못된 추측이었는지, 리가 그쪽은 쳐다보지도 않았다. 70미터쯤 떨어진 곳에서 빠르게 내 쪽으로 다가오고 있었다.

'나를 알아보고 말을 걸 텐데.' 나는 이런 생각이 들었다. '아래층에 사는 남자 아니냐고, 여긴 어쩐 일이냐고 할 텐데.'

그가 그렇게 묻는 순간, 미래가 다른 방향으로 어긋나기 시작할 것이다. 불길한 일이었다.

쇼윈도에 전시된 신발과 부츠를 뚫어져라 쳐다보고 있는데, 땀방울이 목덜미를 따라 등줄기를 타고 흘러내렸다. 마침내 용기를 내서 왼쪽으로 흘끗 눈을 돌려보았더니 리는 사라지고 없었다. 무슨 조화라도 부린 것처럼.

나는 어슬렁어슬렁 길을 따라 걸었다. 모자를 쓸 걸, 선글라스라도 낄 걸, 왜 미처 생각을 못했을까? 어처구니없는 비밀 요원 같으니라고.

길 중간쯤에 '24시간 아침 제공'이라는 팻말이 걸린 커피숍이 있었다. 커피숍 안에도 리는 없었다. 커피숍 저편은 어떤 골목길 입구였다. 천천히 그 앞을 지나가면서 흘끗 오른쪽을 훔쳐보았더니 그가 눈에 들어왔다. 나를 등진 자세였다. 종이봉투에서 카메라를 꺼내 들고 있지만, 아직 뭘 찍지는 않았다. 쓰레기통을 살피는 중이었다. 뚜껑을 들어서 안을 살피고 다시 덮길 반복했다.

그가 고개를 돌리고 나를 쳐다보기 전에 얼른 지나가라고 내 몸속의 모든 뼈가, 내 머릿속의 모든 본능이 다그쳤지만, 나는 뭐에 홀리기라도 한 것처럼 꼼짝하지 못했다. 그 상황이라면 누구라도 그랬을 것이다. 피도 눈물도 없는 살인을 계획 중인 남자를 구경할 수 있는 기회가 평생을 통틀어 몇 번이나 찾아오겠는가.

그는 골목길 안쪽으로 조금 더 들어가더니 콘크리트 마개 위에 놓인 원형 철판 앞에서 걸음을 멈추었다. 그가 철판을 들어 보려고 했다. 철판은 꿈쩍도 하지 않았다.

골목길은 여기저기 심하게 패인 비포장도로였고, 길이가 180미터쯤 됐다. 그 중간에 잡초투성이 뒷마당과 공터를 지키는 쇠사슬이 드리워져 있었고, 춥고 음산한 겨울을 보내고 시들해 보이는 담쟁이덩굴로 뒤덮인 높다란 널빤지 울타리가 그 뒤로 이어졌다. 리가 담쟁이덩굴을 옆으로 치우더니 널빤지 한 개를 잡아당겼다. 널빤지가 덜거덕거리며 빠져나오자 그는 그 너머 공간을 들여다보았다.

달걀을 깨뜨려야 오믈렛을 만들 수 있다는 둥 어쩌고저쩌고 하는 격언도 좋지만, 도박은 이 정도면 충분했다. 나는 걸음을 옮겼다. 길

끝에 다다랐을 때 리가 관심을 보였던 교회 앞에서 걸음을 멈추었다. 오크 론 말일성도교회였다. 게시판에 따르면 매주 일요일 아침에 정규 예배가 있고, 수요일 저녁 7시에는 새신자 특별 예배 이후에 한 시간 동안 환영회가 열린다고 했다. 다과도 제공이 된다고 했다.

4월 10일이 수요일이었고, (드 모렌실트가 배후조종한 게 아니라면) 이제 리가 어쩔 계획인지 알 수 있을 것 같았다. 골목길에 미리 총을 숨겨 두고 새신자 예배와 환영회가 끝날 때까지 기다릴 작정이었던 것이다. 모임이 끝나면 신도들이 웃고 떠들며 버스정거장까지 걸어갈 테니 그 소리를 듣고 알 수 있었다. 버스는 배차 간격이 15분이라 수시로 등장했다. 리는 저격을 시도한 뒤 (철로 근처가 아니라) 헐렁한 널빤지 뒤편에 다시 총을 숨기고 신도들 틈바구니 속으로 섞여 들어갈 것이다. 그런 다음 버스가 오면 타고 떠날 것이다.

내가 오른쪽을 흘끗 쳐다본 순간, 그가 골목길에서 나왔다. 카메라는 다시 종이봉투 안으로 사라졌다. 그는 버스정거장으로 걸어가 전봇대에 기대고 섰다. 한 남자가 다가와 그에게 뭘 물어보았다. 잠시 후 두 사람은 주거니 받거니 이야기하기 시작했다. 모르는 사람과 대화를 나누는 걸까 아니면 그자도 드 모렌실트와 아는 사이일까? 길에서 우연히 만난 남자일까 아니면 공범일까? 여러 음모론에 따르면 케네디의 퍼레이드 행렬이 등장했을 때 딜리 광장 근처 잔디 언덕에 미지의 총잡이가 숨어 있었다는데 혹시 그자일까? 나는 헛소리하지 말자고 마음을 다잡았지만, 알 수 없는 일이었다. 뭐니 뭐니 해도 그게 가장 괴로웠다.

4월 10일에 오스왈드가 단독으로 등장하는 것을 두 눈으로 똑똑히 확인하지 않는 한 그 어떤 것도 장담할 수 없었다. 두 눈으로 똑똑히 확인하더라도 모든 의혹을 떨쳐 버릴 수는 없겠지만, 그래도 내 계획대로 진행하기에는 충분할 것이다.

주니의 아버지를 처치하기에는 충분할 것이다.

버스가 으르렁거리며 정거장으로 다가왔다. 비밀요원 X19호(유명한 마르크스주의자이자 부인을 때리는 리 하비 오스왈드)가 버스에 올라탔다. 버스가 시야에서 사라졌을 때 나는 골목길로 돌아가 끝까지 걸어갔다. 끝에 다다르자 울타리도 없는 널찍한 뒷마당이 나왔다. 천연 가스 펌프장 옆에 57년형 아니면 58년형 셰비 비스케인이 세워져 있었다. 삼각대 위에 올려놓은 바비큐 냄비도 보였다. 바비큐 냄비 너머로 큼지막한 고동색 저택의 뒷면이 보였다. 장군의 집이었다.

밑을 내려다보았더니 방금 전에 뭘 끌고 지나간 자국이 땅바닥에 남아 있었다. 그 자국 끝에 쓰레기통이 한 개 서 있었다. 내 눈으로 보지는 못했지만, 리가 옮겨다 놓은 게 분명했다. 10일 밤에 소총 받침으로 쓰일 쓰레기통이었다.

8

3월 25일 월요일, 리가 갈색 종이로 싼 기다란 물건을 들고 닐리 대로를 걸어왔다. 커튼 사이로 확인해 보니 '등록필', '보험 가입' 두 단어가 빨간색으로 큼지막하게 찍혀 있었다. 그가 자기 머릿속 깊이 박혀 있는 섬뜩한 사상이 아니라 외부로 시선을 돌려, 그렇게 수상하고 불안한 분위기를 풍기며 주변을 두리번거리다니 처음 있는 일이었다. 나는 그 안에 뭐가 들었는지 알고 있었다. 조준경까지 달려 있고 만리헤르 카르카노라고도 불리는 6.5밀리 카르카노 소총이 들어 있을 것이다. 시카고의 클라인스 스포츠 용품점에서 산 물건이었다. 5분 뒤에 그는 바깥 계단을 지나 2층으로 올라갔고, 역사를 바꾸는 데 쓰일 총은 내 머리 위 벽장 속에 넣을 것이다. 마리나가 6일 뒤 내 거실 창문 바로 앞에서 그가 총을 들고 있는 그 유명한 사진을 찍을 텐데, 나는 그 광경을 구경하지 못했다. 일요일이라 조디에 있었던 것이다. 4월 10일이 가까워질수록 새디와 함께 보내는 주말이 내 인생에서 가장 중요하고 소중한 시간이 되었다.

9

나는 아직 늦지 않았다고 누가 중얼거리는 소리를 듣고 번쩍 눈을 떴다. 그러다 내가 한 말임을 깨닫고 입을 다물었다.
　새디가 쉰 목소리로 뭐라고 투덜거리며 저쪽으로 돌아누웠다. 스프링이 삐걱거리는 귀에 익은 소리가 나를 이 시대, 이 공간에 가두었다. 1963년 4월 5일, 캔들우드 방갈로였다. 협탁에 놓아둔 손목시계를 집어 야광 바늘을 확인했다. 새벽 2시 15분이 지난 시각이었으니 정확히 따지면 4월 6일이었다.
　아직 늦지 않았다.
　뭐가 아직 늦지 않았다는 걸까? 뒤로 물러나 수수방관하기에? 하늘도 알고 땅도 아는 일이지만 나도 물러나고 싶은 마음이 굴뚝같았다. 나섰다 일이 잘못되기라도 하면 오늘이 새디와 보내는 마지막 밤이 될 수 있었다. 죽을 때까지.

그자를 죽여야 된다고 하더라도 지금 당장 해치워야 하는 건 아니잖아.

맞는 말이었다. 오스왈드는 장군을 암살하려다 실패한 뒤 뉴올리언스로 거처를 옮기겠지만 (내가 이미 찾아가서 확인한 바에 따르면 이번에도 형편없는 아파트였다.) 2주 뒤의 일이었다. 그 사이 해치워도 충분했다. 하지만 너무 미적대면 안 될 것 같은 예감이 들었다. 뜸을 들이고 싶은 이유야 많았다. 그중에서 으뜸이 지금 내 옆에 누워 있는 여자였다. 길쭉하고 사랑스럽고 부드러운 이 알몸. 어쩌면 고집 센 과거가 그녀라는 덫을 설치한 것일 수도 있었지만, 그래도 상관없었다. 그녀를 사랑했으니까. 앞으로 어떤 시나리오가 펼쳐질지 그림이 그려지고도 남았다. 오스왈드를 죽인 뒤에 내가 어디로 가겠는가? 어디로 도망치겠는가? 당연히 메인으로 돌아갈 것이다. 막판까지 경찰을 따돌릴 수 있길 바라며 토끼 굴을 지나 미래로 탈출할 텐데, 미래에서 새디 던힐은…… 음…… 여든 살쯤 됐을 것이다. 만약 살아 있다면 말이다. 흡연이라는 습관을 감안했을 때 가능성이 희박한 이야기이기는 했지만.

나는 자리에서 일어나 창가로 다가갔다. 초봄 주말이라 손님이 든 방갈로가 몇 채뿐이었다. 진흙인지 거름인지를 뒤집어쓰고, 뒤에 매단 트레일러에 농기구처럼 생긴 물건을 잔뜩 실은 픽업트럭이 한 대 있었다. 사이드카가 달린 인디언 모터사이클도 한 대 있었다. 스테이션왜건도 몇 대 있었다. 그리고 2색 플리머스 퓨리. 달님이 얇은 구름 뒤로 얼굴을 들이밀었다 내밀었다 하는 통에 밑 부분이 무슨 색인지 알 수가 없었지만, 무슨 색일지 짐작이 되고도 남았다.

나는 바지와 셔츠를 입고 신발을 신었다. 그런 다음 밖으로 빠져나와 안마당을 지났다. 침대의 온기가 남은 살 속으로 싸늘한 공기가 파고들었지만, 거의 느끼지 못했다. 과연 퓨리였고, 과연 아래는 빨간색, 위는 하얀색이었지만, 메인이나 아칸소 차가 아니었다. 오클라호마 번호판이 달려 있었고, 뒤 유리창에 '수너(오클라호마 주의 별명—옮긴이) 파이팅'이라고 적힌 판박이 스티커가 붙어 있었다. 안을 들여다보았더니 여기저기 널브러진 교재들이 보였다. 봄방학을 맞아 남쪽에 계신 부모님을 만나러 가는 학생일까? 아니면 캔들우드의 자유분방한 분위기를 활용 중인 발정 난 교사 커플일 수도 있고.

과거가 연출한 또 하나의 화음인데, 이번에도 음이 약간 안 맞았다. 나는 리스본 폴스에서 그랬던 것처럼 트렁크를 살짝 건드리고 다시 방갈로로 돌아갔다. 새디는 허리까지 이불을 내린 채 자고 있다 나를 따라 들어온 찬 공기에 잠에서 깼다. 이불로 가슴을 가리며 일어나 앉더니 나인 걸 알고 이불을 놓았다.

"잠이 안 와요?"

"기분 나쁜 꿈을 꿔서 바람 좀 쐬러 나갔다 왔어요."

"어떤 꿈이었는데요?"

나는 청바지 단추를 풀고 신발을 벗어 던졌다.

"기억이 안 나요."

"열심히 생각해 봐요. 우리 엄마가 말하길 어떤 꿈을 꿨는지 말해 버리면 효과가 없어진다고 했거든요."

나는 셔츠만 걸친 채 침대 속으로 들어갔다.

"우리 엄마는 애인한테 뽀뽀를 하면 효과가 없어진다고 했는데."

"정말?"

"아뇨."

"흠." 그녀는 생각에 잠긴 투로 중얼거렸다. "그럴듯한데. 한번 시험해 볼까요?"

우리는 시험해 보았다.

시험은 또 다른 무언가로 발전했다.

10

시험이 끝났을 때 그녀는 담배에 불을 붙였다. 나는 뭉게뭉게 피어오른 담배 연기가 반쯤 열어 놓은 커튼 사이로 이따금 비치는 달빛을 받고 파랗게 변하는 모습을 바라보았다. '닐리 대로에서는 커튼을 저런 식으로 열어놓은 적이 없었는데.' 나는 이런 생각이 들었다. '닐리 대로에서 살았을 때는 나 말고는 아무도 없어도 커튼을 꽁꽁 쳐놓았는데. 숨어서 밖을 훔쳐볼 때 말고는.'

그 순간, 나 자신이 정말 싫어졌다.

"조지?"

나는 한숨을 쉬었다.

"내 이름은 조지가 아니에요."

"알아요."

나는 그녀를 쳐다보았다. 그녀는 담배를 깊이 한 모금 빨아들였다. 그때 그 시절 사람답게 아무 죄책감 없이 맛있게 담배를 즐겼다.

"당신이 궁금해할까 봐 미리 밝히자면 누구한테 들은 거 아니에요. 그래야 앞뒤가 맞잖아요. 당신 과거가 전부 다 조작이니까. 그런데 다행이네요. 조지라는 이름 별로 마음에 안 들었거든요. 뭐랄까…… 당신이 가끔 쓰는 말 있잖아요. 그러니까…… 조금 맹탕 같았다고 할까?"

"제이크는 마음에 들어요?"

"제이콥의 제이크?"

"그렇죠."

"마음에 들어요." 그녀는 내 쪽으로 고개를 들었다. "성경을 보면 야곱이 천사하고 싸우잖아요. 그런데 당신도 싸우고 있으니까. 안 그래요?"

"그렇긴 한데, 상대가 천사는 아니에요."

리 오스왈드가 악마인가 하면 그것 또한 아니었다. 오히려 드 모렌실트라면 모를까. 성서에서 사탄은 솔깃한 제안을 하고 한쪽으로 물러났다. 드 모렌실트도 그런 식이면 얼마나 좋을까.

새디가 담배를 껐다. 목소리는 차분했지만, 눈빛은 우울했다.

"다칠 가능성도 있어요?"

"모르겠어요."

"나중에 도망칠 거예요? 당신이 달아나 버리면 내가 감당할 수 있을지 자신이 없거든요. 예전에는 그런 소릴 하느니 차라리 죽는 게 낫다고 생각했었는데 리노에 있는 동안 얼마나 끔찍했는지 몰라요. 당신과 영영 헤어진다면······.” 그녀는 천천히 고개를 저었다. “아뇨, 감당할 수 있을지 자신이 없어요.”

“당신하고 결혼하고 싶어요.” 내가 말했다.

“어머나.” 그녀가 나지막이 중얼거렸다. “내가 결혼 같은 건 하지 못하겠다고 말하려는 찰나에 일명 조지라고 불리는 제이크가 먼저 말을 꺼내 주었네?”

“지금 당장은 못하지만, 다음 주에 내 계획대로 일이 끝나면······ 나랑 결혼해 줄래요?”

“당연하죠. 하지만 그 전에 사소하게나마 한 가지 짚고 넘어갈 게 있어요.”

“독신이냐는 거죠? 법적으로 깨끗하냐는 거죠? 그게 궁금한 거 아니에요?”

그녀는 고개를 끄덕였다.

“깨끗해요.”

그녀는 우스꽝스러운 한숨 소리를 내더니 어린아이처럼 씩 웃었다. 그러더니 정색을 하고 물었다.

“내가 도울 방법 없어요? 돕고 싶은데.”

생각만 해도 오싹했다. 그녀는 내 표정을 보고 알아차렸는지 아랫입술을 안으로 넣어 이로 깨물었다.

“그 정도로 심각한 일이구나.”

그녀가 생각에 잠긴 투로 중얼거렸다.

“그러니까 어떤 거냐면 내가 지금 날카로운 톱니가 잔뜩 달린 기계 옆에 서 있는데, 그 기계가 전속력으로 돌아가고 있어요. 그런 기계를 만지는 동안 당신을 근처로 부를 수 있겠어요?"

"언제예요?" 그녀가 물었다. "당신이…… 그러니까…… 운명의 여신과 담판을 짓는 날요."

"아직 미정이에요." 나는 이미 너무 많은 걸 이야기해 버린 듯했지만, 기왕지사 이렇게 된 거 좀 더 저지르기로 했다. "이번 주 수요일 밤에 어떤 사건이 벌어질 거예요. 내가 두 눈으로 반드시 확인해야 하는 사건이. 그 사건을 확인한 다음 결정할 거예요."

"내가 도울 방법은 없는 거예요?"

"없을 거예요."

"만약……"

"고마워요." 내가 말했다. "그 마음만 감사하게 받을게요. 그리고 나랑 정말 결혼해 줄 거죠?"

"이제는 당신 이름이 제이크라는 걸 알았잖아요. 당연하죠."

11

월요일 아침 10시 무렵 스테이션왜건이 길가에 멈추어 섰고, 마리나가 루스 페인과 함께 어빙으로 떠났다. 나도 볼일이 있어서 막 집을 나서려는 찰나, 쿵쾅거리며 바깥 계단을 내려오는 발소리가 들렸다. 리였다. 창백하고 험상궂은 얼굴에 머리는 산발이었고, 얼굴은 지독한 성인 여드름으로 얼룩덜룩했다. 청바지 위에다 정강이께에서 펄럭이는 우스꽝스러운 트렌치코트를 걸치고, 한 팔로 가슴을 가린 채 걸었다. 갈비뼈가 아픈 사람처럼.

혹은 트렌치코트 밑으로 무언가를 들고 있는 사람처럼. *리는 암살을 시도하기 전에 러브 필드 근처에서 새로 산 소총의 조준 장치를 점검했음.* 앨의 기록에는 이렇게 적혀 있었다. 그가 어디서 조준 장치를 점검했던 나로서는 상관없었다. 하마터면 그와 정면으로 마주칠 뻔하지 않았는가. 이미 출근을 했을 거라는 가정 하에 아무 생각 없이…….

그러고 보니 월요일 아침인데 왜 출근을 하지 않은 걸까?

나는 허튼 궁금증을 일축하며 서류가방을 들고 집을 나섰다. 그 안에는 미완성으로 남을 소설과 앨의 공책, 과거에서 펼친 내 모험담을 열심히 기록 중인 원고가 들어 있었다.

만약 4월 10일 사건이 리의 단독 범행이 아니라면 내가 공범 혹은 드 모렌실트의 눈에 띄어 목숨을 잃을 수도 있었다. 그럴 가능성은 낮았지만, 오스왈드를 처치한 뒤에 달아나야 할 확률은 그보다 높았다. 붙잡혀서 살인범으로 체포될 확률도 마찬가지였다. 그랬을 때 앨의 기록이나 내 회상록이 경찰이나 다른 사람 손에 들어가면 안 될 일이었다.

4월 8일의 당면 과제는 공책과 원고를 머릿속이 복잡하고 사나운 2층 남자한테서 멀찍감치 떼어 놓는 것이었다. 나는 댈러스의 퍼스트 콘 은행을 찾아갔고, 리스본 폴스의 홈타운 트러스트에서 내 업무를 처리했던 은행원과 꼭 닮은 직원이 나를 맞았을 때 놀라지 않았다. 이 직원의 이름은 더슨이 아니라 링크였지만, 생김새가 그 옛날 쿠바에서 건너온 밴드리더 하비에르 쿠가트와 비슷했다.

나는 대여 금고에 대해 문의했다. 잠시 후 원고는 775번 금고 안으로 들어갔다. 나는 차를 몰고 닐리 대로로 돌아가는 길에 금고 열쇠가 없어진 걸 발견한 순간 엄청난 공황을 느꼈다.

'진정해.' 나는 속으로 중얼거렸다. '주머니 안에 있을 거야. 없어졌더라도 리처드 링크라는 친구가 기꺼이 사본을 만들어 줄 텐데, 뭘. 비용이 1달러나 들려냐?'

내 속삭임이 소환하는 역할을 했는지 주머니 한쪽 구석, 잔돈 밑에 숨어 있던 열쇠가 만져졌다. 나는 그 열쇠도 열쇠고리에 달았다. 이제는 안심할 수 있었다. 내가 토끼 굴로 도망칠 수밖에 없는 상황이 벌어져 현재로 넘어갔다 과거로 되돌아오더라도 이 열쇠는 내 곁에 남을 것이다. 지난 4년 반 동안 있었던 일들은 모조리 원점으로 돌아가겠지만. 지금은 대여 금고 속에 안전하게 보관되어 있는 원고도 사라져 버리겠지만, 그건 어쩌면 희소식일 수도 있었다.

하지만 새디도 사라져 버리는 건 비극이었다.

22장

1

4월 10일 오후는 여름을 예고하는 듯 맑고 따뜻했다. 나는 바지를 입고 덴홈 통합 고등학교에서 아이들을 가르치던 시절에 산 스포츠 재킷을 걸쳤다. 탄창을 꽉 채운 38구경 권총은 서류가방에 넣었다. 불안했던 것 같지는 않다. 때가 되고 보니 차가운 갑옷 속에 들어앉은 듯한 기분이 들었다. 손목시계를 확인했다. 3시 30분이었다.

나는 이번에도 위클리프 가 알파 베타 주차장에 차를 댈 계획이었다. 아무리 차가 막혀도 4시 15분이면 도착할 수 있을 것이다. 차를 댄 다음에는 골목길을 샅샅이 둘러볼 것이다. 시간이 시간인지라 골목길에 아무도 없을 공산이 큰데, 그러면 헐거워진 널빤지 뒷공간을 확인할 것이다. 리가 카르카노를 미리 숨겨 놓았을 거라는 앨의 짐작이 맞다면(장소는 틀렸지만), 거기 숨겼을 테니까.

그런 다음 다시 차로 돌아가 리가 일찍 등장할 경우에 대비해 버스정거장을 감시하며 기다릴 것이다. 7시에 모르몬교회에서 새신자 예배가 시작되면 24시간 아침을 제공한다는 커피숍으로 건너가 창가 자리에 앉을 것이다. 먹고 싶지도 않은 음식을 천천히 깨작거리며 도착하는 버스들을 예의 주시할 것이다. 리가 버스에서 혼자 내리길 바라면서. 조지 드 모렌실트의 차가 보이지 않길 바라면서.

그게 내가 세운 계획이었다.

나는 서류가방을 집어 들며 손목시계를 다시 한 번 확인했다. 3시 33분. 셰비에는 기름을 가득 채웠고, 출발하는 데 아무 문제가 없었다. 내가 계획대로 집을 나서 그 차에 올라탔더라면 전화벨 소리가 빈집에 울려 퍼졌을 것이다. 그런데 계획대로 되지 않았다. 내가 손잡이를 향해 손을 내미는 순간, 누군가가 문을 두드리는 소리가 들렸던 것이다.

문을 열었더니 마리나 오스왈드가 그 앞에 서 있었다.

2

나는 얼마 동안 옴짝달싹도 못하고 아무 말도 하지 못한 채 입만 떡 벌리고 있었다. 뜻밖의 등장 때문에 그런 것이었지만, 다른 이유도 있었다. 이렇게 바로 앞에서 대면하기 전까지는 몰랐건만, 파란색의 동그란 눈이 새디를 빼다 박았던 것이다.

마리나는 깜짝 놀란 내 표정을 모르는 척했던지 아니면 알아차리지 못했다. 그녀만의 고민거리가 있었기 때문이었다.

"미안합니다. 우리 허브카 보셨어요?" 그녀는 입술을 깨물며 고개를 살짝 저었다. "우리 나암편이요." 그녀는 애써 미소를 지으려 했지만, 새로 해 넣은 치아에도 불구하고 노력의 결과가 썩 만족스럽지 못했다. "미안합니다. 영어 잘 못해요. 벨로루시 사람이에요."

2층에 사는 남자를 찾느냐고 묻는 누군가의 목소리가 들렸다. 아마 내 목소리였을 것이다.

"네, 그래요. 우리 남편, 리예요. 우리 2층 살아요. 얘는 우리 말리슈카…… 우리 아이예요." 그녀가 계단 맨 아래 놓인 유모차에 앉아서 평화롭게 고무젖꼭지를 빨고 있는 준을 가리키며 하는 이야기였다. "그이, 회사 잘린 뒤로 매일 나가요."

그녀는 다시 애써 미소를 지으려 했지만, 눈가에 주름이 잡히면서 왼쪽 눈에서 눈물 한 줄기가 뺨을 타고 흘러내렸다.

그렇군. 바비 스토벌이 인쇄 실력이 가장 좋은 사원 없이도 회사를 꾸려 나갈 수 있게 된 모양이었다.

"못 봤는데요…… 부인."

하마터면 오스왈드 부인이라는 소리가 튀어나올 뻔했지만, 제때 막을 수 있었다. 다행이었다. 내가 그들의 이름을 무슨 수로 알 수 있었겠는가? 그들은 집으로 뭘 배달시키지 않았다. 현관에 우편함이 두 개 있었지만, 그 어느 쪽에도 그들의 이름은 적혀 있지 않았다. 내 이름도 없었고, 나도 집으로 배달시키는 게 없었다.

"오스왈드예요." 그녀가 자기 소개와 함께 손을 내밀었다. 나는 악수를 하면서 내가 꿈을 꾸고 있는 게 분명하다는 생각을 했다. 하지만 꿈이라고 하기에는 그녀의 조그맣고 보송보송한 손바닥이 너무 진짜 같았다. "마리나 오스왈드요. 만나서 반갑습니다."

"죄송하지만, 오스왈드 부인, 오늘은 남편을 보지 못했는데요."

거짓말이었다. 12시가 막 지났을 때, 그러니까 루스 페인의 스테이션왜건이 마리나와 준을 싣고 어빙으로 떠나고 잠시 후 그가 나가는 것을 보았으니까.

"걱정이 돼서요." 그녀가 말했다. "그이가…… 그게…… 미안합니다. 신경 쓰이게 해서."

그녀는 이 세상에서 가장 달콤하면서도 슬픈 미소를 다시금 지어 보이며 천천히 눈물을 닦았다.

"이따가라도 보이면……"

이 말에 그녀는 화들짝 놀랐다.

"아뇨, 아뇨, 아무 말하면 안 돼요. 그이는 내가 모르는 사람들이랑 얘기하는 거 안 좋아해요. 저녁 먹으러 들어오겠죠, 이따가 아마도." 그녀가 계단을 내려가 아이에게 러시아어로 뭐라고 얘기하자 아이가 웃음을 터뜨리며 통통한 팔을 엄마에게 내밀었다. "안녕히 계세요. 고맙습니다. 말 안 할 거죠?"

"알았어요." 내가 대답했다. "입에 지퍼 잠글게요."

그녀는 내 말을 못 알아들은 것 같았지만 고개를 끄덕였고, 내가 손가락으로 입에 지퍼 잠그는 흉내를 내자 안심하는 눈치였다.

나는 땀을 뻘뻘 흘리며 문을 닫았다. 어디에선가 나비 한 마리가 아니라 한 떼거리가 펄럭이는 소리가 들리는 듯했다.

'별 거 아닐 수도 있어.'

나는 준의 유모차를 밀고 버스정거장 쪽으로 걸어가는 마리나를 바라보았다. 거기서 남편을 기다리려는 걸까? 무슨 음모를 꾸미고 있는 남편을? 그녀도 그 정도는 알고 있었다. 표정을 보면 알 수 있었다.

그녀가 시야에서 사라졌을 때 문손잡이 쪽으로 손을 내미는데, 이번에는 전화벨이 울렸다. 받지 않을까 했지만 내 번호를 아는 사람이 몇 명 안 됐고, 그 몇 명 중에는 내가 무척 아끼는 여자도 들어 있었다.

"여보세요?"

"여보세요, 앰버슨 씨?" 남부 사투리가 살짝 섞인 남자 목소리였다. 내가 그자의 정체를 단박에 알아차렸던가? 기억은 안 나지만 그랬던 것 같다. "여기 누가 앰버슨 씨한테 할 말이 있다는데요."

나는 1962년 말과 1963년 초에 한 번은 댈러스에서, 또 한 번은 조디에서 두 사람의 인생을 살았다. 그 둘이 4월 10일 그날 오후 3시 39분에 하나로 합쳐졌다. 새디가 내 귀에 대고 비명을 지르기 시작했다.

3

그녀는 비 트리 길에 있는 단층짜리 조립식 랜치 하우스에서 살았다. 조디 서쪽으로 건너가면 네댓 블록에 걸쳐 그런 집들이 줄줄이 이어졌다. 2011년 역사책을 보면 이 동네를 항공 촬영한 사진 밑에 '20세기 중반의 전형적인 첫 보금자리', 이런 설명이 달릴지 모른다. 그녀는 도서관 일을 돕는 아이들과 방과 후 회의를 마친 뒤 그날 오후 3시쯤 집에 도착했다. 집에서 조금 떨어진 길가에 위는 하얀색, 아래는 빨간색인 플리머스 퓨리가 주차되어 있었는데, 아마 몰랐을 것이다.

길 건너 네댓 집 옆에서 할로웨이 부인이 세차를 하고 있었다(동네 사람들이 모두 불신하는 르노 도핀이었다.). 새디는 폭스바겐 비틀에서 내리며 부인을 향해 손을 흔들었다. 부인도 손을 흔들었다. 그 동네에서 유이하게 (생소한) 외제차를 타고 다니는 주민으로서 두 사람은 종종 동지애를 느꼈다.

현관으로 다가간 새디는 얼굴을 찡그리며 그 앞에 잠깐 서 있었다. 문이 살짝 열려 있었던 것이다. 문을 열고 나갔단 말인가? 그녀는 집 안으로 들어가 문을 닫았다. 자물쇠를 억지로 연 뒤라 제대로 닫히지 않았는데, 그녀는 알아차리지 못했다. 소파 위 벽에 온 신경이 집중돼 있었기 때문이었다. 그곳에 그녀의 립스틱으로 '더러운 걸레'라는 두 단어가 90센티미터 길이로 적혀 있었던 것이다.

그때 도망쳤어야 하는 건데, 워낙 놀라고 화가 나서 두려움을 느낄 겨를이 없었다. 누구 소행인지 뻔했지만, 조니는 가고 없을 것이다. 그녀가 결혼했던 남자는 신체적인 접촉에 영 취미가 없었으니까. 심한 말은 숱하게 내뱉었고 빰을 한 번 때린 적도 있었지만, 그뿐이었으니까.

게다가 그녀의 속옷이 바닥에 흩뿌려져 있지 않은가.

그 때문에 거실에서 침실로 이어지는 짧은 복도를 걷기가 복잡했다. 긴 슬립, 짧은 슬립, 브래지어, 팬티, 입을 필요가 없긴 하지만 그래도 가끔 입는 거들에 이르기까지 모든 게 난도질을 당한 뒤였다. 복도 끝에 달린 욕실 문이 열려 있었다. 수건걸이가 뜯어져 나갔다. 수건걸이가 달려 있었던 타일 벽에 이번에도 그녀의 립스틱으로 또 다른 메시지가 적혀 있었다. '추잡한 화냥년'이라고.

침실 문도 열려 있었다. 그녀는 침실 쪽으로 다가가 문지방을 밟고 섰다. 조니 클레이턴이 한 손에는 칼을, 한 손에는 스미스 앤드 웨슨 빅토리 38구경을 들고 문 뒤에 서 있는 줄도 모른 채. 그 총은 리 오스왈드가 댈러스에서 J. D. 티핏 경관을 쏜 리볼버와 같은 회사에서 만든 같은 모델이었다.

그녀의 화장품 케이스가 침대 위에서 입을 벌리고 있었고, 거의 대부분이 화장품인 내용물은 침대 커버 위에 흩뿌려져 있었다. 아코디언처럼 접었다 폈다 하는 벽장문도 열려 있었다. 옷걸이에 서글프게 대롱대롱 매달린 옷들도 있었지만, 대부분 바닥에 떨어져 있었다. 하나같이 난도질을 당한 채.

"조니, 이 나쁜 놈."

그녀는 고함을 지르고 싶었지만, 충격이 너무 커서 속삭이는 수준에 그치고 말았다.

그녀는 벽장 쪽으로 다가갔지만, 몇 발자국 가지도 못했다. 누군가가 팔로 그녀의 목을 조르더니 조그맣고 동그란 강철을 관자놀이에 갖다 댔던 것이다.

"움직이지 말고, 반항도 하지 마. 내 말 안 들으면 죽여 버리겠어."

그녀가 빠져나오려고 하자 그가 리볼버로 그녀의 머리 위쪽을 후려갈겼다. 그와 동시에 목을 더욱 세게 조였다. 그녀는 목을 조르는 쪽 손에 쥐어진 칼을 보고 반항을 멈추었다. 조니가 맞는데(목소리를 들으면 알 수 있었다.) 조니가 아니기도 했다. 사람이 달라진 것이다.

'그이 말을 들었어야 하는 건데.' 그녀는 생각했다. 내 말을 들었어야 했다는 뜻이었다. '왜 안 그랬을까?'

그가 그녀의 목을 조른 채 거실로 끌고 가 돌려세우면서 소파로 내동댕이쳤다. 그녀는 다리를 벌리며 털썩 주저앉았다.

"이 걸레 같은 년아, 치마 내려. 가터벨트 다 보이니까."

그는 가슴받이가 달린 작업복을 입고 있었고(그것만으로도 꿈이 아닐까 하는 생각이 들기에 충분했다.), 금색이 섞인 희한한 주황색으로 머리를 염색했다. 그녀는 하마터면 웃음을 터뜨릴 뻔했다.

그는 소파 앞에 놓인 두꺼운 쿠션에 앉았다. 총으로 그녀의 복부를 겨누고.

"네 껄떡쇠한테 전화할 거야."

"그게 무슨……"

"앰버슨 말이지. 킬린의 그 뜨끈뜨끈한 곳에서 너랑 떡을 치는 자식. 다 알아. 오래 전부터 너를 지켜보았거든."

"조니, 지금 나가 주면 경찰에 연락 안 할게요. 약속해요. 옷들 다 찢어 놓은 것도 눈감아 줄게요."

"화냥년이 걸친 옷인데 뭐." 그는 깔보는 투로 말했다.

"나는…… 그 사람 전화번호 몰라요."

그녀가 평소에 작업실 타자기 옆에 놓아주었던 주소록이 전화기 옆에 펼쳐져 있었다.

"내가 알아. 맨 첫 장에 적혀 있던데? 껄떡쇠라 ㄲ란을 먼저 찾았더니 없더군. 내가 전화를 할 거니까 교환원한테 뭐라고 지껄일 생각은 하지도 마. 연결이 되면 그자한테 얘기해."

"싫어요, 조니. 그 사람을 해칠 작정이라면 싫어요."

그가 앞으로 몸을 숙였다. 그 바람에 금색이 섞인 희한한 주황색으로 염색한 머리가 앞으로 쏟아지자 총을 들고 있던 손으로 쓸어 넘겼다. 그런 다음 칼을 들고 있던 손으로 수화기를 집었다. 총은 계속 그녀의 복부를 겨누었다.

"있잖아, 새디." 그가 말했다. 이제는 거의 정신을 차린 듯한 목소리였다. "내가 너희 둘 중 한 명을 죽일 거야. 한 명은 살 수 있어. 누굴 살릴 건지 네가 결정해."

그는 진심이었다. 표정을 보면 알 수 있었다.

"그 사람이…… 그 사람이 만약 집에 없으면?"

그는 한심하다는 듯이 빙그레 웃었다.

"그럼 네가 죽는 거지."

그녀는 이렇게 생각했을 것이다. '시간을 벌 수 있을 거야. 댈러스에서 조디까지는 최소 세 시간이고, 차가 막히면 그보다 더 걸리잖아. 그 동안 조니가 정신을 차리겠지. 아마도. 아니면 잠깐 한눈팔았을 때 뭘 집어던지든지 도망쳐야겠다.'

그는 주소록을 보지도 않은 채(숫자를 기억하는 능력이 워낙 출중했으니까) 0번을 누르고 웨스트브룩 7-5430을 연결해 달라고 했다. 그런 다음 잠자코 듣고 있다가 "고맙습니다."라고 말했다.

정적이 흘렀다. 북쪽으로 160킬로미터 넘게 달려야 나오는 어느 집에서 전화벨이 울렸다. 그녀는 조니가 자신의 배에 대고 방아쇠를 당기기 전에 전화벨이 몇 번 울릴 때까지 기다려 줄 것인지 궁금했을 것이다.

잠시 후 잠자코 듣고 있던 그의 표정이 달라졌다. 환해졌고 심지어 어렴풋한 미소까지 지었다. 치아가 여전히 하얬다. 날마다 아무리 못해도 대여섯 번씩 닦았으니 그럴 수밖에.

"여보세요, 앰버슨 씨? 여기 누가 앰버슨 씨한테 할 말이 있다는데요."

그가 일어나 새디에게 수화기를 건넸다. 그녀가 수화기를 귀에 대는 순간, 그가 먹이를 덮치는 뱀처럼 순식간에 칼을 휘둘러 그녀의 뺨을 그었다.

4

"새디한테 무슨 짓을 한 거야?" 나는 고함을 질렀다. **"무슨 짓을 한 거냐고, 이 나쁜 놈아!"**

"조용히 해, 앰버슨 씨." 그는 재미있어하는 목소리였다. 새디는 비명을 그쳤지만, 흐느껴 우는 소리가 들렸다. "새디는 괜찮을 거야. 피가 제법 많이 나기는 하지만 멈추겠지." 그는 잠깐 멈추었다 신중하게 고민하는 투로 말을 이었다. "물론 이제는 예쁘다는 소리를 들을 수 없게 됐어. 4달러짜리 화냥년한테 딱 맞는 얼굴이 됐거든. 우리 어머니가 얘를 그렇게 불렀는데, 우리 어머니 말이 맞았지 뭐야."
"새디는 놓아줘, 클레이턴." 내가 말했다. "부탁한다."
"나도 놓아주고 싶어. 이제 표시도 남겼겠다 놓아주고 싶다고. 그런데 내가 얘한테 한 말이 있거든, 앰버슨 씨. 둘 중 한 명을 죽일 거라고. 나는 얘 때문에 직장에서 잘렸어. 사표를 쓰고 전기 요법으로 치료하는 병원에 입원을 해야 했지. 안 그러면 체포한다고 그랬거든." 그는 말을 멈추었다 다시 이었다. "내가 어떤 여자아이를 계단에서 밀었어. 내 몸에 손을 대려고 해서. 그게 다 여기서 자기 무릎 위로 피를 뚝뚝 흘리고 있는 이 더러운 년 때문이야. 내 손에도 피가 묻었네? 살균제로 씻어야겠는걸?"

그러더니 그는 웃음을 터뜨렸다.

"클레이턴……"

"3시간 반 동안 기다려 주겠다. 7시 30분까지. 그때까지 안 오면 이년 몸에 총알을 두 개 박을 거야. 하나는 배에다, 하나는 더러운 보지에다가."

뒤에서 새디가 비명을 지르는 소리가 들렸다.

"오지 마요, 제이콥!"

"조용히 해!" 클레이턴이 그녀에게 고함을 질렀다. "그 입 닥치라고!" 그런 다음 섬뜩하도록 아무렇지도 않은 투로 내게 물었다. "제이콥이 누구지?"

"나다." 내가 대답했다. "내 가운데 이름이야."

"이년이 그 이름을 부르면서 침대에서 네 자지를 빨아 주던가? 응, 껄떡쇠?"

"클레이턴." 내가 말했다. "조니. 지금 당신이 무슨 짓을 저지르고 있는지 잘 생각해 봐."

"1년도 넘게 잘 생각했어. 전기로 치료하는 병원에서는 충격 요법을 쓰거든. 그러면 꿈을 꾸지 않게 된다고 하더니 아니었어. 더 심해지더군."

"새디가 얼마나 심하게 베인 건가? 좀 바꿔 줘."

"안 돼."

"바꿔 주면 네가 시키는 대로 하겠다. 안 바꿔 주면 네가 시키는 대로 하지 않을지 몰라. 충격 요법 때문에 이 말 뜻도 이해 못할 만큼 머릿속이 엉망진창이 된 건 아니겠지?"

그렇지는 않은 모양이었다. 부스럭거리는 소리가 들리는가 싶더니 새디가 전화를 받았다. 그녀가 가냘프게 떨리는 목소리로 말했다.

"많이 베이기는 했지만 죽을 정도는 아니에요." 그러더니 목소리를 낮추었다. "하마터면 눈을……"

클레이턴이 수화기를 빼앗았다.

"들었지? 네 깔치는 걱정 마. 그러니까 이제 그 잘나가는 쉐보레 집어타고 쌩하니 이 집으로 달려오지 그래? 하지만 내 말 잘 들어, 조지 제이콥 앰버슨 껄떡쇠. 경찰에 연락해서 파란불이나 빨간불이 언뜻 보이기라도 하면 이년을 죽이고 나도 죽어 버릴 거다. 알아들었지?"

"그래."

"좋아. 좌변과 우변이 막상막하인 등식이 성립됐군. 껄떡쇠냐 화냥년이냐. 그 사이에 내가 껴 있어. 내가 등호야. 그런데 앰버슨, 네가 결정해야겠다. 어느 쪽을 지워야 할까? 네가 결정해."

"안 돼요!" 그녀가 비명을 질렀다. "오지 말아요! 여기 와 봤자 우리 둘 다……"

딸깍 하고 전화가 끊겼다.

5

나는 지금까지 진실만을 이야기했고, 내가 아무리 인간 말종으로 비쳐지더라도 계속 진실만을 이야기할 작정이다. 멍하니 수화기를 내려놓았을 때 내가 맨 처음 한 생각은 등식이 성립되지 않는다는 것이었다. 저울의 한쪽 접시에는 예쁘장한 고등학교 사서교사가 놓여 있었다. 다른 쪽 접시에는 미래를 알고 적어도 이론상으로는 미래를 바꿀 능력이 있는 남자가 놓여 있었다. 처음에는 새디를 희생시키고, 오크 론 가와 터틀 크리크 길 사이에 놓인 골목길로 건너가 미국 역사를 바꿀 남자가 단독으로 움직이는지 확인하는 게 좋지 않을까 고민하는 마음도 없지 않았다.

하지만 나는 셰비를 집어타고 조디로 향했다. 77번 고속 도로로 접어든 이후에는 속도계를 110킬로미터에 맞춰 놓고 계속 그 속도를 유지했다. 운전을 하던 도중에 엄지손가락으로 서류가방 걸쇠를 열고 총을 꺼내 스포츠 재킷 안주머니에 넣었다.

생각해 보니 디크한테 연락을 했었어야 하는데 하지 못했다. 비록 나이가 많고 이제는 제대로 서 있을 기력조차 없어도 다른 후보가 없건만. 그는 이런 상황이 벌어졌을 때 내가 연락을 해 주길 바랐을 것이다. 그는 새디를 사랑했다. 그녀를 대할 때마다 짓는 표정을 보면 느낄 수 있었다.

'게다가 디크는 살 만큼 살았잖아.' 냉정한 이성의 속삭임이 들렸다. '새디는 아니고. 그런데 디크를 부른다고 그 정신병자가 내건 조건이 달라지는 건 아니잖아. 디크까지 끌어들일 필요는 없어.'

하지만 디크는 제 발로 걸어 들어올 것이다. 가끔은 상황이 제멋대로 진행돼 선택의 여지가 없는 경우도 있다.

댈러스에서 조디로 달려가는데, 오래전에 처분한 휴대전화가 그렇게 그리울 수가 없었다. 이제는 미식축구 광고판을 지나 800미터쯤 더 가면 나오는 109번 도로상의 주유소 공중전화가 최선책이었다. 전화벨이 울렸다. 네 번······ 다섯 번······.

막 끊으려는데 디크의 목소리가 들렸다. "여보세요? 여보세요?" 그는 숨을 헐떡였고 짜증이 섞인 목소리였다.

"디크? 조지예요."

"여어!" 오늘 밤에 빌 터코트(「남편이라는 이름의 살인마」라고, 절찬리에 장기 상영 중인 그 작품의 빌 터코트 말이다.) 역을 맡게 될 그는 이제 반가워하는 목소리로 바뀌었다. "집 옆 조그만 뜰에 있었거든. 안 받으려다가······"

"잠자코 제 말 들어 주세요. 아주 끔찍한 일이 벌어졌어요. 아니, 아직도 진행 중이에요. 새디가 다쳤어요. 어쩌면 많이 다쳤을지도 몰라요."

잠깐 정적이 흘렀다. 디크가 다시 입을 열었을 때 목소리가 좀 전보다 젊게 느껴졌다. 40년 동안 아내를 두 명이나 먼저 보낸 강인한 남자답게. 어쩌면 그러길 바라는 마음에 그렇게 들린 것일 수도 있었다. 오늘 밤은 희망과 육십 대 후반의 어떤 남자가 내가 가진 전부였으니까.

"남편 말이지? 내 책임일세. 그자가 아닌가 싶은 남자를 본 적 있거든. 그런데 몇 주 전의 일이었고, 졸업 앨범 사진보다 머리가 훨씬 길었어. 색깔도 달랐고. 거의 주황색에 가까웠지." 잠시 정적이 흐른 뒤 그의 입에서 내가 한 번도 들어 보지 못한 단어가 튀어나왔다. "씨발!"

나는 그에게 클레이턴의 속셈이 무엇인지, 그 말을 듣고 나는 어쩌겠다고 했는지 알려 주었다. 계획은 간단했다. 과거가 자기 안에서 화음을 연출한다고 했던가? 좋다, 마음대로 하라지. 터코트가 그랬던 것처럼 디크가 심장마비를 일으킬 수도 있었지만, 그래도 나는 강행할 작정이었다. 그 무엇도 나를 막을 수 없었다. 새디가 걸린 일이었으니까.

그가 경찰에게 알리는 게 좋지 않겠느냐고 할 줄 알았더니 나의 착각이었다. 조디 파출소의 더그 림스 순경은 시력이 안 좋았고, 한쪽 다리에 부목을 댔고, 나이도 디크보다 많았다. 디크는 댈러스에 있는 주 경찰서에 연락하지 않은 이유도 묻지 않았다. 만약 물었다면 나는 클레이턴이 말하길 경찰차 불빛이 언뜻 보이기라도 하면 새디를 죽여 버리겠다고 했고, 정말 그럴 작정이기 때문에 그랬다고 대답했을 것이다. 맞는 말이기는 했지만, 그게 진짜 이유는 아니었다. 그 개자식을 내 손으로 직접 처리하고 싶었던 것이다.

그만큼 화가 났던 것이다.

"그자가 몇 시까지 기다리겠다고 하던가, 조지?"

"7시 30분요."

"지금이…… 내 시계로는 15분이니까 시간이 얼마 없군. 비 트리 뒷길이 애플 뭐시기인가 그런데. 이름이 생각이 안 나네. 거기 있겠다는 거지?"

"네. 새디네 뒷집에요."

"5분 내로 달려가겠네."

"미친 듯이 달려야 하게요? 10분 안으로 오세요. 그리고 그자가 거실 창밖으로 고개를 돌리면 보일 만한 물건을 들고 오세요. 뭐가 좋을지 모르겠지만……"

"찜 냄비면 될까?"

"그거면 되겠네요. 10분 뒤에 뵈어요."

내가 막 전화를 끊으려는 찰나, 그가 물었다.

"자네, 총 들고 왔나?"

"네."

그의 대답은 개가 으르렁거리는 소리에 가까웠다.

"잘했어."

6

도리스 더닝의 집 뒷길은 이름이 와이모어 길이었다. 새디의 집 뒷길은 이름이 애플 블로섬 길이었다. 와이모어 202번지는 빈집이었다. 애플 블로섬 140번지는 '임대' 팻말이 꽂혀 있지는 않았지만 어두컴컴했고, 민들레가 점점이 박힌 앞마당은 잡초투성이였다.

2분 뒤 디크가 내 쉐보레 뒤에 랜치 왜건을 세우고 차에서 내렸다. 청바지에 격자무늬 셔츠를 입고 나비넥타이를 맸다. 옆면에 꽃이 그려진 찜 냄비를 들고 있었다. 뚜껑은 유리였고, 안에 촙 수이(다진 햄버거, 토마토소스, 마카로니를 섞어서 내는 요리—옮긴이)가 서너 개 들어 있는 듯했다.

"디크, 뭐라고 감사 인사를 드려야……"

"엉덩이를 한 대 걷어차여도 시원찮을 판에 감사 인사는 무슨. 그날, 나는 웨스턴 오토로 들어가고 그자는 나오던 길에 만났거든. 바람이 부는 날이라 머리가 뒤로 날렸는데, 양쪽 관자놀이가 움푹 들어간 게 언뜻 보였어. 하지만 머리가…… 길고 색깔도 다르고…… 카우보이처럼 옷을 입고 있어서…… 젠장." 그는 고개를 저었다. "나도 이제 늙었나 봐. 새디가 다치면 죽을 때까지 나 자신을 용서하지 못할걸세."

"몸은 괜찮으세요? 가슴이 아프거나 그러지는 않고요?"

그는 지금 제정신이냐는 듯이 나를 쳐다보았다.

"지금 내 건강을 걱정할 땐가? 새디를 구하러 출동해야지."

"출동하는 정도로는 안 되죠. 선생님은 빙 돌아서 새디의 집 앞으로 걸어가세요. 그동안 저는 이 집 뒷마당에서 생울타리를 헤치고 새디의 마당으로 건너갈게요." 두말하면 잔소리지만 코섯 대로의 더닝네 집을 염두에 두고 세운 작전이었는데, 말을 하고 보니 손바닥만 한 새디의 뒷마당에 정말로 생울타리가 있었던 게 생각났다. 내가 그 울타리를 본 것만 해도 수십 번은 될 것이다. "문을 두드리고 뭐라고 명랑하게 외치세요. 저한테 들릴 만큼 큰소리로. 저는 그때쯤 부엌에 있을 거예요."

"뒷문이 잠겨 있으면 어쩌려고?"

"계단 밑에 숨겨 놓은 열쇠가 있을 거예요."

"알았네." 디크는 미간을 찌푸리고 곰곰이 생각하더니 고개를 들었다. "'딩동, 특별 찜 요리 배달이오.' 하면서 그가 고개를 돌리면 거실 창문으로 볼 수 있게 냄비를 들어올리겠네. 그러면 되겠나?"

"네. 아주 잠깐 동안 그 자식이 딴 데 신경 쓰게 만들기만 하면 됩니다."

"새디가 맞을 수도 있겠다 싶으면 총은 쏘지 마. 몸싸움을 유도해. 그래도 될 거야. 내가 보니까 그 녀석, 꼬챙이처럼 삐쩍 말랐거든."

우리는 암울한 눈빛으로 서로 바라보았다. 텔레비전이나 영화라면 그런 작전이 통할지 몰라도 이건 실제 상황이었다. 실제 상황에서는 착한 남자가 (혹은 여자가) 된통 당하기도 한다. 아니면 죽기도 한다.

7

애플 블로섬 길에 있는 뒷집 뒷마당은 더닝네 뒷집 뒷마당과 달랐지만 비슷한 구석도 있었다. 예컨대 개집만 해도 그랬다. '개새끼가 사는 곳은 여기'라고 적힌 팻말이 걸려 있지는 않았지만, 둥그런 개 모양 입구에 어린아이 특유의 비뚤배뚤한 글씨체로 '버치내 집'이라고 적혀 있기는 했다. 사탕을 얻으러 다니는 아이들도 없었다. 계절이 아예 달랐으니까.

하지만 생울타리는 똑같았다.

나는 양팔을 긁는 뻣뻣한 가지도 거의 느끼지 못한 채 생울타리를 헤치고 건너갔다. 그런 다음 허리를 숙인 채 종종걸음으로 새디의 뒷마당을 지나 문을 돌려 보았다. 잠겨 있었다. 나는 계단 밑을 손으로 더듬기는 했지만 열쇠가 없을 거라고 생각했다. 과거가 화음을 추구하기는 해도 워낙 고집이 세니까.

그런데 있었다. 나는 열쇠를 꺼내 구멍에 넣고 점점 더 세게 힘을 주어 가며 천천히 돌렸다. 잠금장치가 팅기면서 희미하게 탁 하는 소리가 났다. 내 몸이 뻣뻣하게 굳었다. 클레이턴이 누구냐고 외치지 않을까 싶었다. 그런데 잠잠했다. 거실에 불은 환한데 아무 소리도 들리지 않았다. 클레이턴이 벌써 새디를 죽이고 사라진 걸까.

'하느님, 제발 그런 것만은 아니길.'

하지만 살그머니 문을 열었더니 그의 목소리가 들렸다. 그가 진정제를 먹은 빌리 제임스 하그리스처럼 단조로운 목소리로 고래고래 떠들어 대고 있었다. 그녀가 얼마나 더러운 화냥년인지, 그녀가 어떤 식으로 자기 인생을 망쳐 놓았는지. 어쩌면 그의 몸을 건드리려고 했던 그 여자 이야기를 하는 것일 수도 있었다. 조니 클레이턴에게는 모두 똑같았다. 섹스에 굶주린 보균자들. 법적으로 선을 그어야 할 존재들이었다. 두말하면 잔소리지만 빗자루도 동원해야 하고.

나는 신발을 벗어 리놀륨 바닥에 내려놓았다. 전등은 싱크대 위에 달려 있었다. 나는 그림자가 앞으로 드리워지지 않는지 확인한 다음 스포츠 재킷 주머니에서 총을 꺼내 부엌을 가로지르기 시작했다. 거실과 연결된 입구에 서서 "딩동!" 소리가 들릴 때까지 기다릴 작정이었다. 그 소리가 들리면 돌진할 작정이었다.

그런데 계획대로 되지 않았다. 디크가 뭐라고 외치기는 했지만 명랑한 목소리이기는커녕 충격과 분노에 젖은 울부짖음에 가까웠다. 그리고 그 소리가 문 앞이 아니라 집 안에서 들렸다.

"하느님 맙소사! 새디!"

그 뒤로 온갖 일들이 눈 깜짝할 새 벌어졌다.

8

클레이턴이 자물쇠를 억지로 따고 들어오는 바람에 앞문이 제대로 잠기지 않았다. 새디는 그걸 모르고 지나쳤지만, 디크는 알아차렸다. 그래서 노크를 하는 대신 문을 열고 찜 냄비를 든 채로 들어갔다. 클레이턴은 계속 쿠션에 앉아서 총으로 새디를 겨누고 있었지만, 칼은 옆으로 내려놓았다. 디크가 나중에 말하길 자기는 칼이 있는 줄도 몰랐다고 했다. 내가 생각하기에는 총도 못 보지 않았을까 싶다. 오로지 새디 걱정뿐이었으니까. 그녀가 입고 있었던 파란색 원피스 윗부분이 이제는 적갈색이었다. 한쪽 팔과 그쪽 팔을 걸쳐 놓은 소파도 피범벅이었다. 하지만 가장 참혹한 광경은 그의 쪽으로 돌린 그녀의 얼굴이었다. 왼쪽 뺨이 베인 커튼처럼 양쪽으로 벌어져 너덜거렸던 것이다.

"하느님 맙소사! 새디!"

순전히 충격 때문에 자동적으로 터져나온 비명이었다.

클레이턴이 윗입술을 까뒤집고 으르렁거리며 고개를 돌렸다. 그러고는 총을 들었다. 나는 부엌과 거실을 가르는 공간을 돌진하던 순간 이 광경을 목격했다. 새디가 한쪽 발을 내밀어 쿠션을 걷어차는 광경도 목격했다. 클레이턴이 방아쇠를 당겼지만, 총알이 천장으로 날아갔다. 일어서려고 하는 그를 향해 디크가 찜 냄비를 던졌다. 뚜껑이 날아갔다. 국수, 햄버거, 피망, 토마토 소스가 부채꼴 모양으로 뿜어져 나왔다. 그래도 음식이 반 이상 남은 냄비가 클레이턴의 오른팔을 때렸다. 춥 수이가 쏟아졌다. 총이 날아갔다.

피가 보였다. 엉망이 된 새디의 얼굴이 보였다. 핏방울이 튄 러그에 쭈그리고 앉아 있는 클레이턴도 보였다. 나는 총을 들었다.

"안 돼!" 새디가 비명을 질렀다. "안 돼요, 그러지 마요! 제발!"

그 소리에 나는 뺨을 얻어맞은 것처럼 정신을 번쩍 차렸다. 그를 죽이면 아무리 정당방위였다 해도 경찰 조사를 받게 될 것이다. 그러면 조지 앰버슨의 실체가 밝혀지면서 11월에 암살을 저지할 가능성은 물 건너간 이야기가 될 것이다. 게다가 정당방위로 간주될 수 있을까? 상대방은 무기도 없는데.

하지만 그건 칼을 보지 못한 나의 착각이었다. 칼이 뒤집힌 쿠션 밑에 숨겨져 있었던 것이다. 훤히 보이는 데 있었다 해도 내가 못 보고 지나쳤을 가능성이 크지만.

나는 총을 주머니에 다시 넣고 그를 일으켜 세웠다.

"나 때리면 안 돼!" 그가 침을 튀기며 말했다. 눈은 발작이 난 사람처럼 펄떡거렸다. 그런 채로 오줌을 쌌다. 오줌이 카펫 위로 후두둑 떨어지는 소리가 들렸다. "나는 정신병 환자라서 책임 면제야. 나한테 책임을 물을 수가 없다고. 진단서도 있어. 내 차 사물함에. 원하면 보여줄 수……"

그의 칭얼거리는 목소리, 무기가 없으니 겁에 질린 비굴한 표정, 떡이 져서 늘어진 금색이 섞인 주황색 머리, 좁 수이 냄새……. 이 모든 것에 나는 분노가 치밀었다. 하지만 가장 큰 이유는 피로 범벅이 된 채 소파에 웅크리고 앉아 있는 새디였다. 머리는 다 풀렸고, 왼쪽 같은 경우에는 심하게 베인 얼굴에 엉겨 붙었다. 화음을 추구하는 잘난 과거 덕분에 바비 질과 똑같은 자리에 흉터가 남게 생겼는데, 새디의 상처가 훨씬 더 심각해 보였다.

나는 그의 오른쪽 뺨을, 그의 입에서 왼쪽으로 침이 튀어나올 만큼 세게 때렸다.

"이 미친놈아, 이건 빗자루에 대한 대가다!"

그런 다음 방향을 바꿔 이번에는 오른쪽으로 침이 튀어나오게 만들고 그가 울부짖는 소리를 즐겼다. 만회할 수 없는 혹은 용서할 수 없는 최악의 짓을 접했을 때에만 느낄 수 있는 씁쓸하고 비참한 심정으로.

"이건 새디 몫이다!"

나는 이번에는 주먹을 쥐었다. 어딘가에서 디크가 전화기에 대고 고함을 지르고 있었다. 혹시 터코트가 그랬던 것처럼 가슴을 문지르고 있었을까? 아니, 그렇지는 않았다. 아직은 그렇지 않았다. 그 어딘가에서 새디는 신음 소리를 내고 있었다.

"그리고 이건 내 몫이다!"

나는 주먹을 앞으로 뻗었고, 앞에서 다짐했던 것처럼 오로지 진실만을 이야기하건대 코가 부러지면서 그가 비명을 질렀을 때 그 소리가 내 귀에는 음악처럼 들렸다. 내가 주먹을 거두자 그는 바닥으로 쓰러졌다.

나는 그런 다음 새디 쪽을 돌아보았다.

그녀는 소파에서 일어나려다 주저앉았다. 내 쪽으로 손을 내밀려고 했지만 그것조차 할 수가 없었다. 손이 피에 젖은 원피스 위로 힘없이 떨어지고 말았다. 그녀는 눈이 뒤집히려 했고, 이러다 기절을 하지 않을까 싶었지만 꿋꿋하게 버텼다.

"와 줬군요." 그녀가 속삭였다. "오, 제이크, 와 줬군요. 디크도 그렇고."

"비 트리 길이라고!" 디크가 수화기에 대고 고함을 질렀다. "아니, 번지수는 몰라요. 기억이 안 나요. 하지만 신발에 촙 수이가 묻은 노인네가 밖에 서서 손을 흔들고 있을 겁니다! 빨리 좀 와 주세요! 피를 많이 흘렸어요!"

"가만히 있어요." 내가 말했다. "괜히……"

내 어깨 너머를 쳐다보고 있던 그녀의 눈이 휘둥그레졌다.

"조심해요! 제이크, **조심해요!**"

나는 총을 찾느라 주머니를 뒤지며 고개를 돌렸다. 디크도 관절염 때문에 뻣뻣하게 굳은 두 손으로 수화기를 곤봉처럼 잡고 고개를 돌렸다. 하지만 클레이턴이 새디의 얼굴을 망가뜨린 칼을 집어들기는 했어도 누굴 공격할 힘은 남아있지 않았다. 자해라면 모를까.

내가 텍사스로 건너오기 얼마 전에 그린빌 가에서 출연한 적 있는 장면이 재연됐다. 데저트 로즈에서처럼 머디 워터스가 쾅쾅 울려 퍼지지는 않았지만, 이번에도 중상을 입은 여자와 코가 부러져서 피를 흘리며 허리춤에서 삐져나온 셔츠 자락이 거의 무릎께에서 펄럭이는 남자가 등장했다.

"안 돼, 클레이턴!" 내가 외쳤다. "그 칼 내려놔!"

그는 주황색 머리 사이로 눈을 부라리며, 반쯤 정신을 잃은 채 소파에 쓰러진 여자를 노려보았다.

"이걸 바란 거야, 새디?" 그가 외쳤다. "이걸 바란 거면 얼마든지 해 주지!"

그는 자포자기한 듯 씩 웃으며 칼을 들어…… 자기 목을 그었다.

5부
11/22/63

23장

1963년 4월 11일자 댈러스《모닝 뉴스》1면.

소총 저격수, 워커 암살을 시도하다

에디 휴스 기자

경찰에 따르면 수요일 밤, 고성능 소총으로 무장한 저격수가 전직 소령 에드윈 A. 워커의 자택에서 논란의 중심에 서 있는 운동가의 암살을 시도했지만 2센티미터 차이로 실패했다.

오후 9시, 워커가 소득세 정산을 하고 있을 무렵 총알 하나가 뒤 유리창을 뚫고 날아와 그가 앉은 자리 바로 옆 벽에 박힌 것이다.

워커가 몸을 살짝 움직인 덕분에 목숨을 구할 수 있었다는 것이 경찰이 내린 결론이다.

아이라 밴 클리스 형사는 장군을 완벽하게 조준하고 있었던 것으로 볼 때 그의 목숨을 노린 범행이라 할 수 있다고 말했다.

기자들이 도착했을 때 워커는 오른쪽 소매에 박힌 탄피 조각을 꺼내고 머리에 묻은 유리 조각과 탄환 파편을 털고 있었다.

워커는 '자정 여행 작전'이라 불리는 순회강연의 1회 차를 마치고 월요일에 댈러스 자택으로 돌아왔다고 한다. 그런가 하면⋯⋯

1963년 4월 12일자 댈러스《모닝 뉴스》7면.

헤어진 아내에게 칼을 휘두르고 스스로 목숨을 끊은 어느 정신질환자

맥 더거스 기자

[조디] 일흔일곱 살의 디콘 '디크' 시먼스가 한 발 늦게 도착하는 바람에 덴홈 통합 고등학교에서 근무하는 스물여덟 살의 인기 만점 사서교사 새디 던힐이 중상을 입기는 했지만, 하마터면 더 끔찍한 일을 당할 뻔했다.

조디 관할 더글러스 림스 순경의 전언에 따르면 "디크가 그때 등장했기 망정이지 안 그랬더라면 던힐 양은 살해당했을 가능성이 컸다."고 한다. 기자들이 물었을 때 시먼스는 "다 끝난 일이니 얘기하고 싶지 않다."고 했다.

림스 순경의 전언에 따르면 시먼스는 자신보다 훨씬 젊은 존 클레이턴을 힘으로 제압하고 소형 리볼버를 쳐서 떨어뜨렸다. 그러자 클레이턴은 헤어진 아내에게 휘둘렀던 칼을 집어 자신의 목을 그었다. 디크와 댈러스에 사는 조지 앰버슨이 지혈을 시도했지만 소용없었다. 클레이턴은 현장에서 사망 판정을 받았다.

덴홈 통합 고등학교에서 근무한 바 있고 클레이턴이 무기를 빼앗긴 직후 사건 현장에 도착한 앰버슨 씨는 연락이 닿지 않았지만, 그가 현장에서 림스 순경에게 전한 바에 따르면 정신질환 병력이 있는 클레이턴이 몇 개월 전부터 헤어진 아내의 뒤를 밟았을 가능성도 있다고 한다. 그가 덴홈 통합 고등학교 교직원들에게 사전에 경고한 덕분에 엘렌 도커티 교장은 사진까지 입수했지만, 클레이턴이 변장을 했던 것으로 전해진다.

구급차에 실려 댈러스의 파크랜드 기념병원으로 이송된 던힐 양은 생명에 지장이 없는 것으로 밝혀졌다.

2

나는 토요일까지 그녀를 만나지 못했다. 대기실에서 기다리는 동안 책을 읽으려고 했지만 눈에 들어오지 않았다. 그래도 곁을 지켜 주는 사람들이 많아서 괜찮았다. 덴홈 통합 고등학교 교사들이 거의 대부분 들러 새디의 안부를 물었고, 학생들도 면허증이 없는 경우에는 부모님의 도움을 빌어가며 거의 100명 가까이 그 먼 길을 찾아와주었다. 새디가 수혈 받은 혈액을 대신해 헌혈을 한 사람들도 많았다. 쾌유를 바라는 카드와 편지 들로 내 서류가방이 금세 꽉 찼다. 꽃다발이 어찌나 쇄도했는지 간호사실이 온실처럼 보일 정도였다.

내가 과거의 생활에 익숙해진 줄 알았건만, 마침내 면회 허가가 떨어져 새디의 병실 안으로 들어갔을 때 얼마나 충격을 받았는지 모른다. 크기가 벽장과 다를 바 없는 후끈후끈한 1인실이었던 것이다.

화장실도 없었다. 난쟁이나 편히 쓸 수 있음직한 흉측한 변기가 한쪽 구석에 놓여 있고, 프라이버시를 어느 정도나마 보호하는 용도의 반투명한 비닐 커튼이 달린 게 고작이었다. 버튼을 누르면 침대 높낮이를 조절할 수 있는 게 아니라 하도 여러 사람의 손을 거치느라 하얀 페인트가 다 벗겨진 크랭크를 돌려야 했다. 두말하면 잔소리지만 컴퓨터로 바이탈 사인을 보여 주는 모니터도, 환자가 볼 수 있는 TV도 없었다.

철제 스탠드에 식염수가 아닐까 싶은 유리병이 한 개 매달려 있었다. 유리병에서 나온 관이 새디의 왼쪽 손등에 두툼하게 달린 붕대 밑으로 사라졌다.

하지만 그녀의 왼쪽 얼굴을 감싸고 있는 붕대에 비하면 그 정도는 두툼한 것도 아니었다. 주변 머리카락을 한 움큼 잘라 내는 바람에 한쪽 얼굴만 벌을 받고 있는 듯한 인상을 풍겼다. 실제로 벌을 받은 셈이기는 했지만. 의사들이 붕대를 감으면서 앞을 볼 수 있게 조그만 틈새를 만들어 놓았다. 내 발소리가 들렸을 때 그녀는 다치지 않은 쪽 눈과 붕대 사이로 살짝 보이는 눈을 번쩍 떴는데, 약에 취한 상태인데도 불구하고 두려움의 기미가 두 눈을 언뜻 스쳐 지나가는 것을 보았을 때 내 가슴이 얼마나 아렸는지 모른다.

그녀가 벽 쪽으로 힘없이 고개를 돌렸다.

"새디…… 달링, 나예요."

"왔어요." 그녀는 고개를 돌리지 않았다.

내가 가운이 밀려 맨살이 드러난 어깨에 손을 얹자 그녀는 어깨를 흔들어 손을 떼어 냈다.

"내 얼굴 쳐다보지 마요."

"새디, 상관없어요."

그녀는 고개를 돌렸다. 모르핀에 취한 두 눈이, 한쪽은 거즈 사이로 난 구멍을 통해 서글프게 나를 바라보았다. 누르스름하면서도 빨간 무언가가 붕대로 스며들면서 흉측한 얼룩이 생겼다. 피와 뭔지 모를 연고가 남긴 자국일 것이다.

"상관있어요. 이건 바비 질이 겪은 사고하고는 차원이 달라요." 그녀는 애써 미소를 지었다. "야구공 어떻게 생겼는지 알죠? 빨간 실밥투성이잖아요. 이제 새디가 그런 얼굴이 됐어요. 빨간 실밥이 이 끝에서 저 끝까지 이어진다고요."

"없어질 거예요."

"아직도 이해를 못하는 모양인데, 그이가 내 뺨을 입 안쪽까지 갈라 버렸다고요."

"그래도 목숨을 건졌잖아요. 나는 당신을 사랑하고요."

"붕대를 풀었을 때도 그런 소리가 나오는지 두고 볼게요." 그녀는 약에 취해 멍한 목소리로 말했다. "나에 비하면 프랑켄슈타인의 신부가 엘리자베스 테일러처럼 보일 지경이니까."

나는 그녀의 손을 잡았다.

"내가 예전에 읽은 책이 있는데……"

"나 지금 문학 토론할 기분 아니에요, 제이크."

그녀가 다시 몸을 돌리려고 했지만, 내가 손을 잡고 놓지 않았다.

"이런 일본 속담이 있었어요. '사랑에 빠지면 곰보 자국도 보조개로 보인다.' 나는 어떻게 보이든 당신 얼굴을 사랑할 거예요. 왜냐하면 당신 얼굴이니까."

그녀가 울음을 터뜨렸고, 나는 진정이 될 때까지 그녀를 안아 주었다. 울다 잠이 든 게 아닐까 싶었을 때 그녀가 말했다.

"내 잘못인 거 알아요. 내가 한 결혼이니까. 하지만……"

"당신 잘못 아니에요, 새디. 모르고 그런 거잖아요."

"어딘지 모르게 이상하다는 걸 알고 있었어요. 그런데도 강행했어요. 우리 부모님이 워낙 간절하게 원해서 그랬던 것 같아요. 두 분은 아직 병문안을 오지 않았는데 다행이에요. 두 분도 원망스럽거든요. 참 어이가 없죠?"

"원망하려거든 나까지 해요. 그자가 타고 다닌 그 빌어먹을 플리머스를 내가 똑바로 쳐다본 게 최소한 두 번이었고, 흘끗 지나가면서 본 것까지 합치면 몇 번은 더 될 텐데."

"그 부분에 대해서는 자책할 필요 없어요. 나를 심문한 주 경찰과 텍사스 기마경관이 말하길 조니 트렁크 안에 번호판이 가득 들어 있었대요. 여관에서 훔쳤을 거라고. 그리고 스티커도 엄청 많았대요. 그 뭐라더라……"

"판박이 스티커 말이죠?" 나는 그날 밤 캔들우드에서 깜빡 속아 넘어갔던 스티커를 떠올리며 말했다. '수녀 파이팅'. 아래는 하얀색, 위는 빨간색인 플리머스를 여러 번 맞닥뜨려 놓고 화음을 추구하는 과거의 소행으로 일축하는 우를 범하다니. 알아차렸어야 하는 건데. 댈러스에서 리 오스왈드와 워커 장군에게 반쯤 정신이 팔려 있지 않았더라면 알아차릴 수 있었을 텐데. 그러고 보면 디크도 일말의 책임이 있었다. 양쪽 관자놀이가 움푹 팬 남자를 본 적 있다지 않는가.

'잊자.' 나는 속으로 중얼거렸다. '이미 엎질러진 물. 돌이킬 수도 없는걸.'

사실 돌이킬 방법이 있긴 했지만.

"제이크, 경찰에서…… 당신 신분이 가짜인 걸 알아차렸어요?"

나는 밀지 않은 오른쪽 머리카락을 뒤로 쓸어 넘겨주었다.

"그건 걱정 마요."

간이침대에 실려 수술실로 들어가기 전에 새디를 심문했던 경찰들에게 디크와 나도 심문을 받았다. 주 경찰은 남자들이 서부극을 너무 많이 본다는 둥 뜨뜻미지근한 훈계를 늘어놓았다. 기마경관도 옆에서 맞장구를 치고 나서 악수를 청하며 "내가 두 분 같았어도 똑같이 했을 겁니다."라고 했다.

"디크가 나를 많이 보호해 주었어요. 당신이 내년에 복직하는 문제를 놓고 교육위원회에서 이러쿵저러쿵하지 않게 손을 쓰겠대요. 정신병자가 휘두른 칼에 베인 건데 부도덕한 짓을 저질렀다는 이유로 해고당할 수 있다니 말도 안 되는 소리 같지만, 디크가 생각하기에는……"

"복직 못해요. 이런 얼굴로 아이들 앞에 못 서요."

"새디, 아이들이 얼마나 많이 다녀갔는지 알면……"

"고맙죠. 가슴 뭉클하죠. 그래서 그 아이들 앞에 못 서겠다는 거예요. 이해 못하겠어요? 웃고 놀리는 건 참을 수 있어요. 조지아에서 언청이로 태어난 여자와 함께 근무하면서 사춘기 아이들 특유의 잔인한 면모는 어떤 식으로 대처하면 되는지 많이 배웠거든요. 그런데 그 반대인 아이들은 못 견디겠어요. 마음씨 착한 아이들 말이에요.

그 동정의 눈빛…… 그리고 차마 쳐다보지 못하는 아이들은 또 어떻고요." 그녀는 부르르 떨며 한숨을 들이쉬었다 내뱉었다. "그리고 화도 나요. 사는 게 힘겨운 일이라는 건 나도 알고 모두 다 아는 사실이지만, 왜 이렇게 잔인할까요? 왜 이렇게 상처를 줄까요?"

나는 그녀를 품에 안았다. 붕대를 매지 않은 쪽 얼굴이 뜨끈뜨끈했고 두근거렸다.

"그러게 말이에요."

"왜 기회는 한 번으로 끝이 나는 거냐고요."

나는 계속 그녀를 안아 주었다. 그러다 그녀의 숨소리가 다시 차분하게 바뀌었을 때 아무 말 없이 일어나 나갈 채비를 했다. 그녀는 눈을 감은 채 말했다.

"수요일 밤에 당신이 직접 확인해야 할 일이 있다고 했잖아요. 그게 조니 클레이턴이 자기 목을 긋는 광경은 아니었죠?"

"아니었어요."

"그럼 기회를 놓친 건가요?"

나는 거짓말을 하려다 그만두었다.

"맞아요."

그녀는 눈을 떴지만 자꾸만 가물거려서 조만간 다시 감길 태세였다.

"앞으로 기회가 다시 찾아올까요?"

"모르겠어요. 그리고 상관없어요."

거짓말이었다. 존 케네디의 부인과 아이들이 걸린 문제였으니까. 그의 형제들이 걸린 문제였으니까. 어쩌면 마틴 루터 킹까지 걸린 문제였으니까. 지금은 고등학생이지만 역사의 흐름이 바뀌지 않으면 군복을 입고 지구 반대편으로 날아가 아랫도리를 벌리고 베트남이라는 초록색의 커다란 딜도(남근 모양으로 생긴 자위 기구―옮긴이) 위에 쭈그리고 앉게 될 수만 명의 미국 청년들이 걸린 문제였으니까.

그녀는 눈을 감았다. 나는 병실을 나섰다.

3

엘리베이터에서 내렸을 때 덴홈 통합 고등학교 재학생이 아니라 졸업생 커플이 로비에서 기다리고 있었다. 마이크 코슬로와 바비 질 올넛이 읽지도 않는 잡지를 무릎 위에 펼쳐 놓고 딱딱한 플라스틱 의자에 앉아 있었던 것이다. 마이크가 벌떡 일어나 내 손을 잡았다. 바비 질은 나를 힘껏 끌어안았다.

"상태가 얼마나 심각해요? 그러니까……" 그녀는 손끝으로 희미해져 가고 있는 자기 흉터를 문질렀다. "고칠 수 있대요?"

"모르겠다."

"엘러턴 박사님이랑 이야기해 보셨어요?" 마이크가 물었다.

엘러턴은 텍사스 중부에서 가장 손꼽히는 성형외과 전문의이자 바비 질에게 기적을 행한 주인공이었다.

"오늘 오후에 병원에서 회진을 도실 때 만났다. 디크, 엘렌 선생님과 내가 면담 약속을 잡았는데……" 나는 손목시계를 확인했다. "앞으로 20분 남았구나. 너희들도 같이 들어갈래?"

"당연하죠." 바비 질이 말했다. "엘러턴 박사님이라면 고칠 수 있을 거예요. 천재니까요."

"그래, 그럼. 천재의 능력이 어느 정도일지 한번 보자꾸나."

마이크가 내 표정을 읽었는지 내 팔을 꼭 잡았다.

"선생님이 생각하시는 것만큼 심각한 상황은 아닐 수도 있어요."

4

그런데 상황이 내가 생각했던 것보다 더 심각했다.

엘러턴이 여러 장의 사진을 돌렸다. 위지(미국의 사진작가. 응급실 풍경을 담은 흑백사진으로 유명하다 ─ 옮긴이)와 다이앤 아버스(미국의 사진작가 겸 작가. 난쟁이, 거인, 트랜스젠더, 서커스 곡예사 등 일상적이지 않은 인물들을 사진에 담았다 ─ 옮긴이)의 작품을 연상시키는 삭막한 흑백 사진이었다. 바비 질은 헉 소리를 내며 고개를 돌렸다. 디크는 한 대 얻어맞은 것처럼 조그맣게 끙 소리를 냈다. 엘리는 꿋꿋하게 사진을 끝까지 넘겼지만, 얼굴에서 핏기가 가시고 두 뺨만 볼연지를 바른 것처럼 이글거렸다.

처음 두 장은 너덜너덜한 덮개처럼 늘어진 새디의 뺨을 찍은 사진이었다. 그건 나도 수요일 밤에 목격한 부분이라 각오하고 있었다. 그런데 중풍 환자처럼 처진 입과 왼쪽 눈 밑에서 덜렁거리는 살점은 미처 예상하지 못했던 부분이었다. 그 때문에 새디의 얼굴이 어찌나 우스꽝스럽게 보이는지 의사가 우리를 불러다 앉힌 조그만 회의실 탁자에 머리를 찧고 싶을 지경이었다. 아니, 조니 클레이턴이 누워 있는 시체 안치실로 달려가서 몇 대 더 패 주고 싶을 지경이었다.

"오늘 저녁에 이 아가씨의 부모님이 오실 예정인데, 그때는 좀 더 요령껏 희망적인 메시지를 전할 생각입니다." 엘러턴이 말했다. "부모님들 앞에서는 그래야 하니까요." 그는 미간을 찌푸렸다. "두 분이 왜 이제야 오시나 싶으실지 모르겠는데, 클레이턴 부인의 심각한 상태를 감안했을 때……"

"던힐 양이라고 불러 주세요." 엘리가 침착하면서도 사나운 목소리로 말했다. "그 괴물과의 관계는 법적으로 정리했으니까요."

"네, 그렇죠, 정정하겠습니다. 아무튼 여러분은 친구분들이니 요령껏 둘러대기보다 진실을 알려드리는 게 좋겠죠." 그는 냉정한 눈빛으로 사진 한 장을 들여다보며 깔끔하게 자른 손톱으로 찢겨 나간 새디의 뺨을 톡톡 두드렸다. "상태를 개선할 수는 있지만, 완전히 고치지는 못할 겁니다. 현재 제 능력으로는 불가능해요. 앞으로 1년 정도 지나 조직이 완전히 아물면 심각한 비대칭은 고칠 수 있을지 모르겠습니다만."

바비 질의 두 뺨을 타고 눈물이 흘러내렸다. 그녀는 마이크의 손을 잡았다.

"얼굴에 영구적인 손상을 입은 것도 안타까운 일이기는 합니다만, 다른 문제점도 있어요." 엘러턴이 말했다. "안면 신경이 잘렸거든요. 앞으로 왼쪽으로는 뭘 잘 씹지 못할 겁니다. 이 사진에서 보이는 것처럼 평생 한쪽 눈이 처진 채로 살아야 할 테고, 눈물샘도 일부분 절단됐어요. 하지만 시력에는 별 문제 없을 겁니다. 그러길 바라야죠."

그는 한숨을 쉬고 양손바닥을 펼쳤다.

"미세 수술이나 신경 재생과 같은 놀라운 기술이 개발 단계에 있으니 20년이나 30년 뒤에는 좀 더 많은 치료가 이루어질 수 있을지 모릅니다. 하지만 지금으로서는 고칠 수 있는 부분에 한해 최선을 다해 고쳐 보겠노라는 말씀밖에 못 드리겠네요."

마이크가 처음으로 입을 열었다. 씁쓸해하는 말투였다.

"지금이 1990년이 아닌 게 안타깝다는 말씀인 거죠?"

5

그날 오후 우리는 울적한 마음을 달래며 아무 말 없이 병원에서 나왔다. 주차장 끝에 다다랐을 때 엘리가 내 소맷부리를 건드렸다.

"당신 말을 귀담아 들었어야 하는 건데. 정말, 정말 미안해요."

"그랬다고 한들 뭐가 달라졌을까 싶습니다." 내가 말했다. "그런데 혹시라도 마음의 빚을 갚고 싶으시면 프레디 퀸런한테 연락 좀 달라고 전해 주세요. 제가 맨 처음 조디에 왔을 때 그 사람한테 도움을 받았거든요. 이번 여름에는 새디 곁을 지키고 싶은데, 그러려면 집을 빌려야 하지 않겠습니까?"

"나랑 같이 살면 돼." 디크가 말했다. "방은 많으니까."

나는 그를 돌아보았다.

"진심이세요?"

"그럼, 나도 좋지."

"방값은……"

그는 손사래를 쳤다. "찬거리나 사다 줘. 그거면 충분하니까."

그는 엘리와 함께 랜치 왜건을 타고 왔다. 나는 두 사람이 빠져나가는 것을 확인한 뒤 내 차를 세워 놓은 곳으로 터벅터벅 걸어갔다. 부당한 비난이겠지만, 마가 낀 차처럼 느껴졌다. 웨스트 닐리로 돌아가는 게 죽기보다 싫었다. 워커 장군을 놓친 리가 마리나한테 분풀이하는 소리가 내 귀에까지 들릴 게 뻔했다.

"A 선생님."

마이크의 목소리였다. 바비 질은 단단히 팔짱을 끼고 몇 걸음 뒤에 서 있었다. 표정이 차갑고 부루퉁했다.

"응."

"던힐 선생님의 병원비는 누가 감당하나요? 아까 의사선생님이 말씀하신 수술비는요? 선생님이 보험을 들어 놓으셨나요?"

"몇 개 들어 놓기는 했지."

하지만 이만한 비용을 감당하기에는 턱없이 부족했다. 나는 그녀의 부모님을 떠올렸지만, 아직까지 다녀가지 않았다는 대목이 마음에 걸렸다. 설마…… 클레이턴이 저지른 짓을 그녀의 탓으로 돌리는 건 아니겠지? 그런다면 말도 안 되는 이야기였지만, 나는 여성들이 거의 대부분의 분야에서 동등하게 간주되는 세상에서 건너온 사람이었다. 순간, 1963년이 외국이나 다름없게 느껴졌다.

"나도 힘닿는 데까지 도울 생각이다." 말은 이렇게 했지만, 얼마나 도울 수 있을까? 내 지갑이 아무리 두둑하다 한들 앞으로 내가 몇 개월 더 버틸 수 있는 정도라면 모를까, 대여섯 번의 안면 재건 수술을 감당할 수 있는 정도는 아니었다. 그린빌 가에 있는 페이스 파이낸셜을 다시 찾아가기는 싫었는데, 아무래도 그래야 될 것 같았다. 켄터키 더비까지 한 달도 안 남았는데, 앨이 남긴 도박 기록에 따르면 승산이 없었던 샤토게이가 우승을 차지한다고 했다. 딱 1000달러만 걸면 8000달러쯤은 너끈히 딸 수 있을 테니 그 정도면 1963년 물가를 감안했을 때 새디의 병원비와 몇 번의 수술비를 감당할 수 있을 것이다.

"좋은 수가 있어요." 마이크가 이렇게 말하고 어깨 너머를 흘끗 쳐다보았다. 바비 질이 용기를 내라는 듯 미소를 지어 보였다. "그러니까 바비 질하고 저가 생각한 건데요."

"'바비 질하고 제가'라고 해야지, 마이크. 이제 어린애도 아닌데 그런 말투를 쓰면 되겠니?"

"맞아요, 맞아요, 죄송합니다. 커피숍에서 10분 정도 시간을 내주시면 말씀드릴게요."

그래서 우리는 커피숍에 들어갔다. 커피를 마셨다. 나는 두 사람이 생각한 좋은 수가 뭔지 들었다. 그런 다음 찬성했다. 가끔 과거가 자기 안에서 화음을 연출할 때 현자가 목청을 가다듬고 따라 부를 때도 있는 법이다.

6

그날 저녁 윗집에서 엄청난 말다툼이 벌어졌다. 꼬맹이 준마저 목이 터져라 울어 대며 보잘것없으나마 옆에서 거들었다. 나는 굳이 엿들으려고 하지도 않았다. 게다가 거의 전부 다 러시아어였다. 그러다 8시 무렵 낯선 정적이 찾아왔다. 평소보다 두 시간 정도 일찍 잠자리에 든 걸까? 그렇다면 다행이었다.

나도 이제 그만 잠을 청할까 생각하고 있었을 때 요트처럼 생긴 드 모렌실트의 캐딜락이 등장했다. 진이 내렸다. 조지도 늘 그렇듯 상자 속에 숨어 있던 용수철 인형처럼 씩씩하게 튀어나왔다. 그가 운전석 뒤쪽 문을 열고 희한한 보라색의 큼지막한 토끼 인형을 꺼냈다. 나는 커튼 사이로 멍하니 쳐다보다 문득 깨달았다. 그 다음 날이 부활절이었던 것이다.

두 사람은 바깥 계단을 향해 다가갔다. 그녀는 걸어갔고, 조지는 앞장서서 종종걸음을 쳤다. 우당탕탕 하는 발소리가 천장을 가로지르자 거실에 달린 조명이 덜컹거렸다. 오스왈드 부부는 댈러스 경찰에서 그들을 체포하러 온 거라고 생각했을까? 아니면 머세이디즈 대로에서 그들 일가족을 예의 주시하던 FBI 요원이 찾아왔을지 모른다고 생각했을까? 쥐방울만 한 개새끼의 심장이 목젖까지 튀어 올라와서 켁켁거렸으면 좋겠다는 생각이 들었다.

계단 꼭대기에서 요란하게 문을 두드리는 소리가 들렸고, 드 모렌실트가 명랑한 목소리로 외쳤다.

"문 열어, 리! 문 열라고, 이 무식한 친구야!"

문이 열렸다. 나는 헤드폰을 꼈지만 아무 소리도 들리지 않았다. 밀폐용기에 장착한 전방향 마이크를 동원해야겠다고 생각한 순간, 리 아니면 마리나가 도청기가 설치된 스탠드를 켰다. 도청 장치가 다시 작동되기 시작했다. 당분간은 그럴 모양이었다.

"……아이 주려고요." 진이 말하던 중이었다.

"어머나, 고맙습니다!" 마리나가 말했다. "정말 고마워요, 진. 친절해라!"

"어이, 동지. 그렇게 서 있지 말고 마실 거라도 좀 갖다주게!"

드 모렌실트가 말했다. 이미 몇 잔 걸친 목소리였다.

"차밖에 없는데요." 리가 말했다.

그는 퉁명스럽고 잠에서 덜 깬 목소리였다.

"차 좋아. 내 주머니 속에 들어있는 걸 보면 차도 벌떡 일어날걸?"

그가 윙크를 하는 모습이 그려질 지경이었다.

마리나와 진은 러시아어로 수다 삼매경에 빠져들었다. 리와 드 모렌실트는 부엌으로 건너가려는 모양이었는데 (묵직한 발소리로 미루어보건대 분명했다.) 부엌으로 건너가면 두 사람의 목소리가 들리지 않을 것이다. 스탠드 근처에 서 있는 여자들 목소리에 묻혀 버릴 것이다.

그때 진이 영어로 물었다.

"어머나, 저거 총이에요?"

모든 게 그대로 정지했다. 느낌으로는 내 심장까지 멈춘 듯했다.

마리나가 웃음을 터뜨렸다. 칵테일파티에서 흔히 들을 수 있는, 어색하기 짝이 없는 *하하하* 웃음이었다.

"회사에서 잘리고 집에 돈도 없는데 이 정신 나간 인간이 총을 샀네요. 내가 '이 정신 나간 바보 양반, 벽장 속에 넣어요. 태교에 안 좋으니까.' 그랬는데."

"조준 사격 연습 좀 해 보고 싶어서 산 거예요." 리가 말했다. "해병대에 있었을 때 제 사격 솜씨가 제법 쓸 만했거든요. 헛방을 날린 적이 한 번도 없었어요."

다시 정적이 흘렀다. 정적이 끝도 없이 이어졌다. 그러다 잠시 후 드 모렌실트가 껄껄대며 사람 좋은 웃음을 터뜨렸다.

"이봐, 어디서 뻥을 치고 그래! 그런데 그자는 왜 못 맞혔어?"

"그게 무슨 말씀이세요?"

"워커 장군 말일세! 누군가가 검둥이를 혐오하는 그의 뇌를 터뜨려 터틀 크리크에 있는 그의 집 서재 벽을 뇌수로 칠할 뻔했는데. 모르고 있었단 말인가?

"요새 신문을 안 봐서요."

"그래요?" 진이 물었다. "저기 저 의자 위에 있는 거 《타임스 해럴드》 아닌가요?"

"뉴스는 안 본다고요. 너무 우울한 소식뿐이라서. 만화하고 구인란만 봅니다. 이 나라 정부가 말하길 일하지 않으면 아이가 굶는다고 하니까요."

"그러니까 자네가 쏜 게 아니란 말이지?" 드 모렌실트가 물었다.

그를 시험하는 것이다. 미끼를 던지는 것이다.

문제는 왜 그러냐는 것이었다. 드 모렌실트가 생각하기에는 오지 래빗처럼 보잘것없는 인간이 수요일 밤의 저격수일 가능성이 절대 없기 때문일까? 아니면 리였다는 걸 알고 있기 때문일까? 아니면 진이 그 소총을 보고 알아차렸기 때문일까? 여자들이 없었더라면 얼마나 좋았을까 하는 생각이 들었다. 리와 특이한 친구가 남자 대 남자로 나누는 대화를 들을 수만 있다면 궁금증이 해결될 수 있을 텐데. 그런데 상황이 이렇다 보니 알 수가 없었다.

"J. 에드거 후버가 지켜보고 있는데 누굴 쏠 만큼 제가 멍청한 인간인 줄 아십니까?"

리는 「미치와 함께 노래를」이 아니라 「조지와 함께 농담을」이라는 프로그램에 출연이라도 한 것처럼 분위기를 맞추는 척했지만 영 어색했다.

"리, 당신이 누굴 쐈을 거라고 생각하는 사람 아무도 없어요." 진이 달래는 투로 말했다. "아이가 걷기 시작하면 벽장보다 더 안전한 곳에 총을 보관하겠다고 약속해 줘요."

마리나가 이 말에 러시아어로 뭐라고 대답했는데, 내가 옆 마당에서 이따금 목격한 광경으로 미루어 판단하건대 그녀가 뭐라고 했을지 알 수 있었다. 준이 이미 걷기 시작했다고 대답했을 것이다.

"주니가 근사한 선물 보고 좋아하겠네요." 리가 말했다. "그런데 저희는 부활절을 기념하지 않습니다. 무신론자라서요."

그는 그랬을지 몰라도 앨의 기록에 따르면 마리나는 자신을 추앙하는 조지 부헤의 도움 아래 미사일 위기가 닥쳤을 무렵 준에게 몰래 세례를 받게 했다.

"우리도 마찬가지일세." 드 모렌실트가 말했다. "그래서 부활절 토끼를 기념하는 거지!"

그가 스탠드 가까운 곳으로 자리를 바꾼 터라 껄껄대는 웃음소리에 내 귀가 다 먹먹했다.

그들은 영어와 러시아어를 섞어 가며 10분 정도 이야기를 나누었다. 그러다 진이 말했다. "이제 우리는 갈게요. 우리 때문에 자다가 깬 모양이니까."

"아니에요, 아니에요, 안 자고 있었습니다." 리가 말했다. "들러 주셔서 감사합니다."

드 모렌실트가 말했다.

"조만간 이야기 나누자고. 알았지, 리? 자네가 우리 컨트리클럽으로 와도 돼. 웨이터들을 집합시켜 놓을 테니까!"

"네, 네." 그들은 이제 문 쪽으로 걸어가고 있었다.

드 모렌실트가 또 무슨 말인가를 했지만, 너무 나지막이 속삭이는 바람에 몇 마디밖에 알아들을 수가 없었다. "다시 수습해 왔나"라고 한 것 같았는데, 60년대에도 그런 표현을 썼을까?

언제 다시 수습해 왔나? 그렇게 물은 거였을까? 총을 언제 다시 수습해 왔느냐고?

테이프를 여러 번 다시 들었지만, 초저속으로 돌려도 알아들을 수가 없었다. 나는 오스왈드 부부가 잠자리에 든 이후에도 한참 동안 뒤척였다. 새벽 2시에 준이 잠깐 울음을 터뜨렸다 엄마가 달래 주자 다시 꿈나라로 떠났을 때까지 계속 뒤척였다. 파크랜드 병원에서 모르핀에 취해 선잠을 자고 있을 새디를 생각했다. 병실은 열악하고 침대는 좁았지만, 나라면 분명 그런 데서도 잘 수 있을 것이다.

셔츠를 찢어 대는 미치광이 연극배우, 드 모렌실트에 대해서도 생각했다. '뭐라고 말한 건가, 조지? 막판에 뭐라고 말한 거였어? 언제 다시 수습해 왔느냐고? 아니면 상황이 그렇게 암울하지는 않으니 기운 내라고? 아니면 이 일 때문에 의기소침해지지 말라고? 아니면 전혀 다른 말이었나?'

그러다 마침내 나는 잠이 들었다. 그리고 새디와 함께 축제를 보러 간 꿈을 꾸었다. 사격 연습장에 갔더니 어깨 오목한 부분에 소총을 얹은 리가 있었다. 조지 드 모렌실트가 카운터를 지키고 있었다. 리가 세 방을 쏘았지만, 한 발도 표적을 맞추지 못했다.

"미안하네." 드 모렌실트가 말했다. "헛방을 날린 사람한테 주는 상은 없어."

그러더니 내 쪽을 돌아보며 씩 웃었다.

"이쪽으로 오시게. 자네는 운이 따를지 모르잖아. 아무라도 대통령을 죽여야 하는데 자네면 또 어떤가?"

화들짝 놀라 눈을 떠 보니 희미하게 밝아오는 새벽이었다. 위층에서는 오스왈드 부부가 쿨쿨 잠을 자고 있었다.

7

부활절인 일요일 오후에 나는 다시 찾아간 딜리 플라자 벤치에 앉아서 교과서 창고로 쓰이는 불길한 벽돌 건물을 바라보며 이제 어떻게 하면 좋을지 고민했다.

앞으로 열흘 뒤면 리는 댈러스에서 출생지인 뉴올리언스로 떠날 것이다. 그곳에서 커피 회사에 취직해 기계에 기름칠을 하고, 매거진 대로의 아파트를 빌릴 것이다. 마리나와 준은 2주 동안 어빙에서 루스 페인과 그녀의 아이들과 함께 지내다 합류할 것이다. 나는 그들을 따라가지 않을 것이다. 기나긴 치료 기간과 불확실한 미래가 새디를 기다리고 있는데 그럴 수는 없었다.

부활절 일요일인 오늘과 24일 사이에 리를 죽여야 할까? 아마 그래야 할 것이다. 그는 재거스 & 칠레스 & 스토벌에서 잘린 이래 집에 처박혀 있거나 댈러스 도심에서 '쿠바를 상대로 페어플레이 하자'라는 문구가 적힌 전단지를 나누어 주거나 둘 중 하나였다. 어쩌다 한 번씩 공립도서관에 갈 때도 있었는데, 이제 아인 랜드와 카를 마르크스는 포기했는지 제인 그레이의 서부극만 읽었다.

길거리나 영 대로에 있는 도서관에서 그를 쏘면 당장 체포당하겠지만, 마리나가 루스 페인에게 러시아어를 가르치느라 어빙에 가 있는 동안 집을 노리면 어떻게 될까? 노크를 한 다음 그가 문을 열면 머리에 대고 쏘는 거다. 간단하게. 그 정도 거리에서 방아쇠를 당기면 헛방을 날릴 일도 없다. 문제는 그 다음이다. 도망쳐야 할 테니까. 가만히 있었다가는 1번 타자로 경찰 심문을 받을 것이다. 이러니저러니 해도 아래층에 사는 이웃사촌이 아닌가.

사건 당시 나는 집에 없었다고 주장하면 잠깐 동안은 속일 수 있을지 몰라도, 웨스트 닐리 대로의 조지 앰버슨이 얼마 전 조디의 비트리 길에서 벌어진 폭력 현장에 있었던 조지 앰버슨과 동일인물이라는 사실이 머지않아 밝혀질 것이다. 그러면 검증이 시작될 테고, 조지 앰버슨의 교사 자격증이 오클라호마의 학위 공장에서 발급된 것이고 추천서는 가짜라는 사실이 밝혀질 것이다. 그쯤 되면 경찰에서 나를 체포할 가능성이 농후하다. 그들은 내 안전 금고가 눈에 띄면 영장을 발부받아 열어 볼 것이다. 은행에서 업무를 처리했던 리처드 링크가 신문에 실린 내 이름과 사진을 보고 증언을 자청하고 나설 것이다. 경찰에서는 내 회상록을 보고 뭐라고 생각할까? 황당하기는 해도 오스왈드를 없앨 만한 동기가 있었다고 생각하겠지.

그러니까 차는 오클라호마나 아칸소의 어딘가에 버리고 버스나 기차를 타고 토끼 굴로 도망쳐야 했다. 그리고 일단 2011년으로 돌아가면 리셋되는 일 없게 토끼 굴을 두 번 다시 들락거리지 말아야 했다. 그 말은 곧, 흉한 몰골로 변한 새디를 혼자 남겨 두고 떠나야 한다는 뜻이었다. '그럴 줄 알았어.' 그녀는 이렇게 생각할 것이다. '곰보 자국도 보조개처럼 예뻐 보인다는 둥 입에 발린 소리 늘어놓더니 영영 이 꼴로 살아야 한다는 엘러턴의 진단을 듣자마자 잽싸게 도망친 거지.'

어쩌면 나를 원망조차 하지 않을지 모른다. 그게 최악의 시나리오였다.

아니, 아니다. 그보다 더 끔찍한 시나리오도 있다. 만일 내가 2011년으로 돌아갔는데 케네디가 결국 11월 22일에 암살당한 것으로 밝혀지면 어떻게 해야 할까? 나는 지금 오스왈드의 단독 범행이라고 분명히 단언할 수 없는 상황이었다. 내가 뭐라고 미행으로 찔끔찔끔 수집한 몇 줌 안 되는 정보를 근거로 수 만 개에 달하는 음모론이 다 틀렸다고 말할 수 있겠는가.

위키피디아를 검색했는데 범인이 잔디 언덕에 숨어 있었다고 하면 어쩔 것인가. 그게 아니라 우편으로 주문한 만리헤르 카르카노가 아니라 저격용 소총을 들고 휴스턴 대로의 구치소 겸 지방 법원 건물 지붕에 숨어 있었다고 하면? 그게 아니라 상상력이 남들보다 뛰어난 몇몇 음모론자들의 주장처럼 엘름 대로의 하수구에 숨어서 잠망경으로 케네디가 다가오길 기다리고 있었다면?

드 모렌실트는 CIA 요원 비슷한 존재였다. 오스왈드의 단독 범행이라고 거의 확신했던 앨 템플턴도 거기까지는 인정했다. 여기저기 벌여 놓은 석유 사업을 유지하기 위해 남아메리카와 중앙아메리카에 떠도는 풍문을 전달했던 조무래기 요원이었다고. 하지만 그 이상의 존재였다면 어쩔 것인가? 케네디가 피그스 만에서 포위당한 게릴라 부대의 지원 병력 파병을 거부한 순간부터 CIA의 미움을 샀다면? 그가 미사일 위기에 우아하게 대처하는 바람에 그 혐오감이 더욱 깊어졌다면? CIA는 여기저기서 떠들어 대는 '미사일 갭'이 허상이라고 확신했기 때문에 미사일 위기를 핑계 삼아 냉전을 영원히 종식할 수 있길 바랐다. 신문에서는 어떨 때는 기사 행간을 통해, 어떨 때는 기명 논평을 통해 노골적으로 양측의 갈등을 전했다.

CIA의 일부 독자 노선파가 조지 드 모렌실트를 구워삶아 좀 더 위험한 임무를 맡겼다면 어쩔 것인가? 대통령을 직접 암살하는 게 아니라 그 일을 기꺼이 떠맡을 만큼 사상이 편향된 위인들을 모집하는 임무를 맡겼다면? 드 모렌실트는 CIA 측에서 그런 제안을 받으면 수락할까? 아마도 수락할 것이다. 그들 부부는 캐딜락, 컨트리클럽, 심슨 스튜어트 도로에 널찍하게 자리 잡은 대저택 등 호화로운 생활을 자랑하는데, 그 비용을 무슨 수로 감당하는지 알 길이 없었다. 표적이 되어 버린 미국 대통령과 이론상으로는 대통령의 명령을 수행하기 위해 존재하는 기관의 결별이라……. 위험한 일이기는 했지만, 대가가 어마어마하다면 분수에 넘치는 생활을 하는 사람으로서 귀가 솔깃할지 모른다. 게다가 반드시 현금으로 보상을 받을 필요가 없다는 게 매력 포인트였다. 베네수엘라, 아이티, 도미니크공화국의 짤짤한 유정 임대권이면 충분했다. 그뿐 아니라 드 모렌실트처럼 거들먹거리기 좋아하는 사람 입장에서는 구미가 당기는 일일지 모른다. 그는 실행을 좋아했고, 케네디를 좋아하지 않았다.

존 클레이턴 덕분에 드 모렌실트가 워커의 암살을 시도했을 가능성도 배제하지 못하게 되어 버렸다. 오스왈드의 소총이 동원된 건 분명하지만, 막상 때가 닥치자 그가 총을 쏘지 못하는 상황이 되었다면 어쩔 것인가? 결정적인 순간에 얼어 버리는 것이야말로 별 볼 일 없는 족제비한테 딱 어울리는 짓거리가 아닌가. 드 모렌실트가 "나한테 줘. 내가 직접 처리할 테니까."라고 으르렁거리며 부들부들 떨리는 리의 손에 쥐어져 있던 카르카노를 낚아채는 광경이 눈앞에 선했다.

드 모렌실트는 리가 소총 받침용으로 가져다 놓은 쓰레기통 뒤에서 표적을 명중할 만한 능력이 있었을까? 앨의 공책에 적힌 이 한 줄의 문장을 감안했을 때 정답은 '예스'였다.

1961년 컨트리클럽에서 열린 스키트 사격 대회에서 우승.

내가 오스왈드를 죽여도 케네디가 암살당한다면 모든 게 헛수고가 되는 거다. 그럼 어떻게 해야 할까? 깨끗이 털고 다시 시작하면 될까? 프랭크 더닝을 다시 죽이고. 캐롤린 풀린을 다시 살리고. 댈러스로 다시 건너오고.

새디를 다시 만나고.

그러면 그녀의 얼굴에서 흉터가 사라질 테니 그건 다행스러운 부분이었다. 정신 나간 전 남편이 어떻게 생겼고 어떤 색으로 염색을 했으며 기타 등등 다 파악을 해 놓았으니 이번에는 그가 접근하기 전에 내 선에서 처리할 수 있을 것이다. 그것도 다행스러운 부분이었다. 하지만 그 모든 걸 다시 거칠 생각만 해도 피로가 몰려왔다. 그런데 지금처럼 정황 증거만 있는 상황에서는 리를 냉정하게 죽일 수 있을 것 같지도 않았다. 프랭크 더닝의 경우에는 확실했다. 내가 직접 목격했으니까.

그러니까 이제 어떻게 해야 할까?

4시 15분이었고, 일단 새디를 찾아가 보는 게 좋겠다는 결론이 내려졌다. 나는 메인 대로에 세워둔 자동차 쪽으로 발걸음을 옮겼다. 그런데 메인과 휴스턴 대로가 만나는 법원 청사 앞을 막 지났을 때 나를 지켜보는 시선이 느껴지길래 뒤를 돌아보았다. 내 뒤로는 인도에 아무도 없었다. 엘름 대로를 내려다보는 휑뎅그렁한 창문들이 달린 교과서 창고가 범인이었다. 대통령을 태운 퍼레이드 행렬이 그 앞에 도착할 때까지 이백 며칠이 남았다.

8

병원에 도착해 보니 새디가 입원한 층에서 배식이 이루어지고 있었다. 메뉴가 '춥 수이'였다. 냄새를 맡았더니 존 클레이턴이 손과 팔뚝 위로 피를 콸콸 쏟아 내며 고맙게도 정면으로 쓰러지던 장면이 생생하게 되살아났다.

"안녕하세요, 앰버슨 씨." 내가 방명록에 이름을 적는데 수석 간호사가 인사를 건넸다. 풀을 먹인 하얀색 모자를 쓰고 간호사복을 입은 반백의 여자였다. 어마어마한 크기를 자랑하는 가슴에 회중시계를 꽂고 다녔다. 그런 그녀가 바리케이드처럼 쌓인 꽃다발 뒤에서 나를 쳐다보았다. "어젯밤에 이 병동이 얼마나 시끄러웠는지 몰라요. 앰버슨 씨가 환자분 약혼자라 말씀드리는 거예요. 약혼자 맞으시죠?"

"네, 맞습니다." 내가 대답했다.

얼굴에 난도질을 당했건 안 당했건 그녀의 약혼자가 되고 싶은 게 나의 바람이었으니까.

그녀는 터지려는 꽃병 사이로 몸을 내밀어 내 쪽으로 기울였다. 데이지 몇 송이가 그녀의 머리를 스치고 지나갔다.

"나는 원래 환자들 놓고 이러쿵저러쿵 하지 않는 성격이고, 어린 간호사들이 그러면 혼을 내요. 그런데 던힐 양의 경우에는 부모님의 태도가 영 잘못됐단 말이죠. 그 정신병자의 부모님과 조지아에서 같이 건너온 건 전적으로 두 분을 나무랄 일은 아닐지 몰라도……"

"잠깐만요. 그러니까 던힐 부부와 클레이턴 부부가 한 차를 타고 왔다는 말씀인가요?"

"행복했던 시절에는 가까운 사이였던 모양이에요. 그러니까 좋다 이거예요. 하지만 두 분은 딸을 병문안하는 동안 친한 친구라는 클레이턴 부부는 1층 영안실에서 아들 시신을 인수하러 서명을 하고 있었으니……" 그녀는 고개를 저었다. "아버님은 별 말씀 없었지만 그 여자는……"

그녀는 주변에 아무도 없는지 확인을 하고 나서 내 쪽으로 다시 고개를 돌렸다. 평범한 시골 아주머니처럼 생긴 얼굴이 분노로 험상궂게 일그러졌다.

"계속 입을 다물지 못하는 거예요. 따님더러 몸은 좀 어떠냐고 딱 한 마디 묻고 나서 계속 가엾은 클레이턴 부부가 어쩌고, 가엾은 클레이턴 부부가 저쩌고. 던힐 양은 꾹 참고 있었는데, 교회를 다시 바꿔야 하다니 남들 보기 부끄러워 죽겠다는 어머니 이야기에 폭발해서 나가라고 고함을 질렀죠."

"잘했네요."

"'어머니의 그 친한 친구네 아들이 저한테 어떤 짓을 했는지 보여 드려요?' 이렇게 외치는 소리가 들렸어요. 내가 그 소리를 듣고 달려갔죠. 던힐 양이 붕대를 뜯으려고 하고 있더라고요. 그런데 그 여자가…… 고개를 앞으로 내밀고 있지 뭐예요, 앰버슨 씨. 아주 궁금해하는 표정으로. 정말로 보고 싶었던 거예요. 내가 두 분을 쫓아내고, 던힐 양이 흥분을 가라앉힐 수 있게 진정제를 좀 맞히라고 레지던트를 보냈어요. 아버지는 좀 소심해 보이던데, 자기 부인 대신 사과를 한답시고 이러는 거예요. '안사람은 새디의 속이 뒤집히는 줄 모르고 한 소리예요.' 그 말에 내가 이렇게 되받아쳤죠. '아버님은요? 아버님은 꿀을 잡수신 모양이네요?' 그런데 그 여자가 엘리베이터에 타기 직전에 뭐라 그랬는지 알아요?"

나는 고개를 저었다.

"이러더라고요. '그 아이를 무슨 수로 탓할 수 있겠어요. 우리 집 마당에서 놀던 아이인데, 정말로 귀여웠던 아이인데.' 믿겨져요?"

믿겨졌다. 나는 어떤 의미에서는 던힐 부인을 이미 만난 것이나 다름없었다. 웨스트 7번 대로에서 큰아들을 쫓아가며 고래고래 고함을 질렀던 그녀. "거기 서라, 로버트. 그렇게 종종걸음 치지 말고. 내 얘기 아직 안 끝났다."

"환자분이 오늘 좀…… 울컥할지 몰라요." 수석 간호사가 말했다. "그럴 만한 이유가 있다는 걸 알려 드리고 싶었어요."

9

새디는 울컥하지 않았다. 차라리 그랬더라면 좋았을 텐데, 고요한 저기압이라는 게 있다면 부활절 저녁 새디의 상태가 딱 그랬다. 그녀는 손도 대지 않은 춥 수이 접시를 앞에 두고 의자에 앉아 있었다. 살이 빠져서 길쭉한 몸이 하얀 환자복 속에서 헤엄치는 느낌이었는데, 나를 보니 앞섶을 여몄다.

그래도 그녀는 신경이 잘리지 않은 쪽 얼굴로 웃으며 멀쩡한 뺨을 내밀어 키스를 받았다.

"왔어요, 조지? 조지라고 부르는 게 낫지 않을까 싶은데 어떻게 생각해요?"

"그게 좋겠죠? 좀 어때요?"

"병원에서는 나아졌다는데 아직도 얼굴을 기름에 담갔다가 불을 붙인 듯한 느낌이에요. 이제는 진통제를 안 주거든요. 약물에 중독되면 안 되니까."

"더 필요하면 내가 얘기해 볼게요."

그녀는 고개를 저었다.

"생각할 시간이 필요한데 진통제 맞으면 멍해요. 감정 조절도 잘 안 되고. 어머니, 아버지하고 고래고래 소리 지르면서 싸웠어요."

한쪽 구석에 쭈그리고 있는 변기를 제외하면 의자가 하나뿐이라 나는 침대에 걸터앉았다.

"수석 간호사한테 들었어요. 듣자하니 노발대발할 만하던데요?"

"그럴지도 모르지만, 그런들 무슨 소용이에요? 엄마는 죽을 때까지 바뀌지 않을 거예요. 나를 낳다 죽을 뻔했다는 이야기는 몇 시간 동안 계속할 수 있어도 남한테는 무관심해요. 눈치도 없지만 또 다른 능력도 부족해요. 그런 능력을 말할 때 쓰는 단어가 있는데 생각이 안 나네."

"공감할 줄 아는 능력?"

"맞아요, 그거. 그리고 말을 얼마나 심하게 하는지 몰라요. 수십 년 동안 그 독설을 겪으면서 우리 아빠는 몽당연필이 됐어요. 요즘은 거의 아무 말도 안 해요."

"두 분하고 앞으로 두 번 다시 안 만나면 되잖아요."

"그럴 수는 없을 것 같아요." 차분하고 무심한 그녀의 말투가 점점 더 마음에 걸렸다. "엄마가 말하길 내가 예전에 쓰던 방을 새로 꾸몄다는데, 내가 달리 갈 데도 없잖아요."

"당신 집은 조디예요. 당신 직장도 그렇고."

"그 얘기는 이미 끝내지 않았던가요? 사표를 낼 거예요."

"안 돼요, 새디. 그건 절대 안 될 일이에요."

그녀는 최대한 웃어 보였다.

"엘리 선생님이랑 말투가 비슷하네요? 당신이 조니더러 요주의인 물이라고 했을 때 그 말을 안 믿었던 엘리 선생님이랑." 그녀는 잠깐 생각하더니 이렇게 덧붙였다. "물론 나도 안 믿었죠. 나는 끝까지 바보처럼 그 사람을 믿었어요, 그렇죠?"

"그 집, 당신 거잖아요."

"맞아요. 그런데 대출을 갚을 방법이 없잖아요. 그러니까 포기해야죠."

"내가 갚으면 돼요."

이 말에 드디어 그녀가 반응을 보이며 깜짝 놀란 표정을 지었다.

"당신도 그럴 형편이 못 되잖아요!"

"사실은 돼요." 맞는 말이었다. 최소한 지금 현재로서는 그랬다. 게다가 켄터키 더비와 샤토게이도 있지 않은가. "내가 댈러스 집을 처분하고 디크네 집으로 들어갈 거예요. 방값을 안 받겠다고 하니까 거기서 아낀 돈으로 대출금을 갚으면 되죠."

그녀의 오른쪽 눈가에 맺힌 눈물이 바르르 떨렸다.

"당신, 결정적인 부분을 이해 못하는 모양인데, 아직은 내가 내 한 몸 건사할 상태가 못 되잖아요. 엄마가 집에서 간병인을 두고 지저분한 부분들을 맡아 주어야 퇴원을 할 수 있을 거 아니에요. 나도 자존심이라는 게 있다고요. 많지는 않지만, 그래도 조금은 남아 있다고요."

"내가 돌봐 줄게요."

그녀는 눈을 휘둥그레 뜨고 나를 빤히 쳐다보았다.

"뭐라고요?"

"내 말 못 들었어요? 그리고 내 앞에서는 새디, 자존심 같은 거 집어 던져도 돼요. 나는 당신을 사랑하게 된 사람이에요. 그러니까 당신도 나를 사랑한다면 악어 같은 어머니가 기다리고 있는 집으로 가겠다는 둥 어쩌고 하는 헛소리는 이제 그만 그쳐 줘요."

그녀는 그 말에 애써 희미한 미소를 짓더니 얇은 환자복 무릎 위로 두 손을 올려놓은 채 잠자코 앉아서 생각에 잠겼다.

"당신은 할 일이 있어서 텍사스로 건너온 거잖아요. 그리고 그 일이, 너무 바보 같아서 자기가 위험한 상황인 줄도 몰랐던 학교 도서관 사서를 간호하는 건 아닐 테고요."

"댈러스에서 처리해야 하는 일을 보류했어요."

"그래도 되는 일이에요?"

"네." 그렇게 간단하게 결정해 버렸다. 리는 뉴올리언스로 떠나고, 나는 조디로 돌아가기로. 과거가 나를 상대로 계속 싸움을 벌이고 있는데, 이번 판은 녀석의 승리로 결판이 나게 생겼다. "새디, 당신은 시간이 필요하고 나는 시간이 있잖아요. 그걸 둘이서 함께 보내는 게 좋지 않겠어요?"

"나하고 같이 보내고 싶겠어요?" 그녀의 목소리는 속삭임에 가까웠다. "지금의 이런 나하고?"

"같이 보내고 싶은데요?"

그녀는 두렵지만 감히 희망을 품은 눈빛으로 나를 쳐다보았다.

"왜요?"

"당신은 내게 닥친 모든 일들 중에서 최고니까요."

그녀의 멀쩡한 쪽 입술이 떨리기 시작했다. 눈물이 뺨 위로 줄줄 흘러내렸다.

"서배너로 돌아가지 않아도 된다면…… 부모님하고 같이 살지 않아도 된다면…… 엄마하고 같이 살지 않아도 된다면…… 그럼 그것만으로도 조금 괜찮아질 것 같아요."

나는 그녀를 품에 안았다.

"많이 괜찮아질 거예요."

"제이크?" 그녀가 울먹이며 내 이름을 불렀다. "가기 전에 내 부탁 하나만 들어줄래요?"

"뭔데요?"

"저 빌어먹을 춥 수이 좀 치워 줘요. 냄새만 맡아도 토 나올 것 같아요."

10

어깨가 미식축구 선수에 버금가고 가슴에 회중시계를 꽂고 다녔던 간호사는 이름이 론다 맥긴리였는데, 4월 18일에 새디의 휠체어를 밀고 엘리베이터가 아니라 길가까지 바래다주겠다고 고집을 부렸다. 그곳에서는 디크가 자기 스테이션왜건 조수석 문을 열어 놓고 기다리고 있었다.

"다시는 여기서 만나지 마요."

우리가 새디를 부축해 차에 태웠을 때 맥긴리 간호사가 말했다.

새디는 멍하니 미소만 지을 뿐 아무 대꾸도 하지 않았다. 이런 식으로 까놓고 말해도 될지 모르겠지만, 약에 취해 정신이 몽롱했던 것이다. 그날 아침에 엘러턴 박사가 얼굴을 검진하느라 대거 투여한 진통제 때문이었다.

맥긴리가 내 쪽을 돌아보며 말했다.

"앞으로 몇 개월 동안 다정하게 보살펴야 할 거예요."

"최선을 다할게요."

우리는 출발했다. 댈러스 남쪽으로 16킬로미터쯤 갔을 때 디크가 말했다.

"저거 뺏어서 창 밖으로 던져 주겠나? 나는 이 망할 놈의 앞차, 옆차 신경 쓰는 중이라."

새디가 검게 그은 담배를 손가락 사이에 끼운 채 잠이 들어 버린 것을 두고 하는 말이었다. 내가 등받이 너머로 몸을 내밀어 담배를 거두자 새디가 신음 소리를 내며 말했다.

"그러지 마요, 조니. 제발 부탁이에요."

나와 디크의 시선이 만났다. 아주 잠깐 동안에 불과했지만 우리 둘이 똑같은 생각을 하고 있다는 사실을 알아차리기에는 충분했다. '앞으로 갈 길이 멀구나. 갈 길이 멀어.'

11

나는 샘 휴턴 대로에 있는 디크의 스페인식 주택으로 들어갔다. 적어도 남들이 보기에는 그랬다. 사실은 비 트리 길 135번지에 있는 새디네 집에서 살다시피 했지만. 그녀를 부축해 집 안으로 들어가면서 어떤 광경이 우리를 기다리고 있을지 두려웠고, 아무리 정신이 몽롱했다지만 새디도 마찬가지였을 것이다. 그런데 엘리와 가정과의 조 피트가 믿음직한 여학생을 몇 명 선발해 새디가 돌아오기 전에 쓸고 닦고 벽에 묻어 있던 클레이턴의 지저분한 흔적들을 모조리 긁어 냈다. 거실 깔개도 치우고 새것으로 바꾸어 놓았다. 새로 산 깔개는 공장을 연상시키는 회색이었는데, 감성을 자극하는 색상이라고 할 수는 없어도 어찌 보면 현명한 선택이었다. 회색에는 추억이 깃드는 경우가 거의 없으니까. 갈가리 찢겼던 옷가지들도 몽땅 치우고 새 옷으로 바꾸어 놓았다.

새디는 바뀐 러그와 옷에 대해 아무 말도 하지 않았다. 바뀐 걸 알아차리기는 했는지 그것조차 잘 모르겠다.

12

나는 낮 시간 동안 그 집에 머물며 그녀의 끼니를 챙기고, 조그만 뜰을 가꾸고(또다시 텍사스 중부 특유의 뜨거운 여름이 찾아오더라도 시들지언정 죽지는 않게), 『황폐한 집』을 읽어 주었다. 오후에 방영되는 드라마도 몇 편 챙겨 보기 시작했다. 「은밀한 폭풍」, 「젊은 의사 멀론」, 「이 뿌리에서부터」 그리고 우리가 가장 좋아했던 「밤의 끝」.

그녀는 가운데였던 가르마를 오른쪽으로 바꿔 베로니카 레이크 비슷한 스타일을 연출했다. 붕대를 떼었을 때 흉터가 가장 심각할 부분을 가리기 위해서였다. 붕대는 머지않아 사라질 예정이었다. 네 명의 의사가 공동으로 진행하는 첫 번째 재건 수술 날짜가 8월 5일로 잡혔다. 엘러턴 말로는 그런 수술을 최소 네 번 더 받아야 된다고 했다.

나는 저녁식사가 끝나면(그래봐야 그녀는 끼적이는 수준이었지만) 일단 디크네 집으로 건너갔다. 조그만 마을은 호기심도 많고 말도 많은 사람들로 그득하기 때문이었다. 그런 사람들을 위해, 해가 진 이후에는 내 차가 디크네 진입로 앞에 세워져 있는 광경을 보여 주는 게 상책이었다. 해가 지면 새디네 집까지 3.2킬로미터를 걸어가 새로 장만한 소파 겸용 침대에서 새벽 5시까지 잠을 청했다. 거의 항상 선잠이었다. 악몽을 꾼 새디가 비명을 지르며 몸부림치는 바람에 깨는 날이 부지기수였다. 낮 동안에는 존 클레이턴이 저 세상 사람이었다. 하지만 해가 지면 총과 칼을 들고 나타나 그녀를 괴롭혔다.

나는 그럴 때마다 그녀의 옆으로 건너가 열심히 달래 주었다. 그녀는 가끔 나와 같이 거실로 터벅터벅 걸어 나와 담배를 한 대 피우고, 상처가 난 쪽 얼굴을 항상 머리로 덮은 채 발을 질질 끄며 다시 침실로 돌아가곤 했다. 붕대를 바꾸는 일은 절대 나한테 맡기지 않았다. 욕실 안으로 들어가서 문을 잠그고 자기가 직접 했다.

유난히 끔찍한 악몽을 꾸었던 날, 방으로 들어갔더니 그녀가 알몸으로 침대 옆에 서서 울고 있었다. 몸이 어찌나 말랐는지 믿기지 않을 정도였다. 잠옷은 발치에 뭉뚱그려져 있었다. 내가 들어오는 소리를 들은 그녀가 한 손으로는 가슴을, 다른 손으로는 사타구니를 가리며 고개를 돌렸다. 그 바람에 머리가 오른쪽 어깨 너머 제자리를 찾아가면서 불룩한 흉터와 얼기설기한 바늘 자국과 광대뼈를 덮은 우글쭈글한 피부가 드러났다.

"나가요!" 그녀가 비명을 질렀다. "그런 식으로 쳐다보고 있지 말고 나가 달라고요!"

"새디, 왜 그래요? 잠옷은 왜 벗었어요? 무슨 일이에요?"

"자다 실례를 해서 그래요, 됐어요? 그래서 갈아입어야 하니까 제발 나가 줘요. 옷 좀 걸칠 수 있게!"

나는 침대 발치로 다가가 개켜놓은 누비이불을 집어서 그녀에게 덮어 주었다. 내가 이불 한쪽 끝을 옷깃처럼 세워 뺨을 가려 주자 그제야 그녀는 진정했다.

"거실에 나가 있어요. 그거 밟지 않게 조심하고. 나가서 담배 한 대 피워요. 시트는 내가 갈게요."

"싫어요, 제이크. 더럽단 말이에요."

나는 그녀의 어깨를 잡았다.

"그건 클레이턴이 입버릇처럼 했던 말이고, 그자는 죽었어요. 오줌 좀 싼 거 가지고 뭘 그래요."

"진심이에요?"

"그럼요. 그런데 나가기 전에……"

나는 임시로 만든 옷깃을 내렸다. 그녀는 움찔하며 눈을 감았지만 꼼짝하지 않았다. 꾹 참고 있는 것이었는데, 그 정도만 해도 상당한 발전이었다. 나는 한때 뺨이었을 축 늘어진 살덩이에 입을 맞추고 이불 모서리를 다시 올려 가려 주었다.

"어떻게 그럴 수가 있어요?" 그녀가 눈을 감은 채 물었다. "이렇게 끔찍한데."

"끔찍하긴요. 내가 사랑하는 당신의 일부분인걸요. 이제 시트 가는 동안 다른 방으로 건너가 있어요."

나는 시트를 갈고, 잠이 들 때까지 옆에 있어 주겠다고 했다. 하지만 그녀는 내가 이불 모서리를 내렸을 때 그랬던 것처럼 움찔하더니 고개를 저었다.

"안 되겠어요, 제이크. 미안해요."

'천천히 조금씩 하자.' 나는 어슴푸레한 새벽 첫 햇살을 맞으며 디크네 집으로 터벅터벅 걸어가는 동안 생각했다. '천천히 조금씩.'

13

4월 24일이 되었을 때 나는 디크에게 도움을 요청했다. 댈러스에 볼일이 있어서 다녀와야 하는데, 9시까지 돌아올 테니 그때까지 새디와 함께 있어 줄 수 있겠느냐는 내용이었다. 그는 흔쾌히 부탁을 들어주었고 덕분에 나는 그날 오후 5시, 77번 고속 도로와 생긴 지 얼마 되지 않은 왕복 4차선의 20번 주간(州間) 고속 도로가 만나는 교차로 근처 사우스 포크 대로에 있는 고속버스 터미널 맞은편을 지킬 수 있었다. 제임스 본드 시리즈의 신작 『나를 사랑한 스파이』를 읽으면서(혹은 읽는 척하면서).

5시 30분이 되었을 때 스테이션왜건 한 대가 터미널 옆 주차장으로 들어섰다. 루스 페인이 모는 스테이션왜건이었다. 리가 차에서 내려 뒤쪽으로 돌아가더니 문을 열었다. 마리나가 준을 안고 내렸다. 루스 페인은 운전석에 그대로 앉아 있었다.

리는 짐이 두 개뿐이었다. 황록색 더플백과 손잡이가 달린 누비 소총케이스가 전부였다. 그가 그 짐을 들고 공회전 중인 고속버스 쪽으로 다가갔다. 기사가 리의 표를 대충 검사하고, 가방과 소총을 짐칸에 실었다.

리가 버스 입구 쪽으로 걸어가다 말고 몸을 돌려 아내를 끌어안더니 양쪽 뺨과 입술에 차례대로 입을 맞추었다. 그런 다음 아이를 받아 뺨에 대고 코를 비볐다. 준이 웃음을 터뜨렸다. 리도 덩달아 웃음을 터뜨렸지만, 눈가에 맺힌 눈물이 보였다. 그는 준의 이마에 입을 맞추고 한 번 안아 준 다음 마리나에게 다시 건네고, 뒤도 돌아보지 않은 채 버스 계단을 후닥닥 올라갔다.

마리나는 스테이션왜건 쪽으로 걸어갔다. 루스 페인이 그 앞에 서 있었다. 준이 팔을 내밀자 그녀가 웃으며 안아 주었다. 세 사람은 그렇게 서서 버스에 오르는 승객들을 바라보다 잠시 후 떠났다.

나는 6시에 예정대로 버스가 출발할 때까지 그 자리를 지켰다. 서쪽으로 저무는 핏빛 태양이 앞 유리창을 비추자 목적지가 어디라고 되어 있는지 잠깐 동안 보이지 않았다. 잠시 후, 리 하비 오스왈드가 일시적으로나마 내 인생에서 사라졌음을 의미하는 두 단어가 다시 시야에 들어왔다.

뉴올리언스 급행

나는 버스가 I-20 이스트 나들목으로 진입하는 광경을 확인한 다음, 차를 세워 놓은 곳까지 두 블록을 걸어가서 조디로 돌아갔다.

14

또다시 불길한 예감이 느껴졌다.

나는 웨스트 닐리 대로의 월세를 꼬박꼬박 지불했다. 긴축재정을 시작해야 하는 상황에서 왜 그랬는지 딱 꼬집어 말할 수는 없었지만, 댈러스의 작전 본부를 없애면 안 될 것 같은 예감이 막연하면서도 강렬하게 느껴졌기 때문이었다.

켄터키 더비가 이틀 앞으로 다가왔을 때 나는 샤토게이가 입상한다는 데 500달러를 걸어야겠다고 굳게 다짐하며 그린빌 가로 차를 몰았다. 입상을 한다는 데 걸면 승산도 없는 말이 우승을 한다는 데 돈을 거는 것보다 의심을 덜 사지 않을까 싶었다. 나는 페이스 파이낸셜에서 네 블록 거리에 차를 세우고 문을 잠갔다. 오전 11시밖에 안 됐지만, 그 동네에서는 차문을 잠가야 했다. 처음에는 씩씩하게 발걸음을 옮겼는데, 이번에도 왜 그랬는지 딱 꼬집어 말할 수는 없지만 자꾸 망설여졌다.

가두 대부업체로 위장한 도박장까지 반 블록 남았을 때 나는 아예 걸음을 멈추었다. 전에 만났던 도박업자가 오늘은 보안경을 벗고 가게 입구에서 담배를 피우고 있었다. 쏟아지는 눈부신 햇살과 그를 괄호 모양으로 감싼 어두컴컴한 입구가 극적인 대조를 이루면서 에드워드 호퍼의 그림 속에 등장하는 인물처럼 느껴졌다. 그는 그날 나를 보았을 리 만무했다. 길 건너편에 주차된 자동차를 뚫어져라 쳐다보고 있었던 것이다. 초록색 번호판이 달린 크림색 링컨이었다. 숫자 위에 선샤인 스테이트라는 문구가 적혀 있었다. 그렇다고 해서 그것이 과거가 연출한 화음이라고 장담할 수는 없었다. 탬파의 에두아르도 구티에레스가 타고 다니는 차라고 장담할 수도 없었다. 나를 보면 웃으면서 양키랜드에서 건너온 우리 양키 양반 납시었다고 했던 자. 바닷가 내 집을 홀라당 태워 버렸을 게 거의 분명한 자.

그래도 나는 도박에 걸려고 들고 나온 500달러를 주머니에 넣은 채 몸을 돌려 차를 세워 놓은 곳으로 되돌아 갔다.

불길한 예감 때문이었다.

24장

1

내 주변에서만 그런지 몰라도 반복을 좋아하는 역사의 습성을 감안했을 때 「조디 잼보리」 앙코르 공연으로 새디의 병원비를 마련해보겠다는 마이크 코슬로의 복안은 어느 정도 예견할 수 있는 부분이었다. 그는 한여름으로 일정을 잡으면 오리지널 멤버들에게 예전 역할을 맡길 수 있을 것 같다고 했고, 장담한 대로 거의 전부 다 불러 모았다. 심지어 엘리까지 「캠프타운 레이시스」와 「클린치 마운틴 브레이크다운」 밴조 연주를 다시 한 번 선보이겠노라고 했다. 작년 공연의 여파로 손가락이 아직까지 아프다고 너스레를 떨었지만. 일단 7월 12일과 13일로 날짜를 정하기는 했지만, 한동안은 성사 여부가 불투명했다.

첫 번째로 극복해야 할 장애물이 새디였다. '구걸'이라며 경악했던 것이다.

"어렸을 때 어머니한테 그런 교육을 받고 자란 모양이죠?"

내가 물었다.

그녀는 나를 잠깐 노려보더니 시선을 떨구고, 상처가 난 쪽 얼굴에 대고 머리카락을 쓰다듬기 시작했다.

"그래서요? 그럼 안 되는 거예요?"

"흠, 글쎄요? 구사일생으로 목숨을 건졌지만 다친 딸 앞에서 다니는 교회 바꿀 걱정이나 하는 여자한테 받은 교육이 어련하겠어요?"

"모욕적이에요." 그녀가 나지막이 중얼거렸다. "온 마을 사람들의 동정심을 자극해야 하다니 모욕적이라고요."

"바비 질 때는 그런 식으로 생각하지 않았잖아요."

"지금 나 몰아세우는 거예요? 제발 그러지 말아 줘요."

나는 그녀의 옆에 앉아 손을 잡았다. 그녀가 뿌리쳤다. 내가 다시 잡았다. 이번에는 그녀도 뿌리치지 않았다.

"쉽지 않은 일인 거 나도 알아요. 하지만 줄 때가 있으면 받을 때도 있는 법이잖아요. 전도서에 있는 말인가 잘 모르겠지만, 아무튼 맞는 말이에요. 보험은 푼돈밖에 안 돼요. 엘러턴 박사님이 수술비를 깎아 주고는 있지만……"

"내가 언제……"

"쉿, 새디. 내 말 좀 들어 봐요. 이런 걸 무료 시술이라고 하고, 박사님도 원해서 하는 일이에요. 하지만 다른 의사들까지 동원이 되잖아요. 수술비가 엄청날 테고, 내가 가진 돈으로는 턱없이 부족할 거예요."

"차라리 날 죽여 줬더라면 고마웠을 텐데." 그녀가 중얼거렸다.

"그런 소리는 하지도 마요." 그녀는 화가 난 내 목소리를 듣더니 몸을 움츠리며 눈물을 비쳤다. 이제는 눈물도 한쪽에만 맺혔다. "새디, 사람들이 원해서 하는 일이잖아요. 하게 해 줘요. 당신 머릿속에 어머니가 산다는 건 알아요. 거의 대부분 그렇지 않나요? 하지만 이번만큼은 어머니가 뭐라 하건 상관 말아 줘요."

"수술을 받아도 소용없다잖아요. 예전으로 돌아갈 수 없다잖아요. 엘러턴 박사님이 그랬어요."

"그래도 많이 좋아질 수 있을 거예요." 이렇게 말하는 게 '조금은 좋아질 수 있을 거예요.'보다 눈곱만큼이나마 낫지 않은가.

그녀는 한숨을 쉬었다.

"당신이 나보다 훨씬 씩씩하네요."

"당신도 충분히 씩씩해요. 허락할 거죠?"

"새디 던힐 자선쇼. 우리 엄마가 알면 길길이 날뛸 텐데."

"그러니까 더욱 강행해야죠. 스틸 사진까지 보내 드리자고요."

이 말에 그녀는 미소를 지었지만, 잠깐으로 그쳤다. 그녀가 살짝 떨리는 손으로 담배에 불을 붙이더니 얼굴에 대고 다시 머리카락을 쓰다듬기 시작했다.

"나도 참석해야 돼요? 누굴 위해 돈을 내는지 사람들이 볼 수 있게? 경매대에 놓인 아메리칸 버크셔 돼지처럼?"

"당연히 그건 아니죠. 그런데 기절하는 사람도 없을걸요? 이 동네 사람들이 대부분 그보다 더 끔찍한 사고를 목격했잖아요."

농사를 짓고 가축을 기르는 지역이다 보니 그보다 더 끔찍한 사고도 많았다. 집에 불이 나서 중화상을 입은 브리타 칼슨은 어떤가. 아버지의 차고에서 트럭 모터를 잡고 있던 도르래가 풀리는 바람에 왼손이 말발굽처럼 잘린 더피 헨드릭슨은 또 어떤가.

"아직은 그렇게 남을 돌아볼 마음의 준비가 안 됐어요. 죽을 때까지 안 될 거예요."

나는 그렇지 않길 진심으로 소망했다. 존 클레이턴이나 리 하비 오스왈드 같은 정신병자들이 승리하면 안 되지 않겠는가. 그런 인간들이 야비하고 더러운 승리를 거두었을 때 하느님이 세상을 바로잡지 않으면 평범한 사람들이 나서야 한다. 적어도 노력이라도 해 봐야 한다. 하지만 지금은 그런 설교를 늘어놓을 때가 아니었다.

"엘러턴 박사님도 출연하기로 했다면 마음을 굳히는 데 도움이 되겠어요?"

그녀는 잠깐 머리카락 쓰다듬는 걸 잊고 나를 빤히 쳐다보았다.

"뭐라고요?"

"버서 뒷부분을 맡고 싶대요."

춤추는 조랑말 버서는 미술부 아이들이 캔버스로 만든 소품이었다. 몇몇 작품에 등장해 어슬렁거리는데, 진 오트리가 부르는 「다시 안장에 올라」에 맞춰 꼬리를 흔드는 게 가장 큰 역할이었다(꼬리는 팀 버서의 뒷부분 담당이 끈을 잡아당겨 움직였다.). 유머 감각이 뛰어나달 수 없는 시골 사람들은 그 녀석이 등장하면 배꼽을 잡았다.

새디가 폭소를 터뜨렸다. 터진 웃음 때문에 아파하는 게 눈에 보이는데, 참을 수가 없는 모양이었다. 소파 뒤로 쓰러져 뇌가 폭발하려는 걸 막는 사람처럼 한 손바닥으로 이마 한가운데를 눌렀다.

"알았어요!" 다시 말을 할 수 있는 상태가 됐을 때 그녀가 외쳤다. "그걸 보기 위해서라도 허락할게요." 그러더니 나를 노려보았다. "하지만 총연습 때 볼 거예요. 모든 사람들이 나를 뚫어져라 쳐다보며 '어머, 저것 좀 봐, 딱해라.' 속삭일 텐데 무대 위로 올라가지는 않을 거예요. 알았죠?"

"알겠습니다."

나는 대답하고 입을 맞추었다. 이렇게 해서 장애물을 하나 넘었다. 그 다음 장애물은 7월의 폭염이 내리쬐는 조디로 건너와 13킬로그램에 달하는 캔버스 의상 뒷부분을 뒤집어쓰고 껑충껑충 뛰어 달라고, 댈러스에서 최고로 손꼽히는 성형외과 의사를 설득하는 일이었다. 그의 의사를 타진하지도 않았던 것이다.

그런데 알고 보니 걱정할 필요가 없었다. 내 이야기를 들은 엘러턴이 어린아이처럼 얼굴을 환히 빛냈던 것이다.

"나는 실제 경험까지 갖춘 배우라고 할 수 있어요." 그가 말했다. "우리 안사람이 몇 년 전부터 말하길 나로 말하면 말 궁둥이만큼이나 쓸모없는 작자라고 했거든요."

2

마지막 장애물은 장소였다. 리가 뉴올리언스의 어느 항구에서 미해군 전함 와스프 호 수병들에게 카스트로를 지지하는 전단지를 나누어 주려다 쫓겨났던 6월 중순, 디크가 새디의 집에 들렀다. 그는 멀쩡한 쪽 뺨에 입을 맞추고 (그녀는 누가 찾아오면 상처가 난 쪽 얼굴을 안 보이게 돌렸다.) 나에게 나가서 시원한 맥주나 한잔하지 않겠느냐고 물었다.

"다녀와요." 새디가 말했다. "나는 괜찮으니까."

디크가 마을 서쪽으로 차를 몰아 14킬로미터 거리에 있는 프레리 치킨으로 향했다. 에어컨이 돌아가는 게 맞는가 싶고 양철 지붕이 달린 곳이었다. 한낮이라 바에서 혼자 술을 마시는 손님 두 명밖에 없었고, 주크박스는 컴컴했다. 디크가 1달러를 주며 말했다.

"내가 돈을 낼 테니까 자네가 사 와. 어떤가?"

나는 바에 가서 벅혼 두 잔을 받아 왔다.

"자네가 버키를 주문할 줄 알았더라면 내가 갈 걸 그랬네." 디크가 말했다. "이건 말 오줌이잖아."

"저는 좋아하거든요." 내가 말했다. "그리고 선생님은 원래 집에서 술 드시잖아요. '동네 술집들은 밥맛 지수가 높아서 마음에 안 들어.' 이렇게 말씀하신 걸로 기억하는데요."

"아무튼 빌어먹을 맥주는 필요 없어." 새디 곁을 떠났더니 그가 머리에서 김을 뿜을 만큼 화가 난 게 눈에 들어왔다. "프레드 밀러의 얼굴을 한 대 갈기고, 레이스로 장식했을 게 분명한 제시카 캘트롭의 그 좁아터진 엉덩이를 걷어차고 싶은 생각뿐이니까."

나도 이름과 얼굴을 아는 사람들이었지만, 미천한 월급쟁이다 보니 두 사람과 실제로 대화를 나눠 본 적은 한 번도 없었다. 밀러와 캘트롭은 3인으로 구성된 덴홈 군 교육위원회 위원이었다.

"거기서 멈추시면 안 되죠." 내가 말했다. "기왕지사 피에 굶주린 거, 드와이트 로슨한테는 어쩔 생각인지 그것도 알려 주세요. 교육 위원회 나머지 한 명이 그 사람 아닌가요?"

"롤링스야." 디크가 침울한 목소리로 말했다. "롤링스는 봐주겠어. 우리 쪽에 찬성표를 던졌으니까."

"지금 무슨 말씀을 하시는 건지 모르겠네요."

"학교 체육관에서「잼보리」공연을 할 수 없다는 거야. 한여름이라 아무도 안 쓸 텐데 말이지."

"지금 농담하시는 거죠?"

새디가 그녀에게 반감을 품는 마을 주민이 있을지 모른다고 했을 때 나는 그 말을 안 믿었다. 공상 과학 소설에나 나옴직한 21세기에 대한 환상을 버리지 못한 한심한 제이크 에핑 같으니라고.

"나도 농담이었으면 좋겠네. 화재 보험을 걸고 넘어지는 거야. 사고를 당한 학생을 위해 마련한 자선행사였을 때는 아무 얘기 없지 않았느냐고 했더니 말라비틀어진 늙은 고양이 같은 캘트롭이 뭐라 그랬는지 아나? '아, 그랬죠, 디크. 하지만 그땐 학기 중이었잖아요.'

결국은 어떻게 교직원이 정신 나간 남편이 휘두른 칼에 얼굴을 베일 수 있느냐는 거지. 신문이나, 그럴 일은 절대 없겠지만 댈러스 TV에서 다루기라도 하면 어쩌나 싶은 거야."

"어떻게 그런 걸 신경 쓸 수가 있죠?" 내가 물었다. "젠장, 그자는 이 마을 출신도 아니잖아요! 조지아 사람이잖아요!"

"그런 건 상관없어. 중요한 건 그자가 여기서 죽었기 때문에 학교 평판에 악영향을 미칠 수 있다는 거야. 이 마을의 평판에도. 그들의 평판에도."

내 입에서 징징대는 소리가 터져 나왔다. 다 큰 남자가 징징대다니 부끄러운 노릇이었지만, 막을 방법이 없었다.

"도대체 말이 안 되잖아요!"

"그럴 수만 있었다면 골칫거리를 없애는 차원에서 그녀를 해고했을 거야. 그런데 해고는 못하겠으니 클레이턴이 그녀의 얼굴에 무슨 짓을 했는지 아이들이 목격하기 전에 그녀가 사표를 내주길 바라는 거지. 작은 마을 특유의 빌어먹을 위선이 이런 식으로 정점을 찍는 거라고. 프레드 밀러로 말할 것 같으면 이십 대 때 한 달에 두 번씩 누에보 라레도 사창가를 찾아가 발광했던 작자야. 아버지한테 용돈을 가불 받으면 그보다 더 자주 들락거렸지. 그리고 내가 우라지게 믿을 만한 소식통한테 들은 이야기인데, 제시카 캘트롭은 스위트워터 랜치에 사는 평범한 제시 트랩이었던 열여섯 살 때 살이 뒤룩뒤룩 쪘다가 9개월 만에 홀쭉해진 적이 있었다고 하더군. 그 작자들이 도덕군자인 척 살았던 세월보다 내 기억력이 더 길다고, 마음만 먹으면 얼마든지 망신 줄 수 있다고 선언할 작정이야. 갖은 애를 쓰지 않아도 할 수 있는 일이거든."

"설마…… 정신 나간 전 남편이 저지른 짓인데 새디 책임이라고 생각하는 건 아니겠죠? 그렇죠?"

"정신 차려, 조지. 가끔 보면 자네 딴 세상에서 태어났나 싶을 때가 있다니까? 아니면 제정신 박힌 사람들만 사는 나라에서 왔든지. 그 작자들이 생각하기에 이건 성에 얽힌 문제야. 프레드와 제시카 같은 사람들은 항상 성의 관점에서 생각한다고. 그 작자들은 어쩌면

「꼬마 악동들」에 나오는 알파파와 스팽키도 틈만 나면 헛간 뒤에서 달라를 주물럭거렸고, 그럴 때면 벅휘트가 옆에서 환호성을 질렀을 거라고 생각할걸? 그리고 이런 일이 벌어지면 여자 잘못이야. 대놓고 그렇게 말하지는 않지만, 속으로는 남자들이 원래 짐승인데 그런 남자를 길들일 줄 모르면 그건 그 여자 책임이라고 생각하지. 그 여자 책임이라고. 하지만 이번만큼은 그냥 지나가지 않겠어."

"그러셔야죠. 안 그러면 불똥이 새디한테 튈 수도 있잖아요. 요즘처럼 무방비일 때 그랬다가는 새디가 완전히 무너질지 몰라요."

"그러게." 그가 말하며 가슴 주머니에서 파이프를 꺼냈다. "그래, 나도 알아. 그냥 자네 앞에서 분통 터뜨리는 거야. 엘리가 바로 어제 그레인지 홀 관계자들과 이야기를 나누어 보았는데, 기꺼이 빌려 주겠다고 했다네. 거기가 좌석 수도 50개 더 많아. 발코니가 있어서 말이지."

"잘 됐네요." 나는 마음이 놓였다. "결국에는 이성론자들이 승리하는 법이로군요."

"그런데 한 가지 문제가 있어. 이틀 밤 공연에 400달러를 요구하지 뭔가. 내가 200달러를 대면 자네가 나머지 200달러를 댈 수 있겠나? 일단 내면 그걸로 끝이라는 건 알고 있지? 공연 수입은 전부 다 새디 병원비로 충당해야 하니까."

새디의 병원비라면 나도 잘 아는 부분이었다. 천하에 쓸모없는 보험으로 처리가 안 돼서 입원 기간 동안 내가 부담한 비용만 벌써 300달러였다. 엘러턴이 아무리 배려를 한다 해도 다른 비용들이 눈덩이처럼 불어날 것이다. 내가 아직 경제적으로 바닥을 때리지는 않왔지만, 조만간 그럴 게 뻔했다.

"조지? 어떻게 생각하나?"

"50대 50요." 나는 승낙했다.

"그럼 그 말 오줌 잔 비워. 읍내로 돌아가야 하니까."

3

초라한 술집을 나서는데, 어느 유리창에 달린 포스터가 내 시선을 사로잡았다. 꼭대기에 이렇게 적혀 있었다.

유선 TV로 관람하는 세기의 대결!
매디슨 스퀘어 가든에서 생중계!
댈러스가 배출한 톰 '망치' 케이스 대 딕 타이거!
8월 29일 목요일
댈러스 강당
이곳에서 예매권을 구입하실 수 있습니다

웃통을 벗은 근육질의 남자가 뻔한 포즈로 글러브 낀 주먹을 들고 있는 사진 두 장이 그 밑에 나란히 붙어 있었다. 한쪽은 젊고 별 상처가 없었다. 다른 쪽은 좀 나이 들어 보이고, 코가 몇 번 부러진 듯했다. 그런데 내가 발걸음을 멈춘 이유는 이름 때문이었다. 어디에선가 들어본 이름이었던 것이다.

"꿈 깨." 디크가 고개를 저으며 말했다. "차라리 핏불 테리어하고 코커스패니얼이 붙는 투견 시합을 구경하는 게 낫지. 그것도 그냥 코커스패니얼이 아니라 한참 늙은 녀석이거든."

"그래요?"

"토미 케이스가 열정은 넘치지만, 마흔 살 먹은 몸뚱이에 담긴 마흔 살 먹은 열정이야. 배불뚝이가 돼서 잘 움직이지도 못해. 타이거는 젊고 빠르지. 대진을 주선하는 사람들이 실수만 하지 않으면 몇 년 안으로 챔피언 자리에 오를 거야. 그 사이 몸을 관리하는 차원에서 이번 케이스의 경우처럼 짜고 치는 시합을 벌이는 거지."

언뜻 록키 발보아 대 아폴로 크리드(실베스타 스텔론 주연의 영화 「록키」의 두 주인공 — 옮긴이)의 구도처럼 들렸지만 왜 아니겠는가? 가끔은 인생이 예술을 흉내 내기도 하는 법이다.

디크가 말했다.

"TV를 돈 내고 강당에서 보다니. 하이고, 그 다음은 어떤 게 기다리고 있을까?"

"미래의 물결이 기다리고 있겠죠." 내가 말했다.

"최소한 댈러스에서는 표가 매진되겠지만, 그렇다 하더라도 톰 케이스가 과거의 물결이라는 사실에는 변함이 없지. 타이거한테 난도질당할걸? 그레인지 대관료 그렇게 해도 되는 거지, 조지?"

"그럼요."

4

 희한한 6월이었다. 한편으로는 오리지널「잼보리」출연진과 연습을 할 수 있어서 기뻤다. 이보다 더 기분 좋은 데자뷰는 없었다. 그런데 또 한편으로는 내가 애초부터 역사라는 방정식에서 리 하비 오스왈드를 제거할 마음이 있었는지 날이 갈수록 점점 더 궁금해졌다. 이미 악당 한 명을 피도 눈물도 없이 제거한 바 있었으니 배짱이 부족한 건 아니었는데, 어느 누구도 부인할 수 없다시피 오스왈드를 조준해 놓고 그냥 놓아주지 않았던가. 그의 가족 때문에 그런 게 아니라 불확정성 원리 때문이라고 아무리 나 자신을 설득하려 해도, 웃으며 자기 배 앞으로 손을 내밀어 맞잡던 마리나의 모습이 자꾸 떠올랐다. 그가 결국에는 허수아비가 아닐지 모른다는 생각도 들었다. 그는 10월에 돌아올 것이다. 하지만 그런들 뭐가 달라질까? 그의 아내는 여전히 임산부일 테고, 불확실의 여지는 여전히 남아 있는 것을.
 그동안 나는 서서히 회복 중인 새디도 살펴야 하고, 각종 청구서도 처리해야 하고, 보험 서식도 작성해야 하고(이놈의 번거로운 절차는 1963년이건 2011년이건 사사건건 짜증을 돋우었다.),「잼보리」연습도 시켜야 했다. 엘러턴 박사는 딱 한 번밖에 참석을 못했지만 눈치가 빨랐고, 자기가 맡은 춤추는 망아지 버서의 다리를 열심히 움직였다. 예행 연습을 마쳤을 때 그가 매사추세츠 종합 병원의 안면 성형 전문의를 추가로 초빙하고 싶다는 뜻을 밝혔다. 나는 철렁 내려앉는 심장을 달래며 좋은 생각이라고 말했다.

"감당할 수 있겠어요?" 그가 물었다. "마크 앤더슨을 부르는 비용이 만만치 않을 텐데."

"어떻게든 해 봐야죠."

나는 공연 날짜가 가까워졌을 때 연습실로 새디를 여러 번 초대했다. 그녀는 총연습 때 못해도 한 번은 와서 보기로 약속해 놓고, 완곡하지만 단호하게 거부했다. 집 안에 틀어박혀 지냈고, 어쩌다 한 번씩 집을 나서더라도 뒷마당이 고작이었다. 존 클레이턴이 그녀의 얼굴과 자기 목을 잇달아 칼로 그은 이래 학교도, 시내도 발길을 끊었다.

5

7월 12일 늦은 아침과 이른 오후에는 그레인지 홀에서 마지막 테크니컬 리허설을 거행했다. 슬랩스틱 코미디언 겸 프로듀서로 자연스럽게 자리 매김한 마이크 코슬로가 말하길 토요일 저녁 공연은 매진이고, 오늘 밤 공연은 판매율이 90퍼센트라고 했다.

"입석 관객들도 몰려서 공연장이 가득 찰 거예요, A 선생님. 기대하셔도 좋아요. 그나저나 바비 질하고 저가 앙코르 공연을 망치지만 않았으면 좋겠는데."

"'바비 질하고 제가'라고 해야지, 마이크. 그리고 그럴 일 절대 없을 거다."

거기까지는 좋았다. 그런데 내가 비 트리 길로 진입하는 순간 그

길에서 빠져나가는 엘렌 도커티의 차가 보이는가 싶더니 새디가 거실 창가에 앉아 한 손에 손수건을 움켜쥔 채 멀쩡한 쪽 뺨 위로 눈물을 흘리고 있었다.

"왜 그래요?" 나는 따져 물었다. "엘리가 무슨 소리한 거예요?"

놀랍게도 새디는 날 보며 씩 웃었다. 삐딱한 미소이기는 했지만 말괄량이 같은 매력이 있었다.

"구구절절 옳은 말만 하고 갔으니까 걱정 마요. 샌드위치 만들어 줄 테니까 어떻게 진행됐는지 들려줘요."

그래서 나는 시키는 대로 했다. 물론 걱정이 됐지만 겉으로 티를 내지는 않았다. 오지랖 넓은 고등학교 교장들에 대해 퍼붓고 싶은 말들도 속으로 삭였다. 그날 저녁 6시, 새디가 내 차림새를 점검하고 넥타이를 다시 매 주더니 스포츠 재킷 어깨에 묻은 보푸라기를 털어 주었다. 진짜로 보푸라기가 있었는지 그냥 터는 척한 건지는 모르겠지만.

"행운을 빈다는 뜻에서 다리 부러뜨리고 오라고 말하고 싶은데(영어로 break a leg라고 하면 행운을 빈다는 뜻이다—옮긴이), 그랬다가 정말 다리 부러뜨릴까 봐 못 하겠네."

그녀는 낡은 청바지에 살이 빠진 걸 조금이나마 감추어 주는 헐렁한 셔츠를 입고 있었다. 오리지널 「조디 잼보리」 공연 때 그녀가 입었던 예쁜 원피스가 생각났다. 원피스도 예뻤고, 그걸 입은 아가씨도 예뻤는데. 그건 그때 얘기고, 오늘 밤에 그 아가씨는 한쪽 얼굴은 여전히 아름답건만 막이 오를 때 집에서 「루트 66」 재방송을 보고 있을 것이다.

"왜 그래요?" 그녀가 물었다.

"같이 갔으면 좋겠다 싶어서요."

이 말을 내뱉자마자 아차 싶었지만, 여파가 거의 없었다. 그녀의 미소가 희미해지는가 싶더니 곧바로 되살아났다. 태양이 손바닥만 한 구름 뒤를 지나갈 때 그런 것처럼.

"당신이 참석할 거잖아요. 그러면 내가 참석하는 거나 마찬가지예요." 그러더니 베로니카 레이크 스타일로 덮지 않은 한쪽 눈으로 진지하면서도 수줍은 표정을 지었다. "당신이 나를 사랑한다면 말이에요."

"아주 많이 사랑하죠."

"맞아요, 그런 것 같아요." 그녀는 내 입가에 입을 맞추었다. "그리고 나도 사랑해요. 그러니까 다리 부러뜨리지 말고, 사람들한테 고맙다고 전해 줘요."

"알았어요. 혼자 있어도 안 무섭겠어요?"

"괜찮을 거예요."

내가 묻는 말에 대답한 거라고 할 수는 없었지만, 지금 현재로서는 그 정도로 만족하는 수밖에 없었다.

6

입석을 운운한 마이크의 예상이 맞아떨어졌다. 금요일 저녁 표도 공연 1시간 전에 매진이 된 것이다. 무대 감독을 맡은 도널드 벨링햄이 정확히 8시에 객석 조명을 낮추었다. 파이 던지기 시합으로 피날레로 장식한 오리지널 무대(이번에는 토요일 저녁 공연 때만 파이를 던지기로 했다. 그레인지 홀 무대와 객석 맨 앞 몇 줄을 여러 번 청소하지 말자는 데 의견의 일치를 보았기 때문이었다.)가 워낙 출중했었기 때문에 실망스러울 줄 알았더니 거의 그때만큼 훌륭했다. 내가 봤을 때 이번 코미디의 하이라이트는 그 빌어먹을 춤추는 망아지였다. 엘러턴 박사와 한 팀을 이루어 앞부분을 맡은 보먼 코치가 너무 흥분하는 바람에 춤을 추다 하마터면 무대 밖으로 떨어질 뻔했던 것이다.

관객들은 버서가 푸트라이트 주변을 20~30초 동안 비틀거리는 게 대본에 있는 내용인 줄 알고, 과감하다며 열렬한 박수갈채를 보냈다. 실상을 알고 있었던 나는 두 번 다시 느끼지 못할 복잡한 감정을 경험했다. 거의 실성한 도널드 벨링햄 옆에 서서 배를 잡고 웃는데, 또 한편으로는 걱정이 돼서 심장이 벌렁거렸던 것이다.

과거가 연출한 화음은 그날 밤, 앙코르 공연 도중에 울려 퍼졌다. 마이크와 바비 질이 손을 잡고 무대 중앙으로 걸어 나왔다. 바비 질이 관객들을 향해 이야기했다.

"마음이 따뜻하고 그리스도교인답게 인정이 넘치는 던힐 선생님은 제게 정말 소중한 분입니다. 오늘 밤 여러분께 선보이려는 이 춤을 배우고 싶은 마음을 심어 주셨거든요. 그리고 이 자리에 참석해 그리스도교인의 인정이 무엇인지 보여 주신 여러분께도 감사드립니다. 그렇지, 마이크?"

"맞아요. 여러분 진짜 최고예요."

마이크가 무대 왼쪽을 바라보았다. 나는 허리를 숙인 채 레코드

플레이어 바늘을 들고 음반 위로 올려놓으려고 준비 중인 도널드를 가리켰다. 이번에는 도널드의 아버지도 아들이 자기 빅 밴드 음반을 빌려 가지고 왔다는 걸 알 수밖에 없을 것이다. 객석에 앉아 있었으니까.

오래전에 세상을 떠난 폭격수 글렌 밀러의 「인 더 무드」가 울려퍼지자 마이크 코슬로와 바비 질 올넛이 무대 위에서 관객들의 리드미컬한 박수 소리에 맞춰 번개처럼 빠른 린디합을 선보였다. 나와 새디, 나와 크리스티 조합은 엄두도 내지 못했던 속도였고, 젊음과 환희와 열정으로 똘똘 뭉쳐져 있어 눈이 부셨다. 마이크가 바비 질의 손을 꾹 눌러 이제 반대 방향으로 돈 다음 그의 다리 사이로 미끄러져 들어갈 차례임을 알린 순간, 데리에서 만났던 물 찬 제비 같은 베비와 닥치는 대로 먹는 리치가 문득 겹쳐 보였다.

'이게 다 한 작품이구나.' 이런 생각이 들었다. '어느 게 진짜 목소리이고 어느 게 되돌아온 가짜 목소리인지 구분이 안 될 정도로 완성형에 가까운 메아리로구나.'

모든 게 퍼뜩 선명해지는 순간이 찾아오면 세상에는 별 게 없다는 사실을 깨닫게 된다. 인간이라면 누구나 알면서도 모르는 척하는 사실이겠지만, 이 세상은 외침과 메아리가 완벽한 조화를 이루는 기계장치에 불과하다. 톱니와 바퀴로 이루어진 척하지만, 우리가 인생이라 부르는 신비로운 유리 덮개 밑에서 시간을 알리는 꿈의 시계인 척하지만 그게 아니다. 그 뒤에는 뭐가 있을까? 그 밑에는, 그 주변에는 뭐가 있을까? 혼돈, 폭풍. 망치를 휘두르는 남자들, 칼을 휘두르는 남자들, 총을 쏘는 남자들. 군림할 수 없는 게 있으면 왜곡하고,

이해할 수 없는 게 있으면 비하하는 여자들. 조명 하나 외로이 비추는 무대에서 어둠을 무릅쓰고 춤을 추는 인간들, 그 주변을 에워싼 공포와 상실의 세계.

마이크와 바비 질은 자기 시대의 춤을 추었고, 그들의 시대는 짧은 머리, 콘솔형 텔레비전, 홈메이드 거라지 록으로 대변되는 1963년이었다. 그들은 케네디 대통령이 핵 실험 금지 조약을 조인하겠다고 약속하면서 기자들에게 "우리 병력을 알 수 없는 정치판과 동남아시아라는 오랜 앙숙의 수렁 속으로 빠뜨릴 의사가 전혀 없다."고 밝혔던 날 춤을 추었다. 그들은 베비와 리치처럼, 새디와 나처럼 춤을 추었고, 아름다웠고, 내 눈에는 여리기 때문에 사랑스럽게 보였다. 그 마음은 지금도 여전하다.

두 아이가 객석을 마주한 채 손을 들고 숨을 헐떡이며 완벽하게 마무리를 짓자 관객들이 기립 박수를 보냈다. 마이크는 꼬박 40초 동안 박수를 허락한 다음 (겸손한 레프트 태클이 조명만 받으면 어쩜 그렇게 당당한 남자로 눈 깜짝할 새 돌변하는지 놀라울 따름이었다.) 조용히 해달라고 외쳤다. 마침내 객석이 조용해졌다.

"이번 공연을 연출하신 조지 앰버슨 선생님께서 드릴 말씀이 있다고 합니다. 각고의 노력과 반짝이는 아이디어로 이번 공연을 준비하셨으니 큰 박수로 맞아 주시기 바랍니다."

내가 새롭게 쏟아지는 박수갈채를 받으며 무대 위로 올라가 마이크와 악수하고 바비 질 넛의 뺨에 가볍게 입을 맞추었다. 두 아이는 무대 밖으로 얼른 사라졌다. 나는 두 손을 들어 조용히 해 달라는 뜻을 전하고, 새디는 오늘 밤 이 자리에 참석하지 못했지만 그녀를 대신해 감사 인사를 전한다고 했다. 쓸 만한 연사라면 누구나 알다시피 사람들 앞에서 이야기할 때는 특정 관객을 지목해서 눈을 맞추는 게 좋은데, 나는 「아메리칸 고딕」(미국 화가 그랜트 우드의 작품—옮긴이)에 등장하는 엄마와 아빠를 빼다 박은 세 번째 줄의 한 여자와 남자에게 시선을 고정시켰다. 새디가 전 남편에게 폭행을 당한 것은 최대한 모르는 척해야 하는 수치스러운 사건이니 학교 체육관을 쓸 수 없다고 퇴짜를 놓았던 교육위원회의 프레드 밀러와 제시카 캘트롭이었다.

그 뒤로 네 문장을 더 이야기했을 때 여기저기서 헉 하는 탄성이 터졌다. 그 뒤로 박수갈채가 이어졌다. 처음에는 여기저기서 드문드문 들리더니 금세 우레와 같은 수준으로 발전했다. 관객들이 다시 자리에서 일어섰다. 그들이 무엇 때문에 박수갈채를 보내는지 영문을 몰라 어리둥절해하고 있을 때 내 팔꿈치를 조심스럽게 살짝 잡는 손길이 느껴졌다. 고개를 돌려 보니 빨간 원피스를 입은 새디가 내 옆에 서 있었다. 머리를 위로 올려 반짝이는 클립으로 고정시켰다. 그래서 얼굴이 양쪽 모두 훤히 보였다. 드러난 흉터가 걱정했던 것만큼 끔찍하지 않은 것을 보고 내가 얼마나 놀랐는지 모른다. 여기에서 깨달을 수 있는 평범한 진리라든지 뭐 그런 게 있을 텐데, 어안이 벙벙해서 아무 생각도 나지 않았다. 물론 너덜너덜하게 움푹 꺼진 뺨과 점점 희미해져 가는 수술 자국은 보고 있기 힘겨웠다. 축 늘어진 살점과, 어색하게 휘둥그레졌고 오른쪽 눈처럼 자연스럽게 깜빡이지 못하는 왼쪽 눈도 마찬가지였다.

하지만 그녀는 특유의 매력적인 삐딱 미소를 짓고 있었고, 그래서 내 눈에는 트로이의 헬레나만큼이나 아름다웠다. 내가 끌어안자 그녀도 울다 웃다 하며 나를 끌어안았다. 고압 전선처럼 움찔거리는 그녀의 온몸이 원피스 너머로 느껴졌다. 우리 둘이 다시 객석을 마주보았을 때 모두들 일어나 환호성을 지르고 있는데 밀러와 캘트롭만 예외였다. 두 사람은 주위를 살피다 엉덩이를 붙이고 앉아 있는 사람이 자기들 둘밖에 없는 것을 알아차리고는 마지못한 듯 자리에서 일어섰다.

"감사합니다." 객석이 진정됐을 때 새디가 말했다. "진심으로 감사합니다. 오늘 밤 이 자리에서 여러분을 직접 대면하지 않으면 평생 후회할 거라고 알려 주었던 엘런 도커티 선생님, 정말 고맙습니다. 그리고 가장 고마운 사람은……"

일말의 머뭇거림. 나 말고 아무도 알아차리지 못했겠지만, 새디가 500명 앞에서 내 본명을 밝힐 뻔한 순간이었다.

"……조지 앰버슨이죠. 사랑해요, 조지."

두말하면 잔소리지만, 이 소리에 객석이 떠나가라 박수갈채가 터졌다. 현자들마저 믿을 수 없는 암흑의 시대에도 사랑한다는 선언은 제 몫을 하는 법이다.

7

10시 30분이 되었을 때 엘런이 기진맥진한 새디를 집까지 바래다 주었다. 마이크와 나는 자정 무렵 그레인지 홀 조명을 끄고 밖으로 나왔다.

"뒤풀이 가실 거죠? 앨이 2시까지 식당 문 열고 맥주 몇 통 준비해 놓겠다고 했거든요. 그 식당에서 술을 팔면 불법이긴 하지만, 누가 신고하지는 않겠죠?"

"나는 빼 주라." 내가 말했다. "피곤해서 죽을 지경이거든. 내일 저녁 때 보자, 마이크."

나는 새디네 집으로 가기 전에 디크네 집부터 들렀다. 그는 잠옷 차림으로 현관에 앉아 그날의 마지막 파이프 담배를 피우고 있었다.

"아주 특별한 밤이었어." 그가 말했다.

"네."

"그 아가씨, 배짱이 있단 말이지. 배짱이 아주 두둑해."

"그러게요."

"잘 보살펴 줄 거지?"

"최선을 다할 겁니다."

그는 고개를 끄덕였다.

"그런 남자를 겪었으니 자네 보살핌을 받을 자격이 있지. 그리고 자네, 지금까지 잘하고 있어." 그는 내 차를 흘끗 쳐다보았다. "오늘 밤에는 차를 몰고 가서 그 앞에 버젓이 세워 놓아도 될 거야. 앞으로는 아무도 눈 하나 깜빡하지 않을 테니까."

그럴지 모르지만 돌다리도 두드려 보고 건너는 게 낫다는 생각에 늘 그랬듯이 걸어갔다. 감정을 추스를 시간도 필요했다. 조명을 받고 빛나던 그녀의 모습이 자꾸만 떠올랐다. 빨간 원피스. 우아한 목선. 반질반질한 한쪽 뺨과…… 우둘투둘한 다른 쪽 뺨.

비 트리 길에 도착해 안으로 들어가 보니 소파 겸용 침대가 소파로 변신해 있었다. 나는 그게 무슨 뜻인지 알 길이 없어 얼떨떨한 표정으로 쳐다보고만 있었다. 잠시 후 침실에서 새디가 내 이름을 (내 본명을) 부르는 소리가 들렸다. 나지막하게.

스탠드 불빛이 그녀의 맨 어깨와 한쪽 뺨을 어렴풋이 비추고 있었다.

"당신 자리는 여기라는 생각이 들어서요." 그녀가 진지한 눈빛으로 두 눈을 반짝이며 말했다. "당신이 여기 누워 줬으면 좋겠어요. 당신 생각은 어때요?"

나는 옷을 벗고 옆으로 들어갔다. 그녀가 이불 밑으로 손을 움직여 내 그곳을 어루만졌다.

"배고프지 않아요? 파운드케이크 있는데."

"아, 새디, 배고파서 죽을 것 같아요."

"그럼 불 꺼요."

8

그날 밤 잠자리가 내 인생 최고였다. 그날을 기점으로 존 클레이턴과 영영 작별을 고할 수 있었을 뿐 아니라 우리의 관계가 다시금 시작되었던 것이다.

정사가 끝났을 때 나는 몇 달 만에 처음으로 단잠을 잘 수 있었다. 눈을 떠 보니 아침 8시였다. 해가 중천에 떠 있었고, 부엌 라디오에서 에인절스의 「마이 보이프렌즈 백」이 흘러나왔고, 베이컨 굽는 냄새가 났다. 조만간 그녀가 식탁으로 부르겠지만, 아직은 아니었다. 아직은 그럴 만한 시점이 아니었다.

나는 두 손으로 머리를 받치고 천장을 올려다보며, 아무런 조치 없이 리를 뉴올리언스 행 버스에 태워 보낸 이래 고의로 눈을 감은 채 멍청하게 살았던 내 모습을 돌이키며 멍한 충격에 잠겼다. 에드윈 워커 암살 기도 사건에서 드 모렌실트의 역할이 어디까지였는지, 심리적으로 불안정한 평범한 남자를 부추겨 에드윈 워커 암살을 시도하게 만든 정도였는지 아니면 그 이상이었는지 알아낼 필요가 있을까? 그렇다면 아주 간단하게 알아낼 방법이 있지 않은가.

드 모렌실트가 알 테니 직접 물어보면 되는 거였다.

9

새디는 클레이턴이 그녀의 집을 습격한 이래 가장 좋은 성적을 보였고, 나도 그녀에 못지않았다. 우리 둘이서 달걀 여섯 개와 토스트, 베이컨을 해치운 것이다. 그릇을 싱크대에 넣고 그녀가 커피를 두 잔째 마시면서 담배를 피우고 있었을 때 내가 뭐 하나 묻고 싶은 게 있다고 운을 뗐다.

"오늘 밤 공연에도 올 거냐고 물으려는 거예요? 두 번은 못 할 것 같은데."

"다른 거예요. 그런데 이야기가 나왔으니 묻는 건데, 엘리가 뭐라 그랬어요?"

"이제 한탄은 그만하고 퍼레이드에 다시 합류할 때가 되지 않았느냐고요."

"모질기도 하지."

새디는 상처가 난 쪽 얼굴에 대고 머리카락을 쓰다듬었다. 무의식적인 행동이었다.

"엘리 선생님이 세심하고 눈치가 빠르기로 유명하지는 않잖아요. 이 집으로 쳐들어와서 이제 게으름 그만 피울 때도 됐다고 하니 내가 충격을 안 받았겠어요? 당연히 받았죠. 그런데 맞는 말인가 하면 또 그렇단 말이죠." 그녀는 머리카락 쓰다듬던 것을 멈추고 홱 하니 뒤로 넘겼다. "좀 나아지기는 하겠지만 앞으로는 이런 얼굴로 살아야 할 테니까 익숙해져야겠죠. 미모는 피부 한 꺼풀에 불과하다는 오래된 속담이 진짜인지 새디가 확인해 보려고 해요."

"내가 하고 싶었던 말이 그거예요."

"알았어요." 그녀는 콧구멍으로 담배 연기를 내뿜었다.

"만약 내가 당신 얼굴에 난 상처를 고칠 수 있는 곳으로 가자고 하면, 완벽하게는 아니지만 엘러턴 박사와 그 팀보다 훨씬 더 잘 고칠 수 있는 곳으로 가자고 하면 갈래요? 영영 이곳으로 돌아오지 못한다고 해도요?"

그녀는 얼굴을 찡그렸다.

"지금 상상의 나래를 펼치는 거예요?"

"아뇨."

그녀는 담배를 천천히, 신중하게 비벼 끄며 고민에 잠겼다.

"미미 선생님이 시험 요법으로 암을 고치러 멕시코로 떠난 거랑 비슷한 건가요? 왜냐하면 나는……"

"미국이에요."

"미국이라면 못 떠날 이유가……"

"남은 부분을 마저 이야기할게요. 나는 가야 할지 몰라요. 당신이 따라나서지 않겠다 해도."

"그리고 영영 못 돌아온다고요?" 그녀는 놀란 얼굴이었다.

"절대로. 우리 둘 다 못 돌아와요. 이유를 설명하면 나더러 미쳤다고 할 거예요."

"당신 멀쩡한 사람인 거 알아요."

그녀는 심란한 눈빛이었지만, 딱 잘라 말했다.

"내가 법을 집행하는 사람들이 생각하기에 아주 나쁜 짓을 저질러야 할지 몰라요. 사실은 나쁜 짓이 아닌데 아무도 믿어 주지 않을 거예요."

"혹시…… 제이크, 당신이 애들레이 스티븐슨에 대해 한 이야기하고 연관성이 있는 건가요? 그 불지옥이 어는 그 순간까지 어쩌고저쩌고 했던 거랑?"

"어떻게 보면요. 그런데 문제는 이거예요. 내가 그런 짓을 저지르고 법망을 무사히 빠져나간대도(무사히 빠져나갈 수 있을 거예요.) 당신 상황은 달라지지 않는다는 거. 정도의 차이만 있을 뿐 당신 얼굴에는 계속 흉터가 남을 거예요. 내가 당신을 데리고 가려는 곳에는 엘러턴은 꿈속에서나 만날 수 있었던 의료 기술이 갖추어져 있어요."

"그런데 영영 돌아오지 못한다는 거죠?"

나한테 묻는 말이 아니었다. 확실히 정리하려고 그러는 거였다.

"맞아요."

다른 건 둘째 치고, 우리가 1958년 9월 9일로 돌아오면 기존의 새디 더닝이 있을 게 아닌가. 너무 감당이 안 되는 부분이라 생각하고 싶지도 않았다.

그녀는 자리에서 일어나 창가로 걸어갔다. 그곳에서 나를 등진 채 한참 동안 서 있었다. 나는 기다렸다.

"제이크?"

"네?"

"당신, 미래를 예측할 수 있죠? 그렇죠?"

나는 대답을 하지 않았다.

그녀가 조그만 목소리로 물었다.

"당신, 미래에서 왔어요?"

나는 대답을 하지 않았다.

그녀가 고개를 돌렸다. 얼굴이 새하얬다.

"제이크, 맞아요?"

"맞아요."

가슴속을 누르고 있던 30킬로그램짜리 돌을 내려놓은 듯한 심정이었다. 그와 동시에 두렵기도 했다. 우리 둘, 그중에서도 특히 그녀를 생각하면 그랬다.

"얼마나…… 얼마나 멀리서 온 거예요?"

"새디, 정말로……"

"걱정 마요. 얼마나 멀리서 왔느냐고요."

"거의 48년을 거슬러 왔어요."

"나…… 죽었어요?"

"몰라요. 알고 싶지도 않아요. 중요한 것은 현재니까. 그리고 우리니까."

그녀는 곰곰이 생각하는 눈치였다. 빨간 흉터 주변 피부가 새하얗게 변해서 그녀에게 달려가고 싶었지만 옴짝달싹할 수가 없었다. 그녀가 비명을 지르면서 도망치면 어떻게 할 것인가.

"왜 왔어요?"

"어떤 남자가 무슨 짓을 저지르지 못하게 막으려고요. 그러려면 그자를 죽여야 해요. 그러니까 죽어 마땅한 사람이라는 결론이 내려지면 말이죠. 그런데 아직 결론을 못 내렸어요."

"무슨 짓을 저지르지 못하게 막으려는 건데요?"

"4개월 뒤에 그자가 미국 대통령을 암살하려고 할 거예요. 존 케네디를……"

새디의 무릎이 꺾이기 시작하는 게 눈에 보였지만, 내가 달려가 잡을 때까지 그녀는 쓰러지지 않고 버텨 주었다.

10

나는 그녀를 침실에 데려다 놓고 욕실로 건너가 수건에 찬물을 적셨다. 그리고 방으로 들어가 보니 벌써 정신을 차린 그녀가 뭐라 설명할 수 없는 표정으로 나를 쳐다보았다.

"말하지 말걸 그랬네요."

"그러게요." 그녀는 이렇게 말했지만, 내가 옆에 앉아도 움찔하지 않았고, 내가 깊고 묵직한 통증 말고는 모든 감각이 사라진 상처 부위를 피해 가며 차가운 수건으로 얼굴을 닦아 주었을 때에는 기분 좋은 한숨을 조그맣게 내뱉었다. 내가 얼굴을 다 닦아 주자 그녀는 정색하고 나를 쳐다보았다. "앞으로 어떤 일이 벌어질지 한 가지만 더 얘기해 줘요. 그래야 믿을 수 있겠어요. 애들레이 스티븐슨이랑 불지옥 비슷한 걸로요."

"못해요. 내 전공이 미국 역사가 아니라 영문학이었거든요. 필수 과목이라 고등학교에서 메인 주의 역사에 대해 공부하기는 했지만, 텍사스에 대해서는 거의 아무것도 몰라요."

그런데 생각해 보니 아는 게 한 가지 있었다. 앨 템플턴이 도박 기록 제일 아랫줄에 뭐라고 적었는지 재차 확인을 했기 때문에 확실하게 기억하고 있었던 것이다. 그는 그 정보를 알려 주면서 '결정적인 자금 수혈이 필요한 경우'에 쓰라고 했다.

"제이크?"

"다음 달 매디슨 스퀘어 가든에서 열리는 권투 시합에서 누가 이기는지 알아요. 이름은 톰 케이스, 5라운드에 딕 타이거를 케이오시킬 거예요. 만약 내 말이 틀리면 하얀 가운 입은 사람들 불러도 돼요. 하지만 그때까지 이건 비밀로 해 줄래요? 많은 게 걸린 문제거든요."

"알았어요. 그럴게요."

11

나는 두 번째 날 공연이 끝났을 때 디크나 엘리가 심각한 표정으로 나를 불러 내 사랑이 식은 것 같다는 새디의 전화를 받았다고 이야기할 줄 알았다. 그런데 아니었고, 새디의 집으로 돌아가 보니 식탁 위에 '한밤중에 야참 먹고 싶으면 깨워요.'라고 적힌 쪽지가 놓여 있었다.

정확히 말해서 한밤중은 아니었고, 그녀는 깨어 있었다. 그 뒤로 40여 분 동안 우리는 아주 즐거운 시간을 만끽했다. 그러고 났을 때 어두컴컴한 방 안에서 그녀가 물었다.

"내가 지금 당장 뭘 결정해야 하는 건 아니죠?"

"맞아요."

"그리고 지금 당장 이 문제를 놓고 의논해야 하는 건 아니죠?"

"맞아요."

"시합이 끝난 뒤에 해요. 당신이 얘기했던 그 시합 말이에요."

"그래요."

"나는 당신 믿어요. 당신을 믿으면 나까지 정신병자가 되는 건지 몰라도 그래도 믿어요. 그리고 사랑하고요."

"나도 사랑해요."

어둠 속에서 그녀의 두 눈이 반짝였다. 아몬드 모양으로 예쁜 이쪽 눈과 밑으로 쳐졌지만 그래도 앞을 볼 수 있는 저쪽 눈까지.

"당신한테 무슨 일이 생기는 건 싫어요. 당신이 남을 해치는 것도 싫고요. 그래야만 하는 경우라면 어쩔 수 없지만, 실수로 그러는 건

안 돼요. **절대**. 약속할 수 있죠?"

"약속할게요."

그건 식은 죽 먹기였다. 리 오스왈드가 아직까지 숨을 쉬고 있는 이유가 그 때문이었다.

"조심할 거죠?"

"조심할게요. 아주아주……."

그녀가 키스로 내 대답을 막았다.

"당신이 어디에서 왔건 당신이 없으면 내 미래도 없단 말이에요. 이제 그만 자요."

12

나는 다음 날 아침에 그녀가 다시 이야기를 꺼낼 줄 알았다. 그러면 뭐라고 (그러니까 어느 선까지) 얘기해야 할지 고민스러웠는데, 쓸데 없는 고민이었다. 그녀가 아무것도 묻질 않았던 것이다. 그녀는 대신 새디 던힐 자선 공연 수입이 얼마나 되느냐고 물었다. 내가 입구에 설치한 모금함까지 포함해서 3000달러가 조금 넘는다고 했더니 그녀는 고개를 뒤로 젖히고 깔깔대며 웃었다. 3000달러로 병원비를 전부 충당할 수는 없지만, 그녀의 웃음소리를 들을 수 있었으니 그것만으로도 100만 달러의 값어치가 있었다. 미래로 건너가면 고칠 수 있는데 뭐 하러 성가시게 그런 일을 벌였느냐는 소리가 그녀의 입에서 튀어나오지 않으니 그것만으로도 100만 달러의 값어치가 있었다. 그녀가 내 말을 믿는다 해도 정말로 같이 가고 싶은 마음이 있는지 알 수가 없었으니까. 내가 정말로 그녀를 데리고 가고 싶은지 그것 역시 알 수가 없었으니까.

내가 그녀와 함께 있고 싶은 건 맞았다. 최대한 오래도록 함께 있고 싶었다. 하지만 1963년과…… 하느님 내지는 우리의 운명이 1963년 이후에 허락하는 세월들을 함께하는 게 더 좋을 것이다. 그래야 우리 둘 모두를 위해 더 좋을 것이다. 2011년으로 건너가면 골반 바지와 컴퓨터 모니터를 빤히 쳐다보며 감탄하고 불안해하며 당황스러워 할 그녀의 모습이 눈에 선했다. 나는 절대 그녀에게 손을 대거나 고함을 지르지 않겠지만 (새디한테 그럴 리가 있겠는가.) 그래도 그녀는 나의 마리나 프루사코바가 되어 버릴지 모른다. 고국에서 영영 추방당해 낯선 타향에서 살아야 하는 마리나 프루사코바가.

13

앨이 도박난 맨 끝에 적어 놓은 정보를 어떤 식으로 활용하면 좋을지 알 만한 후보가 조디에 한 명 있었다. 부동산 중개업자 프레디 퀸런이었다. 그의 집에서 1주일에 한 번씩 10센트면 출발할 수 있고 25센트면 계속 패를 받을 수 있는 포커판이 벌어졌을 때 나도 몇 번 낀 적 있었다. 그는 포커를 치면서 자기가 프로 미식축구와 텍사스 주 농구 토너먼트, 이 두 분야에 관한 한 놀라운 도박 적중률을 자랑한다며 떠벌인 적이 있었다. 그가 나를 사무실에서 보자고 한 이유도 딱 하나, 너무 더워서 골프를 칠 수 없기 때문이었다.

"그러니까 어느 정도 규모를 이야기하는 건가, 조지? 적당한 정도? 아니면 집이랑 땅이랑 전부 다 걸 만큼?"

"500달러 정도 생각 중이에요."

그는 휘파람을 불더니 의자에 기대고 앉아 불룩한 배 위로 손깍지를 꼈다. 고작 오전 9시밖에 안 됐는데, 에어컨이 풀가동되고 있었다. 매물을 소개하는 책자 더미가 쌀쌀한 바람을 맞고 펄럭였다.

"그 정도면 상당한 금액인데. 짭짤한 거면 나도 좀 끼워 주지그래?"

그에게 도움을 받아야 하는 입장이니 (적어도 내 바람은 그랬다.) 알려 주었다. 그의 눈썹이 위로 솟구쳐 점점 넓어져 가는 이마 꼭대기와 맞닿을 지경에 이르렀다.

"어이쿠! 돈을 그냥 하수구에 갖다 버리는 게 낫겠네!"

"예감이 좋아서 그래요."

"조지, 내 말 잘 들어. 케이스와 타이거의 대전은 스포츠 경기가 아니라 새롭게 탄생된 유선 TV 시험 방송이야. 이벤트 시합에서는 볼 만한 대전이 이루어질지 몰라도 본 시합은 장난이라고. 타이거는 가엾은 늙은이를 질질 끌고 가다 7회나 8회에 재우도록 교육을 받겠지. 하지만······"

그가 몸을 앞으로 기울이자 의자 밑 어딘가에서 끼익 하고 듣기 싫은 소리가 났다.

"자네가 뭔가 알고 있는 거라면······" 그는 다시 의자에 기대앉고 입술을 오므렸다. "자네가 뭘 알겠나? 조디에 처박혀 있는데. 그래도 좋은 정보를 입수하거든 이 몸한테도 알려 주기 바라네. 그래 줄 거지?"

"아는 거 없어요." 나는 그의 면전에 대고 (기꺼이) 거짓말을 했다. "그냥 느낌이 좋아서 그렇다니까요? 지난번에도 이런 예감이 강하게 느껴졌을 때 월드시리즈에서 파이어리츠가 양키스한테 이긴다는 데 걸어서 한몫 건졌거든요."

"잘했어. 그런데 자네도 옛날 속담 알지? 고장 난 시계라도 하루에 두 번은 맞는다는 거."

"저 도와주실 거예요, 안 도와주실 거예요?"

그는 '바보, 조만간 돈 다 날리게 생겼네.' 하는 위로의 의미가 담긴 미소를 지었다.

"댈러스에 그런 도박을 좋아할 사람이 있어. 이름은 아키바 로스. 그린빌 가에 있는 페이스 파이낸셜 사장이야. 5~6년 전에 아버지 사업을 물려받았지." 그는 여기까지 이야기하고 목소리를 낮추었다. "들리는 소문에 따르면 마피아 소속이래." 그러더니 목소리를 한층 더 낮추었다. "카를로스 마르셀로 말이야."

내가 우려했던 사태가 벌어졌다. 에두아르도 구티에레스도 그렇다고 하지 않았던가. 플로이다 번호판을 달고 페이스 파이낸셜 맞은편에 서 있었던 링컨이 다시금 생각났다.

"제가 그런 데 들락거리는 걸 누가 보면 안 되지 않겠어요? 나중에 다시 교편을 잡을지 모르는데, 교육위원회 위원 두 명한테 이미 찍힌 신세이고 말이죠."

"그럼 포트워스에 사는 프랭크 프래티를 찾아가봐. 전당포 주인일세." 그가 몸을 앞으로 기울여 내 얼굴을 뜯어보자 의자에서 다시 끼익 소리가 났다. "왜 그래? 입안에 벌레라도 들어갔나?"

"아뇨. 예전에 알고 지냈던 사람 중에 프래티가 있거든요. 그 사람도 전당포를 하고 도박을 주선했어요."

"루마니아에서 신용조합 사업을 하던 같은 집안 출신인 모양이지. 아무튼 500달러 걸겠다면 넙죽 받을 거야. 특히 자네처럼 확률이 지극히 낮은 경우라면 두말할 나위가 없지. 하지만 납득할 만한 수준의 배당률을 제시하지는 않을 거야. 그건 로스도 마찬가지일 테지만, 프랭크 프래티가 더 심하거든."

"하지만 프랭크는 마피아하고 아무 연관이 없죠, 그렇죠?"

"아마 그럴걸? 하지만 누가 알겠나? 도박꾼들은 아무리 취미 삼아 하는 사람이라도 본업이 근사한 경우는 없잖아."

"사장님이 충고하신 대로 그냥 접을까 봐요."

퀸런은 놀란 얼굴이었다.

"아냐, 아냐, *아냐*, 그러지 마. 그러면 안 되지. 베어스가 전미 미식축구리그에서 우승한다는 데 걸게. 그러면 한몫 건질 수 있을 거야. 내가 장담하네."

14

7월 22일에 내가 댈러스에 볼일이 있어서 디크한테 부탁을 해 놓고 다녀오겠다고 했더니 새디가 그럴 필요 없다고, 괜찮다고 했다. 그녀는 그렇게 예전의 모습으로 돌아가고 있었다. 천천히, 조금씩이기는 해도 예전의 모습으로 돌아가고 있었다.

무슨 일이냐고 묻지도 않았다.

나는 맨 먼저 퍼스트 콘 은행에 들러 안전 금고를 열고 내가 제대로 기억하고 있는 게 맞는지 앨의 기록을 세 번 확인했다. 톰 케이스가 정말로 모든 이의 예상을 깨고 5라운드에서 딕 타이거를 케이오시킨다고 적혀 있었다. 이 경기는 앨이 댈러스와 환상적인 60년대를 떠나고 한참 뒤에 펼쳐진 것이었으니 그도 경기 결과를 인터넷에서 알아냈을 것이다.

"다른 볼일은 없으시고요, 앰버슨 씨?"

담당 행원이 입구까지 나를 안내하며 물었다.

'앨 템플턴이 인터넷에서 떠도는 헛소문을 덥석 문 건 아니길 빌어주세요.'

"아. 각종 의상을 파는 가게가 어디 있는지 혹시 아세요? 조카 생일파티 때 내가 마술사로 변신해야 하는데."

링크의 비서가 전화번호부를 얼른 확인하고 영 대로에 있는 가게 주소를 알려 주었다. 그곳에서 나는 필요한 물건을 사다가 웨스트 닐리 아파트에 보관했다. 월세를 내고 있으니 그런 식으로라도 활용을 해야 맞는 거였다. 리볼버도 벽장 제일 위 선반에 두었다. 2층 스탠드에서 도청 장치도 제거해 정교한 일제 소형 녹음기와 함께 자동차 사물함에 넣었다. 조디로 돌아가는 길에 잡목림이 보이면 거기다 버릴 생각이었다. 이제는 더 이상 쓸모가 없었다. 2층은 아직 새로운 세입자를 못 만났고, 으스스하리만치 고요했다.

닐리 대로를 나서기 전에 울타리로 둘러싸인 옆 마당을 이리저리

거닐었다. 3개월 전에 마리나가 여기서 소총을 들고 있는 리의 사진을 찍었다. 밟혀서 다져진 땅과 질긴 잡초 몇 포기 말고는 볼 게 아무것도 없었다. 그런데 떠나려고 몸을 돌리는 순간, 무언가가 눈에 띄었다. 바깥 계단 밑에서 언뜻 빨간색이 보였던 것이다. 아기 딸랑이였다. 나는 딸랑이를 집어 도청 장치와 함께 자동차 사물함 안에 넣었지만, 그건 버리지 않았다. 왜 그랬는지 지금도 모르겠다.

15

다음 행선지는 조지 드 모렌실트가 아내 진과 함께 사는 심슨 스튜어트 대로의 얼기설기 뻗은 랜치 하우스였다. 나는 그 집을 보자마자 계획했던 면담 장소로 부적절하다는 결론을 내렸다. 무엇보다 철저하게 남자 대 남자로서 대화를 나누어야 하는데, 진이 언제 들이닥칠지 알 수 없기 때문이었다. 그리고 아주 외딴 곳도 아니었다. 흑인만 받는 폴 퀸 대학이 바로 옆인데, 여름학기가 진행 중인 모양이었다. 우글거리는 수준은 아니었지만, 걷거나 자전거를 타고 지나가는 아이들이 제법 많았다. 내 의도를 감안했을 때 훌륭한 환경이 못 됐다. 우리 둘의 대화가 시끄러워질 수 있었으니까. 사전적 의미대로 따지자면 대화가 아닐 수도 있었고.

이때 무언가가 내 시야에 들어왔다. 드 모렌실트의 널찍한 앞마당 잔디밭에서 스프링클러가 우아하게 물을 뿜어내며 주머니 속에 넣을 수 있을 만큼 작아 보이는 무지개를 만들어 내고 있었는데, 거기

꽂힌 팻말이었다. 1963년이 선거가 있는 해는 아니었지만 4월 초, 누군가가 에드윈 워커 장군 암살을 시도했던 바로 그 무렵에 5선거구 의원이 심장마비로 세상을 떠났다. 그래서 8월 6일에 보궐 선거가 치러질 예정이었다.

팻말에 이렇게 적혀 있었다.

젠킨스를 5선거구 의원으로!

댈러스의 백마 탄 기사 로버트 '로비' 젠킨스!

신문 보도에 따르면 젠킨스는 분명 백마 탄 기사였다. 워커, 워커의 정신적인 고문 빌리 제임스 하기스와 견해가 똑같은 우익이었다. 주권(州權) 확대론과 평등한 분리 교육과 쿠바를 미사일 위기 수준으로 다시 봉쇄해야 한다는 의견에 동조했다. 드 모렌실트가 "아름다운 섬"이라고 했던 그 쿠바를 말이다. 나는 그 벽보를 본 순간, 드 모렌실트에 대해 품고 있었던 심증을 굳혔다. 그는 기본적으로 정치적 입장이랄 게 없는 호사가였다. 재미있거나 돈이 되면 아무라도 지지할 사람이었다. 리 오스왈드의 경우에는 워낙 가난해서 교회에 사는 쥐 분위기를 풍길 지경이었으니 후자가 될 수 없었지만, 사회주의를 향한 일편단심과 원대한 포부의 조합이 드 모렌실트에게 숱한 즐거움을 선사했을 것이다.

이쯤에서 한 가지 결론이 내려졌다. 가난뱅이 리는 이 잔디밭을 밟거나 이 집에 깔린 카펫을 더럽힌 적이 없을 것이다. 이곳은 드 모렌실트의 또 다른 세상이었다. 어쩌면 그런 곳이 여기 한 군데가 아닐 수도 있었다. 그가 철두철미하게 관리하는 또 다른 세상이 한두 개가 아닐 것 같은 예감이 들었다. 하지만 그렇다고 해서 결정적인 궁금증이 해결되는 건 아니었다. 그가 파시스트 괴수 에드윈 워커를 암살하러 출동한 리를 따라 나설 만큼 사는 게 심심했을까? 그에 대해 아는 게 별로 없다 보니 미루어 짐작조차 할 수 없었다.

하지만 상황이 달라질 것이다. 내가 작정하고 나섰으니까.

16

프랭크 프래티의 전당포 쇼윈도에는 **기타의 본고장에 오신 것을 환영합니다**라고 적힌 팻말이 걸려 있었고, 진열된 기타들이 많고 많았다. 어쿠스틱 기타, 전기 기타, 12현 기타, 머틀리 크루의 뮤직비디오에서 그 비슷한 걸 본 기억이 나는 더블 프렛보드가 달린 기타. 물론 파산한 인생이 남긴 다른 잔재들도 있었다. 반지, 브로치, 목걸이, 라디오, 소형 가전제품. 나를 맞이한 여자는 뚱뚱한 게 아니라 비쩍 말랐고 보라색 원피스와 모카신 대신 바지와 십 앤드 쇼어 블라우스를 입고 있었는데, 무표정한 얼굴만큼은 데리에서 만났던 그 여자와 똑같았고 나를 보고 한 말도 똑같았다. 아주 똑같지는 않아도 거의 흡사했다.

"프래티 씨에게 제법 액수가 큰 스포츠 관련 용건이 있어서 찾아왔는데요."

"그러세요? 까놓고 말해서 도박판 벌이러 오셨다는 거죠?" 그녀가 물었다.

"경찰이세요?" 내가 물었다.

"맞아요. 제가 댈러스 경찰서장 커리예요. 안경하고 늘어진 턱살 보고도 모르겠어요?"

"안경도 안 보이고 턱살도 안 보이는데요."

"그야 변장을 했으니까 그렇죠. 그나저나 한여름에 무슨 도박을 벌이겠다는 거예요? 돈을 걸 만한 시합도 없는데."

"케이스 대 타이거요."

"어느 쪽이요?"

"케이스요."

그녀는 눈을 부라리더니 어깨 너머로 고함을 질렀다.

"아빠, 나와 보세요. 별 희한한 손님이 찾아왔어요."

프랭크 프래티는 채즈 프래티보다 나이가 최소 두 배는 많지만 닮은 구석이 있었다. 서로 친척일 수밖에 없겠다 싶었다. 내가 메인 주 데리에서 프래티 씨와 한번 내기 도박을 벌인 적이 있다고 운을 뗐더라면 세상 참 좁다며 즐겁게 대화를 나눌 수 있었을 것이다.

하지만 나는 그런 얘기 없이 단도직입적으로 협상에 들어갔다. 매디슨 스퀘어 가든에서 열리는 시합에서 톰 케이스가 딕 타이거를 이긴다는 데 500달러를 걸고 싶은데 가능하겠느냐고.

"그럼요." 프래티가 말했다. "시뻘겋게 달구어진 다리미를 반질반질한 궁둥이에 갖다 댄대도 누가 뭐라 하지 않아요. 그럴 필요가 없으니 안 하는 거지."

딸이 짤막하고 요란한 폭소를 터뜨렸다.

"배당률은 어떻게 정해 주시렵니까?"

그가 딸을 쳐다보였다. 그녀가 양손을 들었다. 왼손은 손가락을 두 개, 오른손은 손가락을 한 개 올렸다.

"2대 1요? 말도 안 돼."

"원래 우리가 말도 안 되는 세상에 살고 있잖아요. 내 말 못 믿겠거든 이오네스코(루마니아 태생의 프랑스 극작가. 부조리극의 선구자이다―옮긴이)의 연극을 봐요. 「의무의 희생자」를 추천합니다."

최소한 그는 나를 친구라고 부르지는 않았다. 데리에 사는 친척하고는 다르게.

"그러지 말고 프래티 씨, 좀 봐주세요."

그가 에피폰 허밍버드 어쿠스틱 기타를 집어 조율을 하기 시작했다. 솜씨가 엄청 빨랐다.

"그럼 봐줄 만한 건더기를 마련해 주든지 아니면 댈러스에 가서 알아봐요. 거기 가면……"

"댈러스 거기는 저도 압니다. 그래도 포트워스가 좋아요. 예전에 여기서 살았거든요."

"이사한 걸 보니 톰 케이스한테 돈을 걸 만큼 어리숙한 사람이 아니라는 뜻인데……"

"케이스가 7라운드 이전에 케이오로 이긴다는 데 걸면요? 그럼 배당률이 어떻게 될까요?"

그가 딸을 쳐다보았다. 이번에는 그녀가 왼손가락을 세 개 들었다.

"그럼 케이스가 5라운드 이전에 케이오로 이긴다는 데 걸면요?"

그녀는 심사숙고하더니 네 번째 손가락까지 들었다. 이쯤에서 그치는 게 좋을 듯했다. 나는 그의 장부에 이름을 적고 운전면허증을 보여 주었다. 거의 3년 전 페이스 파이낸셜에서 파이어리츠에 걸었을 때 그랬던 것처럼 조디 주소가 적힌 부분은 엄지손가락으로 가렸다. 그런 다음 남은 유동성 자산의 약 4분의 1에 해당되는 돈을 건네고 영수증을 받아서 지갑 속에 쑤셔 넣었다. 2000이면 새디의 병원비를 좀 더 해결하고 텍사스에서 남은 시간 동안 지내기 충분할 것이다. 게다가 채즈 프래티한테 그랬던 것처럼 이 프래티에게도 심각한 타격은 입히고 싶지 않았다. 채즈 프래티로 말할 것 같으면 빌 터코트의 사주를 받아서 나를 속였던 인물이었지만.

"춤판이 끝나고 다음 날 오겠습니다." 내가 말했다. "제 돈 준비해 놓으세요."

딸이 웃으며 담배에 불을 붙였다.

"그거, 코러스 걸이 대주교한테 했던 말 아니에요?"

"혹시 이름이 마조리인가요?" 내가 물었다.

그녀는 입술 사이로 연기를 조금씩 흘려보내며 담배를 든 채 그 자리에서 얼어붙었다.

"어떻게 아셨어요?" 그러더니 내 표정을 보고 웃음을 터뜨렸다. "사실은 완다예요. 이름 알아맞히는 실력보다 승자 알아맞히는 실력이 더 좋아야 할 텐데 어쩌나."

나도 차를 세워 놓은 곳으로 걸어가며 같은 생각을 했다.

25장

8월 5일 아침, 내가 지켜보는 가운데 새디가 간이침대에 실려 수술실로 향하는 순간이 다가왔다. 엘러턴 박사가 농구팀을 꾸려도 될 만한 인원의 다른 의사들과 함께 수술실에서 그녀를 기다리고 있었다. 그녀는 약에 취해 눈을 반짝였다.
"행운을 빌어 줘요."
나는 허리를 숙여 입을 맞추었다.
"이 세상의 모든 행운이 함께하길 빌게요."
3시간 뒤에 병실로 돌아온 그녀는 (똑같은 그림이 벽에 걸려 있고 흉측하게 생긴 그 변기가 한쪽 구석에 웅크리고 있는 예전의 그 병실이었다.) 코를 골며 쌔근쌔근 자고 있었다. 왼쪽 얼굴을 덮은 붕대가 새것으로 바뀌었다. 나는 어깨가 넓은 간호사 론다 맥긴리가 수칙을 어겨 가며 눈감아 준 덕분에 그녀가 조금 정신을 차릴 때까지 병실을 지킬 수 있었다. 과거의 세상에서는 면회 시간을 훨씬 엄격하게 지켜야 했다. 수석 간호사의 눈에 들면 예외였지만.

"좀 어때요?" 내가 새디의 손을 잡으며 물었다.

"욱신욱신해요. 졸리고."

"그럼 다시 자요."

"다음번에 만날 때는……"

그녀는 말을 맺지 못하고 휴우우우 하며 가르랑거리는 소리를 내뱉었다. 그러더니 잠기는 눈을 억지로 다시 떴다.

"…… 지금보다 상태가 괜찮을 거예요. 당신이 대하기에."

그 말을 끝으로 그녀는 잠이 들었고, 나는 생각할 거리가 생겼다.

간호사실로 돌아갔더니 론다가 엘러턴 박사가 1층 카페테리아에서 기다리고 있다는 소식을 전해 주었다.

"오늘 밤, 어쩌면 내일까지 입원을 해야 할 겁니다." 그가 말했다. "감염이 유발되면 절대 안 되니까요."(나는 나중에 이 말을 떠올리며 재미있는 표현이라고 생각했다. 따지고 보면 내용은 심각하지만.)

"수술은 어떻게 됐습니까?"

"잘 끝나기는 했습니다만, 워낙 심하게 손상돼서요. 회복 속도를 봐 가면서 11월이나 12월에 2차 수술 날짜를 잡겠습니다." 그는 담배에 불을 붙이고 훅 하고 한 모금 내뱉은 뒤 말을 이었다. "환상적인 팀으로서 최선을 다하겠습니다만…… 한계가 있죠."

"네. 저도 압니다."

내가 아는 사실은 이것 말고도 한 가지 더 있었다. 새디는 더 이상 수술을 받을 일이 없을 거라는 것. 최소한 이곳에서는 그럴 것이다.

그리고 다음번에는 메스가 아니라 레이저가 동원될 것이다.
내가 살던 시대에서.

2

긴축 재정을 하면 항상 후회할 일이 생기게 되어 있다. 한 달에 8에서 10달러 아낄 요량으로 닐리 대로 아파트의 전화기를 없앴더니 이제 와서 아쉬워질 줄이야. 그래도 네 블록 가면 나오는 유토트엠 체인점(미국 남서부 지역에서 1984년까지 운영된 체인 편의점 — 옮긴이)의 콜라 판매대 옆에 공중전화가 있으니 다행이었다. 나는 드 모렌실트의 전화번호를 쪽지에 적어서 들고 갔다. 그런 다음 10센트짜리 동전을 넣고 다이얼을 돌렸다.

"드 모렌실트 댁입니다. 무슨 일이신가요?"

진의 목소리가 아니었다. 하녀일 텐데, 그 돈이 다 어디에서 나오는 걸까?

"조지하고 통화를 하고 싶은데요."

"지금 회사에 계신데요."

나는 가슴 주머니에서 펜을 꺼냈다.

"그럼 회사 전화번호를 알려 주실래요?"

"네. CHapel 5-6323입니다."

"고마워요." 나는 손등에 번호를 적었다.

"거기도 안 계실 경우에 대비해서 성함 남겨 드릴까요?"

나는 전화를 끊었다. 익숙한 한기가 나를 감쌌다. 나는 기꺼이 환영했다. 서늘한 이성이 필요한 순간이 있다면 바로 지금이었으니까.

나는 다시 동전을 넣었고, 이번에는 비서가 센트렉스 사라며 전화를 받았다. 나는 드 모렌실트 씨와 통화를 하고 싶다고 전했다. 당연히 그녀는 용건을 물었다.

"장 클로드 뒤발리에와 리 오스왈드 문제로 드릴 말씀이 있다고 전해 주세요. 알아 놓으면 좋은 정보가 있다고."

"성함이 어떻게 되시죠?"

이번에는 퍼던테인이라고 하면 안 될 것이다.

"존 레논."

"잠깐만 기다려 주십시오, 레논 씨. 통화가 가능하신지 확인해 보겠습니다."

그의 회사에서는 통화 대기 음악을 쓰지 않았다. 그래서 오히려 좋았다. 나는 뜨끈뜨끈한 부스 벽에 몸을 기대고 **흡연 시 환풍기를 틀어 주시기 바랍니다**라고 적힌 팻말을 멍하니 쳐다보았다. 담배를 피우지 않았지만 그래도 환풍기를 틀었다. 별 도움이 안 됐다.

움찔하고 놀랄 만큼 크게 딸깍 하는 소리가 들리더니 비서가 말했다.

"연결됐습니다, 사장님."

"여보세요?" 연극배우처럼 쩌렁쩌렁 울리는 그 유쾌한 목소리. "여보세요? 레논 씨?"

"여보세요. 이 전화선 도청 안 되는 거 맞습니까?"

"도대체……? 당연하죠. 잠깐만 기다려요. 문 닫고 올 테니까."

정적이 흘렀고 잠시 후에 그가 물었다.
"무슨 일입니까?"
"아이티. 그리고 유정 임대권이 걸린 문제입니다."
"뒤발리에 대통령과 오스왈드에 대해서 할 말이 있다면서요?"
걱정스러워하기보다 재미있어하며 호기심에 찬 투였다.
"아, 두 사람을 잘 아는 분이 왜 이러시나." 내가 말했다. "평소에 베이비 독과 리라고 부르는 사이면서 깍듯한 호칭이 웬 말입니까?"
"오늘 이렇게 노닥거리고 있을 시간이 없는데요, 레논 씨. 무슨 일인지 얘기 안 할 거면 이제 그만……"
"베이비 독은 당신이 5년 동안 눈독을 들이던 유정 임대권을 인가할 만한 능력이 되죠. 당신도 알다시피 아버지의 오른팔로 통통 마쿠테를 관리하는, 차기 대통령 감이니까요. 그는 당신을 좋아해요. 우리도 당신을 좋아하고……"
드 모렌실트는 연극배우 같은 말투를 버리고 차츰 현실 속의 인물로 돌아왔다.
"우리라니 누굴……"
"우리 모두 당신을 좋아해요, 드 모렌실트. 하지만 오스왈드하고의 관계가 걱정스럽단 말이죠."
"맙소사, 잘 알지도 못 하는 사이올시다! 6개월인가 8개월 동안 만난 적도 없고!"
"부활절이었던 일요일에 만났잖습니까. 그의 딸한테 토끼 인형을 선물했고."
한참 동안 정적이 흘렀다. 그리고 잠시 후.

"그래요, 그랬던 것 같네요. 깜빡했소이다."

"에드윈 워커를 쏜 작자와의 사이에서 벌어진 일인데 깜빡했다?"

"그게 나하고 무슨 상관이오? 내 사업하고는 또 무슨 상관이고?"

정말로 당황스러워하며 분통을 터뜨리는 것처럼, 거의 그런 것처럼 느껴졌다. 하지만 '거의'라는 게 문제였다.

"이거 왜 이러시나." 내가 말했다. "오스왈드한테 범인 아니냐고 해 놓고서."

"그거야 농담한 거잖소, 젠장!"

나는 두 박자 쉬었다가 입을 열었다.

"내가 어디 소속인지 알고 싶나, 드 모렌실트? 힌트를 하나 주지. 스탠더드 오일은 아니라는 거."

드 모렌실트가 지금까지 내가 늘어놓은 헛소리를 다시 곱씹는 동안 정적이 흘렀다. 그런데 전적으로 헛소리로 간주할 수도 없었다. 토끼 인형도 그렇고, 그의 부인이 소총을 발견했을 때 그가 오스왈드에게 그런데 그자는 왜 못 맞혔느냐고 물은 것까지 내가 알고 있지 않았던가. 결론은 간단했다. 내가 그 조직 요원이라는 것. 이제 드 모렌실트의 유일한 궁금증은 (바라건대) 흥미진진하기 짝이 없는 그의 사생활을 우리가 어디까지 도청했느냐 하는 부분일 것이다.

"오해요, 레논 씨."

"나도 오해였으면 좋겠군. 왜냐하면 우리 입장에서는 자네가 그자를 부추긴 것처럼 느껴지거든. 워커는 인종차별주의자라는 둥, 미국의 차세대 히틀러가 될 거라는 둥 끊임없이 지껄이면서 말이지."

"절대 아니라니까 그러네!"

나는 못 들은 척했다.

"아무튼 우리가 가장 걱정하는 부분은 그게 아니야. 지난 4월 10일, 오스왈드 씨가 볼일을 처리하러 가는 길에 자네가 동행했을지 모른다는 거지."

"아흐, 마인 고트(영어의 oh my god에 해당되는 독일어 — 옮긴이)! 무슨 그런 말도 안 되는 소릴!"

"자네가 그렇지 않았다는 걸 증명할 수 있다면…… 그리고 앞으로는 불안한 오스왈드 씨와 거리를 두겠다고 약속한다면……"

"하느님 맙소사, 그는 지금 뉴올리언스에 있단 말이오!"

"입 닥쳐. 그가 어디서 무얼 하는지 다 알고 있으니까. 쿠바를 상대로 페어플레이 하자는 전단지를 나눠 주고 있잖아. 조만간 때려치우지 않으면 철창신세를 지게 될 텐데." 정말로 그는 1주일도 안 돼서 철창신세를 지게 될 것이다. 그래서 카를로스 마르셀로와 아는 사이인 더츠 외삼촌이 보석금을 내줄 것이다. "그자가 조만간 댈러스로 돌아오겠지만, 자넨 만나지 못할 거야. 이제 게임이 끝났으니까."

"말했잖아요. 절대……"

"유정 임대권을 따내고 싶으면 4월 10일에 오스왈드와 동행하지 않았다는 걸 증명해야 할 텐데. 증명할 수 있겠나?"

"그게…… 생각할 시간을 좀 줘요." 한참 동안 정적이 흘렀다. "그래요, 그래. 할 수 있을 것 같습니다."

"그럼 만나지."

"언제요?"

"오늘 밤. 9시. 내 보고를 기다리는 분들이 있는데, 자네한테 알리

바이를 만들 시간을 줬다고 하면 아주 언짢아하실 게 분명하거든."

"우리 집으로 와요. 진은 친구들과 영화 보고 오라고 내보낼 테니."

"내가 염두에 둔 다른 장소가 있는데. 길을 안 가르쳐 줘도 자네도 찾아올 수 있을 만한 곳이지."

나는 염두에 둔 장소가 어딘지 알려 주었다.

"왜 하필 거기서 만나자는 거요?"

그는 정말로 영문을 모르겠다는 투였다.

"오기나 하시지. 그리고 뒤발리에 부자가 노발대발하지 않길 바라거든 혼자 오는 게 좋을 거야."

나는 그 말을 끝으로 전화를 끊었다.

3

나는 6시 정각에 병원으로 돌아가 30분 동안 새디를 면회했다. 그녀는 정신 상태가 다시 맑아졌고 아프지만 견딜 만하다고 주장했다. 6시 30분이 됐을 때 나는 그녀의 멀쩡한 쪽 뺨에 입을 맞추고 이제 그만 가 봐야겠다고 말했다.

"일 때문이에요?" 그녀가 물었다. "진짜 일 때문에?"

"맞아요."

"꼭 그래야만 하는 경우가 아닌 이상 절대 아무도 다치면 안 돼요. 알겠어요?"

나는 고개를 끄덕였다. "실수로 그러는 것도 안 되고요."

"조심해요."

"달걀 위를 걷는 것처럼 조심할게요."

그녀는 애써 미소를 지었다. 그 때문에 새롭게 껍질을 벗긴 왼쪽 얼굴이 당겨지자 움찔했다. 그녀의 시선이 내 어깨 너머로 향했다. 고개를 돌려 보니 문 앞에 디크와 엘리가 서 있었다. 둘 다 최고로 좋은 옷을 차려입었다. 디크는 여름용 정장에 나비넥타이를 매고 챙이 짧은 카우보이모자를 썼고, 엘리는 분홍색 실크 원피스를 입었다.

"할 얘기 남았으면 밖에서 기다릴게요." 엘리가 말했다.

"아니에요, 들어오세요. 막 나가려던 참이었어요. 하지만 짧게 끝내주세요. 새디가 피곤하대요."

나는 새디의 바짝 마른 입술과 축축한 이마에 차례대로 입을 맞추었다. 그런 다음 웨스트 닐리 대로로 돌아가 각종 의상을 파는 가게와 잡화점에서 사 가지고 온 물건들을 늘어놓았다. 설명서를 틈틈이 확인해 가며 욕실 거울 앞에서 천천히, 조심스럽게 변장을 하는데, 새디가 옆에서 도와줬더라면 얼마나 좋았을까 하는 생각이 들었다.

드 모렌실트가 나를 보고 예전에 만난 적 있지 않으냐고 물을까 봐 걱정이 돼서 변장을 하는 건 아니었다. '존 레논'을 나중에 알아보지 못하게 변장을 하는 거였다. 그의 진술을 못 믿겠다 싶으면 나중에 다시 한 번 덮쳐야 할지 모른다. 만약 그럴 경우 기습 공격을 감행해야 했다.

나는 먼저 콧수염부터 붙였다. 텁수룩해서 존 포드 감독의 서부극에 나오는 범법자처럼 변장이 됐다. 그런 다음 얼굴과 두 손을 목장 주인처럼 까무잡잡하게 칠했다. 맨 유리알이 달린 뿔테 안경도 썼다. 염색도 할까 고민했지만, 그랬다가는 존 클레이턴과 비슷해질 것 같아서 생각만 해도 견딜 수가 없었다. 그래서 샌안토니오 불리츠 야구 모자를 썼다. 다 끝났을 때 거울 속에 비친 나를 나조차 알아볼 수가 없었다.

"그래야만 하는 경우가 아닌 이상 아무도 다치면 안 된다." 나는 거울 속의 낯선 남자에게 말했다. "실수로 그러는 것도 안 되고. 알았지?"

낯선 남자는 고개를 끄덕였지만, 가짜 안경 뒤로 보이는 두 눈은 침착했다.

집을 나서기 전에 마지막으로 벽장 선반에서 리볼버를 꺼내 주머니 안에 넣었다.

4

머세이데즈 대로 막다른 곳의 버려진 주차장에 20분 일찍 도착했건만, 드 모렌실트가 몽고메리 워드 창고로 쓰이는 벽돌 건물 뒷면에 요란한 캐딜락을 세워 놓고 기다리고 있었다. 불안해하고 있다는 뜻이었다. 다행이었다.

나는 줄넘기를 했던 아이들이 보일까 싶어 주변을 둘러보았지만, 당연히 집에 들어가고 없었다. 어쩌면 단잠을 청하면서 아가씨들 댄스 구경하러 프랑스를 순회하는 찰리 채플린 꿈을 꾸고 있을지 모르는 일이었다.

나는 드 모렌실트의 요트 근처에 차를 댄 다음 창문을 내리고 왼손을 내밀어 이쪽으로 오라는 뜻에서 집게손가락을 구부렸다. 드 모렌실트는 머뭇거리며 잠깐 가만히 앉아 있었다. 그러다 차에서 내렸다. 오늘만큼은 잘난 척 거들먹거리며 걷지 않았다. 겁에 질린 채 눈치를 보는 분위기였다. 그것도 다행이었다. 그는 한 손에 서류철을 들고 있었다. 납작한 것으로 미루어 보건대 들어 있는 서류가 많지 않았다. 나로서는 소품이 아니기만을 바랄 따름이었다. 소품이라면 우리 둘이 한바탕 춤을 추어야 할 텐데, 그것이 린디합은 아닐 테니까.

그가 문을 열고 몸을 숙이며 물었다.

"저기, 날 쏘거나 그럴 거 아니죠?"

"천만에." 나는 지겨워하는 투로 들리길 바라며 이렇게 대답했다. "내가 만약 FBI 소속이면 그런 걱정해야 할지 모르겠지만, 내가 FBI 소속이 아니라는 거 자네도 알잖아. 우리하고 일도 해 봤고."

이 부분에 관한 한 앨의 기록이 맞기만을 하늘에 빌 따름이었다.

"이 차에 도청 장치 설치돼 있어요? 아니면 당신 몸에라도."

"쓸데없는 소리 하지 않으면 아무것도 걱정할 필요 없잖나? 그러니까 타시지그래."

그는 차에 오르고 문을 닫았다.

"유정 임대권은……"

"그건 나중에 다른 사람들하고 의논하시게나. 유정은 내 전공이 아니니까. 경솔하게 행동하는 사람들을 처리하는 게 내 전공인데, 자네와 리의 관계야말로 경솔하기 *그지없단* 말이지."

"그냥 호기심에 그런 거였다고요. 미국을 버리고 떠났다가 다시 소련을 버리고 돌아온 사람이니까. 그자로 말할 것 같으면 정규 교육도 제대로 못 받은 촌뜨기지만 놀라울 정도로 영리하단 말입니다. 게다가……" 그는 헛기침을 했다. "내 친구 중 한 명이 그 부인을 따 먹고 싶어 안달이 나 있기도 하고."

"그건 우리도 알고 있어." 나는 이렇게 말하며 부헤를 떠올렸다. 끊임없이 이어지는 듯한 조지라는 이름의 행렬. 나는 메이리를 만들어 내는 과거라는 공간을 조만간 탈출할 테니 얼마나 다행스러운 일인가. "내 유일한 관심사는 자네가 실패로 끝난 워커 저격 사건과 아무 관계가 없는지 확인하는 거야."

"이걸 보세요. 아내 스크랩북에서 가지고 온 겁니다."

그가 서류철을 열고 신문 한 장을 꺼내 내게 건넸다. 나는 까무잡잡한 피부가 변장인 게 들통 나지 않길 바라며 셰비의 실내등을 켰다. 하지만 무슨 상관이겠는가? 변장인 게 들통이 난다한들 드 모렌실트 입장에서는 첩보 영화에 나오는 비밀 탐정의 소행으로 느껴질 텐데.

4월 12일자 《모닝 뉴스》의 한 면이었다. 나도 아는 특집란이었다. 댈러스 주민들이 세계나 국내 뉴스보다 더 열심히 챙겨 보는 마을 소식란이었다. 수많은 이름들이 굵은 글씨로 적혀 있었고, 이브닝드레스를 입은 수많은 남녀 사진들이 보였다. 드 모렌실트가 빨간색 잉크로 중간 부분의 단신에 동그라미를 쳐 놓았다. 첨부된 사진에 누가 봐도 조지와 진이 분명한 인물들이 있었다. 그는 턱시도를 입고 피아노 건반만큼이나 많은 이를 드러내며 씩 웃고 있었다. 진은 가슴골을 어마어마하게 드러냈는데, 한 테이블에 앉은 제삼자가 그 부분을 유심히 들여다보는 눈치였다. 셋 다 샴페인 잔을 들고 있었다.

"이건 금요일 신문이잖아." 내가 말했다. "워커 총격 사건은 수요일에 벌어졌고."

"마을 소식란에는 항상 이틀 전 이야기가 실린단 말이에요. 밤에 열린 행사를 다루니까. 게다가…… 사진만 보지 말고 기사도 읽어 보시란 말입니다. 버젓이 적혀 있으니까!"

나는 기사를 읽어 보았고, 이 신문에서 애용하는 굵은 글씨로 적힌 이름을 확인한 순간 그의 말이 사실임을 알 수 있었다. 과거가 연출하는 화음이 에코 효과를 넣은 기타 앰프만큼이나 요란하게 울려 퍼졌다.

수요일 밤, **캐러셀 클럽**에서 샴페인 잔을 들고(아마 한두 잔 마신 게 아니었을 듯!) 멋쟁이 부인의 생일을 축하하는 댈러스 유정업계의 수장 **조지 드 모렌실트**와 부인 **진**. 이 잉꼬부부는 아니라고 하겠지만, 우리 눈에는 부인의 나이가 이제 겨우 스물셋이나 됐을까 말까 하게 보인다(우우!). **캐러셀**의 유쾌한 **잭 루비** 영감님이 마련한 자리로서 그는 샴페인을 한 병 선물한 뒤 이들 부부와 합석해 건배를 했다. 생일 축하해요, 진. 만수무강하길 빌어요!

"샴페인이 저질이라 다음 날 오후 3시까지 숙취에 시달렸지만, 이 기사로 당신을 납득시킬 수 있다면 숙취에 시달린 보람이 있을 것 같네요."

납득할 수 있었다. 그리고 흥미로웠다.

"루비라는 이 작자하고 얼마나 가까운 사이요?"

드 모렌실트는 콧방귀를 뀌었다. 콧구멍을 벌름거리며 한 번 숨을 내뱉었을 뿐인데, 귀족한테나 어울림직한 속물근성이 고스란히 드러났다.

"잘 알지도 못하고, 가깝게 지내고 싶지도 않아요. 자기 주먹 휘두를 때 모른 척해 달라고 경찰들한테 공짜 술 먹이는 정신 나간 유대인이거든요. 주먹 휘두르는 건 또 어찌나 좋아하는지. 언젠가는 그 성질머리 때문에 큰코다칠 겁니다. 진이 스트립쇼를 좋아해서 가는 거예요. 스트립쇼를 보면 흥분이 된다고 해서." 그는 어느 누가 여자를 이해할 수 있겠냐는 듯이 어깨를 으쓱했다. "이제……"

그는 아래로 시선을 떨구었다가 내 손에 쥐어진 총을 발견하고 말을 멈추었다. 그의 눈이 접시만 해졌다. 그가 혀를 내밀어 입술을 핥다 다시 집어넣자 특유의 축축한 소리가 났다.

"납득이 됐느냐고? 그걸 물으려고 했던 건가?"

나는 총신으로 그를 찔렀고, 그가 내뱉는 헉 하는 소리에 엄청난 희열을 느꼈다. 살인을 경험하면 사람이 정말 거칠게 달라지기도 하지만, 내 변명 차원에서 이야기하자면 그는 정신을 차리라는 의미에서 겁을 주어야 마땅한 인간이었다. 막내아들 리가 그렇게 된 데에는 마거릿의 책임도 있고 어설픈 명예욕 등 리의 책임도 많지만, 드 모렌실트도 어느 정도 기여한 부분이 있었다. CIA 내부 깊숙한 곳에서 만들어 낸 복잡한 음모를 수행하느라 그런 거였나 하면 그것도 아니었다. 그는 빈민가를 구경하며 재미있어했을 뿐이다. 성격적으로 불안정한 리라는 이름의 오븐에서 구워지는 분노와 좌절감을 구경하며 재미있어했을 뿐이다.

"제발 이러지 마세요." 드 모렌실트가 속삭였다.

"납득이 됐다. 하지만 떠버리 양반, 내 말 잘 들으시게나. 리 오스왈드는 두 번 다시 만나지 말길 바라네. 오늘 우리가 나눈 대화를 그자의 아내나 어머니나 조지 부헤나 다른 망명객들에게 단 한 마디도 흘리지 말고. 알아들었나?"

"알겠어요. 어차피 그자한테도 점점 싫증이 나던 참이었다고요."

"내가 자네한테 싫증이 난 것만 할까. 리하고 두 번 다시 이야기를 나누었다가는 내 손에 죽을 줄 아시게. 알겠나?"

"알겠습니다. 그리고 유정 임대권은……?"

"그건 다른 사람이 연락을 할 거야. 이제 내리시지."

그는 얼른 차에서 내렸다. 그가 캐딜락 운전석에 올랐을 때 내가 다시 한 번 왼손을 차창 밖으로 내밀었다. 이번에는 내 쪽으로 부르지 않고 집게손가락으로 머세이디즈 대로를 가리켰다. 그가 떠났다.

나는 잠깐 그곳에 남아, 그가 허둥지둥 내리느라 깜빡하고 두고 간 신문 기사를 쳐다보았다. 술잔을 든 드 모렌실트 부부와 잭 루비. 그들이 음모를 꾸미고 있다는 증거일까? 저격수가 하수관에 숨어 있다 튀어나왔다거나 오스왈드의 도플갱어가 있었을 거라고 믿는 한심한 족속들은 그렇다고 생각할지 몰라도 나는 아니었다. 또 하나의 화음일 뿐이었다. 과거의 세상에서는 모든 게 메아리처럼 되풀이됐다.

이쯤 되면 앨 템플턴이 말한 불확실의 여지가 있는 창문을 거의 바람 들어올 새 없이 닫았다고 볼 수 있지 않을까 싶었다. 오스왈드는 10월 3일에 댈러스로 돌아올 것이다. 앨의 기록에 따르면 그는 10월 중순에 텍사스 교과서 창고의 단순 노무직으로 취직이 될 거라고 했다. 하지만 이번에는 그럴 일이 없을 것이다. 그의 비참하고 위험한 인생이 3일부터 16일 사이 내 손에 끝장날 테니까.

5

8월 7일 오전에 새디를 퇴원시켜도 좋다는 허가가 떨어졌다. 그녀는 조디로 돌아가는 동안 말이 없었다. 보아하니 통증이 아직 상당한 것 같았지만, 돌아가는 거의 내내 한쪽 손을 다정하게 내 허벅지 위에 얹어 놓고 있었다. 큼지막한 덴홈 라이언스 광고판이 보이는 77번 고속 도로로 접어들었을 때 그녀가 말했다.
"나, 9월에 학교로 돌아갈 거예요."
"정말이에요?"
"네. 그레인지에서 온 마을 주민들 앞에 나서기도 했는데, 학교 도서관에서 아이들 몇 명 상대하는 것쯤 견딜 수 있지 않겠어요? 게다가 월급도 필요할 것 같고요. 나도 모르는 수입원이 있다면 모를까, 당신 거의 파산할 거 아니에요. 내 덕분에."
"이달 말이면 돈이 좀 들어올 거예요."
"그 시합 건으로?"
나는 고개를 끄덕였다.
"잘됐네요. 그리고 내 뒤에서 수군거리고 키득대는 소리도 당분간만 참으면 되잖아요. 당신이 떠날 때 나도 떠날 테니까." 그녀는 말을 멈추었다 다시 이었다. "당신 생각에 변함이 없다면 말이죠."

"새디, 내가 원하는 게 있다면 오직 *그것*뿐인걸요."

우리를 태운 차가 메인 대로로 진입했다. 젬 니덤이 이제 막 우유 배달을 마쳤다. 빌 게이버리는 갓 구운 빵들을 빵집 앞에 진열하고 무명천으로 덮고 있었다. 지나가는 차에서 서프 시티로 가면 아무 남자라도 환영하는 여자 둘이 기다리고 있다고 말하는(잰 베리와 브라이언 윌슨이 잰 앤드 딘이라는 이름으로 발표한 「서프 시티」 가사다 — 옮긴이) 잰 앤드 딘의 노랫소리가 들렸다.

"내가 좋아하게 될까요, 제이크? 당신이 살던 곳을 말이에요."

"그랬으면 좋겠는데."

"지금이랑 많이 달라요?"

나는 미소를 지었다.

"기름값이 훨씬 비싸고 눌러야 할 버튼도 많아요. 그것 말고는 거의 비슷해요."

6

무더웠던 그해 8월은 우리 여건이 허락하는 한도 내에서 신혼 생활과 최대한 가까웠고 달콤했다. 밤이 되면 계속 딕 시먼스의 집 앞에 차를 세워 두기는 했지만, 이제는 그와 함께 지내는 척 연극을 하지 않았다.

새디는 얼마 전에 살을 헤집은 데서 빠르게 회복해, 여전히 눈은 처지고 뺨에는 흉터가 있고 클레이턴에게 입 안쪽까지 베인 부분은 푹 꺼졌지만 그래도 눈에 띄게 좋아졌다. 엘러턴과 팀원들이 능력이 닿는 한도 내에서 최선을 다한 것이다.

우리는 선풍기 바람에 머리를 날려가며 그녀의 소파에 나란히 앉아 책을 읽었다. 그녀는 『그룹』을, 나는 『이름 없는 주드』를. 그녀가 애지중지하는 뒷마당의 난심목 그늘 밑에서 피크닉도 즐겼고, 아이스커피를 수백 리터 마셨다. 새디는 다시 담배를 줄이기 시작했다. 「로하이드」와 「벤 케이시」와 「루트 66」을 같이 보았다. 한번은 그녀가 「엘러리 퀸의 새로운 모험」을 보려고 하길래 채널을 바꿔 달라고 했다. 미스터리는 좋아하지 않는다고 둘러대면서.

잠자리에 들기 전에 그녀의 얼굴에 난 상처에 연고를 발라 주었고, 한번은 잠자리에서 연고를 발라 준 적도 있었는데…… 좋았다. 그 이야기는 여기까지.

하루는 식품점에 갔다가 그 앞에서 고결하신 교육위원회 위원 제시카 캘트롭과 맞닥뜨린 적이 있었다. 그녀가 '민감한 사안'에 대해서 잠깐 대화를 나누고 싶다고 했다.

"어떤 사안인가요, 캘트롭 씨?" 내가 물었다. "아이스크림을 사서 녹기 전에 집으로 들고 갔으면 하거든요."

그녀는 프렌치 바닐라 아이스크림을 몇 시간 동안 얼려 놓기 충분할 만큼 냉랭한 미소를 지었다.

"비 트리 길에 있는 집 말씀인가요, 앰버슨 씨? 불행한 사고를 당한 던힐 양이 사는 그 집요?"

"거기가 됐건 아니건 무슨 상관입니까?"

미소가 한층 더 깊이 그녀의 얼굴 속을 파고들었다.

"교육위원회 위원으로서 우리 교직원의 도덕성을 오점 하나 없이 관리하는 게 내 임무니까요. 당신과 던힐 양이 동거 중이라면 나로서는 관심이 지대할 수밖에요. 사춘기 아이들은 예민해요. 어른들의 행동을 그대로 따라한다고요."

"그렇게 생각하십니까? 제가 15년 동안 교직에 종사하며 터득한 바에 따르면 아이들은 어른의 행동을 관찰한 뒤에 정반대 방향으로 최대한 잽싸게 도망치던데요."

"앰버슨 씨는 사춘기 아이들의 심리를 어떤 식으로 생각하는지 나중에 조명할 기회가 있겠지만, 내가 불편함을 무릅쓰고 당신한테 말을 건 것은 그 때문이 아니에요." 말은 그렇게 했지만, 그녀는 조금도 불편해하는 기미가 없었다. "던힐 양과 동거하는 죄를 저지르고 있다면……"

"죄라." 내가 말했다. "흥미로운 단어로군요. 예수님께서 말씀하시길 죄 없는 자, 돌을 들라고 하셨습니다. 그런데 캘트롭 씨는 아무 죄가 없나요?"

"지금 내 이야기를 하자는 게 아니잖아요."

"하지만 얼마든지 캘트롭 씨 이야기로 화제를 돌릴 수 있죠. 제가 그렇게 만들 수 있거든요. 예를 들어 당신이 예전에 낳았다는 사생아에 대해 물어보고 다닌다든지 하는 식으로요."

그녀는 뺨이라도 한 대 얻어맞은 것처럼 움찔하며, 벽돌로 만든 식품점 벽면을 향해 두 걸음 물러섰다. 나는 식료품 봉지를 팔로 감싸 안으며 두 걸음 다가갔다.

"혐오스럽고 불쾌하군요. 만약 당신이 계속 교편을 잡고 있었다면 내가……"

"어련하시겠습니까. 그런데 교편에서 물러났으니까 내 말 잘 들으세요. 듣자하니 스위트워터 랜치에서 살았던 열여섯 살 때 아이를 낳은 적이 있다면서요? 아이 아버지가 동창생이었는지, 말을 타고 다니던 방랑자였는지 아니면 당신 아버지였는지 모르겠지만……"

"당신 정말 혐오스러운 인간이로군요!"

맞는 말이었다. 그런데 가끔은 그런 인간 역할이 그렇게 재미있을 수가 없다.

"아이 아버지가 누구였건 나는 관심 없어요. 하지만 당신이 평생 겪은 것보다 더 많은 아픔과 상처를 경험한 새디한테는 관심이 지대하단 말이죠." 이제 그녀는 식품점에 막혀 옴짝달싹 못한 채 겁에 질린 눈으로 나를 올려다보기만 했다. 다른 때 같았으면 그녀가 딱하다는 생각이 들 수도 있었다. 하지만 지금은 아니었다. "새디에 대해서 누구한테든 한 마디라도 옹알거리면 그 아이가 지금 어디 있는지 알아내서 이 마을 이 끝에서 저 끝까지 소문을 퍼뜨릴 거예요. 알아들었어요?"

"비켜요! 지나가게."

"알아들었어요?"

"알았어요. 알았다고요!"

"좋아요." 나는 뒤로 물러섰다. "당신 인생이나 신경 쓰고 살아요, 캘트롭 씨. 열여섯 살 때부터 참으로 암울했을 테고 남의 지저분한 사생활을 캐고 다니려니 바쁘기도 했겠지만, 그래도 잘 살아 봐야지 어쩌겠어요? 우리는 우리 식대로 살게 내버려둬 주시고요."

그녀는 식료품 뒤편에 있는 주차장을 향해 벽면을 따라 왼쪽으로 게걸음을 쳤다. 그러면서 툭 튀어 나온 눈으로 내 얼굴을 계속 살폈다.

나는 상냥한 미소를 지었다.

"오늘의 대화를 없던 일로 하기 전에 내가 충고 하나 할게요, 아주머니. 진심에서 우러난 충고를요. 나는 새디를 사랑하는데, 사랑에 빠진 남자는 건드리지 않는 게 좋아요. 내 일이나 새디 일에 끼어들면 당신을 깨끗한 척하다 텍사스를 통틀어 제일 불쌍하게 되어 버린 년으로 만들어 버릴 거예요. 진심으로 약속합니다."

그녀는 주차장을 향해 달렸다. 그런데 오랫동안 당당하게 걸어 다니기만 했지 그보다 빨리 발걸음을 옮겨 본 적 없는 사람처럼 어색하기 짝이 없었다. 정강이까지 내려오는 갈색 치마, 살색 불투명 스타킹, 편한 갈색 구두. 그녀는 그 시대를 상징하는 인물이었다. 트레머리에서 머리카락이 흘러내렸다. 한때는 남자들이 좋아하는 스타일로 풀어 내렸을 텐데, 그건 옛날 옛적의 이야기였다.

"좋은 하루 보내세요!"

나는 그녀의 뒤꽁무니에 대고 외쳤다.

7

내가 사 온 물건들을 냉장고에 정리하는데 새디가 부엌으로 들어왔다.

"왜 이렇게 오래 걸렸어요? 슬슬 걱정이 되려던 참이었어요."

"누구랑 얘기 좀 하느라. 조디가 어떤 마을인지 알잖아요. 붙잡는 사람들이 어찌나 많은지."

그녀는 미소를 지었다. 이제는 미소가 좀 더 편안하게 지어졌다.

"당신 참 다정하다니까?"

나는 새디에게 고맙다고, 당신도 다정한 사람이라고 말해 주었다. 캘트롭이 또 다른 교육위원회 위원이자 자기가 조디의 도덕성을 관리하는 수호자인 줄 아는 프레드 밀러에게 오늘 있었던 일을 이야기할까? 아마 그러지 않을 것이다. 그녀가 젊은 시절에 저질렀던 실수를 내가 알아 버린 정도가 아니라 작정하고 협박을 했으니까. 이런 작전이 드 모렌실트한테도 통했고, 그녀한테도 통했다. 협박을 하면 찜찜하지만, 누군가는 해야만 하는 일이다.

새디가 부엌을 건너와 한 팔로 나를 감싸 안았다.

"학기가 시작되기 전에 캔들우드 방갈로에 가서 주말 보내고 올까요? 예전처럼? 새디답지 않게 노골적이죠?"

"글쎄요, 어떤 의미에서 하는 말인가에 따라 다르죠." 나는 그녀를 품에 안았다. "난잡한 주말을 보내자는 거예요?"

그녀가 얼굴을 붉혔는데, 흉터 주변만 예외였다. 그 부분은 하얗게 번들거렸다.

"아주 더러운 주말을 보내자는 거죠, 세뇨르."

"그럼 빠를수록 좋아요."

8

제시카 캘트롭처럼 성행위를 난잡하게 여기는 사람들 생각은 다르겠지만, 우리 입장에서는 난잡한 주말이 아니었다. 침대에서 뒹군 건 사실이었다. 하지만 밖에서도 많은 시간을 보냈다. 새디는 아무리 걸어도 지칠 줄 모르는 성격이었고, 캔들우드 뒤편 언덕 비탈에 널찍한 벌판이 있었다. 그곳에 늦여름 야생화가 만발했다. 우리는 토요일 오후 거의 전부를 그곳에서 보냈다. 스페인유카, 멕시코양귀비, 마디풀 등 새디가 아는 꽃도 몇 개 있었지만, 그 나머지는 고개를 저으며 허리를 숙이고 향기를 맡았다. 높다란 텍사스 하늘 위로 큼지막하고 폭신한 구름이 흘러가는 가운데, 우리는 청바지에 스치는 키가 큰 풀을 헤치며 손을 잡고 걸었다. 길게 드리워진 햇살과 그림자가 벌판을 가로질렀다. 그날은 시원한 산들바람이 불었고, 바람결에 정유소 냄새가 실려 오지 않았다. 언덕 꼭대기에 다다랐을 때 우리는 뒤를 돌아보았다. 듬성듬성 나무로 뒤덮인 풀밭 위에 자리 잡은 방갈로들이 작고 하찮게 느껴졌다. 길은 리본 같았다.

새디가 바닥에 앉아서 두 무릎을 가슴에 모으고 정강이 위로 팔짱을 꼈다. 나도 그 옆에 앉았다.

"묻고 싶은 게 있어요." 그녀가 말했다.

"그래요."

"당신이 어디에서 왔는지…… 그런 걸 물어보려는 게 아니에요……. 거기에 대해서는 아직 생각하고 싶지 않으니까. 당신이 저지해야 한다는 그 남자 말이에요. 대통령을 죽일 거라는 남자."

나는 고민에 잠겼다.

"대답하기 까다로운 부분인데……. 내가 날카로운 톱니가 잔뜩 달린 기계 옆에 서 있는 거나 다름없다고 했던 거 기억하죠?"

"기억하지만……"

"내가 그걸 만지는 동안에는 당신을 가까이 오지 못하게 할 거라고 그랬잖아요. 나는 이미 예기치 못하게 많은 걸 이야기했고, 어쩌면 선을 넘었을지 몰라요. 과거는 바뀌길 원치 않거든요. 바꾸려고 하면 저항을 해요. 변화의 가능성이 클수록 더 심하게 저항을 하죠. 나는 당신이 다치는 거 싫어요."

"이미 다쳤는걸요." 그녀가 담담한 목소리로 말했다.

"그게 내 잘못이냐고 묻고 싶은 거예요?"

"아니에요." 그녀가 한 손을 내 뺨 위에 얹었다. "아니에요."

"어쩌면 부분적으로는 내 잘못일지 몰라요. 나비 효과라는 게 있는데……"

그게 뭔지 설명이라도 하려는 것처럼 우리 앞 비탈길에서 나비 수백 마리가 날갯짓을 하고 있었다.

"그게 뭔지 나도 알아요." 그녀가 말했다. "레이 브래드버리가 그걸 주제로 쓴 작품이 있거든요."

"정말요?"

"「천둥소리」요. 아주 훌륭하고 아주 심란한 작품이에요. 하지만 제이크…… 조니는 당신이 등장하기 훨씬 전부터 정신병자였어요. 나는 당신이 등장하기 훨씬 전에 그를 떠났고요. 당신이 없었더라면 다른 남자가 나한테 접근했을지 몰라요. 그 남자는 당신만큼 잘해 주지 않았겠지만 그래도 나는 몰랐겠죠, 안 그래요? 시간은 수많은 가지가 달린 나무와 같으니까요."

"그 남자에 대해서 어떤 걸 알고 싶은데요, 새디?"

"경찰에 전화해서 (물론 익명으로요.) 알리면 되는데 왜 안 그러나 하는 거요."

나는 풀을 하나 뽑아서 씹으며 곰곰이 생각했다. 맨 처음 떠오른 것은 드 모렌실트가 몽고메리 워드 주차장에서 했던 말이었다. "그자로 말할 것 같으면 정규 교육도 제대로 못 받은 촌뜨기지만 놀라울 정도로 영리하단 말이오."

훌륭한 평가였다. 리는 지겨워졌을 때 소련을 탈출했다. 대통령을 저격한 뒤에는 경찰과 첩보 기관에서 거의 즉각적으로 대응했음에도 불구하고 영리하게 교과서 창고를 빠져나왔다. 어디에서 총알이 날아왔는지 많은 사람들이 알아차릴 수 있을 정도였으니 정말 신속한 대응이었다고 할 수 있었는데 말이다.

경찰은 빈사의 대통령이 퍼레이드 차량에 실려 파크랜드 병원으로 이송되기 전부터 2층 휴게실에서 총부리를 겨누고 리를 심문할 것이다. 심문을 맡았던 경관의 기억에 따르면 그는 사리분별이 정확하고 말을 잘하는 젊은이였다. 작업반장 로이 트룰리가 이 회사 직원이 맞다고 그의 신원을 보증하면 경관은 오지 래빗을 풀어 주고 총성의 출처를 찾으러 황급히 위로 올라갈 것이다. 순찰 경관 티핏과 맞닥뜨리지 않았더라면 리는 며칠 혹은 몇 주 뒤에나 체포됐을지 모른다.

"새디, 댈러스 경찰은 무능한 작태로 전 세계를 충격에 빠뜨릴 거예요. 그들을 믿는 우를 범할 수는 없어요. 게다가 익명의 제보가 들어온들 그들이 한 귀로 듣고 한 귀로 흘릴 수도 있고요."

"왜요? 왜 그럴 거라고 생각해요?"

"지금 그 남자는 텍사스 밖에 있고, 텍사스로 돌아올 생각조차 없거든요. 쿠바로 건너가려고 준비 중이에요."

"쿠바? 왜 하필 쿠바예요?"

나는 고개를 저었다.

"몰라도 돼요. 어차피 물거품으로 돌아가니까. 그는 조만간 댈러스로 돌아오지만, 대통령을 죽일 생각은 없어요. 심지어 케네디가 댈러스에 온다는 사실조차 몰라요. 지금은 그 사실을 케네디도 몰라요. 아직 순방 일정이 잡히지 않았으니까."

"하지만 당신은 아는 거죠."

"그렇죠."

"당신이 건너온 시대에서는 이 일들이 역사책에 실려 있으니까."

"굵직굵직한 내용들은요. 자세한 부분들은 나를 이곳으로 보낸 친구를 통해 알게 된 거예요. 일이 다 끝나면 전말을 당신한테 들려주겠지만, 지금은 안 돼요. 톱니가 달린 기계가 전속력으로 돌아가고 있는 지금은 안 돼요. 중요한 건 이거예요. 11월 중순 이전에는 경찰에서 심문하더라도 그가 아무 죄 없는 사람처럼 보일 거라는 거. 정말로 아무 죄가 없거든요." 거대한 구름이 머리 위를 지나가자 기온이 잠깐 4~5도 정도 떨어졌다. "내가 아는 한 그는 방아쇠를 당기는 그 순간까지 망설였을지 몰라요."

"이미 벌어진 일처럼 얘기하네요." 그녀는 놀라워했다.

"내가 건너온 세상에서는 이미 벌어진 일이니까요."
"11월 중순에 어떤 결정적인 일이 벌어지는데요?"
"16일자《모닝 뉴스》에 케네디를 태운 퍼레이드 행렬이 댈러스의 메인 대로를 지나갈 예정이라는 기사가 실릴 거예요. 오스…… 아니 그 남자는 그 기사를 읽고, 퍼레이드 행렬이 자기가 일하는 회사 바로 앞을 지나간다는 사실을 알게 되죠. 하느님이 보낸 메시지라고 생각할지 몰라요. 아니면 칼 마르크스의 혼령이 보낸 메시지라고 생각하든지."
"그 남자가 어디서 일을 하게 되는데요?"
나는 고개를 저었다. 그걸 알려 주는 것은 위험한 짓이었다. 물론 이런 이야기를 꺼낸 자체가 위험한 짓이었다. 하지만 (앞에서도 이야기했건만 자꾸 반복하게 된다.) 제삼자에게 일부분이라도 털어놓으면 얼마나 위안이 되는지 모른다.
"경찰이 찾아오면 겁이 나서 포기할 수도 있잖아요."
맞는 말이지만, 위험 부담이 너무 컸다. 드 모렌실트와 대화를 시도하느라 위험 부담을 이미 감수하기는 했지만, 그가 노리는 건 유정 임대권이었다. 게다가 그는 겁을 먹은 정도가 아니라 그야말로 혼비백산했다. 그래서 입을 나불대지 않을 것이다. 반면에 리는…….
나는 새디의 손을 잡았다.
"지금은 이 남자가 내가 예상한 경로대로 움직일 거예요. 그를 태운 열차가 선로를 이탈할 수 없으니까. 그런데 내가 끼어들면, 내가 개입하기 시작하면 모든 게 백지로 돌아갈 거예요."
"당신이 직접 그 사람을 만나 보면 어떨까요?"

정말 섬뜩한 장면이 그려졌다. 경찰들에게 '조지 앰버슨이라는 남자의 얘기를 듣고 거기서 힌트를 얻었어요. 그 남자를 안 만났다면 생각도 못했을 텐데.'라고 말하는 리의 모습이 떠올랐다.

"그것도 소용없을 것 같은데요."

조그만 목소리로 그녀가 물었다.

"그 남자를 꼭 죽여야 해요?"

나는 대답을 하지 않았다. 그 자체가 대답인 셈이었다.

"그런데 그런 일이 벌어진다는 걸 당신은 안다는 거죠?"

"그렇죠."

"29일 시합에서 톰 케이스가 이긴다는 걸 아는 것처럼."

"맞아요."

"권투를 아는 사람들은 하나같이 타이거가 그를 죽여 놓을 거라고 하던데."

나는 미소를 지었다.

"요즘 스포츠난 읽는 모양이네요?"

"네." 그녀는 내가 씹던 풀잎을 빼앗아 자기 입에 넣었다. "권투 시합은 한 번도 본 적 없는데. 나도 데리고 가 줄래요?"

"엄격히 말해서 실제 시합을 보는 건 아니에요. 그냥 화면만 대형인 거지."

"알아요. 그래도 데리고 가 줄래요?"

9

권투 시합이 열리던 날 밤에는 수많은 미인들이 댈러스 강당을 찾았지만, 새디도 감탄의 시선을 제법 한몸에 받았다. 그녀는 그 자리를 위해 정성스럽게 화장을 했지만, 아무리 교묘한 화장이라도 얼굴의 흉터를 최대한 가리는 거라면 모를까 완전히 없애지는 못했다. 그래도 옷차림이 문제를 상당 부분 해결해 주었다. 바디라인에 부드럽게 붙는 데다 네크라인이 둥글고 깊게 패였던 것이다.

그날의 대히트작은 나하고 같이 권투 시합을 보러 가기로 했다는 새디의 말을 듣고 엘렌 도커티가 선물한 펠트 페도라였다. 「카사블랑카」 마지막 장면에서 잉그리드 버그먼이 쓴 것과 거의 똑같았다. 무심한 듯 삐딱해서 그녀의 얼굴을 돋보이게 만들었는데…… 두말하면 잔소리지만 왼쪽으로 기울여 썼더니 흉터가 있는 뺨 위로 삼각형 모양의 짙은 그림자가 드리워졌다. 화장보다 훨씬 효과가 좋았다. 그녀가 검사를 받으러 방 밖으로 나왔을 때 나는 정말 눈이 부시다고 이야기했다.

그녀는 안심하는 표정을 지으며 신이 나서 눈을 반짝였다. 단순히 기분 좋으라고 한 소리가 아닌 것을 안다는 뜻이었다.

차가 많이 막혀서 우리가 좌석에 앉았을 무렵에는 본 시합에 앞서 열리는 다섯 개의 이벤트 시합 중에서 세 번째가 진행 중이었다. 관중들이 함성을 지르는 가운데 거구의 흑인과 그보다 더 거구인 백인이 천천히 주먹질을 주고받았다. 농구 시즌에는 댈러스 스퍼스의 (한심한) 경기가 펼쳐지는 반질반질하고 단단한 바닥 위로 대형 스크린이 한 개도 아니고 네 개씩이나 설치되어 있었다. 여러 개의 리어 스크린 프로젝션 장치가 영상을 만드는데, 색상은 초보적인 수준이라 할 만큼 칙칙해도 이미지 자체는 또렷했다. 새디는 감탄했다. 솔직히 말해서 나도 감탄했다.

"긴장돼요?" 그녀가 물었다.

"네."

"아무리……"

"아무리 그래도요. 60년도에 파이어리츠가 월드 시리즈에서 우승한다는 데 걸었을 때는 나도 경기 결과를 알고 있었어요, 그런데 지금은 내 친구가 인터넷에서 주운 정보를 믿는 수밖에 없거든요."

"인터넷이 뭔데요?"

"레이 브래드버리 같은 공상 과학 소설에 나오는 거예요."

"아…… 알았어요." 그러더니 그녀는 손가락을 입에 넣고 휘파람을 불었다. "맥주 아저씨, 여기요!"

조끼에 카우보이모자를 쓰고 은색 징이 박힌 허리띠를 맨 맥주 장수가 주둥이에 종이컵을 걸친 론 스타 두 병(플라스틱이 아니라 유리병이었다.)을 주었다. 나는 1달러를 건네며 잔돈은 필요 없다고 했다.

새디가 자기 맥주를 받아서 내 맥주병과 부딪치며 "행운을 빌어요, 제이크."라고 말했다.

"행운이 필요할 지경이면 난감해지는데."

그녀는 담배에 불을 붙이고, 조명 주변으로 드리워진 파란 장막에 자기 담배 연기를 더했다. 나는 살짝 벌린 그녀의 입술에 입을 맞추고 말했다.

"우리에겐 파리가 있잖아요(영화 「카사블랑카」에 나오는 대사다 — 옮긴이)."

그녀는 씩 웃었다.

"텍사스에 있는 파리 말이죠?"

객석에서 신음 소리가 들렸다. 흑인 선수가 백인 선수를 때려눕힌 것이다.

10

본 시합은 9시 30분에 시작됐다. 양 선수를 클로즈업한 장면이 스크린을 가득 메웠는데, 카메라가 톰 케이스를 비추었을 때 나는 심장이 철렁 내려앉았다. 곱슬곱슬한 까만 머리는 흰 머리카락이 희끗희끗 보였다. 두 뺨은 축 늘어졌다. 뱃살이 반바지 위로 쳐졌다. 그중에서도 최악은 흉터 때문에 불룩한 주머니가 생긴 두 눈과 당황스러워하는 눈빛이었다. 여기가 어디인지 몰라서 헤매는 사람처럼 보였던 것이다. 1500명 정도 되는 관객들이 환호성을 질렀지만 (이러니저러니 해도 댈러스 출신이었으니까.) 한목소리로 야유를 보내는 관객들도 제법 많았다. 글러브를 낀 두 손으로 로프를 잡고 의자에 구부정하니 앉아 있는 모습이 벌써부터 패자 분위기였다. 반면에 딕 타이거는 까만색 하이톱을 신고 혼자 섀도복싱을 하거나 능숙한 솜씨로 줄넘기를 했다.

새디가 내 쪽으로 몸을 기울이고 속삭였다.

"어째 분위기가 안 좋은데요?"

분위기가 안 좋다니 금세기 최고로 순화한 표현이라 할 만했다. 안 좋은 정도가 아니라 끔찍했다.

저 밑에서 밍크를 두른 그레타 가르보 스타일의 인형 같은 아가씨를 좌석으로 안내하는 아키바 로스가 보였다. 실전이었다면 링에서 가장 가까운 자리였겠지만, 흐릿한 영상들이 오락가락하는 화면이 눈앞을 가로막은 절벽처럼 느껴질 것이다. 앞줄에서 시가를 피우던 투실투실한 남자가 고개를 돌리고 물었다.

"아가씨는 누가 이길 것 같소?"

"케이스요!" 새디가 용감하게 외쳤다.

시가를 피우던 투실투실한 남자는 웃음을 터뜨렸다.

"어이구, 간이 크시구먼! 10달러 내기하실라오?"

"그럼 저한테 네 배 주실래요? 케이스가 케이오로 이기면요?"

"케이스가 타이거한테 케이오로 이긴다고? 좋소이다."

남자가 한쪽 손을 내밀었다. 새디가 손을 맞잡았다. 그러더니 내 쪽을 돌아보며 한쪽 입꼬리를 올려 거만하게 미소를 지었다. 아직도 그 미소는 여전했다.

"대담하기도 하셔라." 내가 말했다.

"천만의 말씀." 그녀가 말했다. "타이거가 5라운드 전에 쓰러질 거예요. 내 눈에는 미래가 보이거든요."

11

　턱시도를 입고 머릿기름을 500그램쯤 바른 링 아나운서가 링 한가운데로 후닥닥 걸어 나오더니 은색 줄이 달린 마이크를 잡아당겨 서커스장 밖에서 손님을 끌어들일 때 쓰는 가락에 맞춰 양 선수의 전적을 소개했다. 국가가 울려 퍼졌다. 남자들은 모자를 벗고 가슴에 손을 얹었다. 내 심장이 1분에 최소 120번의 속도로 쿵쾅거리는 게 느껴졌다. 강당 에어컨이 가동되고 있었지만 땀방울이 목덜미를 타고 흘러내렸고, 겨드랑이가 축축했다.
　수영복을 입은 아가씨가 1이라는 숫자가 큼지막하게 적힌 카드를 든 채 하이힐을 신고 엉덩이를 흔들며 링을 한 바퀴 돌았다.
　공이 울렸다. 톰 케이스가 자포자기한 표정으로 발을 끌며 링 안으로 들어섰다. 기분 좋게 깡충깡충 뛰어나가 그를 맞이한 딕 타이거는 오른 주먹 페인트 동작에 이어 깔끔한 레프트 훅을 날려 경기가 시작된 지 정확히 12초 만에 케이스를 다운시켰다. 이곳의 관중들과 3200킬로미터 멀리 떨어진 메디슨 스퀘어 가든의 관중들이 정나미 떨어진다는 듯 신음 소리를 냈다. 내 허벅지 위에 올려놓은 새디의 손에서 기다란 손톱이 자랐는지 뻣뻣하게 긴장하며 내 살 속으로 파고들었다.
　"얼른 열까지 세요, 아가씨. 그래야 저 인간도 친구들하고 안녕할 수 있잖소."
　시가를 피우던 투실투실한 남자가 신이 난 목소리로 말했다.
　딕 타이거는 자기 코너로 돌아가 발뒤꿈치로 바닥을 찍어 가며 무심하게 깡충깡충 뛰었고, 그동안 주심이 오른팔을 위아래로 열심히 흔들어 가며 숫자를 셌다. 케이스는 셋에 움찔거렸다. 다섯에 일어나 앉았다. 일곱에 무릎으로 바닥을 디뎠다. 그러고는 아홉에 일어나 글러브를 들었다. 주심이 그의 얼굴을 붙잡고 뭐라고 물었다. 케이스가 대답했다. 주심은 고개를 끄덕이고 타이거에게 손짓한 뒤 옆으로 비켰다.

타이거는 사디스(뉴욕의 유명한 레스토랑 — 옮긴이)의 스테이크가 기다리고 있는지 죽일 듯한 기세로 덤벼들었다. 케이스는 공격을 피하려는 시도조차 하지 않았지만 (일리노이 주 몰린 아니면 코네티컷 주 뉴헤이번에서 승부를 미리 짜고 대전을 치르던 그 옛날 그 시절부터 이미 스피드를 기대할 수 없는 선수로 전락했다.) 그래도 얼굴을 가리고…… 클린치를 했다. 그렇게 지친 탱고 댄서처럼 타이거의 어깨에 얼굴을 묻고 글러브로 타이거의 등을 힘없이 토닥인 게 한두 번이 아니었다. 관중들이 야유를 퍼붓기 시작했다. 공이 울리고 케이스가 고개를 숙이고 주먹을 내린 채 자기 자리로 돌아가자 야유가 한층 더 커졌다.

"꼴값이로군." 투실투실한 남자가 말했다.

새디는 걱정스러운 눈빛으로 나를 쳐다보았다.

"당신 생각은 어때요?"

"어쨌거나 1라운드는 무사히 버텼잖아요."

누가 톰 케이스의 처진 엉덩이를 포크로 찔러 주었으면 좋겠다는 게 내 솔직한 심정이었다. 내가 보기에는 거의 쓰러지기 직전이었던 것이다.

수영복을 입은 아가씨가 이번에는 2라고 적힌 카드를 들고 링을 한 바퀴 돌았다. 공이 울렸다. 이번에도 타이거는 깡충깡충 뛰었고, 케이스는 터벅터벅 걸어 나왔다. 케이스는 이번에도 기회가 있을 때마다 클린치를 하려고 계속 접근을 시도했지만, 1라운드에 다운을 빼앗겼던 레프트 훅은 그럭저럭 잘 피했다. 타이거가 오른손을 피스톤처럼 움직여 늙은 복서의 복부를 계속 강타했지만, 케이스의 뱃살 밑에 근육이 제법 남아 있었는지 별 타격을 안 받는 눈치였다. 어느 시점에 이르렀을 때 타이거가 케이스를 밀치며 덤벼보라는 듯이 두 손을 들었다. 관중들이 함성을 질렀다. 케이스가 멀뚱멀뚱 쳐다보기만 하자 타이거가 파고들었다. 케이스는 당장 클린치를 했다. 객석에서 신음 소리가 터졌다. 공이 울렸다.

"우리 할머니가 더 낫겠네." 투실투실한 남자가 투덜거렸다.

"그럴지도 모르죠." 새디가 경기가 시작된 이래 세 대째 담배에 불을 붙이며 말했다. "그래도 아직 쓰러지진 않았잖아요, 안 그래요?"

"오래 버티진 못할 거요. 레프트 훅이 제대로 먹히는 순간 골로 갈걸."

남자가 키득거렸다.

3라운드도 클린치와 발 질질 끌며 피하기로 점철되었지만, 4라운드에 케이스가 가드를 살짝 내린 틈을 타서 타이거가 왼 주먹과 오른 주먹으로 그의 머리를 난타하자 관중들이 자리에서 일어나 함성을 질렀다. 아키바 로스의 여자친구도 그중 한 명이었다. 로스는 자리에 앉아 있었지만, 반지를 낀 오른손으로 여자친구의 엉덩이를 만지작거리는 수고로움은 감수했다.

케이스가 로프에 기댄 채 타이거를 향해 연거푸 오른 주먹을 날렸는데, 그중 하나가 제대로 적중했다. 상당히 무기력한 공격처럼 느껴졌는데, 타이거의 고개가 돌아가면서 땀방울이 날리는 게 화면으로 보였다. 그는 그 주먹이 어디서 날아왔는지 모르겠다는 듯 어리둥절한 표정을 짓더니 이내 달려들어 다시 공격에 착수했다. 찢어진 케이스의 왼쪽 눈에서 피가 흐르기 시작했다. 타이거의 공격으로 찔끔찔끔 흐르던 피가 콸콸 쏟아지는 수준으로 바뀌기 전에 공이 울렸다.

"아가씨, 지금 10달러를 주고 자리에서 일어서면 남자친구하고 같이 차가 막히기 전에 빠져나갈 수 있을 거요."

투실투실한 남자가 말했다.

"처음이자 마지막으로 내기를 취소할 수 있는 기회를 드릴게요." 새디가 말했다. "그럼 40달러를 굳힐 수 있는데."

투실투실한 남자는 웃음을 터뜨렸다.

"얼굴만 예쁜 게 아니라 유머 감각까지 있으시구먼. 길쭉한 헬리콥터처럼 생긴 남자친구가 제대로 대접을 안 해 주거든 우리 집으로 오쇼."

케이스의 트레이너가 튜브에 담긴 뭔가를 짜서 케이스의 왼쪽 눈 주변에 손끝으로 열심히 문댔다. 순간 접착제가 아직 발명되기 전일 텐데, 꼭 순간 접착제처럼 보였다. 그런 다음 트레이너가 젖은 수건으로 케이스의 턱을 두드렸다. 공이 울렸다.

딕 타이거가 몸을 숙이고 오른 주먹으로는 잽을, 왼 주먹으로는 훅을 날리며 빠르게 달려들었다. 케이스가 레프트 훅을 피하자 타이거가 시합이 시작된 이래 처음으로 늙은 선수의 얼굴을 향해 라이트

어퍼컷을 날렸다. 케이스는 제때 뒤로 물러선 덕분에 턱을 정통으로 맞지는 않았지만, 뺨을 얻어맞았다. 그 바람에 얼굴 전체가 귀신의 집에서 볼 수 있는 유령 가면처럼 일그러졌다. 그가 비틀비틀 뒷걸음질을 쳤다. 타이거가 달려들었다. 관중들이 다시 자리에서 일어나 고함을 질렀다. 우리도 덩달아 일어섰다. 새디는 손으로 입을 막았다.

타이거가 케이스를 중립 코너에 몰아놓고 오른 주먹과 왼 주먹으로 쉴 새 없이 두들겼다. 케이스의 몸이 구부정해지는 게 보였다. 눈빛이 점점 흐릿해지는 것도 보였다. 레프트 훅 한 방이면, 오른 주먹 대포 공격 한 방이면 그 눈빛은 영영 깜깜해질 것이다.

"쓰러뜨려라!" 투실투실한 남자가 고함을 질렀다. "쓰러뜨려라, 디키! 해치워 버려!"

타이거가 그의 벨트 아래를 때렸다. 고의로 그런 건 아니었겠지만, 주심이 제재를 하고 나섰다. 주심이 로 블로(복싱에서 벨트 아래를 가격하는 것. 반칙으로 간주된다 — 옮긴이)를 날린 타이거에게 주의를 주는 동안 나는 이 잠깐의 휴식을 어떤 식으로 활용하는지 확인하려고 케이스의 얼굴을 살폈다. 그가 나도 익히 아는 표정을 짓고 있었다. 치마 지퍼 내려갔다고 마리나를 닦달하던 날 리가 그런 표정을 지었다. 마리나가 처자식을 이런 돼지우리로 데리고 왔다며 쏘아붙이고 정신 나간 인간이라는 뜻에서 한 손가락을 자기 귀에 대고 뱅뱅 돌렸던 날 리가 그런 표정을 지었다.

그 순간 톰 케이스는 돈만 받으면 그만이라는 생각을 버렸다.

주심이 옆으로 비켰다. 타이거가 몸을 숙인 채 달려들자 이번에는 케이스가 앞으로 다가가 맞이했다. 이후 20초 동안 내 생애 가장 짜릿하고 놀라운 광경이 펼쳐졌다. 두 선수가 정면으로 서서 상대방의 얼굴, 가슴, 어깨, 복부를 강타했다. 보빙(머리를 위아래로 움직여 상대방의 펀치를 피하는 동작 ― 옮긴이)이나 위빙(몸을 좌우로 움직여 상대방의 펀치를 피하는 동작 ― 옮긴이)이나 현란한 풋워크도 없었다. 두 사람은 목초지에서 맞붙은 황소와 같았다. 케이스의 코가 부러져 피가 콸콸 쏟아졌다. 타이거의 아랫입술이 이에 부딪치며 갈라지자 피가 턱 양쪽으로 흘러내려 배부르게 식사를 마친 뱀파이어 몰골이 됐다.

강당의 모든 관객들이 자리에서 일어나 괴성을 질렀다. 새디는 펄쩍펄쩍 뛰었다. 페도라가 벗겨져 흉터가 드러나는데도 아랑곳하지 않았다. 남들도 마찬가지였다. 거대한 화면 위에서 제3차 세계 대전이 정점을 찍고 있었던 것이다.

케이스가 고개를 숙이고 오른 주먹으로 바주카포를 날리자 뼈를 맞은 타이거가 얼굴을 찡그렸다. 그가 뒤로 한 발자국 물러서자 케이스가 엄청난 어퍼컷을 날렸다. 타이거가 고개를 돌려 최악의 사태는 막았지만 마우스피스가 날아가 캔버스 위를 굴렀다.

케이스가 안으로 파고들어 왼 주먹과 오른 주먹으로 강펀치를 날렸다. 기교라고는 찾아볼 수 없는, 원초적인 분노의 주먹질이었다. 타이거가 뒷걸음질을 치다 자기 발에 걸려 넘어졌다. 케이스가 그를 내려다보며 서 있는데, 어찌할 바를 모르는 눈치였다. 아니, 자기가 지금 어디 서 있는지 감을 못 잡는 눈치였다고 해야 할까? 그러다 미친 듯이 신호를 보내는 트레이너를 발견하고는 자기 코너로 돌아갔다. 주심이 카운트를 하기 시작했다.

넷에 타이거가 무릎으로 바닥을 디뎠다. 여섯에 일어섰다. 주심이 의무적으로 여덟까지 센 다음 시합을 속개했다. 나는 화면 한쪽 구석에 뜬 큼지막한 시계를 확인했다. 5라운드가 15초 남았다.

'부족하다, 시간이 부족해.'

케이스가 터벅터벅 앞으로 다가갔다. 타이거가 어마어마한 레프트 훅을 날렸다. 케이스가 고개를 옆으로 돌렸고, 글러브가 눈앞을 쌩하니 지나갔을 때 오른 주먹을 뻗었다. 이번에는 딕 타이거의 얼굴이 일그러졌고, 쓰러진 그는 일어나지 못했다.

투실투실한 남자는 꽁초만 남은 자기 시가를 쳐다보더니 바닥으로 집어던졌다.

"이럴 수가! 예수님도 울고 가겠네!"

"그렇지!" 새디가 갈채를 보내며 페도라를 무심한 각도로 다시 썼다. "예수님의 열두 제자 왈, 블루베리 팬케이크 더미 중에서 오늘 먹은 게 최고랍니다! 돈 주세요!"

12

조디로 돌아왔을 무렵에는 8월 29일이 30일로 넘어간 다음이었지만, 우리 둘 다 흥분이 가라앉질 않아서 잠을 잘 수가 없었다. 그래서 사랑을 나눈 뒤 부엌으로 나가 속옷 바람으로 파이를 먹었다.

"어땠어요?" 내가 말했다. "소감을 말해 봐요."

"권투 시합은 두 번 다시 안 볼 거예요. 순전히 피에 굶주린 현장이었잖아. 나도 남들하고 똑같이 일어나서 소리를 질렀지 뭐예요? 몇 초 동안이지만 (어쩌면 꼬박 1분 동안 그랬을지 몰라요.) 잘난 척 뺀질뺀질 춤을 추던 그 자식을 케이스가 죽여 버렸으면 좋겠다는 생각이 들었다니까요? 그런 다음에는 얼른 집으로 가서 당신이랑 침대로 뛰어들고 싶더라고요. 그건 사랑이 아니었어요. 욕정이었지."

나는 아무 말도 하지 않았다. 가끔 할 말이 없는 때도 있는 법이다.

그녀는 식탁 너머로 손을 뻗어 내 턱에 묻은 파이 부스러기를 떼어 내더니 자기 입속으로 넣었다.

"증오심 때문은 아니라고 대답해 줘요."

"뭐가요?"

"이 남자를 당신 손으로 막아야 하는 이유 말이에요." 그녀는 내가 뭐라고 대답하려는 것을 보더니 한 손을 들어 막았다. "당신이 지금까지 한 말 다 들었고, 이유도 들었어요. 하지만 타이거한테 벨트 아랫부분을 맞았을 때 케이스의 눈빛에서 느껴졌던 감정 말고 다른 이유가 있는 게 맞는지 분명히 짚고 넘어가고 싶어요. 나는 당신이 남자인 이상 사랑할 수 있고, 당신이 영웅이래도 사랑할 수 있어요. 좀 더 힘들기는 하겠지만. 하지만 자경단원을 사랑하지는 못할 것 같거든요."

나는 기억을 더듬었다. 화가 나지 않았을 때 리가 어떤 표정으로 아내를 바라보았는지. 그가 욕실에서 물놀이를 하며 딸아이와 어떤 대화를 나누었는지. 그가 뉴올리언스로 떠나기 전에 버스 터미널 앞에서 어떤 식으로 주니를 안고 코를 부비며 눈물을 흘렸는지.

"증오심 때문은 아니에요." 내가 말했다. "내가 그에게 느끼는 감정은……"
 나는 말끝을 흐렸다. 그녀는 나를 예의 주시했다.
 "망가진 인생에 대한 슬픔이에요. 그런데 말 잘 듣던 개가 광견병에 걸렸을 때도 안쓰러운 마음이 들지만, 그런다고 그 녀석을 살려둘 수는 없잖아요."
 그녀는 내 눈을 똑바로 들여다보았다.
 "다시 한 번 하고 싶어요. 그런데 이번은 사랑을 위해서 했으면 좋겠어요. 서로 죽도록 두들겨 패는 두 남자를 보고 왔는데 우리 편이 이겼다는 이유로 하는 게 아니라."
 "알았어요." 내가 대답했다. "알았어요, 좋아요."
 그리고 정말 좋았다.

13

 "이게 누구세요." 내가 금요일 정오 무렵 전당포 안으로 들어섰을 때 프랭크 프래티의 딸이 말했다. "뉴잉글랜드 말씨를 쓰는 권투의 달인 납시었네요?" 그녀는 환하게 미소를 짓더니 뒤를 돌아보며 외쳤다. "아아아아빠! 톰 케이스 그 손님 왔어요!"
 프래티가 발을 질질 끌며 나왔다.
 "안녕하십니까, 앰버슨 씨." 그가 말했다. "토요일 밤을 맞은 사탄처럼 훤칠한 외모를 자랑하며 오셨군요. 오늘 같이 멋진 날, 기분 좋고 뿌듯하시겠습니다. 그렇죠?"

"그럼요." 내가 대답했다. "왜 아니겠습니까? 운 좋게 제대로 한 방 날렸으니까요."

"제대로 한 방 날린 쪽은 저올시다." 그가 헐렁한 개버딘 바지 뒷주머니에서 일반 서류봉투보다 조금 큰 갈색 봉투를 꺼냈다. "2000입니다. 세어 보세요."

"아닙니다. 사장님을 믿습니다."

그가 봉투를 건네려다 말고 도로 가져가더니 봉투로 자기 턱을 톡톡 쳤다. 그러면서 빛이 바랬지만 빈틈없는 파란색 눈으로 나를 찬찬히 뜯어보았다.

"이 돈으로 재투자를 하실 생각 없습니까? 미식축구 시즌이 다가오고 있는데. 월드 시리즈도 그렇고."

"저로 말할 것 같으면 미식축구의 미음 자도 모르는 사람이고, 다저스와 양키스가 벌이는 월드 시리즈에는 별 관심이 없습니다. 주세요."

그가 봉투를 건넸다.

"사장님과 거래를 할 수 있어서 즐거웠습니다."

나는 이렇게 말하고 전당포를 나섰다. 내 뒤통수를 졸졸 따라오는 그들의 시선이 느껴지면서 불쾌한 기시감이 나를 강타했는데, 왜 그런 느낌이 드는지 이유를 딱 잘라 말할 수가 없었다. 나는 포트워스의 이 동네를 다시 찾을 일이 없길 바라며 차에 올랐다. 댈러스의 그린빌 가도 찾을 일이 없길 바랐다. 프래티라는 이름의 도박꾼과 다시 도박을 벌일 일도 없길 바랐다.

이것이 나의 세 가지 바람이었는데, 모두 이루어졌다.

14

그 다음 행선지는 웨스트 닐리 대로 214번지였다. 집주인에게 연락해 8월을 끝으로 집을 비우겠다고 전했기 때문이었다. 그는 나처럼 훌륭한 세입자도 없다며 눌러 앉히려 들었다. 맞는 말일지 몰라도 (특히 주말마다 경찰이 이 동네를 숱하게 들락거렸지만 나 때문에 출동한 적은 없으니까.) 그렇다기보다 아파트는 많은데 세입자는 없기 때문이었을 것이다. 댈러스가 주기적으로 찾아오는 불경기의 늪을 지나고 있었다.

가는 길에 퍼스트 콘 은행에 들러 프래티에게 받은 2000달러로 잔고를 두둑이 불렸다. 다행이었다. 나중에, 훨씬 나중에 알게 된 사실이지만 그 돈을 들고 닐리 대로를 찾아갔더라면 고스란히 날릴 뻔했으니까.

나는 소파 쿠션 속, 침대 밑, 서랍장 뒤편 등 쓰레기를 빨아들이는 신비로운 능력을 갖춘 공간에 특별히 초점을 맞춰 가며 빠뜨리고 갈 뻔한 물건이 없는지 방 네 개를 둘러볼 작정이었다. 두말하면 잔소리지만 경찰용 리볼버도 챙겨야 했다. 이제는 리를 처리하고 싶었으니까. 그가 댈러스로 돌아오자마자 최대한 빨리 제거할 생각이었으니까. 그때까지 조지 앰버슨의 흔적을 모조리 지워야 했다.

닐리로 향해 가는데, 시간의 메아리를 만들어 내는 방에 갇힌 듯한 기분이 나를 강타했다. 마조리라는 이름의 부인을 둔 프래티와 완다라는 이름의 딸을 둔 프래티가 자꾸만 생각났다.

마조리: 그러니까 내기를 하고 싶어서 왔다는 거죠?

완다: 까놓고 말해서 도박판 벌이러 오셨다는 거죠?

마조리: 내가 J. 에드거 후버예요.

완다: 제가 댈러스 경찰서장 커리예요.

그래서 뭐? 딩동댕 종소리에 불과하잖아. 화음. 시간 여행의 부대 효과.

그런데도 불구하고 머릿속 깊숙한 데서 경보가 울리기 시작했고, 널리 대로로 접어들었을 무렵에는 전뇌에서 경보 소리가 들렸다. 역사는 반복되고 과거는 화음을 추구하기 때문에 이런 기분이 드는 것일 텐데…… 그게 다가 아니었다. 리가 에드윈 워커를 암살하겠다는 바보 같은 계획을 잉태한 집 앞 진입로로 접어들었을 무렵에는 정말로 경보가 들렸다. 가까워진 만큼 내 귀에 대고 악다구니를 썼다.

아키타 로스가 권투 시합을 보러 왔었는데 동행이 있었다. 가르보 스타일의 선글라스를 쓰고 밍크 숄을 두른 파티걸이었다. 댈러스의 8월은 밍크를 두를 만한 날씨가 절대 아니지만 강당 안은 에어컨이 돌아갔고, 우리 시대 표현을 빌자면 가끔 죽여주게 차려입어야 하는 때도 있는 법이다.

까만 선글라스를 벗겨 봐. 숄도 벗겨 봐. 뭐가 남니?

딸깍거리는 냉각기 소리를 들으며 운전석에 앉아 고민을 하는데 도무지 알 수가 없었다. 그러다 문득 생각이 났다. 밍크 숄을 십 앤 드 쇼어 블라우스로 대체하면 완다 프래티였다.

데리의 채즈 프래티는 빌 터코트를 부추겨 내 허를 찔렀다. 예전에도 그런 게 아닐까 싶은 생각이 퍼뜩 든 적이 있었지만…… 애써 떨쳐 버리곤 했었다. 바보 같으니라고.

그렇다면 포트워스의 프랭크 프래티는 누굴 부추겼을까? 그는 페이스 파이낸셜의 아키바 로스와 아는 사이일 수밖에 없었다. 로스가 딸의 남자친구였으니까.

문득 총이, 그것도 지금 당장 필요하다는 생각이 들었다.

나는 셰비에서 내려 열쇠 꾸러미를 손에 들고 현관 앞 계단을 총총히 올라갔다. 내가 현관 열쇠를 찾고 있었을 때 소형 화물차 한 대가 부아앙거리며 헤인스 가와 만나는 모퉁이를 돌아나오더니 왼쪽 바퀴를 인도에 걸친 채 214번지 앞에서 끼이익 멈추어 섰다.

나는 주위를 둘러보았다. 아무도 없었다. 길거리에 개미 새끼 한 마리 없었다. 정작 필요할 때는 지나가던 행인 한 명 없는 법이다. 경찰은 말할 것도 없고.

나는 열쇠를 찾아 구멍에 넣고 돌리며, 저들의 정체가 뭔지 모르겠지만 얼른 들어가서 문 잠그고 경찰에 연락해야겠다고 다짐했다. 그런데 안으로 들어가 방치된 아파트 특유의 후끈하고 퀴퀴한 냄새를 맡는 순간, 전화를 없앴다는 게 생각났다.

덩치 좋은 남자들이 앞마당을 가로질러 달려오고 있었다. 세 명이었다. 한 명은 뭔가로 둘둘 감싼 것처럼 보이는 짧은 파이프를 들고 있었다.

이제 보니 세 명이 아니라 브리지를 치기에 충분한 인원이었다. 네 번째로 아키바 로스까지 있었던 것이다. 그는 잔잔한 미소를 머금은 얼굴로 주머니에 손을 넣고 인도를 천천히 걸어오고 있었다.

나는 문을 힘껏 닫고 잠금 버튼을 눌렀다. 그러자마자 문이 와장창 소리와 함께 열렸다. 나는 침실을 향해 달렸지만 절반까지밖에 못 갔다.

15

로스가 동원한 깡패 둘이 나를 부엌으로 질질 끌고 갔다. 나머지 한 명은 파이프를 들고 있었다. 이제 보니 까무잡잡한 펠트로 감싼 파이프였다. 그가 파이프를 식탁에 내려놓았다. 내가 수많은 끼니를 맛있게 해결한 식탁이건만. 그는 파이프를 내려놓고 노란색 생가죽 장갑을 꼈다.

로스는 여전히 잔잔한 미소를 머금은 얼굴로 문간에 기대고 섰다.
"에두아르도 구티에레스가 매독에 걸렸어." 그가 말했다. "그게 뇌까지 번졌다는군. 그래서 18개월밖에 못 산다는데, 내가 놀라운 소식 하나 알려 줄까? 그의 말로는 상관없다는 거야. 아랍 에미레이트인가 머시기에서 환생할 거래. 멋지지?"

칵테일파티나 대중교통 시설이나 영화관 매표소에서 앞뒤가 안 맞는 추론을 접했을 때도 난감하기 이를 데 없는데, 두 남자한테 붙잡힌 가운데 조만간 구타를 당할 상황이라면 대꾸할 말을 찾기가 정말 힘들 수밖에 없다. 그래서 나는 아무 말도 하지 않았다.

"문제는 네가 그한테 찍혔다는 거야. 네가 승산이 없는 도박에서 돈을 계속 땄다며? 잃을 때도 있었지만, 에디 G가 보기에는 일부러

그런 거였대. 말도 안 되는 소리지만. 그러다 네가 더비에서 크게 터뜨렸을 때 그는 결론을 내렸다는군. 뭐라더라? 텔레파시로 미래를 볼 수 있는 인간이라던가? 그가 네 집에다 불을 지른 거 알아?"

나는 아무 말도 하지 않았다.

"그러다 그 조그만 벌레들이 뇌를 갉아먹기 시작하니까 너를 악귀 내지는 악마로 간주하기에 이르렀지. 그가 남부, 서부, 중서부 전역에 전갈을 보냈어. 앰버슨이라는 놈을 찾아서 없애라고. 죽여 버리라고. 이상한 놈이라고. 진작부터 수상한 냄새가 났는데 자기가 대수롭지 않게 넘겼다고. 그런데 보라고, 이렇게 병에 걸려서 죽게 생기지 않았느냐고. 그 자식 때문이라고. 그놈은 악귀 아니면 악마라고. 중증이지? 돌아버린 거야."

나는 아무 말도 하지 않았다.

"카르모, 우리 친구 조지가 내 말 안 듣고 조는 모양이야. 깨워야겠는데?"

노란색 생가죽 장갑을 낀 남자가 자기 허리께에서부터 내 왼쪽 얼굴을 향해 톰 케이스 어퍼컷을 날렸다. 엄청난 통증이 뇌리를 강타했고, 잠깐 동안 그쪽의 모든 게 시뻘건 안개로 덮인 것처럼 보였다.

"그래, 이제 좀 정신을 차린 것 같군." 로스가 말했다. "내가 어디까지 이야기했더라? 아, 그래. 어쩌다 에디 G가 너를 귀신으로 간주하게 됐는지, 그 이야기를 하고 있었지? 그야 우리도 알다시피 매독 때문이었지. 네가 없었다면 어느 이발관 개한테 뒤집어씌웠을 거야. 아니면 열여섯 살 때 드라이브 인에서 자기 거시기를 너무 세게 만진 계집애한테 뒤집어씌웠든지. 가끔은 자기 집 주소도 기억 못해서 와서 데리고 가라고 누굴 불러야 할 지경이거든. 슬프지? 머릿속을 갉아먹는 벌레들 때문에 그렇게 된 거야. 하지만 너도나도 비위를 맞춰 주었어. 에디가 좋은 친구였거든. 재미있는 이야기도 어찌나 잘하는지 웃다가 눈물이 날 정도였다니까? 하지만 너라는 인간이 실제로 존재한다고 생각하는 사람은 아무도 없었어. 그런데 에디 G의 귀신이 댈러스에 있는 내 가게에 등장한 거야. 그리고 어떻게 됐게? 그 귀신이 파이어리츠가 양키스를, 그것도 7차전까지 가서 이긴다는 데 돈을 걸었지 뭐가. 남들은 당연히 양키스가 이긴다고, 월드 시리즈가 7차전까지 갈 일도 없다고 생각했는데."

"운이 좋았던 거야." 내가 말했다. 입가가 부어오르기 시작해서 웅얼거리는 소리처럼 들렸다. "예감이 맞았던 거라고."

"바보 같은 변명을 하는군. 바보 같은 짓을 했으니까 벌을 받아야지. 카르모, 이 멍청한 개새끼 무릎을 날려 줘라."

"안 돼!" 내가 말했다. "그러지 마. 부탁이다."

카르모는 깜찍한 소리라도 들은 것처럼 웃으며 펠트로 싼 파이프를 집어 들더니 내 왼쪽 무릎을 향해 휘둘렀다. 저 아래 어디에선가 큼지막한 관절이 꺾인 것처럼 뚝 하는 소리가 들렸다. 날카로운 통증이 엄습했다. 나는 비명을 삼키며 팔을 붙들린 채 축 늘어졌다. 두 남자가 나를 다시 홱 하니 일으켜 세웠다.

로스는 주머니에 손을 넣고 행복해 보이는 잔잔한 미소를 머금은 채 계속 문간에 기대고 서 있었다.

"그래. 좋아. 그나저나 나중에 거기 부을 거다. 믿기지 않을 만큼 엄청나게 부을 거야. 하지만 자업자득이라고 해야겠지? 그런데 부인, 중요한 건 명백한 사실, 오직 그것뿐입니다(1950년대부터 라디오와 TV를 통해 방송된 범죄 수사극 「드래그넷」의 캐치프레이즈 ― 옮긴이)."

나를 붙잡고 있던 깡패들이 폭소를 터뜨렸다.

"명백한 사실이 뭔가 하면, 그날 너 같은 차림새로 우리 가게에 온 사람 중에 그만한 거금을 건 사람은 없다는 거지. 차림새가 너랑 비슷한 사람들은 아무리 예감이 좋아도 10달러, 기껏해야 20달러로 끝이야. 그런데 파이어리츠가 이겼다는 것도 사실이거든. 그래서 에디 G 말이 맞았을지도 모르겠다는 생각이 들기 시작하더라고. 네가 악마나 악귀나 초능력자라는 게 아니라 혹시 내부 정보를 아는 사람과 알고 지내는 사이가 아니냐는 거지. 예를 들면 파이어리츠가 7차전에서 승리하도록 승부 조작이 이루어진 건 아닐까 하는."

"야구는 승부 조작 같은 거 하지 않아, 로스. 1919년 블랙 삭스(1919년 월드 시리즈에서 시카고 화이트 삭스 선수들이 신시내티 레즈에게 일부러 져 준 사건 ― 옮긴이)가 마지막이었다고. 도박장을 운영하니까 너도 잘 알 텐데?"

그는 눈썹을 추켜세웠다.

"내 이름까지 알고 있네? 어이, 너 정말 초능력자 아니야? 그런데 내가 시간이 없는데."

그는 진짜라는 듯이 손목시계를 확인했다. 큼지막하고 투박한 것이 롤렉스인 듯했다.

"네가 돈을 받으러 왔을 때 어디 사는지 알아내려고 했더니 엄지손가락으로 주소 부분을 가리더란 말이지. 뭐, 상관없어. 그러는 사람들 많으니까. 그 부분은 신경 쓰지 않겠어. 그런데 동생들 몇 명 보내서 널 죽도록 두들겨 패거나, 뭐가 남았을지 모를 에디 G의 머릿속이 편안해질 수 있게 죽여 버려야 맞는 걸까? 잭팟을 터뜨려 1200달러를 가져간 놈이 있다고 해서? 웃기시네, 에디 G한테는 알리지 않으면 될 거 아냐. 게다가 네가 없어지니까 그 인간이 딴 생각을 하기 시작했거든. 헨리 포드가 애니 크라이스트일지 모른다나 뭐라나. 카르모, 저 자식 또 내 말 안 듣는다. 슬슬 *짜증나기 시작하네?*"

카르모가 내 복부를 향해 파이프를 휘둘렀다. 파이프가 갈비뼈 바로 아래를 강타하는 순간, 온몸이 마비됐다. 처음에는 머리칼이 쭈뼛 서는 듯한 고통이 엄습하더니 점점 더 커져가는 불덩이가 그 고통마저 집어삼켰다.

"아프지? 응?" 카르모가 물었다. "내가 정통으로 맞혔거든."

"어디 한 군데 터뜨린 것 같은데?"

어디선가 귀에 거슬리는 증기 기관 소리가 난다 했더니 내가 숨을 헐떡이는 소리였다.

"씨팔, 진짜 그랬으면 좋겠네." 로스가 말했다. "내가 너를 그냥 보내 줬다, 이 얼간아! 너를 그냥 보내 줬다고, 씨팔! 그러고는 잊어버렸어! 그런데 포트워스로 프랭크를 찾아가서 우라질 케이스 대 타이거 시합에 돈을 걸어? 수법도 똑같더군. 승산이 거의 없는 쪽에 걸고 배당률을 있는 대로 높이고. 이번에는 씨팔, 몇 *라운드에 이기는지* 그것까지 정확히 알아맞혔어. 그러니까 이렇게 하는 거다, 친구. 그걸 어떻게 알았는지 말해. 그럼 네 지금 이 몰골을 사진으로 찍어서 에디 G한테 보여 줄 거야. 그럼 에디 G도 만족할 테니까. 너를 죽일 수 없다는 건 그 인간도 알아. 카를로스가 안 된다고 했거든. 에디가 지금도 카를로스 말은 듣거든. 하지만 걸레가 된 네 꼴을 보면……
에이, 이 정도는 걸레라고 할 수가 없지. 좀 더 망가뜨려 줘라, 카르모. 얼굴을 갈겨."

그래서 다른 두 녀석이 나를 붙잡고 있는 동안 카르모가 내 얼굴을 두들겼다. 코가 부러졌고, 왼쪽 눈을 못 뜨게 됐고, 이가 몇 개 빠졌고, 왼쪽 뺨이 찢어졌다. 나는 계속 생각했다. 기절을 해 버려야지 안 그러면 저들 손에 죽겠다고. 둘 중 어느 쪽이 됐건 그러면 이 고통이 사라질 거라고. 그런데 나는 기절을 하지 않았고, 어느 시점에 이르렀을 때 카르모가 숨을 헐떡이며 주먹질을 멈추었다. 노란 생가죽 장갑에 묻은 빨간 얼룩들이 보였다. 부엌 창문으로 스며든 햇살이 빛바랜 리놀륨 바닥 위로 포근한 직사각형 무늬를 만들었다.

"이제 좀 됐네." 로스가 말했다. "트럭에 있는 폴라로이드 가지고 와, 카르모. 서둘러라. 얼른 끝내고 싶으니까."

카르모는 장갑을 벗어 파이프 옆에 던져놓고 나갔다. 파이프를 감싼 펠트가 몇 가닥 풀렸다. 피로 흠뻑 젖어 있었다. 얼굴이 욱신거렸지만 배가 더 심했다. 후끈한 기운이 점점 더 번져 나갔다. 뭔가가 아주 잘못됐다는 뜻이었다.

"한 번 더 묻겠다, 앰버슨. 승부가 어떤 식으로 조작됐는지 어떻게 알았지? 누구한테 들었어? 진실을 밝혀라."

"그냥 때려 맞힌 거다."

나는 독감에 걸린 사람처럼 이야기하려고 했지만 잘 안 됐다. 죽도록 두들겨 맞은 사람의 목소리였다.

그가 파이프를 들더니 포동포동한 자기 손에 대고 툭툭 쳤다.

"누구한테 들었냐고, 씨팔놈아."

"아무한테도 들은 적 없다. 구티에레스 말이 맞아. 내가 악마거든. 악마는 미래를 볼 수 있어."

"기회가 몇 번 안 남았는데."

"완다는 너에 비해 키가 너무 커. 그리고 너무 말랐어. 네가 완다 위로 올라가면 통나무랑 떡을 치는 두꺼비처럼 보일 거야. 아니면……"

평온하던 그의 얼굴이 분노로 일그러졌다. 눈 깜빡할 사이 이루어진 완벽한 변신이었다. 그가 내 머리를 향해 파이프를 휘둘렀다. 나는 왼팔을 들었고 눈이 너무 많이 쌓인 자작나무 가지처럼 쩍 갈라지는 소리가 들렸다. 내가 축 늘어지자 이번에는 깡패들이 손을 놓았다.

"건방진 새끼 같으니라고. 내가 건방진 새끼들을 얼마나 싫어하는지 알아?"

아주 먼 데서 들리는 소리 같았다. 아니, 아주 높은 데서 들리는 소리 같았다. 아니, 양쪽 모두인 것 같았다. 나는 이제 드디어 기절 직전에 이르렀고, 그게 그렇게 고마울 수가 없었다. 하지만 아직 앞이 안 보일 정도는 아니라 폴라로이드 카메라를 들고 돌아온 카르모가 눈에 들어왔다. 큼지막하니 부피가 크고, 아코디언 같은 데 달린 렌즈가 앞으로 툭 튀어나와 있는 그런 카메라였다.

"뒤집어라." 로스가 말했다. "잘 보이게." 깡패들이 나를 뒤집는 동안 카르모가 로스에게 카메라를 건넸고, 로스는 카르모에게 파이프를 건넸다. 로스가 카메라를 얼굴 앞으로 갖다대며 말했다. "여길

봐라, 이 재수 없는 똥바가지야. 이건 에디 G한테 보낼 거……."

번쩍.

"…… 그리고 이건 내 소장용. 아직은 없지만 이제 취미 삼아 시작해 볼까 생각 중이거든……."

번쩍.

"……그리고 이건 너한테 줄 거. 누가 진지하게 물으면 대답을 해야 한다는 교훈을 되새기라는 의미에서."

번쩍.

그가 세 번째 사진을 뽑아서 내 쪽으로 던졌다. 내 왼손 앞으로 사진이 떨어지자…… 그가 내 손을 발로 밟았다. 뼈가 으스러졌다. 나는 끙끙대며 아픈 손을 가슴 쪽으로 옮겼다. 손가락이 못 해도 한 개, 많으면 세 개까지 부러진 듯했다.

"그 사진, 1분 내로 필름 벗기는 게 좋을 거야. 안 그러면 과다 노출이 되거든. 네가 그때까지 정신이 멀쩡할지 모르겠다만."

"이 자식 이제 좀 야들야들해졌을 텐데 좀 더 물어보시렵니까?"

카르모가 물었다.

"장난하냐? 저 꼬락서니를 봐. 지금은 자기 이름이 뭔지도 모를 걸? 재수 없는 새끼." 그는 몸을 돌리려다 다시 내 쪽으로 돌렸다. "야, 밥통. 정신 차리라는 의미에서 선물 하나 주마."

그러면서 그가 앞에 쇠가 달린 듯한 구두로 내 옆머리를 걷어찼다. 눈앞에서 별들이 번쩍였다. 잠시 후 뒤통수가 굽도리 널과 부딪쳤고, 나는 정신을 잃었다.

16

나는 금세 정신을 차린 듯했다. 리놀륨 바닥으로 드리워진 직사각형 햇살이 좀 전 그대로인 것처럼 느껴졌다. 입안에서 쇠 맛이 났다. 나는 깨진 잇 조각과 반쯤 엉긴 피를 바닥으로 뱉고 일어나 보았다. 다치지 않은 쪽 손으로 식탁 의자를 붙잡고 그 다음에는 식탁을 붙잡아야 했지만(그 바람에 식탁이 내 위로 뒤집힐 뻔했다.) 전반적으로 예상했던 것보다 훨씬 쉽게 일어날 수 있었다. 왼쪽 다리에 감각이 없었고, 아니나 다를까 무릎이 부어오르면서 그쪽 바지가 무릎부터 꽉 끼는 느낌이 들었지만, 그만하길 다행이었다.

나는 화물차가 사라졌는지 창 밖으로 확인한 다음 절뚝거리며 천천히 침실로 걸어가기 시작했다. 심장이 가슴을 쿵쿵 부드럽게 때렸다. 그럴 때마다 부러진 코가 욱신거렸고, 광대뼈가 부러졌는지 퉁퉁 부은 얼굴 왼쪽 부분이 울렸다. 뒤통수도 욱신거렸다. 목은 뻣뻣했다.

'이만하길 다행이지.' 나는 발을 질질 끌고 침실을 가로지르며 속으로 중얼거렸다. '내 발로 걸어다닐 수 있는 것만 해도 어디야. 빌어먹을 총 얼른 챙겨서 자동차 사물함에 넣고 응급실로 달려가. 기본적으로 별 문제없잖아. 어쩌면 오늘 아침 딕 타이거보다 훨씬 양호한 상태일지 몰라.'

벽장 선반을 향해 손을 뻗기 전까지만 해도 속으로 이렇게 중얼거릴 수 있었다. 그런데 그 순간, 뱃속에서 무언가가 뽑히는가 싶더니…… 데구르르 굴렀다. 왼쪽 옆구리에 집중돼 있던 불길한 불덩이가 누가 기름을 끼얹기라도 한 것처럼 확 번졌다. 손끝이 총에 닿았을 때 총신을 옆으로 돌려 엄지손가락을 방아쇠울에 끼우고 앞으로 당겼다. 총이 바닥을 맞고 방 안 쪽으로 튕겨져 들어갔다.

'장전이 안 됐나?'

나는 총을 주우려고 허리를 숙였다. 순간 왼쪽 무릎이 비명을 지르며 무너졌다. 나는 바닥으로 쓰러졌고, 복통이 훅 하고 올라왔다. 그래도 총을 집어 탄창을 돌리며 확인을 했다. 장전이 되어 있었다. 약실마다 탄알이 들어 있었다. 나는 총을 주머니에 넣고 부엌까지 기어가 보려고 했지만 무릎이 너무 아팠다. 그리고 목덜미 바로 윗부분에 똬리를 틀고 있는 두통도 심해져서 시커먼 촉수를 사방으로 뻗었다.

나는 헤엄치듯 배로 침대까지 기어갔다. 침대에 다다랐을 때 오른팔과 오른다리로 몸을 다시 일으켰다. 왼다리가 버텨 주었지만, 무릎이 점점 뻣뻣하게 굳어 갔다. 당장 밖으로 나가야 했다.

나는 「건스모크」(미국에서 라디오와 TV로 방송됐던 서부극—옮긴이)의 절름발이 부관 체스터처럼 다리를 절며 침실을 나서고 부엌을 가로질러 잠금 장치가 뜯겨 나간 채 열려 있는 앞문 쪽으로 다가갔다. 심지어 속으로 "딜런 서장님, 딜런 서장님, 롱브랜치에서 사고가 터졌습니다!"라고 중얼거리기까지 했던 기억이 난다.

오른 주먹으로 난간을 붙잡고 현관을 지나 인도까지 게걸음을 쳤다. 계단이 네 개밖에 안 되는데, 한 개 내려갈 때마다 두통이 더 심해졌다. 주변마저 점점 부옇게 보이기 시작했다. 불길한 징조였다. 차가 어디 있는지 고개를 돌려 확인하고 싶었지만, 목이 협조를 하지 않았다. 그래서 온몸을 축으로 삼아 주춤주춤 돌렸는데, 차가 어디 있는지 확인한 순간 운전을 할 수 없겠다는 생각이 들었다. 조수석 문을 열고 사물함에 총을 넣는 것조차 불가능한 상황이었다. 허리를 구부렸다가는 욱신욱신 뜨끈뜨끈한 옆구리가 다시 폭발할 게 분명했다.

나는 38구경을 주섬주섬 꺼내들고 다시 현관으로 돌아갔다. 계단 난간을 붙잡고 총을 계단 밑에 숨겼다. 거기라도 숨겨야 했다. 그런 다음 숙였던 몸을 펴고 대로변을 향해 천천히 걸어갔다. '아기처럼 걷자.' 나는 속으로 중얼거렸다. '아기처럼 살금살금.'

두 아이가 자전거를 타고 내 쪽으로 다가왔다. 나는 도움을 청하고 싶었지만, 입이 부어서 '으어어어' 하는 쉰 소리밖에 안 나왔다. 아이들은 서로 흘끗 쳐다보더니 페달을 더욱 힘껏 밟으며 나를 피해 도망쳤다.

나는 오른쪽으로 방향을 틀어 (무릎이 부어서 왼쪽으로는 절대 갈 수가 없었다.) 비틀비틀 걸었다. 시야가 점점 좁아졌다. 이제는 가느다란 틈새로 혹은 터널 입구에서 밖을 내다보는 듯한 기분이었다. 데리의 키치너 제철소에서 보았던 쓰러진 굴뚝이 생각났다.

'헤인스 가로 가자.' 나는 속으로 중얼거렸다. '헤인스 가로 가면 지나가는 차가 있을 거야. 아무리 힘들어도 거기까지는 가야 해.'

그런데 지금 내가 헤인스 가 쪽으로 가고 있는 건지 아니면 반대 방향으로 가고 있는 건지 알 수가 없었다. 눈앞이 지름 15센티미터짜리 동그라미로 좁아졌다. 머리가 쪼개지는 듯이 아팠다. 뱃속에서는 산불이 났다. 내가 슬로모션으로 쓰러지는 것처럼 느껴졌고, 인도가 깃털 베개처럼 폭신하게 다가왔다.

정신을 잃으려는 순간, 무언가가 나를 찔렀다. 단단한 쇠붙이였다. 10킬로미터 아니면 15킬로미터 멀리서 쉰 목소리가 들렸다.

"어이! 어이, 젊은 양반! 왜 그래?"

나는 마지막 남은 기운을 그러모아 간신히 몸을 뒤집었다. 리와 마리나 사이에서 지퍼 사건이 벌어졌을 때 나서지 않는다고 나를 겁쟁이라고 불렀던 할머니가 위에서 나를 내려다보고 있었다. 그날이 오늘인가 싶게, 8월의 폭염이 내리쬐건 말건 오늘도 분홍색 플란넬 잠옷에 퀼트 재킷을 걸치고 있었다. 내 머릿속에 권투 시합의 기억이 남아 있어서 그런지 하늘로 뻗친 머리를 보았을 때 오늘은 엘자 랜체스터가 아니라 돈 킹(미국의 유명한 권투 프로모터—옮긴이)이 생각났다. 그녀가 보행 보조기 앞다리로 나를 찌른 것이다.

"아이구머니나." 그녀가 말했다. "누구한테 맞은 거야?"

이야기가 너무 길어서 대답할 수가 없었다. 어둠이 점점 다가왔고, 두통 때문에 미칠 것 같았기에 어둠이 오히려 고마웠다. '앨은 폐암에 걸렸지.' 이런 생각이 들었다. '나는 아키바 로스한테 걸려들었고. 어쨌거나 게임은 끝났어. 오지의 승리로.'

내가 어떻게든 막아 보고 싶지만.

나는 죽 먹던 힘까지 보태 위에서 나를 내려다보는 얼굴을 향해 말했다. 엄습하는 어둠 속에서 반짝이는 것이라고는 그 얼굴뿐이었다.

"911…… 불러 주세요."

"그게 뭔가?"

알 턱이 있나. 911은 아직 창설되지도 않았는데. 나는 이를 악 물고 버티면서 다시 한 번 입을 달싹였다.

"구급차요."

구급차라는 단어를 여러 번 되뇐 것 같은데, 잘 모르겠다. 그 순간 어둠이 나를 집어삼켜 버렸으니까.

17

차를 훔친 범인이 아이들이었는지, 로스의 부하들이었는지 모르겠다. 아무튼 어디 갖다 버리든지 못 쓰게 망가뜨리지는 않았다. 댈러스 경찰서 압수품 보관소에 있는 걸 디크 시먼스가 1주일 뒤에 끌고 왔다. 상태가 나보다 훨씬 멀쩡했다.

시간 여행은 아이러니투성이다.

26장

그 뒤로 11주 동안 나는 또 다시 이중생활을 했다. 어떻게 돌아가는지 거의 아무것도 알 수 없었던 바깥쪽 세상과 속속들이 알고 있었던 안쪽 세상. 안쪽 세상으로 건너갔을 때는 종종 옐로 카드맨 꿈을 꾸었다.

바깥쪽 세상에서는 보행 보조기를 짚고 나를 내려다보던 할머니가 (이름이 앨버타 히친슨이었고, 새디가 주소를 알아내 꽃다발을 보냈다.) 고래고래 소리를 질렀고, 그 소리에 집 밖으로 나온 이웃사람이 사태를 파악하고 구급차를 불렀고, 구급차가 나를 파크랜드 병원으로 싣고 갔다. 내 치료를 담당한 맬컴 페리는 나중에 사경을 헤매는 존 F. 케네디와 리 하비 오스왈드까지 맡게 될 것이다. 내 경우에는 그 둘보다 운이 좋았지만, 정말 아슬아슬하게 비껴간 수준이었다.

나는 이가 부러지고, 코가 부러지고, 광대뼈가 부러지고, 왼쪽 무릎이 나가고, 왼쪽 팔이 부러지고, 손가락이 탈골되고, 복부에 손상을 입었다. 그런가 하면 뇌에도 손상이 생겨서 페리가 이 부분을 가장 걱정했다.

그가 내 배를 만졌을 때 내가 눈을 번쩍 뜨고 울부짖었다는데 기억이 나지 않는다. 내 몸에 소변 줄이 꽂히자 그 즉시 링 아나운서 같으면 '시뻘건 핏물'이라고 표현했을 소변이 나오기 시작했다. 바이탈 사인이 처음에는 안정적이다 주르륵 내려가기 시작했다. 내 혈액형을 알아내고 교차 시험으로 확인한 다음 네 봉이나 수혈을 했는데…… 나중에 새디가 말하길 9월 말에 조디 주민들이 헌혈 캠페인을 통해 백 몇 배로 갚았다고 했다. 그런데 내가 이 이야기를 몇 번씩 들었는지 모른다. 들어 놓고 계속 잊어버렸던 것이다. 개복 수술을 하기에 앞서 신경과 상담과 요추 천자가 실시됐다. 과거의 세상에는 CT나 MRI 같은 게 없었다.

그런데 듣자하니 요추 천자를 준비하던 두 명의 간호사와 내가 대화를 나누었다고 한다. 내가 알코올 중독자와 결혼했다고 그랬다는 것이다. 한 간호사가 안됐다며 부인 이름이 뭐냐고 물었다. 그러자 나는 완다라는 이름의 물고기(1988년에 개봉된 영화 제목이다 — 옮긴이)라고 대답하고 깔깔대며 웃었다. 그런 다음 다시 정신을 잃었다.

내 비장이 망가진 것으로 밝혀졌다. 의사들이 수술로 제거했다.

내가 아직 비몽사몽이고 비장은 못 쓰게 돼도 생명에는 지장이 없는 생체 기관의 종착지로 사라졌을 때, 정형외과에서 나를 넘겨받아 부러진 팔에 부목을 대고 부러진 다리에 깁스를 했다. 그 뒤로 몇 주 동안 수많은 사람들이 그 위에다 이름을 적었다. 아는 이름도 있었지만, 모르는 이름들이 더 많았다.

　나는 머리를 고정시킨 채 계속 진정제를 맞았고, 침대는 정확히 30도의 각도를 유지했다. 의식이 없는 나에게(새디 말로는 가끔 뭐라고 중얼거렸다고 하지만) 페노바르비탈을 계속 투여한 이유는 갑자기 깨어나서 자해를 할 수 있기 때문이었다. 기본적으로 페리와 다른 의사들은(엘러턴도 정기적으로 들러 내 상태를 확인했다.) 만신창이가 된 내 몸뚱이를 시한폭탄처럼 다루었다.

　헤마토크릿(혈액 속에서 혈구가 차지하는 부피를 알아보는 테스트 — 옮긴이)이 뭐고 헤모글로빈이 뭔지 나는 지금도 잘 모르지만, 아무튼 이 수치가 올라가자 모두들 기뻐했다. 3일 뒤에 다시 요추 천자가 실시됐다. 이번에는 묵은 핏덩이의 흔적만 나왔는데, 요추 천자를 할 때는 새로운 녀석보다 묵은 녀석이 환영을 받는다. 이 말을 해석하자면 내가 심각한 뇌손상을 입었지만 두개골에 드릴로 구멍을 뚫지 않아도 되겠다는 뜻이기 때문이다. 여기저기서 전투를 치르고 있는 내 몸 상태를 감안했을 때 위험이 따르는 수술이니 다행스러운 일이었다.

　하지만 과거는 고집이 세고 변화를 거부하는 법. 5일 뒤 내가 병실로 옮겨졌을 때 비장을 절제하느라 절개한 부위가 벌게지면서 열이 났다. 이튿날 절개 부위가 벌어지면서 고열이 하늘을 찔렀다. 2차 요추 천자를 실시한 뒤 1급으로 2급으로 격하됐던 내 상태가 다시 1급으로 되돌아갔다. 차트에 따르면 나는 '페리 선생의 지시에 따라 진정제 투여 중이고 신경 상의 반응이 미미한' 환자였다.

　9월 7일에 내가 잠깐 눈을 떴다. 아니, 듣자하니 그랬다고 한다.

얼굴에 흉터가 있지만 그래도 예쁜 여자와 카우보이모자를 무릎에 얹은 노인이 침대 맡에 앉아 있었다.

"당신 이름이 뭔지 알아요?" 여자가 물었다.

"퍼던테인이요." 내가 말했다. "다시 물어도 똑같은 이름을 댈 겁니다."

제이크 조지 퍼던테인 에핑 앰버슨은 파크랜드에 7주 입원한 뒤 댈러스 북부의 어느 재활센터(환자들을 위한 소규모 주택 단지였다.)로 옮겨졌다. 그 7주 동안 나는 계속 항생제를 맞았다. 비장이 있었던 자리에 똬리를 튼 병균 때문이었다. 팔에 댔던 부목은 길쭉한 깁스로 대체됐고, 여기도 내가 모르는 이름들이 빽빽하게 들어섰다. 에덴 팰로스라는 재활 센터로 옮기기 직전에 길쭉한 깁스를 졸업하고 짧은 깁스로 넘어갔다. 그 무렵 물리 치료사가 기동성 비슷한 걸 갖추게 한답시고 내 무릎을 고문하기 시작했다. 듣자하니 내가 소리를 엄청 질렀다는데 기억이 안 난다.

맬컴 페리와 파크랜드 의료진 덕분에 내가 목숨을 건질 수 있었던 것만큼은 분명하다. 그런데 에덴 팰로스로 옮긴 뒤에도 이들이 의도하지 않았던 달갑지 않은 선물이 한참 동안 나를 괴롭혔다. 1차 감염을 없앤다고 투여한 항생제 때문에 2차 감염이 야기된 것이다. 구역질이 났고 하루 종일 요강에 앉아 있었던 기억이 희미하게 난다. 한번은 '데리 약국에 가서 킨을 만나야겠다. 카오펙테이트를 먹어야겠다.'라고 생각했던 기억도 난다. 그런데 킨은 누구고 데리는 어디인지 알 수가 없었다.

음식을 먹을 수 있게 됐을 때 퇴원을 했건만, 에덴 팰로스로 옮기고 거의 2주가 지난 다음에서야 설사가 멈추었다. 그때가 얼추 10월 말이었다. 새디(그녀의 이름은 거의 항상 기억했지만, 깜빡하는 경우도 있었다.)가 종이로 만든 호박 초롱을 들고 왔다. 그 순간의 기억은 선명하다. 그걸 보고 내가 비명을 질렀던 것이다. 아주 중요한 무언가를 깜빡한 사람이 지를 법한 비명이었다.

"뭐예요?" 그녀가 물었다. "왜 그래요? 케네디 때문이에요? 케네디에 얽힌 일 때문이에요?"

"그 작자가 망치로 다 죽여 버릴 거예요!" 나는 그녀를 향해 고함을 질렀다. "핼러윈 밤에! 내가 막아야 해요!"

"누가요?" 그녀가 겁에 질린 표정으로, 허공을 마구 휘저어 대는 내 손을 잡았다. "누굴 막아야 한다는 거예요?"

하지만 나는 기억을 하지 못한 채 잠이 들었다. 그 무렵에는 자고 또 잤다. 머리가 천천히 낫느라 그런 게 아니라 내 몸이 과거의 껍데기만 남은 것이나 다름없어서 기운이 없었기 때문이었다. 두들겨 맞았던 날에는 내 몸무게가 84킬로그램이었다. 그런데 퇴원을 해서 에덴 팰로스로 옮겼을 때는 62.5킬로그램이었다.

이것이 죽도록 두들겨 맞고 병원에서 생사를 넘나들었던 제이크 에핑의 바깥쪽 세상이었다. 안쪽 세상은 암흑, 누군가의 목소리, 섬광처럼 번뜩이는 깨달음으로 점철됐다. 이런 것들이 눈이 부시도록 밝은 빛을 내뿜다, 그 빛에 비추어 풍경을 찬찬히 살펴볼라치면 다시 사라져 버렸다. 그래서 나는 영문을 모른 채 헤매었지만, 이따금 나의 상태를 깨닫는 순간도 있었다.

불지옥처럼 뜨거운 내 몸, 천당처럼 시원한 얼음 부스러기를 먹여 주는 여자. 그녀는 '흉터가 있는 여자'였고, 가끔은 새디였다.

한번은 병실 한쪽의 변기에 앉아 있는데 어쩌다 내가 여기로 흘러 들어왔는지 모르겠고, 뜨끈뜨끈한 물똥이 콸콸 쏟아지는 가운데 옆구리는 간질간질 욱신거리고, 무릎은 고함을 지른 적이 있었다. 누가 나를 죽여 줬으면 좋겠다고 생각했던 기억이 난다.

한번은 아주 중요한 일을 해야 한다는 게 생각나서 침대 밖으로 나가려고 한 적이 있었다. 온 세상의 미래가 걸려 있는 일이었다. '카우보이모자를 쓰고 다니는 남자'가 옆에 있었다. 그가 쓰러지려는 나를 붙잡고 다시 침대에 눕혀 주었다.

"아직은 안 돼." 그가 말했다. "그럴 기운이 있어야 말이지."

한번은 어쩌다 구타를 당했는지 심문하러 온 제복 차림의 두 경관에게 말을 한 적이(아니, 말을 하려고 애를 쓴 적이) 있었다. 그중 한 명이 '티핏'이라고 적힌 명찰을 달고 있었다. 나는 그에게 위험을 알리려고 했다. 11월 5일을 기억하라고 말하려고 했다. 그런데 11월은 맞는데 날짜가 틀렸다. 나는 맞는 날짜가 생각이 안 나서 좌절감에 바보 같은 머리를 두드리기 시작했다. 두 경관은 어리둥절한 표정으로 서로 쳐다보았다. '티핏'이 아닌 경관이 간호사를 불렀다. 간호사가 의사를 대동하고 나타났고, 의사가 놓아 준 주사를 맞고 나는 꿈나라로 떠났다.

한번은 새디가 책을 읽어 준 적이 있었다. 맨 첫 번째 책은 『이름 없는 주드』였고, 두 번째 책은 『테스』였다. 나도 아는 이야기라 편하게 들을 수 있었다. 그런데 『테스』를 듣던 도중에 생각난 게 있었다.

"내가 테시카 캘트롭더러 우리 일에 상관 말라고 했어요."

새디가 고개를 들었다.

"제시카 말이에요? 제시카 캘트롭? 그랬어요? 어떻게 말이에요? 기억나요?"

그런데 기억이 나지 않았다. 사라져 버린 것이다.

한번은 내 병실에 달린 조그만 창가에 서서 비가 내리는 창 밖을 내다보며 우는 새디를 바라본 적이 있었다.

하지만 대부분의 시간 동안 영문을 모른 채 헤매었다.

'카우보이모자를 쓰고 다니는 남자'는 디크였는데, 내가 우리 할아버지로 착각하고 식겁한 적이 있었다. 에핑 할아버지는 돌아가셨기 때문인데……

에핑, 그게 내 성이었다. '똑똑히 기억하고 있어.' 나는 속으로 중얼거렸지만, 처음에는 그게 잘 안 됐다.

'빨간 립스틱을 칠한 나이 많은 여자'도 몇 번 병문안을 왔다. 어떨 때는 미미 선생님인가 했다. 또 어떨 때는 엘리 선생님인가 했다. 한번은 「베벌리 힐빌리스」에서 클램펫 할머니 역할을 맡은 아이린 라이언이라고 확신한 적도 있었다. 내가 그녀에게 휴대전화를 연못에 던졌다고 말했다.

"그래서 물고기들이랑 쿨쿨 잠을 자고 있어요. 그 물건 다시 주워 왔으면 좋겠는데."

'젊은 커플'도 왔다. 새디가 말했다.

"봐요, 마이크하고 바비 질이 왔어요."

"마이크 콜슬로." 내가 말했다.

"거의 비슷했어요, A 선생님." '젊은 청년'이 말했다.

그가 미소를 지었다. 그런데 눈물 한 줄기가 그의 뺨을 타고 흘러내렸다.

나중에 새디와 디크는 에덴 펠로스로 찾아와 나와 함께 소파에 앉았다. 새디가 내 손을 잡고 물었다.

"그 사람 이름이 뭐예요, 제이크? 그 사람 이름은 절대 얘기 안 했잖아요. 어떤 사람인지, 무슨 짓을 할 건지 알지도 못하는데 우리가 무슨 수로 막을 수 있겠어요?"

나는 "내가 쓰러뜨릴 거예요."라고 대답하고 열심히 노력했다. 뒤통수가 깨질 것 같지만, 그래도 더욱 열심히 노력했다.

"내가 막을 거예요."

"자네 혼자서는 벌레 한 마리도 못 막아." 디크가 말했다.

하지만 새디는 너무 소중했고, 디크는 너무 나이가 많았다. 애초에 디크한테 말을 말았어야 하는 건데. 어쩌면 상관없었을지 모른다. 그가 정말로 믿지는 않았을 테니까.

"당신이 끼어들면 옐로 카드맨이 막을 거예요." 내가 말했다. "그자가 막을 수 없는 사람은 나뿐이에요."

"옐로 카드맨이 누군데요?"

새디가 몸을 앞으로 숙이고 내 손을 잡으며 물었다.

"기억이 안 나지만, 내가 여기 사람이 아니기 때문에 막지 못하는 거예요."

하지만 그가 막고 있었다. 아니면 다른 무언가가 막고 있었다. 페리 박사는 피상적이고 일시적인 기억상실증이라고 했고 어쩌면 그의 진단이 맞았을지 모르지만…… 다 맞은 건 아니었다. 가장 중요한 부분들을 기억해 내려고 너무 열심히 노력하면 머리가 깨질 듯이 아팠고, 절뚝절뚝 걷다가도 휘청거렸고, 앞이 잘 안 보였다. 그중에서도 가장 심각한 증상은 갑자기 잠이 쏟아진다는 거였다. 새디가 페리 박사에게 수면 발작이냐고 물었다. 그는 아마 아닐 거라고 대답했지만, 내가 보기에는 걱정스러워하는 얼굴이었다.

"환자분을 부르거나 잡고 흔들면 깨어납니까?"

"매번요." 새디가 대답했다.

"원하는 게 생각이 안 나서 짜증이 났을 때만 이런 현상이 나타나는 건가요?"

새디는 그렇다고 대답했다.

"그럼 괜찮아질 겁니다. 기억상실증도 괜찮아지고 있잖아요."

마침내 내 안쪽 세상이 천천히, 조금씩 바깥쪽 세상과 합쳐지기 시작했다. 나는 제이크 에핑이었고, 교사였고, 케네디 대통령의 암살을 저지하기 위해 시간을 거슬러 왔다. 처음에는 말도 안 되는 일이 아닌가 싶었지만, 내가 그동안 벌어진 일들에 대해 너무 많은 것을 알고 있었고, 그것은 모두 환상이 아니었다. 실제 추억이었다. 롤링 스톤스, 클린턴 탄핵 청문회, 불길에 휩싸인 세계 무역 센터. 문제가 많았고 골칫덩어리였던 전처 크리스티.

어느 날 밤엔가는 새디와 함께 「컴뱃」을 보는데, 프랭크 더닝에게 저지른 짓이 생각났다.

"새디, 내가 텍사스로 건너오기 전에 어떤 남자를 죽였어요. 묘지에서. 그럴 수밖에 없었어요. 그자가 온 가족을 죽이려 했거든요."

새디가 눈을 휘둥그레 뜨고 입을 벌린 채 나를 쳐다보았다.

"텔레비전 꺼요." 내가 말했다. "손더스 병장 역할을 맡은 배우, 이름은 생각 안 나는데 헬리콥터 날개에 목이 날아갈 거예요. 부탁이에요, 새디. 텔레비전 꺼요."

새디는 텔레비전을 끈 다음 내 앞에 무릎을 꿇고 앉았다.

"누가 나중에 케네디를 죽여요? 어디서 죽여요?"

나는 열심히 기억을 더듬었다. 이번에는 잠이 쏟아지지 않았지만, 생각이 나지 않았다. 메인에서 플로리다로 건너갔던 건 생각이 났다. 근사한 포드 선라이너를 타고 갔었다. 그런 다음 플로리다에서 뉴올리언스로 건너갔고, 뉴올리언스를 거쳐 텍사스로 왔다. 20번 고속 도로를 타고 시속 110킬로미터로 달려 주 경계선을 넘었을 때 라디오에서 「어스 에인절」이 흘러나왔던 게 생각났다. **텍사스는 여러분을 환영합니다**라고 했던 표지판도 생각이 났다. SONNY'S BBQ까지 33킬로미터라고 적혀 있었던 광고판도. 그런데 그 뒤로 필름에 구멍이 뚫렸다. 조디에 살면서 아이들을 가르쳤던 기억은 하나둘씩 되살아났다. 새디와 함께 스윙댄스를 추고 캔들우드 방갈로 침대에 나란히 누웠던, 행복했던 추억들은. 새디는 내가 포트워스와 댈러스에서도 살았는데, 어디에서 살았는지는 모른다고 했다. 자기가 아는 건 두 군데 전화번호뿐인데, 그마저도 지금은 결번이라고 했다. 나도 알 도리가 없었지만, 둘 중 한 군데는 이름이 캐딜락 대로가 아닐까 싶었다. 그런데 새디가 지도를 확인하더니 포트워스에도 댈러스에도 캐딜락 대로는 없다고 했다.

이제는 많은 게 생각났지만, 암살범의 이름이나 저격 장소는 생각이 나지 않았다. 그럴 수밖에 없었다. 과거가 계속 훼방을 놓고 있었으니까. 고집불통 같으니라고.

"암살범한테 아이가 있어요." 내가 말했다. "이름이 에이프릴인 것 같은데."

"제이크, 내가 뭐 하나만 물어볼게요. 듣고 당신이 노발대발할지 모르지만 워낙 많은 게 걸린 (당신 주장에 따르면 전 세계의 운명이 달린) 중요한 사안이니까 짚고 넘어가야겠어요."

"물어봐요." 나는 그녀가 뭘 물은들 화가 날까 싶었다.

"지금 나한테 거짓말하는 거예요?"

"아뇨." 내가 대답했다. 진짜였다.

"디크한테 경찰에 연락해야 한다고 말했더니 죽여 버리겠다는 협박과 암살 음모를 알려 주겠다는 제보가 벌써 200건에 달했다는 《모닝 뉴스》 기사를 보여 주더라고요. 댈러스와 포트워스의 우파와 샌안토니오의 좌파 양쪽 모두 케네디를 위협해 텍사스에 발을 들여놓지 못하게 하려고 안간힘을 쓰고 있대요. 댈러스 경찰에서 온갖 협박과 제보를 FBI에 넘겼는데 수수방관이래요. 디크 말로는 J. 에드거 후버가 JFK보다 더 미워하는 사람이 있다면 그의 동생 바비뿐이라나?"

J. 에드거 후버가 누굴 미워하건 나하고는 별 상관없는 문제였다.

"당신은 나를 믿어요?"

"그럼요." 그녀는 대답하고 한숨을 쉬었다. "빅 모로가 정말로 죽어요?"

아, 그 배우 이름이 그거였다.

"죽어요."

"「컴뱃」 촬영하다가요?"

"아뇨, 다른 영화 찍다가."

그녀는 울음을 터뜨렸다.

"당신은 죽지 마요, 제이크. 부탁이에요. 당신이 낫기만 하면 나는 더 이상 바랄 게 없겠어요."

나는 꿈을 수도 없이 꾸었다. 장소는 바뀌었지만 (어떨 때는 리스본 폴스의 메인 대로를 닮은 텅 빈 거리였고, 또 어떨 때는 내가 프랭크 더닝을 사살한 묘지였고, 또 어떨 때는 크리비지 고수 앤드 컬럼의 부엌이었다.) 대개 앨 템플턴의 식당이었다. 우리는 명사의 성벽에 걸린 사진들이 우리를 내려다보는 가운데 칸막이 자리에 앉아 있었다. 앨은 병에 걸려서 살날이 얼마 안 남았지만, 눈빛만큼은 강렬하게 반짝였다.

"옐로 카드맨은 고집이 센 과거의 화신이야. 자네도 알고 있지, 그렇지?"

물론, 알고 있다마다.

"그는 자네가 폭행을 당해서 죽을 거라고 생각했는데 자네는 죽지 않았어. 자네가 감염으로 죽을 거라고 생각했는데 이번에도 죽지 않았고. 이제 그가 중요한 기억들을 떠올리지 못하게 막고 있어. 그게 마지막 수단이라는 걸 아니까."

"어떻게 그럴 수가 있어요? 죽은 사람인데."

앨은 고개를 저었다.

"아냐, 죽은 사람은 나지."

"그자의 정체가 뭡니까? 뭐하는 사람이에요? 어떻게 부활할 수가 있죠? 자기 목을 그어서 카드가 까맣게 변했는데. 내 눈으로 똑똑히 봤다고요!"

"나도 모르겠네, 친구. 내가 아는 거라고는 자네가 멈추길 거부하면 그도 자네를 막을 방법이 없다는 것뿐이야. 자네, 그 기억들을 되살려내야 해."

"그럼 도와주세요!" 나는 고함을 지르며 딱딱한 갈고리나 다름없는 그의 손을 잡았다. "그자의 이름을 알려주세요! 채프먼인가요? 아니면 메이슨? 둘 다 어디선가 들어 본 것 같기는 한데, 이거다 싶지는 않아요. **당신이 나를 끌어들였으니까 도와 달라고요!**"

바로 그때 꿈속에서 앨이 이름을 알려 주려고 입술을 달싹이면 옐로 카드맨이 훼방을 놓는다. 배경이 메인 대로일 때는 초록집이나 케네백 프루트에서 나온다. 공동묘지일 때는 조지 로메로의 작품 속 좀비처럼 입을 벌린 무덤에서 등장한다. 식당이면 문이 벌컥 열린다. 그가 페도라 띠에 꽂아 놓은 카드가 어찌나 시커먼지 네모난 구멍처럼 보인다. 그는 죽어서 썩어 가고 있다. 낡디 낡은 외투가 곰팡이로 얼룩덜룩하다. 눈구멍에서 벌레들이 공 모양으로 똘똘 뭉쳐 꿈틀거린다.

"네 친구는 아무 말도 못할 거야. 왜냐하면 오늘은 돈을 두 배로 받는 날이거든!"

이제는 블랙 카드맨이 된 옐로 카드맨이 소리를 지른다.

앨 쪽으로 고개를 돌려 보면 담배를 문 해골로 변해 있고, 나는 식은땀을 흘리며 꿈에서 깨어난다. 기억을 되살리려고 애를 써 보지만, 잡히는 게 아무것도 없다.

디크가 며칠 앞으로 다가온 케네디 방문 소식을 전하는 신문 기사들을 가져다주었다. 그걸 보면 떠오르는 게 있을까 싶어 들고 온 건데, 효과가 없었다. 한번은 소파에 누워 있는데 (느닷없이 쏟아진 잠을 청하고 막 일어난 참이었다.) 경찰에 연락하는 문제를 놓고 두 사람이 옥신각신하는 소리가 들렸다. 디크는 익명의 제보를 하면 묵살당할 테고, 이름을 알리면 우리 모두 곤란해질 거라고 했다.

"상관없어요!" 새디가 외쳤다. "선생님은 그이가 제정신이 아니라고 생각하는 거 알아요. 하지만 만약 사실이면요? 케네디가 관에 실려서 워싱턴으로 돌아가면 선생님 기분이 어떨 것 같아요?"

"경찰을 끌어들이면 제이크한테로 수사의 초점이 맞춰질 거야. 그런데 여기로 내려오기 전에 뉴잉글랜드에서 사람을 죽였다며."

새디, 새디, 그 말은 옮기지 않았더라면 좋았을 텐데.

그녀는 더 이상 왈가왈부하지 않았지만 포기하지 않았다. 딸꾹질을 할 때 쓰는 방법처럼 나를 깜짝 놀라게 하는 작전을 동원한 적도 있었다. 소용은 없었지만.

"당신을 어쩌면 좋을까요?" 그녀가 슬픈 목소리로 물었다.

"나도 모르겠어요."

"다른 방식으로 접근해 봐요. 살금살금 다가가 보는 거예요."

"그래 봤어요. 그 남자, 육군이나 해병대 출신인 것 같은데." 나는 다시 아파 오기 시작한 뒤통수를 긁었다. "아니면 해군 출신일 수도 있다. 젠장, 크리스티, 모르겠어요."

"새디예요, 제이크. 새디요."

"내가 새디라고 하지 않았어요?"

그녀는 고개를 젓고 애써 미소를 지었다.

재향 군인의 날이 지나고 12일 화요일자 《모닝 뉴스》에 며칠 앞으로 다가온 케네디 방문과 그 의미를 조명하는 장문의 사설이 실렸다. '대부분의 주민들은 젊고 경험이 없는 대통령을 두 팔 벌려 환영할 준비가 된 것처럼 보인다.' 그 기사에서는 이렇게 말했다. '열기가 뜨겁다. 아름답고 카리스마 넘치는 영부인도 동행을 한다니 금상첨화 아닐까?'

"어젯밤에도 옐로 카드맨 꿈 꿨어요?"

새디가 들어오면서 물었다. 조디에서 화분에 물을 주고 그녀의 표현에 따르면 '국기를 흔들며' 휴일을 보내고 온 참이었다.

나는 고개를 저었다.

"당신, 조디보다 여기서 보내는 시간이 더 많잖아요. 일은 어쩌고 있는 거예요?"

"엘리 선생님이 파트타임으로 돌려 줘서 그럭저럭 버티고 있어요. 당신을 따라가게 되면…… 우리가 떠나게 되면…… 어떻게 하면 좋을지 그때 가서 생각을 해야겠죠."

그녀는 시선을 거두고 부산스럽게 담배에 불을 붙였다. 나는 커피 테이블에 대고 담배를 한참 동안 툭툭 두드리더니 성냥을 만지작거리는 그녀의 모습에서 무언가를 알아차리고 맥이 빠졌다. 새디도 의구심이 생긴 것이었다. 미사일 위기가 평화롭게 해결되고 딕 타이거가 5라운드에 쓰러진다던 내 예언이 맞아떨어졌건만…… 그래도 의심하게 된 것이다. 그녀를 나무랄 수는 없었다. 입장이 바뀌었다면 나도 그랬을 테니까.

잠시 후 그녀의 표정이 밝아졌다.

"그런데 엄청 훌륭한 대타가 있어요. 누구게요?"

나는 미소를 지었다.

"혹시……"

이름이 생각나지 않았다. 생김새는 눈앞에 선한데 (햇볕에 그은 까무잡잡한 얼굴, 카우보이모자, 나비넥타이) 그날따라 첫 글자조차 생각이 나지 않았다. 굽도리널에 부딪쳤던 뒤통수가 아파 오기 시작했다. 그런데 어느 집 어느 굽도리널이었을까? 모르겠으니 우라지게 심란한 상황이었다.

'열흘 있으면 케네디가 오는데 그 영감님의 빌어먹을 이름조차 생각이 안 나다니.'

"노력해 봐요, 제이크."

"하고 있어요." 내가 말했다. "하고 있다고요, 새디!"

"잠깐. 좋은 수가 생각났어요."

그녀가 연기 나는 담배를 재떨이에 끄고 자리에서 일어서더니 밖으로 나가 현관문을 닫았다. 그런 다음 문을 다시 열고, 우스꽝스러울 정도로 걸걸하고 낮은 그 영감님의 목소리를 흉내 냈다.

"어이, 오늘은 좀 어떤가? 뭐 좀 먹었나?"

"디크." 내가 대답했다. "디크 시먼스. 미미 선생님하고 결혼을 했었는데, 선생님은 멕시코에서 돌아가셨죠. 우리 둘이서 추모식을 준비했고요."

두통이 사라졌다. 갑자기.

새디가 손뼉을 치며 달려 들어왔다. 그러고는 한참 동안 근사한 키스 세례를 퍼부었다.

"봤죠?" 그녀가 뒤로 몸을 빼며 말했다. "할 수 있어요. 아직 늦지 않았어요. 그 사람 이름이 뭐예요, 제이크? 그 정신 나간 인간 말이에요."

하지만 생각이 나지 않았다.

11월 16일, 《타임스 헤럴드》에 케네디의 퍼레이드 경로가 실렸다. 러브 필드 공항에서 트레이드 마트까지 이동한 뒤 그곳에서 댈러스 시의회와 내빈 앞에서 연설을 할 예정이라고 했다. 명목상으로는 대학원 연구센터에 경의를 표하고 지난 10년 동안 댈러스가 이룬 경제적인 발전을 치하하는 것이 연설의 목적이었지만, 《타임스 헤럴드》에서 모르는 사람들을 위해 친절하게 알려 주었다시피 정치적인 의도가 다분했다. 1960년에는 텍사스가 케네디를 지지했지만, 텍사스가 고향인 존슨을 부통령 후보로 내세웠음에도 불구하고 1964년에는 불안한 감이 있었다. 냉소주의자들은 아직도 부통령을 "압승의 상징"이라고 불렀다. 1948년 상원의원 선거 때 47표 차이로 미심쩍은 승리를 거둔 데서 비롯된 별명이었다. 고릿적 사건인데도 별명은 없어지지 않는 것을 보면 린든을 향한 텍사스 주민들의 애증 어린 시선을 알 수 있었다. 압승의 상징 린든과 존 코널리 텍사스 주지사를 도와 열혈당원들의 가슴에 불을 지르는 것이 케네디의 (그리고 재키의) 임무였다.

"이것 좀 봐요." 새디가 경로를 손끝으로 짚으며 말했다. "메인 대로를 죽 지나서 휴스턴 대로로 갈 거래요. 그 일대는 고층 건물들이 즐비한데. 그 남자가 메인 대로에서 저격을 하려나? 그럴 수밖에 없지 않겠어요? 당신 생각은 어때요?"

나는 다른 데 정신이 팔려서 그녀의 말을 듣는 둥 마는 둥 했다.

"이것 봐요, 새디. 퍼레이드 행렬이 터틀 크리크 길을 따라 움직인대요!"

그녀가 눈을 번뜩였다.

"거기서 일이 벌어지는 거예요?"

나는 애매하게 고개를 저었다. 그건 아니지만, 터틀 크리크 길에서 내가 아는 어떤 일이 벌어진 적이 있었다. 내가 막아야 하는 그자와 얽힌 일이. 그게 뭐였는지 열심히 고민을 하는데, 무언가가 수면 위로 떠올랐다.

"총을 숨겼다가 나중에 찾아갈 거예요."

"어디에다 숨긴다는 거예요?"

"몰라도 돼요. 이미 벌어진 일이니까. 지나간 과거니까."

나는 손으로 얼굴을 덮었다. 방 안의 조명이 문득 너무 밝게 느껴졌다.

"이제 그만 생각해요." 새디가 신문을 낚아채 치우며 말했다. "좀 쉬어요. 안 그러면 또 머리가 아파서 약 먹어야 하잖아요. 그 약 먹으면 축 늘어지고."

"맞아요." 내가 말했다. "나도 알아요."

"커피 줄게요. 진하게."

새디가 커피를 끓이러 부엌으로 들어갔다. 그녀가 커피를 들고 나왔을 때 나는 코를 골고 있었다. 그렇게 거의 3시간을 잤고, 더 한참 동안 꿈나라를 헤맬 수도 있었는데 그녀가 흔들어 깨웠다.

"댈러스에 와서 한 일 중에 가장 마지막으로 기억이 나는 게 뭐예요?"

"기억이 안 나는데."

"어디 묵었어요? 호텔? 여관? 셋집?"

문득 마당과 수많은 유리창이 어렴풋이 생각났다. 도어맨인가? 아마도. 하지만 이내 사라져 버렸다. 머리가 다시 지끈거리기 시작했다.

"모르겠어요. 20번 고속 도로를 타고 주 경계선을 넘는데, 어느 바비큐 가게 광고판이 보였다는 거 말고는 생각나는 게 아무것도 없어요. 거긴 댈러스에서 한참 멀잖아요."

"알아요. 하지만 거기까지 갈 필요도 없어요. 20번 고속 도로를 타고 건너왔으니까 그 길로 죽 달렸을 거 아니에요." 그녀는 손목시계를 흘끗 확인했다. "오늘은 너무 늦었으니까 내일 일요일 드라이브 나가요."

"소용없을 거예요."

말은 이렇게 했지만, 일말의 희망이 느껴졌다.

둘이서 그날 밤을 함께 보내고 다음날 아침, 우리는 댈러스 주민들이 허니비라고 부르는 20번 고속 도로를 타고 루이지애나가 있는 동쪽으로 달렸다. 내 셰비를 새디가 몰았다. 쇠 지렛대를 억지로 끼우는 바람에 고장 났던 점화 스위치를 교체했더니 쌩쌩해졌다. 디크가 처리해 준 덕분이었다. 새디는 테럴에 다다랐을 때 20번 고속 도로에서 빠져나와 대로변 교회에 딸린 울퉁불퉁한 흙 주차장으로 차를 몰았다. 칙칙한 잔디밭에 꽂힌 간판에 따르면 교회 이름이 구세주의 보혈이었다. 그 이름 밑에 하얀색 스티커로 이런 문구가 붙어 있었다.

"오늘 전능하신 하느님의 말씀을 읽으셨나요(HAVE YOU READ THE WORD OF ALMIGHTY GOD TODAY.)." 그런데 군데군데 글자가 떨어져나가서 "오늘 전능하신 하나님의 말씀을 읽으셔나요(AVE YOU REA THE WORD OF AL IGHTY GOD TOD Y.)."만 남았다.

그녀가 조금 겁먹은 눈빛으로 나를 쳐다보며 물었다.

"갈 때는 당신이 운전할 수 있겠어요?"

운전은 자신 있었다. 일직선 도로인 데다 셰비가 수동도 아니었으니까. 뻣뻣한 왼쪽다리를 쓸 필요도 없었다. 딱 한 가지 문제가 있다면…….

"새디?" 나는 8월 이래 처음으로 운전석에 앉아 의자를 최대한 뒤로 밀며 그녀의 이름을 불렀다.

"왜요?"

"내가 만약 잠이 들면 운전대 잡고 시동을 꺼요."

그녀는 불안해하며 미소를 지었다.

"아, 나만 믿어요."

나는 오는 차가 없는지 확인하고 주차장을 빠져나갔다. 처음에는 70킬로미터 이상 속도를 낼 엄두가 나지 않았는데, 일요일 오후이다 보니 도로를 우리가 독차지하다시피 했다. 긴장이 풀리기 시작했다.

"머릿속을 비워요, 제이크. 애써 기억을 더듬으려 하지 말고 가만히 기다려요."

"선라이너가 있었으면 좋겠다."

"그럼 선라이너다 생각하고, 녀석이 가자는 대로 맡겨요."

"알았어요. 하지만……."

"하지만은 이제 그만. 날씨 좋다. 당신은 지금 새로운 곳으로 가는 중이고, 케네디가 암살당할 걱정은 하지 않아도 돼요. 아직 한참 남았으니까. 몇 년 뒤 일이니까."

정말이지 날씨가 좋았다. 구타를 당한 뒤로 이렇게 오랫동안 외출을 한 게 처음이라 상당히 피곤하기는 했지만, 잠이 들지는 않았다. 대로변의 그 교회가 자꾸 생각났다. 아마 흑인들이 다니는 교회일 것이다. 그들은 백인들과 전혀 다르게 스윙조로 찬송가를 부르고, 할렐루야를 숱하게 외치고 예수님을 찬양하며 '전능하신 하느님의 말씀(THE WORD OF AL IGHTY GOD)'을 읽을 것이다.

이제 댈러스로 들어섰다. 나는 좌회전과 우회전을 거듭했다(아무리 파워핸들이라도 왼팔에 힘이 없고 그쪽으로 돌리면 아파서 우회전을 더 많이 했을 것이다.). 이윽고 골목길에서 길을 잃었다.

'길을 잃었네?' 나는 생각했다. '지나가는 사람한테 물어봐야겠다. 뉴올리언스에서 그 친구한테 문스톤 호텔로 가는 길을 물어봤던 것처럼.'

그런데 문스톤이 아니었다. 몬텔레온이었다. 그리고 내가 댈러스에서 묵었던 호텔은 이름이…… 이름이…….

처음에는 기억이 날아가 버릴 줄 알았다. 가끔 새디의 이름조차 날아가 버리는 것처럼. 그런데 도어맨과, 반짝이며 커머스 대로를 내려다보던 유리창들이 눈앞에 떠오르는 순간, 퍼뜩 생각이 났다.

나는 아돌퍼스 호텔에서 묵었다. 맞다. 왜냐하면 그 근처에…….

생각이 나지 않았다. 그 부분은 여전히 막혀 있었다.

"제이크? 괜찮아요?"

"네. 왜요?"

"좀 움찔한 것처럼 보여서요."

"다리 때문에 그래요. 살짝 쥐가 났어요."

"어디서 봤다 싶은 데 없었어요?"

"네. 없었어요."

그녀는 한숨을 쉬었다.

"이 방법도 소용이 없네. 이제 그만 들어가는 게 좋겠어요. 운전 내가 할까요?"

"그러는 게 좋겠어요."

나는 절뚝거리며 조수석으로 건너가는 동안 아돌퍼스 호텔을 머리에 새겼다.

'에덴 팰로스에 도착했을 때 적어 놔. 잊어버리지 않게.'

경사로, 병원용 침대, 양쪽에 손잡이가 달린 변기가 갖추어진 방 세 개짜리 조그만 간이 아파트에 도착했을 때 새디가 나더러 잠깐 누워 있어야 된다고 했다.

"그리고 약 먹고요."

나는 방으로 들어가 천천히 신발을 벗고 침대에 누웠다. 하지만 약은 먹지 않았다. 맑은 정신을 유지하고 싶었다. 이제부터는 맑은 정신을 유지해야 했다. 케네디가 댈러스와 만나는 순간까지 겨우 5일밖에 안 남았으니까.

'아돌퍼스 호텔을 선택한 이유가 그 근처에 뭐가 있었기 때문이잖아. 뭐였을까?'

신문에 소개된 바에 따르면 퍼레이드 행렬이 그 앞을 지나간다고 하니까 그렇다면…… 이런, 후보지가 고작 2000개 건물로 좁혀지잖아? 미래의 저격수가 몸을 숨길 만한 동상, 기념비, 담벼락은 제외하더라도 말이지. 경로상에 있는 골목길은 몇 개나 될까? 수십 개에 달하겠지. 웨스트 모킹버드 길, 레먼 가, 터틀 크리크 길에는 조준선이 확보되는 육교가 몇 개나 될까? 퍼레이드 행렬은 이 길을 모두 지나갈 예정이었다. 메인 대로와 휴스턴 대로에는 몇 개 더 있을까?

'그자의 이름과 저격 장소, 둘 중 하나만이라도 기억해내야 해.'

둘 중 하나를 알아내면 나머지 하나도 생각이 날 것이다. 장담할 수 있었다. 그런데 우리의 회차 지점으로 쓰였던 20번 고속 도로변의 그 교회가 자꾸만 떠올랐다. 허니비 고속 도로변에 있는 구세주의 보혈 교회. 많은 사람들이 케네디를 구세주로 간주했다. 앨 템플턴도 그랬다. 그는…….

나는 눈을 휘둥그레 뜨며 숨을 멈췄다.

옆방에서 전화벨이 울렸고, 내가 자는 줄 알고 새디가 소곤소곤 전화를 받는 소리가 들렸다.

"전능하신 하느님의 말씀(THE WORD OF AL IGHTY GOD.)."

새디의 가운데 이름까지 서류에 적혀 있는데 일부분이 가려져서 '도리스 던'까지만 보였던 날이 생각났다. 이것은 그 정도 수준으로 엄청난 화음이었다. 나는 눈을 감고 교회 간판을 떠올렸다. 그런 다음 머릿속에서 손으로 'IGHTY GOD' 부분을 덮었다.

그러자 'THE WORD OF AL'이 남았다.

앨의 공책. '그의 공책이 있었지!'

하지만 어디 있을까? 내가 어디 두었을까?

방문이 열렸다. 새디가 안을 들여다보았다.

"제이크? 자요?"

"아뇨. 그냥 가만히 누워 있어요."

"뭐 생각난 거 있어요?"

"아뇨. 미안해요."

"아직 시간 있어요."

"그러게요. 날마다 새로운 기억들이 되살아나고 있고요."

"저기, 디크 전화였어요. 학교에 독감이 돌고 있어서 된통 걸렸대요. 그래서 내일하고 화요일에 도서관을 맡아 달래요. 어쩌면 수요일까지."

"가요. 당신이 안 가면 디크가 어떻게든 혼자 해 보려고 할 거 아니에요. 젊다고 할 수 없는 몸을 이끌고." 머릿속에서 네 단어가 네온사인처럼 번뜩였다. THE WORD OF AL, THE WORD OF AL, THE WORD OF AL.

그녀가 내 옆에 앉았다.

"그래도 되겠어요?"

"괜찮아요. 친구들도 많고. 내일은 댈순호사 오는 날인데요, 뭐."

댈순호사는 댈러스 순회 간호사의 약자였다. 이 집에 왔을 때는 내가 헛소리를 하지 않는지 체크하는 게 그들의 임무였다. 헛소리를 한다는 것은 뇌출혈이 있다는 증거였으니까.

"맞다. 9시죠? 혹시 깜빡하면 달력에 적어 놨으니까 참고해요. 그리고 엘러턴 박사님이……"

"와서 점심 같이 먹는다고 했죠? 기억나요."

"훌륭해요, 제이크. 훌륭해요."

"박사님이 샌드위치 사 가지고 온다고 했잖아요. 밀크셰이크도. 나 살 찌워야 한다고."

"당신 진짜로 살 쪄야 해요."

"그리고 수요일에는 물리 치료. 오전에는 다리 고문, 오후에는 팔 고문."

"그때까지 당신을 혼자 두고 싶지 않은데……"

"무슨 일이 생기면 전화할게요, 새디."

그녀가 내 손을 잡고 허리를 숙이자 향수 냄새와 입에서 나는 희미한 담배 냄새가 전해졌다.

"약속할 수 있어요?"

"그럼요. 당연하죠."

"아무리 늦어도 수요일 밤에는 돌아올게요. 디크가 목요일에 출근 못하면 도서관 문을 닫죠, 뭐."

"아무 일 없을 거예요."

그녀는 살짝 입을 맞추고 나가려다 말고 돌아보았다.

"디크 말마따나 이 모든 게 망상이었으면 좋겠다 싶기도 해요. 뻔히 알면서 막을 수 없을지 모른다고 생각하면 견딜 수가 없거든요. 거실에 앉아서 텔레비전으로 지켜보고 있는데 누군가가……"

"기억해 낼게요." 내가 말했다.

"그래 줄래요, 제이크?"

"그래야 해요."

그녀는 고개를 끄덕였지만, 커튼을 쳐 놓았음에도 불구하고 그녀의 얼굴에 드리워진 의혹의 그림자를 읽을 수 있었다.

"저녁 같이 먹고 갈게요. 눈 감고 약효가 번지길 기다려요. 눈 좀 붙여요."

나는 눈을 감았지만 잠이 올 리 없었다. 상관없었다. 앨이 남긴 말에 대해 생각해야 했으니까. 잠시 후 새디가 뭔가를 만드는 냄새가 났다. 좋았다. 맨 처음 퇴원해서 10분마다 한 번씩 토나 설사를 했을 때는 모든 냄새가 역겨웠는데, 상황이 점점 좋아지고 있는 것이다.

나는 멍하니 생각에 잠겼다. 종이 모자로 왼쪽 눈썹을 가린 채 칸막이 의자 맞은편에 앉아 있는 앨의 모습이 떠올랐다. 소도시의 명사들이 우리를 내려다보는데, 해리 더닝의 사진은 없었다. 내가 구원했기 때문이었다. 어쩌면 두 번째로 출동했을 때 베트남이라는 운명에서까지 구원했을지 모른다. 확인할 방법은 없지만.

아직도 그자에게 발목 잡혀 있구만. 그렇지, 친구? 앨이 물었다.

"네. 그러네요."

하지만 이제 거의 다 끝났어.

"아직은 아니에요. 그 망할 놈의 공책을 어디다 놨는지 모르겠단 말이죠."

어디 안전한 데 뒀겠지. 그럼 범위가 좀 좁혀질까?

나는 아니라고 대답하려다 말고 곰곰이 생각했다. 안전한 데. 안전한 데. 그렇다면…….

나는 눈을 떴고, 몇 주 만에 처음으로 함박웃음을 지었다.

'안전 금고에 넣었구나.'

문이 열렸다.

"배고파요? 식지 않게 넣어 3941두었는데."

"음?"

"제이크, 지금까지 두 시간 넘게 잤어요."

나는 일어나 휙 하니 다리를 내렸다.

"그럼 먹을까요?"

27장

1

11/17/63(일요일)

그녀는 저녁이라 부르고 나는 만찬이라 부르는 식사가 끝났을 때 새디가 설거지를 하려고 했지만, 나는 들어가서 가방이나 챙기라고 했다. 작고 모서리가 둥그스름한 파란색 가방이었다.

"무릎 때문에……"

"접시 몇 개 씻는 정도는 할 수 있어요. 지금 출발해야 푹 자고 내일 출근할 수 있지 않겠어요?"

10분 뒤에 설거지는 끝났고, 내 손끝은 빨개졌고, 새디는 문 앞에 섰다. 조그만 가방을 들고 굽실거리는 머리카락을 늘어뜨린 모습이 그렇게 예뻐 보일 수가 없었다.

"제이크? 미래의 좋은 부분 한 가지만 알려 줘요."

놀랍게도 댈 만한 게 거의 없었다. 휴대전화? 그건 아니고. 자살 폭파범? 그것도 아닐 테고. 녹아 가는 만년설? 그건 절대 아닐 테고. 나는 씩 웃었다.

"원 플러스 원으로 알려 줄게요. 냉전이 끝나고, 흑인이 대통령이 될 거예요."

그녀는 미소를 지으려다 농담이 아니라는 걸 알아차리고 입을 떡 벌렸다.

"그러니까 *검둥이*가 *백악관*의 주인이 된단 말이에요?"

"그렇다니까요? 그런데 내가 살던 시대에서는 흑인들이 아프리카계 미국인이라고 불러 주는 걸 더 좋아해요."

"정말이에요?"

"네, 정말이에요."

"맙소사!"

"선거 다음 날 그렇게 외친 사람들이 많았죠."

"그 대통령…… 잘하고 있어요?"

"의견들이 분분해요. 내 생각에는 여러 가지 복잡한 요인들을 감안했을 때 기대했던 것만큼은 되는 것 같아요."

"이쯤에서 난 조디로 출발해야겠네요." 그녀는 멍하니 웃음을 터뜨렸다. "어안이 벙벙한 상태로 말이죠."

그녀는 경사로를 내려가 비틀의 트렁크에 해당되는 공간에 가방을 넣고 나에게 손 키스를 날렸다. 그런 다음 운전석에 올라탔는데, 순간 그녀를 그런 식으로 떠나보낼 수는 없다는 생각이 들었다. 나는 아직 달리지는 못했지만 (페리 박사 말로는 아직도 8개월, 어쩌면 1년까지 기다려야 된다고 했다.) 최대한 빨리 절뚝거리며 경사로를 내려갔다.

"잠깐만요, 새디, 잠깐만!"

재킷으로 중무장한 키노펜스키 씨가 건전지를 넣는 모토롤라 라디오를 무릎에 얹은 채 휠체어를 타고 옆집 문 앞에 앉아 있었다. 인도에서는 노마 휘튼이 목발이라기보다 스키 폴에 가까운 나무 막대를 짚고 길모퉁이 우편함을 향해 걸어가고 있었다. 그녀는 우리 쪽으로 고개를 돌리더니 손을 흔들며 미소를 지으려고 마비가 된 쪽 얼굴을 움찔거렸다.

땅거미가 내린 가운데, 새디가 왜 그러느냐는 듯 나를 쳐다보았다.

"할 말이 있어서요." 내가 말했다. "당신은 내게 닥친 모든 일들 중에서 우라지게 최고예요."

그녀는 웃으며 나를 안았다.

"이하 동문입니다."

우리는 한참 동안 입을 맞추었다. 더 오랫동안 맞출 수도 있었는데, 오른편에서 건조한 박수 소리가 들렸다. 키노펜스키 씨가 치는 박수 소리였다.

새디가 입술을 떼고 내 손목을 잡았다.

"전화해요, 알았죠? 그러니까…… 당신 이럴 때 뭐라 그러더라? 상황을 보고한다고 하던가?"

"맞아요. 그리고 알았어요."

하지만 나는 그녀에게 상황을 보고할 생각이 없었다. 디크나 경찰한테도 마찬가지였다.

"당신 혼자서는 못해요, 제이크. 그럴 만한 체력이 안 되잖아요."
"나도 알아요." 말은 이렇게 했지만 속으로는 '체력이 받쳐 줘야 할 텐데.'라고 생각했다. "도착하면 잘 도착했다고 전화해요."
비틀이 모퉁이를 지나 사라졌을 때 키노펜스키 씨가 말했다.
"행동거지 조심하게, 앤더슨. 저기 간수가 있잖아."
"저도 압니다."
나는 진입로 입구에 한참 동안 서서 우편함까지 갔다 오는 휘튼 여사를 지켜보았다.
그녀가 쓰러지지 않고 무사히 돌아왔다.
나는 집 안으로 들어갔다.

2

집 안으로 들어가자마자 맨 위 서랍에 넣어둔 열쇠 꾸러미를 꺼내 뒤적였다. 새디가 기억력을 자극하는 차원에서 이 열쇠 꾸러미는 왜 안 보여 줬을까? 하긴 그녀라고 모든 걸 알 수 있는 건 아니니까. 열쇠가 딱 12개였다. 어디에 쓰이는지 알 수 없는 열쇠들이 대부분이었지만, 슐레이그 현관 열쇠는 확실히 기억이 났다. 그런데…… 새버터스 집 열쇠였던가? 그런 것 같은데, 장담할 수는 없었다.
조그만 열쇠가 눈에 띄었다. FC와 775가 찍힌 열쇠였다. 안전 금고 열쇠일 텐데, 어느 은행일까? FC니까 퍼스트 커머셜? 딱 은행 이름이기는 했지만, 그거다 싶지는 않았다.

나는 눈을 감고 어둠 속을 들여다보았다. 원하는 답을 얻을 수 있을 거라고 거의 확신하며 그렇게 기다리는데…… 정말로 그랬다. 인조 악어 가죽 커버가 달린 수표첩이 눈앞에 그려졌다. 획획 넘겨보았다. 놀라우리만치 간단했다. 수표 위에 과거의 세상에서 쓰던 내 이름뿐 아니라 과거의 세상에서 마지막으로 머물렀던 집 주소까지 적혀 있었다.

214 웨스트 닐리 대로 아파트 1층
댈러스, TX

퍼뜩 생각났다. '내 차를 도둑맞은 곳인데.'
그리고 또 생각났다. '오스왈드. 암살범 이름이 오스왈드 래빗이었어.'
아니, 그럴 리가 없었다. 만화 속 주인공도 아닌데 래빗이라니. 하지만 거의 비슷했다.
"래빗, 나는 너를 막기 위해 왔다." 내가 말했다. "아직 포기하지 않았어."

3

9시 30분 조금 전에 전화벨이 울렸다. 무사히 도착했다는 새디의 전화였다.

"혹시 새로 생각난 거 없어요? 내가 진드기처럼 굴고 있다는 건 알지만."

"네, 없어요. 그리고 세상에 당신 같은 진드기가 어디 있다고 그래요?"

내가 만일 오스왈드 래빗을 어떻게 하더라도 그녀와는 전혀 무관한 일이 되어야 했다. 이름이 메리인가 아닌가 싶은 그의 부인과 이름이 에이프릴일 게 거의 확실한 그의 딸도 마찬가지였다.

"검둥이가 백악관 주인이 됐다는 거 농담이었죠?"

나는 미소를 지었다.

"두고 봐요. 당신 눈으로 직접 확인할 수 있을 테니까."

4

11/18/63(월요일)

9시 정각에 댈러스 순회 간호사들이 찾아왔다. 한 명은 나이가 많고 위협적이고, 다른 한 명은 젊고 예뻤다. 둘이서 할일을 했다. 내가 얼굴을 충분히 찡그리고 몸을 비틀고 끙끙거렸을 때 나이 많은 쪽이 알약 두 개가 담긴 봉투를 건넸다.

"진통제예요."

"진통제 안 먹어도……"

"먹어요." 그녀는 말을 길게 하지 않는 성격이었다. "공짜니까."

나는 진통제를 입에 넣어 뺨 쪽으로 쑤셔 두고 물을 삼켰다. 그런 다음 화장실에 가서 뱉어 냈다.

다시 부엌으로 돌아갔을 때 나이 많은 간호사가 말했다.

"경과 좋아요. 너무 무리하지는 말고요."

"그럼요."

"잡았어요?"

"네?"

"당신을 두들겨 팬 후레자식들 말이에요."

"아…… 아뇨, 아직."

"해서는 안 될 짓을 했어요?"

나는 활짝 웃어 보였다. 내가 이렇게 웃으면 크리스티는 뽕 맞은 퀴즈 프로그램 MC 같다고 했는데.

"기억이 안 나는데요."

5

엘러턴 박사가 무지막지하게 큰 로스트비프 샌드위치와 기름이 뚝뚝 떨어지는 바삭한 감자튀김, 약속한 밀크셰이크를 들고 점심을 먹으러 왔다. 나는 위장이 허락하는 한도 내에서 최대한 포식을 했다. 먹은 양이 제법 많았다. 식욕이 돌아오고 있었다.

"마이크가 버라이어티 쇼 한 번 더 하자는 이야기를 꺼냈어요." 그가 말했다. "이번에는 당신을 위해서 말이에요. 하지만 결국에는 이성론이 득세했어요. 손바닥만 한 마을에서 세 번은 무리라는 거죠." 그는 담배에 불을 붙이고 식탁 위에 놓인 재떨이에 성냥을 버린 다음 힘껏 빨아들였다. "당신을 그 지경으로 만든 강도단이 붙잡힐 조짐은 보이나요? 무슨 소식 들으셨어요?"

"아뇨. 아마 가망 없을 겁니다. 제 지갑을 몽땅 털고 차까지 훔쳐서 달아났는걸요."

"그나저나 그 동네는 어쩐 일로 가신 겁니까? 고급 주택가라고는 할 수 없는 곳인데."

'그런데 제가 거기 살았다는 거 아닙니까.'

"기억이 안 나요. 누굴 만나러 갔겠죠."

"휴식은 충분히 취하고 계신 거죠? 무릎 너무 혹사시키지 않고 말이에요."

"네." 머지않아 혹사시켜야 할 것 같지만.

"요즘도 갑자기 잠이 쏟아지고 그래요?"

"많이 좋아졌어요."

"잘됐군요. 아마……"

전화벨이 울렸다.

"새디일 거예요." 내가 말했다. "점심시간마다 전화를 하거든요."

"저도 이제 그만 가 봐야겠습니다. 살이 찐 것 같아서 다행이에요, 조지. 예쁜 아가씨한테도 안부 전해 주세요."

나는 부탁받은 대로 안부를 전했다. 새디는 유관한 기억이 떠오르고 있느냐고 물었다. 그런 식으로 고상한 표현을 쓰다니 서무실에서 전화를 하고 있다는 뜻이었다. 통화가 끝나면 콜리지 부인에게 시외전화요금을 정산해야 할 것이다. 덴홈 통합 고등학교의 살림을 맡고 있는 콜리지 부인은 셈만 밝은 게 아니라 귀도 밝았다.

나는 새로 생각난 거 없다고, 이제 낮잠을 잘 건데 자고 일어났을 때 뭐라도 생각났으면 좋겠다고 대답했다. 그런 다음 사랑한다고 하고(이번만큼은 거짓말이 아니라서 좋았다.), 디크의 안부를 묻고, 오후 시간 잘 보내라고 인사한 다음 전화를 끊었다. 하지만 낮잠을 자지 않았다. 자동차 열쇠와 서류가방을 챙겨들고 시내로 갔다. 돌아오는 길에는 그 서류가방 안에 뭔가가 들어 있길 바라면서.

6

천천히 조심스럽게 차를 몰았건만, 그래도 퍼스트 콘 은행으로 들어가서 안전 금고 열쇠를 내밀었을 때 무릎이 심하게 욱신거렸다.

담당 행원이 자기 방에서 나와 맞이하는데, 이름이 당장 생각났다. 리처드 링크. 내가 절뚝거리며 다가가자 그의 눈이 휘둥그레졌다.

"어떻게 된 겁니까, 앰버슨 씨?"

"교통사고를 당했어요." 나는 이렇게 말하면서 《모닝 뉴스》의 경찰서 소식란에 실린 기사를 그가 보지 못했거나 보고도 잊어버렸길 바랐다. 나는 보지 못했지만, 조디에 사는 조지 앰버슨이 구타와 강도를 당하고 의식을 잃은 채 발견돼 파크랜드 병원으로 이송되었다는 기사가 실린 적이 있었던 것이다. "회복이 잘 되고 있어요."

"그렇다니 다행이네요."

안전 금고는 지하실에 있었다. 나는 폴짝폴짝 뛰어서 계단을 내려갔다. 링크가 열쇠로 금고를 열고 조그마한 칸막이 방까지 들어다 주었다. 그가 딱 고만한 크기의 V자 모양 책상에 금고를 놓더니 벽에 달린 버튼을 가리켰다.

"볼일 다 보시면 멜빈을 호출하세요. 그 친구가 도와드릴 겁니다."

나는 고맙다고 인사하고, 그가 사라졌을 때 입구에 달린 커튼을 쳤다. 열쇠로 열어 놓기는 했지만, 금고 뚜껑은 닫혀 있었다. 금고를 물끄러미 쳐다보는데 심장이 두근거렸다. 존 케네디의 미래가 그 안에 들어 있었다.

뚜껑을 열었다. 지폐뭉치와, 퍼스트 콘 수표책을 비롯해 닐리 대로의 아파트에서 들고 나온 자질구레한 물건들이 맨 위에 놓여 있었다. 그 밑에 고무줄 두 개로 묶은 원고 뭉치가 있었다. 맨 앞장에『머더 플레이스』라고 찍혀 있었다. 저자 이름이 아니라 내가 쓴 원고였다. 그 밑에 파란색 공책이 있었다. 바로 앨의 말씀이었다. 나는 공책을 들었지만, 펼치면 새하얀 속지가 나를 맞이할 게 분명하다는 생각이 들었다. 옐로 카드맨이 다 지워 버렸을 테니까.

제발, 안 돼.

표지를 홱 들추었다. 맨 첫 장에 붙은 사진이 나를 돌아보았다. 좁고 잘생겼달 수 없는 얼굴. 내가 너무나도 잘 아는 미소를 머금은 입술. 나도 두 눈으로 직접 확인했던 미소가 아니던가. '나는 다 알지만 너는 모르지, 이 가엾은 얼간아.'의 의미가 담긴 미소가 아니던가.

리 하비 오스왈드. 전 세계를 뒤집어엎을 별 볼일 없는 말라깽이.

7

그 방에 앉아 숨을 헐떡이는데 기억들이 봇물처럼 밀려들었다.
머세이디즈 대로에 살았던 아이비와 로제트. 앨처럼 성이 템플턴이었던 그들.
줄넘기를 했던 아이들. *우리 아빠는 잠수함 조종사!*
새틀라이트 일렉트로닉스의 고요한 마이크(혹은 거룩한 마이크).
슈퍼맨처럼 셔츠를 찢었던 조지 드 모렌실트.
빌리 제임스 하기스와 에드윈 A. 워커 장군.
마리나 오스왈드, 암살범에게 붙잡힌 아리따운 인질. 웨스트 닐리 214번지의 내 집을 찾아와 "미안합니다. 우리 허브카 보셨어요?" 하고 물었던 그녀.
텍사스 교과서 창고.
6층 남동쪽에 달린 창문. 딜리 플라자와, 트리플 언더패스 쪽으로 비스듬히 꺾인 엘름 대로가 가장 잘 보이는 곳.
몸이 부들부들 떨리기 시작했다. 나는 단단히 팔짱을 끼고 팔뚝 위쪽을 두 손으로 움켜쥐었다. 그랬더니 펠트 천으로 돌돌 만 파이프에 맞서서 부러졌던 왼팔이 욱신거렸지만 개의치 않았다. 기뻤다. 그 팔이 나와 세상을 연결하는 끈이었다.
떨림이 잦아들었을 때 미완의 원고와 보물과도 같은 파란색 공책과 나머지 모든 것을 서류가방에 넣었다. 그런 다음 버튼을 눌러 멜빈을 호출하고 기다리는 동안 금고 제일 뒤편을 이리저리 뒤졌다. 두 가지 물건이 더 나왔다. 하나는 새틀라이트 일렉트로닉스를 찾아가기 전에 증거품을 마련하느라 전당포에서 산 싸구려 결혼반지였다. 또 하나는 오스왈드의 딸(에이프릴이 아니라 준이었다.)이 쓰던 빨간색 딸랑이었다. 딸랑이는 서류가방에 넣고 반지는 바지 주머니에 챙겼다. 집으로 가는 길에 처분할 생각이었다. 때가 되면 새디에게 훨씬 더 좋은 반지를 선물할 테니까.

8

유리를 두드리는 소리. 그리고 들리는 목소리.
"……괜찮으십니까? 선생님, 괜찮으십니까?"
눈을 떴을 때 처음에는 여기가 어딘가 싶었다. 왼쪽으로 고개를 돌렸더니 제복을 입은 순찰 경관이 내 차 운전석 창문을 두드리고 있었다. 그 순간 퍼뜩 기억이 났다. 피곤하고 하늘을 날듯이 기쁜 한편으로 두려운 마음을 달래며 에덴 팰로스까지 절반쯤 갔을 때 눈 좀 붙여야겠다는 생각이 들었다. 그래서 당장 가까운 주차장으로 들어갔다. 그게 2시 무렵이었다. 그런데 나지막이 기운 햇살로 보건대 벌써 4시쯤 된 것 같았다.
나는 창문을 내리고 말했다.
"죄송합니다. 갑자기 졸음이 쏟아져서 좀 쉬었다 가는 게 좋겠다 싶더라고요."
그는 고개를 끄덕였다.
"네, 네, 술을 마시면 그렇죠. 얼마나 드시고 운전하신 겁니까?"

"아뇨. 그게 아니라 제가 몇 달 전에 머리를 다쳤거든요."

나는 머리카락이 아직 자라지 않은 부분을 볼 수 있게 경관 쪽으로 고개를 돌렸다.

그는 반신반의하며 자기 얼굴에 대고 숨을 쉬어 보라고 했다. 그것으로 의심이 완전히 풀렸다.

"면허증 좀 보여 주세요." 그가 말했다.

나는 텍사스 면허증을 보여주었다.

"조디까지 가시려는 건 아니죠?"

"네, 댈러스 북부까지만 가면 돼요. 거기 있는 에덴 팰로스라는 재활센터에서 살고 있거든요."

진땀이 났다. 경관이 내 땀을 보더라도 포근한 11월 대낮에 밀폐된 차 안에서 자다 보니 더웠나 보다고 생각해 주기만을 바랄 따름이었다. 그리고 조수석에 둔 서류가방 안에 뭐가 들었는지 보여 달라고 하지 않기만을 간절히 바랄 따름이었다. 2011년 같았으면 경찰이 그런 요구를 하더라도 차에서 잔 게 무슨 죄냐고 거부할 수 있었다. 심지어 유료 주차장도 아닌데 뭘! 하지만 1963년에는 경찰이 마음만 먹으면 얼마든지 구석구석 뒤질 수 있었다. 내 차에 마약은 없지만, 돌아다니는 지폐 뭉치와 제목에 '살인'이라는 단어가 들어간 원고, 댈러스와 JFK 어쩌고 하는 과대망상성 헛소리들로 가득한 공책이 있지 않은가. 그게 들통 나면 가까운 파출소로 끌려가 심문을 받거나 파크랜드로 돌아가 정신 감정을 받아야 할까?

경관은 잠깐 말없이 서 있었다. 노먼 록웰(40여 년 동안 《새터데이 이브닝 포스트》 표지를 담당한 미국의 화가 겸 일러스트레이터 — 옮긴이)이

《새터데이 이브닝 포스트》 표지에 자주 등장시켰던 모델처럼 덩치가 크고 얼굴이 불그스름한 경관이었다. 잠시 후 그가 면허증을 돌려주었다.

"좋습니다, 앰버슨 씨. 팰로스라는 곳으로 출발하세요. 도착하시거든 오늘은 운전을 쉬시고요. 낮잠을 주무셨는지 어쨌는지 모르겠지만 안색이 창백하거든요."

"안 그래도 그러려고 했습니다."

차를 타고 멀어져 가는데, 나를 지켜보는 그의 모습이 백미러로 보였다. 그가 지켜보는 가운데 다시 잠이 들 게 분명하다는 생각이 들었다. 이번에는 사전 경고도 없을 것이다. 인도로 뛰어들어가 행인을 몇 명 죽이고 가구점 쇼윈도를 들이받을 것이다.

현관까지 경사로가 달린 조그만 오두막집에 드디어 도착했을 무렵에는 머리가 지끈거리고, 자꾸 눈물이 나고, 무릎이 욱신거렸지만…… 오스왈드에 얽힌 기억만큼은 분명하고 또렷했다. 나는 서류가방을 식탁 위로 내던지고 새디에게 전화를 걸었다.

"퇴근하고 전화를 했는데 안 받더라고요." 그녀가 말했다. "걱정했어요."

"옆집에 놀러가서 키노펜스키 씨하고 크리비지 했어요."

어쩔 수 없는 거짓말이었다. 어떤 거짓말을 했는지 기억하고 있어야 했다. 그리고 들통나지 않게 잘 해야 했다. 그녀는 나를 잘 아니까.

"잘했어요." 그녀는 그러더니 일말의 망설임 없이 똑같은 말투로 물었다. "이름 뭐예요? 그 사람 이름요."

리 오스왈드요. 하마터면 그녀의 기습 작전이 통할 뻔했다.

"잘…… 모르겠어요."

"지금 말 더듬은 거죠? 다 들었어요."

나는 손마디가 아플 정도로 수화기를 세게 움켜쥐며 비난의 화살을 기다렸다.

"이번에는 정말 거의 생각이 난 모양이네? 그렇죠?"

"뭔가 있긴 해요." 나는 조심스럽게 인정했다.

그 뒤로 15분에 걸쳐 통화를 하는 동안 나는 앨의 공책이 든 서류 가방을 쳐다보았다. 그녀가 나중에 또 전화하라고 했다. 나는 알겠다고 했다.

9

나는 「헌틀리·브링클리 리포트」가 시작하는 시간까지 기다렸다가 파란 공책을 다시 들추어 보기로 했다. 지금 이 시점에서는 공책이 실질적으로 쓸모가 있지는 않을 것 같았다. 마지막 부분은 기록이 허술하고 시간에 쫓긴 흔적이 다분했다. 오스왈드 작전이 이렇게까지 진행될 줄 앨도 몰랐던 것이다. 그건 나도 마찬가지였지만. 쥐방울만 한 투덜이를 잡으러 나선 여정이 떨어진 나뭇가지들로 어지럽게 덮인 길을 달리는 것과 비슷했고, 결국에는 과거가 자기 방어에 성공한 것처럼 보였다. 하지만 나는 더닝을 막은 전적이 있지 않은가. 그렇기 때문에 희망이 있었다. 감옥이나 헌츠빌에 있는 전기의자 신세를 지지 않고 오스왈드를 막을 방법이 어렴풋이 그려졌다.

나는 자유로운 신분을 유지해야 할 여러 가지 결정적인 이유가 있었다. 그중에서도 가장 큰 이유를 들라면 지금 조디에서 디크 시먼스에게 닭고기 수프를 먹이고 있을 어떤 여자였다.

나는 환자 친화적인 조그만 아파트를 체계적으로 움직이며 소지품을 모두 챙겼다. 낡은 타자기 말고는 조지 앰버슨의 흔적을 아무것도 남기고 싶지 않았다. 수요일 이후에 떠날 수 있었으면 좋겠는데, 디크의 몸 상태가 좋아져서 새디가 화요일 밤에 올 수 있다고 하면 날짜를 앞당겨야 할 것이다. 그런데 임무를 마칠 때까지 어디 숨어 있는 게 좋을까? 아주 좋은 질문이었다.

요란한 트럼펫 소리가 전국 네트워크 뉴스의 서막을 알렸다. 쳇 헌틀리가 등장했다.

"플로리다에서 폴라리스 미사일 시험 발사를 참관하고 병석에 누운 아버지를 문병하며 주말을 보낸 케네디 대통령이 9시간 동안 다섯 개의 연설을 하며 바쁜 월요일을 보냈습니다."

대통령 전용 헬리콥터 마린 원이 착륙하는 것을 보고 기다리던 군중들이 환호성을 질렀다. 화면이 바뀌자 한 손으로는 텁수룩한 머리카락을 쓸어넘기고 다른 손으로는 넥타이를 만지작거리며 임시로 만들어 놓은 바리케이드 뒤편의 군중들에게 다가가는 케네디의 모습이 보였다. 그는 종종걸음으로 따라오는 경호 요원들보다 한참을 앞서 걸었다. 바리케이드 틈새를 뚫고 기다리던 환영객 사이로 뛰어들어 왼쪽, 오른쪽으로 악수를 하며 지나가는 그의 모습을 보고 나는 넋을 잃었다. 경호요원들이 경악하며 허둥지둥 따라갔다.

"탬파에서 촬영한 장면인데요," 헌틀리가 말을 이었다. "케네디는 거의 10분 동안 악수를 했다고 합니다. 경호를 맡은 요원들은 걱정이 됐겠지만, 군중들은 좋아하는 게 보이지 않으십니까? 케네디도 마찬가지에요, 데이비드. 원래는 냉담한 성격이라는데, 정치인에게 주어진 임무를 제대로 즐기고 있네요."

이제는 케네디가 계속 악수를 하고 이따금 몸을 맡기는 여자들을 포옹해 가며 리무진을 향해 걸어가고 있었다. 리무진은 지붕을 내린 컨버터블이었다. 러브 필드에서 출발해 오스왈드의 총탄이 예정된 지점을 향해 퍼레이드를 했을 때 탔던 차와 똑같았다. 어쩌면 바로 그 차일 수도 있었다. 흐릿한 흑백 화면 속에서 언뜻 낯익은 얼굴이 보였다. 나는 탬파에서 일면식이 있었던 도박업자가 미국 대통령과 악수하는 광경을 소파에 앉아서 지켜보았다.

매독에 걸렸다던 로스의 말이 진짜인지 들리는 소문을 그대로 옮긴 건지 알 길이 없었지만, 에두아르도 구티에레스는 살이 많이 빠졌고, 머리가 듬성듬성했고, 여기가 어디이고 자기가 누구인지 모르는 사람처럼 어리둥절해하는 눈빛이었다. 폭염이 내리쬐는 플로리다에서 거추장스러운 외투를 입고 대통령의 측면을 지키는 경호 요원들과 똑같은 눈빛이었다고 해야 할까. 하지만 그의 모습을 언뜻 확인한 순간 화면이 바뀌면서 방어가 취약한 오픈카에 올라탄 케네디가 손을 흔들고 미소를 날리며 멀어졌다.

카메라가 다시 헌틀리를 잡았을 때 그는 우락부락한 얼굴로 묘한 미소를 짓고 있었다.

"그런데 참 재미있는 날이었단 말이죠, 데이비드. 대통령이 탬파 상공회의소 회원들이 기다리고 있는 인터내셔널 인 연회장으로 들어섰을 때였는데…… 직접 확인해 보세요."

다시 자료화면. 케네디가 기립한 청중들을 향해 손을 흔들며 등장하자 알프스 모자에 무릎까지 오는 가죽바지를 입은 초로의 신사가 자기보다 더 큰 아코디언으로「헤일 투 더 치프」를 연주하기 시작했다. 대통령은 멈칫하다 정신을 차리고, '아이고 맙소사' 하는 의미에서 귀엽게 두 손을 들었다. 오스왈드를 만나러 이 시대로 건너온 이래 처음으로 그가 실존 인물처럼 느껴졌다. 멈칫하다 손을 드는 동작에서 유머 감각보다 더 위대한 무언가가 느껴졌다. 살다 보면 늘 겪게 되는 인생의 황당한 측면을 인정하는 자세가 느껴졌던 것이다.

데이비드 브링클리도 미소를 짓고 있었다.

"케네디가 재선에 성공하면 저 신사분을 취임식 때 초대하지 않을까요?「헤일 투 더 치프」가 아니라「비어 배럴 폴카」가 더 어울리는 자리이겠습니다만. 그런가 하면 제네바에서는……"

나는 TV를 끄고 다시 소파로 돌아가 앨의 공책을 펼쳤다. 뒷면으로 넘기는데 멈칫하다 정신을 차리던 그의 모습이 자꾸만 생각났다. 그리고 그 미소도. 유머 감각도. 인생의 황당한 측면을 받아들이는 자세도. 몇 번이나 입증이 됐다시피, 교과서 창고 6층 창문에서 그를 노릴 남자는 이 중 아무것도 없었다. 그런 남자의 손에 역사가 바뀌면 안 되는 거였다.

10

실망스럽게도 공책의 마지막 여섯 장 중에서 다섯 장이 뉴올리언스에서 리의 행적과 멕시코를 경유해 쿠바로 가려다 실패한 이야기를 다루고 있었다. 암살 사전 준비에 초점을 맞춘 부분은 마지막 한 장뿐이었고, 그마저도 형식적이었다. 앨이 11월 셋째 주까지 오스왈드를 처리하지 못하면 물 건너간 이야기는 판단 아래 기억나는 대로 적은 것에 불과했다.

10/3/63: 텍사스로 복귀. 마리나와 '일종의' 결별. 그녀는 루스 페인의 집에서 지내고 O가 주말마다 찾아감. 루스가 이웃사람(뷰얼 프레이저)을 통해 O를 교과서 창고에 소개함. 루스는 O를 '싹싹한 청년'이라고 함.

주중에는 댈러스의 셋방에서 지냄.

10/17/63: 교과서 창고에서 근무 시작. 책을 옮기고 트럭에 실린 짐을 내리고 기타 등등.

10/18/63: O의 24번째 생일. 루스와 마리나가 깜짝 파티를 열어 줌. O가 고맙다며 눈물을 흘림.

10/20/63: 둘째 딸 탄생. 오드리 레이첼. O가 근무하는 동안 루스가 마리나를 병원(파크랜드)에 데려감. 소총을 담요로 싸서 페인의 집 차고에 숨겨 둠.

FBI의 제임스 호스티 요원이 주기적으로 O를 방문. 피해망상 유발.

11/21/63: 페인의 집을 찾아감. 마리나에게 재결합하자고 애원. M이 거부. 마지막 결정타.

11/22/63: 마리나 몫으로 현금을 모두 서랍장에 넣음. 결혼반지까지. 뷰얼

프레이저와 함께 어빙에서 교과서 창고로 출근. 갈색 종이로 싼 짐이 있음. 뷰얼이 뭐냐고 물음. '새 집에 달 커튼 봉'이라고 대답함. 아마 분해한 만리헤르 카르카노 소총일 것임. 뷰얼이 교과서 창고까지 걸어서 3분 거리에 있는 공영 주차장 2블록에 주차.

11:50 AM: 새로 공사한 6층 바닥에 합판을 까는 인부들 쪽에서 보이지 않게 상자를 쌓아서 6층 남동쪽 모퉁이에 둥지 마련. 점심시간이라 아무도 없음. 모두 대통령 구경 중.

11:55 AM: 만리헤르 카르카노 조립 후 장전.

12:29 PM: 퍼레이드 행렬이 딜리 플라자에 도착.

12:30 PM: 소총을 세 차례 발사. 세 번째 탄환이 치명타.

내가 가장 원했던 정보(오스왈드의 셋방 위치)는 앨의 기록에 없었다. 공책을 내동댕이치고 싶은 충동이 일었지만 참았다. 그 대신 소파에서 일어나 외투를 입고 밖으로 나갔다. 어둑어둑했지만, 4분의 3쯤 부푼 달이 하늘을 밝히고 있었다. 휠체어에 웅크리고 앉은 키노 펜스키 씨의 모습이 달빛에 비쳐 보였다. 모토롤라 라디오가 무릎에 얹혀 있었다.

나는 경사로를 내려가 그의 위로 허리를 숙였다.

"K 씨? 어디 편찮으세요?"

아무 대답도 없고 심지어 움직이지도 않아서 죽었구나 하는 생각이 들었다. 그런데 잠시 후 그가 고개를 들고 웃었다.

"음악 듣고 있었어. KMAT에서 밤에는 스윙 틀어주는데 들으면 옛날 생각이 나거든. 왕년에는 내가 린디합하고 버니합을 끝내주게 췄는데. 지금의 나를 보면 상상도 안 되겠지만 말이야. 달이 참 *이뿌지?*"

정말로 이뻤다. 우리는 잠자코 달을 구경했고, 나는 앞으로 해야만 하는 일에 대해 생각했다. 오늘 밤 리가 어디에서 자는지는 모르지만 그의 총이 어디 있는지는 알 수 있었다. 담요로 둘둘 싸서 루스 페인의 차고에 숨겨 두었으니까. 거기로 가서 총을 슬쩍하면 어떨까? 문을 딸 필요도 없을 것이다. 과거의 세상에서 시골 사람들은 차고는커녕 집 문도 안 잠그는 경우가 허다했다.

그런데 앨이 헛다리를 짚었다면 어떻게 해야 할까? 워커 사건 때도 총 숨겨 둔 곳을 착각했지 않았는가. 게다가 거기 숨겨 두었다 하더라도……

"무슨 생각하나?" 키노펜스키 씨가 물었다. "고민하는 표정이로구면. 여자 문제는 아니겠지?"

"네." 아직은 아니었다. "인생 상담 같은 것도 하십니까?"

"하다마다. 줄넘기도 못 하고 줄타기도 못 할 만큼 늙으면 그런 거라도 해야지."

"주변에 나쁜 짓을 저지르려는 사람이 있다고 쳐요. 그러기로 작정한 사람이 있다고요. 그런데 말로 설득을 하든지 해서 한번 단념시키면 나중에 다시 작정하고 나설까요 아니면 영영 포기할까요?"

"딱 잘라 말하기 어려운 문제로군. 자네 아가씨의 얼굴에 상처를 낸 작자가 다시 돌아와서 마무리를 지으려 할지도 모른다고 생각하는 건가?"

"그 비슷한 겁니다."

"미친 놈." 이건 질문이 아니었다.

"그러게요."

"제정신이 박힌 사람들은 힌트를 주면 대개 알아들어." 키노펜스키 씨가 말했다. "정신 나간 인간들은 그런 경우가 거의 없지. 전등과 전화가 발명되기 전, 서부에서 쭉 캐먹던 시절에 숱하게 경험했다네. 그런 인간들은 협박을 해도 다시 돌아와. 두들겨 패서 쫓아내면 매복을 하고 있다 덤벼들지. 처음에는 나를 향해, 그 다음에는 진짜 표적을 향해. 시골 구치소에 집어넣으면 나올 수 있을 때까지 가만히 기다리지. 정신 나간 인간들을 가장 안전하게 처리하는 방법은 천년만년 주 연방 교도소에 가두어 놓는 거야. 아니면 죽여 버리든지."

"저도 그렇게 생각합니다."

"만약 그 작자가 다시 찾아와서 아가씨의 예쁜 얼굴을 나머지 부분까지 못 쓰게 만들려는 것 같거든 가만히 내버려두면 안 돼. 자네가 겉으로 보이는 것만큼 진심으로 그 아가씨를 사랑한다면 책임지고 막아야지."

클레이턴은 더 이상 신경 쓸 필요가 없었지만, 내가 책임지고 막아야 한다는 건 맞는 말이었다. 나는 손바닥만 한 내 아파트로 돌아가 진하게 블랙커피를 한 잔 끓인 다음 메모지를 앞에 두고 앉았다. 이제 계획이 좀 더 분명해졌으니 살을 붙이고 싶었다.

그런데 끼적거리다 잠이 들어 버렸다.

눈을 떠 보니 거의 자정 무렵이었고, 체크무늬 방수 식탁보에 대고 있었던 쪽 뺨이 아팠다. 나는 메모지에 그려진 그림을 쳐다보았다. 잠이 들기 전에 그려 놓은 그림인지, 일어나서 그렸는데 기억을 못하는 건지 알 수가 없었다.

총이었다. 만리헤르 카르카노 소총이 아니라 권총이었다. **내 권총**이었다. 웨스트 닐리 대로 214번지 현관 앞 계단 밑에 숨겨 둔 그 권총이었다. 아직 거기 있겠지? 있었으면 좋겠는데.

앞으로 쓸 일이 생길 테니까.

11

11/19/63(화요일)
새디가 아침에 전화해 디크의 상태가 조금 좋아졌지만 내일까지 집에 있으라고 할 생각이라고 전했다.

"안 그러면 괜히 출근해서 다시 도질 거예요. 하지만 내일 아침에 짐을 싸 가지고 출근해서 6교시가 끝나자마자 출발할게요."

6교시는 1시 10분에 끝난다. 그러니까 내가 내일 오후에 아무리 늦어도 4시 전에 에덴 팰로스를 나서야 한다는 뜻이었다. 아직은 행선지를 알 수가 없었지만.

"보고 싶어요."

"당신 말투가 딱딱하고 이상하다. 머리 아파요?"

"조금요." 내가 대답했다. 진짜였다.

"수건에 물 적셔서 눈 위에 얹고 좀 누워 있어요."

"그럴게요." 그럴 생각은 눈곱만큼도 없었다.

"뭐 생각난 거 있어요?"

사실 있었다. 리의 총을 없애는 것만으로는 부족하다는 것. 페인네 집에서 그를 사살하는 것은 안 좋은 방법이라는 것.

내가 잡힐 수도 있기 때문만은 아니었다. 루스의 두 아이까지 합해서 그 집에 아이가 도합 넷이었다. 리가 버스를 타고 온다면 정거장에서 집까지 걸어가는 동안 시도해 볼 만하지만, 아마 루스 페인의 부탁으로 교과서 창고에 취직시켜 준 뷰얼 프레이저의 차를 타고 올 것이다.

"아뇨." 내가 대답했다. "아직 없어요."

"뭔가가 생각날 거예요. 기다려 보자고요."

12

나는 차를 몰고 (아직 속도는 내지 못했지만 점점 자신감이 붙었다.) 도심을 가로질러 웨스트 닐리로 향하면서 1층에 세입자가 들었으면 어떻게 할지 고민했다. 총을 다시 사면 되겠지만…… 내가 원하는 건 경찰용 38구경이었다. 데리에서 바로 그 총으로 임무에 성공하지 않았는가 말이다.

「투데이」의 프랭크 블레어 아나운서에 따르면 마이애미로 건너간 케네디는 운집한 쿠바계 주민들의 환영을 받았다고 한다. 어떤 사람들은 '케네디 만세'라고 적힌 팻말을 들었고, 또 어떤 사람들은 '우리를 위해 조국을 저버린 케네디'라고 적힌 플래카드를 들었다. 역사가 달라지지 않는다면 그에게 남은 시간은 이제 72시간이었다. 남은 시간이 그보다 조금 긴 오스왈드는 지금쯤 화물용 엘리베이터에 상자를 실든지 휴게실에서 커피를 마시고 있을 것이다.

거기서 그를 처리할 수도 있겠지만 (아무 말 없이 다가가 방아쇠를 당기는 거다.) 멱살을 잡혀 바닥으로 내동댕이쳐질 것이다. 그나마도 그를 죽인 뒤에 그러면 다행이고, 재수가 없으면 죽이지도 못한 채 그럴 수 있었다.

그런데 어느 쪽이 됐건 그랬다가는 앞으로 철조망이 쳐진 강화유리를 사이에 두고 새디 던힐을 만나야 할 것이다. 영웅 흉내를 내는 것 같지만 나를 바쳐야 (그러니까 나를 희생해야) 오스왈드를 막을 수 있다면 얼마든지 그럴 수 있을 것 같았다. 하지만 그런 식의 결말은 싫었다. 나는 새디도 필요하고, 파운드케이크도 필요했다.

웨스트 닐리 214번지 잔디밭에 바비큐 냄비가 있었고 현관에는 못 보던 흔들의자가 놓여 있었지만, 커튼이 쳐져 있고 집 앞에 주차된 차가 없었다. 나는 집 앞에 차를 세우고, 용감한 자가 아름답다고 속으로 되뇌며 계단을 올라갔다. 4월 10일에 나를 찾아왔을 때 마리나가 서 있었던 그 자리에서 걸음을 멈추고 그날 마리나처럼 문을 두드렸다. 대답하는 사람이 있으면 『브리태니커 백과사전』 판촉에 나선 프랭크 앤더슨이라고 할 것이다 (《그릿》을 팔러 다니기에는 나이가 너무 많았으니까.). 안주인이 관심을 보이면 내일 견본품을 들고 다시 찾아오겠노라고 할 것이다.

아무 대답이 없었다. 안주인도 직장에 다니는 모양이었다. 아니면 옆집에 놀러 갔든지. 아니면 얼마 전까지만 해도 내 것이었던 침실에 누워서 숙취를 달래고 있든지. 과거의 세상의 표현을 빌자면 '이런들 어떠하리, 저런들 어떠하리'였다. 그 일대는 조용했고(그게 중요한 부분이었다.) 길거리에는 아무도 없었다. 보행 보조기를 짚고 다니는 이 마을의 보초병, 앨버타 히친슨마저 보이지 않았다.

나는 절뚝거리며 게걸음으로 계단을 내려와 길을 걸어가다 퍼뜩 뭔가 생각이 난 것처럼 방향을 돌려 계단 밑을 들여다보았다. 38구경이 있었다. 반쯤 덮인 낙엽 밑으로 짧은 총신을 삐죽 내밀고 있었다. 나는 성한 쪽 무릎을 꿇고 얼른 집어 스포츠 재킷 옆 주머니에 넣었다. 주변을 확인해 보니 이쪽을 쳐다보고 있는 사람이 아무도 없었다. 나는 절뚝거리며 차로 돌아가 사물함에 총을 넣고 출발했다.

13

에덴 펠로스로 돌아가지 않고 댈러스 도심으로 들어가 스포츠 용품점에서 총기류 청소 세트와 새 탄약을 한 상자 샀다. 불발이 나거나 내 면전에서 폭발이라도 하면 큰일이었다.

그 다음 행선지는 아돌퍼스였다. 도어맨 말로는 다음 주까지 빈 객실이 없다고 했지만 (대통령 순방으로 댈러스의 모든 호텔이 그랬다.) 팁을 1달러 쥐어 주자 호텔 주차장에 얼른 내 차를 대 주었다.

"그런데 4시까지는 차를 빼 주셔야 합니다. 그때부터 체크인 행렬이 밀려들기 시작하거든요."

그때가 12시였다. 거기서 세 블록인가 네 블록밖에 안 되는 딜리 플라자까지 천천히 걸어갔다. 피곤했고 구디스 파우더(처방전 없이 살 수 있는 진통제—옮긴이)를 먹었는데도 머리가 점점 더 지끈거렸다. 텍사스 주민들은 클랙슨을 애용하는데, 빵빵 소리가 들릴 때마다 뇌가 흔들렸다. 나는 툭하면 왜가리처럼 아픈 쪽 다리를 들고 건물에 기대 숨을 돌렸다. 비번인 택시 기사가 괜찮으냐고 물었다. 나는 괜찮다고 안심시켰지만 거짓말이었다. 심란하고 비참했다. 무릎이 고장 난 남자의 어깨에 전 세계의 미래가 얹혀 있으면 안 되는 거 아닐까?

나는 1960년, 댈러스에 도착하고 며칠밖에 안 됐을 때 앉았던 그 벤치에 털썩 주저앉았다. 그 당시 내 위로 그늘을 드리웠던 느릅나무가 오늘은 벌거벗은 가지들끼리 부딪치는 소리를 냈다. 나는 욱신거리는 무릎을 뻗고 안도의 한숨을 쉰 다음 흉측한 정육면체 모양의 교과서 창고 건물로 시선을 돌렸다. 휴스턴과 엘름 대로를 내려다보는 창문들이 싸늘한 오후의 햇살을 받고 반짝였다. 우리는 비밀을 알아. 창문들이 속삭였다. 우리는 유명해질 거야. 특히 6층 남동쪽 모서리에 있는 친구가. 우리는 유명해질 거고, 너는 우리를 막지 못할 거야. 한심하게 으름장을 놓는 듯한 분위기가 건물을 감싸고 있었다. 그렇게 느끼는 사람이 나 하나뿐이었을까? 나는 반대편으로 엘름 대로를 건너 건물 앞을 지나가는 사람들을 쳐다보며 그건 아닐 거라고 생각했다. 리는 지금 저 안에 있을 테고, 나와 비슷한 생각들을 하고 있을 것이다. *내가 할 수 있을까? 내가 해야만 할까? 이것이 나의 운명일까?*

'이제 네 형은 로버트가 아니야.' 나는 생각했다. '내가 네 형이야,

리. 총을 나누는 형제. 네가 모르고 있을 뿐이지.'

교과서 창고 뒤편 철도 조차장에서 기관차가 경적을 울렸다. 꼬리줄무늬비둘기들이 떼를 지어 날아올랐다. 날아올라 교과서 창고 지붕에 달린 허츠 광고판 위를 빙글빙글 돌다 포트워스 쪽으로 방향을 틀었다.

22일 이전에 그를 죽이면 케네디는 목숨을 부지하겠지만, 나는 앞으로 20년 혹은 30년 동안 감옥이나 정신병원 신세를 면치 못할 것이다. 그런데 22일에 죽이면 어떻게 될까? 총을 조립하고 있을 때 죽이면?

그때까지 기다리다니 엄청난 위험부담을 감안했을 때 어떻게든 막아야 할 사태였지만, 성공할 수 있고 지금으로서는 그 방법이 최선일지 모른다는 생각이 들었다. 함께 게임을 진행할 파트너가 있다면 더 안심할 수 있겠지만 후보가 새디 한 명밖에 없는 상황에서 그녀를 끌어들일 수는 없었다. 케네디가 죽거나 내가 감옥에 가는 한이 있더라도 안 될 일이었다. 이미 다칠 만큼 다친 사람 아닌가.

나는 차를 가지러 천천히 호텔로 발걸음을 옮겼다. 가는 길에 어깨 너머로 교과서 창고를 흘끗 쳐다보았다. 녀석이 나를 보고 있었다. 분명히 보고 있었다. 당연히 저 안에서 끝을 맺어야 하는 건데, 다른 방법을 생각하려 했다니 내가 바보 같았다. 도살장의 컨베이어 장치를 미끄러져 내려가는 암소처럼 그 벽돌 건물 쪽으로 내 몸이 쏠렸다.

11/20/63(수요일)

내용이 기억이 안 나는 꿈을 꾸고 새벽에 움찔하며 깼더니 심장이 두방망이질을 치고 있었다.

그녀는 알고 있어.

알고 있다니 뭘?

네가 기억 안 난다고 하면서 거짓말하고 있는 걸.

"아냐." 내가 말했다.

자다 깨서 허스키한 목소리가 나왔다.

알고 있다니까. 일부러 6교시 마치고 출발하겠다고 한 거야. 너 몰래 그보다 일찍 도착하려고. 자기가 들이닥칠 때까지 네가 모르길 바라거든. 어쩌면 벌써 출발했을지 몰라. 네가 오전 물리 치료를 한참 받고 있을 때 그녀가 쓰윽 들어올 거야.

믿고 싶지 않았지만, 기정사실처럼 느껴졌다.

그럼 어디로 가야 할까? 수요일 아침 첫 햇살을 맞으며 침대에 앉아 있는데, 행선지 역시 기정사실처럼 느껴졌다. 무의식 선상에서는 처음부터 알고 있었던 듯이. 공명하고 반향을 일으키는 것이 과거의 특징이다.

하지만 먼저, 쓰던 타자기로 해야만 하는 일이 있었다. 달갑지 않은 일이.

15

1963년 11월 20일

사랑하는 새디에게,

지금까지 당신한테 거짓말을 했어요. 당신도 그런 게 아닌가 의심하기 시작한 지 좀 됐죠? 당신이 아무래도 오늘 일찍 들이닥칠 작정을 한 것 같아요. 그래서 JFK가 모레 댈러스를 방문하기 전까지 만날 수 없는 곳으로 내가 떠나는 거예요.

만약 일이 내 계획대로 된다면 우리 둘이 여기가 아닌 다른 곳에서 오래도록 행복하게 살 수 있을 거예요. 처음에는 낯설게 느껴지겠지만, 익숙해질 거예요. 내가 도와줄게요. 사랑해요. 그래서 이 일에 당신을 끌어들일 수가 없는 거예요.

나를 믿고 기다려줘요. 그리고 신문에서 내 이름과 사진이 보이더라도 놀라지 말아줘요. 내 계획대로 되면 그럴 가능성이 크거든요. 무엇보다도 <u>나를 찾으려고 하지 마요.</u>

모든 사랑을 담아서

제이크

추신: 이 편지는 태워버려야 해요.

16

나는 조지 앰버슨으로 살았던 삶의 흔적들을 갈매기 날개가 달린 세비 트렁크에 챙기고, 물리 치료사에게 전하는 쪽지를 문 앞에 두고, 무거운 마음과 향수병을 달래며 출발했다. 새디는 내가 예상했던 것보다 훨씬 일찍, 동이 트기도 전에 조디에서 출발했다. 나는 9시에 에덴 팰로스를 나섰다. 그녀는 9시 15분에 길가에 비틀을 대고, 물리 치료를 취소하는 쪽지를 확인한 다음 나한테 받은 열쇠로 문을 열고 안으로 들어갔다. 타자기 롤러를 받침대 삼아 그녀의 이름이 적힌 봉투가 놓여 있었다. 그녀는 봉투를 뜯어서 편지를 읽고, 꺼진 텔레비전 앞 소파에 앉아 울음을 터뜨렸다. 물리 치료사가 도착했을 때도 그녀는 울고 있었지만…… 내가 부탁한 대로 편지는 태워 없앴다.

17

잔뜩 찌푸린 하늘을 머리에 인 머세이디즈 대로는 대체로 조용한 편이었다. 줄넘기를 하던 아이들은 보이지 않았지만 (며칠 있으면 대통령이 방문한다는 선생님의 설명을 학교에서 열심히 듣고 있을지 모른다.) 내가 예상한 대로 아슬아슬한 현관 난간에 달린 '임대' 팻말은 여전했다. 연락처가 적혀 있었다. 나는 몽고메리 워드 창고 주차장으로 가서 화물 싣는 곳 근처에 있는 공중전화로 전화를 걸었다. 할 말만 하는 남자가 "넵, 메릿입니다." 하고 전화를 받았는데, 리와 마리나에게 2703번지를 세놓은 집주인인 게 분명했다. 스테트슨 모자와 바늘땀이 보이는 요란한 부츠가 아직도 눈에 선했다.

내가 원하는 바를 밝히자 그가 말도 안 된다는 듯이 웃음을 터뜨렸다.

"1주일은 못 빌려 줍니다. 쓸 만한 집이란 말이오."

"돼지우리잖아요." 내가 말했다. "나도 들어가 봐서 압니다."

"이 우라질 양반아, 내 말 잘……"

"아니, *내* 말 잘 들으세요. 이번 주말에 그 집을 빌리는 조건으로 50달러를 드리죠. 그거면 한 달 월세에 버금가잖아요? 다음 주 월요일에 임대 팻말 다시 거세요."

"뭐 하러 그런……"

"케네디가 오는데 댈러스와 포트워스 호텔에 객실이 하나도 없단 말입니다. 대통령을 보려고 먼 길을 달려왔는데, 페어 파크나 딜리 플라자에서 노숙을 하기는 싫단 말이죠."

메릿이 고민을 하느라 라이터를 찰칵 켜는 소리가 들렸다.

"아까운 시간만 흘러가고 있네요." 내가 말했다. "째깍째깍."

"당신 이름이 뭐요?"

"조지 앰버슨."

나는 전화로 물어보지 않고 그냥 들어가서 살고 싶은 마음도 있었고, 거의 그러려고 했었다. 하지만 가장 만나고 싶지 않은 상대가 포트워스 경찰이었다. 국경일을 기념한답시고 가끔 닭을 터뜨리는 동네 주민들이 불법 거주자가 나타났다고 신경을 쓸까마는 그래도 만사 불여튼튼이었다. 나는 지금 카드로 만든 집 주변을 한가롭게 걷는 게 아니라 그 안에서 살고 있었다.

"그 앞에서 30분 뒤, 그러니까 45분에 만납시다."

"들어가 있겠습니다." 내가 말했다. "열쇠가 있거든요."

침묵. 그리고 잠시 후.

"어디서 났소?"

아직 모텔에 살고 있을지 몰라도 아이비를 고자질할 생각은 없었다.

"리. 리 오스왈드한테서 받았어요. 자기 화분에 물 좀 주라고 하던데요?"

"그 쥐방울이 화분을 키웠다?"

나는 전화를 끊고 2703번지로 돌아갔다. 호기심 때문에 그랬겠지만, 임시 집주인이 겨우 15분 뒤에 크라이슬러를 몰고 나타났다. 이번에도 스테트슨 모자를 쓰고 요란한 부츠를 신고 있었다. 나는 거실에 앉아서 아직까지 여기 살고 있는 환영들이 옥신각신하는 소리를 듣고 있었다. 그들은 할 말이 많았다.

메릿은 오스왈드에 대해 캐물었다. 정말로 빌어먹을 빨갱이냐고 했다. 나는 아니라고, 금요일에 대통령 퍼레이드 행렬을 제대로 구경할 수 있는 데서 일하는 착한 루이지애나 출신이라고 대답했다. 나도 거기서 같이 구경할 수 있었으면 좋겠다고.

"우라질 케네디!" 메릿은 거의 고함을 지르다시피 했다. "케네디는 빨갱이인 게 분명하지! 아무라도 그 새끼를 손가락 하나 꿈틀 못 할 때까지 쏴 버려야 하는데."

"그럼 안녕히 가십시오." 내가 문을 열며 말했다.

그는 밖으로 나갔지만 불쾌한 기색이 역력했다. 세입자들을 머리 조아리고 움찔하게 만들었던 위인이 아닌가. 그가 금이 가서 바스러지는 콘크리트 길 위에서 내 쪽을 돌아보며 말했다.

"최대한 깨끗하게 쓰고 나가요. 알겠소?"

나는 카펫은 썩어 가고, 회반죽에는 금이 갔고, 안락의자는 부서진 거실을 둘러보았다.

"걱정 마세요."

나는 소파에 앉아서 다시 환영들의 이야기에 귀를 기울였다. 리와 마리나, 마거릿과 드 모렌실트. 그런데 또 느닷없이 잠이 들고 말았다. 눈을 떴을 때 노랫소리가 들리기에 희미해져 가는 꿈속에서 들리는 소리인 줄 알았다.

"찰리 채플린이 프랑스에 갔단다! 아가씨들 댄스를 구경하러!"

그런데 눈을 떴을 때도 계속 들렸다. 창가로 가서 밖을 내다보았다. 전보다 키가 조금 크고 나이를 먹긴 했지만, 그 끔찍한 줄넘기 삼인방이었다. 가운데 아이는 얼굴에 뭐가 잔뜩 났다. 여드름이 나려면 최소 4년은 있어야 될 만한 나이인 것 같은데. 어쩌면 풍진일지 모른다.

"대령님께 경례!"

나는 "여왕님께 경례!"라고 중얼거리고 욕실로 들어가 세수를 했다. 녹물이 나왔지만 정신이 번쩍 들 만큼 차가웠다. 깨진 시계 대신 찬 싸구려 티멕스를 확인했더니 2시 30분이었다. 배는 고프지 않았지만 뭐라고 먹어야겠기에 차를 몰고 미스터 리의 바비큐로 향했다. 오는 길에 약국에 들러 구디스 파우더를 한 통 더 샀다. 그리고 존 D. 맥도널드의 책도 몇 권 샀다.

줄넘기를 하던 아이들은 보이지 않았다. 평소에는 시끌벅적했던 머세이디즈 대로가 이상하게 조용했다. '조만간 마지막 장의 막이

오르려는 연극 같네.' 이런 생각이 들었다. 들어가서 식사를 했다. 바비큐는 톡 쏘는 맛이 있고 부드러웠지만, 결국에는 거의 전부 다 게워내고 말았다.

18

큰방에서 잠을 청하려고 했지만, 리와 마리나의 환영이 너무 생생했다. 자정 직전에 작은방으로 잠자리를 바꾸었다. 로제트 템플턴이 크레용으로 그려 놓은 아이들이 아직까지 벽에 남아 있었고, 똑같이 생긴 점퍼스커트(로제트는 풀색을 제일 좋아하는 게 분명했다.)와 까만색의 큼지막한 구두가 왠지 모르게 마음을 가라앉히는 효과가 있었다. 이 그림, 그중에서도 특히 미스 아메리카 왕관을 쓰고 있는 아이를 보았더라면 새디가 미소를 지었을 거라는 생각이 들었다.
"사랑해요, 달링." 나는 중얼거리고 잠이 들었다.

19

11/21/63(목요일)

어제 저녁만큼이나 식욕이 없었지만, 오전 11시부터 미치도록 커피가 마시고 싶었다. 그래서 새로 산 책을 한 권 들고 (제목이 『대문을 닫아라』였다.) 브래드독 고속 도로에 있는 해피 에그로 달려갔다. 카운터 뒤편에 놓인 TV를 통해 조만간 샌안토니오를 방문한다는 케네디의 소식을 접할 수 있었다. 린든과 버드 존슨 부부가 그를 영접하고, 존과 넬리 코널리 주지사 부부도 합류할 예정이라고 했다.

케네디 부부가 워싱턴의 앤드류스 공군 기지에 깔린 아스팔트길을 따라 파란색과 흰색이 어우러진 대통령 전용기로 걸어가는 장면을 배경으로 여기자가 새롭게 바뀐 재키의 '부드러운' 헤어스타일과 이와 대조를 이루는 '경쾌한 까만색 베레모', '그녀가 가장 아끼는 올레그 카시니가 디자인한, 벨트 달린 투피스 셔츠드레스'를 소개하는데 조만간 오줌이라도 지릴 태세였다. 그녀가 정말로 올레그 카시니를 제일 아끼는지 몰라도 비행기 안에 챙겨 놓은 또 다른 의상이 있었다. 그 의상을 디자인한 사람은 코코 샤넬이었다. 분홍색 모직이고 까만색 칼라가 달렸다. 그리고 두말하면 잔소리지만 분홍색 필박스 모자도 한 세트였다. 그 옷은 러브 필드에서 건네받을 장미꽃과는 잘 어울리겠지만, 치마와 스타킹과 구두 위로 튈 핏방울과는 잘 어울리지 않을 것이다.

20

나는 머세이디즈 대로로 돌아가 책을 읽었다. 그러면서 고집이 센 과거가 귀찮은 파리 처치하듯 나를 철썩 때리는 순간을 기다렸다. 지붕이 내려앉거나 빗물에 패인 구멍 속으로 집이 꺼지지는 않을까? 38구경을 청소하고 총알을 넣은 다음 총알을 다시 빼고 다시 청소했다. 느닷없이 잠이 쏟아지길 바랐는데 (그러면 시간을 때울 수 있을 테니까) 내 뜻대로 되지 않았다. 1분, 1초가 느릿느릿 흘러 마지못한 듯 한 시간, 두 시간이 되었다. 그럴수록 케네디가 휴스턴과 엘름 대로가 만나는 네거리로 진입하는 순간이 가까워지고 있었다.

'오늘은 느닷없이 잠이 쏟아지지 않을 거야.' 나는 생각했다. '내일 그러겠지. 결정적인 순간이 닥쳤을 때 정신을 잃지 않겠어? 눈을 떠 보면 사건은 이미 끝났고, 과거는 자기 방어에 성공했을 테지.'

그럴 수 있었다. 충분히 그럴 수 있었다. 그렇게 된다면 결정을 내려야 했다. 새디를 찾아가 결혼할 건지 아니면 미래로 돌아가 처음부터 다시 시작할 건지. 미래로 돌아가 처음부터 다시 시작할 여력은 없었다. 어떤 식으로 판가름이 나든 이번 한 번으로 끝이었다. 사냥꾼의 마지막 한 방이랄까.

그날, 케네디와 존슨과 코널리 부부는 라틴아메리카 시민 연맹에서 마련한 휴스턴 행사장에서 저녁을 먹었다. 아르헨티나 요리였다. 엘살라다 루사와 귀소라는 스튜. 재키가 스페인어로 식후 연설을 했다. 나는 사 가지고 온 햄버거와 감자튀김을 먹어 보려고 했지만…… 몇 입 만에 집 밖 쓰레기통으로 직행했다.

맥도널드의 소설을 두 권 다 읽었다. 차에 가서 트렁크에 넣어둔 내 원고를 꺼내올까 싶었지만, 읽을 생각만 해도 속이 메슥거렸다. 그래서 밖이 어두컴컴해질 때까지 반쯤 부서진 안락의자에 앉아 있다가 로제트 템플턴과 준 오스왈드가 썼던 작은방으로 건너갔다. 신발만 벗고 옷은 갈아입지 않은 채 소파 쿠션을 베개 삼아 침대에 누웠다. 거실 불을 환히 밝히고 문을 열어 놓았다. 초록색 점퍼스커트를 입은 크레용 소녀들이 그 불빛에 비쳐 보였다. 길고 길었던 오늘 하루가 짧게 느껴질 만큼 기나긴 밤을 보내게 될 것이다. 바닥에 거의 닿을 지경으로 발을 내민 채 11월 22일의 첫 햇살이 창문 틈새로 비칠 때까지 뜬눈으로 지새울 것이다.

정말 기나긴 밤이었다. 온갖 가상의 시나리오와 후회와 새디에 대한 상념 들이 나를 괴롭혔다. 새디에 대한 상념이 가장 심각했다. 그녀에 대한 그리움과 욕망이 하도 깊어서 육체적인 고통으로 전이될 지경이었다. 자정이 지나고 한참 뒤 어느 시점에 이르렀을 때(시곗바늘이 우울할 정도로 느리게 움직여서 시계 보는 걸 포기한 뒤였다.) 꿈도 꾸지 않을 만큼 깊은 잠 속으로 빠져들었다. 나는 다음 날 아침 늦게까지 늘어지게 잘 수 있었을 것이다. 그런데 누가 나를 살짝 흔들어 깨웠다.

"일어나요, 제이크. 눈 좀 떠 봐요."

나는 고분고분 눈을 떴지만, 내 옆에 앉아 있는 사람의 얼굴을 확인한 순간 꿈을 꾸고 있는 게 분명하다고 생각했다. 그럴 수밖에 없었다. 그런데 손을 내밀어 물 빠진 청바지를 건드려 보았더니 손바닥으로 감촉이 전해졌다. 그녀는 머리를 하나로 묶었고 화장을 거의 하지 않아서 보기 흉한 왼쪽 뺨이 선명하게 눈에 들어왔다. 새디였다. 새디가 나를 찾아낸 것이다.

28장

1

11/22/63(금요일)

나는 벌떡 일어나 본능적으로 그녀를 끌어안았다. 그녀도 있는 힘껏 나를 끌어안았다. 나는 입을 맞추고 맛으로 그녀를 느꼈다. 담배와 에이본 립스틱이 섞인 맛이 났다. 립스틱은 거의 남은 게 없었다. 그녀가 불안해서 입술을 씹어 대는 바람에 지워져 버린 것이다. 나는 그녀의 향수와 디오도런트와 그 밑에 숨겨진 끈적끈적한 긴장의 땀 냄새를 맡았다. 그리고 더듬었다. 엉덩이와 젖가슴과 깊게 패인 뺨을. 진짜로 그녀가 맞았다.

"지금 몇 시예요?" 믿음직했던 티멕스 시계가 멎어 버렸다.

"8시 15분요."

"진짜요? 그럴 리가!"

"맞아요. 그런데 당신은 놀랐을지 몰라도 나는 안 놀랐어요. 그동안 잠이라고 해 봐야 두세 시간 깜빡 기절하는 게 전부였는데, 이런 식으로 숙면을 취한 게 얼마 만이에요?"

나는 새디가 리와 마리나가 살았던 포트워스의 이 집을 찾아왔다는 사실을 받아들이느라 아직 정신이 없었다. 어떻게 그럴 수가 있을까? 도대체 **무슨 수**로 알아낸 걸까? 그뿐만이 아니었다. 케네디도 지금 이 순간 포트워스의 텍사스 호텔에서 이 지역 상공회의소 회원들을 모아 놓고 조찬 연설을 하고 있지 않은가.

"차 안에 내 여행 가방 있어요." 그녀가 말했다. "어디로 가야 하는지 모르겠지만, 내 차 타고 갈래요 아니면 당신 차 타고 갈래요? 내 차가 나을지 모르겠다. 주차하기가 더 쉬우니까. 주차비가 엄청 들지 몰라요. 지금 당장 출발하지 않으면 더 그렇고요. 바가지 장수들이 벌써 나와서 깃발을 흔들고 있거든요. 내가 봤어요."

"새디······"

나는 정신 차리려고 고개를 저으며 신발을 집었다. 머릿속이 온갖 생각들로 가득한데 회오리바람에 휩쓸린 종이마냥 빙빙 돌아서 단 한 조각도 잡을 수가 없었다.

"나 여기 있어요."

바로 그게 문제였다.

"당신은 같이 가면 안 돼요. 너무 위험하다고요. 내가 설명한 걸로 아는데 알아듣게 얘기를 못한 모양이네요. 과거를 바꾸려 들면 과거가 물려고 달려들어요. 까딱 잘못하면 목을 물어뜯길 수도 있어요."

"알아듣게 설명했어요. 하지만 당신 혼자서는 못해요. 현실을 인정해요, 제이크. 몇 킬로그램 살이 붙기는 했지만, 그래도 해골 같잖아요. 걸을 때는 절뚝거리고. 그냥 절뚝거리는 정도가 아니라 200~300걸음마다 멈추어서 무릎을 쉬어 주어야 하잖아요. 달려야 하는 상황이면 어쩔 건데요?"

나는 아무 대꾸도 하지 않았다. 하지만 듣고는 있었다. 들으면서 시계태엽을 감고 시간을 맞추었다.

"어디 그뿐이에요? 당신은…… 으악! 지금 뭐하는 거예요?"

내가 그녀의 허벅지를 잡았던 것이다.

"진짜인지 확인하고 싶어서요. 아직도 못 믿겠거든요."

앞으로 3시간 조금 뒤에 대통령 전용기가 러브 필드 공항에 착륙할 것이다. 어떤 사람이 재키 케네디에게 장미 꽃다발을 선물할 것이다. 텍사스의 다른 도시에서는 노란 장미를 선물했는데 댈러스의 선물은 빨간 장미가 될 것이다.

"나 진짜로 당신 옆에 있는 거 맞아요. 내 말 잘 들어요, 제이크. 당신이 부상당한 게 가장 심각한 문제가 아니에요. 가장 심각한 문제는 뭐냐 하면 갑자기 잠이 쏟아진다는 거예요. 그 부분에 대해서 생각 안 해 봤어요?"

많이 해 봤다.

"과거가 당신 말처럼 악독하다면, 당신이 쫓고 있는 그자가 방아쇠를 당기기 전에 가까이 접근하는 데 성공했을 때 어떤 일이 벌어지겠어요?"

과거더러 악독하다고 하면 잘못된 표현이었지만, 나는 그녀의 말

뜻을 알아차렸기에 토를 달지 않았다.

"지금 당신이 어떤 일에 뛰어들려는 건지 몰라서 하는 소리예요."

"왜 몰라요? 그리고 당신 아주 중요한 걸 잊고 있네요." 그녀가 내 손을 잡고 내 눈을 들여다보았다. "나는 당신이 가장 아끼는 여자에 불과하지 않아요…… 내가 아직도 당신한테 그런 존재인지 모르겠지만……"

"당신이 나한테 그런 존재이기 때문에 이런 식으로 등장한 걸 보고 안절부절못하는 거잖아요."

"당신은 어떤 남자가 대통령을 저격할 거라고 하는데, 나는 당신을 믿을 만한 근거가 있어요. 당신이 예언한 다른 일들이 맞아떨어졌잖아요. 심지어 디크도 반쯤 넘어온 상태예요. '케네디가 댈러스에 온다는 걸 그 친구가 *케네디보다* 먼저 알았잖아.' 이래요. '날짜하고 시간까지. 게다가 영부인도 퍼레이드에 동참한다는 것까지.' 그런데 당신은 당신 혼자 걱정하는 것처럼 구는데 아니에요. 디크도 걱정하고 있어요. 열이 38도 3부까지 올라서 그렇지 안 그랬으면 이 자리에 있었을 거예요. 그리고 *나도* 걱정하고 있어요. 선거 때 그 사람을 뽑지는 않았지만, 미국인이니까 그 사람은 그냥 대통령이 아니라 *우리* 대통령이에요. 내 말이 진부하게 들려요?"

"아뇨."

"다행이네." 그녀의 눈에서 불꽃이 튀었다. "나는 어떤 미친 인간이 그를 저격하도록 방치하지도 않을 거고, 갑자기 잠이 들지도 않을 거예요."

"새디……"

"내 이야기 아직 안 끝났어요. 시간 없으니까 귓구멍 똑바로 열고 들어요. 귓구멍 똑바로 열렸나요?"

"네, 선생님."

"다행이네. 당신은 *나* *떼어* *놓지* 못해요. 다시 한 번 말할게요. 못 그래요. 나도 갈 거예요. 당신 차에 안 태워 주면 내 차 몰고서라도 쫓아갈 거예요."

"오, 주여." 내가 말했다.

이게 욕인지 기도인지, 나조차도 알 길이 없었다.

"당신과 결혼을 하면 그땐 당신이 하라는 대로 할게요. 당신이 잘해 주기만 하면. 나는 어렸을 때부터 그게 아내의 임무라고 생각했어요." ('오. 그대 60년대의 소산이여.' 나는 속으로 중얼거렸다). "나는 모든 걸 버리고 당신과 함께 미래로 건너갈 각오가 되어 있어요. 당신을 사랑하니까. 당신이 이야기하는 미래가 실제로 존재한다고 믿으니까. 앞으로 두 번 다시 이런 최후통첩 날릴 일 없을 것 같은데, 지금 이 자리에서 분명히 말할게요. 나랑 같이 가든지 아니면 안 가든지, 둘 중에서 결정해요."

나는 조심스럽게 고민에 잠겼다. 진심일까? 정답은 그녀의 얼굴에 남은 흉터만큼이나 분명했다.

내가 고민하는 동안 새디는 크레용 소녀들을 구경했다.

"저 그림 누가 그린 걸까요? 솜씨가 제법 훌륭하다."

"로제트가 그린 거예요." 내가 말했다. "로제트 템플턴. 아빠가 사고를 당해서 엄마랑 모젤로 다시 돌아갔어요."

"그러고 나서 당신이 이 집으로 들어온 거예요?"

"아뇨, 앞집으로요. 오스왈드네 가족이 이 집으로 들어왔죠."
"그게 그자의 이름이에요, 제이크? 오스왈드?"
"맞아요. 리 오스왈드."
"나도 같이 가는 거죠?"
"그럴 수밖에 없잖아요?"

그녀가 웃으며 한 손을 내 얼굴 위에 얹었다. 나는 한시름 던 듯한 그 미소를 본 다음에라야 나를 흔들어 깨웠을 때 그녀가 얼마나 두려움에 떨었을지 깨달았다.

"맞아요." 그녀가 말했다. "그럴 수밖에 없죠. 그래서 그런 걸 최후통첩이라고 하는 거예요."

2

그녀의 여행 가방을 내 차로 옮겼다. 오스왈드를 저지하고 무사히 빠져나올 수 있으면 나중에 가지러 와서 그녀가 이 차를 몰고 조디로 건너가 아무렇지 않게 집 앞에 세워 두면 된다. 일이 잘 안 풀리면 (실패하거나, 성공하더라도 리의 살인범으로 궁지에 몰리면) 걸음아 날 살려라 도망쳐야 할 것이다. 그런 경우 남들 눈에 띄지 않게 더 빨리, 더 멀리 도망쳐야 하는데, 8기통 셰비가 폭스바겐 비틀보다 더 유리했다.

내가 스포츠 재킷 안주머니에 총을 넣는 모습을 보고 그녀가 말했다.

"안 돼요. 바깥 주머니에 넣어야죠."

나는 눈썹을 추켜세웠다.

"그래야 갑자기 피곤이 몰려 들어서 당신이 낮잠이 들어 버렸을 때 내가 꺼낼 수 있을 거 아니겠어요?"

새디가 홱 하니 어깨 위로 핸드백을 걸쳤고, 우리는 그렇게 길을 따라 걸었다. 일기예보에서는 비가 온다고 했는데, 예보관들에게 옐로카드를 주어야 할 판국이었다. 하늘이 점점 개고 있었던 것이다.

새디가 조수석에 오르려는데 뒤에서 누가 말을 걸었다.

"아저씨 여자친구예요?"

나는 뒤를 돌아보았다. 줄넘기 삼인방 중에서 여드름이 난 아이였다. 그런데 이제 보니 여드름이 아니라 수포였고, 왜 학교에 안 갔는지 묻지 않아도 알 것 같았다. 수두에 걸린 것이었다.

"그래, 맞아."

"예쁘네요. 얼굴에……" 아이는 여기서 단어 대신 "긱!" 하는 소리를 냈는데, 나름 그로테스크한 매력이 있었다. "……만 빼면요."

새디는 미소를 지었다. 그녀의 배짱에 감탄하는 내 마음은 점점 커지기만 하고…… 줄어들 줄 몰랐다.

"이름이 뭐니?"

"새디요." 줄넘기를 하던 아이가 대답했다. "새디 밴 오언요. 아줌마는요?"

"못 믿겠지만 내 이름도 새디야."

아이는 머세이디즈 대로의 반항아답게 안 믿는다는 듯이 시니컬한 눈빛으로 그녀를 쳐다보았다.

"에이, 그럴 리가 있어요?"

"정말이야. 새디 던힐이거든." 그녀는 나를 돌아보았다. "엄청난 우연의 일치인데요? 안 그래요, 조지?"

그 정도면 별로 엄청난 우연의 일치는 아니었지만, 왈가왈부할 시간이 없었다.

"뭐 하나만 물어보자, 새디 밴 오언. 윈스코트 길에서 버스가 어디 서는지 알지?"

"그럼요." 그녀는 '내가 바본 줄 알아요?' 라고 묻는 듯이 눈을 부라렸다. "두 분 다 수두 앓았어요?"

새디가 고개를 끄덕였다.

"나도." 내가 대답했다. "그러니까 그 부분에 대해서는 걱정 안 해도 되겠다. 댈러스 시내로 가는 게 어떤 버스인지 아니?"

"3번 버스요."

"3번 버스가 얼마나 자주 오는데?"

"30분에 한 대인 것 같은데, 15분에 한 대일 수도 있어요. 차도 있으면서 버스는 왜요? 차가 한 대도 아니고 두 *대나* 있으면서."

다른 새디의 표정으로 보건대 그녀도 똑같이 의아해하고 있었다.

"이유가 있어서 그래. 그나저나 우리 아버지가 잠수함 조종사야."

새디 밴 오언이 함박웃음을 지었다.

"그 노래 알아요?"

"몇 년 전에 알게 됐지." 내가 말했다. "타요, 새디. 이제 출발해야 겠어요."

나는 새로 맞춘 손목시계를 확인했다. 8시 40분이었다.

3

"버스는 왜요?" 새디가 물었다.

"나를 어떻게 찾아냈는지, 그것부터 말해요."

"에덴 펠로스에 도착했더니 당신이 없더라고요. 당신이 말한 대로 편지를 태우고 옆집 할아버지를 찾아갔어요."

"키노펜스키 씨를?"

"맞아요. 그런데 아무것도 모르더라고요. 내가 그 집으로 건너갔을 때 물리 치료사가 당신 집 계단에 앉아 있었어요. 도린이 오늘 케네디를 보고 싶어 해서 날짜를 바꾸어 줬는데 당신이 어디론가 사라져 버렸다고 투덜거리면서."

윈스코트 길의 버스정거장 앞에 도착했다. 속도를 늦추고, 전봇대 옆 조그만 쉼터 안에 버스 운행 정보가 있는지 확인했지만 없었다. 나는 정거장 90미터 앞 주차 공간에 차를 세웠다.

"뭐하는 거예요?"

"보험 들어 놓는 거예요. 9시까지 버스 안 오면 그냥 갈 거예요. 하던 이야기 마저 해요."

"댈러스 시내의 호텔에 전화를 돌렸는데, 아무도 나를 상대조차 안 하는 거예요. 다들 너무 *바빠서.* 그래서 디크한테 연락을 했더니 디크가 경찰에 알렸어요. 믿을 만한 정보원한테 대통령을 저격하려는 사람이 있다는 이야기를 들었다고."

나는 버스가 오는지 백미러로 보고 있다 놀라서 새디 쪽으로 고개를 돌렸다. 그런데 마지못하나마 디크에 대한 존경심이 일었다. 새디한테 들은 이야기를 어디까지 믿었는지 모르겠지만, 아무튼 모험을 감행했다는 거 아닌가.

"그래서요? 내 이름까지 알려 줬대요?"

"그럴 기회조차 없었어요. 그쪽에서 전화를 끊어버렸거든요. 과거가 자기 방어를 한다는 당신 말을 내가 그때부터 진심으로 믿기 시작했던 것 같아요. 그래서 당신이 이렇게 된 거 아니에요? 걸어 다니는 역사책이."

"이제는 아니에요."

노란색 위에 초록색을 칠한 버스가 느릿느릿 다가왔다. 목적지를 알리는 유리창에 '3 메인 대로 댈러스 3'이라고 적힌 팻말이 놓여 있었다. 버스가 멈추어 섰고, 아코디언 같은 경첩에 달린 앞문과 뒷문이 열렸다. 두세 명이 올라탔지만, 앉아서 가지는 못할 운명이었다. 버스가 우리 옆을 천천히 지나갈 때 확인했더니 빈 자리가 없었다. 모자에 케네디 배지를 줄줄이 단 여자가 언뜻 보였다. 그녀가 나를 향해 명랑하게 손을 흔들었는데, 서로의 시선이 만난 순간이 찰나였는데도 불구하고 그녀의 흥분과 환희와 기대감이 나에게로 고스란히 전해졌다.

나는 셰비 기어를 넣고 버스를 따라갔다. 환하게 웃으며 한 번뿐인 인생이라면 금발로 살고 싶다고 선언하는 클레어롤(염색제로 유명한 브랜드 — 옮긴이) 아가씨가 뒤꽁무니에 달려있는데, 버스가 뿜어내는 갈색 배기가스에 덮여 일부분밖에 안 보였다. 새디가 야단스럽게 손사래를 쳤다.

"으웩! 바짝 붙지 마요! 냄새 지독해!"

"하루에 담배를 한 갑씩 피우는 아가씨가 그러면 돼요?"

말은 이렇게 말했지만 그녀의 말마따나 디젤 냄새가 고약하긴 했다. 나는 살짝 속도를 늦추었다. 줄넘기 새디 말대로 3번 버스라는 걸 확인했으니 꽁무니에 바짝 붙어 따라갈 필요가 없었다. 어쩌면 배차 간격도 그 아이의 짐작대로일 것이다. 그런데 평소 같으면 30분에 한 대씩 운행됐을지 모르겠지만, 오늘은 평소와 다른 날이었다.

"그 뒤로 좀 더 울었어요. 당신이 영영 떠난 줄 알았거든요. 걱정이 됐지만, 믿기도 했어요."

나도 그 심정은 이해하지만 그래도 내 선택이 옳았다는 생각에는 변함이 없었으니 아무 말도 않는 게 상책일 듯했다.

"디크한테 다시 전화를 했어요. 당신이 댈러스 아니면 포트워스에 은신처가 하나 더 있다는 소릴 한 적 없느냐고 묻더라고요. 내가 구체적으로 들은 기억이 없다고 했더니 당신이 입원해서 정신이 없었을 때 중얼거렸을지 모른다며 열심히 생각해 보라는 거예요. 내가 열심히 생각 안 하고 있었겠어요? 당신이 혹시 무슨 말이라도 흘렸을까 싶어서 키노펜스키 씨를 다시 찾아갔죠. 그때가 거의 저녁을 먹을 시간이라 점점 어두워지고 있었어요. K 씨가 들은 게 아무것도 없다고 대답하는 찰나, 아드님이 쇠고기 찜을 들고 와서 같이 먹자고 했어요. K 씨가 수다를 늘어놓는데…… 왕년에 자기가 어쩌고저쩌고 어쩌나 무용담이 많은지……"

"나도 알아요." 앞쪽에서 비커리 길을 달리던 버스가 동쪽으로 방향을 틀었다. 나도 깜빡이를 켜고 뒤따라갔지만, 디젤 배기가스를 마시지 않게 멀찌감치 거리를 두었다. "나도 못해도 30개는 들었을 거예요. 말을 타고 벌인 유혈극들이죠?"

"그분의 이야기를 들은 게 내 인생 최고로 잘한 짓이었어요. 덕분에 머릿속을 헤집다 말고 잠깐 멈출 수 있었는데, 긴장을 풀면 이런저런 것들이 수면 위로 둥실 떠오를 때가 있잖아요. 당신 집으로 돌아가는 길에 당신이 캐딜락 대로에서 잠깐 살았다고 했던 게 퍼뜩 생각이 나는 거예요. 그게 아니라 사실은 살짝 다른 이름이었지만."

"하느님 맙소사. 나는 완전히 잊어버렸는데."

"그게 마지막 기회였어요. 다시 디크한테 전화를 했죠. 그의 집에는 상세 지도가 없지만, 학교 도서관에 있다고 했어요. 그가 달려가서 (아직 병세가 심각했으니 머리가 깨지도록 기침을 하며 갔을 거예요.) 지도를 찾고 교무실에서 전화를 했어요. 댈러스에 포드 가가 있고, 크라이슬러 파크도 있고, 닷지 대로로 몇 군데 있대요. 그런데 모두 다 캐딜락 느낌은 아니었어요. 무슨 뜻인지 알겠죠? 그러다 그가 포트워스에 머세이디즈 대로가 있다는 걸 발견했어요. 나는 당장 출발하고 싶었지만, 그가 말하길 아침까지 기다려야 당신이나 당신 차를 발견할 수 있을 가능성이 높지 않겠느냐고 했죠."

그녀가 내 팔을 잡았다. 손이 차가웠다.

"말썽꾸러기 아저씨, 그렇게 밤이 길게 느껴진 건 내 평생 처음이었어요. 거의 한숨도 못 잤다고요."

"내가 대신 자 줬잖아요. 나도 새벽이 되어서야 잠이 들긴 했지만. 당신이 오지 않았더라면 빌어먹을 암살이 끝나도록 잤을지 몰라요."

이 얼마나 한심한 결말이 될 뻔했는가.

"머세이디즈 대로가 한두 블록이 아니더군요. 계속 달렸죠. 끝이 보이는데, 백화점처럼 생긴 큼지막한 건물 뒤편 주차장으로 막혔더라고요."

"비슷하게 맞혔어요. 몽고메리 워드 창고거든요."

"그때까지 당신은 보이지 않고, 내가 얼마나 낙심했는지 알아요? 그런데……" 그녀가 말을 하다 말고 씩 웃었다. 흉터가 무색할 정도로 환한 미소였다. "여자 눈썹처럼 생긴 유치한 테일핀이 달린 빨간색 세비가 보이는 거예요. 네온사인처럼 눈에 확 들어오더라고요. 나는 고함을 지르면서 손이 아플 때까지 내 차 계기판을 두드렸어요. 그래서 지금 이렇게……"

그때 세비 오른쪽 앞부분에서 나지막하게 우두둑하는 소리가 들리더니 차가 가로등 쪽으로 방향을 획 틀었다. 차 밑에서 쿵쿵거리는 소리가 연달아 이어졌다. 나는 핸들을 돌렸다. 핸들이 미친 듯이 헛돌았지만 가로등과의 정면 충돌은 가까스로 피할 수 있었다. 대신 새디가 앉은 조수석 쪽이 가로등에 긁히면서 *끼이익* 하고 소름 돋는 소리를 냈다. 문짝이 안으로 휘자 내가 그녀를 내 쪽으로 얼른 잡아당겼다. 차가 멈추었을 때 보닛은 인도 위에서 대롱거렸고, 차체는 오른쪽으로 기울었다. '이번에는 타이어가 펑크 난 수준이 아니잖아.' 나는 생각했다. '하마터면 크게 다칠 뻔했어.'

새디가 멍한 표정으로 나를 쳐다보았다. 나는 웃음을 터뜨렸다. 앞에서도 이야기했던 것처럼 가끔 웃는 것 말고는 할 게 아무것도 없을 때가 있는 법이다.

"과거의 세상으로 진입한 걸 환영해요, 새디." 내가 말했다. "여기는 이런 식이에요."

4

조수석 문이 열리지 않았다. 쇠지렛대를 동원해야 열 수 있을 듯했다. 새디는 운전석 쪽으로 건너와서 그 쪽으로 내려야 했다. 몇 사람 있긴 했지만 구경꾼이 많지는 않았다.

"어머나, 무슨 일이죠?" 유모차를 밀고 지나가던 여자가 물었다.

앞쪽으로 가서 확인한 순간 사태를 파악할 수 있었다. 오른쪽 앞바퀴가 떨어져 나간 것이다. 6미터 뒤편, 아스팔트가 커브를 그리며 움푹 팬 지점이 끝나는 곳에 바퀴가 누워 있었다. 삐죽빼죽하게 뜯겨져 나가고 남은 차축이 햇볕을 받고 반짝였다.

"바퀴가 부서졌어요." 내가 유모차를 밀고 지나가던 여자에게 말했다.

"어휴, 큰일 날 뻔했네요." 여자가 말했다.

"이제 어떻게 해요?" 새디가 나지막이 물었다.

"보험 들어놨잖아요. 이제 가까운 버스정거장에 가서 보험 혜택을 누리자고요."

"내 가방은……"

'맞다.' 나는 생각했다. '그리고 앨의 공책. 내 원고. 쓰레기 같은 소설은 상관없지만, 회상록은 상관있는데. 거기다 언제든지 쓸 수 있는 현금까지.' 나는 손목시계를 확인했다. 9시 15분이었다. 지금쯤 재키는 분홍색 정장을 입고 텍사스 호텔에 있을 것이다. 정치적인 행사에 시간을 한 시간 정도 할애한 뒤 퍼레이드를 펼치며 커다란 비행기가 기다리고 있는 카스웰 공군 기지로 향할 것이다. 포트워스와 댈러스 간의 거리를 감안했을 때 비행기 바퀴를 올릴 새도 없이 러브 필드 공항에 도착할 것이다.

나는 열심히 고민했다.

"저희 집 전화 빌려 드릴까요?" 유모차를 밀고 지나가던 여자가 물었다. "저희 집이 바로 이 근처인데." 그녀는 우리를 훑어보다 절뚝거리는 내 다리와 새디의 흉터를 알아차렸다. "다치셨어요?"

"아닙니다." 나는 대답하고 새디의 팔을 잡았다. "견인해 달라고 주유소에 연락해 주실 수 있을까요? 무리한 부탁인 줄 압니다만, 저희가 지금 아주 급하게 갈 데가 있어서요."

"앞쪽이 덜컹거린다고 제가 *전부터* 얘기했거든요." 끝을 길게 늘이는 조지아 사투리를 써 가며 새디가 말했다. "고속 도로였으면 어쩔 뻔했어요."

"두 블록 더 가면 에소가 있어요." 아이 엄마가 북쪽을 가리키며 말했다. "제가 유모차를 끌고 거기까지 갔다 올 수 있을 것 같은데……"

"그래만 주신다면 생명의 은인으로 모실게요." 새디가 말하고, 핸드백에서 지갑을 꺼내 20달러를 내밀었다. "비용은 이걸로 해결해 주세요. 이런 부탁드려서 죄송하지만, 케네디를 못 보면 저 죽어 *버릴지 몰라요.*"

이 말에 아이 엄마가 웃음을 터뜨렸다.

"이 돈이면 견인차를 두 대 부를 수 있겠어요. 혹시 메모지 있으시면 금액을 적어서……"

"아닙니다." 내가 말했다. "부인을 믿습니다. 그런데 쪽지 하나 적어서 와이퍼 밑에 끼워 놓을게요."

새디가 뭘 적으려는 거냐고 묻는 눈빛으로 나를 쳐다보면서도…… 맨 앞장에 사팔뜨기 아이가 그려진 메모지와 펜을 내밀었다. 희한한 미소를 짓고 있는 아이 밑으로 '학창 시절 졸며 지냈던 내 인생의 황금기'라고 적혀 있었다.

많은 게 걸린 중요한 쪽지였지만, 뭐라고 적으면 좋을지 고민할 시간이 없었다. 나는 후다닥 할 말을 적고, 메모지를 접어서 와이퍼 밑에 끼웠다. 그리고 1분 뒤, 우리는 모퉁이를 돌아 사라졌다.

5

"제이크, 괜찮아요?"
"괜찮아요. 당신은요?"
"문짝에 부딪혀서 어깨에 멍이 든 것 같지만 그것 말고는 다친 데 없어요. 그 가로등을 들이받았더라면 지금 이 자리에 나는 없었을 거예요. 당신도 마찬가지고. 누구한테 전하는 쪽지였어요?"
"견인하러 온 사람한테요." 누가 될지 몰라도 내가 부탁한 대로 해 주기만을 간절히 바랄 따름이었다. "그 부분은 나중에 돌아와서 걱정하기로 해요."

돌아올 수 있을지 모르겠지만.

반 블록 너머에 다음 번 버스정거장이 있었다. 흑인 여자 셋, 백인 여자 둘, 라틴아메리카계 남자 하나가 가로등 옆에 서 있는데 인종 조합이 어찌나 완벽한지「로 앤드 오더: 성범죄 전담반」(뉴욕을 배경으로 한 TV 범죄 드라마 — 옮긴이) 출연진처럼 보일 정도였다. 우리도 그 옆에 가서 섰다. 나는 쉼터 안으로 들어가 여섯 번째 여자 옆에 앉았다. 잘 사는 백인 집 가정부라고 광고하고 다니는 것이나 다름없는 하얀색 레이온 제복 안으로 어마어마하게 풍만한 몸집을 쑤셔 넣은 아프리카계 미국인이었다. 가슴에 '64년에도 끝까지 JFK를' 이라고 적힌 배지를 달고 있었다.

"다리를 다쳤나 봐요?" 그녀가 나를 보고 물었다.

"네."

스포츠 재킷 안에 가루로 된 두통약이 네 통 들어 있었다. 총을 밀치고 두 통을 꺼내 뚜껑을 뜯고 입 속으로 털어 넣었다.

"그 약, 그런 식으로 먹다가는 신장이 망가질 거예요." 그녀가 말했다.

"그러게요. 그렇지만 대통령을 만날 수 있을 때까지 다리가 버텨주어야 하니까요."

그녀는 함박웃음을 지었다.

"그렇긴 하네요."

새디는 길가에 서서 초조하게 뒤쪽을 돌아보며 3번 버스를 기다렸다.

"오늘따라 버스들이 늦네요." 가정부가 말했다. "하지만 지금쯤 이쪽으로 한 대 오고 있을 거예요. 케네디를 놓치면 안 되죠. **저어어 어얼대로!**"

9시 30분이 되도록 버스는 한 대도 안 보였지만, 아팠던 무릎이 무지근하게 욱신거리는 수준으로 가라앉았다. 구디스 파우더 만세.

새디가 쉼터로 들어왔다.

"제이크, 아무래도……"

"3번 버스가 오네요." 가정부가 말하며 벤치에서 일어섰다. 흑단처럼 새까맣고 키는 새디보다 못해도 2~3센티미터 더 크고 널빤지처럼 뻣뻣한 머리는 반짝이는, 아주 엄청난 아주머니였다. "아유, 딜리 플라자에 자리를 잡을 수 있어야 할 텐데. 가방에 샌드위치도 챙겨 가지고 왔다니까요? 내가 소리를 지르면 대통령한테 들릴까요?"

"들릴 겁니다." 내가 말했다.

그녀는 웃음을 터뜨렸다.

"그러길 바라야겠죠? 대통령하고 영부인 둘 다요!"

버스가 만원이었지만, 기다리고 있던 사람들은 그래도 꾸역꾸역 올라탔다. 새디와 내가 맨 마지막 승객이었는데, 블랙 프라이데이(11월 마지막 목요일인 추수감사절 다음 날로 미국에서는 연중 최대 규모의 쇼핑이 이날 장부에 흑자(black ink)를 기재한다는 데서 연유한 이름 — 옮긴이)에 주가 폭락 소식을 접한 주식 매매업자처럼 당황스러워하던 버스 기사가 손바닥을 내밀어 우리를 막으려 들었다.

"그만! 꽉 찼어요! 콩나물시루 같아서 터지겠어요! 다음 버스 타세요!"

새디가 애가 탄 눈빛으로 나를 바라보았는데, 내가 뭐라고 대꾸할 겨를도 없이 거구의 아주머니가 우리를 대변하고 나섰다.

"안 돼요, 태워 줘요. 저 남자분은 다리가 고장 났고, 보면 알겠지만 저 여자분도 아픈 데가 있잖아요. 게다가 바람만 불어도 날아가게 생겼구먼. 남자분은 더 하고. 안 태워 주면 기사양반을 내쫓고 내가 이 버스를 몰 거예요. 나도 할 수 있어요. 우리 아버지 불독(독일제 트랙터로 1960년대까지 생산됨 — 옮긴이)으로 배웠거든."

버스 기사는 위에서 자기를 내려다보는 그녀를 쳐다보더니 눈을 부라리며 우리더러 타라고 했다. 내가 요금함에 동전을 넣으려 하자 그가 두툼한 손으로 요금함을 덮었다. "요금은 신경 쓰지 말고 백인 구역으로 들어가요. 그럴 수 있을지 모르겠지만." 그는 이렇게 말하면서 고개를 저었다. "오늘 왜 버스를 추가로 몇 대 더 투입 안 했는지 모르겠네."

그가 크롬 핸들을 잡아당기자 앞문과 뒷문이 탁 닫혔다. 에어브레이크에서 쉭 하는 소리가 났고, 버스가 엉금엉금 기어가는 속도로나마 움직이기 시작했다.

수호천사의 역할은 이 정도 선에서 그치지 않았다. 도시락을 무릎에 얹고 운전석 뒤에 앉아 있던 두 인부(한 명은 흑인, 한 명은 백인이었다.)를 닦아세우기 시작한 것이다.

"일어나서 이 여자분하고 남자분한테 자리를 양보해요, 얼른! 저 남자분 다리가 성치 않은 거 안 보여요? 그런데도 케네디를 보러 간다잖아요!"

"아주머니, 괜찮습니다." 내가 말했다.

그녀는 아랑곳하지 않았다.

"일어나요, 얼른. 어렸을 때 아무것도 못 배우고 자랐어요?"

두 사람은 자리에서 일어나 팔꿈치로 밀치며 발 디딜 틈도 없이 서 있는 승객들 틈바구니로 들어갔다. 흑인이 가정부를 째려보며 말했다.

"지금 시대가 어느 땐데 1963년에 아직도 백인한테 자리를 양보해야 한단 말이오?"

"흑흑, 내 신세야." 백인 친구가 말했다.

흑인은 내 얼굴을 보고 무얼 느꼈는지 잠깐 멈칫하더니 빈 자리를 가리키며 말했다.

"쓰러지기 전에 얼른 앉으쇼."

내가 창가에 앉았다. 새디도 고맙다고 중얼거리며 내 옆자리에 앉았다. 버스는 한참 동안 기다려 주기만 하면 전속력으로 달릴 수도 있는 늙은 코끼리처럼 느릿느릿 움직였다. 가정부가 손잡이를 잡고 모퉁이를 돌 때마다 엉덩이를 흔들어 가며 우리 바로 옆을 지켰다. 엉덩이를 흔들 일이 많았다. 나는 손목시계를 다시 한 번 확인했다. 어느새 시곗바늘이 10시를 향해 가고 있었다. 조만간 10시를 훌쩍 넘길 것이다.

새디가 내 쪽을 향해 몸을 기울이자 머리카락이 내 뺨과 목을 간질였다.

"어디로 갈 거예요? 그리고 도착하면 뭐할 거예요?"

나는 그녀 쪽으로 고개를 돌리고 싶었지만, 계속 앞을 주시하며 사고에 대비했다. 다음번 공격에 대비했다. 이제 180번 고속 도로상이라고 할 수 있는 웨스트 디비전 대로로 진입했다. 조금 있으면 훗날 조지 W. 부시가 구단주를 맡게 될 텍사스 레인저스의 연고지, 알링턴을 지날 것이다. 모든 게 잘 풀리면 10시 30분, 오스왈드가 그 빌어먹을 이탈리아 소총을 1차 장전하기 두 시간 전에 댈러스 시 경계선을 통과할 수 있을 것이다. 그런데 과거를 바꾸려고 할 때는 모든 게 잘 풀리는 경우가 없다는 게 문제였다.

"그냥 날 따라와요." 내가 말했다. "정신 바짝 차리고."

6

버스는 겨우 한 달 전에 둘째를 낳은 리의 부인이 산후 조리를 하고 있을 어빙 남쪽을 지났다. 차가 많이 막혔고 악취가 코를 찔렀다. 버스를 가득 메운 승객의 절반이 담배를 피워 댔다. 바깥은 공기가 조금 더 상쾌할지 몰라도 진입하려는 차량들 때문에 도로가 꽉 막혔다. 뒷유리창에 비누로 **사랑해요 재키**라고 적은 차도 있었고 똑같은 자리에 **빨갱이 쥐새끼야 텍사스에서 나가라**라고 적은 차도 있었다. 우리를 태운 만원 버스는 흔들흔들 휘청휘청 앞으로 움직였다. 갈수록 정거장에 서 있는 사람들 숫자가 점점 더 늘어났다. 버스가 속도를 늦추지 않은 채 지나가자 곳곳에서 사람들이 주먹을 흔들었다.

10시 15분이 되었을 때 해리 하인스 길로 진입한 버스가 러브 필드로 가는 방향을 알려 주는 표지판을 지났다. 그로부터 3분 뒤에 일이 터졌다. 무사히 지나갈 수 있길 바라기는 했지만 예의 주시하며 정신을 바짝 차리고 있었기 때문에 하인스와 인우드 가가 만나는 네거리에서 덤프트럭이 정지 신호를 무시하고 돌진했을 때 내가 완전 무방비 상태는 아니었다. 게다가 데리에서 롱뷰 공동묘지로 가는 길에 한 번 겪었던 일이기도 했다.

나는 새디의 목을 잡고 무릎 쪽으로 눌렀다.

"엎드려요!"

1초 뒤에 우리는 운전석과 승객석을 가르는 칸막이와 부딪쳤다. 유리창이 깨졌다. 쇠끼리 부딪치며 비명을 질렀다. 서 있던 승객들이 팔다리를 허우적거리고 비명을 지르며 핸드백, 특별히 쓰고 나온 가장 비싼 모자 들과 함께 앞으로 내동댕이쳐졌다. "흑흑"이라고 했던 백인 남자는 통로 맨 앞쪽에 설치된 요금함 위로 걸쳐졌다. 덩치 좋은 가정부는 눈사태처럼 덮친 사람들 밑에 깔려 사라졌다.

새디의 코에서 피가 났고, 오른쪽 눈 밑에 멍이 들어서 빵 반죽처럼 부풀어 오르기 시작했다. 기사는 핸들 뒤에서 옆을 향해 대자로 뻗었다. 넓은 앞 유리창이 산산조각이 났고, 이제는 그곳을 통해 보이는 것이 앞쪽 도로가 아니라 녹이 만개한 쇠 창틀이었다. 목적지를 알리는 팻말은 '**러스 공공사여**'만 남았다. 트럭이 싣고 가던 뜨거운 아스팔트 냄새가 바람에 짙게 실려 왔다.

나는 새디의 얼굴을 내 쪽으로 돌렸다.

"괜찮아요? 머리 멍하지 않아요?"

"조금 놀라서 그렇지 괜찮아요. 당신이 소리쳐 주지 않았더라면 큰일 날 뻔했어요."

버스 앞쪽으로 겹겹이 쌓인 사람들이 끙끙대고 아파서 울부짖는 소리가 들렸다. 팔이 부러진 남자가 그 틈바구니에서 빠져나와 버스 기사를 흔들자 버스 기사가 운전석 밖으로 굴러 떨어졌다. V자 모양의 유리가 이마 한가운데 박혀 있었다.

"이런 젠장!" 팔이 부러진 남자가 외쳤다. "죽었나 봐요!"

새디가 요금함에 부딪친 남자를 부축해 우리 자리에 앉혔다. 그는 새하얗게 질린 얼굴로 끙끙대고 있었다. 요금함에 불알을 부딪친 게 아닐까 싶었다. 딱 그 높이였다. 그의 흑인 친구가 나와 함께 가정부를 일으켜 세웠는데, 그녀가 정신을 잃지 않고 거들었기 망정이지 정신을 잃었더라면 우리가 별 도움이 안 됐을 것이다. 135킬로그램의 거구가 정신을 잃으면 몇 킬로그램이 되겠는가. 관자놀이에서 피가 콸콸 흘러서 그 제복을 앞으로 두 번 다시 못 입을 듯했다. 나는 그녀에게 괜찮으냐고 물었다.

"괜찮은 것 같은데, 머리를 쿵 하고 부딪쳤어요. 엄청 세게!"

우리 뒤편은 아수라장이었다. 조만간 서로 밟고 밟히느라 난리도 아닐 것이다. 나는 새디 앞에 서서 내 허리를 단단히 끌어안으라고 했다. 무릎 상태를 감안했을 때 내가 그녀에게 매달려도 시원치 않을 판국이었지만, 타고난 본능은 어쩔 수 없었다.

"사람들을 버스에서 내리게 해야겠어요." 내가 흑인 인부에게 말했다. "핸들을 당기면 문이 열릴 거예요."

그가 기를 썼지만 핸들은 꼼짝하지 않았다.

"잠겼어요!"

잠겼다니 천만의 말씀. 과거가 꼼짝 못하게 붙잡고 있는 거였다. 내가 도울 수도 없었다. 성한 팔이 한쪽뿐이었으니까. 이때 제복 한쪽이 피로 물든 가정부가 나를 밀치고 앞으로 나섰다. 나는 하마터면 넘어질 뻔했고, 새디도 내 허리를 잠깐 놓쳤다가 다시 잡았다. 가정부의 모자는 삐딱하게 돌아갔고, 얇은 베일에 맺힌 핏방울은 조그만 호랑가시나무 열매를 닮은 섬뜩한 장식처럼 보였다. 그녀는 모자를 고쳐 쓰고 흑인 인부와 함께 크롬 핸들을 붙잡았다.

"내가 셋을 세면 이 망할 녀석을 당깁시다." 그녀가 말했다. "준비 됐어요?"

그는 고개를 끄덕였다.

"하나…… 둘…… 셋!"

둘이서 있는 힘껏 핸들을 잡아당겼다. 아니, *그녀가* 원피스 한쪽 소매가 뜯어질 만큼 힘껏 잡아당겼다고 해야 맞을 것이다. 양쪽 문이 탁 소리와 함께 열렸다. 뒤에서 희미한 환호성이 들렸다.

"고맙습……" 새디가 운을 뗐지만, 내가 벌써 움직이고 있었다.

"얼른 내려야 돼요. 사람들한테 밟히기 전에. 나 잡은 손 놓지 마요." 우리가 제일 먼저 내린 축에 속했다. 나는 내리자마자 새디를 댈러스 쪽으로 돌려세웠다. "갑시다."

"제이크, 저 사람들 도와야죠!"

"도와줄 사람들이 오고 있을 거예요. 돌아보지 마요. 앞만 보고 가요. 그 다음 사고가 기다리고 있을 테니까."

"어떤 사고가 기다리고 있을까요? 얼마나 더 남았을까요?"

"과거가 온갖 공격을 퍼부을 거예요." 내가 말했다.

7

3번 버스가 사고를 당한 지점에서 네 블록을 걷는 데 20분이 걸렸다. 무릎이 부어오르는 게 느껴졌다. 맥박이 뛸 때마다 같이 욱신거렸다. 벤치가 나왔을 때 새디가 쉬었다 가자고 했다.

"그럴 시간 없어요."

"앉으세요, 선생님."

그녀가 예고도 없이 떠미는 바람에 나는 뒤에 장례식장 광고가 달린 벤치 위로 풀쩍 주저앉았다. 그녀는 성가신 일을 해치운 여자처럼 무뚝뚝하게 고개를 끄덕이더니 핸드백을 열고 안을 뒤적이며 해리 하인스 차도로 들어갔다. 심장이 내 목젖까지 튀어 올라 멈추었고, 덕분에 맥박이 뛸 때마다 욱신거리던 무릎이 일시적으로 잠잠해졌다.

자동차 한 대가 경적을 울리며 급하게 핸들을 꺾어 그녀를 피했다. 간격이 30센티미터도 안 됐다. 운전사는 주먹을 흔들며 멀어져 가다 말고 가운뎃손가락까지 들었다. 내가 이리 오라고 고함을 질렀지만, 그녀는 내 쪽을 돌아보지도 않았다. 차량들이 쌩쌩 지나가는 가운데 흉터가 다 드러나도록 머리카락을 날리며 지갑을 꺼냈다. 아주 침착하기 그지없었다. 원하는 걸 입수한 그녀는 지갑을 다시 핸드백 안에 넣고 초록색 지폐를 머리 위로 높이 들었다. 응원에 나선 고등학교 치어리더 같았다.

"50달러!" 그녀가 외쳤다. "댈러스까지 태워다 주시면 50달러 드려요! 메인 대로! 메인 대로! 케네디를 꼭 만나야 해요! 50달러!"

'소용없을 거야.' 나는 생각했다. '그래 봐야 고집이 센 과거한테 치이기나 할 텐데……'

녹이 슨 스튜드베이커가 끼이익 하고 그녀의 앞에서 멈추어 섰다. 그러자 엔진에서 우당탕, 덜거덕 소리가 났다. 한쪽 전조등 자리에 구멍밖에 없었다. 헐렁한 바지 위에 끈으로 묶는 스타일의 티셔츠를 걸친 남자가 내렸다. 귀까지 내려쓴 초록색 펠트 카우보이모자는 띠에 인디언 깃털이 꽂혀 있었다. 남자는 씩 웃고 있었다. 덕분에 이가 빠진 자리가 못해도 여섯 개쯤 드러났다. 나는 남자를 보자마자 생각했다. '골치 아프게 생겼구먼.'
"아가씨, 미친 거 아뇨?" 스튜드베이커 카우보이가 물었다.
"50달러 받을 거예요, 안 받을 거예요? 우리를 댈러스까지 태워다 주기만 하면 돼요."
남자는 핸들을 꺾으며 경적을 울려 대는 차량들을 덩달아 무시한 채 실눈을 뜨고 지폐를 쳐다보았다. 그러더니 모자를 벗어 골반에 걸쳐진 바지에 대고 한 번 턴 다음 모자챙이 주전자처럼 생긴 귀 바로 위까지 내려오도록 푹 눌러썼다.
"아가씨, 50달러짜리가 아니잖아. 10달러짜리네."
"나머지는 지갑 안에 있어요."
"그러면 내가 가져가면 되겠네."
남자가 그녀의 큼지막한 핸드백을 향해 달려들더니 한쪽 끈을 붙잡았다. 나는 벤치에서 일어섰지만, 내가 다가가기도 전에 남자가 핸드백을 낚아채 도망칠 게 분명했다. 내가 그 전에 다가가더라도 흠씬 두들겨 맞을 수 있었다. 그가 비쩍 마르기는 했어도 나보다는 몸무게가 많이 나갔다. 게다가 두 쪽 팔 모두 멀쩡했다.
그런데 새디가 핸드백을 꼭 붙잡고 놓지 않았다. 반대쪽으로 잡아당기자 핸드백이 비명을 지르듯 입을 벌렸다. 새디가 그 안으로 손을 넣어 어디선가 많이 본 듯한 고기 써는 칼을 꺼냈다. 그 칼을 남자에게 휘둘러 팔뚝을 그었다. 그의 팔뚝에서 시작된 상처가 쭈글쭈글한 주름에 때가 낀 팔꿈치 안쪽까지 이어졌다. 남자는 놀라움과 아픔으로 비명을 지르며 끈을 놓고 뒤로 물러서 그녀를 빤히 쳐다보았다.

"이 미친년이 내 팔을 그었네!"

남자가 계속 덜거덕거리고 있는 자기 차를 향해 달려가려고 했다. 그러자 새디가 한 걸음 다가가 그의 앞에 대고 칼을 휘둘렀다. 머리카락이 쏟아져 그녀의 눈을 덮었다. 입술은 굳게 다물어져 있었다. 스튜드베이커 카우보이의 팔뚝에서 인도 위로 뚝뚝 피가 떨어졌다. 자동차들이 계속 쌩쌩 지나갔다. 놀랍게도 누군가가 외치는 소리가 들렸다.

"본때를 보여 줘요, 아가씨!"

스튜드베이커는 칼을 계속 쳐다보며 뒷걸음질을 쳤다. 새디가 내 쪽을 쳐다보지도 않은 채 말했다.

"제이크, 당신한테 넘길게요."

처음에 나는 그게 무슨 소리인지 알아듣지 못했다. 그러다 38구경을 떠올리고 주머니에서 총을 꺼내 그를 겨누었다.

"이거 보이지? 총알 들어 있는 거야."

"당신도 저 여자처럼 제정신이 아니구먼."

남자가 가슴에 대고 팔을 누르는 바람에 티셔츠에 핏자국이 찍혔다. 새디가 스튜드베이커의 조수석 쪽으로 얼른 달려가 문을 열었다. 그런 다음 지붕 위로 나를 쳐다보며 서두르라는 듯이 한 손을 까닥였다. 나는 그녀를 지금보다 더 사랑하는 게 불가능할 거라고 생각했는데, 그 순간 내 생각이 착각이었음을 깨달았다.

"돈을 받든지 아니면 그냥 지나갔었어야지." 내가 말했다. "이제 네가 달리기를 얼마나 잘하나 보자. 당장 꺼져. 안 그러면 아예 뛰지도 못하게 다리에 총알을 박아 줄 테다."

"야 이 개새끼야."

"그래, 나 개새끼다. 그러는 너는 조만간 총알 자국이 남게 생긴 개 같은 도둑놈이잖아?"

나는 공이치기를 당겼다. 스튜드베이커는 나를 시험하지 않았다. 몸을 돌리더니 고개를 숙이고 한쪽 팔을 감싼 채 욕을 하고 길바닥에 핏자국을 남겨 가며 서쪽으로 하인스 대로를 달려갔다.

"러브 필드까지 달려가라!" 나는 그의 꽁무니에 대고 외쳤다. "그 길을 따라 5킬로미터만 가면 돼! 대통령한테 인사해야지!"

"타요, 제이크. 경찰이 출동하기 전에 떠나야죠."

나는 부어오른 무릎이 반항을 하는 바람에 얼굴을 찡그리며 스튜드베이커 운전석에 올라탔다. 수동이라 안 좋은 쪽 다리로 클러치를 밟아야 했다. 내가 좌석을 뒤로 최대한 조절하자 뒷좌석에서 쓰레기들이 아그작, 탁 하다 데굴데굴 굴러가는 소리가 들렸다.

"그 칼 말이에요." 내가 말했다. "혹시……?"

"조니가 나한테 휘두른 칼 맞아요. 수사가 끝났을 때 존스 보안관이 돌려줬어요. 내 칼인 줄 알고 돌려준 건데, 어쩌면 제대로 짚은 건지 몰라요. 비 트리 집에서 쓰던 칼은 아니지만. 조니가 서배너 집에서 쓰던 칼을 들고 왔을 게 거의 분명하거든요. 그 뒤로 핸드백에 항상 넣어 가지고 다녀요. 만일의 경우에 대비해서 호신용 도구가 필요하니까……" 그녀의 눈에 눈물이 고였다. "이번이 만일의 경우 맞죠? 그렇게 부를 만한 경우 맞죠?"

"다시 넣어요."

나는 지독하게 뻑뻑한 클러치를 밟고 간신히 2단 기어를 넣었다. 차에서 한 10년 동안 묵힌 닭똥 냄새가 났다.

"그럼 여기저기 피가 묻잖아요."

"그래도 다시 넣어요. 다른 때도 아니고 대통령이 방문하는데 칼을 휘두르면서 다닐 수는 없잖아요. 아까 그건 용감한 게 아니라 무모한 짓이었어요."

그녀는 칼을 치우고, 무릎을 긁힌 어린아이처럼 주먹으로 눈물을 훔쳤다.

"지금 몇 시예요?"

"10시 50분. 앞으로 40분 있으면 케네디가 러브 필드 공항에 착륙해요."

"온갖 것들이 방해를 하네." 그녀가 말했다. "그런 거죠?"

나는 그녀를 흘끗 쳐다보고 말했다.

"이제 실감이 나는가 봐요?"

8

노스 펄 대로까지 갔을 때 스튜드베이커 엔진이 나갔다. 보닛 밑에서 연기가 뭉게뭉게 피어올랐다. 뭔가가 쨍그랑 하며 도로에 부딪치는 소리가 났다. 새디가 좌절감에 고함을 지르고 주먹으로 허벅지를 때리며 욕을 몇 마디 내뱉었지만, 나는 오히려 다행스러웠다. 이제는 최소한 클러치와 씨름할 필요가 없지 않은가. 나는 기어를 중립에 놓고 차가 연기를 피우며 길가로 굴러가게 내버려 두었다. 녀석은 골목길 어귀에서 멈추어 섰다. 자갈 위에 페인트로 **입구를 막지 마시오**라고 적혀 있었지만, 치명적인 무기를 휘두르고 차를 훔친 마당에 이 정도 범법 행위는 우습게 느껴졌다.

나는 차에서 내려 절뚝거리며 인도 쪽으로 걸어갔다. 나보다 먼저 가서 서 있던 새디가 "지금 몇 시예요?" 하고 물었다.

"11시 20분요."

"얼마나 더 가야 해요?"

"텍사스 교과서 창고가 있는 곳이 휴스턴과 엘름이 만나는 모퉁이에요. 앞으로 5킬로미터, 어쩌면 더 가야 할지 몰라요."

그 말이 내 입에서 튀어나오자마자 뒤에서 제트기 소리가 들렸다. 위를 올려다보았더니 대통령 전용기가 지상을 향해 점점 내려오고 있었다.

새디가 힘없이 머리를 쓸어 넘겼다.

"이제 어떡하죠?"

"내 어깨에 팔을 얹어요. 내가 부축해 줄게요."

"필요 없어요."

하지만 한 블록 지났을 때 내가 부축을 받아야 하는 입장이 됐다.

9

　11시 30분, 우리가 노스 펄과 로스 가가 만나는 네거리에 도착했을 때 케네디를 태운 707기는 공식 환영단 근처에 멈추어 섰을 텐데…… 환영단 중에 빨간 장미 꽃다발을 들고 나온 여자도 있을 것이다. 우리 앞으로 보이는 길모퉁이에 산투아리오 데 과달루페 대성당이 떡하니 자리를 잡고 있었다. 두 팔을 벌린 성인의 동상 밑으로 이어지는 계단에 한쪽에는 목발을 놓고, 다른 쪽에는 에나멜 냄비를 놓은 남자가 앉아 있었다. 냄비를 받침대 삼아 놓인 팻말에 이렇게 적혀 있었다. **이 몸은 심각한 불구입니다! 한 푼만 도와주시면 선한 사마리아인이 될 수 있습니다. 하느님은 당신을 사랑하십니다.**
　"*당신 목발은 어디 있어요, 제이크?*"
　"에덴 팰로스 침실 붙박이장 안에요."
　"*목발을 깜빡했단 말이에요?*"
　여자들은 참 빤한 질문을 좋아한다.
　"요즘에는 잘 쓰지도 않았어요. 짧은 거리를 걸을 때는 별로 아프지 않았다고요."
　말은 이렇게 했지만, 새디가 들이닥치기 전에 재활센터를 나와야 한다는 일념밖에 없었음을 시인한 것이나 거의 다를 바 없었다.
　"지금은 있으면 잘 쓸 수 있을 거예요." 그녀가 부러울 정도로 날쌔게 앞으로 달려가 성당 앞 계단에 앉아 있는 거지에게 말을 걸었다. 내가 절뚝거리며 계단을 올라갔을 때 그녀는 흥정을 붙이고 있었다. "그런 목발 한 쌍에 9달러인데 *한 짝에* 50달러를 달라고요?"

"한 짝이라도 있어야 내가 집에 갈 수 있을 거 아닙니까." 일리가 있는 말이었다. "그리고 보아하니 친구분은 한 짝만 있으면 어디든 갈 수 있을 것 같은데요."

"하느님은 당신을 사랑한다는 둥, 선한 사마리아인이 될 수 있다는 둥 그래 놓고 이러기에요?"

"흠." 거지는 생각에 잠긴 듯이 수염으로 덮인 턱을 쓰다듬었다. "하느님은 당신을 정말로 사랑하시지만, 나는 가난하고 나이 많은 불구올시다. 내 조건이 마음에 안 들면 바리새인처럼 그냥 지나가면 될 것 아닙니까. 나 같으면 그러겠어요."

"어련하시겠어요. 내가 그냥 가져가 버리면 어쩔 건데요, 돈에 눈이 먼 아저씨?"

"그럴 수야 있겠지만, 그러면 하느님이 더 이상 당신을 사랑하시지 않을걸요."

그는 이렇게 말해 놓고 껄껄 웃었다. 심각한 불구치고 웃음소리가 정말이지 명랑했다. 입속 상태가 스튜드베이커 카우보이보다는 나았지만, 오십 보 백 보였다.

"돈 줘요." 내가 말했다. "한 짝만 있으면 되니까."

"아, 돈은 줄 거예요. 바가지를 쓰는 게 싫은 거라고요."

"아가씨, 내가 이런 소리해도 될지 모르겠지만, 남자들 앞에서 그런 표현을 쓰면 되나요(영어로 screw에 바가지를 씌운다는 뜻과 성교를 한다는 뜻이 있다 ─ 옮긴이)."

"말조심하는 게 좋을 겁니다." 내가 말했다. "이 아가씨는 내 약혼녀란 말입니다."

이제 11시 40분이었다.

거지는 내 말을 들은 척도 하지 않고 새디의 지갑을 살폈다.

"피가 묻었네요. 면도를 하다 베었나?"

"앨런 킹도 아니면서「설리번 쇼」흉내 내지 마요." 새디는 지나가는 차량을 향해 흔들었던 10달러에 20달러짜리 지폐 두 장을 더 얹었다. "여기 있어요." 그녀가 내밀자 거지가 돈을 받았다. "나는 이제 빈털터리가 됐어요. 만족하세요?"

"불쌍한 불구를 도왔잖아요." 거지가 말했다. "그러니까 *아가씨가* 만족스러워해야죠."

"그런데 만족스럽지가 않네요!" 새디가 고함을 질렀다. "아저씨 눈알이 그 못생긴 얼굴에서 뽑혀 나왔으면 좋겠다는 생각뿐이에요!"

거지는 남자 대 남자로 이야기해 보자는 듯이 점잔을 빼며 나를 쳐다보았다.

"집으로 데리고 가는 게 좋겠군요, 서니 짐(미국 시리얼 광고에 쓰여 유명해진 만화 캐릭터의 이름—옮긴이). 조만간 월경이 시작되려는 모양이야."

나는 오른쪽 겨드랑이에 목발을 끼우고 (운이 좋아서 골절을 안 당해 본 사람들은 아픈 쪽으로 목발을 짚는 줄 아는데 그게 아니다.) 왼손으로 새디의 팔꿈치를 잡았다.

"갑시다. 시간 없어요."

가다 말고 새디가 자기 엉덩이를 손바닥으로 찰싹 때리더니 어깨 너머로 외쳤다.

"여기다 뽀뽀나 하시지(영어로 kiss my ass가 우라질, 염병할 정도에 해당되는 욕이다 — 옮긴이)!"

거지가 맞받아쳤다.

"이쪽으로 와서 내 쪽으로 엉덩이를 내밀어 주기만 하면 돈 안 받고 해 주리다."

10

우리는 노스 펄을 걸었다기보다…… 새디는 걷고 나는 목발을 짚고 절뚝거렸다고 하는 게 맞겠다. 목발을 짚었더니 100배쯤 나았지만, 이런 속도로는 12시 30분 전까지 휴스턴과 엘름이 만나는 네거리에 절대 도착할 수 없었다.

앞쪽에 비계가 있었다. 행인들이 그 밑으로 지나가게 되어 있었다. 나는 새디를 잡고 길을 건넜다.

"제이크, 도대체……"

"비계가 우리 머리 위로 무너질 게 분명하거든요. 믿어도 좋아요."

"차를 타고 가야겠어요. 정말이지…… 제이크? 걷다가 말고 왜 그래요?"

내가 걸음을 멈춘 이유는 인생은 노래이고 과거는 화음을 추구하기 때문이었다. 그 화음에 아무 의미도 없는 경우가 대부분이지만 (그 당시만 해도 나는 그렇게 생각했다.) 어쩌다 한 번씩은 과거의 세상을 용감하게 찾아온 손님에게 도움이 될 때도 있었다. 지금이 그런 경우이길 나는 간절히 기도했다.

노스펄과 산하신토가 만나는 모퉁이에 1954년형 포드 컨버터블이 세워져 있었다. 내가 타던 차는 빨간색이었고 이 차는 암청색이지만 그래도…… 어쩌면…….

나는 허둥지둥 달려가 조수석 쪽 문을 당겨 보았다. 잠겨 있었다. 당연하지. 어쩌다 한 번씩 숨 돌리는 수준이면 몰라도 거저먹을 수야 있나. 아무렴.

"점프 스타트 할 줄 알아요?"

알 턱이 없었고, 「버번 스트리트 비트」에서 보았던 것보다 훨씬 어렵지 않을까 싶었다. 하지만 목발 손잡이로 계속 때려 유리창이 쩍 하고 갈라지면서 밑으로 늘어지게 만드는 방법은 알고 있었다. 인도에 아무도 없었기 때문에 구경꾼도 없었다. 모든 무대가 동남쪽으로 옮겨 갔다. 케네디 대통령이 등장하길 기다리며 메인 대로에 운집한 사람들이 파도타기 함성을 지르는 소리가 들렸다.

안전유리가 밑으로 늘어졌다. 나는 목발을 반대로 돌려 고무가 달린 끝 쪽을 안으로 쑤셔 넣었다. 우리 둘 중 한 명은 뒷자리에 앉아야 할 것이다. 이 방법이 효과가 있을 경우에 한해서지만. 나는 데리에서 선라이너 열쇠를 하나 복사해 사물함 바닥에 붙이고 서류로 덮어놓았다. 어쩌면 이 차의 주인도 그랬을지 모른다. 어쩌면 이번 화음의 강도가 그 정도일지 모른다. 가능성은 희박했지만…… 새디가 머세이디즈 대로에서 나를 찾을 수 있는 확률도 실낱에 버금갈 만큼 미미했지만 결과적으로는 찾아내지 않았는가. 나는 크롬으로 된 사물함 버튼을 누르고 손을 넣어 안을 더듬기 시작했다.

'화음을 들려줘라, 이 개자식아. 제발 화음을 들려줘라. 이번 한 번

만 좀 도와주라.'

"제이크? 지금 뭐 하는……"

손끝에 뭔가가 걸렸다. 양철로 된 수크레츠 목 캔디 상자였다. 열어 보니 열쇠가 한 개가 아니라 네 개나 들어 있었다. 나머지 세 개는 무슨 열쇠인지 몰라도 내가 찾던 열쇠가 있는 것만큼은 분명했다. 어둠 속에서도 그 생김새로 알 수 있었다.

아, 이 얼마나 사랑스러운 애마란 말인가.

"빙고." 그녀가 나를 끌어안는 바람에 하마터면 내가 뒤로 넘어질 뻔했다. "당신이 운전해요. 나는 뒤에서 무릎 좀 쉬어야겠어요."

11

메인 대로를 선택할 만큼 명청하지는 않았다. 그곳은 말뚝과 순찰차 들로 봉쇄됐을 게 분명했다.

"최대한 멀리까지 퍼시픽으로 가요. 그런 다음에는 골목길을 이용하고요. 사람들 소리가 계속 왼쪽에서 들리게 하면 별 문제없을 거예요."

"시간 얼마나 남았어요?"

"30분요."

사실은 25분이었지만, 30분이라고 해야 더 안심이 될 것 같았다. 게다가 곡예 운전을 하다 사고라도 나면 큰일이었다. 이론상이기는 하지만 아직 시간도 있는데 한 번 더 사고를 당하면 끝장이었다.

그녀는 곡예 운전을 시도하지는 않았지만, 겁 없이 운전을 하기는 했다. 한번은 쓰러진 나무로 막힌 길에 다다르자(그럼 그렇지.) 인도로 올라가 그 너머까지 그대로 내달린 적도 있었다. 노스레코드 대로와 해버밀이 만나는 네거리까지 갔건만 거기서 막혀 버렸다. 해버밀의 마지막 두 블록, 그러니까 엘름과 만나는 곳까지가 주차장으로 개조되어 버린 것이다. 한 남자가 주황색 깃발을 흔들며 진입 신호를 보냈다.

"5달러입니다." 그가 말했다. "메인 대로까지 걸어서 2분이면 되니까 여유 있어요."

하지만 그는 이렇게 말해 놓고 내가 짚은 목발을 미심쩍은 눈빛으로 흘끗 쳐다보았다.

"나 진짜 빈털터리예요." 새디가 말했다. "아까 그 말 진짜였어요."

내가 지갑을 꺼내 남자에게 5달러를 주었다.

"크라이슬러 뒤에 세워요." 그가 말했다. "조심조심, 딱 붙여서요."

새디가 그에게 열쇠를 던졌다.

"*아저씨가* 조심조심, 딱 붙여서 세워 주세요. 가요, 자기."

"손님, 그 쪽 아니에요!" 주차 요원이 소리를 질렀다. "그쪽은 엘름 가는 길이에요! 메인으로 가셔야죠! 퍼레이드가 그쪽을 지나는데!"

"우리도 어떻게 하면 되는지 알아요!" 새디가 외쳤다.

나로서는 그녀의 말이 맞기만을 바랄 따름이었다. 새디가 앞장서서 주차된 자동차 사이를 빠져나갔다. 나는 목발을 비틀고 흔들어 삐죽 튀어나온 사이드 미러들을 피해 가며 열심히 뒤쫓아 갔다. 이제 교과서 창고 뒤편 조차장에서 기관차와 땡그랑거리는 화물차 소리가 들렸다.

"제이크, 우리 지금 엄청 긴 꼬리를 남기고 있어요."

"알아요. 나한테 다 생각이 있어요."

엄청난 허풍이었지만, 듣기에 그럴 듯했다.

엘름 대로에 다다랐을 때 내가 두 블록 맞은편에 있는 건물을 가리켰다.

"저기에요. 그자가 있는 곳이."

그녀는 창문에 눈이 달린 빨간색의 땅딸막한 정육면체 건물을 쳐다보더니 눈을 휘둥그레 뜨고 경악하며 나를 돌아보았다. 나는 그녀의 목에 난 하얗고 큼지막한 소름을 남의 일 대하듯 신기해하며 뚫어져라 들여다보았다.

"제이크, 저 건물을 봤더니 소름이 *끼쳐요!*"

"나도 알아요."

"그런데…… 어디가 *이상해서* 그런 거예요?"

"전부 다 이상한 거죠. 새디, 서둘러야 해요. 시간이 거의 없어요."

12

우리는 엘림 대로를 대각선으로 가로질렀다. 나는 목발을 짚고 거의 달리다시피 했다. 메인 대로에 몰린 인파가 가장 많았지만, 딜리 플라자와 교과서 창고 앞 엘름 대로도 속속들이 채워지고 있었다. 사람들의 행렬이 트리플 언더패스까지 인도와 차도의 경계선을 가득 메웠다. 여자들은 남자친구의 어깨에 올라탔다. 조만간 공포의 비명을 지르게 될지 모르는 아이들은 아이스크림을 얼굴에 치댔다. 슬러시를 파는 남자도 보였고, 머리를 엄청나게 부풀린 어떤 여자는 돌아다니며 야외복을 입은 케네디 부부의 사진을 팔았다.

교과서 창고의 그림자가 드리워진 곳에 도착했을 때 나는 진땀을 흘렸고, 목발 손잡이에 계속 눌린 겨드랑이는 아우성을 질렀고, 왼쪽 무릎은 뜨끈뜨끈한 끈으로 조이는 듯한 기분이었다. 거의 구부릴 수조차 없었다. 위를 올려다보았더니 교과서 창고 직원들이 몇 군데 창문 밖으로 고개를 내밀고 있었다. 6층 남동쪽 모퉁이에 달린 창밖으로 고개를 내민 사람은 없었지만, 리가 거기 있을 것이다.

손목시계를 확인했다. 12시 20분이었다. 로어 메인 대로에서 환호성이 터진 것으로 미루어 짐작하건대 퍼레이드 행렬이 어디까지 왔는지 알 수 있었다.

새디가 문을 잡아당겨 보더니 괴로워하는 눈빛으로 나를 노려보았다.

"잠겼어요!"

능직 모자를 일부러 삐딱하게 쓴 흑인 남자가 안에서 보였다. 담배를 피우고 있었다. 앨은 시시콜콜하다는 게 어떤 건지 제대로 보여 준 공책 막판에 (괴발개발 거의 낙서 수준으로) 리의 직장 동료들 이름까지 적어 놓았다. 나는 도대체 써먹을 데가 있겠나 싶어 그 이름들은 열심히 외우지 않았다. 그런데 한 사람 옆에 (골지 모자를 쓰고 있는 이 친구인 게 분명했다.) 앨이 이렇게 적어 놓았다. '경찰에서 제일 처음 용의자로 지목(어쩌면 흑인이었기 때문일지도.).' 이름이 특이

했는데, 기억이 나지 않았다. 로스와 그 부하들에게 맞는 바람에 (온갖 다른 기억들과 함께) 날아가 버렸든지 애초부터 별 신경을 안 썼든지, 둘 중 하나였다.

아니면 과거가 고집이 세기 때문일 수도 있었다. 그런데 이유가 뭐가 됐든 무슨 상관일까? 기억이 나지 않는데. 이름이 뭐였는지 도통 생각이 나지 않는데.

새디가 문을 두드렸다. 능직 모자를 쓴 흑인은 무심히 쳐다보기만 했다. 담배를 한 모금 빨고는 그녀를 향해 손등을 저었다. *가요, 아가씨. 가요.*

"제이크, 좋은 수를 생각해 봐요! **제발!**"

12시 21분.

그래, 특이한 이름이었는데 왜 특이했을까? 놀랍게도 나는 정답을 알고 있었다.

"여자 이름이었거든." 내가 말했다.

새디가 내 쪽을 돌아보았다. 두 뺨이 시뻘건데, 흉터만 허옇게 이를 드러내고 으르렁거렸다.

"뭐라고요?"

나는 와락 달려들어 문을 두드리기 시작했다.

"**보니!**" 내가 큰 소리로 외쳤다. "**어이, 보니 레이! 문 열어 줘! 우리는 리랑 아는 사이야! 리! 리 오스왈드!**"

그는 아는 이름이 들리자 미치도록 느릿느릿 로비를 건너왔다.

"그 비쩍 마른 밥맛한테 친구가 있는 줄 몰랐네." 보니 레이 윌리엄스는 중얼거리며 문을 열어 주고, 달려 들어오는 우리를 위해 옆으로 비켜 주었다. "리는 휴게실에서 다른 친구들이랑 대통령······"

"내 말 잘 들어요." 내가 말했다. "나는 그자의 친구가 아니고 그자는 지금 휴게실이 아니라 6층에 있어요. 케네디 대통령을 쏘려는 것 같아요."

거구인 그는 껄껄대며 웃더니 담배를 바닥에 떨어뜨리고 부츠로 밟아서 껐다.

"그 녀석은 자루에 든 새끼고양이도 물에 빠뜨려 죽이지 못할 만큼 겁이 많은 쥐방울이오. 할 줄 아는 일이라고는 한쪽 구석에 앉아서 *책을 읽는* 것뿐이라고."

"정말이에······"

"나는 2층으로 올라갈 거요. 같이 올라가고 싶으면 같이 올라가도 돼요. 그런데 릴라 어쩌고 하는 헛소리는 그만하쇼. 여기서는 그 친구를 릴라라고 불러요. 릴라가 대통령을 쏠 거라니! 지나가던 개가 웃겠네!"

나는 생각했다. '보니 레이, 너한테는 데리가 제격이겠군. 빤히 보이는 일을 외면하는 게 그곳 사람들의 특기거든.'

"계단으로." 내가 새디에게 말했다.

"엘리베이터가 훨씬······"

엘리베이터를 탔다간 남은 일말의 기회마저 날아가 버릴 것이다.

"아래층과 위층 사이에서 멈춰 버릴 거예요. *계단으로.*"

나는 그녀의 손을 잡고 그쪽으로 잡아끌었다. 계단은 좁다란데, 오랫동안 하도 많은 사람들이 밟고 지나가다 보니 나무 바닥이 한쪽으로 휘었다. 왼쪽에 녹이 슨 철제 난간이 달려 있었다. 계단 입구에 다다랐을 때 새디가 내 쪽을 돌아보았다.

"총 줘요."

"안 돼요."

"당신은 제 시간 내로 못 올라가지만 나는 할 수 있어요. 총 줘요."

나는 하마터면 내줄 뻔했지만 생각을 바꾸었다. 당연히 내가 들고 있어야 한다는 생각에 그런 건 아니었다. 실질적인 분기점이 다가오는 마당에 막을 수만 있다면 누가 오스왈드를 막건 상관없었다. 하지만 으르렁거리며 돌아가는 과거라는 기계와의 거리가 겨우 한 발짝에 불과하고, 새디가 나보다 먼저 그 마지막 한 걸음을 딛었다가는 미친 듯이 돌아가는 벨트와 칼날 속으로 빨려 들어갈지도 모르는 이 상황에서 그런 위험부담을 감수하면 내가 인간이 아니었다.

나는 웃으며 앞으로 몸을 기울여 그녀에게 입을 맞추었다.

"경주합시다." 나는 말하고 계단을 올라가기 시작했다. 그러면서 어깨 너머로 외쳤다. "내가 잠이 들어 버리면 당신 마음대로 해요!"

13

"두 사람 다 정신 나갔구먼."

보니 레이 윌리엄스가 살짝 훈계를 하듯이 말하는 소리가 들렸다. 그리고 잠시 후 새디가 나를 쫓아오느라 가볍게 쿵쿵거리는 발소리가 들렸다. 나는 오른쪽 겨드랑이를 목발로 받치고 (이제는 목발에 기댄다기보다 목발을 딛고 뛰는 수준이었다. 왼쪽의 난간을 잡아당겼다.) 스포츠 재킷 속에서 총이 흔들리며 엉덩이에 부딪쳤다. 무릎이 아우성을 쳤다. 울부짖을 테면 짖으라지.

2층 층계참에 도착했을 때 손목시계를 흘끗 확인했다. 12시 25분이었다. 아니, 26분이었다. 사람들의 환호성이 계속 가까워지는 게 들렸다. 조만간 부서질 운명에 처한 파도였다. 퍼레이드 행렬이 메인과 어베이, 메인과 아카드, 메인과 필드가 만나는 네거리를 지났다. 2분 뒤면 (아무리 늦어도 3분 뒤면) 휴스턴 대로에서 우회전을 해서 시속 55킬로미터의 속도로 옛날 댈러스 법원 앞을 지날 것이다. 그 순간부터 미국의 대통령은 사정거리 안에 든 표적이 될 것이다. 만리헤르 카르카노에 네 배 망원경이 달렸으니 케네디와 코널리 부부가 리스본 자동차극장의 화면 속 배우들만큼이나 크게 보일 것이다. 하지만 리는 좀 더 기다릴 것이다. 그는 자살 특공대가 아니었다. 무사히 도망치고 싶은 마음이 있었다. 너무 일찌감치 방아쇠를 당기면 퍼레이드 선두 차량에 탑승한 경호 특무대가 번쩍한 총구를 보고 그 방향으로 대응 사격을 할 것이다. 그는 대통령을 태운 리무진이 엘름 쪽으로 좌회전을 할 때까지 기다릴 것이다. 그는 단순한 저격수가 아니라 뒤통수를 노리는 인간이었다.

아직 3분 남았다.

아니면 2분 30초에 불과할지 모르겠지만.

나는 욱신거리는 무릎을 무시한 채 2층과 3층 사이의 계단 공략에 나서 기나긴 시합 종반에 다다른 마라토너처럼 억지로 발걸음을 뗐다. 사실 내가 그런 마라토너 신세이기는 했다.

밑에서 보니 레이가 큰 소리로 '어떤 미친 남자', '릴라가 쏜다고'

라고 외치는 소리가 들렸다.

3층으로 향하는 계단을 중간쯤 올라갔을 때 새디가 좀 더 빨리 달리라고 말을 재촉하는 기수처럼 내 등을 때렸지만, 잠시 후 살짝 뒤로 쳐졌다. 나는 그녀가 숨을 헐떡이는 소리를 들으며 '담배를 너무 많이 피우니까 그렇지.'라고 생각했다. 이제 무릎이 아프지 않았다. 아드레날린이 분출되면서 일시적으로 통증이 사라졌다. 나는 왼쪽 다리를 최대한 꼿꼿하게 펴고 목발로 하여금 왼쪽 다리의 역할을 대신하게 했다.

모퉁이를 돌았다. 4층으로 올라갈 차례였다. 이제는 나까지 헐떡였고, 계단이 더 가팔라진 것처럼 느껴졌다. 산처럼 느껴졌다. 거지한테 산 목발의 겨드랑이 패드가 땀으로 끈적끈적했다. 머리가 지끈거렸다. 밑에서 들리는 환호성으로 귀가 울렸다. 상상의 눈이 번쩍 뜨이면서 다가오는 퍼레이드 행렬이 보였다. 경호차, 댈러스 경찰서의 할리 데이비스 오토바이를 좌우로 거느린 대통령 리무진, 하얀 끈이 달린 헬멧과 선글라스를 쓴 오토바이 경찰들.

모퉁이를 돌았다. 목발이 미끄러졌다가 다시 자리를 잡았다. 다시 위로. 목발에서 쿵쿵 소리가 났다. 이제 보수 중인 6층에서 달짝지근한 톱밥 냄새가 전해졌다. 인부들이 낡은 합판을 새것으로 교체하고 있었다. 하지만 리가 있는 쪽은 아니었다. 동남쪽은 그의 독차지였다.

땀에 전 셔츠가 들썩이는 가슴에 들러붙은 걸레 조각으로 변한 가운데, 5층 층계참에 도착한 나는 입을 벌리고 한껏 공기를 들이마시며 마지막 모서리를 돌았다. 따끔한 땀방울이 눈으로 들어오자 깜빡여 떨쳐 냈다.

전국으로 뻗은 길과 **4학년 5학년 읽기** 문구가 찍힌 세 개의 책 상자가 6층으로 향하는 계단을 막고 있었다. 내가 오른 다리로 서서 목발 끝으로 상자를 하나 쳤더니 상자가 빙그르르 돌았다. 뒤에서 새디가 이제 4층과 5층 사이 계단을 올라오는 소리가 들렸다. 그러니까 내가 총을 들고 오길 잘한 것 같았지만, 아직 장담하기에는 일렀다. 경험자로서 증언하건대 미래를 바꿀 일차적인 책임이 내 어깨에 얹혀 있다는 걸 알면 더 빨리 달리게 되어 있다.

내가 만들어 낸 틈새로 빠져나갔다. 그러느라 잠깐 동안 왼쪽 다리에 모든 체중을 실어야 했다. 왼쪽 다리가 고통으로 울부짖었다. 나는 신음 소리를 내며 계단 위로 고꾸라지지 않게 난간을 붙잡았다. 손목시계를 확인했다. 12시 28분을 가리키고 있지만, 이 시계가 늦는 거면 어쩐다? 사람들이 함성을 지르고 있었다.

"제이크…… 서둘러요…….." 아직 5층 층계참에 도착도 하지 못한 새디가 말했다.

나는 마지막 계단을 올라가기 시작하자 사람들의 환호성이 점점 잦아들어 거대한 침묵으로 덮였다. 꼭대기에 다다랐을 때에는 거친 내 숨소리와 혹사당한 심장이 미친 듯이 두방망이질 치는 소리밖에 안 들렸다.

14

텍사스 교과서 창고 6층은 책 상자들이 드문드문 섬처럼 쌓여 있는 어둑어둑한 정사각형 공간이었다. 바닥을 교체 중인 부분은 천장에 달린 전등이 밝게 비추고 있었다. 앞으로 100여 초 뒤, 리 하비 오스왈드 덕분에 역사에 길이 남게 될 부분은 전등이 꺼져 있었다. 모두 일곱 개의 창문이 엘름 대로를 내려다보고 있는데, 가운데 다섯 개는 큼지막한 반원형이고 양끝 두 개는 정사각형이었다. 6층 계단 꼭대기 주변은 어두컴컴했지만, 엘름 대로가 내려다보는 구역은 부연 햇빛으로 가득했다.

바닥 공사를 하느라 둥둥 떠다니는 톱밥들 덕분에 창문을 뚫고 비스듬히 들어온 햇살이 자를 수 있을 만큼 두툼하게 느껴졌다. 하지만 남동쪽 모서리에 달린 창문을 뚫고 들어온 햇살은 책 상자를 쌓아서 만든 바리케이드에 막혔다. 저격수의 둥지는 저쪽 끝이라 북서쪽 모서리에서 남동쪽 모서리를 향해 대각선으로 달려야 판이었.

바리케이드 뒤에서 한 남자가 햇볕을 받으며 총을 들고 창가에 서 있었다. 구부정한 자세로 밖을 응시하고 있었다. 창문이 열려 있었다. 산들바람에 그의 머리카락과 셔츠 깃이 나풀거렸다. 그가 총을 들어올리기 시작했다.

나는 38구경을 꺼내려고 재킷 주머니 속으로 손을 넣으며 여기저기 쌓여 있는 책 상자들을 피해 어기적어기적 달려갔다.

"리!" 내가 외쳤다. "멈춰라, 이 개자식아!"

그가 고개를 돌리더니 눈을 휘둥그레 뜨고 입을 떡 벌린 채 나를 바라보았다. 그 순간만큼은 그도 그저 평범한 남자였다. 준과 목욕을 하며 웃고 함께 놀았던 아빠, 가끔 아내를 안아 주고 자기를 올려다보는 얼굴에 입을 맞추었던 남편. 하지만 얇고 어떻게 보면 샌님

같은 입술이 뒤틀리며 윗니를 드러낸 순간, 무시무시한 무언가로 돌변했다. 안 믿길지 모르겠지만, 맹세코 정말로 그랬다. 평범한 남자이길 거부하고, 미국의 능력을 왜곡하고 선의를 말살하며 이 나라를 끝까지 괴롭힐 악령으로 변신했다.

수천 명이 박수를 치고 환호성을 지르고 목이 터져라 고함을 지르는 소리가 다시 쏟아져 들어왔다. 나도 그 소리를 들었고, 리도 마찬가지였다. 그는 거기 담긴 의미를 알고 있었다. 지금이 유일한 기회라는 뜻이었다. 그가 홱 하니 창문 쪽으로 다시 고개를 돌리고 소총 개머리판을 어깨에 얹었다.

나에게는 권총이 있었다. 프랭크 더닝을 죽일 때 썼던 그 총이. 그냥 *비슷한* 게 아니었다. 바로 그 총이었다. 나는 그때도 그렇게 생각했고, 지금도 그 생각에는 변함이 없다. 주머니 안감에 공이치기가 걸린 38구경을 억지로 꺼내는데, 안감이 찢어지는 소리가 들렸다.

방아쇠를 당겼다. 총알이 과녁을 위로 벗어나 창틀 맨 윗부분을 쪼개는 데 그쳤지만, 존 케네디를 살리기에는 충분했다. 오스왈드가 총소리에 움찔하는 바람에 만리헤르 카르카노에서 발사된 10여 그램짜리 탄환이 위로 날아가 지방 법원 창문을 박살낸 것이다.

밑에서 사람들이 비명을 터뜨리고 우왕좌왕 고함을 지르는 소리가 들렸다. 다시 내 쪽을 돌아본 리의 얼굴은 분노와 증오와 실망으로 뒤덮인 가면과도 같았다. 그가 다시 총을 들었고, 이번에는 조준하는 상대가 미합중국 대통령이 아니었다. 그가 딸깍딸깍 노리쇠를 움직이는 사이 내가 다시 방아쇠를 당겼다. 6층 공간을 4분의 3 건너가서 노린 거라 거리가 7미터도 안 됐는데 이번에도 빗나갔다. 그의 셔츠 옆면이 씰룩이고 그만이었다.

목발이 상자 더미에 걸렸다. 나는 왼쪽으로 기우뚱한 상태에서 총을 쥔 쪽 손을 허우적거리며 균형을 잡으려고 했지만, 부질없는 짓이었다. 문득 새디를 처음 만났던 날, 그녀가 내 품 안으로 거의 쓰러지다시피 했던 게 생각났다. 나는 앞으로 어떤 일이 벌어질지 알고 있었다. 역사는 반복되지 않지만 화음을 좋아하고, 주로 악마의 음악을 만든다. 이번에는 *내가* 넘어질 차례였는데, 그때와는 엄청나게 다른 결과를 낳을 것이다.

그녀가 계단을 올라오는 소리가…… 후다닥 달리는 소리로 바뀌었다.

"새디, 엎드려요!"

내가 소리쳤지만, 오스왈드의 소총이 발사되는 소리에 묻혔다.

총알이 나를 지나가는 소리가 들렸다. 그녀가 비명을 지르는 소리가 들렸다.

잠시 후 이번에는 밖에서 총소리가 들렸다. 고개를 숙이고 서로 부둥켜안은 대통령 부부를 태운 리무진은 트리플 언더패스를 향해 미친 듯이 달렸다. 하지만 경호 특무대는 엘름 대로 저쪽 딜리 플라자 근처에 차를 세웠다. 오토바이 경찰들도 대로 한복판에 멈추어 섰고, 못해도 40명은 되는 사람들이 제보자로 나서 파란 셔츠를 입은 비쩍 마른 남자가 똑똑히 보이는 6층 창문을 가리켰다.

우박이 진창을 때리는 것처럼 탁탁거리는 소리가 들렸다. 빗나간 총알이 창문 위나 양옆 벽돌을 맞히는 소리였다. 헛방이 많지는 않았다. 안에서 바람이 불기 시작한 것처럼 리의 셔츠가 부풀어 올랐다. 그 붉은 바람이 불 때마다 셔츠에 구멍이 뚫렸다. 맨 처음은 오른쪽 젖꼭지 바로 위, 그 다음은 흉골, 세 번째는 배꼽에 해당되는 지점. 네 번째가 그의 목을 관통했다. 그는 톱밥이 둥둥 떠다니는 부연 햇살 속에서 인형처럼 춤을 추었는데, 이를 드러내고 으르렁거리는 그 끔찍한 표정은 여전했다. 이 마지막 순간에 그는 정말이지 인간이 아니었다. 다른 무엇이었다. 가장 사악한 천사의 유혹에 넘어갔을 때 빙의되는 무엇이었다.

총알 하나가 머리 위에 달린 전등을 정통으로 맞히자 전구가 산산이 부서져 흔들거렸다. 잠시 후 이번에는 총알이 암살자가 되려고 했던 자의 머리를 관통했다. 내가 건너온 세상에서는 그가 날린 총알이 케네디의 머리를 관통했던 것처럼. 그가 상자를 쌓아서 만든 바리케이드 위로 쓰러지자 상자들이 바닥으로 굴렀다.

밑에서 고함 소리가 들렸다. 누군가 "쓰러졌습니다, 쓰러지는 걸 봤습니다!" 하고 외쳤다.

달려 올라오는 발소리. 나는 리의 시신 쪽으로 38구경을 던졌다. 총을 들고 있었다가는 계단을 달려 올라온 사람들 손에 무차별 구타를 당하든지 어쩌면 죽을지도 모른다고 상황을 파악할 만한 정신은 남아 있었다. 일어서려고 했지만, 무릎이 더 이상 버텨 주지 못했다. 어쩌면 차라리 잘된 일이었을지 모른다. 엘름 대로에서 내 모습이 보였더라면 저들이 *나한테까지* 총을 난사했을 테니까. 그래서 나는 두 손으로 몸을 받치고 왼쪽 다리를 닻처럼 질질 끌며 새디가 쓰러져 있는 곳을 향해 기어갔다.

블라우스 앞면이 피로 흠뻑 젖어 있었지만 구멍이 보였다. 가슴

한복판, 젖가슴이 시작되는 바로 위였다. 입에서도 피가 쏟아져 나왔다. 그 피 때문에 숨이 막혀 컥컥거리고 있었다. 나는 두 팔을 밑으로 넣어 그녀를 들어올렸다. 그녀의 시선은 나를 떠날 줄 몰랐다. 두 눈이 부연 어둠 속에서 반짝였다.

"제이크." 그녀가 쉰 목소리로 속삭였다.

"안 돼요. 말하면 안 돼요."

하지만 그녀는 아랑곳하지 않았다. 하긴 언제 내 말을 들은 적이 있던가.

"제이크, 대통령!"

"무사해요."

리무진이 쌩하고 내달렸을 때 대통령이 아무 이상 없는지 실제로 확인하지는 못했지만, 리가 길거리를 향해 딱 한 발을 발사했을 때 움찔한 것을 보았으니 그것으로 충분했다. 그리고 상황이 어찌됐건 새디한테는 무사하다고 말했을 것이다.

그녀는 눈을 감았다 다시 떴다. 사람들이 5층 층계참을 지나 마지막 계단을 올라오느라 발소리가 이제는 아주 가깝게 들렸다. 저 아래에서는 흥분한 군중들이 우왕좌왕 고함을 지르고 있었다.

"제이크."

"왜요?"

그녀는 미소를 지었다.

"우리 춤 정말 멋지게 췄는데!"

보니 레이와 다른 사람들이 도착했을 때 나는 바닥에 앉아서 그녀를 안고 있었다. 그들이 나를 지나 우르르 달려갔다. 몇 명이었는지는 모르겠다. 네 명이었나? 여덟 명이었나? 열댓 명이었나? 나는 쳐다보지도 않았다. 그녀를 안아서 그녀의 피로 내 셔츠를 적셔 가며 그녀의 머리를 내 가슴에 대고 가만가만 흔들어 주기만 했다. 죽었다. 나의 새디가. 결국 기계 속으로 빨려 들어가 버린 것이다.

나는 원래 눈물이 없었지만, 사랑하는 여자를 잃은 남자라면 거의 누구나 눈물을 흘릴 수밖에 없지 않을까? 당연하지. 하지만 나는 울지 않았다.

이제 어떻게 해야 하는지 알고 있었으니까.

6부
그린 카드맨

29장

1

나는 체포되지는 않았지만, 경찰차를 타고 댈러스 경찰서로 호송됐다. 경찰서까지 한 블록이 남았을 때 사람들이 (기자도 있었지만 대부분 평범한 시민이었다.) 차창을 두드리며 안을 들여다보았다. 나는 남의 일 대하듯 무심하게 생각했다. 안으로 끌려들어가 대통령 암살을 시도한 죄로 린치를 당하게 되는 걸까? 상관없었다. 내 최대 관심사는 피로 물든 셔츠였으니까. 셔츠를 벗어 버리고 싶었다. 그런가 하면 또 한편으로는 죽을 때까지 입고 싶었다. 새디가 흘린 피가 아닌가.

앞에 앉은 경관은 둘 다 아무것도 묻지 않았다. 아무것도 묻지 말라는 지시가 내려진 듯했다. 그들이 뭘 물었더라도 대답을 듣지 못했겠지만. 나는 열심히 머리를 굴렸다. 한기가 스멀스멀 다시 밀려들고 있었기 때문에 그럴 수 있었다. 그 한기가 갑옷처럼 나를 감쌌다. 나는 이 사태를 바로잡을 수 있었다. 바로잡을 작정이었다. 하지만 우선은 이야기를 만들어 내야 했다.

2

그들은 나를 얼음처럼 새하얀 방으로 데려다 놓았다. 테이블 한 개와 딱딱한 의자 세 개가 있었다. 나는 의자에 앉았다. 밖에서 전화벨들이 울리고 텔레타이프(부호 전류로 송신한 통신문을 자동으로 문자나 기호로 바꿔 수신기에 인쇄하는 장치 ― 옮긴이)가 덜커덕거렸다. 사람들이 큰 소리로 떠들며 왔다 갔다 하는데, 어떤 이는 고함을 질렀고 어떤 이는 껄껄대며 웃었다. 히스테릭한 웃음이었다. 구사일생으로 목숨을 건졌을 때 터뜨리는 웃음이었다. 이를 테면 총알을 피했을 때 터뜨리는 웃음이랄까. 어쩌면 에드윈 워커도 4월 10일 밤, 머리카락에 묻은 유리 조각을 털어 내며 기자들과 이야기를 나누었을 때 그렇게 웃었을지 모른다.

교과서 창고에서 나를 태우고 온 두 경관이 내 몸을 수색하고 소지품을 가져갔다. 내가 남은 구디스 파우더 두 상자는 주고 가면 안 되느냐고 물었다. 그들은 의논을 하더니 상자를 뜯어서 새겨진 이니셜과 담배에 그은 자국들로 가득한 테이블 위로 쏟았다. 한 명이 손가락에 침을 묻혀 가루 맛을 보고 고개를 끄덕였다.

"물 드릴까요?"

"아뇨."

나는 가루를 손으로 긁어모아 입안에 넣었다. 맛이 씁쓸했다. 상관없었다.

한 경관이 나갔다. 남은 경관이 피로 물든 셔츠를 달라고 했다. 나는 어쩔 수 없이 벗어 주며 분명히 말했다.

"그 셔츠가 증거품인 건 알지만 소중하게 다루어 주세요. 내가 사랑했던 여자의 피가 묻은 셔츠니까요. 경관님한테는 별 의미 없을지 몰라도 케네디 대통령의 암살을 막으려다 죽은 여자의 피니까 소중하게 다루어 주십시오."

"혈액형을 알아내려고 달라는 겁니다."

"좋습니다. 하지만 인계할 소지품 목록에 넣어 주세요. 나중에 꼭 돌려받고 싶으니까."

"알겠습니다."

나갔던 경찰이 아무 무늬 없는 하얀색 러닝셔츠를 들고 왔다. 텍사스 극장에서 체포된 직후에 인상 사진을 찍었을 때 오스왈드가 입었던 것과 (아니, 그때 입을 뻔했던 것과) 비슷하게 생긴 셔츠였다.

3

내가 하얀 면회실에 도착한 시각이 1시 20분이었다. 그 뒤로 약 1시간이 지났을 때(벽시계가 없었고, 새로 산 타이멕스 손목시계는 다른 소지품과 함께 수거당했기 때문에 정확하지는 않다.) 좀 전의 두 경관이 내 친구를 데리고 왔다. 아니, 친구라기보다 안면이 있는 지인이었다. 맬컴 페리 박사가 시골의사처럼 까맣고 큼지막한 왕진가방을 들고 등장했던 것이다. 나는 그를 보고 조금 놀랐다. 원래는 파크랜드 병원에서 존 케네디의 뇌에 박힌 탄환과 뼛조각을 제거했어야 하는 사람이 경찰서로 나를 찾아오다니. 역사의 물줄기가 벌써 새로운 방향으로 물꼬를 돌린 것이다.

"안녕하세요, 페리 선생님."

그는 고개를 숙여 인사했다.

"앰버슨 씨."

마지막으로 만났을 때 그는 나를 조지라고 불렀었다. 만일 내가 용의자로 몰린 게 아닌가 의심을 했더라면 그걸 확실한 증거로 해석했을 것이다. 하지만 나는 의심을 하지 않았다. 나는 현장에 있었고, 앞으로 어떤 일이 벌어질지 알고 있었던 사람이다. 보니 레이 윌리엄스도 그렇게 증언을 했을 것이다.

"무릎을 다시 다치셨다고요."

"유감스럽게도 그렇네요."

"어디 한번 볼까요?"

그가 내 왼쪽 바짓가랑이를 올리려고 했지만 실패했다. 관절이 퉁퉁 부어 버린 것이다. 그가 가위를 꺼내자 두 경관이 한 발자국 다가오며 총을 꺼냈고, 방아쇠울을 손가락으로 감싼 채 바닥을 겨누었다. 페리 박사는 이걸 보고 조금 놀란 기색을 보였지만, 이내 솔기를 따라 내 바짓가랑이를 잘랐다. 그런 다음 눈으로 살피고 만져 보고 나서 주사기를 꺼내 내 무릎에서 수액을 뽑아냈다. 나를 이를 악물고 끝나기만을 기다렸다. 잠시 후 그가 가방을 뒤지더니 고무 밴드를 꺼내 내 무릎을 단단히 감아 주었다. 그러자 통증이 조금이나마 줄었다.

"경관님들께서 그래도 된다고 하시면 진통제를 좀 놔 드릴게요."

그들은 괜찮다고 했지만 내가 거부했다. 나는 지금 내 인생을 통틀어 (그리고 새디의 인생을 통틀어) 가장 결정적인 순간을 눈앞에 두고 있었다. 약에 취해 몽롱한 머리로 그 순간을 맞이하고 싶지 않았다.

"구디스 파우더 가지고 계세요?"

그는 고약한 냄새를 맡은 사람처럼 콧잔등을 찡그렸다.

"바이엘 아스피린하고 엠프린이라면 있어요. 엠프린이 약효가 좀 더 세죠."

"그럼 그거 주세요. 그리고 페리 선생님."

그가 가방을 뒤지다 말고 고개를 들었다.

"새디하고 저는 잘못한 게 없어요. 그녀는 조국을 위해 목숨을 바쳤고…… 저는 그녀를 위해 제 목숨을 바칠 작정이었는데 그럴 틈이 없었어요."

"그렇다면 제가 제일 먼저 감사 인사를 드려야겠네요. 전 국민을 대신해서요."

"대통령. 대통령은 지금 어디 계신가요? 혹시 아세요?"

페리 박사는 묻는 의미에서 눈썹을 추켜세우며 경관들을 쳐다보았다. 그들은 서로 쳐다보았고 잠시 후 한쪽이 대답했다.

"식후 연설 차 예정대로 오스틴으로 건너가셨습니다. 어이가 없을 정도로 용감한 건지 단순히 멍청한 건지 모르겠지만 말이죠."

'어쩌면 전용기가 추락해 케네디와 탑승자 전원이 사망할지 몰라.' 나는 이런 생각이 들었다. '아니면 심장마비나 치명적인 뇌졸중을 일으키든지. 아니면 별 볼일 없는 또 다른 저격수가 그 잘생긴 머리를 날려 버릴 수도 있고.' 고집이 센 과거가 변화 유발자만 공격하는 게 아니라 바뀐 부분들까지 바로잡으려 들까? 알 수가 없었고, 상관도 없었다. 나는 내 몫을 다했으니까. 앞으로 케네디에게 벌어지는 일들은 내 소관이 아니었다.

"라디오에서 말하길 재키는 동행하지 않았다더군요." 페리가 조용히 말했다. "대통령이 존슨 시티에 있는 부통령의 목장으로 먼저 보냈답니다. 자기는 예정대로 주말에 합류하겠다며. 조지, 당신이 한 말이 사실이라면……"

"그 정도면 충분하지 않을까요, 선생님?"

한 경관이 말했다. 내게는 충분했다. 맬컴 페리가 나를 다시 조지라고 불러 주었으니까.

의사로서 자부심이 만만치 않은 페리 박사는 그의 말을 못 들은 척했다.

"당신이 한 말이 사실이라면 나중에 워싱턴으로 초대될 겁니다. 로즈 가든(백악관의 정원—옮긴이)에서 훈장식이 거행될 테고요."

그는 떠났고, 나는 다시 혼자 남겨졌다. 하지만 정말로 혼자 남겨진 것은 아니었다. 새디도 함께 있었으니까. "우리 춤 정말 멋지게 췄는데." 그녀는 이 세상을 떠나기 직전에 이렇게 말했다. 눈을 감으면 다른 여학생들과 한 줄로 서서 어깨를 흔들며 매디슨을 추었던 그녀가 떠올랐다. 그녀는 흉터 없이 깨끗한 얼굴로 머리카락을 나부끼며 웃고 있었다. 2011년의 외과 기술을 동원하면 존 클레이턴이 망가뜨린 부분을 대거 고칠 수 있겠지만, 내가 생각한 방법이 더 훌륭했다. 그 방법을 쓸 수 있을지 그게 관건이었지만.

4

고통의 늪 속에서 두 시간을 더 몸부림쳤을 때 면회실 문이 다시 열렸다. 두 남자가 들어왔다. 바셋 하운드(다리가 짧은 사냥개 — 옮긴이)처럼 생긴 얼굴에 하얀색 스테트슨 모자를 쓴 남자는 댈러스 경찰서 소속 윌 프리츠 부서장이라고 했다. 서류가방을 들고 있었는데, 내 서류가방이 아니었으니 긴장할 필요가 없었다.
또 다른 남자는 턱살이 두둑하게 늘어졌고, 안색을 보아하니 술꾼인 듯했고, 짧고 까만 머리는 헤어 에센스로 번들거렸다. 날카롭고 호기심이 가득하면서도 살짝 걱정스러워 하는 눈빛이었다. 그가 양복 안주머니에서 신분증을 꺼내 보여 주었다.
"제임스 호스티요, 앰버슨 씨. 연방수사국 소속이고."
'걱정스러워 보일 만하군.' 나는 생각했다. '리를 감시하는 게 당신 역할이었으니. 안 그런가, 호스티 요원?'
윌 프리츠가 말했다.
"몇 가지 여쭤 보고 싶은 게 있는데요, 앰버슨 씨."
"네. 그나저나 여기서 좀 나가고 싶은데요. 미국 대통령의 목숨을 구한 사람을 원래 이렇게 죄인 취급 하십니까?"

"진정하시오." 호스티 요원이 말했다. "의사를 보내 드렸잖소. 그것도 아무 의사나 보낸 게 아니라 *선생의 주치의를.*"

"물어보시죠." 내가 말했다.

그러면서 춤을 출 준비를 했다.

5

프리츠가 서류가방을 열고 증거품이라는 의미의 꼬리표가 달린 비닐봉투를 꺼냈다. 그 안에 내 38구경이 들어 있었다.

"오스왈드가 상자를 쌓아서 만든 바리케이드 옆에 이게 놓여 있었습니다, 앰버슨 씨. 그자의 총이었나요?"

"아뇨, 경찰용 리볼버죠? 제 겁니다. 리도 38구경이 있었지만, 빅토리 모델이었죠. 그가 들고 나오지 않았으면 숙소에 있을 겁니다."

프리츠와 호스티는 놀란 눈빛으로 서로를 바라보다 다시 내 쪽으로 시선을 돌렸다.

"그러니까 오스왈드와 전부터 알던 사이라고 시인하시는 거군요."

프리츠가 말했다.

"네, 하지만 잘 아는 사이는 아니었어요. 어디 사는지도 모를 정도로요. 알았더라면 그 집으로 쳐들어갔을 텐데."

"공교롭게도 베클리 대로의 셋방에서 살았소." 호스티가 말했다. "O. H. 리라는 이름으로 빌렸고 가명이 하나 더 있었던 걸로 추정되오. 앨릭스 하이델. 우편물을 수신할 때 썼던 이름이지."

"부인과 아이들은 따로 지냈고요?" 내가 물었다.

호스티가 미소를 지었다. 그러자 턱살이 양쪽으로 약 800미터쯤 늘어났다.

"지금 질문을 해야 할 사람이 누구겠소, 앰버슨 씨?"

"양쪽 다죠. 나는 목숨을 걸고 대통령을 지켰고, 내 약혼녀는 그 와중에 목숨을 잃었습니다. 그럼 궁금한 게 있으면 물어볼 만한 권리가 있는 거 아닌가요?"

나는 이렇게 말해 놓고 그들이 어떤 반응을 보일지 기다렸다. 정말 강경한 반응을 보이면 나도 한패라고 생각한다는 뜻이었다. 정말 너그러운 반응을 보이면 그렇게 생각하지는 않지만 분명하게 짚고 넘어가고 싶어 한다는 뜻이었다. 그런데 이들은 중간 정도에 해당되는 반응을 보였다.

프리츠가 뭉툭한 손가락으로 총이 담긴 비닐봉투를 돌렸다.

"우리 생각은 어떤지 알려 드리죠, 앰버슨 씨. 단정을 지은 건 아니지만, 우리 추측이 사실과 다르다면 당신이 우리를 설득해야 합니다."

"흠. 새디네 부모님께는 연락하셨습니까? 서배너에 살고 계신데요. 조디에 사는 디크 시먼스와 엘렌 도커티에게도 연락하셔야 합니다. 새디한테는 양부모 같은 분들이니까요." 나는 말을 멈추고 잠깐 생각해 보았다. "저희 둘 모두에게 양부모 같은 분들이었죠. 결혼식 때 디크한테 들러리를 서 달라고 부탁할 생각이었는데."

프리츠는 내 말을 한 귀로 듣고 한 귀로 흘렸다.

"우리는 어떻게 생각하는가 하면 당신과 당신의 여자친구가 오스왈드와 공범이었을 거라고 생각합니다. 그러다 막판에 문득 겁이 났던 거라고요."

음모론의 인기는 시대를 불문했다. 집집마다 갖추어진 필수품과 같았다.

"지구상에서 가장 막강한 인물을 쏘아야 한다는 사실을 막판에 깨달은 거지." 호스티가 말했다. "퍼뜩 정신이 든 거요. 그래서 오스왈드를 막으려고 했던 거지. 만약 그랬던 거라면 정상 참작이 많이 될 거요."

그렇다. 정상 참작이 돼서 텍사스 전기의자에서 처형을 당하지 않고 햄버거와 치즈버거를 먹으며 레번워스에서 40년, 아니면 50년 동안 갇혀 지내게 될 것이다.

"그럼 우리가 같이 올라가지 않은 이유가 뭐였을까요, 호스티 요원님? 문 좀 열어 달라고 두드리지 말고 같이 올라갔으면 좋았을 텐데요."

호스티는 어깨를 으쓱했다. 자기는 모르겠다는 뜻이었다.

"그리고 우리가 암살을 공모했다면 내가 그자와 함께 있는 걸 당신이 보았어야 하지 않을까요? 당신이 그자를 부분적으로나마 감시하고 있었으니까요." 나는 몸을 앞으로 숙였다. "당신이 그자를 막지 못한 이유는 뭘까요? 그게 당신의 임무였는데."

그는 내가 주먹을 들어올리기라도 한 것처럼 뒷걸음질을 쳤다. 늘어진 턱살이 시뻘게졌다.

잠깐 동안이지만, 비통했던 심정이 사악한 쾌감으로 잔인하게 바뀌었다.

"FBI에서는 그를 예의 주시하고 있었죠. 미국을 버리고 소련으로 건너갔다가 다시 미국으로 돌아와서 이번에는 쿠바로 건너가려고 했으니까요. 오늘 이런 호러 쇼를 벌이기 전에는 몇 개월 동안 길거리에서 피델을 지지하는 전단지를 나누어 주었으니까요."

"그걸 다 어떻게 알았소?" 호스티가 호통을 쳤다.

"그자한테 들었습니다. 그런데 어떤 일이 벌어졌을까요? 모든 방법을 동원해 카스트로를 쓰러뜨리려고 했던 대통령이 댈러스를 방문했죠. 교과서 창고에서 일을 했던 리는 퍼레이드를 바로 앞에서 볼 수 있었습니다. 당신은 그걸 알면서도 아무 조치도 취하지 않았어요."

프리츠가 경악한 얼굴로 호스티를 빤히 쳐다보고 있었다. 호스티는 댈러스 경찰과 함께 이 방에 들어온 것을 후회하고 있을 테지만 어쩔 수 없는 상황이었다. 이곳은 프리츠의 관할서가 아닌가.

"그를 위협적인 존재로 간주하지 않았기 때문에 그런 거요."

호스티가 무뚝뚝하게 말했다.

"그렇다면 참 엄청난 실수를 저지르셨네요. 그가 남긴 쪽지에 뭐라고 적혀 있었습니까? 리가 당신의 사무실로 찾아갔다가 자리에 없다는 말을 듣고 쪽지를 남겼죠? 그런데 어떤 내용이었는지 안 가르쳐 주더군요. 특유의 엿 먹어라 미소만 지으면서. 내가 사랑했던 여자가 그 인간의 손에 죽었으니 나도 알 권리가 있다고 생각합니다. 전 세계가 예의 주시할 일을 벌이겠다고 하던가요? 그랬겠죠."

"지금 무슨 소리를 하는 거요!"

"그럼 쪽지를 보여 주세요. 내기를 해도 좋으니까."

"오스왈드 씨와 주고받은 내역은 모두 FBI 소관이오."

"보여 줄 수가 없으시겠죠. 후버 씨의 명령에 따라 화장실에서 태워 버렸을 테니까요."

안 그랬더라도 나중에 태워 버릴 것이다. 앨의 공책에 그렇게 적혀 있었다.

"당신이 정말로 그렇게 결백하다면 어떤 경로로 오스왈드를 알게 됐고, 어째서 권총을 휴대하고 있었는지 이야기를 들어 봅시다."

프리츠가 말했다.

"그리고 그 아가씨는 어째서 피가 묻은 고기 써는 칼을 가지고 있었는지."

호스티가 덧붙였다.

나는 그 말에 이성을 잃었다.

"**그 아가씨는 온 사방이 피투성이였어요!**" 나는 고함을 질렀다. "**옷도, 신발도, 핸드백도! 그 개자식의 총에 가슴을 맞아서 그런 거였는데, 보고도 모르겠던가요?**"

"진정하십시오, 앰버슨 씨. 당신을 나무라는 사람은 아무도 없습니다."

프리츠가 말했다. 아직은 그렇다는 뜻이었다.

나는 숨을 크게 들이쉬었다.

"페리 선생님 만나 보셨나요? 그분을 보내 저를 검진하고 무릎을 치료하게 하셨으니 만나 보셨겠죠. 그러니까 제가 지난 8월에 폭행을 당해서 죽을 뻔했다는 이야기를 들으셨을 겁니다. 부하들을 동원해 저를 구타하고 자기도 옆에서 거든 범인은 아키바 로스라는 도박업자였어요. 원래는 그렇게까지 심하게 때릴 생각이 없었을 텐데, 제가 하도 건방지게 구는 바람에 이성을 잃었을지도 모릅니다. 기억이 안 나요. 그날 이후로 제가 기억 못하는 부분이 많아졌거든요."

"그런데 왜 신고를 하지 않으셨습니까?"

"혼수상태였거든요, 프리츠 형사님. 그리고 혼수상태에서 깨어났을 때는 기억이 나지 않았고요. 기억 비슷한 게 돌아왔을 때 로스가 저와 거래한 적 있는 탬파의 도박업자는 물론이고 뉴올리언스의 마피아 카를로스 마르셀로하고 아는 사이라고 했던 게 생각이 나더군요. 그래서 신고를 하면 위험하겠다 싶었죠."

"지금 댈러스 경찰이 부패 경찰이라는 겁니까?"

프리츠가 정말로 화가 난 건지 화가 난 척하는 건지 알 수 없었지만, 내 입장에서는 어느 쪽이 됐건 상관없었다.

"「언터처블스」를 봐서 마피아들은 고자질쟁이를 싫어한다는 걸 안다는 뜻입니다. 그래서 호신용으로 총을 사서 (헌법 수정 제2조에서 보장하는 권리이기도 하니까요.) 들고 다닌 거예요." 나는 증거품을 넣는 비닐봉투를 가리켰다. "그 총을요."

"총은 어디서 샀습니까?" 호스티가 물었다.

"기억이 안 납니다."

내 대답에 프리츠가 말했다.

"선생의 기억 상실증은 참 편리하기도 하네요? 「시크릿 스톰」이나 「애즈 더 월드 턴스」도 아니고 말이죠."

"페리 박사님한테 물어보세요." 나는 똑같은 말을 반복했다. "그리고 제 무릎을 다시 한 번 확인해 보세요. 대통령을 구하려고 6층까지 달려 올라가느라 다친 데가 덧났어요. 그걸 기자들한테 꼭 알릴 겁니다. 그리고 미국 시민의 의무를 다한 대가로 좁고 답답한 방 안에서 물 한 잔 못 마신 채 심문을 받았다는 이야기도요."

"물 좀 드릴까요?"

프리츠가 물었고, 나는 실수만 하지 않으면 무사히 빠져나갈 수 있겠다는 생각이 들었다. 대통령이 구사일생으로 목숨을 건졌다. 댈러스 경찰서장 제시 커리는 말할 것도 없고, 이 두 사람도 영웅을 만들어 내야만 한다는 엄청난 중압감에 시달리고 있었다. 새디가 죽었으니 내가 적임자였다.

"아뇨, 괜찮습니다." 내가 말했다. "그런데 콜라를 주시면 아주 감사히 마시겠습니다."

6

나는 콜라를 기다리는 동안, 우리가 지금 엄청 긴 꼬리를 남기고 있다고 했던 새디의 말에 대해 생각했다. 맞는 말이었다. 하지만 그걸 유리한 방향으로 활용할 방법이 있었다. 포트워스 에소 주유소의 견인차 기사가 쉐보레 와이퍼에 꽂힌 쪽지에 적힌 대로 해 주었다면 말이다.

프리츠가 담배에 불을 붙이고 내 쪽으로 담뱃갑을 밀었다. 내가 고개를 젓자 그는 담배를 다시 거두었다.

"어떤 경로를 통해 그를 알게 됐는지 어디 들어 봅시다."

나는 머세이디즈 대로에서 리를 만나 아는 사이가 되었다고 이야기했다. 그래서 파시즘과 제국주의로 얼룩진 미국의 폐단과 쿠바에 건립될 아름다운 사회주의 제국 어쩌고 하는 그의 일장연설을 듣게 되었다고. 그는 쿠바가 완벽한 국가라고 했다. 소련은 한심한 관료들에게 장악당했고, 그가 소련을 떠난 이유도 그 때문이었다. 쿠바에는 피델이 있었다. 리는 직접적으로 이야기하지는 않았지만, 피델이 기적을 행할 거라고 은연중에 내비쳤다.

"그 친구는 제정신이 아니구나 싶었지만, 가족은 좋았어요."

그 부분만큼은 사실이었다. 그의 가족은 정말로 좋았고, 그는 정말로 제정신이 아니구나 싶었으니까.

"당신 같은 교육자가 어쩌다 포트워스의 그런 빈민가에서 살게 된 겁니까?"

프리츠가 물었다.

"소설을 쓰고 싶었거든요. 그런데 교직 생활과 소설 작업을 병행할 수가 없더군요. 머세이디즈 대로가 쓰레기장 같은 곳이기는 했지만 월세가 저렴했죠. 소설을 쓰려면 최소 1년은 걸릴 테니까 모아 놓은 돈을 최대한 아껴 가며 살아야 했거든요. 그 동네 분위기에 우울해지면 좌안(강가의 좌측, 프랑스어에서 좌안을 가리키는 '라 리브 고슈'는 예술가와 작가의 활동이 두드러졌던 센 강 남서 지역을 일컫는다 — 옮긴이)의 다락방에서 살고 있다고 상상하곤 했습니다."

"모아 놓은 돈이라고 하면 도박으로 딴 것까지 포함되는 겁니까?"

프리츠의 질문에 내가 대답했다.

"그 부분에 대해서는 답변을 거부하겠습니다."

이 말에 윌 프리츠가 진짜로 웃음을 터뜨렸다.

호스티가 다시 물었다.

"그렇게 오스왈드를 만나서 친해진 거로군?"

"조금 친해진 거였죠. 정신병자하고는 가까운 친구 사이가 될 수 없지 않나요? 저는 그렇습니다만."

"하던 이야기 마저 하시지."

리와 식구들은 이사했다. 나는 남았다. 그러던 어느 날, 그에게서 느닷없이 전화를 받았다. 그들 부부가 댈러스의 엘즈베스 대로로 이사를 갔다는 전화였다. 그는 동네도 낫고, 저렴한 셋집이 많다고 했다. 나는 그 무렵 머세이디즈 대로에 싫증이 났던 터라 댈러스로 건너가 울워스 식당가에서 리와 같이 점심을 먹고 동네를 한 바퀴 돌아보았다. 그런 다음 웨스트 닐리 대로 214번지 1층을 빌렸고, 2층 사람들이 나갔을 때 리에게 알렸다. 신세를 갚은 셈이었다.

"부인이 엘즈베스의 그 집을 싫어했거든요." 내가 말했다. "웨스트 닐리 아파트가 모퉁이만 돌면 나오는데 훨씬 괜찮았어요. 그래서 그 집으로 들어왔죠."

그들이 내 이야기를 얼마나 꼼꼼하게 체크할지, 사건의 순서가 제대로 맞아떨어지는지, 마리나가 뭐라고 증언할지 알 수 없었지만 상관없었다. 시간만 벌 수 있으면 그만이었다. 이보다 훨씬 더 신빙성이 떨어지는 이야기라도 시간을 벌 수 있었다. 특히 호스티 요원이 나를 함부로 다룰 수 없는 상황이니 더욱 그랬다. 내가 그와 오스왈드의 관계에 대해 아는 대로 폭로해 버리면 그는 은퇴할 때까지 어느 시골 마을에서 썩어야 할 수도 있었다.

"그러다 호기심이 동하는 사건이 벌어졌죠. 지난 4월이었어요. 부활절 무렵. 식탁에서 원고를 쓰고 있는데, 으리으리한 차 한 대가 (캐딜락이었던 것 같아요.) 집 앞에 서더니 두 사람이 내리는 겁니다. 남자하고 여자가요. 옷차림도 아주 근사했어요. 주니한테 줄 인형을 들고 왔더라고요. 주니가 누군가 하면……"

"우리도 준 오스왈드가 누군지 압니다." 프리츠가 말했다.

"둘이 2층으로 올라갔는데, 남자가 이렇게 묻는 소리가 (독일 억양이 느껴졌고 목소리가 쩌렁쩌렁 울렸어요.) 들리는 겁니다. '리, 어쩌다 헛방을 날린 거야?'"

호스티가 그 투실투실한 얼굴이 허락하는 한도 내에서 눈을 최대한 휘둥그레 뜨며 앞으로 몸을 기울였다.

"뭐라고요?"

"정말이에요. 그래서 신문을 확인해 봤더니 짜잔. 나흘인가 닷새 전에 퇴역 장군이 총에 맞을 뻔했다는 겁니다. 거물급 우익 인사가요. 리가 질색할 만한 위인이었죠."

"그래서 어떻게 했소?"

"그냥 가만히 있었습니다. 그에게 권총이 있다는 건 알고 있었지만 (언젠가 한번 보여 줬거든요.) 신문에서는 워커를 노린 범인이 소총을 쐈다고 했거든요. 게다가 그즈음에는 여자친구한테 거의 온 정신이 팔려 있었고요. 그녀가 핸드백에 왜 칼을 넣고 다녔느냐고 물으셨죠? 이유는 간단해요. 무서워서 그런 겁니다. 그녀도 폭행을 당했거든요. 로스 씨가 아니라 헤어진 남편한테. 그래서 아주 흉한 얼굴이 됐죠."

"흉터는 우리도 봤소." 호스티가 말했다. "그리고 여자친구를 잃으신 것에 대해 안타깝게 생각하오, 앰버슨 씨."

"고맙습니다." '별로 안타까워하는 얼굴이 아닌데?' 나는 생각했다. "그 칼은 헤어진 남편(이름이 존 클레이턴이었습니다.)이 휘둘렀던 겁니다. 그걸 어디든 들고 다녔어요."

'만일의 경우에 대비해서'라고 했던 그녀가 떠올랐다. '이번이 만일의 경우 맞죠?'라고 했던 그녀가 떠올랐다.

나는 잠깐 두 손에 얼굴을 묻었다. 그들은 기다려 주었다. 나는 손을 무릎 위로 떨구고 조 프라이데이처럼 감정이 배제된 목소리로 말했다. TV에서 "부인, 중요한 건 명백한 사실입니다." 했던 그 조 프라이데이처럼.

"웨스트 닐리에서 아예 짐을 빼지는 않았지만, 거의 여름 내내 조디에서 새디를 돌보았죠. 소설을 쓰겠다는 계획은 거의 포기하고, 덴홈 고등학교에 다시 취직할까 고민도 하면서요. 그러다 아키바 로스와 그 일당을 맞닥뜨린 겁니다. 이번에는 제가 병원 신세를 졌죠. 퇴원한 뒤에는 에덴 펠로스라는 재활센터로 들어갔고요."

"저도 거기 압니다." 프리츠가 말했다. "환자용 편의 시설이죠."

"네. 그런데 새디한테 제일 도움을 많이 받았어요. 그녀가 남편에게 베었을 때는 제가 돌봐 주었고, 제가 로스와 그 일당들에게 폭행을 당했을 때는 그녀가 돌봐 주었고. 그런 식으로 주거니 받거니 하게 되더군요. 그러면서…… 뭐랄까…… 일종의 화음이 연출된다고 할까요?"

"모든 일에는 이유가 있는 법이죠." 호스티가 진지하게 말했다.

나는 순간 테이블을 넘어 그 불그스름하고 투실투실한 얼굴 위로 몸을 날리고 싶은 충동이 일었다. 물론 그의 말이 틀린 건 아니었다. 미천한 내가 생각하기에도 모든 일에는 이유가 있는 법이었다. 하지만 이유를 찾고 싶어 하는 사람이 있을까? 천만의 말씀.

"10월 말이 되었을 때 페리 박사님께서 이제 가까운 곳은 운전을 해도 되겠다고 하셨어요." 새빨간 거짓말이었지만, 그들이 지금 당장 페리에게 진위 여부를 확인하지는 않을 것이다. 그리고 나를 미국의 진정한 영웅으로 포장하기로 작정했다면 끝까지 확인하지 않을 가능성도 다분했다. "그래서 이번 주 화요일에 댈러스 웨스트 닐리 대로의 아파트를 찾아갔죠. 그냥 충동적으로 나선 길이었어요. 그 아파트를 보면 잃어버린 기억들이 몇 개나마 되살아날까 싶었거든요."

정말로 웨스트 닐리를 찾아가기는 했지만, 현관 밑에 숨겨 둔 총을 회수하기 위해서였다.

"그러고 나서 예전처럼 울워스에서 점심이나 먹자 싶었어요. 그런데 거기서 호밀 빵 참치 샌드위치를 먹고 있던 리를 만났지 뭡니까. 옆자리에 앉으며 잘 지냈느냐고 물었더니 리가 대답하길 FBI에서 자기네 부부를 괴롭히고 있다며 이러더군요. '나 건드리지 말라고 본때를 보여 줘야겠어, 조지. 금요일 오후에 텔레비전으로 근사한 광경을 보게 될 거야.'"

"어이쿠!" 프리츠가 말했다. "그걸 대통령 방문과 연결시켰던 겁니까?"

"처음에는 저도 몰랐어요. 케네디의 동선을 잘 몰랐거든요. 공화당원이라." 한 방에 두 가지 거짓말. "게다가 리가 곧바로 자기가 제일 좋아하는 이야기로 화제를 옮기기도 했고요."

"쿠바." 호스티가 말했다.

"그렇죠. 쿠바하고 피델 만세. 저더러 왜 다리를 저느냐고 묻지도 않았어요. 자기만의 생각 속에 푹 빠져 있었던 거예요. 리다운 짓이었죠. 저는 커스터드 푸딩을 사 주고 (울워스 커스터드 푸딩 정말 기가 막혀요. 값은 25센트밖에 안 하는데.) 어느 회사에 다니느냐고 물었어요. 그가 엘름 대로에 있는 교과서 창고에서 일한다고 대답하더군요. 트럭에서 짐을 내리고 상자를 옮기는 게 이 세상에서 가장 중요한 일이라도 되는 양 함박웃음을 지으면서.

저는 그가 지껄이는 소리를 대부분 한 귀로 듣고 한 귀로 흘렸어요. 다리가 아팠고, 다시 머리도 지끈거리기 시작했거든요. 에덴 펠로스로 돌아가 낮잠을 잤죠. 그러고 나서 깼는데, 독일 남자가 어쩌다 헛방을 날렸느냐고 했던 게 자꾸 생각나는 거예요. TV를 켰더니 대통령이 방문한다는 소식이 들리더군요. 그때부터 걱정이 되기 시작했던 것 같아요. 거실에 쌓아 놓은 신문 더미를 뒤져 퍼레이드 경로를 확인했더니 교과서 창고 바로 앞을 지나는 겁니다.

수요일 하루 종일 고민에 고민을 거듭했죠."

두 사람은 이제 테이블 위로 몸을 숙이고 한 마디도 놓치지 않으려고 귀를 기울였다. 호스티는 수첩을 쳐다보지도 않은 채 내 말을 열심히 받아 적었다. 나중에 알아볼 수 있을까 싶었다.

"진심일지 모른다는 생각이 들었다가 아니라고, 리는 쥐뿔도 없으면서 큰소리만 치는 녀석이라는 생각이 들었다가 이런 식이었죠. 그러다 어제 아침에 새디에게 전화를 걸어서 자초지종을 전하고 어떻게 생각하느냐고 물었어요. 새디는 디크에게 전화를 해서 물어본 다음 (양부모나 다름없다고 했던 디크 시먼스 말입니다.) 저한테 다시 전화를 했어요. 경찰에 알리는 게 좋겠다고요."

프리츠가 말했다.

"아픈 데 소금 뿌리기는 싫습니다만, 경찰에 알렸더라면 여자친구를 살릴 수 있었을 텐데요."

"잠깐. 제 이야기 아직 다 안 끝났습니다." 즉석에서 만들어 내는 부분이 한두 군데가 아니었으니 이 이야기가 어떤 식으로 끝날지 나도 알 수가 없었다. "저는 그녀와 디크한테 안 된다고 했어요. 만약 리가 결백한데 경찰의 조사를 받았다가는 폭발할 테니까요. 그 친구는 정말이지 죽지 못해 사는 지경이었거든요. 머세이디즈 대로는 쓰레기장이었고, 웨스트 닐리는 그보다 조금 나았다고는 하지만……. 저는 상관없었어요. 홀몸이고 써야 할 책도 있었으니까요. 게다가 은행에 넣어 놓은 돈도 조금 있었고요. 하지만 리는…… 아리따운 아내도 있고 이제 갓 태어난 둘째까지 애가 둘인데 간신히 입에 풀칠하는 수준이었잖습니까. 나쁜 친구는 아니었는데……"

이 말을 내뱉는 순간, 코가 길어지고 있지는 않은지 만져 보고 싶은 충동이 일었다.

"……이런 표현 써서 죄송합니다만 세상에서 둘째가라면 서러울 만큼 조진 인생 아닙니까. 비정상적인 사상의 소유자다 보니 직장 생활도 힘들고. 그의 말로는 취직을 하면 FBI에서 끼어들어 훼방을 놓는다고 하더군요. 인쇄소 다닐 때도 그랬다고."

"무슨 말도 안 되는 소리." 호스티가 말했다. "자기가 말썽을 일으켜놓고 남 탓하는 게 그자의 습관이오. 하지만 우리가 동의하는 부분도 있소, 앰버슨 씨. 세상에서 둘째가라면 서러울 만큼 조진 인생이라는 거. 그리고 부인과 아이들을 생각하면 안타까울 따름이오. 진심으로."

"그래요? 마음씨가 착하시군요. 아무튼 취직도 다시 했는데 입 좀 잘못 나불거렸다고 잘리면 안 될 거 아닙니까. 그게 그 친구의 주특기이기는 했지만요. 그래서 제가 새디한테 내일 (이제는 오늘이죠.) 교과서 창고로 찾아가서 살펴보겠노라고 했죠. 그랬더니 자기도 같이 가겠다고 하더군요. 저는 안 된다고, 리가 제정신이 아니라 정말로 무슨 일을 저지를 작정이면 위험할 수 있다고 했어요."

"점심을 같이 먹었을 때도 그가 제정신이 아닌 것처럼 보였나요?" 프리츠가 물었다.

"아뇨. 아주 침착했어요. 늘 그렇듯이요." 나는 그가 앉아 있는 쪽으로 몸을 숙였다. "지금부터 제가 하는 말 귀담아 들어 주십시오, 프리츠 형사님. 그녀는 제가 뭐라 하건 따라나설 생각이었어요. 목소리를 들어 보면 알 수 있었죠. 그래서 저는 에덴 팰로스를 잽싸게 뛰쳐나왔습니다. 그녀를 보호하고 싶었거든요. 만일의 경우에 대비해서."

"이번이 만일의 경우 맞죠?" 새디가 내 머릿속에서 속삭였다. 당분간 그녀는 그 속에 머물러 있어야 할 것이다. 하지만 무슨 한이 있더라도 내가 살려 낼 것이다.

"호텔에서 하룻밤 지낼까 했더니 빈 방이 없더군요. 그때 머세이디즈 대로가 생각났어요. 제가 살았던 2706번지 열쇠는 주인에게 돌려주었지만, 리가 살았던 맞은편 2703번지 열쇠는 가지고 있었거든요. 리가 자기 화분에 물 좀 주라면서 줘어 주더라고요."

"그자가 화분을 키웠다고요?" 호스티가 되물었다.

나는 계속 윌 프리츠만 쳐다보았다.

"제가 에덴 펠로스에서 사라진 걸 보고 새디는 깜짝 놀랐죠. 디크도 마찬가지였고요. 그래서 디크가 정말로 경찰서에 연락을 했어요. 한 번도 아니고 여러 번을. 그런데 경찰에서는 번번이 헛소리 그만하라며 전화를 끊어 버렸다더군요. 누가 통화 기록을 적어 놓았을지 모르겠지만, 디크한테 확인해 보시면 될 겁니다. 거짓말을 할 이유가 없으니까요."

이번에는 프리츠의 얼굴이 벌게졌다.

"우리가 암살 협박 전화를 얼마나 많이 받았는지……"

"그러셨겠죠. 얼마나 많은 사람들이 전화를 했겠습니까. 그러니까 경찰에 연락했더라면 새디를 살릴 수 있었을 거라는 소리는 하지 마십시오. 부탁입니다, 네?"

그는 아무 말도 하지 않았다.

"여자친구가 무슨 수로 당신을 찾아낸 거요?"

호스티가 물었다.

거짓말을 할 필요가 없는 부분이라 솔직하게 이야기했다. 하지만 이제 두 사람은 포트워스의 머세이디즈 대로에서 댈러스의 교과서 창고까지 어떻게 갔느냐고 물을 것이다. 가장 위험한 구간으로 진입한 셈이었다. 스튜드베이커 카우보이는 걱정이 안 됐다. 그에게 칼을 휘두른 사람은 새디였고, 그것도 핸드백을 지키려고 그런 거였으니까. 차도 숨넘어가기 직전이었으니 도난 신고도 안 되어 있지 않을까 싶었다. 우리가 그 뒤로 차를 한 대 더 훔치기는 했지만, 다급했던 상황을 감안했을 때 경찰에서 문제 삼지는 않을 것이다. 그들이 문제 삼으려 들면 언론에서 난리를 부릴 것이다. 걱정이 되는 부분은 여자 눈썹처럼 생긴 테일핀이 달린 빨간색 쉐보레였다. 트렁크 안에 든 여행용 가방은 둘러댈 수 있었다. 전에도 캔들우드 방갈로에서 난잡한 주말을 보낸 적이 있었으니까. 하지만 경찰에서 앨 템플턴의 공책을 들추어 보는 순간…… 생각하고 싶지도 않았다.

누가 형식적으로 문을 두드리는 소리가 들리더니 나를 여기로 데리고 왔던 경관 하나가 고개를 내밀었다. 순찰차를 운전했을 때와 동료와 함께 내 소지품을 검사했을 때는 범죄영화에서 튀어나온 경찰처럼 무표정하고 위협적이었다. 그런데 지금 보니 쭈뼛거리며 흥분해서 두 눈을 동그랗게 뜬 품이 기껏해야 스물세 살이나 됐을까 싶었고, 아직까지 여드름의 잔재와 싸우는 중이었다. 그의 뒤에서 수많은 사람들이 (제복을 입은 사람도 있고 아닌 사람도 있었다.) 나를 구경하느라 고개를 길게 빼고 있었다. 프리츠와 호스티가 짜증이 난 표정을 지으며 불청객 쪽으로 고개를 돌렸다.

"말씀 나누는데 방해해서 죄송합니다만, 앰버슨 씨를 찾는 전화가 있어서요."

호스티의 턱살이 다시금 시뻘게졌다.

"이봐, 우리 지금 심문하는 중이잖아. 대통령 전화라도 안 돼."

경관이 침을 꿀꺽 삼켰다. 울대뼈가 막대기를 오르내리는 원숭이 장난감처럼 위로 올라갔다 내려왔다.

"음, 저기…… 정말로 대통령께서 전화를 하셨는데요."

대통령 전화라도 안 된다더니 사실은 그렇지가 않은 모양이었다.

7

두 사람이 나를 커리 서장실로 데리고 갔다. 프리츠가 이쪽에서 부축하고 호스티가 반대편을 맡았다. 둘이서 그렇게 거의 30킬로그램을 덜어 주니 절뚝거릴 일이 줄었다. 기자도 있고, TV 카메라도 있고, 틀어놓으면 기온이 40도까지 올라가지 않을까 싶은 거대한 조명도 보였다. 암살 시도 사건이 벌어진 마당에 파파라치와 다를 바 없는 이들이 경찰서에 진을 치다니 어이가 없는 일이었지만, 나는 그러려니 했다. 내가 건너온 세상에서 오스왈드가 체포되었을 때에도 경찰서로 몰려온 이들을 아무도 쫓아내지 않았다. 내가 아는 한, 쫓아내야 하지 않느냐는 이야기를 꺼낸 사람조차 없었다.

호스티와 프리치가 무표정한 얼굴로, 스크럼을 짠 미식축구 선수들처럼 어깨를 맞댄 채 버티고 서 있는 사람들 사이를 뚫었다. 두 사람과 나를 향해 질문들이 빗발쳤다. 호스티가 고함을 질렀다.

"당국의 조사를 받은 뒤에 앰버슨 씨가 정식으로 기자 회견을 할 겁니다!"

"언제요?" 누군가가 큰 소리로 물었다.

"내일 아니면 모레 아니면 다음 주요!"

여기저기서 툴툴거리는 소리가 들렸다. 그 소리를 듣고 호스티는 미소를 지었다.

"어쩌면 다음 달이 될지도 모르오. 지금 케네디 대통령께서 전화상으로 기다리고 있다 하니 다들 뒤로 물러서시오!"

그들은 까치처럼 종알거리며 뒤로 물러섰다.

커리 서장실에 달린 냉방장치라고는 책꽂이 위에 달린 선풍기가 전부였는데, 면회실과 보도진이 진을 치고 있는 전자레인지 같은 복도를 거쳐 왔더니 바람이 불기만 해도 고맙게 느껴졌다. 까만색의 시커먼 수화기가 사건 기록부 위에 놓여 있었다. 그 옆에 리 H. 오스왈드 색인이 달린 파일이 있었다. 얇았다.

나는 수화기를 들었다.

"여보세요?"

뉴잉글랜드 특유의 콧소리를 듣는 순간 등줄기가 오싹했다. 새디와 내가 없었더라면 지금쯤 영안실 침대 위에 누워 있을 사람인데.

"앰버슨 씨? 잭 케네디요. 아…… 에 또…… 앰버슨 씨 덕분에 아내와 내가…… 에 또…… 목숨을 부지할 수 있었다고 들었습니다. 듣자 하니 아주 소중한 분을 잃으셨다고요."

내가 어렸을 때부터 듣고 자란 사투리가 가끔 튀어나왔다.

"이름이 새디 던힐이었습니다, 각하. 오스왈드의 총에 맞았고요."

"아…… 에 또…… 고인의 죽음을 정말 안타깝게 생각합니다, 앰버슨 씨. 에 또…… 조지라고…… 불러도 될까요?"

"마음대로 하십시오." 말은 이렇게 했지만 속으로 든 생각은……

'내가 정말로 이런 통화를 할 리 있나. 이건 꿈이야.'

"국민들이 그분께는 무한한 감사를…… 그리고 당신께는 무한한 위로를 전할 겁니다. 내가…… 에 또…… 맨 먼저 감사와 위로의 뜻을 전하고 싶고요."

"고맙습니다, 각하."

목이 메어서 속삭이는 정도로밖에 말이 안 나왔다. 내 품에 안겨 죽어 갔을 때 너무나도 반짝였던 그녀의 두 눈이 생각났다. '우리 춤 정말 멋지게 췄는데!' 대통령들이 이런 데 관심이나 있을까? 그런 사람들에 대해 알고는 있을까? 훌륭한 대통령들은 알고 있을 것이다. 그렇기 때문에 목숨을 바쳐 충성하는 사람들이 있을 것이다.

"에 또…… 조지, 당신한테 감사 인사를 전하고 싶어 하는 사람이 한 명 더 있어요. 아내가 지금은 딴 데 있지만, 에 또…… 오늘 밤에 전화를 할 겁니다."

"각하, 제가 오늘 밤에 어디 있을지 알 수가 없는데요."

"아내가 알아낼 거예요. 감사한 일이 생겼을 때는 아주…… 에 또…… 집요한 사람이거든요. 그나저나 조지, 몸 상태는 어떤가요?"

나는 괜찮다고 거짓말을 했다. 그는 조만간 백악관에서 보자고 했고, 나는 고맙지만 백악관 방문은 사양하겠다고 했다. 그 꿈같은 통화가 이어지는 동안 땀에 젖은 내 얼굴 위로 선풍기 바람이 불었고, 이 울퉁불퉁한 유리로 덮인 서장실 문짝 윗부분을 밖에 진을 친 TV 조명 가운데, 두 단어가 내 뇌리를 두드렸다.

'나는 무사하다. 나는 무사하다. 나는 무사하다.'

미국 대통령이 목숨을 구해 줘서 고맙다고 오스틴에서 전화했으니 나는 무사했다. 이제 필요한 일을 할 수 있었다.

8

존 피츠제럴드 케네디와 꿈같은 통화를 마치고 5분이 지났을 때 호스티와 프리츠가 뒷계단을 지나 차고로 나를 안내했다. 원래는 오스왈드가 여기서 잭 루비의 총에 맞았다. 암살범이 구치소로 이송되는 광경을 구경하려고 몰려든 사람들 앞에서. 그런데 지금은 텅 비어서 우리 발소리가 울릴 정도였다. 나는 경호원이 모는 차를 타고 아돌퍼스 호텔로 향했고, 맨 처음 댈러스로 건너왔을 때 묵었던 객실과 똑같은 호수를 배정받았을 때 놀라지 않았다. 사람들이 말하길 세상만사 돌고 돈다고 하지 않던가. 여기에서 '사람들'로 지칭되는 베일에 가려진 현자들이 누군지 모르겠지만, 시간 여행에 관한 한 맞는 말이었다.

프리츠가 내 신변을 보호하고 기자들의 출입을 막기 위해 (옮긴이) 복도와 1층 로비에 경찰을 배치했다고 전했다. 그러고는 나와 악수를 했다. 호스티 요원도 악수를 하면서 네모나게 적은 쪽지를 몰래 전달했다.

"좀 쉬어요." 그가 말했다. "이제는 쉬어도 됩니다."

두 사람이 떠났을 때 쪽지를 펼쳐 보았다. 수첩을 찢어서 휘갈겨 쓴 쪽지였다. 세 문장인데, 내가 잭 케네디와 통화를 하는 동안 적은 듯했다.

전화기에 도청 장치가 설치되어 있음. 오후 9시에 만남 요망. 쪽지를 태워서 재는 변기에 버려 주기 바람.

나는 새디가 내 편지를 태웠던 것처럼 그 쪽지를 태우고, 수화기를 들어 송화구를 분해했다. AA 건전지만 한 파란색의 조그만 원통이 전화선에 달려 있었다. 신기하게도 위에 일본어가 적혀 있었다. 내 친구 고요한 마이크가 생각나는 대목이었다.

나는 도청 장치를 제거해 주머니에 넣고 송화구를 다시 조립한 다음 0번을 눌렀다. 이름을 밝혔더니 교환원이 한참 동안 아무 말도 하지 않았다. 내가 전화를 끊고 다시 걸려는 순간, 그녀가 울음을 터뜨리더니 대통령을 구해 줘서 고맙다고 횡설수설했다. 필요한 게 있으면, 호텔에 부탁할 일이 있으면 전화만 하라고, 자기 이름은 마리라고, 감사의 뜻에서 *뭐든* 해 주겠다고 했다.

"일단 조디에 전화부터 걸어 주세요."

내가 말하고 디크의 번호를 알려 주었다.

"물론이죠, 앰버슨 씨. 하느님의 축복이 항상 함께하시길 빌게요. 전화 연결해 드리겠습니다."

벨이 띠리리링 두 번 울렸고, 딕이 전화를 받았다. 독감이 더 심해졌는지 목소리가 굵고 코맹맹이 소리가 났다.

"또 빌어먹을 기자 전화면……"

"아니에요, 디크. 저예요. 조지." 나는 잠깐 말을 끊었다 다시 이었다. "제이크요."

"아, 제이크." 그는 애절하게 내 이름을 부르고 울음을 터뜨렸다. 나는 손이 아플 정도로 수화기를 움켜쥔 채 기다렸다. 날이 저물어가고 있는데, 창문을 뚫고 쏟아져 들어오는 햇살은 아직도 눈이 부셨다. 저 멀리서 천둥소리가 들렸다. 마침내 그가 물었다. "자네 괜찮은가?"

"네. 그런데 새디가······."

"나도 알아. 뉴스에 나왔어. 포트워스로 가는 길에 들었어."

그러니까 유모차를 밀고 가던 아이 엄마와 에소 주유소의 견인차 기사가 내 부탁대로 해 주었다는 뜻이었다. 정말 다행이었다. 이 상심한 영감님이 울음을 그치려고 애를 쓰는 소리가 들리는 지금은 그게 별로 중요하지 않은 문제처럼 느껴졌지만.

"디크······ 제가 원망스러우세요? 그렇더라도 이해해요."

"아냐." 그가 한참 후에 대답했다. "엘리도 그렇게 생각하지 않아. 새디는 마음먹었다 하면 해내고야 마는 성격이잖아. 그리고 자네가 정말로 포트워스 머세이디즈 대로에 숨어 있었다면 거기 가서 찾아보라고 알려 준 사람이 나였는걸."

"거기 숨어 있었어요."

"그 개자식이 쏜 건가? 뉴스에서는 그렇다고 하던데."

"네. 원래는 저를 겨냥했던 건데 제 다친 쪽 다리가······ 상자인가 뭔가에 걸리는 바람에 넘어졌어요. 새디가 제 바로 뒤에 있었고요."

"썩을." 그의 목소리에 이제 조금 힘이 들어갔다. "하지만 옳은 일을 하다 죽은 거 아닌가. 나는 그걸 위안으로 삼으려고 하네. 자네도 그래야 할 테지만."

"그녀가 없었더라면 저는 거기까지 가지도 못했을 거예요. 선생님도 보셨어야 하는데 새디가······ 얼마나 단호하고······ 얼마나 용감

했는지……."

"썩을." 똑같은 단어가 그의 한숨에 섞여 나왔다. 그가 아주, 아주 나이가 많은 노인이 된 것처럼 느껴졌다. "전부 다 사실이었어. 자네가 했던 이야기들이. *새디가* 자네를 두고 했던 이야기들도. 자네 정말 미래에서 온 거였어, 그렇지?"

도청 장치를 제거하길 정말 다행이었다. 경찰에서 객실에도 도청 장치를 설치할 틈은 없었을 것 같았지만, 그래도 나는 송화구를 손으로 감싸고 목소리를 낮추었다.

"경찰이나 기자들한테는 입도 벙긋하면 안 돼요."

"맙소사, 당연하지!" 그는 발끈했다. "그랬다가는 자네가 두 번 다시 바깥 공기를 못 마실 거 아닌가!"

"경찰보다 먼저 가서 셰비 트렁크에서 저희 짐 꺼내셨어요? 아무리……"

"그럼. 얼마나 중요한 일인지 알아차렸거든. 뉴스를 듣자마자 자네가 용의자로 몰릴 수도 있겠다 싶어서."

"아무 일 없을 것 같긴 해요. 그래도 제 서류가방에서…… 댁에 소각로 있어요?"

"응. 차고 뒤에."

"서류가방 열어 보시면 그 안에 파란색 공책이 있어요. 그거 소각로에 넣어서 태워 주세요. 저를 생각해서 부탁 들어주실 거죠?"

'새디를 위해서이기도 해요. 우리 두 사람의 운명이 당신 손에 달려 있어요.'

"그래. 알겠네. 새디가 그렇게 돼서 제이크, 자네 어쩌나."

"선생님도 얼마나 가슴 아프시겠어요. 엘리 선생님도 그렇고."

"이건 불공평한 일이야!" 그가 버럭 소리를 질렀다. "상대가 아무리 대통령이라도 그렇지, 이건 불공평한 일이라고!"

"그렇죠. 맞아요. 하지만 디크…… 대통령 한 사람만 걸린 문제가 아니었어요. 그가 죽었을 때 벌어질 온갖 안 좋은 일들까지 걸린 문제였죠."

"자네 말을 믿어야겠지. 하지만 쉽지가 않아."

"그러시겠죠."

미미 선생님 때 그랬던 것처럼 학교에서 새디를 기념하는 추모식이 열릴까? 당연히 그럴 것이다. 방송국에서 취재진을 파견할 테고, 전국이 눈물바다로 변할 것이다. 하지만 쇼가 끝나도 새디는 여전히 죽은 목숨이었다.

하지만 내가 바꿀 수 있었다. 그러려면 그 모든 걸 처음부터 다시 시작해야 했지만, 새디를 위해서라면 그럴 수 있었다. 우리 둘이 처음 만났던 피로연장에서 나를 보자마자 너무 나이가 많다고 결론을 내린대도 상관없었다(마음을 돌려놓을 수 있도록 최선을 다하겠지만.). 게다가 긍정적인 측면도 있었다. 리의 단독 범행이라는 것을 확인했으니 그 한심한 작자를 제거하기 전까지 한참 동안 기다릴 필요가 없었다.

"제이크? 전화 끊은 거 아니지?"

"네. 그리고 남들 앞에서 제 이야기를 할 때는 조지라고 하는 거 잊지 마세요."

"그건 걱정 마. 내가 비록 나이는 먹었어도 머리는 여전히 제법 잘 돌아가니까. 자네 얼굴을 다시 볼 수 있을까?"

'호스티 요원에게 듣게 될 이야기가 제 예상과 맞아떨어지면 못 볼 거예요.'

"만약 영영 못 만나더라도 잘되려고 그런 거라고 생각해 주세요."

"알았네. 그리고 제이크…… 조지…… 새디가…… 새디가 마지막으로 남긴 말이 있었나?"

그녀가 마지막으로 남긴 말은 우리 둘만의 비밀이라 이야기하지 않을 작정이었지만, 다른 건 알려 줄 수 있었다. 그러면 그를 거쳐 엘리에게 전해질 테고, 엘리를 거쳐 조디에 사는 새디의 친구들에게 전해질 것이다. 조디에 사는 많은 친구들에게.

"대통령이 무사하냐고 물었어요. 그렇다고 했더니 눈을 감고 숨을 거두었어요."

딕크가 다시 흐느껴 울기 시작했다. 내 얼굴이 욱신거렸다. 눈물이라도 흘리면 속이 시원할 텐데, 내 눈은 말라비틀어진 사막과 같았다.

"끊을게요." 내가 말했다. "끊을게요, 내 오랜 친구 딕크 선생님."

나는 조심스럽게 수화기를 내려놓고, 잠깐 가만히 앉아서 창문을 붉게 물들이는 댈러스의 석양을 바라봤다. 밤하늘이 붉으면 뱃사람들이 즐거워한다는 옛날 속담도 있건만…… 또다시 천둥소리가 들렸다. 5분 뒤 마음이 가라앉았을 때 나는 도청 장치를 없앤 수화기를 들어 다시 한 번 0번을 눌렀다. 그러고는 마리에게 좀 누워 있을 테니 8시에 깨워 달라고 부탁했다. 그때까지 전화 연결을 하지 말아 달라는 부탁도 덧붙였다.

"아, 그건 이미 조치를 취해 놨어요." 그녀는 열띤 목소리로 종알 거렸다. "경찰서장님께서 그 객실로 걸려온 전화를 모두 차단하라고 하셨거든요." 그러더니 이번에는 목소리를 죽이고 물었다. "그 사람 정신병자였어요, 앰버슨 씨? 그러니까, 그럴 수밖에 없었겠지만, 보기에도 그랬느냐고요."

나는 교활한 눈빛과 악마처럼 으르렁거리던 얼굴을 떠올렸다.

"아, 그럼요." 내가 말했다. "보기에도 정말 그랬어요. 8시요, 마리. 그때까지 전화 사절이에요."

나는 그녀가 뭐라고 말을 잇기 전에 전화를 끊어 버렸다. 그런 다음 신발을 벗고 (왼쪽 신발은 천천히 벗는데도 아팠다.) 침대에 누워 한쪽 팔로 눈을 덮었다. 매디슨을 추던 새디가 눈에 선했다. 나더러 들어오라고, 파운드케이크 먹고 싶으냐고 물었던 것도. 반짝이는 눈을 들어 내 얼굴을 쳐다보며 내 품에 안겨서 죽어 가던 것도.

나는 몇 번을 들락거려도 완벽하게 리셋이 되는 토끼 굴에 대해 생각했다.

그러다 마침내 잠이 들었다.

9

호스티가 정확히 9시에 문을 두드렸다. 내가 문을 열어 주자 그가 어슬렁어슬렁 들어왔다. 한 손에 서류가방을 들고 있었는데, 내 서류가방은 아니었으니 아직은 걱정할 필요가 없었다. 다른 손에는 빨간색, 흰색, 파란색 리본을 매단 고급 샴페인 병을 들고 있었다. '모에 에 샹동'이었다. 그런데 피곤한 기색이 역력했다.

"앰버슨 씨." 그가 말했다.

"호스티 씨." 나도 화답했다.

그가 문을 닫고 전화기를 가리켰다. 내가 주머니에서 도청 장치를 꺼내 보여 주었다. 그는 고개를 끄덕였다.

"다른 곳에도 설치되어 있나요?" 내가 물었다.

"아뇨. 그건 댈러스 경찰에서 설치한 건데, 이제는 사건이 우리 쪽으로 넘어왔어요. 국장님이 직접 처리하는 사건이 된 거지. 누가 도청 장치에 대해 묻거든 당신이 찾아냈다고 해요."

"알겠습니다."

그가 샴페인을 들어 보였다.

"호텔에서 보낸 선물이에요. 내 손에 억지로 들려 주더군. 미합중국 대통령을 위해 건배하겠소?"

어느 시골 영안실에 누워 있을 내 아리따운 새디를 생각하면 어느 누구를 위해서도 건배할 마음이 없었다. 성공을 하기는 했지만, 입 안에 흙이 들어간 것처럼 쓰디썼다.

"아뇨."

"나도 싫소이다. 하지만 대통령이 죽지 않은 건 정말 다행이에요. 내가 비밀 한 가지 알려 드릴까?"

"그러시죠."

"내가 선거 때 케네디를 뽑았거든. FBI를 통틀어 그런 사람이 나 하나밖에 없을 거요."

나는 아무 말도 하지 않았다.

호스티는 두 개 중에서 한쪽 안락의자에 앉아 긴 안도의 한숨을 쉬었다. 서류가방을 발 사이에 내려놓고 병을 앞으로 돌려 라벨을 읽었다.

"1958년. 와인 애호가들이라면 그해에 생산된 와인이 좋은지 어떤지 알 수 있을지 모르겠지만, 나는 맥주파라서."

"나도 마찬가지입니다."

"그럼 1층에 마련되어 있는 론스타는 좋아하실지 모르겠네. 그거 한 상자에 앞으로 평생 동안 매달 한 상자씩 선물하겠다고 적어서 액자에 담은 편지까지 있던데. 샴페인도 몇 병 더 있어요. 못 해도 열댓 병은 되어 보이던데. 댈러스 상공회의소에서 관광청에 이르기까지 안 보낸 데가 없어요. 포장을 풀지도 않은 제니스 컬러텔레비전, 캘러웨이스 파인 주얼리에서 대통령의 얼굴을 새겨 넣은 순금 도장 반지, 댈러스 멘스웨어에서 보낸 양복 세 벌 교환권, 명예시민에게 수여하는 열쇠까지 별의별 선물들이 다 있더군. 호텔에서 1층의 객실을 한 개 비워서 당신 전리품을 보관하고 있는데, 내일 새벽이면 한 개 더 필요하게 생겼소이다. 게다가 사람들이 들고 오는 음식들은 또 어떻고! 케이크, 파이, 캐서롤, 로스트 비프, 바비큐 치킨, 앞으로 5년 동안 먹어도 될 만큼 많은 멕시코 요리……. 돌려보내고는 있지만, 다들 어찌나 아쉬워하는지 모르오. 거기다 여자들이 호텔 앞에 진을 치고 있는데…… 잭 케네디도 질투할 만한 수준이에요. 그로 말할 것 같으면 전설적인 난봉꾼이라 할 수 있는데 말이지. 그 인간이 어느 정도인가 하면, 성생활에 대해 기록한 우리 국장님

파일을 보면 못 믿을 정도거든."

"내가 들은 이야기를 받아들이는 능력이 어느 정도인지 알면 아마 놀랄걸요?"

"당신은 지금 댈러스의 사랑을 한 몸에 받고 있어요, 앤더슨 씨. 아니, 전 국민의 사랑을 한 몸에 받고 있지." 그는 웃음을 터뜨렸지만, 웃음이 기침으로 바뀌었다. 기침이 멎자 그는 담배에 불을 붙였다. 그런 다음 손목시계를 확인했다. "중부 표준 시간 기준으로 1963년 11월 22일 9시 7분 현재 당신은 미국의 총아예요."

"당신은 어떻습니까, 호스티 씨? 당신도 나를 사랑한다고 할 수 있을까요? 후버 국장은요?"

그는 한 모금 빤 담배를 재떨이에 내려놓고 몸을 앞으로 숙여 나를 똑바로 쳐다보았다. 살에 파묻힌 그의 두 눈은 피곤해 보였지만, 그래도 초롱초롱하고 날카로웠다.

"나를 봐요, 앰버슨 씨. 내 눈을 똑바로 봐요. 그런 채로 오스왈드와 한패였는지 아니었는지 털어놓아요. 솔직하게 말하는 게 좋을 거요. 거짓말하면 내가 당장 알아차릴 수 있거든."

오스왈드를 어처구니없이 방치한 전적으로 미루어 봤을 때 과연 그럴까 싶었지만, 스스로는 그렇게 믿는 모양이었다. 그래서 나는 그의 눈을 똑바로 쳐다보며 대답했다.

"아닙니다."

잠깐 동안 그는 아무 말도 하지 않았다. 그러더니 한숨을 쉬며 등받이에 기대고 담배를 집어들었다.

"그러게. 아니로군." 그는 콧구멍으로 담배연기를 내뿜었다. "그럼 어디 소속이오? CIA? 아니면 소련? 내 생각은 다르지만, 국장님은 암살이 국제적인 분쟁으로 확산되는 사태를 막을 수만 있다면 소련 측에서 비밀요원 하나쯤 기꺼이 제거하고도 남았을 거라고 생각하더군. 어쩌면 제3차 세계 대전이 터질 수도 있으니까. 특히 오스왈드가 소련에서 살았던 전적이 만천하에 밝혀지면 그럴 가능성이 더욱 높아지고." 그는 '소련'라고 하지 않고, 텔레비전 전도사 하기스처럼 '쏘오련'라고 했다. 웃기려고 그런 걸까?

내가 대답했다.

"아무 소속도 아닙니다. 난 그냥 나예요, 호스티 씨."

그는 담배로 나를 가리켰다.

"잠깐만요."

그가 서류 상자에서 파일을 하나 꺼냈다. 내가 커리 서장실에서 본 오스왈드 파일보다 더 얇았다. 내 파일일 테고 삽시간에 내용이 불어나겠지만…… 컴퓨터를 쓰는 21세기처럼 빠른 속도는 아닐 것이다.

"댈러스로 건너오기 전에 플로리다에서 살았더군요. 선셋 포인트에서."

"네."

"새러소타에서 대체교사로 근무했고."

"맞습니다."

"그 전에는 어디서 살았느냐면…… 데런? 메인 주 데런인가?"

"데리요."

"거기서는 어떤 일을 했소?"

"소설을 쓰기 시작했습니다."

"그렇군요. 그럼 그 전에는?"

"이리저리 전국을 돌아다녔죠."

"오스왈드와 나의 관계에 대해 어디까지 알고 있소, 앰버슨 씨?" 나는 대답을 하지 않았다. "그렇게 잴 것 없어요. 우리 둘밖에 없는데, 뭘."

"당신과 국장을 곤경에 빠뜨릴 수 있을 만한 정도는 됩니다."

"곤경에 빠뜨릴 수 있다?"

"이런 식으로 표현하면 되겠네요. 당신 측에서 나를 괴롭히면 나도 당한 만큼 똑같이 갚아 줄 수 있을 만큼이라고요."

"그러니까 전혀 몰랐던 이야기까지 지어내면서 우리를 해코지할 수 있다는 뜻으로 해석해도 되겠소?"

나는 아무 말도 하지 않았다.

그는 혼잣말처럼 중얼거렸다.

"과연 소설가답군. 그 원고 꼭 출간하시죠, 앰버슨 씨. 베스트셀러가 될지 누가 알겠소? 이야기를 우라지게 잘 지어낸다는 것만큼은 내가 보장할 수 있거든. 오늘 오후에 한 진술도 얼마나 그럴듯했는지 모르오. 게다가 전혀 알 수 없는 부분까지 알고 있으니 일개 평범한 시민일 수 없다는 거요. 그러지 말고 누구 명령 하에 움직이는지 말해 봐요. 앵글턴(1954년부터 75년까지 CIA에서 요직을 담당했던 인물―옮긴이)이 있는 그 조직인가? 맞죠? 장미나 키우는 교활한 작자 같으니라고."

"나는 그냥 나예요. 그리고 내가 아는 게 당신이 생각하는 것보다

적을 수도 있습니다. 하지만 FBI 명성에 먹칠할 수 있을 만큼은 되죠. 하나만 예로 들자면 케네디를 암살하겠다고 당신 앞에서 공개 선언한 적 있다는 이야기를 리한테서 들은 적이 있거든요."

호스티가 담배를 어찌나 세게 비벼 끄든지 불똥이 튈 정도였다. 불똥 몇 개가 손등으로 튀었는데 그래도 그는 모르는 눈치였다.

"그런 우라질 거짓말을!"

"나도 거짓말인 거 압니다. 그래도 정색하고 폭로할 겁니다. 나를 궁지로 몰면. 나를 어떤 식으로 처리하면 좋을지 아직 뾰족한 수가 생각 안 난 모양이죠, 호스티 씨?"

"만화책에나 나올 법한 이야기는 집어치워요. 우리는 사람을 죽이거나 하지 않으니까."

"베트남의 디엠 형제(베트남의 정치가 고 딘 디엠과 고 딘 누 형제. CIA를 등에 업고 군부 쿠데타를 일으킨 즈엉반민에게 암살당했다 — 옮긴이) 앞에서도 그렇게 이야기해 보시죠."

그는 순한 줄 알았던 생쥐에게 갑자기, 그것도 아주 세게 물린 사람 같은 표정을 지으며 나를 쳐다보았다.

"디엠 형제 사건에 미국이 개입했다는 증거라도 알고 있는 거요? 내가 읽은 서류에서는 아무 책임도 없다고 했는데."

"하던 이야기나 계속하죠. 요지는, 지금 당장은 내 인기가 하늘을 찌르니 죽일 수 없다는 겁니다. 아닌가요?"

"당신을 죽이려는 사람은 아무도 없어요, 앤더슨 씨. 그리고 당신 진술에서 허점을 찾으려는 사람도 없고." 그는 형식적인 웃음을 터뜨렸다. "마음만 먹으면 모든 걸 밝힐 수는 있겠지. 그 정도로 허술

한 진술이니까."

"'뚝딱하고 모험담을 만들어 내는 것이 그녀의 주특기였다.'" 내가 말했다.

"엥?"

"H. H. 먼로의 작품에 등장하는 구절입니다. 사키라는 필명을 썼던 작가예요. 작품 제목은 「열린 창문」. 찾아보세요. 즉석에서 허풍 치는 법을 터득하게 싶을 때 아주 도움이 많이 되는 작품입니다."

그는 날카롭고 작은 두 눈으로 걱정하는 기미를 보이며 나를 훑어보았다.

"당신이라는 사람을 전혀 모르겠군. 그래서 걱정이 된단 말이지."

서쪽에서 시작된 천둥이, 유정이 쉴 새 없이 쿵쾅거리고 천연가스에서 뿜어져 나온 불길이 별빛을 가리는 중부 지방을 향해 다가오는 소리가 또다시 들렸다.

"원하는 게 뭡니까?" 내가 물었다.

"데런인지 데리인지 아무튼 그 이전에는 당신이 어디서 뭘 했을지 추적을 해 봐야…… 나오는 게 없을 것 같단 말이오. 마치 어디에선가 난데없이 튀어나온 사람인 양."

어찌나 비슷하게 알아맞혔는지 하마터면 숨이 멎을 뻔했다.

"우리 측에서 당신에게 바라는 게 있다면 어디에서 왔는지 모르겠지만 그곳으로 돌아가 주었으면 하는 거요. 스캔들을 좋아하는 언론에서 늘 그렇듯 온갖 고약한 추측과 음모론을 만들어 내겠지만, 우리가 근사하게 포장해 주겠소. 그런 부분에 신경이 쓰인다면 말이오. 마리나 오스왈드도 당신 진술을 철저하게 뒷받침해 주기로 했어요."

"벌써 심문을 마친 모양이로군요."

"그렇지. 기꺼이 협조하지 않으면 추방당한다는 걸 알거든. 언론에서는 당신 얼굴을 제대로 보지도 못했잖소. 내일 자 신문에 실릴 사진들도 아주 흐릿한 수준일 테고."

맞는 말이었다. 커리 서장실로 얼른 걸어가는 동안 카메라에 노출된 게 전부였고, 그나마도 덩치가 산만 한 프리즈와 호스티가 양옆에서 부축한답시고 사진을 찍기에 제일 좋은 각도를 막아 버렸다. 게다가 조명이 너무 밝아서 내가 고개까지 숙이고 있었다. 조디에는 내 사진이 많겠지만 (심지어 그곳에서 1년 동안 정교사로 근무한 해 졸업앨범에 실린 증명사진까지 있을 테지만) 지금은 JPEG는커녕 팩스도 없는 시대인지라 다음주 화요일이나 수요일은 되어야 찾아서 신문에 실을 수 있을 것이다.

"이런 식으로 둘러대면 어떻겠소?" 호스티가 말했다. "당신, 이야기 좋아하잖소. 「열린 창문」 같은 이야기."

"영어교사니까 당연히 좋아하죠."

"이 조지 앰버슨이라는 친구는 여자친구를 잃은 슬픔을······."

"약혼녀입니다."

"약혼녀, 그래, 그게 더 좋겠군. 약혼녀를 잃은 슬픔을 이기지 못한 나머지 모든 걸 내팽개치고 사라져 버렸다. 언론의 관심, 공짜 샴페인, 대통령 훈장, 색종이가 흩날리는 퍼레이드도 모두 마다한 채, 멀리서 혼자 슬픔을 달래고 싶었던 것이다. 미국 국민들은 이런 이야기 좋아하잖소. TV에서 죄다 이런 이야기만 보여 주니까. 제목은 「열린 창문」이 아니라 「겸손한 영웅」이라고 합시다. 그리고 FBI 요원이 나서서 당신의 진술을 뒷받침하고, 당신이 남기고 간 성명까지 낭독하는 거요. 어떻소?"

하늘에서 떨어진 횡재나 다름없었지만, 나는 포커페이스를 유지했다.

"내가 그런 식으로 사라질 수 있는 위인이라고 장담하는 모양이로군요."

"그렇소."

"그리고 내가 국장의 지시에 따라 트리니티 강바닥으로 사라지거나 할 일은 없다고 하는 당신의 말 역시 사실이고요?"

"절대 그럴 일은 없다니까." 그는 이렇게 말하며 미소를 지었다. 안심하라는 뜻에서 지은 미소였겠지만, 나는 어렸을 때 읽었던 작품 속 어느 구절이 생각났다. 걱정 마, 아이가 생길 리 없을 테니까. 내가 14살 때 볼거리에 걸렸었거든.

"내가 보험을 들어 놓고 떠날 수도 있기 때문에 다시 한 번 확인하는 겁니다, 호스티 씨."

그의 한쪽 눈썹이 움찔거렸다. 뜨끔했을지 몰라도 티가 난 곳이 거기 한 군데뿐이었다.

"우리가 당신이 사라질 수 있다고 믿는 이유는…… 댈러스를 빠져나가면 도움을 받을 만한 상대가 있을 거라고 생각하기 때문이오."

"기자 회견도 없는 거고요?"

"우리가 제일 피하고 싶은 게 기자 회견이오."

그가 다시 서류가방을 열었다. 그 안에서 노란 메모지를 꺼내 가슴 주머니에 들어 있던 펜과 함께 내게 건넸다.

"내 앞으로 편지를 써요, 앰버슨 씨. 내일 아침에 프리츠와 내가 당신을 데리러 왔을 때 그 편지를 발견하겠지만, '관계자 여러분께'라고 하는 게 좋겠소. 잘 써 봐요. *천부적인 재능을* 발휘해서. 그럴 수 있잖아요?"

"물론이죠." 내가 말했다. "뚝딱하고 모험담을 만들어 내는 것이 내 주특기니까요."

그는 형식적으로 씩 웃고 나서 샴페인 병을 들었다.

"모험담을 만들어 내는 동안 나는 이거나 좀 맛을 봐야겠군. 당신 몫은 없어요. 오늘밤에 바쁠 테니까. 한참을 달린 뒤라야 눈 좀 붙일 수 있을 거 아니겠소?"

10

나는 신중하게 작업에 임했지만, 시간이 오래 걸리지는 않았다. 이런 경우 (세계 역사상 이런 경우는 전무후무하지만) 남기는 글은 짧으면 짧을수록 좋았다. 호스트가 제시한 겸손한 영웅 이론을 충실히 따랐다. 몇 시간 자 둔 게 정말 다행이었다. 가까스로 잠이 든 뒤에도 악몽에 시달리기는 했지만, 머리가 비교적 맑았다.

작업이 끝났을 때 호스트는 서류가방에서 몇 가지를 꺼내 커피 테이블에 올려놓은 뒤 샴페인을 세 잔째 마시고 있었다. 내가 메모지를 건네자 그가 읽어 보았다. 밖에서 다시 천둥소리가 들렸고 번개가 잠깐 밤하늘을 밝혔지만, 조만간 폭풍이 들이닥칠 것 같지는 않았다.

그가 편지를 읽는 동안 나는 커피테이블에 놓여 있는 물건들을 살폈다. 내 타이멕스가 보였다. 경찰서를 나오면서 다른 소지품은 돌려받았는데 이 시계만 웬일로 예외였다. 뿔테 안경도 있었다. 써 보았더니 도수가 없는 안경이었다. 깎지 않은 민짜 열쇠도 있었다. 20달러와 50달러짜리 구권으로 1000달러쯤 담겨 있는 듯한 봉투도 있었다. 그리고 헤어네트, 바지와 긴 셔츠로 이루어진 하얀색 유니폼, 면으로 된 얇은 천.

"편지 잘 썼군." 호스티가 메모지를 내려놓으며 말했다. "「도망자」의 리처드 킴볼처럼 처연하니. 그 드라마 본 적 있소?"

나는 토미 리 존스 주연의 영화로 보았지만, 그런 이야기를 꺼낼 만한 자리가 아니었다.

"아뇨."

"당신도 도망자가 될 테지만, 언론과 당신의 모든 것을 시시콜콜 알고 싶어 하는 미국 국민들로부터 달아나는 거요. 아침에는 어떤 주스를 마시는지, 속옷 사이즈는 어떻게 되는지 알고 싶어 하는 사람들로부터 말이오. 당신은 사회면이라면 모를까, 정치면에서 다룰 만한 사람은 아니오. 여자친구를 쏘지도 않았고, 심지어 오스왈드를 쏘지도 않았으니까."

"쏘려고 했습니다. 헛방을 날리지만 않았던들 그녀가 죽을 일은 없었을 텐데."

"자책할 거 없어요. 공간도 널찍했던 데다 38구경이 멀리서는 적중률이 떨어지니까."

맞는 말이었다. 13미터 이내에서 겨누어야 했다. 나도 그렇다고 들었다. 한 번도 아니고, 두 번이나. 하지만 그 이야기를 굳이 꺼내지는 않았다. 특수요원 제임스 호스티와의 짧은 만남이 끝나 가고 있는 게 느껴졌다. 내 입장에서는 이 자리를 얼른 정리하고 싶어 좀이 쑤실 지경이었다.

"당신은 무죄요. 이제 당신 쪽 조직 사람들을 만나서 은밀한 네버랜드로 떠나기만 하면 되오. 그럴 수 있겠지요?"

나의 네버랜드는 48년 뒤 미래와 연결된 토끼 굴이었다. 토끼 굴이 없어지지 않았어야 하는데.

"그럴 수 있을 겁니다."

"잘 생각하는 게 좋을 거요. 우리를 해코지하려 들면 두 배로 복수를 당할 테니까. 후버 국장님으로 말할 것 같으면…… 용서라는 단어를 모르는 사람이라고 해 둡시다."

"어떤 식으로 호텔에서 빠져나가면 되는지 알려 주시죠."

"이 주방용 유니폼을 입고, 안경하고 헤어네트를 써요. 이 열쇠는 직원용 엘리베이터 열쇠요. 그걸 타고 지하 1층으로 내려가서 부엌을 지나 뒷문으로 나가요. 여기까지 알아들었소?"

"네."

"그럼 우리가 마련한 차량이 기다리고 있을 거요. 뒷자리에 타요. 리무진 서비스가 아니니까 기사한테 말은 걸지 말고. 그걸 타고 버스터미널로 가면 되는 거요. 기사가 석 장의 표 중에서 하나를 고르라고 할 거요. 11시 40분에 탬파로 출발하는 것, 11시 50분에 리틀록으로 출발하는 것, 12시 20분에 앨버커키로 출발하는 것. 어느 걸 선택할지 나는 알고 싶지 않아요. 우리와의 관계는 거기서 끝난다는 것만 알아 둬요. 우리 눈에 띄지 않게 숨어 있는 건 전적으로 당신이 책임져야 할 부분이오. 그리고 두말하면 잔소리지만, 당신 조직이 책임져야 할 부분이기도 하고."

"물론이죠."

전화벨이 울렸다.

"통화할 방법을 알아낸 시건방진 기자 전화면 끊어요." 호스티가 말했다. "내가 여기 있다고 한 마디라도 흘렸다가는 내 손에 목이 날아갈 줄 아시고."

농담인 것 같았지만, 확실하지는 않았다.

"누구신지 모르겠지만 제가 지금 피곤해서……"

상대방이 다급한 목소리로 금방이면 된다고 했다. 나는 입 모양으로 '재키 케네디'라고 호스티에게 알렸다. 그는 고개를 끄덕이고, 내 샴페인을 조금 더 따랐다. 나는 그에게 등을 돌렸다. 그러면 통화 내용을 숨길 수 있기라도 한 것처럼.

"케네디 여사님, 전화 굳이 안 주셔도 되는데요." 내가 말했다. "그래도 이렇게 통화를 하다니 영광입니다."

"고맙다는 말씀을 전하고 싶어서요. 남편이 저를 대신해서 이미 전화했다는 거 알지만 그래도…… 앰버슨 씨……" 영부인이 울음을 터뜨렸다. "오늘 밤 전화로 엄마, 아빠한테 안녕히 주무시라는 인사를 할 수 있었던 우리 아이들을 대신해서 감사의 뜻을 전하고 싶었어요."

캐롤린과 존존. 그 순간까지 두 아이는 까맣게 잊고 있었는데.

"별 말씀을 다하십니다."

"죽은 아가씨하고 결혼할 사이였다면서요?"

"네."

"얼마나 마음 아프실까. 제 위로를 받아 주세요. 그걸로는 부족하다는 걸 알지만, 그것 말고는 드릴 게 없네요."

"고맙습니다."

"제가 어떻게 바꿀 수만 있다면…… 시간을 되돌릴 방법이 있다면……"

'아뇨.' 나는 생각했다. '그건 제 역할입니다, 재키 여사님.'

"무슨 말씀인지 압니다. 고맙습니다."

우리는 조금 더 대화를 나누었다. 경찰서에서 케네디의 전화를 받았을 때보다 훨씬 더 상대하기가 힘들었다. 그때는 꿈같았던 반면에 지금은 아니기 때문도 있지만, 그보다는 재클린 케네디의 목소리에서 느껴지는 공포 때문이었다. 그녀는 얼마나 아슬아슬한 상황이었는지 정말로 알아차린 듯했다. 케네디는 그런 느낌이 없었다. 그는 스스로 운과 축복이 따르는 불멸의 존재로 태어났다고 믿는 눈치였다. 나는 하마터면 잊어버릴 뻔했다가 통화가 거의 끝나 갈 무렵, 남은 재임 기간 동안 오픈카를 자제하도록 남편을 설득하는 게 좋지 않겠느냐고 짚고 넘어갔다.

그녀는 걱정 말라고 하고는 다시 한 번 고맙다고 했다. 나는 다시 한 번 별 말씀을 다한다고 대답한 다음 전화를 끊었다. 뒤를 돌아보니 객실 안에 나 혼자밖에 없었다. 내가 재클린 케네디와 통화를 하는 동안 호스티가 나간 것이다. 남은 거라고는 재떨이에 버려진 꽁초 두 대와 반쯤 마시다 만 샴페인 잔 그리고 내가 편지를 쓴 메모지 옆에 남겨진 쪽지뿐이었다.

버스터미널 안으로 들어가기 전에 도청 장치를 제거하시길. 쪽지에는 이렇게 적혀 있었다. 그리고 그 밑에. 행운을 빕니다, 앰버슨 씨. 고인의 일은 참으로 유감스럽게 생각합니다. H.

진심으로 그렇게 생각하는지 몰라도 유감스럽다니 저급한 표현이었다. 정말로 저급한 표현이었다.

11

나는 부엌에서 일하는 급사 유니폼으로 갈아입고 닭고기 수프, 바비큐 소스, 잭 대니얼스 냄새가 나는 엘리베이터를 타고 지하 1층으로 내려갔다. 엘리베이터 문이 열리자 김이 모락모락 나는 향긋한 부엌을 뚜벅뚜벅 가로질렀다. 내 쪽을 흘끗 쳐다보는 사람조차 없는 듯했다.

골목길로 나와 보니 술에 취한 노숙자 몇 명이 쓰레기통을 뒤지고 있었다. 그들도 나한테는 관심이 없었지만, 번개가 번쩍 하고 하늘을 밝히자 고개를 들었다. 평범한 포드 세단이 골목길 입구에서 공회전을 하며 서 있었다. 내가 뒷좌석에 올라타자 차가 출발했다. 운전을 한 사람은 고속버스 터미널에 차를 세우기 전까지 "비가 올 것 같네요." 한마디 하고는 그만이었다.

그가 포커 패처럼 세 장의 버스표를 펼쳐서 내밀었다. 나는 리틀록을 선택했다. 한 시간의 여유가 있었다. 기념품점으로 들어가 싸구려 여행용 가방을 샀다. 계획대로 되면 그 안에 뭔가를 넣을 수 있을 것이다. 필요한 건 별로 없었다. 옷이라면 새버터스 집에 많았다. 거의 50년을 뛰어넘어야 갈 수 있는 주소지인데, 1주일 안으로 도착할 수 있었으면 좋겠다는 것이 나의 바람이었다. 이야말로 아인슈타인이 사랑할 만한 패러독스가 아닌가. 나는 피곤하고 슬픔에 젖어 있었던 터라 나비효과를 감안했을 때 그 집이 여전히 내 집일 가능성은 거의 없다는 것까지 생각하지는 못했다. 어쩌면 아예 존재하지 않을 수도 있건만.

신문도 한 부 샀다. 《슬라임스 헤럴드》 호외로. 전문가가 찍었을 수도 있지만 그보다는 옆에 서 있던 사람이 운 좋게 건졌을 가능성이 높은 사진이 한 장 실려 있었다. 내가 얼마 전에 통화한 여자 위로 몸을 숙이고 있는 케네디의 사진이었다. 그날 저녁, 그녀가 마침내 옷을 갈아입었을 때 분홍색 투피스에는 핏자국이 없었을 터였다. *거국적인 참사를 가까스로 모면한 리무진이 전속력으로 달리는 가운데 영부인을 몸으로 막고 있는 존 F. 케네디.*

사진에 이런 설명이 달려 있었다. 그 위로 36포인트짜리 헤드라인이 보였다. 한 단어뿐이라 양옆으로 공간이 넉넉했다.

살았다!

2면으로 넘겼을 때 좀 전과는 다른 사진이 나를 맞았다. 이번에는 믿기지 않을 만큼 젊고, 믿기지 않을 만큼 아리따운 새디의 사진이었다. 미소를 머금은 얼굴이었다. 앞으로 남은 인생이 많지 않으냐고 속삭이는 듯한 미소였다.

야간 여행객들이 밀려들었다 밀려가고, 아이들은 울어 대고, 더플백을 짊어진 군인들은 깔깔거리고, 사업가들은 구두를 닦고, 벽에 달린 스피커는 출발과 도착 시간을 알리는 가운데, 나는 나무 조각들을 이어서 만든 벤치에 앉아서 그 사진을 따라 조심스럽게 신문을 접었다. 얼굴을 찢지 않고 완벽하게 떼어 내기 위해서였다. 소기의 목적을 달성했을 때 나는 사진을 한참 동안 들여다보다 접어서 지갑 안에 넣었다. 나머지 신문은 버렸다. 읽고 싶은 기사가 없었다.

11시 20분이 됐을 때 리틀록행 버스에 승차하라는 안내 방송이 나왔고, 나도 문 주변으로 모인 승객들 틈바구니에 섞였다. 도수 없는 안경 말고는 변장을 하지도 않았건만, 어느 누구도 내게 관심을 보이지 않았다. 나는 미국 횡단 행렬에 합류한, 남들과 다를 바 없는 일개 승객에 불과했다.

'내가 오늘 당신들 인생을 바꾼 사람이야.' 나는 날짜가 바뀌는 순간을 함께 하게 될 사람들을 바라보며 이런 생각을 했지만, 우쭐하지도 않았고 경이롭지도 않았다. 긍정적이건 부정적이건 아무 감정이 없었다.

버스에 올라 뒷자리에 앉았다. 나보다 먼저 탄 군인들이 한두 명이 아니었다. 리틀록에 있는 공군 기지로 가는 모양이었다. 오늘 우리가 오스왈드를 저지하지 않았더라면 그들 중 몇 명은 베트남에서 전사했을 것이다. 또 몇 명은 불구가 된 몸을 이끌고 귀환했을 것이다. 그런데 이제는 어떤 미래가 그들을 기다리고 있을까? 정답을 어느 누가 알 수 있을까?

버스가 출발했다. 댈러스를 떠나는 순간 더 요란한 천둥과 더 눈부신 번개가 작렬했지만, 아직 비는 내리지 않았다. 설퍼스프링스에 도착했을 무렵에는 시커먼 폭풍이 바로 뒤에서 우리를 쫓아왔고, 얼음 조각만큼이나 밝고 차갑기는 그보다 두 배 더한 수만 개의 별들이 하늘을 수놓았다. 나는 별들을 잠깐 감상하다 등받이에 기대 눈을 감고 그레이하운드 버스 타이어가 30번 주간 고속도로를 삼키는 소리에 귀를 기울였다.

'새디.' 타이어들이 읊조렸다. '새디, 새디, 새디.'

마침내 새벽 2시가 조금 지났을 때 나는 잠이 들었다.

12

리틀록스에 도착했을 때 정오에 피츠버그로 떠나는 버스표를 샀다. 인디애나폴리스에서 딱 한 번만 정차하는 버스였다. 터미널 식당에서 아침을 먹었다. 옆자리에서 어떤 노인네가 휴대용 라디오를 앞에 두고 식사를 했다. 큼지막하고 반짝이는 다이얼들로 뒤덮인 라디오였다. 두말하면 잔소리지만 주요 기사가 암살 기도 사건과…… 새디였다. 새디가 엄청난 화제였다. 국장으로 장례를 치르고 알링턴 국립묘지에 안장될 예정이라고 했다. JFK가 직접 추모사를 할지 모른다는 예측 보도도 있었다. 그와 관련해서 던힐 양의 약혼자이자 역시 텍사스 주 조디 주민이었던 조지 앰버슨이 오전 10시에 기자 회견을 할 예정이었는데, 아무런 설명도 없이 늦은 오후로 일정을 연기했다. 내가 도망칠 수 있도록 호스티가 그런 식으로 최대한 시간을 버는 중이었다. 다행스러운 일이었다. 나를 위해서도 그렇고, 그를 위해서도 그렇고, 귀하신 국장님을 위해서도 그렇고.

"대통령과 용감한 구세주 외에도 오늘 아침 텍사스에서 벌어진 또 다른 사건이 있습니다."

노인네의 라디오에서 이런 방송이 흘러나온 순간, 나는 블랙커피를 입으로 가져가다 말고 도중에 멈추었다. 입안이 시큰거리는 낯익은 느낌이 나를 찾아왔다. 심리학자라면 프레스크 부(뭔가 엄청난 일이 벌어지려고 할 때 느껴지는 감각)라고 하겠지만, 내가 붙인 이름은 그보다 훨씬 더 소박했다. 화음.

"새벽 1시가 막 지나 폭풍이 정점에 달했을 때 변종 토네이도가 포트워스를 덮치면서 몽고메리 워드 창고와 주택 수십 채를 쓰러뜨렸습니다. 이 사태로 두 명이 사망하고 네 명이 실종됐다고 합니다."

쓰러진 집 중에 머세이디즈 대로 2703번지와 2706번지도 있을 게 분명했다. 분노의 바람이 잘못된 방정식이라도 되는 양 두 집을 지워 버린 것이다.

30장

1

나는 11월 26일 정오가 조금 지났을 때 마지막 종착지인 메인 주 오번의 마이놋 가에서 내렸다. 짬짬이 눈을 붙여 가며 거의 논스톱으로 80여 시간을 달려온 뒤라 정신이 몽롱했다. 추웠다. 하느님이 헛기침을 하고 간헐적으로 뱉은 눈이 칙칙한 잿빛 하늘에서 쏟아졌다. 급사 유니폼을 벗고 청바지와 파란색 샴브레이 셔츠를 사서 갈아입었지만, 그 정도로는 부족했다. 텍사스에서 지내는 동안 내 머리는 메인의 날씨를 잊었건만, 몸은 당장 기억하고 부들부들 떨기 시작했다. 루이스 포 멘에 맨 먼저 들러 내 사이즈에 맞는 양가죽 외투를 찾아서 카운터로 들고 갔다.

점원이 계산을 하려고 루이스턴 《선》을 내려놓았는데, 1면에 내 사진(덴홈 고등학교 앨범의 그 사진)이 실려 있었다. '조지 앰버슨은 어디 있을까?' 헤드라인은 그렇게 따져 물었다. 점원은 금전 등록기에 외투 가격을 입력하고, 영수증을 써 주었다. 나는 내 사진을 톡톡 두드리며 물었다.

"이 사람은 도대체 어떻게 된 걸까요?"

점원은 나를 쳐다보더니 어깨를 으쓱했다.

"유명해지기 싫은 거겠죠. 이해해요. 저도 아내를 미치도록 사랑하는데, 그런 아내가 갑자기 죽었을 때 제 사진이 신문에 실리거나 울상인 제 얼굴이 TV에 나오면 싫을 것 같거든요. 손님은 어떠세요?"

"그러게요." 내가 말했다. "나도 싫을 것 같네요."

"제가 만약 그 사람이라면 1970년까지 숨어 지낼 거예요. 야단법석이 잦아들 때까지. 그 외투랑 잘 어울리는 멋진 모자가 있는데 보여 드릴까요? 어제 들어온 플란넬 모자가 있거든요. 귀마개가 실하고 두툼합니다."

이렇게 해서 새로 산 외투에 어울리는 모자까지 마련이 됐다. 나는 성한 쪽 팔로 여행용 가방을 흔들며 버스정거장까지 두 블록을 절뚝절뚝 걸어갔다. 지금 당장 리스본 폴스로 가서 토끼 굴이 아직 남아있는지 확인하고 싶은 마음도 있었다. 하지만 남아 있는 것으로 밝혀지면 유혹을 이기지 못하고 당장 건너갈 텐데, 과거의 세상에서 5년을 지낸 지금의 내가 미래 세상의 전면 공격을 감당할 준비가 안 됐다는 사실을 이성적으로는 알고 있었다. 먼저 좀 쉬어야 했다. 아이들은 울어 대고 거나하게 취한 사람들은 껄껄대는 침대에서 쪽잠을 자는 게 아니라 정말로 좀 쉬어야 했다.

간헐적으로 쏟아지던 눈발이 이제는 흩날리는 수준으로 바뀌었고, 길가에 너댓 대 정도 되는 택시가 서 있었다. 나는 맨 앞차에 올라 히터에서 나오는 따뜻한 바람을 만끽했다. 기사가 뒤를 돌아보았다. '관인 콜택시'라고 적힌 배지가 달린 찌그러진 모자를 쓴 뚱뚱한 남자였다. 생전 처음 보는 사람이었지만, 라디오를 틀면 포틀랜드에서 송신되는 WJAB에 주파수가 맞추어져 있을 테고, 가슴주머니에서 담배를 꺼내면 럭키 스트라이크일 것이다. 세상만사 돌고 도는 법이니까.
"어디로 모실까요, 대장님?"
나는 196번 대로에 있는 태머랙 여관으로 가달라고 했다.
"알겠습니다."
그가 라디오를 틀자 미라클스가 부르는 「미키스 몽키」가 흘러나왔다.
"망할 모던 댄스!" 그가 담배를 한 모금 빨며 툴툴거렸다. "아이들한테 궁둥이 부딪치고 썰룩이는 법이나 가르치지."
"춤은 인생이에요." 내가 말했다.

2

데스크 직원은 달랐지만, 내가 배정받은 객실은 똑같았다. 당연한 일이었다. 요금은 조금 올랐고 구닥다리 TV는 좀 더 신식으로 교체됐지만, 안테나를 받침대 삼아서 놓인 '은박지는 절대 사용 금물입니다!' 팻말은 똑같았다. 전파도 여전히 수신이 잘 안 됐다. 뉴스는 없고 드라마만 나왔다.

TV를 꺼 버렸다. 문에 '방해하지 마시오' 팻말을 걸었다. 커튼을 쳤다. 그런 다음 옷을 벗고 침대 속으로 기어들어가 12시간을 잤다. 딱 한 번 비몽사몽 욕실로 걸어가 방광을 비운 게 전부였다. 눈을 떠 보니 한밤중이었고, 전기가 나갔고, 밖에서는 무지막지한 북서풍이 불고 있었다. 환한 초승달이 하늘 높이 떠 있었다. 나는 벽장에서 담요를 한 장 더 꺼낸 다음 다시 5시간을 잤다.

눈을 떠 보니 새벽 빛이 《내셔널 지오그래픽》의 사진을 닮은 선명한 빛깔과 어둠으로 태머랙 여관을 비추고 있었다. 띄엄띄엄 배치된 건물 앞에 주차된 자동차들 위로 서리가 내렸고, 내 입김이 보였다. 나는 전화도 안 되겠거니 생각하며 수화기를 들었는데, 졸다 깬 목소리기는 했지만 사무실을 지키던 젊은 남자가 즉각 전화를 받았다. 그는 물론이라고, 전화는 된다고, 택시 불러 드리겠다고 했다. 그러고는 행선지를 물었다.

리스본 폴스요. 내가 대답했다. 메인 가와 올드 루이스턴 대로가 만나는 모퉁이.

"프루트 가세요?" 그가 물었다.

먼 데서 지낸 세월이 제법 되다 보니 처음에는 이 무슨 자다가 봉창 두드리는 소리인가 했다. 그러다 퍼뜩 생각이 났다.

"맞아요. 케네벡 프루트요."

'고향으로 가자.' 나는 속으로 중얼거렸다. '하느님, 도와주세요. 제가 고향으로 갑니다.'

그런데 틀린 말이었다. 2011년은 내 고향이 아니었다. 설령 건너갈 수 있다 하더라도 잠깐 머물고는 그만일 것이다. 어쩌면 머무는 시간이 몇 분에 불과할지도 모른다. 이제는 조디가 내 고향이었다. 아니, 조디가 내 고향이 될 것이다. 새디가 등장하면. 동정녀 새디. 다리도 길고 머리도 길고, 뭐든 앞에 있으면 걸려서 넘어지는 버릇이 있는 그녀…… 하지만 결정적인 순간에는 내가 넘어지고 말았다.
얼굴이 멀쩡한 새디.
그녀가 나의 고향이었다.

3

그날 아침에 온 택시 기사는 체구가 탄탄한 50대 여자인데, 까만색의 낡은 파카로 중무장하고 '관인 콜택시'라고 적힌 배지가 달린 모자 대신 레드 삭스 야구모자를 쓰고 있었다. 196번 대로를 향해 리스본 폴스 방향으로 좌회전을 했을 때 그녀가 물었다.
"뉴스 들으셨어요? 못 들으셨죠? 이 일대가 정전이 돼서."
"어떤 뉴스요?"
나는 물었지만, 끔찍한 예감이 이미 스멀스멀 뼛속으로 파고들었다. 케네디가 죽었구나. 사고였는지, 심장마비였는지, 결국 암살을 당했는지 모르겠지만, 그가 죽은 것이다. 과거는 고집이 세고 케네디는 죽었다.
"로스앤젤레스에서 지진이 났네요." 그녀의 발음에 따르면 '라스

앵글리스'였다. "캘리포니아가 바다 속으로 가라앉을 거라고 전부터 사람들이 그러더니 정말로 그러려나 봐요." 그녀는 고개를 저었다. "방탕하게 살아서 그런 거라고 내 입으로 말은 않겠지만 (그 영화배우들 보세요.) 내가 아주 독실한 감리교 신자거든요. 아니라고도 말하지 않겠어요."

이제 리스본 자동차극장을 지났다. 차양에 '겨울을 맞아 영업을 잠시 중단합니다'라는 문구가 걸려 있었다. '64년도에 더욱 풍성한 볼거리로 찾아뵙겠습니다!'

"얼마나 심각했는데요?"

"7000명이 죽었다는데, 아시겠지만 그 정도 숫자가 되면 앞으로 점점 더 늘어날 거예요. 다리들이 대부분 무너졌고, 고속도로는 산산조각이 났고, 동네방네 불이 났대요. 검둥이들이 사는 동네는 잿더미로 변했나 봐요. 워츠라니! 동네 이름 치고 너무하지 않아요(영어로 wart에 사마귀, 오점이라는 뜻이 있다—옮긴이)? 게다가 흑인들이 사는 동네인데 워츠라니! 하!"

나는 아무 대꾸도 하지 않았다. 내가 아홉 살, 온 가족이 아직 위스콘신에 살았을 때 기르던 강아지 랙스를 생각하고 있었다. 학교에 가는 날이면 버스가 올 때까지 뒷마당에서 녀석과 함께 놀 수 있었다. 나는 녀석에게 앉아, 가져와, 굴러, 이런 것들을 가르쳤고, 녀석은 곧잘 배웠다. 어찌나 똑똑했던지! 나는 녀석을 정말 사랑했다.

버스가 오면 뒷마당 문을 닫고 달려가 버스를 탔다. 랙스는 항상 부엌 앞 현관에 누워 있었다. 어머니가 아버지를 기차역까지 태워주고 돌아오면 녀석을 안으로 들여 아침을 먹였다. 나는 항상 문을 잘 닫았다. 적어도 깜빡하고 안 닫은 기억은 없었다. 그런데 어느 날 학교에서 돌아왔을 때 어머니에게 랙스가 죽었다는 소식을 들었다. 길거리로 나갔다 배달 트럭에 치었다는 것이다. 어머니는 절대 입 밖으로 나를 나무라지는 않았지만, 그런 적은 단 한 번도 없었지만, 눈빛으로 대신했다. 어머니도 랙스를 사랑했던 것이다.

"평소처럼 잘 가두어 놨단 말이에요." 나는 눈물을 흘리며 말했고, 앞에서도 이야기했다시피 그랬을 거라고 생각했다. 왜냐하면 늘 그랬으니까. 그날 저녁에 아빠와 내가 녀석을 뒷마당에 묻었다. "이게 합법적인 방법은 아닐 거야." 아빠가 말했다. "하지만 네가 비밀 지키면 나도 비밀 지키마."

나는 그날 밤, 떠오르지 않는 기억을 계속 더듬고 일말의 가능성에 전율하며 한참 동안 뒤척였다. 죄책감은 말해 무엇할까. 그 죄책감은 1년이 넘도록 오랫동안 지워지지 않았다. 어느 쪽이었는지 기억만 났어도 그보다 일찍 사라졌을 텐데. 그런데 기억이 나지 않았다. 문을 닫았던가, 안 닫았던가? 우리 집 강아지 생애 마지막 아침을 몇 번이고 떠올려도 생가죽으로 된 녀석의 목 끈을 당기며 "*가져와, 랙스, 가져와!*" 했던 기억밖에 나지 않았다.

택시를 타고 리스본 폴스로 가는 동안에도 그랬다. 처음엔 1963년 11월 말에 지진이 원래 발생했을 거라고 나 자신을 설득하려고 무던히 애를 썼다. 에드윈 워커 암살 시도 사건처럼 실제로 벌어졌던 일인데 내가 몰랐던 거라고. 앨 템플턴에게도 말했던 것처럼 내 전공이 역사가 아니라 영문학이다 보니 그랬던 거라고.

그런데 설득이 되질 않았다. 내가 토끼 굴로 내려가기 이전 시대에 미국에서 그런 지진이 발생했었다면 나도 알고 있었을 테니까. 그보다 피해 규모가 훨씬 큰 참사가 벌어진 적도 있지만 (2004년 인도양 쓰나미 때는 20만 여 명이 사망하지 않은가?) 미국에서 7000명이면 많은 숫자였다. 9.11 사망자의 두 배가 넘었다.

그러자 내가 댈러스에서 저지른 일 때문에 이 튼실한 여인네가 LA에서 벌어졌다고 전하는 그런 사태가 발생했을 수도 있지 않을까 하는 생각이 들었다. 유일한 해답은 나비 효과뿐인데 이렇게 금세 시작될 수도 있을까? 설마! 절대 그럴 리 없었다. 게다가 그 둘 사이에는 가시적인 인과관계도 없었다.

그런데도 머릿속 깊은 곳에서 이런 속삭임이 들렸다.

"네가 저지른 짓이야. 뒷마당 문을 안 닫았거나 제대로 닫지 않아서 랙스를 죽게 만들었던 것처럼…… 이번 사태도 네가 원흉이야. 너하고 앨은 베트남에서 전사한 수천 명을 구할 수 있다는 둥 고귀한 척 떠들었지만, 새로운 역사에 네가 맨 처음으로 기여한 부분이 바로 이거야. LA에서 7000명이 죽게 만든 거."

그럴 리 없었다. 만의 하나 그게 정말이라 해도…….

"밑져야 본전이잖아." 앨은 이렇게 말했었다. "상황이 구리게 흘러간다 싶으면 제자리로 돌려 놓으면 돼. 칠판에 적힌 추잡한 단어를 지워 버리는 것만큼이나……"

"손님?" 기사가 불렀다. "다 왔습니다." 그녀가 신기한 듯 나를 돌아보았다. "여기 거의 3분 동안 서 있었어요. 그런데 쇼핑하기에 좀 이른 시각이긴 하네요. 여기 오자고 한 거 맞으세요?"

반드시 와야만 하는 곳이었다. 나는 미터기에 적힌 요금에 팁을 두둑이 얹어 주며(FBI 돈이니까) 좋은 하루 보내라고 인사한 다음 차에서 내렸다.

4

리스본 폴스는 여전히 악취가 코를 찔렀지만, 최소한 정전은 아니었다. 교차로에 걸린 점멸등이 북서풍에 흔들리며 깜빡였다. 케네벡 프루트는 어두컴컴했고, 나중에 사과, 오렌지, 바나나가 진열되겠지만 지금은 쇼윈도에 아무것도 없었다. 초록집 문에 걸린 팻말에는 '10시에 영업 시작합니다'라고 적혀 있었다. 자동차 몇 대가 메인 가를 지나갔고, 행인 몇 명이 옷깃을 세운 채 종종걸음을 쳤다. 하지만 맞은편 워럼보 공장은 풀가동되고 있었다. 직조기들이 쉬익휘익, 쉬익휘익 하고 움직이는 소리가 여기까지 들렸다. 그런데 잠시 후 또 다른 소리가 들렸다. 누군가가 이름이 아닌 다른 명칭으로 나를 부르는 소리였다.
"짐라! 어이, 짐라!"
나는 공장 쪽으로 고개를 돌리며 생각했다. '돌아왔군. 옐로 카드 맨이 케네디 대통령처럼 죽은 자 가운데서 살아난 거야.'
그런데 어제 버스정거장에서 나를 태운 택시 기사와 1958년에 리스본 폴스에서 태머랙 여관까지 태워다 준 기사가 별개의 인물이었던 것처럼 그자도 옐로 카드맨이 아니었다. 물론 과거라는 녀석이 화음을 워낙 좋아하기 때문에 두 기사가 거의 똑같았고, 길 건너편에서 나를 부르는 남자도 오늘은 초록집에서 돈을 두 배로 받는 날이니까 1달러를 달라고 했던 남자와 비슷하기는 했다. 그런데 옐로 카드맨보다 훨씬 젊었고 까만색 외투가 훨씬 새것이고 깨끗하기는 했지만…… 거의 똑같은 외투였다.

"짐라! 이쪽으로!"

그가 손짓했다. 바람결에 외투 자락이 날렸다. 그러자 전선에 매달린 점멸등처럼 그의 왼쪽으로 보이는 쇠사슬에 달린 팻말이 흔들렸다. 그래도 위에 뭐라고 적혔는지 읽을 수 있었다.

하수관 수리가 끝날 때까지 이 너머로 출입금지.

'5년이 지났는데 그 성가신 하수관은 아직 수리가 덜 됐다니.' 나는 이런 생각이 들었다.

"짐라! 내가 그쪽으로 건너가서 잡아야겠나?"

어쩌면 그는 이쪽으로 건너올 수 있을지 모른다. 자살한 그의 전임자도 초록집까지 갈 수 있지 않았던가. 하지만 내가 절뚝거리며 올드 루이스턴 대로를 따라 최대한 빨리 달리면 따돌릴 수 있을 것이다. 앨이 고기를 샀던 레드 앤드 화이트 슈퍼마켓까지는 쫓아올 수 있을지 몰라도 내가 티투스 셰브런이나 졸리 화이트 엘리펀트까지 도망치면 뒤를 돌아보며 메롱할 수 있을 것이다. 그는 토끼 굴 근처를 벗어날 수 없는 운명이었다. 그런 운명이 아니었다면 댈러스까지 나를 쫓아왔을 것이다. 중력이 있어서 사람들이 우주 속을 둥둥 떠다니지 않는 것만큼이나 분명히 그랬을 것이다.

내 생각을 뒷받침이라도 하듯 그가 "짐라, 부탁이다!" 하고 외쳤다. 그의 얼굴에서 바람과 성격이 비슷한 절박함이 느껴졌다. 바람처럼 잘 보이지는 않아도 집요한 절박함이 느껴졌다.

나는 지나가는 차가 없는지 좌우를 살핀 뒤 그가 서 있는 쪽으로 길을 건넜다. 그에게로 다가가는 동안 두 가지 차이점이 추가로 내 눈에 들어왔다. 그는 전임자가 그랬던 것처럼 페도라를 쓰고 있었지만 지저분하지 않고 깨끗했다. 그리고 전임자가 그랬던 것처럼 구식 기자 출입증 같이 생긴 카드를 모자 띠에 꽂고 있었는데, 이 카드가 노란색도, 주황색도, 까만색도 아니었다.

초록색이었다.

5

"하느님 감사합니다."

그가 이렇게 말하며 양손으로 내 손을 꼭 잡았다. 손바닥이 바깥 기온 못지않게 차가웠다. 나는 조심스럽게 뒤로 물러섰다. 그가 위험해 보이지는 않았지만, 잘 보이지는 않아도 고집스러운 절박함 때문이었다. 그 절박함이 위험요소일 수 있었다. 존 클레이턴이 새디의 얼굴에 대고 휘둘렀던 칼만큼이나 날카로울 수 있었다.

"당신 뭡니까?" 내가 물었다. "왜 나를 짐라고 부르는 겁니까? 짐 라두는 아주 먼 곳에서 사는 아이인데."

"짐 라두가 누군지 나는 몰라." 그린 카드맨이 말했다. "자네가 만들어 낸 끈과 최대한 멀리 떨어져……"

그가 말을 하다 말고 얼굴을 일그러뜨렸다. 양손을 옆으로 돌려,

뇌가 튀어나오지 못하게 막는 것처럼 관자놀이를 눌렀다. 그런데 내 시선이 쏠린 곳은 모자 띠에 꽂힌 카드였다. 카드 색깔이 일정하지가 않았던 것이다. 15분 정도 컴퓨터를 방치하면 뜨는 화면보호기처럼 카드가 빙글빙글 소용돌이쳤다. 그러자 초록색이 옅은 개나리 색으로 바뀌었다. 그가 천천히 손을 내리는 순간 다시 초록색으로 돌아갔지만, 맨 처음 보았을 때에 비하면 칙칙한 초록색이었다.

"자네가 만들어 낸 끈과 최대한 멀리 떨어져 지냈으니까." 까만 외투를 걸친 사나이가 말했다. "하지만 불가능한 일이더군. 게다가 이제는 끈도 너무 많아졌어. 자네와 요리사였던 자네 친구 덕분에 쓰레기가 너무 많아졌다고."

"지금 무슨 소리를 하는 건지 하나도 모르겠네요."

말은 이렇게 했지만, 거짓말이었다. 이 남자와 맞이 간 전임자가 들고 다니던 카드의 의미는 파악했으니까. 그 카드는 원자력 발전소 직원들이 달고 다니는 배지 비슷한 물건이었다. 그런데 측정하는 게 방사능 수치가 아니라…… 뭐라고 해야 할까? 정신상태? 초록색이면 주머니에 구슬이 가득하다는 뜻이었다. 노란색이면 구슬이 하나둘씩 빠져나가고 있다는 뜻이었다. 주황색이면 하얀 가운 입은 사람들을 불러야 한다는 뜻이었다. 그리고 카드가 까만색으로 변하면……

그린 카드맨이 나를 유심히 관찰하고 있었다. 길 건너편에서 처음 맞닥뜨렸을 때는 그가 서른 살도 안 돼 보였다. 이쪽으로 건너와서 확인했을 때는 마흔다섯 살에 가까워 보였다. 그런데 두 눈을 자세히 들여다보면 그보다 더 나이가 들었고 정신상태가 이상한 것처럼 보였다.
"당신은 일종의 수호자인가요? 토끼 굴을 지키는 사람인가요?"
그는 미소를 지었다. 아니, 그렇다기보다 미소를 지으려고 애를 썼다고 해야 맞는 표현이겠다.
"자네 친구는 그걸 토끼 굴이라고 부르더군."
그가 주머니에서 담배를 꺼냈다. 아무 라벨이 없었다. 내가 과거의 세상에서도, 미래의 세상에서도 본 적 없는 물건이었다.
"토끼 굴이 여기 하나뿐인가요?"
그가 라이터를 꺼내 바람에 꺼지지 않도록 손으로 막으며 담배에 불을 붙였다. 담배라기보다 마리화나에 가까운 달콤한 냄새가 났다. 마리화나는 아니었다. 그가 가르쳐 주지는 않았지만, 일종의 약품이 아닐까 싶었다. 내가 먹는 구디스 파우더와 별반 다르지 않을 것이다.
"몇 개 있어. 마시다가 깜빡하고 놓아 둔 진저 에일이 있다고 생각해 봐."
"네……."
"이삼일 지나면 탄산은 거의 다 날아가지만 그래도 기포가 몇 방울 남잖아. 자네가 토끼 굴이 부르는 그곳이 사실은 굴이 아니야. 기포지. 그리고 내가 거길 지키는 사람인가 하면…… 그건 아니야. 지킬 수 있다면 좋겠지만, 그래 봐야 사태만 악화될 따름이거든. 그게 시간 여행의 문제라네, 짐라."
"내 이름은 제이크인데요."
"그렇군. 그래서 지켜보기만 하지, 제이크, 가끔 경고도 하고. 카일이 요리사였던 자네 친구한테 경고하려고 했던 것처럼."

제정신이 아니었던 그 작자에게도 이름이 있었구나. 아주 평범한 이름이. 카일이라니 맙소사. 이름을 알고 났더니 현실감이 부여되면서 기분이 더 이상해졌다.

"그 사람은 앨한테 경고하려고 한 적 없어요! 싸구려 와인 살 수 있게 1달러 달라고 했던 게 전부였다고요!"

그린 카드맨은 담배를 한 모금 빨고 금이 간 콘크리트 바닥을 내려다보며 거기 뭐라고 적혀 있기라도 한 것처럼 얼굴을 찡그렸다. 쉬익휘익, 쉬익휘익 직조기들이 움직였다.

"처음에는 경고를 했어." 그가 말했다. "자기 딴에는. 자네 친구가 새로운 세상을 보고 흥분한 마음에 몰랐던 거야. 그 무렵 카일이 쓰러지기 직전이기도 했고. 그걸…… 뭐라고 표현하면 좋을까? 직업병이라고 하면 될까? 우리가 하는 일이 정신적인 스트레스가 엄청나거든. 왜 그런지 아나?"

나는 고개를 저었다.

"생각해 보게. 요리사였던 자네 친구가 댈러스로 건너가서 오스왈드를 막아야겠다고 결심을 하기 전까지 몇 번이나 이곳을 둘러보며 장을 봤을까? 50번? 100번? 200번?"

앨스 다이너가 언제부터 공장 마당을 지키고 있었는지 기억이 나지 않았다.

"그보다 더 많았을 것 같은데요?"

"그런데 그 친구가 뭐라고 하던가? 여행을 떠나면 매번 처음으로 돌아간다고 하지 않던가?"

"네. 완벽하게 리셋된다고요."

그는 신물이 난다는 듯이 웃음을 터뜨렸다.

"그랬겠지. 사람들은 보이는 대로 믿으니까. 그래도 그 친구가 그 정도로 어리석은 사람일 줄은 몰랐네. *자네도 마찬가지고.* 여행을 할 때마다 끈이 생기는데, 끈의 숫자가 많아지면 항상 엉키게 되어 있어. 자네 친구는 똑같은 고기를 무슨 수로 몇 번이고 살 수 있는지 생각해 본 적 있을까? 아니면 1958년에서 들고 온 물건이 다음번 여행 때 사라지지 않는 이유에 대해서는?"

"나도 그 부분에 대해서 물어봤어요. 그런데 모르겠다면서 그냥 지나가던데요."

그는 미소를 지으려다 움찔했다. 모자에 꽂힌 초록색 카드의 색깔이 또다시 희미해지기 시작했다. 그가 달콤한 냄새가 나는 담배를 한 모금 깊게 빨아들였다. 카드 색깔이 다시 돌아왔고 꾸준히 유지됐다.

"그래, 뻔한 사실을 무시한 거지. 우리가 다들 그러잖아. 심지어 카일의 경우에도 정신이 오락가락하기 시작했을 때 저기 보이는 술 파는 가게를 들락거리면 상태가 악화된다는 걸 뻔히 알면서 발길을 끊지 못했으니까. 그 심정은 나도 이해해. 포도주를 마시면 통증이 좀 줄었을 거야. 막판에는 더욱 그랬을 테고. 술 파는 가게가 영역 밖에 있어서 들락거리지 못했더라면 좋았겠지만 어쩔 수 있나. 그리고 솔직히 누가 장담할 수 있겠나? 나는 지금 잘잘못을 따지자는 게 아니야, 제이크. 혼내려는 게 아니라고."

그렇다니 다행이었지만, 그래 봐야 우리 둘이서 그 정신병자를 놓고 불완전하나마 이성적으로 대화를 나눌 수 있다는 뜻에 불과했다. 그의 심정이 어떻든 나로서는 별로 상관없었다.

"당신 이름이 뭔가요?"

"잭 랭. 원래는 시애틀에 살았다네."

"언젯적 시애틀요?"

"그건 지금 우리가 하는 대화와 별 상관없는 질문인 것 같은데?"

"여기 있으면 아프죠?"

"맞아. 돌아가지 않으면 나도 머지않아 미쳐 버릴 거야. 후유증은 죽을 때까지 없어지지 않을 테고. 우리 직종은 자살률이 높다네. 아주 높지. 인간은 (자네는 어떻게 생각하고 있을지 모르겠지만, 우리도 외계인이나 초자연적인 존재가 아니라 인간이라네.) 머릿속에 현실의 끈을 여러 개 담아 둘 수 있게 만들어지지 않았거든. 상상력을 발휘하는 것과는 차원이 다른 문제야. 전혀 차원이 다른 문제지. 물론 훈련은 받지만 그래도 그 끈들이 나를 갉아먹는 게 느껴져. 염산처럼 갉아먹는 게."

"그러니까 여행을 떠날 때마다 매번 완벽하게 리셋이 되는 건 아니로군요."

"그렇다고 볼 수도 있고 아니라고 볼 수도 있지. 잔재가 남는 거니까. 요리사였던 자네 친구가……"

"이름이 앨이었습니다."

"그래, 예전에는 알고 있었던 것 같은데, 기억력이 나빠지고 있거든. 치매 비슷한데, 치매는 아니야. 겹겹이 쌓인 현실의 얇은 막을 뇌에서는 어떻게든 이해를 하려고 하기 때문에 생기는 현상이라네. 끈이 새로 생기면 미래의 이미지가 만들어지지. 또렷한 이미지도 있지만, 흐릿한 게 대부분이야. 그래서 카일이 자네 이름이 짐라인 줄 알았을 거야. 어느 끈이 만들어졌을 때 들은 거지."

'들은 게 아닐걸요?' 나는 생각했다. '환영으로 이루어진 끈에서 봤을걸요? 텍사스의 어느 광고판에 적힌 걸. 어쩌면 내 눈을 통해서.'

"자네는 얼마나 다행인가, 제이크. 자네 입장에서는 시간여행이 단순하잖아."

'그렇게 단순하지는 않던데요.' 나는 생각했다.

"패러독스가 난무하던데요. 온갖 패러독스가. 그렇죠?"

"아니, 그건 잘못된 표현일세. 잔재가 남는 거거든. 내가 방금 전에 이야기했잖아." 하지만 솔직히 말해서 그도 확실하게 장담 못하는 눈치였다. "잔재들이 기계에 끈적하게 들러붙어서 어느 시점에 이르면…… 기계가 멈추어 버리는 거지."

새디와 내가 훔친 스튜드베이커 엔진이 어떤 식으로 터져 버렸는지 생각났다.

"1958년에서 샀던 고기를 또 사고 또 사는 정도는 괜찮았어." 잭 랭이 말했다. "그 때문에 문제가 생기기는 했지만, 감당이 될 만한 수준이었다고 할까. 그러다 엄청난 변화들이 생겨나기 시작했지. 케네디를 살린 게 그중에서도 최고였고."

나는 뭐라고 대꾸를 하고 싶었지만 할 수가 없었다.

"이제 이해가 되나?"

전부 다는 아니었지만 기본 골자는 이해할 수 있었고, 순간 머리카락이 쭈뼛하도록 섬뜩했다. 미래가 인형처럼 끈에 매달려 있다니.

이럴 수가.

"지진을…… 내가 일으킨 거였군요. 케네디를 살리면서 내가…… 그 뭐지? 시공 연속체를 부숴 버린 건가요?"

이런 말을 내뱉으면 헛소리처럼 느껴져야 하는데 그렇지가 않았다. 아주 심각하게 느껴졌다. 머리가 지끈거리기 시작했다.

"이제 돌아가게, 제이크." 그가 완곡하게 말했다. "돌아가서 자네가 무슨 짓을 저질렀는지 확인해 봐. 자네가 좋은 뜻에서 열심히 벌인 일이 어떤 결과를 낳았는지."

나는 아무 말도 하지 않았다. 그 전까지는 걱정스러운 마음뿐이었는데, 이제는 겁까지 났다. 자네가 무슨 짓을 저질렀는지 확인하라는 것보다 더 불길한 말이 있을까? 당장 떠오르는 게 없었다.

"가. 가서 확인해 봐. 잠깐 둘러보면서. 하지만 아주 잠깐이라야 하네. 당장 바로잡지 않으면 엄청난 사태가 벌어질 테니까."

"얼마나 엄청난 사태가요?"

그는 침착하게 대답했다.

"모든 게 사라져 버릴 수도 있어."

"온 세상이요? 태양계가요?" 나는 다리가 풀려서 한 손으로 건조실 벽면을 짚었다. "은하계가요? 우주가요?"

"그보다 더 엄청난 사태가 벌어질 수 있다네." 그는 잠깐 말을 멈추고 내가 제대로 이해했는지 확인했다. 그의 모자에 꼽힌 카드가 빙그르르 노란색으로 변했다 다시 초록색으로 돌아왔다. "현실 그 자체가 사라져 버릴 수 있거든."

6

나는 쇠사슬이 달린 쪽으로 걸어갔다. 하수관 수리가 끝날 때까지 이 너머로 출입금지라고 적힌 팻말이 바람에 흔들리며 끽끽 소리를 냈다. 나는 잭 랭을 돌아보았다. 어느 시대에서 건너왔는지 모를 나그네. 그는 정강이까지 내려오는 까만 외투 자락을 펄럭이며 아무 표정 없이 나를 바라보고 있었다.

"랭! 그 화음들도…… 전부 다 내가 만들어 낸 거죠? 그렇죠?"

그가 고개를 끄덕였던 것 같다. 잘은 모르겠지만.

과거가 변화에 저항했던 이유는 미래를 파괴할 수 있기 때문이었다. 변화가 생기면……

옛날에 보았던 메모렉스 녹음 테이프 광고가 생각났다. 소리의 진동으로 크리스털 유리잔이 깨지는 광고였다. 순전히 배음(진동체가 내는 여러 소리 가운데, 원래 소리보다 큰 진동수를 가진 소리 — 옮긴이)의 효과였다.

"그리고 내가 과거를 바꾸는 데 성공할 때마다 화음이 쌓이죠. 그게 정말로 위험한 거잖아요, 그렇죠? 그 빌어먹을 화음이."

대답이 없었다. 어쩌면 그는 정답을 알고 있었는데 잊어버렸을지 모른다. 어쩌면 처음부터 몰랐을 수도 있고.

'긴장하지 마.' 나는 속으로 중얼거렸다. 5년 전, 희끗희끗한 머리카락이 나지도 않았던 그때 그랬던 것처럼. '긴장할 것 없어.'

나는 낑낑대는 왼쪽 다리를 달래며 쇠사슬 밑을 지나, 우뚝한 건조실의 초록색 벽면을 좌측에 두고 벌떡 일어섰다. 이번에는 투명

계단이 시작되는 지점에 놓아둔 콘크리트 조각이 보이지 않았다. 쇠사슬에서 어느 정도 걸어가면 계단이 시작됐더라? 기억이 나지 않았다.

금이 간 콘크리트 바닥을 밟아가며 천천히, 천천히 걸어갔다. 쉬익휘익, 쉬익휘익 하고 돌아가는 직조기 소리를 들으며 여섯 번째 발걸음, 일곱 번째 발걸음을 옮기는데…… 직조기 돌아가는 소리가 '지나갔어, 지나갔어'로 바뀐 것처럼 들렸다. 다시 한 걸음을 내딛었다. 또 다시 한 걸음을 내딛었다. 조금 더 가면 건조실 끝나고 그 너머로 마당이 이어지게 생겼는데 없었다. 기포가 터져 버린 것이다.

한 걸음 더 내딛었을 때 계단이 아직 시작되지는 않았지만, 내 구두가 잠깐 이중으로 보였다. 콘크리트 바닥과 초록색의 지저분한 리놀륨을 동시에 딛고 있었다. 다시 한 걸음을 내딛었을 때 이번에는 *내가* 이중으로 변했다. 아직까지는 1963년 11월 말, 워럼보 직조 공장의 건조실 옆에 서 있다고 할 수 있지만, 내 몸의 일부분은 어딘가로 건너간 것이다. 그런데 앨스 다이너 창고는 아니었다.

건너편이 메인도 아니고 심지어 지구도 아니고 이상한 다른 공간이면 어쩐다? 하늘과 대기가 시뻘게서 폐가 오염되고 심장이 멈추어 버리는 그런 곳이면?

나는 다시 뒤를 돌아보았다. 랭이 외투 자락을 바람에 나부끼며 그 자리에 서 있었다. 아직도 아무 표정이 없었다. *자네 마음대로 해.* 그 무표정한 얼굴은 이렇게 이야기하는 듯했다. *나는 자네한테 아무것도 강요할 수 없어.*

맞는 말이었다. 내가 과거의 세상으로 되돌아오려면 일단 토끼 굴을 지나 미래의 세상으로 건너가야 했다. 그렇지 않으면 새디를 영영 되살릴 수 없었다.

나는 눈을 감고 용기를 내서 한 걸음 더 내딛었다. 문득 희미한 암모니아 냄새와 그보다 더 불쾌한 악취가 느껴졌다. 그레이하운드 고속버스 뒷좌석에 앉아서 대륙을 횡단해 본 사람이라면 두 번째 냄새가 뭔지 모를 수가 없었다. 글레이드 방향제로는 해결이 안 될 만큼 지독한 화장실 냄새였다.

눈을 감은 채 한 걸음 더 내딛었을 때 펑 하는 그 묘한 소리가 머릿속에서 들렸다. 눈을 떴다. 작고 더러운 화장실 안이었다. 변기는 없었다. 누가 떼어 가서 시커먼 받침대의 흔적만 남았다. 환한 파란색이었다가 칙칙한 회색으로 바랜 구닥다리 소변기가 한쪽 구석에 놓여 있었다. 개미 떼가 그 위를 왔다 갔다 지나갔다. 내가 등장한 모퉁이는 빈 병과 캔을 가득 담은 상자들로 막힌 곳이었다. 리가 만들었던 둥지가 생각났다.

나는 상자를 몇 개 옆으로 치우고 작은 공간으로 들어섰다. 문을 열러 가려다 말고 상자들을 다시 쌓았다. 아무라도 우연히 토끼 굴을 발견하면 안 될 테니까. 그런 다음 문을 열고 2011년으로 들어섰다.

7

내가 마지막으로 토끼 굴을 들어간 게 어두컴컴한 무렵이었으니 지금도 어두컴컴한 게 당연했다. 겨우 2분 뒤일 테니까. 그런데 그

2분 동안 달라진 게 엄청 많았다. 심지어 어둠마저 전과 달랐다. 48년이라는 세월이 흐르는 동안 공장에 불이 난 모양이었다. 남은 게 검댕이 묻은 담벼락 몇 개, 쓰러진 굴뚝 하나(두말하면 잔소리지만 데리의 키치너 제철소에서 보았던 그 굴뚝이 생각났다.), 돌무더기 몇 개뿐이었다. 유어 메인 스너거리도, L. L. 빈 익스프레스도, 다른 고급스러운 가게도 없었다. 앤드로스코긴 강둑에 남은 옛 공장의 잔재뿐 아무것도 없었다.

내가 케네디 구출 작전을 펼치러 떠났던 5년 전 6월 밤은 날씨가 딱 기분 좋을 만큼 포근했다. 그런데 지금은 잔인한 찜통과도 같았다. 나는 오번에서 산 양가죽 외투를 벗어서 냄새나는 화장실 안으로 던졌다. 문을 다시 닫는데 이런 경고문이 달린 게 보였다.

화장실 고장! 사용 금지!!! 하수관이 터졌음!!!

젊고 잘생긴 대통령들이 죽고 젊고 잘생긴 대통령들이 살고, 젊고 아리따운 여인들이 살다 죽어도 워럼보 공장 안마당에 묻힌 고장 난 하수관은 영원했다.

쇠사슬도 마찬가지였다. 나는 건조실을 대신해 등장한 낡고 지저분한 콘크리트 건물 옆면을 따라 쇠사슬 쪽으로 다가갔다. 그 밑으로 빠져나와 앞쪽으로 걸어갔더니 퀵 플래시라는 편의점으로 쓰이다 방치된 건물이라는 사실을 알 수 있었다. 유리창은 산산이 깨졌고, 선반은 모조리 사라졌다. 수명을 거의 다한 비상용 전등만이 불을 밝히고 있는데, 그 전등도 겨울 유리창에 몸을 부딪치며 죽어가는 파리처럼 웅웅 소리를 내는 껍데기에 불과했다. 그래도 불빛이, 남은 바닥에 스프레이로 적은 낙서를 읽을 만한 수준은 됐다.

이 도시를 떠나라 빌어먹을 파키스탄 새끼들아.

콘크리트가 다 부서진 마당을 건넜다. 공장 직원들이 차를 세웠던 주차장은 사라지고 보이지 않았다. 그곳에는 아무것도 없었다. 깨진 병과 빼죽빼죽한 아스팔트 덩어리, 축 늘어진 잡초 들로 뒤덮인 직사각형 공터에 불과했다. 쓰고 버린 콘돔들이 잡초에 대롱대롱 매달려 있는데, 꼭 오래 된 파티 장식용 색 테이프처럼 보였다. 고개를 들었지만, 별은 하나도 보이지 않았다. 하늘이 낮게 드리워진 구름으로 뒤덮여 있는데, 구름이 워낙 얇아서 어슴푸레한 달빛이 스며 나왔다. 메인 가와 196번 대로(올드 루이스턴 대로였던 그곳)가 만나는 교차로에 점멸등 대신 신호등이 설치되어 있었지만 컴컴했다. 그래도 상관없었다. 양쪽 방향 모두 지나가는 차량이 한 대도 없었다.

프루트는 없어졌다. 그 자리에 대피호가 있었다. 그 맞은편에 1958년에는 초록집이, 내가 살았던 2011년에는 은행이 있었건만, 지금은 메인 식료품 협동조합인가 뭔가로 쓰이는 건물이 서 있었다. 그런데 유리창이 깨졌고, 안에 어떤 상품들이 있었을지 몰라도 이미 사라진 지 오래였다. 퀵 플래시 편의점만큼이나 상태가 처참했다.

나는 아무도 없는 네거리를 반쯤 건넜을 때 무언가가 쩍 하고 갈라지는 굉음을 듣고 그 자리에서 얼어붙었다. 아무리 상상력을 동원해도 그런 소리를 낼 만한 주인공은, 얼음으로 만들어져서 음속 장벽을 넘는 순간에도 계속 녹아내리는 신기한 비행기밖에 없었다. 내가 딛고 서 있었던 땅이 잠깐 흔들렸다. 빵빵거리던 자동차 경적 소리가 그쳤다. 짖어 대던 개들이 한 마리씩 멈추었다.

'라스앤글리스 지진.' 나는 생각했다. '사망자가 7000명.'

어디선가 등장한 전조등 불빛이 196번 대로를 환히 비추었고, 나는 허둥지둥 저쪽으로 건너갔다. 불빛의 주인공은 조그만 정사각형 모양의 버스였고, 목적지를 알리는 유리창에 '순환' 팻말을 달고 있었다. 어렴풋이 낯이 익은데, 무엇 때문에 낯이 익은지 알 수가 없었다. 화음이 느껴져서 그런 걸까? 버스 지붕에 온풍기처럼 생긴 회전 장치가 몇 개 달려 있었다. 풍력 터빈인가? 설마. 내연기관 소리는 들리지 않고, 전기가 흐르면서 희미하게 웅웅거리는 소리만 들렸다. 나는 널찍한 초승달처럼 생긴 외눈박이 미등이 사라질 때까지 버스를 지켜보았다.

그래, 이 버전의 미래에서는 석유 기관의 시대가 끝났군. 아니, 잭랭의 표현을 빌자면 이 버전이 아니라 이 끈이라고 해야 하나? 아무튼 그럼 좋은 거 아닌가?

그럴지 몰라도 공기가 답답하고 케케묵은 것처럼 느껴졌고, 어렸을 때 라이오넬 기차를 너무 신나게 가지고 놀면 작동장치에서 풍겼던 냄새가 잔향으로 후각을 자극했다. 그럴 때마다 아버지는 이렇게 말씀하시곤 했다. "이제 그만 끄고 좀 있다 가지고 놀아야겠다."

메인 가에 영업 비슷하게 하는 상점이 몇 개 있기는 했지만 대부분 어수선했다. 인도는 금이 갔고 쓰레기투성이었다. 주차된 차가 예닐곱 대 정도 보이는데, 모두 휘발유와 전기를 모두 사용하는 하이브리드 아니면 지붕에 빙글빙글 돌아가는 장치가 달려 있었다. 혼다 제퍼도 있고, 다쿠로 스피릿도 있고, 포드 브리즈도 있었다. 하나같이 낡아 보였고, 몇 대는 완전히 망가졌다. 앞 유리창마다 분홍색 스티커가 붙어 있는데, 적힌 글씨가 하도 커서 이 어두운 와중에도 보일 정도였다.

캐나다 정부에서 발급한 메인 주 A 스티커가 있으면 배급 통장은 걱정 없습니다.

길 저쪽 편에서 아이들이 웃고 떠들며 노닥거리고 있었다.

"얘들아!" 내가 아이들을 불렀다. "지금 도서관 문 닫았을까?"

아이들이 나를 위아래로 훑어보았다. 담뱃불이 반딧불이처럼 반짝이는데…… 바람결에 실려 오는 냄새로 보건대 마리화나였다.

"뭐야, 꺼져!" 한 아이가 외쳤다.

또 다른 아이는 등을 돌리고 바지를 내리더니 내 쪽으로 엉덩이를 내밀었다.

"도서관에 책이 있으면 아저씨가 다 가지든지!"

아이들은 와르르 폭소를 터뜨리고, 나지막이 중얼거리다 흘끗흘끗 돌아보며 제 갈 길을 재촉했다.

한 아이가 바지를 내리고 내 쪽으로 엉덩이를 내민 건 상관없었다. 그런 봉변을 당한 게 이번이 처음도 아니었으니까. 그런데 책 이야기는 불길했고, 아이들의 나지막한 중얼거림은 더욱 불길했다. 여기 어딘가에 음모가 도사리고 있을지 모른다. 제이크 에핑은 그 말을 안 믿었지만, 조지 앰버슨은 믿었다. 산전수전을 겪은 조지는 허리를 숙이고 주먹만 한 콘크리트 조각을 주워서 부적 삼아 앞주머니에 넣었다. 제이크는 실없는 짓한다고 생각했지만, 왈가왈부하지는 않았다.

한 블록 더 걸어갔을 때 상가가(그걸 상가라고 할 수 있을지 모르겠지만) 갑자기 끝났다. 나이 지긋한 아주머니가 좀 전의 아이들이 지나

가는 쪽을 흘끗거리며 발걸음을 재촉하는 게 보였다. 아이들이 이제
는 메인 가 저쪽을 앞장서서 걸어가고 있었다. 그녀는 스카프를 둘
렀고, 만성 폐쇄성 폐질환 환자나 폐기종이 심각한 환자들이 쓰는
인공호흡기처럼 생긴 물건을 달고 있었다.

"아주머니, 실례지만 도서관이……"

"나 건드리지 마요!" 그녀는 겁에 질려서 두 눈을 휘둥그레 떴다.
달님이 구름 사이로 잠깐 고개를 내밀었을 때 보았더니 얼굴이 염증
투성이었다. 왼쪽 바로 밑에 생긴 허물은 뼈까지 벗겨진 것 같았다.
"의회 도장 찍힌 외출 허가증 있으니까 나 건드리지 마요! 동생 만
나러 가는 길이라고요! 저 아이들 아주 악질이라 조만간 행패를 부
리기 시작할 텐데. 나 건드리면 호출기 누를 거예요. 그럼 경찰 출동
할 거예요!"

과연 그럴까?

"아주머니, 저는 그냥 도서관이 아직……"

"도서관 문 닫은 지 몇 년이고 책들도 다 도둑맞았어요! 지금은
규탄 대회 장소로 쓰여요. 나 건드리지 마요. 경찰 부른다니까!"

그녀는 내가 쫓아오지 않는지 확인하느라 몇 초마다 한 번씩 뒤를
돌아보며 허둥지둥 달아났다. 나는 그녀가 안심할 수 있을 만큼 충
분히 거리가 벌어졌을 때 다시 메인 가를 걷기 시작했다. 무릎이 교
과서 창고 계단을 달려 올라간 충격에서 회복되고 있었지만 그래도
절뚝거렸고, 앞으로 당분간은 그래야 할 것 같았다. 달아 놓은 커튼
사이로 불빛이 새어나오는 집도 몇 군데 있었지만, 센트럴 메인 전
력 회사에서 공급되는 불빛이 아니었다. 콜맨 랜턴 불빛이었고, 어

떤 경우는 석유 램프 불빛이었다. 집들이 대부분 어두컴컴했다. 새까맣게 타서 폐허가 된 집들도 있었다. 그런 집 위에 나치를 상징하는 하켄크로이츠가 그려져 있었고, 또 다른 집 위에는 스프레이로 '쥐새끼 같은 유대인들'이라고 적혀 있었다.

"저 아이들 아주 악질이라 조만간 행패를 부리기 시작할 텐데."

그리고…… 내가 잘못 들은 게 아니라 정말 규탄 대회라고 했나?

멀쩡해 보이는 어느 집 앞에 (다른 데 비하면 맨션이었다.) 서부영화에서 보았던 말뚝 울타리가 기다랗게 설치되어 있었다. 그리고 말들이 정말로 거기 묶여 있었다. 문득 등장한 달빛이 다시 사방을 두루 밝히자 말똥까지 보였다. 몇 덩이는 싼 지 얼마 되지도 않은 것이었다. 집 앞길에는 문이 달려 있었다. 달님이 다시 숨어 버리는 바람에 쇠창살에 달린 팻말에 뭐라고 적혔는지 안 보였지만, '출입 금지'라고 되어 있을 게 분명하니 읽을 필요도 없었다.

이때 저 앞 어딘가에서 누군가가 내지르는 소리가 들렸다.

"이런 망할!"

좀 전에 만났던 질 나쁜 아이들이라고 하기엔 그 정도 연령대의 목소리가 아니었고, 아이들이 있는 대로 저쪽이 아니라 이쪽에서 들렸다. 목소리의 주인공은 화가 머리끝까지 난 듯했다. 그런가 하면 혼잣말을 하는 것처럼 들리기도 했다. 나는 소리가 들린 쪽으로 걸어갔다.

"우라질!" 목소리의 주인공이 씩씩대며 고함을 질러 댔다. "염병할!"

나와의 거리가 한 블록쯤 되는 듯했다. 그런데 내가 현장에 미처 도착하기도 전에 피육 하고 뭔가가 쇠에 부딪치는 소리가 들리더니 남자가 고함을 질렀다.

"당장 꺼져! 이 쥐방울만 한 개자식들아! 내가 권총 꺼내기 전에 당장 꺼져!"

이 말에 키득키득 비웃는 소리가 들렸다. 이번에는 마리화나를 피우던 그 패거리였고, 나한테 엉덩이를 내밀었던 아이의 목소리가 들렸다.

"권총이라고 해 봐야 영감님 팬티 안에 들어 있는 그거 말하는 거 아닌가? 그나마도 축 늘어져서 쓰지도 못하면서."

더 큰 폭소가 터졌다. 그 뒤를 이어 깡 하는 카랑카랑한 쇳소리가 들렸다.

"이런 우라질 놈들, 바퀴살을 부러뜨려?" 남자가 아이들을 향해 다시 고함을 지르는데, 목소리에서 어쩔 수 없는 공포가 느껴졌다. "아니, 아니, 이쪽으로 건너올 건 없지!"

구름이 걷혔다. 달님이 고개를 내밀었다. 언제 다시 사라질지 모르는 달빛이 휠체어에 앉아 있는 노인을 비추었다. 그는 메인과 고다르(이름이 바뀌었을지 모르겠지만)가 만나는 네거리를 반쯤 지나던 중이었다. 그런데 바퀴 한쪽이 움푹 패인 곳에 걸리는 바람에 휠체어가 술 취한 사람처럼 왼쪽으로 기울었다. 아이들이 그를 향해 길을 건너고 있었다. 나한테 꺼지라고 했던 아이가 크기가 제법 되는 돌멩이를 장전한 새총을 들고 있었다. 피육 하고 깡 하는 소리가 왜 들렸는지 알 것 같았다.

"헌 돈 좀 있으신가, 영감님? 새 돈이나 통조림도 좋고."

"없다! 날 여기서 얌전하게 꺼내 줄 거 아니면 건드리지 말고 가던 길이나 가!"

하지만 깡패 같은 아이들이 순순히 그럴 리가 없었다. 그의 주머니를 탈탈 털어갈 테고, 넘어뜨리는 건 물론이고 어쩌면 두들겨 팰 수도 있었다.

내 안의 제이크와 조지가 하나로 합쳐지면서 뚜껑이 열렸다.

깡패 같은 아이들은 휠체어에 앉아 있는 영감님에게 온 관심이 집중되어 있었기 때문에 교과서 창고 6층을 가로질렀던 것처럼 대각선으로 다가가는 나를 보지 못했다. 왼쪽 팔은 아직 성치 않았지만, 멀쩡한 오른팔은 파크랜드와 에덴 팰로스에서 3개월 동안 받은 물리 치료로 다져져 있었다. 게다가 대표팀 3루수를 지냈던 고등학교 시절의 정확한 송구 능력이 아직 조금은 남아 있었다. 나는 30미터 거리에서 첫 번째 콘크리트 조각을 던져 엉덩이를 내밀었던 아이의 가슴을 정통으로 맞혔다. 녀석이 비명을 질렀다. 아프기도 하고 놀라기도 했을 것이다. 아이들이 일제히 (모두 다섯 명이었다.) 내 쪽으로 고개를 돌렸다. 이제 보니 녀석들의 얼굴이 좀 전에 공포에 질렸던 여자처럼 흉측했다. 나한테 꺼지라고 했던 새총잡이가 제일 심했다. 코가 있어야 할 자리에 구멍밖에 없었다.

나는 두 번째 콘크리트 조각을 왼손에서 오른손으로 옮겨 쥐고, 어마어마하게 헐렁한 바지의 허리 고무줄을 거의 가슴까지 올려 입은, 제일 키가 큰 아이를 향해 던졌다. 녀석이 막으려고 한쪽 팔을 들었다. 콘크리트 조각이 팔을 맞히자 그쪽 손에 들려 있던 마리화나가 땅바닥으로 떨어졌다. 녀석은 내 얼굴을 한 번 쳐다보더니 등을 돌리고 달아났다. 엉덩이를 내밀었던 녀석이 그 뒤를 쫓아갔다. 이제 세 명이 남았다.

"가까이 다가가서 한 방 먹여!" 휠체어에 앉아 있는 노인네가 카랑카랑한 목소리로 고함을 질렀다. "당해도 싼 놈들이니까!"

나도 아는 바였지만, 녀석들 숫자가 더 많았고 나는 총알이 다 떨어졌다. 사춘기 아이들을 다룰 때 이런 상황에서 녀석들을 제압하려면 겁먹지 말고 어른이 화가 나면 어떻게 되는지 보여 주어야 한다. 그 앞으로 뚜벅뚜벅 걸어가야 한다. 그래서 나도 뚜벅뚜벅 걸어가 꺼지라고 했던 녀석의 너덜너덜한 티셔츠를 오른손으로 움켜쥐고 왼손으로 새총을 빼앗았다. 녀석은 눈을 휘둥그레 뜬 채 나를 멀뚱멀뚱 처다보기만 할 뿐 아무 반항도 하지 못했다.

"야, 이 쪼잔한 놈아." 나는 녀석의 얼굴에 내 얼굴을 바짝 대고 이렇게 말했다. 어디론가 사라져 버린 코는 신경 쓰지 않기로 했다. 녀석에게서 땀 냄새, 마리화나 냄새, 저 깊은 데서 올라온 썩은 냄새가 났다. "얼마나 쪼잔하면 휠체어 타고 다니는 노인네를 덮치냐?"

"아저씨가 뭔데……"

"찰리 채플린이다. 아가씨들 댄스 구경하러 프랑스에 간 찰리 채플린. 이제 꺼져."

"내 새총……"

나는 새총으로 녀석의 이마를 때렸다. 그 때문에 허물에서 고름이 나왔고, 미치도록 아픈지 녀석의 눈에 눈물이 그렁그렁 맺혔다. 구역질이 나기도 했고 불쌍하기도 했지만, 나는 아무 내색도 하지 않았다.

"이 쪼잔한 놈아, 뭘 달라는 거냐. 병균이 득시글거리는 고추에 달린 천하에 쓸모없는 불알을 떼다가 코가 있어야 할 구멍에 쑤셔 넣기 전에 당장 꺼려라. 기회는 한 번뿐이다. 이번에 내 말 듣는 게 좋을 거다." 나는 숨을 들이마신 다음 녀석의 얼굴에 대고 침을 튀겨가며 외쳤다. "**뛰어!**"

도망치는 녀석들을 쳐다보는데, 창피한 마음과 우쭐한 마음이 대충 반반이었다. 왕년의 제이크는 연휴를 앞둔 금요일 오후마다 자습 시간에 벌어지는 북새통을 진압하는 솜씨가 뛰어났지만, 그의 능력은 거기까지였다. 그런데 새로운 제이크는 부분적으로나마 조지이기도 했다. 그리고 조지는 산전수전을 다 겪었다.

뒤에서 심한 기침 세례가 한바탕 이어졌다. 앨 템플턴을 연상시키는 기침이었다. 기침이 멎었을 때 노인이 말했다.

"저 못된 놈들이 부리나케 달아나는 꼴을 보니 콩팥에 5년 동안 걸려 있던 돌을 오줌으로 씻어 내린 기분일세. 댁이 누군지 모르겠지만, 우리 집 창고에 글렌피딕(진짜 글렌피딕 말이오.) 위스키가 조금 남아 있소이다. 이 구멍에서 날 꺼내서 집까지 휠체어 밀어 주면 그걸 대접하리다."

사라졌던 달님이 들쭉날쭉한 구름 사이로 다시 고개를 내밀었을 때 나는 그의 얼굴을 보았다. 하얀 수염을 길게 길렀고 코에 관을 꽂고 있었지만, 나를 이 난장으로 끌어들인 남자는 5년이 지난 뒤에도 한눈에 알아볼 수 있었다.

"반가워요, 해리." 내가 말했다.

31장

1

그는 변함없이 고다르 대로에서 살고 있었다. 내가 경사로를 거쳐 현관 앞까지 데려다주자 그가 어마어마한 열쇠 꾸러미를 꺼냈다. 그만 한 열쇠 꾸러미를 들고 다녀야 했다. 잠금 장치가 현관에만 최소 네 개였던 것이다.

"셋집이에요 아니면 자가예요?"

"아, 내 집이라오." 그가 말했다. "누추하기는 하지만."

"다행이네요." 전에는 그가 셋집에 살았다.

"내 이름을 어떻게 알았는지 끝까지 얘기 안 할 거요?"

"우선 들어가서 그 술부터 한 잔 마시고요. 목말라요."

문을 열자 집 앞쪽 절반에 해당되는 응접실이 등장했다. 그는 내가 말이라도 되는 것처럼 윙윙 하더니 콜맨 랜턴을 켰다. '낡았지만 쓸 만하다'는 표현이 딱 어울릴 만한 가구들이 그 불빛에 비쳐 보였다. 바닥에는 실을 꼬아서 만든 예쁜 러그가 깔려 있었다. 벽에 고졸 학력 인증서가 걸려 있지 않았고, '내 인생이 바뀐 날'이라는 제목의 리포트가 담긴 액자도 당연히 없었지만, 가톨릭 성상과 사진 들이 아주 많았다. 내가 아는 얼굴도 몇 명 보였다. 직접 만난 적이 있으니 아는 얼굴일 수밖에.

"그 문 좀 닫아 주겠소?"

나는 문을 닫아서 어두컴컴하고 심란한 리스본 폴스를 차단하고 빗장을 두 개 질렀다.

"자물쇠도."

자물쇠를 돌리자 철컥 하는 묵직한 소리가 났다. 그 사이 해리는 응접실을 건너가, 내가 새리 할머니 집에서 희미하게 본 기억이 나는 기다란 굴뚝이 달린 석유 램프를 켰다. 콜맨 랜턴보다 훨씬 밝았다. 내가 뜨끈뜨끈한 백열 랜턴을 끄자 그는 잘했다는 듯이 고개를 끄덕였다.

"댁은 이름이 어떻게 되시나? 내 이름은 이미 아는 것 같고."

"제이크 에핑이라고 합니다. 어디선가 들어 본 기억이 있으신가요?"

그는 생각을 해 보더니 고개를 저었다.

"내가 아는 이름인가?"

"아닐 겁니다."

그가 손을 내밀었다. 이제 막 시작된 중풍으로 손을 살짝 떨었다.

"그래도 악수나 한번 하세. 큰일 날 뻔했지 뭔가."

나도 반갑게 악수를 했다. 만나서 반가워요, 새 친구. 만나서 반가워요, 옛 친구.

"좋아. 그 녀석들도 처리했겠다, 이제 마음 편하게 마실 수 있겠군. 싱글 몰트로 하지." 그는 조금 떨리기는 하지만 아직 건재한 두 팔로 바퀴를 밀며 부엌으로 향했다. 휠체어에 작은 모터가 달려 있지만, 고장이 났든지 전지를 아끼려고 꺼 놓은 듯했다. 그가 어깨 너머로 나를 돌아보며 물었다. "자네, 위험한 인물 아니지? 나 해칠 사람 아니지?"

"그럼요, 해리." 나는 미소를 지었다. "당신의 수호천사인걸요."

"별 희한한 소릴 다 듣겠네. 하기야 요즘 세상 자체가 워낙 희한하긴 하지만."

그가 부엌으로 건너갔다. 잠시 후 집 안이 좀 더 밝아졌다. 푸근한 주황색 불빛이 부엌에서 새어나왔다. 이 안으로 들어왔더니 모든 게 푸근하게 느껴졌다. 하지만 저 바깥세상은······.

내가 도대체 무슨 짓을 저지른 걸까?

2

"뭘 위해서 건배를 할까요?"

둘이서 각자 잔을 챙겨 들었을 때 내가 물었다.

"지금보다 나은 세상을 위해서. 마음에 드시오, 에핑 씨?"

"좋습니다. 그리고 제이크라고 불러 주세요."

우리는 잔을 부딪쳤다. 그리고 마셨다. 론스타 맥주보다 독한 술을 마신 게 얼마 만인가. 위스키가 뜨끈한 꿀처럼 느껴졌다.

"전기는 아예 안 들어옵니까?"

내가 여러 개의 램프를 둘러보며 물었다. 기름을 아끼려고 그런 건지 모두 은은하게 켜 놓았다.

그는 뚱한 표정을 지었다.

"이 동네 사람이 아닌 모양이로군?"

전에도 프루트에서 프랭크 애니세티에게 들었던 소리였다. 과거로 맨 처음 여행을 떠났을 때. 그때는 거짓말로 둘러댔다. 그런데 지금은 그러고 싶지 않았다.

"대답하기 난감한 부분인데요, 해리."

그는 어깨를 으쓱했다.

"1주일에 3일씩 전기가 들어오고 오늘이 그날인데, 오후 6시쯤에 끊겨 버렸어. 메인 전력을 산타클로스처럼 믿었건만."

그의 말을 곱씹어 보는데, 자동차에 붙어 있던 스티커들이 생각났다.

"메인이 언제 캐나다 밑으로 들어갔죠?"

그는 별 미친 놈 다 보겠다는 듯이 나를 쳐다보았지만, 딴 세상에서 온 듯한 신기한 분위기를 재미있어 하는 눈치였다. 그가 마지막으로 누군가와 대화다운 대화를 나누어 본 게 언제였을까?

"2005년에 그렇게 됐지. 자네 머리 얻어맞았나?"

"네, 사실은 그랬어요." 나는 휠체어 쪽으로 다가가 마음대로 움직여도 아프지 않은 오른쪽 무릎을 구부리고, 머리카락이 다시 자라지 않는 뒤통수의 어느 한 부분을 보여 주었다. "몇 달 전에 심하게 폭행을 당해서……"

"그러게. 아까 그 녀석들한테 달려들 때 보았더니 다리를 절더군."

"……그래서 기억을 못하는 게 많아요."

바닥이 갑자기 흔들렸다. 석유 램프 불꽃이 떨렸다. 벽에 걸린 사진들이 덜컹거렸고, 두 팔을 벌린 60센티미터짜리 예수 석고상이 벽난로 선반을 따라 아슬아슬하게 움직였다. 그래서 마치 자살을 고민 중인 사람처럼 보였는데, 현재 상황을 감안했을 때 그럴 법도 한 대목이었다.

"포퍼야." 흔들거림이 멈추었을 때 해리가 담담한 목소리로 말했다. "이건 생각나지?"

"아뇨."

나는 일어나 벽난로 선반으로 다가가서 예수상을 다시 성모상 옆으로 옮겼다.

"고맙네. 침실 선반에 놓아둔 12사도상은 이미 절반이 날아갔어. 하나 없어질 때마다 얼마나 가슴이 아픈지 몰라. 우리 어머니 유품이거든. 땅이 울리는 걸 포퍼라고 한다네. 이 일대는 포퍼가 빈번하지만, 규모가 큰 지진은 대부분 중서부나 캘리포니아 몫이야. 유럽이나 중국도 마찬가지고."

"아이다호에서는 보트를 묶어 두고 그러나요?"

나는 계속 벽난로 선반 앞에 서서 이번에는 액자에 담긴 사진들을 구경했다.

"아직은 그 정도로 심각하지는 않지만…… 일본에서 섬 네 개가 사라진 건 알지?"

나는 경악을 금치 못하며 그를 쳐다보았다.

"아뇨."

"세 개는 작은 섬이었다지만 홋카이도마저 사라졌다네. 엘리베이터라도 탄 것처럼 4년 전에 바다 속으로 쑥 가라앉았어. 과학자들 말로는 지각 어쩌고 하던데." 그는 담담한 목소리로 이렇게 덧붙였다. "이런 상황이 계속될 경우 2080년 무렵이면 지구가 산산조각이 날 거라고 하더군. 그리고 태양계의 소행성대가 두 개가 될 거라고."

단숨에 위스키 잔을 비우자 술기운에 눈물이 핑 돌아서 앞이 잠깐 두 개로 보였다. 응접실 안의 풍경이 다시 하나로 합쳐졌을 때 나는 50살 무렵 해리의 사진을 가리켰다. 해리는 그 사진 속에서도 휠체어 신세였지만, 적어도 상반신은 건장하고 건강해 보였다. 다리가 쪼그라드는 바람에 양복바지는 펄럭였지만, 1963년 11월 22일에 재키 케네디가 입었던 투피스를 연상시키는 분홍색 원피스를 입은 여자가 그의 옆에 서 있었다. 예쁘지 않은 여자를 표현할 때 '평범하게 생겼다'고 하지 말고 '인상이 좋다'는 표현을 쓰라고 했던 우리 어머니의 충고를 감안했을 때 인상이 좋은 여자였다.

"부인이에요?"

"엉. 결혼 25주년 때 찍은 사진이야. 그리고 2년 뒤에 세상을 떠났지. 그렇게 죽는 경우가 얼마나 많은지 몰라. 정치인들은 원자폭탄 때문이라고 하겠지. 1969년 '하노이 헬' 이래 스물여덟 발인가 스물아홉 발인가를 주고받았으니. 핏대를 세우면서 그것 때문이라고 할 거야. 하지만 허물과 암이 이 정도로 심해지기 시작한 건 버몬트 양키(버몬트에 있는 원자력 발전소 이름 — 옮긴이)가 차이나 신드롬(녹은 원자로에서 흘러나온 마그마 덩어리가 땅속으로 스며들어 미국 반대편에 있는 중국까지 흘러간다는 가상의 원자력 발전소 사고 — 옮긴이)을 일으킨 뒤부터였어. 버몬트 양키를 둘러싼 시위가 벌어지고 몇 년 뒤에. 정치인들은 '아, 버몬트에서는 큰 지진 안 날 겁니다. 포퍼처럼 땅이 살짝 흔들리는 거라면 모를까 천국 같은 이곳에서 그런 사태가 벌어질 리 있나요.'라고 했지. 그래, 그러더니 어떻게 됐나?"

"버몬트에서 원자로가 터졌군요."

"뉴잉글랜드와 남퀘벡 전역으로 방사능을 뿜어냈지."

"언제요?"

"제이크, 자네 지금 나 놀리는 건가?"

"절대 아닙니다."

"1999년 6월 19일에."

"부인께서 그렇게 되셨다니 저도 가슴이 아프네요."

"고마워. 좋은 여자였는데. 사랑스러운 여자였는데. 억울하게 죽고 말았어." 그는 한쪽 팔로 천천히 눈을 훔쳤다. "그 사람 얘기 참 오랜만에 하는구먼. 하긴 내가 *대화*라는 걸 나눈 게 얼마만인가. 술 조금 더 따라 줄까?"

나는 손가락으로 아주 조금만 달라는 신호를 보냈다. 여기 오래 머물 생각은 없었다. 그러니까 이 가짜 역사를, 이 암흑 세상을 얼른 속속들이 파악해야 했다. 내 사랑스러운 여인을 다시 살리는 것을 비롯해서 앞으로 할 일이 아주 많았다. 그러자면 그린 카드맨과 다시 대화를 나누어야 할 것이다. 멀쩡한 정신으로 대화를 나누어야겠지만, 조금 더 마시는 정도는 괜찮을 것이다. 술이 필요했다. 감정의 마비 상태였다. 머릿속이 미친 듯이 어지러웠으니 어쩌면 다행스러운 일일 수도 있었지만.

"구정공세 때 하반신이 마비된 거예요?"

나는 이렇게 물으며 속으로는 '당연히 그랬겠죠. 하지만 최악의 사태는 모면한 거예요. 그 전에는 전사했으니까.'라고 생각했다.

그는 잠깐 멍한 표정을 지었다가 얼굴을 환히 밝혔다.

"그래, 생각해 보니까 그때가 구정이었어. 우리는 그냥 1967년 사이공 싹쓸이 대작전이라고 불렀지만. 타고 있던 헬리콥터가 추락했지. 나는 운이 좋았어. 거의 대부분 죽었거든. 외교관도 있었고, 아이들도 있었는데."

"1967년 구정공세라고요? 1968년이 아니라?"

"응. 자네는 그때 태어나지도 않았겠지만 역사책에서 읽었지?"

"아뇨." 나는 그가 따라 주는 스카치위스키를 받고 (바닥이 덮일 정도로만 받았다.) 말을 이었다. "1963년 11월에 케네디 대통령이 암살당할 뻔했다는 건 알아요. 그 뒤로는 아무것도 모르고요."

그는 고개를 저었다.

"그렇게 희한한 기억상실증은 내 평생 처음 듣는구먼."

"케네디가 재선에 성공했나요?"

"골드워터를 상대로? 두말하면 잔소리지."

"존슨이 부통령 후보였고요?"

"당연하지. 텍사스가 필요했거든. 결국 장악하는 데 성공했고. 코널리 주지사가 재선 때 노예처럼 열심히 뛰긴 했지만, 케네디의 뉴 프런티어 정신은 얼마나 경멸했다고. 다들 그날 댈러스에서 벌어질 뻔했던 그 사건을 생각하면 난감한 사태의 보증 수표나 다름없다고 했지. 정말 모른단 말인가? 학교에서 안 배웠어?"

"해리, 당신은 직접 경험한 사람이잖아요. 그 경험담을 들려주세요."

"나야 좋지. 의자 이쪽으로 끌고 와서 앉게나. 그 사진들은 그만 구경하고. 64년에 케네디가 재선에 성공했는지 어쨌는지 그것도 모르면서 우리 가족에 대해서 뭘 안다고 그러고 있나?"

'아, 해리.' 나는 생각했다.

3

내가 어렸을 때, 네 살인가 세 살이었을 때 거나하게 취한 삼촌이 「빨간 모자」 이야기를 들려준 적이 있었다. 동화책에 실리는 그런 내용이 아니라 비명과 유혈 사태와 나무꾼이 도끼 휘두르는 소리가 난무하는 19금 버전으로. 그 이야기를 들었던 기억은 지금까지 생생한데, 자세한 내용은 몇 군데밖에 생각이 안 난다. 예를 들면 늑대가 이를 드러내면서 씩 웃었다든지, 피를 뒤집어쓴 할머니가 갈라진 늑대 배 속에서 등장했다든지 그런 식이다. 내가 앞으로 하는 이야기도 그런 식일 테니 해리 더닝이 제이크 에핑에게 들려주는 간략하게 간추린 세계 대체 역사, 이런 걸 기대했다면 꿈 깨기 바란다. 사태가 얼마나 끔찍한 방향으로 치달았는지 깨닫고 경악했기 때문에 들은 이야기를 몇 군데밖에 기억 못하는 게 아니다. 얼른 돌아가서 바로잡고 싶은 조바심 때문에 정신이 없었다.

그래도 뇌리에 인상적으로 새겨진 대목이 몇 군데 있다. 예컨대 전 세계적으로 조지 앰버슨 찾기 열풍이 일었다는 거. 하지만 소득이 없었다. 크레이터 판사(1930년 어느 날 밤 갑자기 사라진 미국 판사—옮긴이)처럼 종적이 묘연했던 것이다. 댈러스에서 암살 기도 사건이 벌어진 이래 48년이 흐르는 동안 앰버슨은 신화에 가까운 존재가 되었다. 구세주였을까 아니면 공범이었을까? 사람들이 실제로 대회까지 열어 가며 토론을 벌였다는데, 그랬다는 해리의 이야기를 듣고 있노라니 암살에 성공한 리를 두고 난무했던 온갖 음모론이 생각났다. 우리도 알다시피 과거는 화음을 추구하는 법이다.

케네디는 64년 재선 때 베리 골드워터를 상대로 압승이 예상됐다. 그런데 40표도 안 되는 표차로 겨우 승리했다. 골수 민주당원들이 그 정도면 훌륭하다고 말할 수 있는 마지노선을 간신히 넘긴 수준이었다. 재임 초기에 그는 북베트남보다 '인종을 차별하는 우리 학교와 도시가 민주주의를 위협하는 더욱 심각한 요소'라는 발언으로 우익 유권자와 군부를 자극했다. 미군을 완전히 철수시키지는 않았지만 사이공과 놀랍게도 그린 존이라고 불린 그 일대로 파병을 제한했다. 제2기 케네디 행정부는 병력이 아니라 돈으로 물량 공세를 퍼부었다. 미국식으로 나간 것이다.

60년대에 위대한 민권 개혁은 이루어지지 않았다. 케네디는 LBJ(케네디 정부의 부통령 린든 베인슨 존슨의 별명으로 실제로는 케네디 사후에 그가 대통령직을 승계했다 — 옮긴이)와 달랐기 때문인데, 존슨은 유난히 무기력한 부통령이었다. 공화당원들과 남부의 민주당 탈당파가 110일 동안 의회에서 의사 진행을 방해했다. 한 명이 실제로 사람들에게 깔려 숨지면서 우익의 영웅이 되었다. 마침내 항복한 케네디는 1983년에 눈을 감을 때까지 꼬리표처럼 따라다닌 명언을 즉석에서 남겼다. '미국 백인들이 불쏘시개로 집 안을 채우고 있다. 이제 불이 날 시점에 도달했다.'

그다음 수순으로 인종 폭동이 벌어졌다. 케네디가 인종 폭동에 온 정신이 팔렸을 때 남베트남군이 사이공을 장악했고, 나를 이곳으로 끌어들인 주인공은 타고 있던 헬리콥터가 미국 항공모함 갑판 위로 추락하면서 불구가 됐다. 여론이 JFK에게서 등을 돌리기 시작했다.

사이공이 함락되고 한 달이 지났을 때 마틴 루터 킹이 시카고에서 암살당했다. 암살범은 독자적으로 범행을 저지른 FBI 요원 드와이트 홀리로 밝혀졌다. 그는 처형을 당하기 전에 후버의 명령으로 킹을 암살했다고 주장했다. 시카고가 불길에 휩싸였다. 미국의 다른 도시들도 마찬가지였다.

조지 윌리스(인종차별주의를 지지했던 민주당 소속 정치가로 원래는 앨라배마 주지사를 4차례 지내는 데 그쳤다 — 옮긴이)가 대통령으로 당선됐다. 그 무렵부터 지진이 본격적으로 시작됐다. 윌리스는 지진은 어쩔 도리가 없었으니 시카고에 폭격을 퍼부어 굴복시키는 데 만족했다. 그것이 1969년 6월의 일이었다. 1년 뒤에 윌리스는 호치민에게 최후통첩을 전달했다. 사이공을 베를린 같은 자유 도시로 만들지 않으면 하노이를 히로시마처럼 죽은 도시로 만들어 버리겠다고. 호치민은 거부했다. 월리스가 괜히 엄포를 놓는 거라고 생각했다면 그건 그의 착각이었다. 1969년 8월 9일에 하노이가 버섯구름으로 덮인 것이다. 해리 트루먼이 나가사키에 팻맨(나가사키에 투하되었던 원자폭탄의 암호명 — 옮긴이)을 투하하고 정확히 24년 뒤, 커티스 리메이의 책임 하에 벌어진 일이었다. 월리스는 대국민 담화문에서 이것이 하느님의 뜻이라고 했다. 대부분의 미국인들이 이에 동의했다. 월리스는 지지율이 높았지만, 그를 못마땅하게 여긴 사람이 최소 한 명은 있었다. 그의 이름은 아서 브레머였고, 1972년 5월 15일에 월리스는 메릴랜드 주 로렐의 어느 쇼핑몰에서 재선 유세를 펼치다 그가 쏜 총에 맞아 숨을 거두었다.

"어떤 총이 쓰였는데요?"

"38구경 리볼버였을걸?"

그랬겠지. 경찰용이었을 수도 있지만, 아마 다른 시간의 끝에서 티핏 경관의 목숨을 앗아간 빅토리 모델이었을 것이다.

이때부터 나는 이야기에 집중하지 못했다. '내가 바로잡아야 해, 내가 바로잡아야 해, 내가 바로잡아야 해.' 이 생각만 자꾸 머리를 때렸다.

1972년에 허버트 험프리가 대통령으로 당선됐다. 지진이 더 심각해졌다. 전 세계적으로 자살률이 급등했다. 온갖 종류의 근본주의가 꽃을 피웠다. 과격한 신도들이 감행하는 테러 공격도 덩달아 꽃을 피웠다. 인도와 파키스탄이 전쟁에 돌입했다. 버섯구름이 더욱 만발했다. 봄베이는 뭄바이로 개명되지 못하고 산산이 부서져 암을 유발하는 바람 속을 떠다니는 방사능 먼지가 되었다.

카라치도 마찬가지였다. 소련, 중국, 미국이 두 나라를 석기시대 수준으로 돌아갈 때까지 폭격할 가능성을 시사하자 그제야 휴전이 이루어졌다.

1976년에 로널드 레이건이 험프리를 상대로 거국적인 압승을 거두었다. 험프리는 자기 고향인 미네소타조차 지키지 못했다.

가이아나의 존스타운에서 2000명이 집단 자살을 했다.

1979년 11월에 이란 학생들이 테헤란의 미국 대사관을 점령하고 66명이 아니라 200여 명을 인질로 붙잡았다. 이란 TV에서 목들이 굴러다녔다. 하노이 헬을 통해 원자폭탄은 자제해야 한다는 교훈을 터득한 레이건은 대규모 병력을 파병했다. 두말하면 잔소리지만 남은 인질들마저 학살됐고, '기지'(혹은 아랍어로 알카에다)라는 신생 테러 집단이 곳곳에 지뢰를 심기 시작했다.

"그 인간이 연설 하나는 기가 막히게 했지만, 호전적인 이슬람교도들에 대해서는 아는 게 전혀 없었어."

해리가 말했다.

비틀스가 다시 뭉쳐 평화 콘서트를 열었다. 자살 특공대가 조끼에 설치한 폭탄을 터뜨려 관객 300명의 목숨을 앗아갔다. 폴 매카트니는 시각장애인이 되었다.

그리고 얼마 후 중동이 화염에 휩싸였다.

소련이 무너졌다.

소련에서 망명한 광적인 강경파로 추정되는 일부 집단이 알카에다를 비롯한 여러 테러 집단에 핵무기를 팔아넘기기 시작했다.

"1994년에 이르렀을 때는 저 아래 유정들이 흑유리처럼 변했지."

해리가 무미건조한 투로 말했다. "어둠 속에서 반짝이는 그런 유리 말일세. 하지만 테러 사태가 소진되기 시작한 것도 그때부터였어. 2년 전에 누가 마이애미에서 서류가방에 든 핵폭탄을 터뜨렸지만 결과가 신통치 않았어. 앞으로 60년 혹은 80년은 지나야 사우스 비치에서 다시 파티를 벌일 수 있을 테고, 멕시코 만은 기본적으로 죽은 폐수나 다름없게 되어 버렸지만, 지금까지 방사능 중독으로 죽은 사람이 100만 명밖에 안 되거든. 하긴 2년 전 사건이었으니 우리가 신경 쓸 문제도 아니었지. 메인은 투표를 거쳐 캐나다 밑으로 들어갔고 클린턴 대통령도 속 시원하다는 반응을 보였으니까."

"빌 클린턴이 대통령이에요?"

"아니, 천만에. 2004년 선거 때 낙승이 예상됐는데, 전당대회 때 심장마비로 죽었어. 부인이 대신 나섰지. 그 부인이 대통령이야."

"잘하고 있나요?"

해리는 손사래를 쳤다.

"그럭저럭 괜찮아…… 하지만 지진을 법으로 어쩔 수는 없잖아. 결국에는 우리가 그걸로 망할 텐데."

위에서 무언가가 쩍 하고 갈라지는 소리가 다시 들렸다. 나는 고개를 들었다. 해리는 고개를 들지 않았다.

"저건 무슨 소리죠?" 내가 물었다.

"아무도 모른다네. 과학자들 사이에서 의견이 분분하지만, 내가 생각하기에 이번만큼은 종교인들이 제대로 파악한 것 같아. 하느님이 당신의 손으로 만든 작품을 모조리 무너뜨릴 준비를 하는 소리라고 하거든. 삼손이 필리스티아 성전을 무너뜨린 것처럼 말이야." 해리는 남은 위스키를 마저 마셨다. 볼에 옅은 홍조가 돌았다. 적어도 겉으로 보이기에 그의 뺨은 방사능 때문에 허물이 생기거나 그러지 않았다. "그것만큼은 종교인들 말이 맞을지도 모르겠다는 생각이 든단 말이지."

"하느님 맙소사네요."

그는 차분한 눈빛으로 나를 바라보았다.

"역사 강의는 이걸로 됐나?"

평생 치를 한꺼번에 들은 듯했다.

4

"저는 이제 그만 가 봐야겠습니다. 괜찮으시겠어요?"

"괜찮을 때까지 괜찮겠지. 남들처럼." 그는 나를 유심히 관찰했다. "제이크, 자넨 어디에서 뚝 떨어졌나? 자네가 아는 사람처럼 느껴지는 이유가 도대체 뭘까?"

"수호천사는 알아볼 수 있기 때문에 그런 거 아닐까요?"

"실없는 소리."

나는 이제 그만 떠나고 싶었다. 다음번에 리셋한 이후로 펼쳐질 내 인생은 훨씬 더 단순하지 않을까 싶었다. 하지만 떠나기에 앞서 다시 벽난로 선반으로 다가가 사진이 담긴 액자를 하나 집었다. 이 착한 남자는 인생이 세 번 반복되는 내내 고초를 겪지 않았던가.

"조심해." 해리가 조바심을 내며 말했다. "내 가족이란 말일세."

"압니다." 나는 희미하게 번진 이미지로 미루어 보았을 때 일반 카메라로 찍어서 확대한 게 아닐까 싶은 사진을, 검버섯이 생긴 울퉁불퉁한 그의 손에 쥐어 주었다. "아버지가 찍어 주신 사진인가요? 아버지만 없네요?"

그는 신기하다는 듯이 나를 쳐다보다니 사진을 내려다보았다.

"아니야." 그가 말했다. "1958년 여름에 옆집 아주머니가 찍어 준 거야. 그 무렵에 우리 아버지와 어머니는 별거 중이었어."

옆집 아주머니라니 세차를 하다 애완견에게 물을 뿌렸다 하며 담배를 피우던 그 여자일까? 왠지 모르게 그럴 거라는 생각이 들었다. 줄넘기를 하며 노래를 부르던 아이들의 목소리가 깊은 우물에서 올라온 소리마냥 내 머릿속 저 밑에서 들렸다. *우리 아빠는 잠수함 조종사.*

"우리 아버지는 알코올 중독이었어. 그 당시에는 그게 큰 문제로 간주되지 않았고 술을 진탕 마시고도 아무렇지 않게 부인과 한 집에서 잘사는 남자들도 많았지만, 우리 아버지는 술만 마셨다 하면 포악해졌지."

"어련하셨겠어요." 내가 말했다.

그가 이번에는 좀 더 날카로운 눈빛으로 나를 쳐다보더니 미소를 지었다. 남은 이가 거의 없었지만, 그래도 보는 이를 기분 좋게 만드는 미소였다.

"뭘 알고서 하는 소리인 게야? 자네 지금 몇 살인가, 제이크?"

"마흔요."

그날 밤에는 내가 그보다 더 나이 들어 보였을 게 분명하지만 그래도 마흔 살이었다.

"그러니까 1971년생이라 이거로군."

사실은 1976년생이었지만, 이상한 나라에 다녀온 앨리스처럼 토끼 굴을 들어갔다 나오느라 건너뛴 5년을 이야기하지 않고서는 1976년생이 마흔 살인 이유를 설명할 수가 없었다.

"비슷하게 맞히셨어요." 내가 말했다. "코서스 대로에 있는 집에서 찍은 사진이네요."

데리 식으로 발음하자면 코섯.

나는 어머니 왼편에 서 있는 엘렌을 손으로 툭툭 두드리며 어른이 된 이후에 전화 통화를 했던 엘렌(엘렌 2.0이라고 하자.)을 떠올렸다. 그리고 화음의 결과로 조디에서 만났던 엘렌 도커티도 떠올렸다.

"이 사진에서는 잘 모르겠지만 빨간 머리였어요, 그렇죠? 루실 볼을 축소시켜 놓은 것처럼."

해리는 입만 떡 벌린 채 아무 말도 하지 않았다.

"코미디언이 되었나요? 아니면 다른 쪽으로 진출했나요? 라디오나 TV로?"

"메인 CBC에서 DJ를 하고 있다네." 그는 머뭇거리며 대답했다. "그런데 어떻게……"

"이쪽은 트로이…… 이쪽은 별명이 투가였던 아서…… 그리고 이게 당신. 어머니가 당신을 한쪽 팔로 감싸 안고 있네요?" 나는 미소를 지었다. "하느님이 계획하신 것처럼."

'계속 이렇게 유지될 수만 있다면 얼마나 좋을까. 얼마나 좋을까.'

"나는…… 자네……"

"아버지는 살해당하셨죠?"

"그렇다네." 코에 꽂은 관이 비뚤어지자 그가 몽유병에 걸린 사람처럼 천천히 손을 움직여 바로잡았다. "롱뷰 공동묘지에서 부모님 묘소에 꽃을 바치고 있었을 때 총에 맞았지. 이 사진을 찍고 고작 몇 개월 뒤에. 용의자로 빌 터코트라는 사람이 체포됐는데……"

와우. 그건 미처 예상하지 못했던 일이었다.

"……워낙 확실한 알리바이가 있어서 석방됐지. 범인은 끝끝내 잡히지 않았어." 그가 내 손을 잡았다. "이봐…… 자네…… 제이크…… 말도 안 되는 소리인 거 알지만…… 자네가 우리 아버지를 죽였나?"

"무슨 말씀하시는 거예요." 나는 사진을 받아서 다시 벽에 걸었다. "저는 1971년생이잖아요. 잊으셨어요?"

5

나는 폐허가 된 공장과 그 앞에 방치가 된 퀵 플래시 편의점을 향해 천천히 메인 가를 걸었다. 코가 없는 아이와 엉덩이를 내밀었던 아이와 나머지 일당들이 있는지 찾아보지 않고 고개를 숙인 채 걸었다. 녀석들이 이 주변에 있더라도 내 근처에는 오지 않을 것이다. 나를 미쳤다고 생각하니까. 어쩌면 나는 정말로 미쳤는지도 모른다.

여기서는 *다 미쳤거든*. 체셔 고양이는 앨리스에게 이렇게 말하고 사라져 버렸다. 그 미소만 남긴 채. 내가 기억하기로 그 미소는 한참 동안 그 자리에 머물러 있었다.

이제 조금 더 알 것 같았다. 전부 다는 아니었다. 심지어 카드 맨도 모든 걸 이해하지는 못할 테니까(카드맨들은 다소의 기간 동안 임무를 수행한 뒤에도 아는 게 거의 없지 않은가.). 하지만 조금 더 알 것 같다고 해서 결정을 내리는 데 도움이 되지는 않았다.

쇠사슬 밑으로 지나가는데, 저 멀리 어디서 무언가가 터지는 소리가 들렸다. 나는 그 소리를 듣고 놀라서 펄쩍 뛰지 않았다. 이제는 펑펑 터질 일이 많지 않을까? 사람들이 희망을 잃기 시작하면 여기저기서 폭발하기 마련이니까.

편의점 뒤편에 있는 화장실로 들어서다 하마터면 내가 벗어 던진 양가죽 외투에 발이 걸려 넘어질 뻔했다. 나는 외투를 발로 차서 옆으로 치우고 (앞으로 건너가게 될 그곳에서는 필요 없을 테니까.) 상자들이 쌓여 있는 곳으로 천천히 다가갔다. 리가 만든 둥지와 정말이지 똑같았다.

빌어먹을 화음 같으니라고.

나는 상자들을 옆으로 옮겨 안으로 들어간 다음 조심스럽게 다시 쌓았다. 그러고는 사람들이 캄캄한 어둠 속에서 어떤 식으로 계단을 찾는지 머릿속으로 다시 한 번 떠올리며 조금씩 앞으로 움직였다. 그런데 이번에는 계단이 느껴지지 않고, 내 몸이 이중으로 보이는 희한한 현상만 나타났다. 나는 앞으로 조금씩 움직여 하반신이 어른거리는 것을 확인한 뒤 눈을 감았다.

한 걸음. 다시 한 걸음. 이제 다리를 통해 온기가 느껴졌다. 두 걸음 더 내딛었을 때 시꺼멓던 눈앞이 햇빛으로 붉게 물들었다. 한 걸음 더 내딛었을 때 머릿속에서 펑 하는 소리가 들렸다. 그 소리가 사라졌을 때 직조기들이 쉬익휘익, 쉬익휘익 하고 움직이는 소리가 들렸다.

눈을 떴다. 지저분하게 방치된 화장실 냄새가 사라지고, 환경보호국이 창설되기 이전에 직물 공장이 풀가동 중일 때 나는 냄새가 나를 맞았다. 벗겨져 가는 리놀륨 대신 금이 간 시멘트 바닥이 밟혔다. 왼쪽으로 보이는 대형 양철통은 자투리 천들로 가득한데, 위를 삼베로 덮어 놓았다. 오른쪽이 건조실이었다. 1958년 9월 9일 11시 58분이었다. 해리 더닝은 다시 어린 소년으로 돌아갔다. 캐롤린 풀린은 리스본 고등학교에서 5교시 수업을 받으며 선생님 말씀을 듣거나 남학생 생각을 하거나 몇 개월 뒤에 아버지와 사냥을 나설 생각을 하고 있었다. 새디는 조지아에서 살고 있었고, 빗자루를 사랑하는 양반과는 아직 결혼 전이었다. 리 하비 오스왈드는 남중국해에서 해병대로 복무하고 있었다. 그리고 존 F. 케네디는 매사추세츠 주를 대표하는 2선 상원의원으로 대통령 자리에 오르는 꿈을 꾸고 있었다.

내가 돌아온 것이다.

6

나는 쇠사슬이 있는 곳으로 다가가 그 밑을 지났다. 쇠사슬을 지난 뒤에는 잠깐 꼼짝 않고 서서 앞으로 해야 할 일들을 머릿속으로 미리 연습했다. 그런 다음 건조실이 끝나는 곳으로 걸어갔다. 모퉁이를 돌아나갔더니 그린 카드맨이 건조실에 기대고 서 있었다. 그런데 카드 색깔이 이제는 초록색이 아니었다. 초록색과 노란색의 중간에 해당되는 칙칙한 황토색이었다. 계절에 안 맞는 외투는 먼지투성이였고, 얼마 전까지만 해도 멀끔했던 페도라가 낡고 왠지 모르게 추레해 보였다. 전에는 깔끔하게 면도를 했던 얼굴에 까칠하게 수염이 자랐는데…… 몇 가닥이 하얀 수염이었다. 눈은 충혈돼 있었다. 아직 술은 마시지 않았지만 (적어도 술 냄새는 풍기지 않았다.) 내가 보건대 조만간 마시기 시작할 태세였다. 초록집이 조그만 활동 영역 안에 있고, 그 많은 시간의 끈들을 머릿속에 담고 있으려면 고통스러울 테니까. 과거만 계속 불어나도 괴로운데, 여기에 미래까지 추가되니 구할 수만 있다면 누구라도 술을 찾을 수밖에 없을 것이다.

나는 2011년에서 한 시간을 보냈다. 어쩌면 한 시간이 조금 넘었을지 모른다. 그것이 그에게는 얼마나 긴 시간이었을까? 알 수 없었다. 알고 싶지도 않았다.

"하느님 감사합니다."

그가 예전과 똑같은 말을 했다. 그런데 그가 이번에도 양손으로 내 손을 잡으려고 했을 때 나는 뒤로 물러섰다. 그의 손톱이 이제는 길고 시커멓게 때가 꼈던 것이다. 손가락들이 부들부들 떨렸다. 술에 절어 지내는 노숙자 신세가 예견된 자의 손이자 외투이자 모자이자 카드였다.

"이제 자네가 어떻게 해야 되는지 알지?" 그가 물었다.

"당신이 원하는 게 뭔지 아는 거죠."

"이건 내가 원하고 말고 할 문제가 아니야. 이제 마지막으로 한 번 더 건너가야 해. 별 탈 없으면 식당이 나올 거야. 그 식당은 조만간 철거될 테고, 그럼 이 모든 난장을 유발했던 기포도 터지는 거지. 그 긴 세월 동안 없어지지 않은 게 기적 같은 일이었다고 할까? 자네가 *매듭을 지어 줘야 해.*"

그가 나를 향해 다시 손을 내밀었다. 나는 이번에는 뒤로 물러서는 수준에 머무르지 않았다. 아예 등을 돌려 주차장 쪽으로 도망쳤다. 그가 나를 쫓아왔다. 무릎이 아파서 그에게 금세 따라잡혔다. 플리머스 퓨리 앞을 지나는데 그가 쫓아오는 소리가 바로 뒤에서 들렸다. 어느 날 밤 캔들우드 방갈로 안마당에서 보고 그냥 지나쳤던 그 플리머스 퓨리의 쌍둥이. 잠시 후 메인과 올드 루이스턴 대로가 만나는 네거리가 나왔다. 길 건너편에서 언제나 등장하는 로커 지망생이 한 발로 프루트 건물 벽을 딛고 서 있었다.

나는 철로를 건너며 시원치 않은 다리 때문에 콘크리트 블록에 걸려 넘어지지 않을까 걱정했는데, 비틀거리며 넘어진 쪽은 랭이었다. 그가 꽥하고 필사적으로 외마디 비명을 지르는 소리가 들리자 순간 딱하다는 생각이 들었다. 얼마나 힘든 일일까. 하지만 나는 동정심에 멈칫거리지 않았다. 사랑이 나를 매정하게 다그쳤다.

루이스턴 급행 버스가 오고 있었다. 내가 비틀거리며 네거리를 건너자 버스 기사가 경적을 울렸다. 대통령과 분홍색 투피스를 입은 영부인을 만나려고 나선 사람들로 초만원이었던 다른 버스가 생각났다. 대통령과 영부인 사이에는 장미 꽃다발이 놓여 있었다. 노란 장미가 아니라 빨간 장미가.

"짐라, 돌아와!"

그렇다. 나는 결국 짐라였다. 로제트 템플턴의 악몽 속에 등장했던 괴물. 나는 황토색 카드맨을 멀리 따돌리고 절뚝거리며 케네벡 프루트 앞을 지났다. 이 경주에서는 내가 이길 수밖에 없었다. 나는 고등학교 교사 제이크 에핑이었다. 나는 소설가 지망생 조지 앰버슨이었다. 나는 한 걸음 내딛을 때마다 전 세계를 위험에 빠뜨리는 짐라였다.

그런데도 불구하고 계속 달렸다.

키가 크고 멋지고 아리따운 새디를 생각하며 계속 달렸다. 사고를 달고 다니고, 존 클레이턴이라는 나쁜 남자에게 발이 걸려 넘어지게 될 새디. 그에게 발이 걸려 넘어지면 무릎에 멍이 드는 정도로 그치지 않을 것이다. *사랑을 위해서라면 미련 없이 포기할 수 있는 세상.* 드라이든이 쓴 표현이었던가 아니면 포프가 쓴 표현이었던가?

나는 숨을 헐떡이며 티투스 셰브런 앞에서 달리기를 멈추었다. 졸리 화이트 엘리펀트의 비트족 사장이 길 건너편에서 파이프 담배를 피우며 나를 쳐다보고 있었다. 황토색 카드맨은 케네벡 프루트 뒤편 골목길 입구에 서 있었다. 그 방향으로는 거기까지밖에 갈 수 없는 모양이었다.

그가 나를 향해 두 손을 내미는 만행을 저질렀다. 그러더니 무릎을 꿇고 앉아서 손을 맞잡는, 그보다 훨씬 더 심각한 만행을 저질렀다.

"제발 이러지 마! 어떤 대가를 치러야 하는지 알잖아!"

나는 어떤 대가를 치러야 하는지 알면서도 총총히 발걸음을 옮겼다. 성요셉 성당을 지나면 바로 나오는 네거리에 공중전화 부스가 있었다. 나는 안으로 들어가 문을 닫고 전화번호부에서 번호를 찾아

동전을 넣었다.
 택시가 도착했다. 기사는 럭키 스트라이크를 피웠고, 라디오는 WJAB에 주파수가 맞추어져 있었다.
 역사는 반복되는 법이다.

에필로그
마지막 기록

9/30/58

태머랙 여관 7호실에 둥지를 틀었다.

옛 친구가 선물한 타조 가죽 지갑에서 돈을 꺼내 대금을 치렀다. 돈도 레드 앤드 화이트에서 산 고기나 메이슨스 멘스웨어에서 산 셔츠처럼 없어지지 않는다. 여행을 떠날 때마다 매번 완벽하게 리셋이 된다면 이런 것들도 없어져야 하는데 완벽하게 리셋이 되지 않으니 남는 것이다. 앨한테서 받은 돈은 아니지만, 호스티 요원이 나의 도피를 방조한 것이 인류를 위해 잘한 일로 밝혀질지 모른다.

아닌가? 잘 모르겠다.

내일이면 10월의 첫날이다. 데리에서는 더닝 남매들이 핼러윈을 손꼽아 기다리며 어떤 옷을 입을지 벌써부터 계획을 세우고 있다. 귀여운 빨간 머리 꼬맹이 엘리는 서머폴 윈터스프링 공주로 분장할 계획이다. 하지만 기회가 원천 봉쇄될 것이다. 내가 오늘 데리로 출발하면 프랭크 더닝을 죽이고 그녀의 핼러윈을 지켜줄 수 있겠지만 그러지 않을 생각이다. 더럼으로 건너가서 앤디 컬럼의 오발탄에 맞게 생긴 캐롤린 풀린을 구하지도 않을 것이다. 문제는 조디다. 케네디는 살리면 안 된다. 그건 물 건너간 이야기다. 그런데 세계의 미래가 그렇게 예민할까? 고등학교 선생 둘이 만나서 사랑에 빠지면 안 될 정도로? 그 둘이 결혼을 하고, 비틀스의 「아이 원 투 홀드 유어 핸드」에 맞춰 춤을 추고, 평범하게 살면 안 될 정도로?

모르겠다. 정말 모르겠다.

그녀가 나에게 관심을 보이지 않을 수도 있다. 우리는 더 이상 서른다섯 살과 스물여덟 살이 아니다. 이번에는 내가 마흔둘 아니면 마흔셋이다. 겉모습은 그보다 더 나이 들어 보일 테고. 하지만 나는 사랑을 믿는다. 유일하게 아무 데서나 선보일 수 있는 마술이 사랑이다. 별점은 안 믿지만 서로 혈기와 혈기가, 마음과 마음이, 심장과 심장이 통하는 인연은 있다고 생각한다.

두 뺨을 붉게 물들이고 웃으며 매디슨을 추었던 새디.

자기 입술을 다시 핥아 달라고 했던 새디.

들어와서 파운드케이크 먹겠느냐고 했던 새디.

한 남자와 한 여자. 이게 너무 무리한 요구일까?

모르겠다. 정말 모르겠다.

내가 수호천사 역할을 포기한 채 여기서 무얼 하고 있느냐고? 글을 쓰고 있다. 만년필은 있으니(기억할지 모르지만 마이크와 바비 질이 선물한 것이다.) 상점까지 걸어가서 충전용 잉크만 10개 샀다. 잉크가 검정색이라 내 지금 심리 상태와 잘 어울린다. 두툼한 메모지도 스물네 권을 샀는데 마지막 한 권밖에 안 남았다. 상점 근처에 웨스턴 오토가 있길래 번호 조합을 알아야 열 수 있는 트렁크 사물함과 삽도 샀다. 다해서 17달러 19센트가 들었다. 이런 물건들을 샀다고 이 세상이 어두컴컴하고 지저분한 곳으로 바뀔 수도 있을까? 나와 잠깐 돈을 주고받은 수준이기는 했지만, 정해진 궤도에서 이탈한 점원은 앞으로 어떻게 될까?

모르겠지만, 이것만큼은 분명히 알고 있다. 내가 예전에 어느 고등학교 미식축구 선수에게 배우로 뛰어난 재능을 발휘할 수 있는 기회를 선물했고, 그의 여자친구는 얼굴에 흉터가 남을 운명이라는 것은. 내 책임이 아니지 않느냐고 말할 사람이 있을지 모르지만, 여러분도 그렇고 나도 그렇고 그 말을 믿을 만큼 어리석지는 않다. 나비는 날개를 펼치기 마련이다.

나는 3주 동안 날이면 날마다 온종일 글을 썼다. 12시간씩 쓴 날도 있었다. 14시간씩 쓴 날도 있었다. 만년필이 메모지 위에서 춤을 췄다. 손에 물집이 잡혔다. 물집을 터뜨리고 다시 일에 매달렸다. 어둠이 깔리면 리스본 자동차극장을 찾아갔다. 걸어온 사람은 특별 할인이 적용돼서 30센트였다. 나는 매점 앞, 아이들 놀이터 근처 접이식 의자에 자리를 잡고 앉았다. 「길고 긴 여름날」을 또 봤다. 「콰이강의 다리」와 「남태평양」도 봤다. 「플라이」와 「블롭」으로 이루어진 '호러·SF 동시상영' 조합도 봤다. 그러면서 이 때문에 미래의 어떤 부분이 바뀔지 궁금해 했다. 내가 벌레 한 마리만 잡아도 10년 뒤까지 영향을 미치게 될까? 20년 뒤까지? 40년 뒤까지?

모르겠다, 정말 모르겠다.

그런데 내가 또 이것만큼은 분명히 알고 있다. 과거가 고집이 센 이유는 거북 등껍질이 단단한 이유와 같다는 것. 그 안의 속살이 여리고 방어 능력이 없기 때문이라는 것.

그리고 또 한 가지 있다. 우리는 일상의 수많은 기회와 가능성이라는 음악에 맞춰 춤을 추고 있다는 것. 이것들이 기타 줄과 같다는 것. 우리는 이 줄들을 퉁기며 즐겁게 연주한다. 화음을 만들어 낸다. 그러다 줄을 추가한다. 10개, 100개, 1000개, 100만 개. 줄의 숫자는 곱절로 늘어나니까! 해리는 쩍 하고 갈라지는 소리의 정체를 알지 못했지만, 나는 안다. 그건 줄이 너무 늘어나서 화음이 너무 많이 만들어졌을 때 나는 소리다.

높은 도 음을 진성으로 우렁차게 내면 고급 크리스털이 깨질 수 있다. 음이 제대로 맞아떨어지는 화음을 스테레오로 크게 틀면 유리창이 깨질 수 있다. 그러니까 시간이라는 악기의 줄이 너무 많아지면 현실이 깨질 수 있다(적어도 내가 생각하기에는 그렇다.).

하지만 매번 *거의* 완벽하게 리셋이 되지 않는가. 물론 잔재는 남는다. 황토색 카드맨 말로는 그렇다고 했고, 나는 그를 믿는다. 하지만 *거창하게* 바뀌지는 않고…… 조디로 내려가서 새디를 다시 만나는 수준에 그친다면…… 그래서 우리 둘이 사랑을 하게 된다면……

내 마음 같아서는 그랬으면 좋겠고, 그럴 수 있을 거라고 생각한다. 우리는 혈기와 혈기가, 심장과 심장이 통하는 사이니까. 그녀는 아이를 낳고 싶어 할 것이다. 그럼 나도 그런 마음이 생길 것이다. 아이 하나 정도로는 달라질 게 없지 않을까. *크게* 달라질 게 없지 않을까. 아니면 둘. 아니, 셋 정도로는(어쨌거나 대가족의 시대니까.). 조용히 지낼 수 있는데. 아무 파장도 없이.

하지만 아이를 낳는 것 자체가 파장이다.

우리가 숨을 쉬는 것 자체가 파장이다.

"이제 마지막으로 한 번 더 건너가야 해." 황토색 카드맨은 그렇게 말했다. "자네가 매듭을 지어 줘야 해. 이건 내가 원하고 말고 할 문제가 아니야."

지금 내가 사랑하는 여자 때문에 전 세계를 (어쩌면 현실 자체를) 위험에 빠뜨릴 궁리를 하고 있다니. 리가 정상으로 보일 만큼 미친 짓이다.

모자챙에 카드를 꽂은 남자가 건조실 옆에서 나를 기다리고 있다. 그의 존재가 느껴진다. 그가 텔레파시를 보내는 건 아닐지 몰라도 분명히 느껴진다. *돌아와. 꼭 짐라가 되어야겠나? 다시 제이크로 돌아갈 수 있어. 착한 남자, 착한 천사가 될 수 있어. 대통령 구할 생각 말고 세상을 구해야지. 아직 늦지 않았을 때.*

그래.

그래야겠다.

아마 할 수 있을 것이다.

내일.

내일이면 충분하지 않을까?

10/1/58

아직 여기 이 태머랙을 떠나지 않았다. 계속 글을 쓰고 있다.

클레이턴에 대한 불안감이 극에 달했다. 마지막 한 개 남은 충전용 잉크를 충복 같은 만년필에 끼울 때도 그 생각을 했고, 지금도 그 생각뿐이다. 그자가 새디한테 아무 해코지도 하지 않는지 알아낼 수만 있다면 이제 그만 떠날 수도 있을 것 같은데. 내가 이 방정식에서 사라져도 존 클레이턴이 비 트리 길로 새디를 찾아갈까? 어쩌면 그는 우리 둘이 같이 있는 것을 보고 마침내 폭발했을지 모른다. 하지만 우리 사이를 알기 전부터 텍사스까지 쫓아온 작자였으니 어쩌면 이번에는 그녀의 얼굴이 아니라 목을 그을지 모른다. 디크와 내가 말리지 못할 테니까.

어쩌면 그가 우리 사이를 처음부터 알고 있었던 건 아닐까? 새디가 서배너에 사는 친구에게 편지를 보내면서 내 존재에 대해 알렸는데, 그 친구가 다른 친구에게 말을 옮기면서 새디가 만나는 남자(빗자루의 필요성을 못 느끼는 남자)가 있다는 소문이 급기야 전 남편의 귀에까지 들어간 건 아닐까? 내가 없기 때문에 그럴 일도 없다면 새디는 안심해도 될 텐데.

이럴 수도 없고, 저럴 수도 없고.

모르겠다, 정말 모르겠다.

날이 가을로 접어들고 있다.

10/6/58

간밤에 자동차극장에 다녀왔다. 자동차극장은 이번 주말을 끝으로 내년 봄까지 문을 닫는다. 월요일이 되면 '겨울을 맞아 영업을 잠시 중단'한다며 '59년에는 두 배 멋진 작품으로 찾아뵙겠습니다!'

이런 식의 팻말이 걸릴 것이다. 마지막 상영작은 짧은 벅스 버니 만화 두 편과 「머카버」, 「팅글러」로 이루어진 또 한 쌍의 공포영화였다. 나는 즐겨 앉던 그 자리에 앉아서 「머카버」 화면을 멍하니 바라보았다. 추웠다. 돈은 있지만, 외투를 사서 입을 용기가 나지 않는다. 그러면 어떤 변화가 생길까, 그 생각만 난다.

첫 편이 끝났을 때 그래도 매점에 갔다. 뜨거운 커피가 마시고 싶었다(이 정도로 뭐가 크게 달라지지는 않겠지, 했다가 아무도 모르는 일이야, 하면서.). 밖으로 나왔더니 한 달 전만 해도 쉬는 시간마다 북적거렸던 놀이터에 지금은 노는 아이가 한 명밖에 없었다. 청재킷과 빨간색 바지를 입은 여자아이였다. 아이는 줄넘기를 하고 있었다. 로제트 템플턴을 닮은 구석이 있었다.

"길을 걸어가는데 길이 진흙탕이야." 아이가 노래를 불렀다. "발가락을 찧어서 발가락이 피투성이. 다 듣고 있는 거지? 둘, 셋, 넷, 다섯 하고 외쳐! 내가 정말로 좋아하는 건 *나비*!"

나는 거기 계속 있을 수가 없었다. 온몸이 너무 심하게 부들부들 떨렸다.

시인이라면 사랑을 위해 온 세상을 죽음으로 몰아넣을 수 있을지 모른다. 하지만 나처럼 평범하고 하찮은 인간은 그럴 수 없다. 내일도 토끼 굴이 아직 남아 있으면 돌아가야겠다. 하지만 그 전에 해야 할 일이 있는데……

내가 매점에서 산 게 커피 말고 또 있었다.

10/7/58

웨스턴 오토에서 산 트렁크 사물함이 입을 벌린 채 침대 위에 놓여 있다. 삽은 붙박이장 안에 들어 있다(청소부가 그걸 보고 뭐라고 생각했을지 모르겠다.). 잉크가 얼마 안 남았지만 상관없다. 이제 두세 페이지만 더 쓰면 끝이 나니까. 원고를 사물함에 넣고, 예전에 휴대 전화를 처분했던 그 연못 근처에 묻을 것이다. 그 시커멓고 부드러운 흙을 깊게 파서 묻을 것이다. 나중에 누군가에게 발견될지 모른다. 그 누군가가 당신일 수도 있다. 미래라는 게 있고, 당신이라는 존재가 있다면. 그건 조만간 확인할 수 있겠지.

태머랙에서 3주를 보낸 나 때문에 미래가 많이 달라지지는 않았을 거라고 (희망과 공포가 반씩 섞인 목소리로) 나 자신을 달래 본다. 앨이 4년을 지낸 뒤에 돌아왔어도 현재에는 아무 영향이 없지 않았던가. 세계 무역 센터에서 그 참사가 벌어지고 일본에서 대지진이 난 게 어쩌면 그 때문인지 모르겠다는 의구심이 들긴 하지만. 그럴 리 없다고 되뇌지만…… 그래도 계속 찜찜하다.

이 자리에서 밝히건대 나는 이제 2011년을 현재라고 생각하지 않는다. 필립 놀런(에드워드 에버렛 헤일의 단편 「나라 없는 사람」의 주인공 —옮긴이)이 나라 없는 사람이었다면 나는 시대가 없는 사람이니까. 앞으로도 영원히 그렇지 않을까 싶다. 2011년이 존재하더라도 나는 낯선 손님에 불과할 것이다.

대형 스크린 앞에 주차한 차량들을 담은 엽서가 내 옆 책상 위에 놓여 있다. 리스본 자동차극장 매점에서 파는 엽서가 그것 한 종류뿐이었다. 나는 전하고 싶은 말을 쓰고 주소를 적었다. 텍사스 주 조디, 조디 고등학교 디컨 시먼스 앞. 하마터면 덴홈 통합 고등학교라고 쓸 뻔했는데, 내년이나 내후년은 되어야 이름이 그렇게 바뀔 것이다.

적힌 내용은 다음과 같았다. 친애하는 디크에게. 새로운 사서 교사가 취직하거든 잘 지켜 봐주세요. 특히 1963년 4월에 수호천사가 필요할 테니까요. 저를 믿고 그렇게 해 주세요.

안 돼, 제이크. 황토색 카드맨의 속삭임이 들린다. 그녀가 존 클레이턴의 손에 죽을 운명인데 살아나면 변화가 생길 거야…… 그리고 자네도 두 눈으로 똑똑히 확인했던 것처럼 좋은 쪽으로 달라지는 경우는 없어. 자네가 아무리 좋은 의도에서 계획한 일이라고 해도.

'하지만 새디 일이잖아!' 내가 외치는데, 눈물이 많다고 할 수 없는 사람이건만 눈물이 고인다. 따끔거리고 화끈화끈하다. '내가 사랑하는 새디 일이잖아! 그 남자 손에 죽을지도 모르는데 어떻게 가만히 보고만 있어?'

들려온 대답은 과거만큼이나 고집스럽다. 매듭을 지어 줘.

그래서 엽서를 갈기갈기 찢어 객실 안 재떨이에 넣고 불에 태웠다. 화재경보기가 울려서 내가 한 짓이 만천하에 드러나지는 않았다. 들리는 소리라고는 내가 꺽꺽대며 흐느끼는 소리뿐이었다. 조만간 원고가 든 사물함을 묻고 리스본 폴스로 돌아가면 황토색 카드맨이 아주 반갑게 맞아 줄 것이다. 택시는 부르지 않을 생각이다. 별을 보며 거기까지 걸어갈 것이다. 작별인사를 하고 싶으니까. 억장이 무너지지는 않는다. 무너져 버리면 좋겠는데.

이제는 침대로 건너가 축축한 얼굴을 베개에 묻고 새디에게 수호천사를 내려 달라고 잘 믿지도 않는 하느님에게 비는 수밖에 없다. 그녀가 살 수 있도록. 사랑을 할 수 있도록. 춤을 출 수 있도록.

안녕, 새디.

당신은 나라는 사람을 모르겠지만, 사랑해요, 달링.

금세기 시민(2012년)

1

지금쯤 페이머스 팻버거의 본거지는 사라지고 그 자리에 L. L. 빈 익스프레스가 들어서지 않았을까 싶지만 확실치는 않다. 인터넷에서 굳이 찾아보지 않았으니까. 내가 모든 모험을 마치고 돌아왔을 때는 여전히 건재했다. 그 주변을 둘러싼 세상도 그랬다.
최소한 그때까지는 그랬다.
나는 그날로 당장 리스본 폴스를 떠났기 때문에 빈 익스프레스가 들어섰는지 어땠는지 알지 못한다. 새버터스 집에서 눈을 좀 붙인 다음 여행용 가방 두 개와 고양이를 데리고 남쪽으로 출발해 버렸으니까. 웨스트버러라는 매사추세츠의 어느 작은 마을에서 기름을 넣었는데, 딱히 전망도 없고 기대도 없는 남자가 살기에 안성맞춤으로 보였다.

첫날밤에는 웨스트버러 햄프턴 인에 묵었다. 와이파이가 되는 곳이었다. 나는 인터넷에 접속을 하고 (심장이 어찌나 두근거리는지 눈앞에서 별이 왔다 갔다 할 정도였다.) 댈러스《모닝 뉴스》홈페이지로 들어갔다. 신용카드 번호를 입력한 뒤 (손이 하도 떨려서 몇 번을 시도한 다음에서야 간신히 성공할 수 있었다.) 자료실로 들어갔다. 1963년 4월 11일에 정체불명의 위인이 에드윈 워커의 암살을 시도했다는 기사는 있었지만, 4월 12일 조디에서 무슨 사건이 벌어졌다는 기사는 없었다. 그다음 주도, 그다음 주도 마찬가지였다. 나는 그래도 계속 포기하지 않았다.

내가 찾던 기사는 4월 30일자에 실려 있었다.

2

헤어진 아내에게 칼을 휘두르고 스스로 목숨을 끊은 어느 정신질환자

어니 캘버트 기자

〔조디〕 일흔일곱 살의 디콘 '디크' 시먼스와 덴홈 통합 고등학교장 엘렌 도커티가 한 발 늦게 도착하는 바람에 스물여덟 살의 인기만점 사서 교사 새디 던힐이 중상을 입기는 했지만, 하마터면 더 끔찍한 일을 당할 뻔했다.

조디 관할 더글러스 림스 순경의 전언에 따르면 "디크와 엘렌이 그때 등장했기 망정이지 안 그랬더라면 던힐 양은 살해당했을 가능성이 컸다."고 한다.

두 교직원은 참치 캐서롤과 브레드 푸딩을 들고 찾아간 길이었다. 시먼스가 "좀 더 일찍 도착했으면 좋았을 것"이라고 했을 뿐, 용감하게 나선 것에 대해 두 사람 모두 말을 아꼈다.

림스 순경의 전언에 따르면 도커티 양이 캐서롤을 던져 주의를 흐트러뜨린 틈을 타서 시먼스가 자신보다 훨씬 젊은, 조지아 주 서배너 출신의 존 클레이턴을 힘으로 제압하고 소형 리볼버를 빼앗았다고 한다. 그러자 클레이턴은 헤어진 아내에게 휘둘렀던 칼을 집어 자신의 목을 그었다. 시먼스와 도커티 양이 지혈을 시도했지만 소용없었다. 클레이턴은 현장에서 사망 판정을 받았다.

도커티 양이 림스 순경에게 전한 바에 따르면 클레이턴이 몇 개월 전부터 헤어진 아내의 뒤를 밟았을 가능성도 있다고 한다. 덴홈 통합 고등학교 교직원들은 던힐 양의 전 남편이 위험인물일지 모른다는 의심을 하고 있었고 던힐 양이 클레이턴의 사진까지 보여 주었지만, 도커티 교장의 말에 따르면 클레이턴이 변장을 했다고 한다.

구급차에 실려 댈러스의 파크랜드 기념병원으로 이송된 던힐 양은 생명에 지장이 없는 것으로 밝혀졌다.

3

나로 말할 것 같으면 눈물이 없는 사람이지만, 그날 밤에 평생 아껴 두었던 눈물을 다 쏟아냈다. 울다 지쳐 잠이 들었을 때에는 아주 오랜만에 처음으로 평화로운 단잠을 잘 수 있었다.

살았다.

그녀가 살았다.

평생 흉터가 남겠지만, 분명 그렇겠지만 살았다.

살았다, 살았다, 살았다.

4

세상은 여전했고 여전히 화음을 추구했다. 어쩌면 내가 화음을 추구하게 만든 장본인일지 모르겠지만. 습관이라는 것도 우리 스스로 만들어 낸 화음 아닐까. 나는 대체교사로 웨스트버러 교육계에 입성해 정교사가 되었다. 미식축구에 열광하는 그 지역 고등학교장 이름이, 내가 다른 데서 알고 지냈던 유쾌한 코치와 같은 보먼이라는 사실을 알게 되었을 때 나는 그러려니 했다. 리스본 폴스에서 알고 지냈던 친구들과 처음에는 연락을 주고받았지만, 어느 정도 지난 뒤에는 연락을 끊었다. 그런 게 인생이다.

나는 댈러스《모닝 뉴스》자료실에 다시 들어갔다가 1963년 5월 29일자에 실린 단신을 발견했다. 사서 조디가 퇴원을 했다는 기사였다. 짧고 별 내용도 없었다. 그녀의 상태는 어떤지, 앞으로 어떻게 할 계획인지 알 수 없었다. 사진도 없었다. 가구 할인점과 방문 판매를 소개하는 20면의 단신에는 사진이 실리지 않는다. 이것이 누구라도 아는 세상의 이치다. 꼭 변기에 앉아 있거나 샤워를 할 때 전화벨이 울리는 것처럼.

현재의 세상으로 돌아오고 1년 동안 나는 특정 사이트와 검색어를 열심히 피해 다녔다. 유혹을 느꼈느냐고 묻는다면 당연한 걸 왜 묻느냐고 하겠다. 하지만 인터넷은 양날의 검과 같다. 위안이 되는 (예컨대 사랑했던 여자가 정신 나간 전 남편의 공격으로부터 목숨을 건졌다든지 하는 식의) 정보를 한 개 발견할 때마다 마음을 다칠 가능성이 있는 정보를 두 개 접하게 된다. 어떤 사람의 소식을 알아보려고 했는데 그 사람이 사고로 죽었다는 사실을 알게 되었다면 어쩔 것인가. 담배 때문에 폐암으로 죽었다면? 자살을 했다면?

새디의 경우에는 알코올과 수면제의 조합으로 자살을 시도했을 가능성이 높은데, 이제는 뺨을 때려서 깨우고 냉수를 틀어 놓은 샤워기 밑에다 세울 사람도 없지 않은가. 만약 실제로 그런 일이 벌어졌는지 어땠는지 나는 알고 싶지 않았다.

수업 준비를 하고, 어떤 영화가 상영되고 있는지 검색하고, 1주일에 한두 번씩 최신 동영상을 확인할 때만 인터넷을 썼다. 새디 소식은 찾아보지 않았다. 만약 조디에서 간행되는 신문이 있었다면 유혹의 강도가 훨씬 컸겠지만, 그 당시에도 없었던 신문이 요즘 생겨났을 리 만무했다. 인터넷이 출판계를 서서히 질식시키고 있는 시대가 아닌가. 게다가 옹이구멍으로 들여다보아야 짜증만 날 뿐이라는 속담도 있다. 인류 역사상 인터넷보다 더 큰 옹이구멍이 어디 있을까.

그녀는 클레이턴의 손에 죽지 않았다. 새디의 안부는 여기까지 파악하고 선을 긋는 게 최선이었다.

5

그런데 문제는 어떤 전학생이 내가 가르치는 대학 과목 선이수제 영어 수업을 듣게 된 것이었다. 때는 2012년 4월. 어쩌면 에드윈 워커 암살 시도가 무위로 돌아간 지 꼭 49년째로 접어든 4월 10일이었을지 모른다. 그녀의 이름은 에린 톨리버였고, 온 가족이 텍사스주 킬린에서 웨스트버러로 이사한 참이었다.

킬린이면 나도 아는 마을이었다. 다 안다는 듯이 음흉하게 웃던 약국 주인한테 콘돔을 샀던 곳이니까. "어이, 범법 행위는 금물이야." 그는 이렇게 충고를 했었다. 그런가 하면 새디와 내가 캔들우드 방갈로에서 달콤한 밤을 수도 없이 보낸 곳이기도 했다.

《위클리 가제트》라는 신문이 간행되는 곳이기도 했다.

수업이 2주째로 접어들었을 때 (그 사이 전학생은 새로운 친구도 몇 명 사귀고 남학생도 몇 명 홀리는 등 적응을 잘하고 있었다.) 내가 《위클리 가제트》가 아직도 간행되느냐고 물었다. 그녀는 환하게 미소를 지었다.

"킬린에 가 본 적 있으세요, 에핑 선생님?"

"아주 오래전에."

내가 말했다. 이때 내 앞에 거짓말탐지기를 들이댔다 한들 바늘이 미동조차 하지 않았을 것이다.

"아직 있어요. 엄마는 생선을 쌀 때나 꺼내는 신문이라고 하셨지만요."

"'조디 동향'란도 아직 있고?"

"댈러스 남쪽 작은 도시마다 다 '동향'란이 있는걸요?" 에린이 키득거리며 말했다. "인터넷에 들어가면 보실 수 있을 거예요, 선생님. 인터넷에는 없는 게 없으니까요."

맞는 말이었고 나는 정확히 1주일 동안 꾹 참았다. 하지만 가끔은 옹이구멍의 유혹이 너무 클 때도 있는 법이다.

6

내 의도는 간단했다. 자료실로 들어가서 《위클리 가제트》 홈페이지에 자료실이 있을지 모르겠지만) 새디의 이름을 검색해 보자, 그뿐이었다. 그러면 안 되는 줄 알고는 있었지만, 에린 톨리버가 무심코 내뱉은 말 때문에 진정되기 시작했던 감정들이 다시 요동을 치는 바람에 확인을 해 보기 전에는 마음의 안정을 되찾을 수 없을 것 같았다. 알고 보니 자료실은 들어가 볼 필요도 없었다. '조디 동향'란이 아니라 요즘 간행된 신문 1면에서 내가 원하던 정보를 찾을 수 있었던 것이다.

7월에 100주년 기념일을 맞아 '금세기 시민'을 선정한 조디. 이런 헤드라인이 눈에 띄었다. 그리고 그 헤드라인 밑으로 사진이 한 장 실렸는데…… 그녀의 나이 이제 여든이건만, 죽을 때까지 잊지 못할 얼굴이 있지 않은가. 사진 기자가 왼쪽이 보이지 않게 얼굴을 돌리라고 했을지 몰라도 새디는 카메라를 정면으로 응시하고 있었다. 그러면 안 될 것도 없었다. 오래 전에 죽은 남자 때문에 생긴 해묵은 흉터에 불과했으니까. 내 눈에는 덕분에 개성 있는 얼굴이 된 것 같았지만, 물론 콩깍지가 쓰여서 그렇게 보였을 것이다. 사랑하는 사람 눈에는 곰보 자국도 예뻐 보인다고 하지 않는가.

6월 말, 학기가 끝났을 때 나는 여행용 가방을 챙겨 들고 다시 한 번 텍사스로 떠났다.

7

텍사스 주 조디의 여름 해 질 무렵. 1963년에 비하면 마을 규모가 조금 커졌지만 큰 변화는 없다. 새디 던힐이 살았던 비 트리 길 근처에는 상자 만드는 공장이 들어섰다. 이발관은 없어졌고, 내가 선라이너에 기름을 넣곤 했던 시티스 서비스 주유소는 세븐일레븐으로 바뀌었다. 앨 스티븐슨이 가지뿔영양버거와 메스키프 프렌치프라이를 팔았던 식당에는 서브웨이가 들어섰다.

조디 100주년을 기념하는 연설들이 끝났다. 역사 협회와 시의회에서 금세기 시민으로 선정된 여성의 연설은 유쾌하리만치 간단했고, 시장의 연설은 장황했지만 유익했다. 알고 보니 새디는 시장을 한 차례, 텍사스 주의원을 네 차례 역임했다는데, 그게 다가 아니었다. 자선 사업은 물론이고 덴홈 통합 고등학교의 교육 수준을 높이기 위해 끊임없이 노력했고, 안식 기간에는 카트리나(2005년 뉴올리언스를 강타했던 폭풍 — 옮긴이) 피해를 입은 뉴올리언스에서 자원봉사를 했다는 것이다. 그런가 하면 앞을 못 보는 학생들을 위해 텍사스 주 도서관 프로그램을 만들었고, 퇴역 장병들의 의료 서비스 개

선을 위해 앞장섰고, 빈곤층 정신질환자들이 주 정부 차원에서 더 나은 지원을 받을 수 있도록 여든인 지금까지 끊임없이 애를 썼다. 1996년에는 하원의원으로 출마할 기회도 있었지만, 그녀 쪽에서 평범한 시민으로 할 일이 많다는 이유를 들어 고사했다고 한다.

재혼은 하지 않았다. 조디를 떠난 적도 없다. 골다공증으로 허리가 굽지도 않아서 아직도 키가 크다. 백발을 거의 허리까지 길렀고 여전히 아름답다.

이제 연설은 끝이 났고 메인 대로는 봉쇄됐다. 두 블록에 달하는 상가 양끝에 이런 현수막이 걸린다.

스트리트 댄스, 저녁 7시부터 자정까지!
한 명도 빠짐없이 참석하세요!

사람들이 새디를 에워싸고 축하 인사를 건넨다. 그중에는 나도 얼굴을 아는 사람이 있을 것 같다. 나는 웨스턴 오토였다가 지금은 월그린스로 바뀐 건물 앞에 마련된 DJ석으로 걸어간다. 점점 빠져 가는 희끗희끗한 머리와 올챙이배를 자랑하는 60대가 음반과 CD를 만지작거리고 있는데, 네모난 분홍색 테가 달린 안경을 어찌 잊을 수 있을까.

"안녕하세요, 도널드 씨." 내가 인사를 건넨다. "요즘도 산더미 사운드 들고 다니시는 모양이네요?"

도널드 벨링엄이 나를 올려다보며 미소를 짓는다.

"이게 없으면 안 되지. 나랑 구면인가?"

"아뇨." 내가 대답한다. "저희 어머니가요. 60년대 초반에 아저씨가 DJ를 맡은 댄스파티에 참석하신 적이 있었대요. 어머니 말로는 아저씨께서 아버지의 빅밴드 음반을 몰래 훔쳐다 틀었다고 하던데."

그는 씩 웃는다.

"그래, 들켜서 디지게 혼났지. 어머니 성함이 어떻게 되나?"

"앤드리아 로버트슨입니다."

나는 아무 이름이나 생각나는 대로 댄다. 앤드리아는 나한테 2교시 영문학 수업을 들은 학생 중에서 가장 모범생이었던 아이의 이름이다.

"그래, 생각나는구먼."

희미한 미소로 보건대 모르는 이름이라는 뜻이다.

"옛날 음반은 없죠?"

"그럼, 당연하지. 진작 처분했지. 하지만 빅밴드는 CD로 다 가지고 있어. 신청곡이 있나 본데?"

"네. 그런데 좀 특별한 곡이에요."

그는 웃음을 터뜨린다.

"모든 신청곡이 특별하지."

내가 신청곡을 가르쳐 주자 도널드는 그 어느 때보다 열띤 반응을 보이며 알겠다고 한다. 이 블록 저쪽 끝을 향해 발걸음을 옮기는데 (내가 만나러 온 여인이 시장의 부축을 받아 가며 펀치가 준비된 그쪽으로 걸어가고 있다.) 도널드가 뒤에서 나를 부른다.

"자네 이름을 안 물어봤네 그려."

"앰버슨입니다." 내가 어깨 너머로 알려 준다. "조지 앰버슨요."

"8시 15분에 틀어 달라고?"

"정확히 그때요. 타이밍이 생명이에요, 도널드 씨. 잘됐으면 좋겠는데."

5분 뒤에 도널드 벨링엄은 「앳 더 합」 폭탄을 터뜨리고, 춤꾼들이 텍사스의 석양으로 덮인 길거리를 메운다.

8

8시 10분이 되었을 때 도널드가 선곡한 앨런 잭슨의 노래가 흘러나온다. 나이가 많은 사람들도 맞춰서 춤을 출 수 있을 만큼 느린 곡이다. 나는 연설이 끝난 이래 처음으로 새디 주변이 빈 것을 보고 그녀에게 다가간다. 심장이 하도 두근거려서 온몸이 떨리는 것처럼 느껴질 지경이다.

"던힐 씨?"

그녀가 웃는 얼굴로 고개를 돌리며 나를 살짝 올려다본다. 키가 크지만, 그래도 나보다는 작다. 전에도 그랬던 것처럼.

"네?"

"저는 조지 앰버슨이라고 합니다. 당신은 물론이고 지금까지 하신 훌륭한 일들도 정말 존경스럽다는 말씀을 전하고 싶어서요."

그녀의 미소가 살짝 당혹스러운 분위기로 바뀐다.

"고마워요. 얼굴은 낯선데 이름은 익숙하네요. 조디에 사는 분인가요?"

나는 이제 시간 여행도 못하고 상대방의 마음을 읽는 재주도 없지만, 그래도 그녀가 무슨 생각을 하는지 알 수 있다. *꿈에서 들었던 이름인데.*

"그렇다고 할 수도 아니라고 할 수도 있어요." 나는 이렇게 대답하고, 그녀가 무슨 뜻이냐고 캐묻기 전에 다시 말을 잇는다. "어쩌다 사회 복지에 관심을 기울이게 되셨는지 여쭤 봐도 될까요?"

그녀의 미소는 이제 입가에 흔적만 남은 수준으로 옅어진다.

"그걸 궁금해 하는 이유가……?"

"암살 사건 때문이었나요? 케네디 암살 사건요?"

"어째서…… 어쩌면 그렇다고 볼 수도 있어요. 안 그래도 더 넓은 세상 속으로 뛰어들었겠지만 거기가 출발점이었을 거예요. 그 사건 때문에 텍사스의 이 일대에……" 그녀는 무의식적으로 왼손을 뺨 쪽으로 올렸다가 내린다. "……상처가 남았거든요. 앰버슨 씨, 내가 어디서 앰버슨 씨를 봤죠? 구면인 게 분명한데."

"다른 거 한 가지 더 여쭤 봐도 될까요?"

그녀는 점점 더 당혹스러워 하는 얼굴로 나를 쳐다본다. 나는 손목시계를 확인한다. 8시 14분. 시간이 거의 다 됐다. 도널드가 잊어버렸다면 이야기가 달라지겠지만…… 잊어버리지 않았을 것이다. 50년대의 흘러간 노래 제목을 인용하자면 세상에는 그렇게 될 수밖에 없는 일도 있는 법이다.

"1961년 새디 호킨스 댄스파티 때 말이죠. 보먼 코치의 어머니가 고관절 골절상을 당했을 때 누구하고 같이 파티 감독을 했는지 기억나세요?"

그녀는 입을 떡 벌렸다 천천히 다문다. 시장 부부가 이쪽으로 걸어오다가 심각하게 대화를 나누고 있는 우리를 보고 방향을 돌린다. 우리는 지금 둘만의 조그만 캡슐 안에 들어가 있다. 예전에 그랬던 것처럼.

"돈 해거티요. 동네에서 제일가는 바보천치하고 파티를 감독하는 심정이었어요. 그런데 앰버슨 씨……"

그녀가 말을 미처 끝내지도 못했을 때 도널드 벨링엄의 목소리가 여덟 대의 길쭉한 스피커를 통해 마침 알맞게 울려 퍼진다.

"좋아요, 조디 주민 여러분. 이제 과거의 엄청난 히트곡 한번 들어볼까요? 잊지 말아야 할 그 음반, 최고의 그 노래를 신청곡으로 들려드립니다!"

오래전에 사라져 버린 밴드의 매끄러운 브라스 도입부 연주가 시작된다.

바다다…… 바다다디덤…….

"어머나, 「인 더 무드」네." 새디가 말한다. "예전에 이 노래에 맞춰서 린디 추고 그랬는데."

내가 손을 내민다.

"자, 한 곡 추실까요?"

그녀는 웃으며 고개를 젓는다.

"내가 스윙 댄스를 추던 시절은 이미 오래전에 끝났어요, 조지 앰버슨 씨."

"하지만 너무 늙어서 왈츠도 못 출 정도는 아니잖아요. 도널드가 예전에 했던 말처럼 '자리에서 벌떡' 일어나야죠. 그리고 이제부터는 조지라고 불러 주세요."

길거리에서 남녀 커플들이 지르박을 추고 있다. 몇 명은 심지어 린디합까지 시도하지만, 왕년에 새디와 내가 그랬던 것처럼 신나게 흔들 줄 아는 사람은 없다. 우리 발치에도 못 미친다.

그녀는 꿈을 꾸는 사람처럼 내 손을 잡는다. 그녀는 정말로 꿈을 꾸고 있고, 나도 마찬가지다. 달콤한 꿈들이 모두 그렇듯 눈 깜빡할 사이 끝나겠지만…… 짧기 때문에 달콤한 것 아닐까? 나는 그렇게 생각한다. 흘러간 시간은 돌이킬 수 없으니까.

노란색, 빨간색, 초록색 파티 조명이 길거리에 매달려 있다. 새디가 누군가 앉았던 의자에 걸려 비틀거리지만, 미리 준비를 하고 있던 내가 얼른 팔을 잡아 준다.

"미안해요. 워낙 몸이 둔해서." 그녀가 말한다.

"예전부터 그랬잖아요, 새디. 그게 당신의 매력이었잖아요."

나는 뭐라고 물을 겨를도 주지 않은 채 한쪽 팔로 그녀의 허리를 감싸 안는다. 그녀도 내 눈을 계속 올려다보며 한쪽 팔로 내 허리를 감싸 안는다. 조명이 뺨 위를 스치고 지나가자 그녀의 두 눈이 반짝인다. 우리는 손을 맞잡고 자연스럽게 깍지를 낀다. 너무 무겁고 너무 딱 맞던 외투를 벗은 것처럼 세월의 간극이 사라진 기분이다. 그 순간 나의 바람은 딱 한 가지. 그녀가 아무리 바쁘게 살았더라도 좋은 남자를, 존 클레이턴의 빌어먹을 빗자루를 영원히 없애 준 남자를 한 명만이라도 만난 적이 있었다면 좋겠다는 것뿐이다.

그녀가 음악 소리에 묻힐 만큼 나지막한 목소리로 묻지만, 나는 뭐라고 묻는지 알아듣는다. 예전에도 늘 그랬던 것처럼.

"당신 정체가 뭐예요, 조지?"
"다른 생에서 당신과 알고 지냈던 사람이에요."
잠시 후 우리는 음악에 몸을 맡긴 채 세월을 잊고 춤을 춘다.

2009년 1월 2일~2010년 12월 18일

플로리다 주 새러소타

메인 주 로벨

후기

존 케네디가 댈러스에서 암살당한 지 거의 반세기가 지났지만, 두 가지 의문점은 여전하다. 리 오스왈드가 진범이었을까? 만약 진범이었다면 그의 단독 범행이었을까? 이 책에서도 해답을 제시하지는 않는다. 시간 여행은 그저 흥미진진한 환상일 뿐이다. 하지만 이 두 가지 의문점이 왜 아직까지 해결되지 않고 남아 있는지 나처럼 궁금해 하는 사람이 있다면 내가 그럴 듯한 해답을 알려 줄 수 있다. 캐런 칼린이라고. 이것으로 말할 것 같으면 역사에 달린 각주가 아니라 각주에 다시 달린 각주 수준의 답변이지만, 그래도…….

잭 루비는 캐러셀 클럽이라는 댈러스의 어느 스트립 클럽 사장이었다. 무대명이 리틀 린이었던 칼린은 그곳의 댄서였다. 암살 사건이 벌어졌던 날 밤, 칼린은 루비에게 전화를 했다. 12월 월세를 내야 하는데 25달러가 부족해서 길바닥으로 쫓겨날 신세가 되자 급하게 돈을 빌리러 전화를 한 것이었다. 그는 돈을 빌려 주었을까?

딴생각들로 머릿속이 복잡했던 잭 루비는 욕을 퍼부었다('댈러스의 재간둥이 잭'이라는 별명답게 욕 하나는 기가 막히게 잘했다.). 그는 존경해 마지않았던 대통령이 자기 고향에서 암살을 당한 데 경악을 금치 못했고, 영부인과 아이들 심정이 어떻겠느냐며 친구와 친척 들을 붙잡고 똑같은 이야기를 반복했다. 오스왈드의 재판이 열리면 댈러스를 다시 찾아야 할 재키를 생각만 해도 가슴이 미어졌다. 미망인이 전 국민의 구경거리가 되지 않겠는가. 타블로이드에서는 신문을 팔아먹으려고 그녀의 슬픔을 악용할 게 분명했다.

리 오스왈드가 처참한 죽음을 맞으면 얘기가 달라지겠지만.

댈러스 경찰서 직원들은 하나같이 잭과 최소한 목례를 주고받는 사이였다. 그와 그의 '아내'(기르던 닥스훈트 시바를 이렇게 불렀다.)는 댈러스 경찰서를 제집처럼 드나들었다. 클럽 무료 입장권을 뿌렸고, 경관들이 찾아오면 공짜로 술을 대접했다. 그래서 11월 23일 토요일에 그가 경찰서에 등장했을 때 아무도 신경 쓰지 않았다. 한쪽 눈에 멍이 든 오스왈드가 무죄를 주장하며 기자단 앞을 지나갔을 때 루비도 그 자리에 있었다. 그는 총을 지니고 있었고(이번에도 38구경이었지만 콜트 코브라였다.) 오스왈드를 쏠 뜻이 분명히 있었다. 그런데 안에 사람들이 너무 많았다. 루비는 뒤로 밀려났고, 그 사이 오스왈드는 사라졌다.

그래서 포기했다.

일요일 오전 느지막한 무렵, 그는 댈러스 경찰서에서 한두 블록 거리에 있는 웨스턴 유니언 지점에 가서 '리틀 린' 앞으로 25달러짜리 우편환을 보냈다. 그런 다음 경찰서까지 어슬렁어슬렁 걸어갔다. 오스왈스가 진작 댈러스 지방 구치소로 이송이 됐을 줄 알았더니 경찰서 앞에 사람들이 버글거렸다. 기자와 보도차량에 일반 구경꾼들까지 가세했다. 이송이 예정대로 이루어지지 않았던 것이다.

총을 들고 나왔던 루비는 인파를 헤치고 경찰서 차고 쪽으로 다가갔다. 아무도 막지 않았다. 몇몇 경관들은 심지어 인사까지 건넸고 그도 인사로 화답했다. 오스왈드는 아직 2층에 있었다. 막판에 그가 교도관들에게 물어본 것이 있었으니 셔츠에 구멍이 나서 스웨터를 걸치면 안 되겠느냐는 것이었다. 스웨터 가지고 오느라 지체된 시간이 3분도 안 됐지만, 그 정도면 충분했다. 인생은 순식간에 동전처럼 뒤집히는 법이다. 루비는 오스왈드의 복부를 쏘았다. 경관들이 돼지 떼처럼 그의 위로 덤벼들었고, 그는 그 밑에 깔린 채 간신히 고함을 질렀다. "어이, 나 잭 루비야! 다들 나 알잖아!"

암살범은 얼마 안 있어 유언 한 마디 없이 파크랜드 병원에서 숨을 거두었다. 25달러가 필요했던 스트립 댄서와 그 상황에서 스웨터를 찾는 어처구니없는 쇼맨십 덕분에 오스왈드는 재판을 받지 않았고 자백할 기회도 누리지 못했다. 1963년 11월 22일에 있었던 사건과 관련해서 그가 한 최후의 진술은 "나는 허수아비입니다."였다. 그의 진술에서 야기된 진실 공방은 아직까지도 그 명맥을 유지하고 있다.

이 소설의 전반부에서 제이크 에핑의 친구 앨은 오스왈드의 단독 범행이었을 가능성을 95퍼센트로 산정한다. 나는 거의 내 키만 한 분량의 책과 자료를 검토한 결과 98퍼센트 아니면 99퍼센트라는 결론을 내렸다. 음모론자들의 주장을 비롯해 모든 문건을 분석해 보면 매우 미국적이고 단순한 정황이었던 것으로 요약이 된다. 유명해지고 싶어서 안달이 난 위험분자가 있었는데, 어쩌다 보니 운이 좋았던 거라고. 일이 그런 식으로 딱딱 들어맞을 확률은 희박하지 않았느냐고? 맞는 말이다. 하지만 복권에 당첨될 확률도 희박하기는 마찬가진데, 날마다 당첨자가 탄생하지 않는가.

내가 이 소설을 준비하면서 가장 유용하게 쓰였던 자료를 소개하자면 제럴드 포스너의 『종결이 난 사건』, 에드워드 제이 엡스타인의 『전설』(살짝 맛이 간 로버트 러들럼 스타일이지만 재미있다.), 노먼 메일러의 『오스왈드 이야기』, 토머스 맬런의 『페인 부인의 차고』였다. 가장 마지막인 『페인 부인의 차고』는 음모론자들과, 거의 무작위하게 벌어졌다고도 할 수 있는 사건에서 규칙을 찾으려 드는 그들의 속성을 놀라운 솜씨로 분석한 작품이다. 메일러의 작품도 주목할 만하다. 그는 오스왈드가 어떤 음모의 희생자라는 가정 아래 글을 쓰기 시작했건만(민스크에서 리와 마리나와 알고 지냈던 사람들을 대거 만나 가며) 결국에는 어쩔 수 없이 김새는 워런 위원회의 손을 들게 되었다고 한다. 그러니까 오스왈드의 단독 범행으로 결론을 내리게 되었다는 것이다.

이성이 갖추어진 사람이라면 다른 결론을 내리기가 매우, 매우 힘들지 않을까? 오컴의 면도날, 가장 간단한 게 정답이다.

그런가 하면 윌리엄 맨체스터가 쓴 『대통령의 죽음』을 다시 읽었을 때에도 많은 감동과 충격을 받았다. 수사가 지나치게 화려하고 (예컨대 마리나 오스왈드를 '눈매가 스라소니처럼 매섭다'고 표현하는 식이다.), 피상적이고 적대적인 시각에서 오스왈드의 동기를 분석하는 등 몇 가지 부분에 대해서는 완전히 헛다리를 짚었지만, 점심시간 무렵 댈러스에서 그 끔찍한 사건이 벌어지고 고작 4년 만에 출간됐으니 암살과 시기적으로 가장 가까울뿐더러 당사자들이 아직 생존해 있었고 그들의 머릿속에 남은 기억이 아직 생생했을 때 쓰인 대작이다. 재클린 케네디가 조건부 허락한 작업이었으니 모두가 증언을 아끼지 않았고, 그 여파를 설명한 부분은 복잡하고 지루하지만 11월 22일 사건을 묘사한 부분은 마치 재프루더 필름(미국의 여성복 제조업자 재프루더가 케네디가 암살당하는 순간을 비디오로 촬영한 영상 ― 옮긴이)을 글로 옮긴 것처럼 생생하고 소름 끼친다.

그런데…… 마리나 오스왈드는 인터뷰를 거부했으니 모두가 증언한 것은 아니었다. 맨체스터가 그녀에 대해 혹평을 일삼은 것도 어쩌면 그 때문인지 모른다. 마리나(이 소설이 출간된 시점에도 아직 살아 있다.)로 말할 것 같으면 남편의 비겁한 행동이 남긴 여파를 이용할 기회를 호시탐탐 노렸다고 볼 수 있는데, 어느 누가 손가락질할 수 있을까? 그녀의 증언에 관심이 있는 사람들은 프리실라 존슨 맥밀런이 쓴 『마리나와 리』를 참고하기 바란다. 나는 그녀의 증언을 거의 안 믿지만 (다른 경로를 통해 입증이 된 경우는 제외하고) 생존 기술만큼은 경의를 표하는 바이다. 조금은 마지못한 경배이기는 하지만.

내가 이 소설을 기획한 것은 1972년이었다. 그런데 정교사로 근무하면서 동시에 진행하기에는 참고 자료가 너무 방대했고, 또 다른 이유도 있었다. 사건이 벌어진 지 9년이나 지났지만 상처가 아직도 너무 생생했던 것이다. 이제 와 돌이켜 보면 묵히길 잘했다는 생각이 든다. 드디어 밀어붙여 보자는 결심이 섰을 때에는 고민할 필요도 없이 오랜 친구 러스 도어에게 자료 조사와 관련해서 도움을 청했다.『언더 더 돔』때도 눈부신 활약을 보였던 그는 다시 한 번 수완을 발휘했다. 나는 지금 산더미 같은 자료 한가운데 들어앉아 이 후기를 쓰고 있는데, 그중에서 가장 소중한 것을 꼽으라면 댈러스를 샅샅이 누비는 (고단한) 여행을 같이 떠났을 때 러스가 촬영한 비디오와, 1958년 월드 시리즈에서부터 20세기 중반의 도청 장치에 이르기까지 내가 묻는 족족 답변을 적어서 보내 준 30센티미터 높이의 이메일 출력물이다. 어쩌다 보니 11월 22일에 퍼레이드가 지나가는 경로 상에 있었던 (과거는 화음을 좋아하니까) 에드윈 워커의 집이 어디 있는 알아낸 사람도 러스였고, (댈러스의 온갖 기록을 수없이 뒤진 끝에) 조지 드 모렌실트라는 아주 특이한 인물이 1963년에 살았을 가능성이 가장 높은 주소지를 물색한 사람도 러스였다. 그나저나 드 모렌실트는 1963년 4월 10일 밤에 어디 있었을까? 캐로셀 클럽에 있지는 않았을 텐데, 워커 장군 암살을 시도하지 않았다는 알리바이가 있었다 하더라도 나는 찾을 수가 없었다.

아카데미 수상소감 같은 후기로 지겨움을 유발하고 싶은 생각은 없지만 (나도 그런 작가들을 보면 정말 짜증난다.) 그래도 그 밖의 다른 몇 명에게도 감사의 뜻을 전해야 한다. 그중 맨 첫 번째가 댈러스에 있는 6층 박물관의 큐레이터 게리 맥이다. 그는 수십 억 개에 달하는 질문들을 어떨 때는 내 이 안 돌아가는 머리가 기억할 수 있을 때까지 두 번, 세 번씩 답변해 주었다. 텍사스 교과서 창고 견학은 섬뜩하지만 반드시 거쳐야 할 필수 과정이었는데, 그의 넘치는 위트와 백과사전 같은 지식으로 분위기가 밝아졌다.

6층 박물관의 니콜라 롱퍼드 전무와 소장품 및 지적 재산권을 관리하는 부서장 메건 브라이언트에게서도 얼마나 많은 도움을 받았는지 모른다. 댈러스 공립 도서관 역사부의 브라이언 콜린스와 레이첼 하우얼은 1960년부터 63년까지 이 도시의 모습을 담은 영상 자료를 보여 주었다(개중 몇 개는 보고 얼마나 배꼽 잡았는지 모른다.). 댈러스 역사 협회의 수전 리처즈도 도움을 주었고, 아돌퍼스 호텔의 에이미 브룸필드와 데이비드 레이놀즈를 비롯한 직원들도 마찬가지였다. 댈러스의 터줏대감이랄 수 있는 마틴 노블스는 러스와 나를 태우고 가이드를 자청했다. 우리는 오스왈드가 체포된 텍사스 극장(문은 닫았지만 건물은 남아 있다.), 에드윈 워커가 살았던 집, 그린빌 가(포트워스의 유흥가 시절처럼 분위기가 섬뜩하지는 않았다.), 머세이디즈 대로를 찾아갔다. 머세이디즈 대로 2703번지는 실제로 토네이도에 쓸려 날아갔는데…… 1963년에 벌어진 사태는 아니었다. 그리고 좋은 일에 이름을 쓸 수 있도록 허락해 준 마이크 '고요한 마이크' 매케이컨에게도 감사의 뜻을 전하는 게 도리겠다.

만약 케네디가 죽지 않았더라면 어떤 최악의 시나리오가 펼쳐졌을지 고민했을 때 도리스 키언스 굿윈과 케네디의 부관을 역임했던 그의 남편 딕 굿윈의 도움을 많이 받았다. 조지 월리스를 37대 대통령으로 설정하자는 것도 두 사람의 아이디어였는데…… 생각하면 할수록 그럴듯했다. 내 아들이자 소설가인 조 힐은 내가 미처 생각 못했던 시간 여행의 여파에 주목했다. 게다가 새롭고 훨씬 훌륭한 마무리도 생각해 냈다. 조, 너 진짜 짱이다.

내 작품을 맨 처음 읽는 독자이자 가장 열심히, 가장 객관적인 평가를 내리는 아내에게도 고맙다는 말을 전하고 싶다. 그녀는 열렬한 케네디 지지자로서 암살을 당하기 얼마 전에 그를 직접 만난 적이 있는데, 그때 모습을 지금까지 기억하고 있다. 그런데 평생 소수 반대파를 고집한 사람답게 음모론을 지지한다. 새삼 놀랄 일은 아니지만.

내가 이 작품에서 잘못 착각한 부분도 있을까? 당연히 있을 것이다. 이야기의 흐름에 맞게 각색한 부분도 있을까? 두말하면 잔소리. 예컨대 조지 부혜가 마련했고 소련 망명객들이 대거 초대된 환영 파티에 리와 마리나가 참석한 것은 사실이고, 리가 조국을 등진 이 중산층 시민들을 보며 혐오하고 분개한 것도 사실이지만, 실제로 파티가 열린 시점은 내 소설에서 말한 그때가 아니라 3주 뒤였다. 그리고 리, 마리나, 준이 웨스트 닐리 대로 214번지 2층에서 살았던 것은 사실이지만, 1층에는 누가 살았는지, 누가 살기는 했었는지 나는 모른다. 그런데 (20달러를 줘 가며) 1층을 둘러보고 났더니 이 훌륭한 소재를 활용하지 않으면 아깝겠다는 생각이 들었다. 그 정도로 처참한 공간이었던 것이다.

하지만 웬만하면 진실을 왜곡하지 않으려고 노력했다.

댈러스라는 도시를 너무 매도한 것 아니냐고 항의할 사람들도 있을지 모르겠다. 하지만 내 생각은 다르다. 제이크 에핑의 일인칭 시점으로 전개됐기 때문에 오히려 평가가 물렁했다. 적어도 1963년 기준으로는 그랬다. 케네디가 러브 필드 공항에 착륙했던 날, 댈러스는 혐오스러운 도시였다. 남부 연합의 깃발들이 똑바로 나부꼈고, 미국 국기는 거꾸로 매달렸다. 공항까지 나온 몇몇 구경꾼들은 심지어 'JFK를 도와 민주주의를 근절하자'라고 적힌 팻말을 들고 있었다. 그 며칠 전에 애들레이 스티븐슨(케네디 정권 당시의 UN대사 — 옮긴이)과 버드 존슨(린든 베인스 존슨의 부인 — 옮긴이) 여사는 댈러스 유권자들이 뱉은 침 폭탄을 맞았다. 존슨 여사에게 침을 뱉은 장본인은 중산층 주부들이었다.

요즘은 좀 나아졌지만, '주점에서는 권총 휴대 금지'라고 적힌 팻말들이 메인 대로에 버젓이 걸려 있다. 이 지면은 사설이 아니라 작가 후기를 위한 공간이지만, 지금 이 나라의 정국을 감안했을 때 대수롭지 않게 간주할 문제가 아니라고 생각한다. 정치적인 극단주의가 어떤 결과를 초래할 수 있는지 궁금한 사람은 재프루더 필름을 참고하기 바란다. 케네디의 머리가 터지는 313번 프레임에 특히 주안점을 두고.

후기를 마치기 전에 감사 인사를 전하고 싶은 사람이 한 명 더 있다. 지금은 고인이 되었지만, 미국 역사상 가장 위대한 환상 작가 겸 이야기꾼으로 꼽히는 잭 피니다. 그가 『바디 스내처』와 더불어 남긴 『타임 앤드 어겐』이야말로 이 보잘것없는 작가의 소견에 따르면 시간 여행계의 걸작이다. 원래는 이 작품을 그의 영전에 바치려고 했는데, 작년 6월에 그의 사랑스러운 손녀딸이 우리 식구가 되었으니 젤다에게 영광을 돌린다.

잭, 이해해 줄 거죠?

메인 주 뱅고르에서
스티븐 킹

옮긴이 | 이은선

연세대학교 중문과와 같은 학교 국제학대학원 동아시아학과를 졸업했다. 편집자와 저작권 담당자로 일했으며, 현재는 전문 번역가로 활동 중이다. 옮긴 책으로는 『탐정 아리스토텔레스』, 『헌책방마을 헤이온와이』, 『화성의 인류학자』, 『통역사』, 『포의 그림자』, 『누들메이커』, 『기적』, 『굿독』, 『몬스터』, 『그대로 두기』, 『워너비 재키』, 『마흔살 여자가 서른살 여자에게』, 『딸에게 보낸 편지』, 『노 임팩트 맨』, 『셜록 홈즈 실크 하우스의 비밀』 등이 있다.

11/22/63 (2)

1판 1쇄 펴냄 2012년 12월 5일
1판 7쇄 펴냄 2025년 5월 14일

지은이 | 스티븐 킹
옮긴이 | 이은선
발행인 | 박근섭
책임편집 | 김준혁 · 장은진
펴낸곳 | 황금가지

출판등록 | 2009. 10. 8 (제2009-000273호)
주소 | 06027 서울 강남구 도산대로 1길 62 강남출판문화센터 5층
전화 | **영업부** 515-2000 **편집부** 3446-8774 **팩시밀리** 515-2007
홈페이지 | www.goldenbough.co.kr

도서 파본 등의 이유로 반송이 필요할 경우에는 구매처에서 교환하시고
출판사 교환이 필요할 경우에는 아래 주소로 반송 사유를 적어 도서와 함께 보내주세요.
06027 서울 강남구 도산대로 1길 62 강남출판문화센터 6층 민음인 마케팅부

한국어판 ⓒ ㈜민음인, 2012. Printed in Seoul, Korea

ISBN 978-89-6017-464-1 04840 (2권)
ISBN 978-89-6017-462-7 04840 (set)

㈜민음인은 민음사 출판 그룹의 자회사입니다.
황금가지는 ㈜민음인의 픽션 전문 출간 브랜드입니다.